U0553810

教育部哲学社会科学研究重大课题攻关项目
("中国历代民歌整理与研究" 项目批准号：09JDZ0012)

中国历代民歌整理与研究丛书

陈书录/主编

喜歌札记

The Sketchbook of Chinese Jubilant Songs

周玉波 / 著

中国历代民歌整理与研究丛书　陈书录 / 主编

社会科学文献出版社
SOCIAL SCIENCES ACADEMIC PRESS (CHINA)

目 录

2009 年 7～12 月

民歌学	1
民间抄本·唱喜歌	4
催妆	9
仪式	10
喜话	11
催妆诗词	12
流水	13
答客问	14
喜歌源于仪式	17
喜歌释义	18
唱本	19
喜歌释义·续一	21
喜歌释义·续二	22
喜歌整理与研究溯往	23
《快嘴李翠莲记》	25
《事林广记》中撒帐歌	25
小登科	28
通俗易懂	29
下女夫词	30
小戏	31
流水	32
道具	33

流水	34
流水	35
明清民歌之比较	36
四言八句	37
《汉唐文学与文献论考》	39
流水	39
流水	41
撒帐与撒帐歌	42
喜歌释义·续三	44
苏州喜歌	46
流水	47
辞旧	48

2010 年 1~12 月

流水	49
流水	51
《西湖二集》	51
无奈与挣扎	53
利市	55
花红	56
拦门	58
新民歌	59
上梁歌	60
摄盛	62
张敖书仪	64
奴才	65
流水	67
佳期绮席诗	68
新年	70
从文读与从谱读	71
方志	72

礼失而求诸野	73
无量功德	75
流水	76
流水	78
疑似喜歌	79
程式	81
常在春风中	84
读《故宫退食录》	85
"撒盖头歌"	86
赞语·下轿歌	88
喜歌三题	89
告庙	94
《醒世姻缘传》中撒帐歌	96
喜不自禁	97
《节侠记》中喜歌	98
《蕉帕记》之《闹婚》	100
《六十种曲》中喜歌资料	102
"挂真儿"与"挂枝儿"	104
拦门　拜兴	105
三请新人	107
《六十种曲》中喜歌资料·续	109
《明代民歌集》读后	110
流水	113
流水	115
诗史	116
迎衣	117
网络资料	118
叫声哥哥抱着我	121
俗诗	122
傩歌	123
拉风	125
七子八婿	127

烟台喜歌 …………………………………… 128
民歌之创新 ………………………………… 129
浮想联翩 …………………………………… 131
手拿红纸捻 ………………………………… 133
手拿红纸捻·续 …………………………… 134
嫁妆歌与戳窗歌 …………………………… 135
新婚令 ……………………………………… 137
情何以堪 …………………………………… 138
铺床喜歌 …………………………………… 139
哭嫁歌 ……………………………………… 141
哭嫁歌·续一 ……………………………… 143
四言八句·续一 …………………………… 145
龙虎榜上中头名 …………………………… 146
四言八句·续二 …………………………… 147
合礼 ………………………………………… 149
洪门 ………………………………………… 152
结朱陈 ……………………………………… 154
流水 ………………………………………… 156
千针万线　理正情真 ……………………… 157
无厘头 ……………………………………… 158
流水 ………………………………………… 161
解词 ………………………………………… 162
流水 ………………………………………… 165
简单回顾 …………………………………… 166
唱了一曲"纱窗外" ……………………… 169
唱喜歌 ……………………………………… 170
送房　看新娘 ……………………………… 172
送房 ………………………………………… 173
流水 ………………………………………… 176
拦门 ………………………………………… 177
流水 ………………………………………… 178
意义 ………………………………………… 179

何处春深好	181
喜歌之祖	182
流水	184
四句喜歌两句诗	185
流水	187
撒帐歌	188
以喜歌见才学	189
一色杏花红十里，状元归去马如飞	190
拦门歌	191
泗州调	194
教化　启蒙	195
聊将薄鲁报投瓜	196
流水	197
笙歌何事急相催	200
西调	201
戏新妇	203
古希腊喜歌	204
流水	205
奠雁	206
流水	207
出处	208
喷嚏	211
"齐聚欢唱"闹房歌	213
戳窗户歌	214
八幅罗裙拖地上	216
破瓜　玉女	217
中秋快乐	219
流水	220
流水	222
百科知识	222
周堂礼	224
流水	226

彩词 …………………………………………………… 227
史语所资料 ………………………………………… 229
鲜花调 ……………………………………………… 233
闹房彩 ……………………………………………… 234
哭嫁歌·续二 ……………………………………… 236
哭嫁歌·续三 ……………………………………… 237
凡例 ………………………………………………… 239
九子十三孙 ………………………………………… 240
上梁文 ……………………………………………… 242
致语 ………………………………………………… 244
致语·续 …………………………………………… 246
圆房 ………………………………………………… 247
流水 ………………………………………………… 249
一阵香风入洞房 …………………………………… 250
催妆诗 ……………………………………………… 251
障车文 ……………………………………………… 252
障车文·续一 ……………………………………… 254
却扇诗 ……………………………………………… 256
障车文·续二 ……………………………………… 257
障车文·续三 ……………………………………… 258
万般皆下品，唯有读书高 ………………………… 260
小雅·车辖 ………………………………………… 261
兀的不引了人意马心猿 …………………………… 262
礼生 ………………………………………………… 263
流水 ………………………………………………… 264
流水 ………………………………………………… 265
流水 ………………………………………………… 266
小女哭五更 ………………………………………… 267
起轿　撒米 ………………………………………… 268
流水 ………………………………………………… 269
流水 ………………………………………………… 270
吴歌 ………………………………………………… 271

吴歌·续一	272
退轿煞	273
吴歌·续二	274
管烛　逾矩	275
龙灯彩	277
坐歌堂	278
坐歌堂·续一	280
坐歌堂·续二	282
方志中婚俗资料	283

2011 年 1~9 月

方志中婚俗资料·续一	284
方志中婚俗资料·续二	286
坐歌堂·哭嫁歌	287
报期	294
兼美	296
吉祥物象	297
方志中婚俗资料·续三	298
哭父母五更	299
劝女歌	300
哭嫁唱本	301
流水	303
《翰墨全书》中致语	304
方志中婚俗资料·续四	306
方志中婚俗资料·续五	307
《小慧集》中小调	308
五更调	310
背瓢筅	311
方志中婚俗资料·续六	313
传启	314
不知所云	315

赛过吃醋吃胡椒 …………………………………… 317
门当户对 …………………………………………… 318
请新郎到华堂 ……………………………………… 319
少数民族喜歌 ……………………………………… 321
黄鹤一去不复返 …………………………………… 323
旧调新声，竞胜一时 ……………………………… 324
生命力 ……………………………………………… 325
旧例 ………………………………………………… 326
同调 ………………………………………………… 328
流水 ………………………………………………… 329
露骨 ………………………………………………… 330
婚俗恒久远，喜歌永流传 ………………………… 331
流水 ………………………………………………… 333
流水 ………………………………………………… 334
底事佯羞背灯坐，嘱郎解带结鸳鸯 ……………… 335
流水 ………………………………………………… 336
糖梅 ………………………………………………… 338
俗文学丛刊 ………………………………………… 339
唐人催妆　却扇诗 ………………………………… 342
障车文·续四 ……………………………………… 344
广告 ………………………………………………… 345
喜会佳姻 …………………………………………… 348
坐筵诗词 …………………………………………… 349
障车文·续五 ……………………………………… 351
春光乍泄 …………………………………………… 356
"哭嫁" ……………………………………………… 357
娶亲撒帐嘱赞 ……………………………………… 360
"穿越" ……………………………………………… 361
"穿越"·续 ………………………………………… 363
民间有真诗 ………………………………………… 364
细节 ………………………………………………… 365
《风月梦》 ………………………………………… 367

《风月梦》·续一 ……………………………………………… 369
《风月梦》·续二 ……………………………………………… 371
《风月梦》·续三 ……………………………………………… 373
回车马 …………………………………………………………… 376
喜歌之祖·续 …………………………………………………… 378
头鬖原子电，新人共阮典 ……………………………………… 379
"深度解读" ……………………………………………………… 380
《风月梦》·续四 ……………………………………………… 381
切片 ……………………………………………………………… 383
喜歌　婚俗　传统文化 ………………………………………… 384
流水 ……………………………………………………………… 386
如何答谢各盛情 ………………………………………………… 387
勉力务进 ………………………………………………………… 389

附录一
"心肝小哥"、"谢三娘"及其他
　　——说《大明天下春》与《大明春》及其中的民俗资料 …… 391

附录二
说《乐府万象新》中的民歌时曲 …………………………… 400

附录三
《银纽丝》、《金纽丝》与桐城山歌
　　——说《风月词珍》中的民歌 ………………………… 411

2009年7～12月

民歌学 (2009-07-07)

《明代民歌札记》（南京师范大学出版社，2009）以"民歌学"收结，此处以"民歌学"开篇。

"文学革命的滥觞应该追溯到满清末年资产阶级意识觉醒的时候"（郭沫若《文学革命之回顾》，《郭沫若全集·文学篇》第16卷，人民文学出版社，1989，第88页）。循此思路，可拟定近现代民歌整理与研究大致思路。其时民歌演进轨迹，与明代民歌相近，亦与文艺新思潮有密切关系——依"轮回说"理论，经过有清一代较为自由、自在发展，及至近代，民歌再次与"文学"产生密切联系，某种程度上，黄遵宪、梁启超等人仍将民歌视作"工具"；鲁迅、周作人、刘半农等倡导、发起之更大范围、更高起点的现代歌谣收集、整理与研究热潮，则汇入"五四"新文化运动洪流中，其影响已远远突破文学范畴——鲁迅在《拟播布美术意见书》中即云，当立国民文术研究会，以理各地歌谣、俚谚、传说、童话等，详其意谊，辨其特性，又发挥而光大之，并以辅翼教育（鲁迅《集外集拾遗补编》，人民文学出版社，1993，第55页）。

事实是，不独教育，我国现代民俗学、人类学乃至历史学科之建立，几乎无不受益于声势浩大的歌谣运动。

为着研究方便，私心以为近代、现代民歌研究可各围绕一重点展开。

近代部分是黄遵宪。其《手写本山歌·题记》中云：

> 十五国风妙绝古今，正以妇人女子矢口而成，使学士大夫操笔为之，反不能尔。以人籁易为，天籁难学也。余离家日久，乡音渐忘，辑录此歌谣，往往搜索枯肠，半日不成一字。因念彼冈头溪尾，肩挑一担，竟日往复，歌声不歇者，何其才之大也。

将出诸妇人女子之口山歌喻为"天籁"，赞日夜劳作之村氓"何其才之大也"，此处正显示出黄遵宪对其时少生机的"学士大夫"之文的不满和对清新活泼民歌的喜爱（梁启超作《台湾竹枝词》，其精神正与黄同）。

黄遵宪《与朗山论诗书》有云：天地之间……即市民之谩骂，女儿之嬉戏，妇姑之勃豀，皆有真意以行其间者，皆天地之至文也。……我已忘我，而吾心声皆他人之声，又乌有所谓诗者在耶？按此种言论，与李梦阳、袁宏道、冯梦龙诸人对民歌之态度，可谓一脉相承。此阶段民歌整理与研究，思路、方法亦与明代相类。

现代部分围绕北京大学歌谣运动展开。论者一般均将歌谣运动作为19世纪末20世纪初文化革命和启蒙运动的一个重要组成部分加以论述，换言之，歌谣运动之初衷和实际效果，确非文学一端所能涵盖，且延续时间长（前后近20年），参与者众，影响亦大。其价值与意义，世人多有论述，且简要归纳为如下两点。

其一，拓展传统学术研究疆域。歌谣运动早期倡导、参与者，均为学术圈中人，有着相对成熟的研究路径和研究范围。对他们而言，乡土气息浓厚的民间歌谣的介入，有着双重意义。一是与此前文献中死的资料不同（如《诗经》、汉乐府，包括明代民歌，虽是民间的，却是隔代的），此类歌谣现实鲜活，有着强烈冲击力；二是这些歌谣中蕴涵内容极为丰富，为人们从文学、历史、语言、民俗等角度切入提供多种可能，而这恰恰是新兴学科初创期必须具有之原动力。事实亦是如此，无论是锺敬文的民俗学研究还是顾颉刚的古史研究，无不从当时歌谣运动中获得滋养。

其二，颠覆固有学术研究理念。与前一条"拓展研究疆域"相对应，歌谣运动颠覆固有学术研究理念。传统观念多以为文章乃不朽大业，经国盛事，反映底层民众生活与心声的当代民歌，基本上处于相当边缘的位置，鲜能进入研究者视野。如顾颉刚，出身于"读书人家"，而读书人看不起民间文艺，以为歌谣是低级的东西，不值得理会（《吴歌·吴歌小史·前言》，江苏古籍出版社，1999）。受歌谣征集与整理运动影响，顾先生观点有很大改变，"对于一切的民间文艺有了比较平等的眼光"（顾颉刚《我与歌谣》），因而积极参与其中，取得令人瞩目的成就。另一方面，歌谣运动参与者们关注当下、深入生活、重视田野之做法，也成为歌谣运动本身取得的极其重要的成就。

又通过材料爬梳，似乎可以得出结论，即充任"刺激"文人文学、为文人文学提供营养角色（梁实秋《浪漫的与古典的·文学的纪律》，人民文学出版社，1988，第26页），近代民歌是最后一站——黄遵宪之整理与鼓吹民歌，仍是为其文学观念与创作实践服务。逮北大歌谣运动起，民歌整理与研究，乃融入宏观新文化运动范畴，文学意义淡化，现代学科建构意义凸显，如锺敬文即认为其"致力于民俗学的工作，是从搜集民间文艺作品开始的"，虽然"当时考察所用的观点，主要是文艺学的"，但1920年代后期，锺先生即"不但对民俗学范围的注意逐渐延伸了，而且对于这门学科本身及相关学科的知识也在不断地扩充"，于是就形成了"把民俗当做文化现象的初步观点"（锺敬文《民俗文化学 梗概与兴起》，中华书局，1996，第2页）。即使是胡适、刘半农包括鲁迅、周作人诸公，他们关注民歌的重点，似乎也不在文学上，而是在调查、研究与改良社会。此一现象有意思，给人感觉是经过漫长曲折的繁衍生息，民歌职能终于回归——从源头看，孔子"兴观群怨"说并非专门针对文学而言，何况还有后来"观风俗、知薄厚"（《汉书·艺文志》）的明确定位。至此，历经数千年艰难跋涉，民歌完成"华丽转身"，其本身意义、价值和外在之研究行为均实现某种程度上的"复位"。

于是野心所及，又想到民歌与民歌学问题。

此前有人说歌谣学，与我所说民歌学有别。歌谣学立足点是民俗学，是在民俗学框架下说歌谣种种，如歌谣分类、传播史、整理与研究等等，与我之民歌学理念相去甚远。最主要区别，是研究路径有异，对研究主体定位亦不同。我之所谓民歌学，是摆脱现行学科分类限制，将民歌活动当做一个自发的过程，将民歌搜集、整理与研究当做一个自洽、自在的完整体系。换言之，民歌学理论基础是民歌本位论，研究路径是循民歌活动轨迹，探究其发生、发展规律，了解其在社会进程中扮演角色、所起作用。举例如《诗经》，向来的研究范式是社会学（民俗学）、文学、历史学著述均从其中寻求素材，寻求观念支撑，《诗经》被割裂肢解，被"各取所需"。在民歌学视野中，以上学科对《诗经》的引用与解析，均成为《诗经》的延伸与具体应用，社会学（民俗学）中《诗经》、文学中《诗经》、历史学中《诗经》，变而为《诗经》中社会学（民俗学）、《诗经》中文学、《诗经》中历史学。视角转换，效果不同，如经此转换，《诗经》内容、价值得到整体展示，人们对经典的印象亦由此前的局部、附庸变而为系统、独立。个案如斯，整体如何——可以想象，依此理念而成的《中国民歌发展史》，将是何种气派。又民俗学著作通常将歌谣定义为：由劳动人民集体创造、可以歌唱或吟诵并以口头方式传播的一种民间韵文形式。它以篇幅的短小和抒情性与其他民间韵文相区别，高度集中地反映人民生活和思想感情，其语言简洁而富有音乐性（郝苏民主编《西北民族歌谣学》，民族出版社，2001，第29页）。私意民歌外延较歌谣宽泛，如长篇吴歌亦属民歌，因此以"篇幅短小"加诸民歌，有欠妥当；歌谣研究多将时调俗曲排斥在外，民歌则不然。我说"民歌学"而非"歌谣学"，原因即在此。

要而言之，民歌研究可以属于任一范畴，但是借助对民歌运行轨迹的大致描述，有心者似可尝试创设有特色的本土民歌学体系，其内容包括民歌发生学研究、类型研究、内容研究、音乐研究、地域研究、演变研究、功用研究等。

民间抄本·唱喜歌（2009－07－10）

当当网购王尔敏《近代经世小儒》（广西师范大学出版社，2008），内容提要云"所谓小儒者，仅在于当世之名望不高，学行亦未足以为当世所景仰，惟在近代变局之中，尚具时代敏觉，能发抒一得之见，提供世人警悟者"。王先生作此书目的，在于"以发潜德之幽光，起名贤之沉埋，搜放失之旧闻，补史章之缺漏"（见书中《乡曲师儒刘光蕡因应近代世变》）。我则等而下之，近期关注重点，多为真正"市井文人、落魄儒士"（王著《明清社会文化生态》）之记录，如此前屡次申说之喜歌，即多出此等乡野小儒（甚至连"小儒"亦不及，因其识字无多）之手，而目的，私意以为与"发潜德之幽光"云云无异。换言之，斯事虽微，野心、目标却甚远大。有想法。以文学论，道统之沿袭传承，有两条途径，学士大夫之文，为一条，所谓正宗是也；民间手写、口传之文，亦为一条，虽为学士大夫所不屑，其生命力却极顽强，数千年绵绵不绝，堪称蔚为大观，且可补"正宗"之不足，"礼失而求诸野"，或有是意在焉。历代民歌是例证，作为民歌一种之喜歌，亦是一例证，又因喜歌中可见婚俗、世风之嬗变，尤见其非物质文化遗产之独特价值。

说正题。

收到孔网拍得、寄自四川省三台县学街陈记古旧书屋抄本一册。土纸线订，封面破损严重，依稀识得有"戊寅二月十日戌时"、"癸酉年十月十七日申时"等字样，判断其抄写时间当在1930年代（1933～1938）。检其内页，有"三民主义"问答之类，益证明判断无误。

整本字迹随意，无甚章法。略述其内容如次。

一为喜歌。录四则如次：

　　一进洞房把门跨，就要我说四言八。早生贵子把相拜，子子孙孙享荣华。

　　一进洞房莫乱说，新人三寸丁丁脚。来年一定生贵子，十一二岁定入学。

　　一进洞房陪奁多，不是弟来就是哥。叔公都要来朝贺，惟愿生子早登科。

　　一进洞房喜洋洋，观见牙床有名堂。左有青龙并白虎，右有朱雀配凤凰。

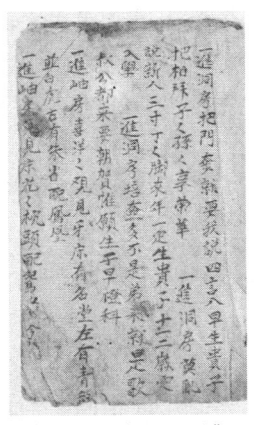

《一进洞房把门跨》 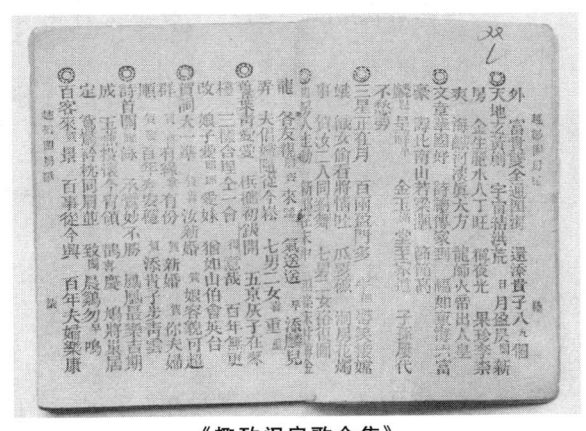　　　　《趣致闹房歌全集》

有须注意处。"三寸丁丁脚"，是其时特产，亦是风尚；"十一二岁定入学"，与现在孩童入学年龄不同；"生子早登科"则是古今通用吉语。"四言八"指"四言八句"，李劼人《暴风雨前》有云："木匠师傅于安新床时，照规矩要说一段四言八句的喜话。"但是何为"四言"，何为"八句"，待考，因目前所能见及者，似乎与字、句数无关，如博客"龙腾虎跃，我心飞翔"（yajlh.bokee.com）录有"四言八句"若干，其中即有李劼人所说"木匠"之喜话。"木工上梁之赞鸡祭梁"云：

此鸡不是平凡鸡，身穿红毛五彩衣。主家今日借重你，吉日上梁大佳期。金鸡拿在我手上，荣华富贵大吉祥。雄鸡拿在我的手，儿子儿孙列王侯。一点梁头添人口，二点梁尾福寿长。三点梁尾三及第，文魁武显占鳌头。前点金满贯，后点福无边。左右一起点，富贵万万年。

另抄本喜歌，网上搜得有内容相近者。"闲云野鹤刘芝贵的BLOG"（http：//blog.sina.com.cn/s/blog_449b7b080100crij.html）有"农村闹新房四言八句及游戏节目"，其中"坐新床、听四言八句"有云：

一进洞房把门跨，听我说个四言八。双双亲人同到老，儿孙满堂一大把。
一进洞房莫乱说，新客一对丁丁脚。樱桃嘴儿瓜子脸，眉毛就像豌豆角。
一进洞房莫乱说，新娘三寸尖尖脚。来年一胎生三子，十七八岁把官作。
一进洞房喜洋洋，看见牙床有名堂。左雕青龙并白虎，右雕朱雀配凤凰。
今夜闹房走如梭，新客陪查实在多。来年生对胖儿子，早早念书早登科。

最神奇处，是"一进洞房喜洋洋"一则，与抄本所记几近相同。与博主联系，询喜歌出处（流行地）等情况。

二是联章体思亲诗。共两套，前为思夫（妻），后为思双亲。录前套四则：

一月思亲是新年，思亲不见泪涟涟。声啼断，望眼穿，尔亲何故不回还。谨具牺牲来献上，相逢梦中一线牵。
二月思亲桃花开，思亲不见痛悲哉。莺织柳，燕飞台，珠泪滚滚落尘埃。尔亲已作逍遥去，儿女跪在歌诗台。
三月思亲是清明，思亲不见最伤情。风飘飘，鸟嘤嘤，家家户户杀（"杀"疑当为"上"）坟茔。触伤情，悲无已（疑此处缺字），延备酒醴与牺牲。

四月思亲正栽秧，思亲不见泪汪汪。悲而切，痛而伤，田车秧马是啼忙。魂兮魂兮诚不爽，化蝶飞来而（"而"疑有误）洋洋。

内地通常说"三月桃花开"，此处二月即开，可据此大致推断其产生地当在南方。以"牺牲"指祭品，为纯粹民间小曲少见，结合其较为规整之格式与相对雅洁之言辞，疑作者或为王尔敏所说之"市井文人、落魄儒士"。

三是"歌十二月行孝"、"歌一哀兮"。其中"歌行孝"选取史上著名故事以教人，如云：

三月清明节又来，伯皆（即"伯嗜"）求官未回来。大孝双亲赵氏女，罗裙兜土筑坟台。

七月秋风渐渐凉，文帝为母把药尝。忘变（疑误）五味供奉母，万古流传一君王。

腊月年终岁又残，王祥为母雪中眠。卧冰求鱼供奉母，孝感云头太白仙。

"伯皆"、"王祥"等等，均为《乐府玉树英》等明代戏曲选集辑录之《劈破玉歌》中常见人物，由此亦可知此抄本内容与《明代民歌集》所收确是同一类型。

抄本尚有"结亲日用对"数则，制作粗鄙，与"莺织柳，燕飞台"相去甚远。稍可观者如"乾坤配定丰年美，夫妇结成万代兴"，"南阳郡中迎淑女，太原室内款佳宾"。又如前所说，抄本中夹杂时政问答，如问"知易行难和革命有何关系"，答曰"这学说是阻碍革命的大障碍物"。胡怀琛《拟钱允辉过江诗》云："扣舷何事费低吟，举目苍茫感喟深。"70年前，先行者已做如此细致启蒙工作，确令人感喟深深。

除抄本外，李家瑞《北平俗曲略》记打磨厂宝文堂刻有《喜歌新词》一种，"把北平的喜歌，每种都举一例，也可以看出这种喜歌的一点大概"。

孔网拍得《新编趣致闹房歌全集》（卖主为广州游古轩书店），是又一本喜歌出版物。全书60页，目录页列"庆贺新婚、新尝滋味、新婚佳景、恭贺鲜花、赞羡才貌、花笺大意、贺递双杯、洞房花烛、嘲笑姨婆、九子连登、庆贺古人、夫妻爱情"共12项,缺版权页,残存末页有"近日本局出版之木鱼(三娘收妖记)"广告文字。店主后上拍之广东龙舟歌本《十思起》署有"醉经书局"字样,其版式与此《闹房歌》相近,疑或为同一书局出品。

《闹房歌》名为"新编",当是在收集其时流行喜歌基础上,作适当人为加工,因此有类似文人小曲色彩。如起首《庆贺新婚之闹房歌》云:

坐在兰房上,公举我来唱。歌词唔熟未精良,记得几句唔似样。
亦要唱,或时有加赏。贺汝二人真好命,三年抱两笑扬扬。
齐齐相去让,我来只管唱。恭喜新郎共新娘,美貌行行人赞赏。
结鸳鸯,三年和抱两。天赐麟儿系汝享,夫妻谐(偕)老百年长。

按:喜歌又称喜词、喜话,多是随口说出(《北平俗曲略》谓"念"),以增加喜庆热闹气氛,今《闹房歌》特标明"唱",且内中《洞房花烛之闹房歌》云"唱词唔合调,唱差汝勿笑。合房歌仔乐逍遥,我今唱来非绝妙";《恭贺大众之闹房歌》云"歌仔个时都唱过,又来唱出好时间,新郎新娘来听唱,夫妻和顺百年长",说明粤语地区有"唱喜歌"风俗。2000年第2期《华夏文化》有李东成文章《撒帐习俗与撒帐歌》,说撒帐及撒帐歌历史,云撒帐作为婚姻习俗的一种仪式,除寄托着人们祈子求富的美好愿望外,还明显有人类学家维多·特纳(Victer Turner)所说的"阈门"(Liminal)的功能。所谓阈门,指"在宗教的领域中,要跨进一个新境界或走进一个新里程,一定要经过一项仪式,这个仪式有如一道阈门,通过后即能达到新境界"。作者以为撒帐也犹如一道"阈门",它的完成,标志着新人人生即将进入新的阶段:为人夫,为人妇——另一方面,撒帐也体现了民众对婚姻这一人生大事的巫术思维:希望通过撒帐的种种做法能对以后的新生活产生积极的影响。又2001年《广东民俗》有同一作者同题文章,介绍在广东东莞地区旧时婚礼中,有撒果子习俗,曰"大妗在'铺床'过后,把花生、莲子、红菱、橘子等水果向新人床中撒去,且边撒边唱'撒果子歌'"。"边撒边唱"云云,证"唱喜歌"风俗确实存在。

催妆（2009 - 10 - 22）

某人电话，说《民歌集》与《札记》事。

自今日起，重点转入婚姻歌谣（喜歌）整理。

许多地方有催妆俗。以吾乡为例，婚庆连绵两天，首曰催妆，次曰正日。催妆为婚庆之暖场，其时有人（多为盲人）至女方家门前燃放鞭炮，说催妆喜话。催妆有历史。朱彝尊、于敏中《日下旧闻考》卷一百四十六即云"娶前一日，婿备物往女家曰催妆"。《旧闻考》又云："新妇及门，婿以马鞍置地，妇跨过曰平安。妇进房，阴阳家唱催妆诗，撒诸果，曰撒帐。妇家以饮食供送其女，曰做三朝，做单九，做双九。""阴阳家唱催妆诗"云云，乃催新人梳妆出洞房见亲友之意，与暖场之"催妆"有别。催妆诗、歌尤有可说者。明王蓥《群书类编故事》卷八《人伦类》有云：

  李翱尚书牧江淮郡日，进士卢储投卷来谒，李礼待之，置文卷几案间，赴公宇视事。长女及笄，见文卷寻绎数四，谓小青衣曰："此人必为状头。"李公闻之，深异其语，乃纳为婿，来年果状头及第，才过殿试，即赴佳姻。《催妆》诗曰："昔年曾去玉京游，第一仙人许状头。今日已成秦晋会，早教鸾凤下妆楼。"

此种催妆诗尚属文人雅玩，后世催妆歌稍有不同。徐珂《清稗类钞》之《音乐类》有云：

  粤人好歌，谓之粤讴。凡有吉庆，必唱歌以为欢乐，以不露题中一字，语多双关，而中有挂折者为善。挂折者，挂一人名于中，字相连而意不相连者也。其歌也，辞不必全雅，平仄不必全叶，以俚言土音衬贴之。唱一句，或延半刻，曼节长声，自回自复，不欲一往而尽。辞必极其艳，情必极其至，使人喜悦悲酸，而不能已已，此其为善之大端也。故尝有歌试以第高下，高者受上赏，号歌伯。其娶妇而亲迎者，婿必多求数人，与己年貌相若，而才思敏给者，使为伴郎。女家索拦门诗歌，婿辄握笔为之，或使伴郎代草，或文或不文，总以信口而成、才表华美者为贵。至女家不能酬和，女乃出阁。此即唐人催妆之作也。先一夕，男女家行醮，亲友与席者，或皆唱歌，名曰坐歌堂。酒罢，则亲戚之尊贵者，自送新郎入房，名曰送花，花必以多子者，亦复唱歌。自后连夕，亲友来索糖梅啖食者，名曰打糖梅，皆唱歌，歌美者，得糖梅益多矣。

按《类钞》所记催妆歌，乃新郎一干人等迎娶新人时应对拦门所作，是否"即唐人催妆之作"，待考。

仪式（2009－10－23）

闲闲书话发帖，请山东大学书友代为借阅、复印《婚俗志》（台北，商务印书馆，1968）。

电话继承老师，托其留意《苏州大四句》。《中国婚庆歌谣研究》提及是书，云其乃联记书店石印本，"未署出版社地点及年月"，"综览全书各首婚礼歌的内容，可大致肯定为四十年代出版物"（第90页）。查华夏吴氏网（http://www.chwu.com.cn）有署名吴良本文章《聚边村村史》，"婚姻"一节有云：

> 当时老少齐聚一堂。开始大妗姐陪新娘子每人敬茶；后要新娘介绍姓乜名乜，住在边弗；接着提四句古谜语及小什洒等。新娘子若猜不到或做不来，就要罚了。最简单是饮杯茶，但是饮茶也是不好受的，很咸的。诚然"咸"也是人类的生存乐趣也！讲到提"四句"原来有本书叫做《苏州大四句》，供喜庆用的，在此回忆两首供欣赏。一是"高升字架甚光辉，辉映华堂佳偶成。成就姻缘昌世代，代代儿孙乐华年"；二是"烧肉分明是皮红，新娘一见便心松。花被盖龙龙盖凤，想来都是凤乘龙"。

喜歌研究，着重做好开篇文章，初名《仪式视野中的婚嫁喜歌》。

中国传统文化有重视仪式之传统。仪式不神秘。研究者以为，广义而言，可将"所有由传统习俗发展而来、被人们所普遍接受并按某种既定程序所进行的活动与行为都称为仪式。作为一种特定的文化现象，仪式既是现实产生的模式，也是产生现实的模式，它不仅外在地体现了一定的社会秩序与社会关系，而且也集中表征了一定时代人们的意识观念、思想情感等等"。因此，通常意义上的仪式研究，只是"在历史与文化领域中的研究，与纯粹宗教学意义上的仪式研究相比较，这种研究更注重将仪式放在某个特定的历史时段中，与整个社会生活和文化传统结合起来考察"（吴晓群《古代希腊仪式文化研究》，上海社会科学院出版社，2000，第1页）。祭祀有仪式，婚庆有仪式，盖房上梁有仪式，仪式无处不在。《诗经》、汉魏乐府中有相当部分是仪式用诗，流传至今的喜歌只是众多仪式歌之一部分。是以仪式歌之整理与研究，确"与整个社会生活和文化传统"密切相关，其价值与意义，亦在于斯。

喜话（2009 – 10 – 25）

庆茂藏有四言喜歌本一册，托复印。

吴自牧《梦粱录》记南宋杭州婚娶风俗，亦提及催妆："先三日，男家送催妆花髻、销金盖头、五男二女花扇、花粉盝、洗项、画彩钱果之类，女家答以金银双胜御、罗花幞头、绿袍、靴笏等物。"又胡朴安《中华全国风俗志》下编卷三说涒淮间婚嫁风俗，云女家发轿，辄喜延迟，竟有候至深夜者，以早恐客多未散也。胡氏引谢告叔诗云："忙煞催妆向塞修，彩舆何事忒迟留。何娘别有牵情处，生恐来宾未去休。"按：《梦粱录》之"催妆"，乃泛指，《风俗志》引谢诗之"催妆"，为迎亲当日事。

拟作喜歌定名文章。

喜歌又称喜话，前说李劼人《暴风雨前》云："木匠师傅于安新床时，照规矩要说一段四言八句的喜话。"又民国二十五年（1936）刻本《盱眙县志略》说其地婚俗云：

此时，宾客亲友等寻婿之伯叔父兄及表兄等在新房内谑语相嘲，任意玩闹，曰"闹新房"。中夜时，伴婆（即陪女之女媪）扶女至中堂，由全福之男性代为烧香燃烛，口说喜话，使婿与女再向神位及尊亲辈行跪拜礼后，了却婿与女灵敏度新房，曰"送房"。

拟喜歌整理计划。沿袭明代民歌整理路数，以作品（分属不同地区）为经，时间为纬，罗列成篇，酌加提要、注解。拟名《中国喜歌集》。取材来源，大致为单独成册之刻本、抄本（包括近现代出版物），报刊、方志、小说、笔记，田野收集。同步撰写《喜歌札记》。

民歌集与札记印行前，校正引文费力甚巨。此番引用文献务求精准，行文亦须谨慎。

催妆诗词（2009-10-26）

孔网订书一批。

南图借陈鹏著《中国婚姻史稿》（中华书局，2005）。作者命途多舛。是书卷五《婚礼（下）》专列一节，曰"催妆"，可作前日流水之补充。陈氏释催妆，曰为亲迎时，婿至女家，以诗词催请新人妆饰上车，此俗来自北朝，至唐时盛行民间。其引《酉阳杂俎续集·聘北道记》云：

> 北方婚礼，必用青布幔为屋，谓之青庐，于此交拜，迎新妇。夫家百馀人，扶车俱呼曰"新娘子催出来"，其声不绝，登车乃止，今之催妆是也。

唐人多能诗，是以《全唐诗》中有催妆诗若干，"均临时口占，傧相、贺客、女婿，皆可即事成诗。大抵文人以此逞才，资笑乐也"。《唐诗纪事》、《南部新书》等有记载。

《史稿》又云催妆不唯盛行于士大夫家，民间亦相仿成俗。前说吾乡之将亲迎前一日定为"催妆"日，或即"相仿成俗"之尤。

喜歌集当辑唐人催妆诗，以为后世婚庆俚歌之先声。论者或指后世文人集中催妆诗词，类为应酬之作，非必成于成婚之夕。如《词坛纪事》所记王昂作催妆词云：

[好事近] 喜气拥门阑，光动绮罗香陌，行到紫薇花下，悟身非凡客。不须朱粉损天真，嫌怕太红白，留取黛眉浅处，画章台春色。

　　此类"应酬之作"，去喜歌远矣，依例不录。

流水（2009-10-29）

取民歌集、札记样书。
收到继承老师寄《寒山寺文化论坛论文集（2008）》。
作说明文字：

　　《明代民歌集》自多种文献中搜求、裒录明代民歌近三千首，四十馀万字，内容较冯梦龙辑《挂枝儿》与《山歌》之总和多出三分之二，是迄今为止收罗最为完备的明代民歌总集。

　　清代民歌之收集与整理，须依托国家图书馆藏车王府曲本中俗曲文献，另参考郑振铎藏俗曲文献（国家图书馆）、赵景深藏俗曲文献（复旦大学图书馆），以及各地公私藏书（特别是各类民间文献）。与明代民歌相比，清代民歌主要是量的扩张。在收集与整理明代民歌时，笔者已经对清代民歌发展脉络与存世情况作初步了解，为进一步整理与研究打下了基础。

与人说工作计划。
购李豫等编《中国鼓词总目》（山西古籍出版社，2006）。赵景深以为"鼓词是流行在北方的民间的讲唱文学"，《中国大百科全书》称其乃"一般以鼓、板击节说唱的曲艺形式"（均见《总目·前言》）。《总目》内容不包括淮海锣鼓。按资料称淮海锣鼓又名工鼓锣、公锣鼓，亦称唱书，形成于清中叶，流行于苏北沭阳、灌云、灌南、泗阳、涟水、响水等地。演唱者锣、鼓配合，说唱故事，很受群众欢迎，近年渐至式微。又《总目》据内容，将名称只标"绣像某某某"之若干上海印行说唱本亦当为鼓词，并云"晚清民国时期，'说唱'是鼓词的另一个代名词，凡是出现'说唱'二字的文本，均予以收入"（《前言》），恐须谨慎。继承老师来函，引崔蕴华文章，云"说唱是中国民间特有的曲艺形式，在明清时期流行于大江南北。北方的说唱叫鼓词，南方的说唱叫弹词"（《从说唱到小说：侠义公案文学的流变研究》，《明清小说研究》2008年第8期）。函云"原江苏省苏昆剧团副团长、苏州昆剧院副院长尹建民先生介绍，昆剧也是一种说唱，用工尺谱，有词牌"。综合各家意见，私意以为将"说唱"作鼓词"另一个代名词"，即使限定在晚清民国时期，亦有风险，尤其是在弹词、昆剧流行之南方地区（如上海），"绣像某某某"、"说唱某某某"恐难一概而论。惜手头无弹词、昆剧曲目资料，无从坐实。

答客问（2009-11-03）

《明代民歌集》与《明代民歌札记》出版，就有关事项答客问。

其一，请简略回顾整理与研究明代民歌之历程。

答：我1991年入南京师范大学中文系，随陈美林先生、陈少松先生攻读元明清文学硕士学位，毕业论文为《明代民歌与晚明文艺革新思潮》。论文以为明代民歌之于晚明文艺革新思潮，有两方面意义，一是启蒙诱导，一是推波助澜。分上下两篇，上篇述明代民歌发生过程，从材料上说明启蒙诱导之事实；下篇说推波助澜之情形。毕业后，为拓展视野，复由明代向上、向下延伸，梳理传统民歌嬗变轨迹，撰成《老民谣 老童谣 老情歌》（江苏古籍出版社，2001）。

2004年，重入随园，随陈书录先生攻读元明清文学博士学位，毕业论文为《明代民歌研究》，后经充实、修订，于2005年8月由凤凰出版社出版。论文分发生论、本体论、影响论、背景论四部分，立足于文学、文化演进的总体格局中，对明代民歌发生、发展、壮大轨迹及其与晚明文学新思潮之相互关系作系统研究。至此，我对明代民歌价值的认识与评价基本成形，研究思路基本确立。论文附录专设一节，为"明代民歌辑目"，是整理明代民歌之初步成果。

回顾近20年求学、研究经历，感慨万端。师恩浩荡，惠我尤多。如民歌集、札记之完成，即多赖书录师督促、指导之功。美林师、少松师等亦于治学、做人诸多方面，常有教诲。学如不及，犹恐失之，是以有战战兢兢、如履薄冰之说。前路漫漫，我告诫自己唯有努力不辍，方能报师长厚望于万一。

其二，请说说《明代民歌集》、《明代民歌札记》的创获。

答：创获难说，说心得。

先说札记。如前所说，札记时间跨度3年，思考长达20载。仅以札记论，虽为随手记下，却有想法在。往大处说，是试图构建一种研究框架。如开篇为"以歌谣证史"，结局为"民歌学"，既首尾呼应，亦隐含一种学术野心。无野心难以成事。我之所谓野心，是指确立目标，借此三省吾身。如民歌学，我提出概念，更多工作是填充内容，填充到何种程度，对自己有要求。在现行学科目录上，一级学科社会学下有民俗学，民俗学加括号，标明"含民间文艺学"，通例是民歌即属于"民间文艺学"范畴。如此重重叠叠，民歌之身影若隐若现，且身份相当模糊（事实上向来的民歌研究，多是在文学框架内展开）。建构民歌学，正可以放大民歌主体地位，展示其独特之文化价值。我愿为此尽心尽力。往小处说，是整理过程中，对一些问题的认识更趋清楚。如冯梦龙辑《挂枝儿》，有人据俞琬纶《自娱集·打枣竿小引》推论其原作"打枣竿"，札记从文本中撷出证据，坐实这一说法。坐实的意义不独一端，因有明一代，资料记"打枣竿"极其流行，然少有具体作品存世。今确认冯辑《挂枝儿》即《打枣竿》，恰解此一悬疑。

次说民歌集。一代有一代之文学，明代民歌即被喻为"我明一绝"，但除冯梦龙辑《挂枝儿》、《山歌》外，更多的明代民歌散落在各类文献中，常人难见其面目。《明代民歌集》收录民歌近三千首，容量超出冯辑两部作品的2/3，为人们了解明代民歌原貌进而在更广、更深层面进行研究提供了较好条件。浅而言之，《明代民歌集》的问世，丰富了传统民歌的内容。如明代桐城歌，此前研究者多以为只有冯辑《山歌》中24首，民歌集自《风月词珍》中又辑录50余首。

其三，请解释一下为什么要采取这种"札记"的形式？

答：成书之《明代民歌札记》，实是博客文章（我名之曰流水账，简称流水）选编，兼具日记、读书笔记特点。学术性日记、读书笔记，著名者有《越缦堂日记》、《天风阁学词日记》，另外还有顾颉刚等先生的日记、笔记。日记、笔记作为文体，缺点是零碎、拉杂，不若大块文章有精审体系与完整框架，研究问题难以深入，难以达到一定高度，优点则是灵活、随性，有话则长，无话则短，其中自然会夹杂一些所谓的"真知灼见"。而这种"真知灼见"，在一般性论文、专著中，常被空话、套话淹没。

一个时代有一个时代之文学，一个时代亦当有一个时代之文学研究，我运用博客这个工具，以札记这种形式，展开对民歌的整理与研究，当然也有着"与时俱进"的考虑，而最主要原因，仍然是因为看中日记、札记上述优点，它让我可以较为自在地游走于比较私人化的学术园地中（实即位置相对偏僻的自留地）。例如对"谢三娘"的了解，对"打枣竿"的认识，对声诗与民歌关系的思考，经历时间较长，札记忠实地记录此一过程。这个过程让我开心。子曰知之者不如好之者，好之者不如乐之者。开心，是原因亦是结果，是好与乐的综合体。

采取"札记"形式，除上面解释外，实际上还有一不得已苦衷——我杂事缠身，整理与研究只能见缝插针，无法如圈内研究者那样，有大把奢侈时间可以利用。从容地布局谋篇，字斟句酌，做大文章，对我而言，时间与精力均不允许。好在我并未因此放松要求，如前面所说札记中体现之"野心"，即是证明。我想做得好一点，尽管零碎、拉杂，还是力求体现学理，体现思索力度。此外，"时间与精力不允许"尚有另一层意思，即文献整理为目前最亟须事，时不我待，非遗之"抢救"云云，亦是此意。大禹圣者，乃惜寸阴；至于众人，当惜分阴。我是何等"惜分阴"。而整理过程中有想法即行记下，乃是为将来系统研究作一积累。也就是说，时机成熟，我仍会做整合与提升工作。

其四，请说说下一步的研究计划。

答：着手修订此前出版《明代民歌研究》与《老民歌 老童谣 老情歌》，将后者调整作《中国民歌选》，合之正在从事的清代、近代民歌时调文献整理与研究，喜歌整理与研究，拟于五年内完成多卷本"民歌与民歌学丛稿"，包括《中国民歌选》、《明代民歌研究》、《明代民歌集》、《明代民歌札记》、《清代民歌时调文献集》、《近代时调小曲集》、《喜歌集》、《喜歌札记》。如时间宽裕，另增一册《五更调集》。

喜歌源于仪式（2009-11-06）

扬州会议，住枣林度假村。

振羽电话，约吃饭。

说喜歌与仪式。

简·艾伦·哈里森著《古代艺术与仪式》引弗雷泽观点，以为生存与延续生存（生育），乃人类最基本需要，而种种仪式，亦与生存、生育之各环节相伴随（生活·读书·新知三联书店，2008，第27页）。婚庆为生育之前奏，因此亦为仪式之一种。哈里森云，仪式活动丰富多彩，然各种仪式活动均指向一个宗旨，即弃旧从新：告别过去，再度降生，开始全新生命历程（第68页）。流水曾说"阈门"理论，其意同此。婚庆乃别种生活之开始，"弃旧从新"云云，可谓切题。又私心以为依附于婚庆仪式之喜歌繁衍经年，已成为一种独具特点之艺术样式，依哈氏看法，艺术并非直接源于生活本身，而是源于人类群体对于生活需求与欲望的集体诉求活动，即所谓仪式（第134页）。简言之，喜歌源于婚庆仪式。亦为一解。

韩高年《礼俗仪式与先秦诗歌演变》（中华书局，2006）曰先秦诗歌起源于仪式，看法与哈氏恰同。韩著释仪式，以为其通常被界定为象征性的、表演性的、由文化传统所规定的一整套行为方式，它可以是神圣的，也可以是凡俗的活动，此类活动经常被功能性地解释为在特定群体或文化中沟通、过渡、强化秩序及整合社会的方式（是书第28页）。韩氏云：

> 仪式使生产、生活的实践活动象征化、程式化，仪式通过讲述、解释、表现、记忆等手段，在特定时空坐标中展演社会生活。从这个角度说，仪式性叙事是使社会生活文学化的关键。从文献所载的原始诗歌的材料来看，诗歌起源于仪式活动。古今中外的诗歌起源理论中论及的与诗歌起源有关的各种因素，都可以归结到仪式当中去，由此可知诗歌起源于仪式。（第43页）

喜歌属诗歌一种，由此亦可说喜歌源于仪式。

喜歌释义（2009-11-12）

书录师电话，说杂事。

欲祥老师电话，说民歌集、札记精装本事。

说喜歌定名。

我之所谓喜歌，有狭义、广义之分，狭义即指婚庆歌，广义尚包括建房上梁歌等，即一切喜庆仪式之歌。喜歌集主体，是婚庆歌，其他类型喜歌，可列入附录，亦可单独成章。

谭达先《中国婚嫁仪式歌谣研究》之"婚礼歌界说"云：

> 中国婚礼仪式歌谣，就是指本世纪四十年代以前，在中国广大人民大众白天结婚时，在娶妻男子（新郎）一方的家庭为了更好地协助举行种种特定的具体仪式，所诵说具有某种吉祥气氛的口头化祝词或民谣等。这种歌谣，有的是诵说者现场构思的新作，有的则是他们对传统作品的重述，还有的则是，既承袭了传统作品，而又作出了一定的创新……如果从这种歌谣的总的情况而论，绝大多数作品，都是用来诵说的。演述时出之以曼声歌唱的，为数极少。（见是书第2页）

此段论述，有可商榷处。如为区别于《仪礼·士昏礼》等所记之"黑夜娶亲"说，谭先生特别标明"白天结婚"，大可不必。盖因即使今日，国人婚礼（闹新房）亦大都在晚上进行而延至深夜，喜歌中常见之"手拿红纸捻，照照新娘面"等亦因此而起。另将时间限定于"本世纪四十年代以前"，似是针对其研究范围而定，亦无必要。既承袭又有创新说，则是事实。有承袭，可借此了解历史遗迹；有创新，说明其具鲜活之生命力——此两重性，正是一切有价值文化遗存之共同特点。少歌唱多诵说云云，流水曾予申述，并云广东部分地区有唱喜歌习俗。

李家瑞《北平俗曲略》说喜歌云：

> 喜歌又称念喜词（广东、云南都称大四句），建筑房屋竖柱上梁时，男女结婚拜天地、入洞房时，都要念喜歌，甚而至于开店、生子、庆寿、到官，也有念喜歌的。（上海文艺出版社，1990，影印版，

第 180 页）

此即前说广义之喜歌。李先生且以为最早喜歌当是刘半农"《敦煌掇琐》里所收一篇《下女词》"，其原文为：汉奴专如仓库，胡奴检校牛羊。斥脚奴装鞍接镫，强壮奴使力耕荒。孝顺（奴）盘鸡炙旌，谄韶奴点醋行姜。端正奴拍箜篌送酒，丑掘奴添酥酪浆。细腰婢唱歌作舞，锉短擎炬子食床。按"最早"之判断，私意尚须慎重，得空当自《诗经》等文献中细检一过。

又李家瑞对喜歌之定义，实出诸徐芳。徐先生于《歌谣》周刊二卷十七期发表《北平的喜歌》，将喜歌分为六种，计为贺娶喜歌、贺嫁喜歌、贺生子喜歌、贺新年喜歌、贺建屋歌、贺开张歌。是文另外解决两个问题。一是其时北平，"念喜歌"为一职业，即有一种人，业此谋生（徐文以为"实即乞丐"）；二是虽曰"歌"，其实已经失去唱的功能，"他们实在是在'念'，而不是在'唱'，他们念的时候，手里还拿着几块竹子在拍板"。李于《歌谣》周刊二卷二十五期发表《谈嫁娶喜歌》，起首即云"徐芳女士的《北平的喜歌》一篇，分喜歌为六种，其一二两种合起来说就是嫁娶喜歌"。

唱本 (2009 – 11 – 13)

孔网常有唱本拍卖，既有印本（多为石印），亦有手抄。

1990 年代多个春节，我于沭阳县城地摊购得数十部此类唱本，其中有《十二月花红》、《王妈说媒》等，均可视作难得之地方民艺文献。北京大学《歌谣》周刊第六十号〔民国十三年（1924）六月二十二日〕第三版有署名重九文章《苏州的唱本》，专说唱本事。作者云其与顾颉刚先生搜集唱本二三百本：

在二三百本之中，十之二三是别地传来的，十之二三是很生僻的，其馀都是很普通、几乎人人能唱、人人知道的，里头也有许多是无谓的，但大部分可说是很有价值。

作者抄录《送情郎五更》、《女哭沉香》、《十二月花名调》、《蚊虫山歌》四首,其中《十二月花调名》可与《十二月花红》作一比较。流水曾说一月某花、二月某花顺序而下,乃民歌中最为常见之定格联章形式。内中虽有不同花名,重点却不在花而在他事,亦即诸花只为起兴用。如《十二月花调名》有云:

　　八月桂花满园香,叫哥哥夜夜偷婆娘。满帘吉蛛偷眼看,结识私情纺织娘。

《十二月花红》则展开更甚,借花说历史,枝蔓繁复,大见民间文人智慧:

　　八月桂花开放一树红,赵匡胤拳打关西踢关东。结拜了柴荣郑恩为兄弟,代刘崇领兵带将下河东。灭汉山锤换玉带收杨滚,征北番陈桥兵变才为君。宋太祖五王八侯金陵下,南唐国怒恼妖道老子红。寿州城君臣被困三年整,高君宝走马报号去救军。双锁山搬来佳人刘金定,南门外火烧于红一命倾。到后来酒醉屈把郑恩斩,所以才逼反佳人陶三春。然后首贬去先生苗广义,赵匡美(义)独(烛)影摇刺称太宗。

由"桂花开放一树红",牵连出宋太祖传奇故事,委实有趣,而种种细节,均为民间艺人津津乐道,民众耳熟能详——唱本以短小篇幅,对流行长篇故事予以综合、提炼,以整齐有韵语言出之,未尝不是一种普及历史(野史)之好途径。错字、别字夹杂其间,亦正是民间制作一贯特色。

又各种唱本,能忠实记录各地曲艺面貌。重九称其时苏州唱本多自"别地传来",沭阳唱本则多为原创(或改造"别地唱本")。如唱本起首多见"言的是",此乃淮海锣鼓惯用句式,另如前举《十二月花红》中"然后首"云云,亦为当地方言,即"然后"意,"首"无义。

凡事有例外,前拍自山东威海之《小调书》中有《孟姜女十二月花名》,只有十二月,不见花名,堪称奇妙——是乃将"十二月花名"作牌名用乎?如其有云:

　　　　八月里来雁门开，孤雁足下带书来。闲人只说闲人话，那有人送寒衣来。

　　得暇拟作民间唱本辑要。早前姚逸之有《湖南唱本提要》（中山大学民俗学丛书之二十二，黑龙江人民出版社，2003），可作范本。

喜歌释义·续一（2009－11－18）

　　资料云淮海锣鼓流行地包括扬州，惜少文字记载予以佐证。《歌谣》周刊第七十二号有魏建功文章《"嘏词"》，提及旧时扬州地区女子说书事，魏先生云：

　　　　扬州属有些女子能行贾，她们的职业有：剪鞋花样，卖玉器，打牙虫，唱曲，说书。说书与普通在茶坊里"说书先生"不同，她们的材料不是水浒、封神、列国、隋唐、残唐、精忠传……乃是一些传说的故事，如李三娘磨磨，方卿招亲……我们家乡管她们叫"说果儿书"，"果"实是"鼓"字之变。她们说书时，一面小鼓和一面小锣，说一霎，唱一霎，自己敲打一霎，这样就叫做"说鼓儿书"。

　　按此处"一面小鼓和一面小锣，说一霎，唱一霎，自己敲打一霎"云云，正与淮海锣鼓表演程式同。

　　札记说民歌学概念，拟作专文，分背景、民歌学研究对象、研究路径、学科建设意义等部分，标题作《民歌学之理论建构》。

　　仍说喜歌释义。

　　综合而言，愚意以为喜歌可定义如下：指国人遇婚嫁、生子、建房等喜庆事项时，即兴创作、表演之祝颂性质韵文。

　　诚如李家瑞所说，所有类别喜歌中，以婚嫁类喜歌历史最为悠久，内容最为丰富，亦最具研究价值。

　　此类喜歌，初为俗诗（词、赋），是以如前所说，有指敦煌文献中下女词（当为"下女夫词"）为喜歌者，旧小说中则多有撒帐词、拦门诗赋出现。如《雨窗欹枕集》里《花灯轿莲女成佛记》（又见《清平山堂话本》，李家瑞《谈嫁娶喜歌》亦举此例）有云：

  当时轿子到门前，众人妆裹得锦上添花，请莲女上轿，抬到李宅门前歇了。司公茶酒传会，排列香案。时辰到了，司公念拦门诗赋，口中道："脚下慢行！脚下慢行！请新人下轿！"遂念诗曰：
  喜气盈门，欢声透户，珠帘绣幕低。拦门接次，只好念新诗。红光射银台画烛，氤氲香喷金猊。料此会，前生姻眷，今日会佳期。喜得过门后，夫荣妇贵，永效于飞。生五男二女，七子永相随。衣紫腰金，加官转职，门户光辉。从今后喜气成双尽老，福禄永齐眉。
  念毕"请新人脚下慢，请行"，时辰将傍，不见下轿，司公又念诗赋曰：
  瑞气氤氲，祥云缭绕，笙歌一派声齐。门阑喜庆，仿佛坠云霓。画烛花随红影，沉檀满热金猊。香风度，迎仙客唱，迎仙客乐遏云低。喜得过门后，夫荣妻显，永效于飞。男才过子建，女貌赛西施。寿比南山，福如东海，佳期。从今后，儿孙昌盛，个个赴丹墀。

  婚仪普及，俗诗（词、赋）下移，渐变作俚语（歌），尤其是乡村人家，粗通文字甚至是乞丐（如徐芳文所说）亦可念此取乐以烘托喜庆气氛，且诗味愈淡，多为顺口溜一类，因此在许多地方，喜歌又作"喜话"——取其"说"意也。如昨于孔网拍得《改良铺床喜话》（卖主在四川成都送仙桥古玩市场），标题即点明"喜话"。
  喜歌、喜话，均为常见名，独魏建功云其家乡（南通、扬州一带）"叫做说'嘏词'"，魏先生且就"嘏词"自辞源、辞义等作了考证、分析（见《"嘏词"》一文）。

喜歌释义·续二 （2009－11－18）

  喜歌又称结婚歌（董作宾《一对歌谣家的婚礼》，《歌谣》周刊第五十六号，1924年5月25日）、婚姻歌（白启明《河南婚姻歌谣的一斑》，

《歌谣》周刊第五十九号，1924年6月25日），亦有称大四句（如谭达先收藏有《苏州大四句》，见《中国婚嫁仪式歌谣研究》第189页；林有钿于1962年1月16日《羊城晚报》发表《唱四句》），四言八句（《儒林外史》第二十七回有"说四言八句"记载，另我新收《新编男女闹房》喜歌本中，开篇即标明"四言八句"），等等。

喜歌表演者，除哭嫁歌为待嫁女外，其馀多为局外人——在《花灯轿莲女成佛记》里是司公，在《快嘴李翠莲记》里是先生，在《儿女英雄传》里是赞礼傧相，在《北平的喜歌》里是乞丐，不一而足。作为一种仪式歌，表演者本意，原在仪式本身，即如前所说，是为烘托喜庆气氛，然在通常情形下，"烘托"同时，表演者有功利诉求，魏建功《"嘏词"》有云：

> 在我们家乡有一种风俗，凡在每件"喜事"——嫁娶，建筑……和特别的时节——当然是新年——都有说"嘏词"的习惯。说"嘏词"的人都是男女佣工、喜娘、"盘头"、匠人，其意在说几句吉利话，讨主人的欢喜，好得几个赏钱。

以此为职业的乞丐是特例，喜娘等等，所谓"功利"，亦只是"几个赏钱"而已，在一般婚礼上，多是糖果、香烟，真正的"红包"，不占主流。

从发生地点看，喜歌可分为女方喜歌（主要是哭嫁歌），男方喜歌（主要是闹房歌）。

从发生时间看，喜歌可为哭嫁歌、拦门歌、闹房歌、撒帐歌、送房歌、戳窗户歌等。

又各地婚俗不同，喜歌亦有差异，如此次拍得成都喜歌中，即专门有铺床内容。白启明《河南婚姻歌谣的一斑》，介绍喜歌内容较为全面。

喜歌整理与研究溯往（2009－11－19）

电话美林师，说杂事，问安。

保善电话，询任半塘《散曲概论》事。

仍说喜歌整理与研究事。

《歌谣》周刊自第五十六号至五十九号（1924年5月25日至6月15日），以婚姻专号形式展开对各地婚俗之研究（第六十号另发两篇文章，仍可视作专号的延续），其中包括喜歌收集与介绍（中山大学《民俗》周刊对此亦有关注，如出版顾颉刚、刘万章编著《苏粤婚丧》，1928年4月）。此乃学术史上第一次成规模、有系统的喜歌整理与研究。其后徐芳作《北平的喜歌》（《歌谣》周刊二卷十七期，1936年9月26日）、李家瑞作《谈嫁娶喜歌》（《歌谣》周刊二卷二十五期，1936年11月21日）、吴晓铃作《撒帐词》（《歌谣》周刊三卷七期，1937年5月15日）、叶德均作《明代撒帐歌钞》（与吴文同期），研究对象则由泛指婚俗变为专注于喜歌，研究更见深入。

《歌谣》周刊诸文对喜歌的整理与研究，主要有以下成绩。

其一，于婚庆仪式中凸显喜歌之存在，进而揭示其价值。董作宾《一对歌谣家的婚仪》记述一对新人婚礼经过，文章既借白启明手书《关雎》三章等以说明古代即有"结婚歌"，又详细记录胡适当场念来祝贺新人的"有趣的结婚歌"，使得喜歌在整个文章中占有显眼位置，亦展示出喜歌在婚仪中的特有价值。如董文云胡适演说词和祝词（即喜歌），"直打破了礼堂上的沉默与庄严，另换一种和蔼而愉快的空气"。

其二，较为完整地记录其时各地仍在流行喜歌，并结合婚仪各环节，作详尽解读。白启明《河南婚姻歌谣的一斑》乃代表性作品。文章自赶嫁妆歌起，说迎娶歌，说下轿歌，说撒盖头歌，说拜天地歌，直说至回门歌，内容详备，取样广泛（包括南阳、修武、孟县、固始、洛阳、淅川等地），极见学术眼光。

其三，由婚俗而延及喜歌专题，研究渐趋深入。喜歌与婚俗不可分，而自婚俗中拈出喜歌作专题介绍与研究，白启明之后，徐芳功绩最著，徐文除对喜歌作定名外，复对喜歌作科学分类（六类），直接启发了李家瑞《谈嫁娶喜歌》的写作。吴晓铃、叶德均诸文，则是向精细（如吴先生专说撒帐歌）、向源头（如叶先生说明代文献中撒帐歌）拓展。

《快嘴李翠莲记》(2009 - 11 - 20)

九段老师电话，嘱留民歌集与札记（四套）。

整理喜歌。

今日所见较早喜歌，可以《清平山堂话本》中《快嘴李翠莲记》之撒帐歌为代表。此前种种，如流水曾说及之《关雎》三章、敦煌下女夫词等，亦具喜歌色彩，然身份认定仍须慎重。《话本》原名《六十家小说》，所收乃宋元明时期作品。《李翠莲记》所记，或以为乃宋代故事，如谭达先《中国婚嫁歌谣研究》即将其撒帐歌作宋代婚礼歌（见《研究》第8页）。

《李翠莲记》中除撒帐歌外，另有值得留意处。如札记（按行文提及"札记"、"民歌集"，多指已经出版之《明代民歌札记》、《明代民歌集》）曾说《金瓶梅》中小曲，并引第一回《西门庆热结十弟兄　武二郎冷遇亲哥嫂》中一节文字，其中有"只是一味哧酒"字样，此处"哧"字，即吃意（贬义），今吾乡仍通用。《李翠莲记》中又见"哧"字，不过依音记录，变作"噇"。录如次：

不要慌，不要忙，等我换了旧衣裳。菜自菜，姜自姜，各样果子各样妆；肉自肉，羊自羊，莫把鲜鱼搅白肠；酒自酒，汤自汤，腌鸡不要混腊獐。日下天色且是凉，便放五日也不妨。待我留些整齐的，三朝点茶请姨娘。总然亲戚吃不了，剩与公婆慢慢噇。

《辞海》收"噇"，据《集韵·四江》"食无廉也"，释其义为"吃喝无度"，并举《水浒传》第四回"如何噇得烂醉"例。若考虑《金瓶梅》流传广泛，或可加注"噇又作哧"。

《事林广记》中撒帐歌 (2009 - 11 - 21)

南图看书。

昨日流水说《快嘴李翠莲记》中撒帐歌，谭达先等以其为宋代喜歌。按《清平山堂话本》所收，学者以为多宋元明作品，具体至《快嘴李翠莲记》，亦只有大致判断而已，"宋代"说似无确证。

叶德均《明代撒帐歌钞》（《歌谣》周刊三卷七期）即将《李翠莲记》中撒帐歌作明代作品，并云撒帐风俗历史悠久，自汉代流传至今，记载及考证此俗之文献不在少数，"但随着撒帐风俗而生的撒帐歌，却颇少有人记录，尤其是前代。这类撒帐歌最早见于文献的是宋人的《东京梦华录》（陈元靓《事林广记》引）"。按《东京梦华录》卷五《民俗》"娶妇"条，确曾说及撒帐："……男女各争先后，对拜毕就床，女向左、男向右坐，妇女以金钱彩果散掷，谓之撒帐。"然通篇未见撒帐歌。

叶氏注云"陈元靓《事林广记》引"，查北大藏本《纂图新增群书类要事林广记》（中华书局，1999，影印本），乙集《家礼类》之"婚礼"条，录有拦门诗、答拦门诗、请候相诗、索请利市诗等，其中"撒帐致语"下有叙述（引语），叙述后接撒帐歌云：

撒帐东，宛如神女下巫峰。簇拥仙郎来凤帐，红云扬起一重重。撒帐西，锦带流苏四角垂。揭开便见姮娥面，好与仙郎折一枝。撒帐南，好合情怀乐且耽。凉月好风庭户爽，双双绣带佩宜男。撒帐北，津津一点眉间色。芙蓉帐暖度春宵，月娥喜遇蟾宫客。

歌末又云：

伏愿撒帐以后，永保千秋。欲助欢情，再呈鄙句。诗曰：
今宵撒帐称人心，利市须抛一井金。我辈探花归去后，从他两个恋香衾。

细检一过，无一字涉及《东京梦华录》。复查和刻本《新编群书类要事林广记》（中华书局影印本），卷二（壬集）《婚姻燕喜》之"婚礼"条，起首即云："《东京梦华录》云：凡婚娶，先起草帖子，两家允许，然后起细帖子。"直至"自此以后，礼数简矣"，均是《梦华录》内容，"然近代所尚"数语，并其后若干婚礼专用之"迎仙客"词、拦门诗包括撒帐歌等，则与《梦华录》无关，叶氏或是受此蒙蔽未能细察故。又和刻本所录词、诗、歌，内容与北大藏本不同（后者品种上少"迎仙客"词），如和刻本撒帐歌曰：

> 风流子撒帐前，红娘子是洞中仙。玉山枕上相偎处，深惜潘郎正少年。风流子撒帐后，枕屏儿畔偎檀口。两同心处凤栖梧，福寿必齐天长久。风流子撒帐左，粉郎似蝶恋花朵。徘徊更懒别银灯，更漏子催愁夜过。风流子撒帐右，佳人腰袅江南柳。吴国西施貌未妍，汉宫戚氏颜犹丑。风流子撒帐中，一丛花占世间红。自此常宜昼夜乐，伫看佳婿步蟾宫。

和刻本《事林广记》

撒帐歌毕，亦有求利市四句：

> 烛摇红影月扬波，撒帐周回意若何。从此公侯生衮衮，花红利市也须多。

"出版前言"云《事林广记》编者陈元靓，南宋末年福建崇安人。《事林广记》原书失传，存元、明两朝与日本刻本多种。愚意既然《事林广记》版本、流传情况均极复杂，上举撒帐歌或不排除乃流传过程中后人妄增，但循旧例，似仍可暂将其作宋代作品看待，至少是可与《李翠莲记》中撒帐歌并列。

小登科（2009 – 11 – 23）

孔网订《中国婚姻史稿》（陈鹏著）、《东京梦华录笺注》（孟元老撰，伊永文笺注）、《事林广记》（陈元靓撰）。

伊永文笺注《东京梦华录》，突破以往做法，"即不拘限于传统的校注体例，而以较开阔的学术视野，多角度多层面地运用各种样式的文史资料，在充分吸收已有成果的基础上，进行跨学科的综合性的学术探索"（傅璇琮序）。某种程度上，《明代民歌札记》与此路数相近。即将着手之《喜歌札记》，亦复如是，且希图拓展更为深细，力求以喜歌为根本，会聚更多民歌史、婚姻史、风俗史资料。

《事林广记》中华本附有胡道静论文，说其成书情况，待书到后细读。又周末在南图抄得北大藏本与和刻本《事林广记》之"撒帐致语"（和刻本作"唱拜致语"）后，撒帐歌虽内容不同，歌前小引却只有个别字词差异。由此引发疑问：两撒帐歌是否一为宋本原存，一为后来者羼入？另北大藏本、和刻本中有"迎仙客"（前引《快嘴李翠莲记》中"迎仙客唱"、"迎仙客乐"即指此）、拦门诗等，查《全宋词》未予收录，《全宋诗》中不知如何处理。如《迎仙客·入席》云：

> 小登科好时节，合座欣欣皆喜色。醉又歌，手须拍，且请大家齐唱迎仙客。麝兰香，绮罗侧，烛影摇红月华白。引新郎，离绮席，步入桃源，寻访神仙宅。

按喜歌中有习见词汇，"烛影摇红"即一例，"小登科"乃又一例。百度有释义云：

> 登科指登上科举考试之榜。五代周王仁裕《开元天宝遗事》卷下《泥金帖子》："新进士才及第，以泥金书帖子，附家书中，用报登科之喜。"小登科则指娶媳妇。元无名氏《梧桐叶》第三折有云：欢声鼎沸长安道，得志当今贵豪。小登科接着大登科，播荣名喧满皇朝。始知学乃身之宝，惟有读书人最高。

通俗易懂（2009－11－24）

仍思《事林广记》中撒帐歌事。叶德均《明代撒帐歌钞》云，"撒帐歌最早见于文献的是宋人的《东京梦华录》（陈元靓《事林广记》引）"，并云"这首已有人介绍过，这里不再引录"。查《歌谣》周刊各期，未见《东京梦华录》、《事林广记》中撒帐歌影迹，叶先生或许是在别处见"有人介绍过"。

拉杂说撒帐歌，简单作结如次：文献记载较早撒帐歌，至少可列三首，除此前人们经常提及《快嘴李翠莲记》一首外，尚有《事林广记》中两首。

《事林广记》此节所录"迎仙客"词、拦门诗等，性质上均属喜歌，与唐人所作催妆诗、下女夫词相类，喜歌集可酌情录入。

某人意见，云民歌通俗易懂，无甚研究价值，我斥其为"无知妄人"。

读书贵有意外之乐。魏建功《读歌札记》之八曰"起兴"（《歌谣》周刊第九十四号），云幼读朱熹《诗集传》，见朱作赋、比、兴界说：赋者，敷陈其事而直言之者也；兴者，先言他物以引其所咏之词也；比者，以彼物比此物也。魏先生云"赋和比都容易明白，惟独兴却不懂得是怎么回事"，"数年来，我辑集了些歌谣，忽然在无意中悟出兴诗的意义"，魏先生并举例：

其一

　　游火虫，弹弹开，千金小姐嫁秀才。

其四

　　南瓜棚，著地生，外公外婆叫我亲外甥。

魏文总结，起首句与承接句意思上无关系，但"开"与"才"同韵，"生"与"甥"同韵，起首句只是作为承接句之陪衬，即作"起势"用。如"关关雎鸠，在河之洲；窈窕淑女，君子好逑"，如只说"窈窕淑女，君子好逑"，则"嫌太单调了，太率直了"。郑樵《读诗易法》有云："凡兴者，所见在此，所得在彼，不可以事类推，不可以理义求也。"魏先生由民歌而终于解惑，并知"八百年前的"古人"解释兴义是极确切的"，如何不乐；只知"通俗易懂"者，又如何能理解魏先生之乐。

下女夫词（2009–11–25）

收落款"吴徵"（字待秋，号春晖外史，又号鹭鸶湾人，浙江崇德人。后居上海，为"海上四家"之一）八言联，联语为集宋人词句"斗酒西凉醉怀霜橘，小轩南浦吟老丹枫"。笔力工稳，莫辨真伪。张大千曾书此联语，北京某次秋拍，成交价5万馀元。

整理明代民歌时，对小说、戏曲中俗曲，有过分析，今见《歌谣》周刊三卷十期叶德均文章《关于俗曲的传流演变——读俗曲小记》，意见竟与我相近。如叶先生云说到小说俗曲，"或许有人怀疑它不可靠，这也有部分的理由，如小说中有许多和故事人物有关系或嘲笑的俗曲，都是小说作者所写，但这些是附属于故事而存在的，严格地说，当不在辑录范围之内"，另外一类，是"和故事人物无关的独立的俗曲"，"其中俗曲的气味是显然可见的"。叶先生又进一步，以为"再就演唱来说，这类俗曲多半是当时妓女优童所唱（如小说中所记），也当为当日所流行的"，其中虽有"文人的拟作或改作，但这在俗曲的历史上从来如此的"。此类俗曲，当录入民歌集中。

《劫尘遗珠：敦煌遗书》（黄征　程惠新著，甘肃教育出版社，1999）第七章为敦煌民俗学文献，著者云下女夫词只见于敦煌文献，共有11个写本，并云"下女夫词极有才情，堪称乐而不淫的佳作，唐代张文成的《游仙窟》可能脱胎于此而不能如此地显得淳朴自然"。如《论开撒（撒）帐合诗》云：一双青白鸽，绕帐三五匝。为言相郎道：绕帐三巡看。此亦似可作撒帐歌。有若干文章由下女夫词说唐代婚俗，得空细读。喜歌集中敦煌写本下女夫词似可自成一卷。

另著者说上梁云：上梁风俗不知起于何时，但至少后魏时期已经有了，因为后魏的温子昇作有《上梁祝文》一篇，用四言诗的形式表达对上梁的祝贺之意。按宋王应麟《困学纪闻》卷二十：后魏温子昇《阊阖门上梁祝文》云：惟王建国，配彼太微。大君有命，高门启扉。良辰是简，枚卜无违。雕梁乃架，绮翼斯飞。八龙杳杳，九重巍巍。居宸纳祐，就日垂衣。一人有庆，四海爱归。并云"此《上梁文》之始也。儿郎伟，犹言儿郎懑。攻傀尝辩之"。元俞德邻《佩韦斋辑闻》卷三有云：梁庾信至北方，读温子昇《韩陵山寺碑》，爱而录之曰："唯有韩陵一片石，稍可共语。薛道衡、卢思道，少解把笔耳。"然子昇之文，恨不多见。俞氏亦引此《魏史》载《闾阖门上梁祝文》，曰"真可共语者也"。喜歌集包括上梁歌内容，且此处"四言诗"或为"四言八句"之原始之一亦未可知。

小戏（2009-11-26）

收到孔网订《中国地方小戏之研究》（施德玉著，台湾学海出版社，1999）。著者云中国戏曲就艺术形式性质分，有小戏系统、大戏系统、偶戏系统三种类型，小戏虽然简陋粗糙，但根源乡土，与各地历史、地理、风俗紧密结合，自有其独到的认识、研究与利用（审美）价值。"我们甚至可以说，如果要探讨一个民族艺术文化的特性，那么小戏是一个极其重要的环节；如果要了解一个民族艺术文化的价值，那么小戏也是一个极其不可忽视的单元"（第1页）。

著者介绍张紫晨、余从、曾永义于小戏之界说，三人意见基本一致，如均强调植根民间、形制简单、风格多样，内容生活化等特征。著者云曾先生"以小戏、大戏的种种特质作基础，对'小戏'、'大戏'作了言简意赅的命义"，而张先生等"旨在描述小戏的风格面貌，语意间尚未有意为小戏作明确的定义"（第44页），真可一噱。节录书中张先生与曾先生"小戏"文字如次：

张：

> 民间小戏……主要是流行于各地乡镇间，由人民自己创造并欣赏的土生土长的小型戏曲，这种戏曲是野生的民间的表演艺术，它对于乡间广大群众来说，是一种自我教育、自我娱乐的艺术手段。它质地粗犷，生活气息浓厚，表现辛辣大胆……其形式经常以"两小"（由

小生、小旦或小旦、小丑演出）或"三小"（由小生、小旦、小丑演出）为主，情节单纯，载歌载舞，活泼轻快。这就使它和地方大戏或其他戏剧呈现出很大的不同。它既是某些剧种的初级形式，又是在乡村范围独立存在的小歌舞剧。其剧目以生活戏和爱情戏为大宗，大多取材于当时当地民间日常生活片断……表演偏重歌舞，常以手帕、伞、扇为主要道具，有时也有人物稍多一些的剧目，但基本上是生活小戏。

曾：

所谓小戏，就是演员少至一个或三两个，情节极为简单，艺术形式尚未脱离乡土歌舞的戏曲之总称。其具体特色是：就演员而言，一人单演的叫独脚戏，小旦小丑二脚合演的叫二小戏，加上小生或另一旦脚的叫三小戏，剧种初起时女脚大抵皆由男扮。就妆扮歌舞而言，皆"除地为场"来演出，所以叫做"落地扫"或"落地索"，而其本事，不过是极简单的乡土琐事，用以传达乡土情怀，往往出以滑稽笑闹。保持唐戏"踏谣娘"和宋金杂剧"杂扮"的传统。

附录部分"由小型说唱形成之小戏剧种"，将淮剧与评剧归于上海，恐欠妥。

流水 (2009-11-27)

收署翁方纲书楹联，联语曰"瓶花砌草皆真意，禅榻茶烟见道心"。百度知覃溪曾书此十四字赠人。

订喜歌集提纲。拟分六部分。

唐：主要辑自《敦煌遗书》、《全唐诗》及唐人笔记等文献。有下女夫词、催妆诗等。

宋：笔记、话本等文献。主要有《事林广记》、《清平山堂话本》等。

元：杂剧。

明清：小说、戏曲、笔记等文献。

近现代：北京大学《歌谣》周刊、中山大学《民俗》周刊等出版物，各类喜歌专辑，包括印本与抄本。

当代：各类出版物，抄本。

体例与《明代民歌集》同。基本按时间先后，依次辑录，酌加校注。清以前求全（品种全。同品种如《敦煌遗书》中下女夫词，只取有代表性内容），近代、现代、当代则为精选。

考虑《老民歌》、《明代民歌研究》修订事。前者拟删除原有评析，做成历代民歌选，总数近千首。酌加校注。后者去辑目表格，增加"谢三娘"等内容，充实个案部分内容。

道具（2009 – 12 – 01）

书录师电话，云教育部网站贴《关于教育部哲学社会科学研究 2009 年度重大课题攻关项目评审结果的公示》，第 12 项为"中国历代民歌整理与研究"。

与保善电话，说杂事。

收寄自成都之《五更歌》、《弥勒古佛降五更歌》两册。

20 世纪三四十年代，各地书坊以木刻、石印形式，大量印行通俗唱本，如宝卷、鼓词、俗曲、喜歌等，成为一惹人文化景观。有心者如能就此现象作一研究，当有收获。我以一己之力所能完成者，是专心收集某一类作品，以期成一专题。

读许倬云著《观世变》（广西师范大学出版社，2008）。许先生乃史学大家，读其书，了解其历史观与研究历史之方法。如其云"历史是一种阐释解释过去对今天的意义"（第 1 页），即深得我心。引其中《中国人的生活与精神状态》片段如次：

中国人的人生仪礼，都不断地在加强社群意识。……孩子成年了，男婚女嫁，不是为了两情相悦，而是为了结两姓之好。中国人严格遵守外婚制，即是以千丝万缕的婚姻关系编织网络，笼罩个别的亲缘族群为一体。因此，婚礼是大众参与的仪礼，新郎新娘往往只是受人摆布的道具而已。

此段论述，冷静说出婚姻、婚礼之另一面，尤其是"道具"云云，迹近冷酷，然亦为喜歌与婚俗文化研究之重要参考。

流水（2009－12－05）

看美林师，说杂事。为美林师至南图古籍部查陈作霖《金陵通传》，卷三十三有吴烺传而无吴敬梓传。

周五与朋友聚于南山专家楼，说《明代民歌集》、《明代民歌札记》。敬湘送居家礼品。饭后与振羽、保善、庆茂至龙江茶社聊天，午夜方散。

小众菜园贴署名《中国日报》网站执行总编辑周黎明致韩寒信及五岳散人致周黎明信（"请不要给别人挖陷阱"）。陈村有评语，以为"周先生写给韩寒的公开信腔调不好，文采也不好，似师似友似党似群半是怜惜半是卖了。应将自己是谁想清楚再写"。陈此前最喜"消遣"韩寒。

无错不成书，竟成通例。因赶报项目，民歌集与札记修改后，末校未能亲验，致"札记"误作"杞记"，"河南"讹成"江南"。亦有虚惊。晚间保善电话，云"曲园流水"一节，以曲园为俞平伯曾祖，恐不确。查《红梦楼学刊》2005 年第 5 期有王湜华《略述俞平伯先生的家世与前半生》，文章记俞先生曾祖俞曲园，祖父俞祖仁，父亲俞陛云。"祖仁字寿山，行二，大哥俞绍莱，字廉石。这两兄弟相对于他们的上下代而言，事迹较少，一般都略而不谈，以致有些人误认为俞平伯是俞曲园的孙子。"另张中行《柴门清话》（陕西师范大学出版社，2008）第二章倚槛忆怀有一节忆俞平伯，即"由他的曾祖父俞曲园（名樾）说起"，"由科名往下说"，略过其祖父，直接说"他的父亲俞阶青（名陛云）"。

流水（2009-12-09）

周日送书与少松师等。

文学院办公室，信箱整齐排列，独少顾复生老师。中秋节长假后上班，保善说顾老师去世消息，有惊心感觉。1995年春节，给顾老师寄贺卡，其回赠明信片以钢笔手书七绝一首，印象中有小李杜风姿。明信片在台板下放置许久，办公室数次搬迁，惜今不知去向。

余秋雨为锺山风景区作碑文，且手书勒石，引发大哗。如其文末云"主事者命余作文，方落数语，已烟霞满纸，心旷神怡"，有好事者曰：

"烟霞满纸"，本是赞美他人文笔优美的套话。揣摩作者的本意，是想说"对锺山烟霞而展纸为文，遂觉烟霞落纸，令我心旷神怡"。不料他疏于文言表达，说成"我才写了几句，就已经是烟霞满纸，美不胜收"，意思完全"走火入魔"为"王婆卖瓜"。

整理喜歌。

北大藏本与和刻本《事林广记》中喜歌类俗诗，有同有异。前者辑录27首，标题分别作拦门诗、又拦门诗（二）、答拦门诗（二）、请傧相诗、傧相交职、索请利市、索女利市、傧相插花、插花又诗、寻请新郎等；后者多出一首。标题相近而文字差别较大。

文字部分，分三种情况。一是基本相同。如北大藏本有"答拦门诗"云：

洞府都来咫尺间，门前何事苦遮拦。愧无利市堪抛掷，欲退无因进又难。

"愧无利市堪抛掷"和刻本作"寻思利物都无计"，馀三句同。

二是只一两句相同。如北大藏本"答拦门诗"又云：

从来君子不怀金，此意追寻意转深。欲望诸亲聊阔略，毋赖介绍□劳心。

和刻本则作:

　　从来君子不怀金,今日徒劳枉费心。为报一行英俊道,不须重作杜陵吟。

　　三是完全不同。此类最多,如虽标题相近,而内容各异。北大藏本"请下床诗"云:

　　相去都来跬步间,彩云元不隔巫山。两心想已皆倾倒,莫向人前强作难。

和刻本"下床诗"则作:

　　多情无语亚花王,争奈檀郎已断肠。欲讲百年夫妇礼,请移莲步下牙床。

　　得空检历朝诗集,寻此等俗诗出处。

明清民歌之比较(2009-12-11)

《金陵通传》卷三十三《吴烺小传》云:

　　吴烺字荀叔,号杉亭,上元人。始祖转自六合迁全椒。祖雯延,始居金陵。父敬梓,字敏轩,以诸生举博学鸿词,病不克赴。烺应乾隆十六年召试举人。

　　为美林师查抄、复印后,记其中无"始祖转自六合迁全椒。祖雯延,始居金陵"数语。昨电话核实,知记忆有误。

　　潘明兴有文章,标题作《清代民歌比明代逊色么》〔《广西师范大学学报(哲社版)》1987年第3期〕,由兴盛过程、题材内容、艺术特色几方面,将明清民歌作一比较,结论为"清代民歌在继明之后,又进入了一个新的繁盛时期。它在数量的增多、题材内容的广泛、艺术形式和手法的多样化诸方面,都较之明代有了新的发展,在我国歌谣史上有着重要的地位"。按以"新的发展"、"重要地位"加诸清代民歌,堪称允当,因一代有一代之文学,一代亦当有一代之民歌,不同时代民歌当然有自己特点。至若明代民歌与清代民歌之比较,此处可略作饶舌。

说民歌价值,须关联其所处背景。以明代民歌而言,其价值主要体现在与其时文学新思潮互为因果,且与李梦阳"真诗在民间"、袁宏道"闾巷有真诗"说有密切联系。离开此一背景,单论民歌价值、意义,则是见树不见林。如缺综合性背景分析,只关注民歌"兴盛"过程,所得结论容易片面。换言之,卓珂月"我明一绝"(《古今词统序》)、任半塘"明人独创之艺"(《曲谐》)、张紫晨"唐诗、宋词、元曲、明歌"(《歌谣小史》)说,均须放入特定情境中予以理解。相形之下,清代民歌袭明代民歌馀绪,在数量、内容与种类上,有所发展,民歌之外,则鲜有发挥。

综而言之,就民歌本身而言,明清民歌各有特色,本无所谓优劣高低,如作比较研究,则须考量多种因素,即将两者置入同一坐标系中,予以评估。

另潘先生云:清代民歌还有一些更突出的、比明代民歌有了进一步发展的,甚至是明代民歌所没有的艺术特色,这主要体现在长篇叙事民歌的发展成熟上。此一观点值得注意。明代有长篇叙事民歌,冯梦龙辑《山歌》中即有故事完整、情节生动、篇幅较长之若干篇什,如卷八《私情长歌》、卷九《杂咏长歌》各篇,但以存世数量与种类论,清代长篇叙事民歌确远胜明代。讨论此一问题,又涉及民歌与曲艺(如弹词、小戏及各类小唱,清末民初此类刻本、印本、抄本甚多)的联系与区别。此乃大文章,得空细说。孔网常有清末民初唱本上拍,可择部分以作分析。

四言八句 (2009–12–11)

收到寄自山东荣成成山大道中段于姓之《四言八句新闹房》(复印件)、《洞房花烛新闹房》、《新编贺新娘》。《新编贺新娘》封面有"丁卯

年冬季刊　古卧龙桥七十八号"字样，据纸张与版式判断，当刊刻于民国十六年（1927），内容容后细说。下文说《四言八句新闹房》。

此前流水曾说拍自四川三台县学街店主之抄本，依稀辨得封面有"戊寅二月十日戌时"、"癸酉年十月十七日申时"等字，结合其内容，以为时间当为1933～1938年间。抄本第一部分为喜歌，共有"一进洞房把门跨"等计12首，另收尾只有"一近（近当为进）洞房"四字，未能抄毕。今得《四言八句新闹房》，竟见抄本中喜歌内容，全在其中；《新闹房》"把门跨"之"跨"作"夸"，"进"多作"近"，抄本亦如是，由是或可认定抄本即据此本过录。

"四言八句"为喜歌别称，据字面意，形式当为每句四字，每首八句。此前拍自成都之《新编男女闹房》，"四言八句"题下，确是如此情形，如第一首云：

新人离娘，必有祯祥。坐过花轿，金玉满堂。早生贵子，天下名扬。穿衣吃饭，赛过帝王。

然《四言八句新闹房》并不遵守此一格式，全书中只有少部分合"四言八句"制式。如云：

今夜贺房，必有祯祥。福禄寿喜，儿孙满堂。入学中举，身着紫袍。步步登高，一品当朝。

又云：

告辞又留，贺房解愁。半夜五更，睡在一头。早生贵子，保定龙楼。文官拜相，武官封侯。

其中"祯祥"、"早生贵子"、"儿孙满堂"等等，均为喜歌中常用语汇。

《汉唐文学与文献论考》(2009 - 12 - 17)

读《汉唐文学与文献论考》(陈尚君著，上海古籍出版社，2008)。可作为研究生必读书。开篇(代序)为《传统考据与现代学术》，说治学心得云：

> 我对乾嘉到近代的众多学术大师，必怀敬仰，喜读有关著作，虽不能至，心向往之。体悟较直接的，如钱大昕讲为学先做札记，已作札记与前人偶合者概予删去；王国维学问博大、敏锐，考证要言不烦，常如锥刺直入；陈寅恪尤善发掘常见文献的特殊义蕴，见人所未见；陈垣重史源，探义例(理?)，以"毋信人言"为治学金言；余嘉锡讲究以目录治学，我都得到启示。

"为学先做札记"云云，得我心焉。另梁启超《清代学术概论》第十三说其时"正统派之学风"，归纳其特色如次：一、凡立一义，必凭证据；二、选择证据，以古为尚；三、孤证不为定说；四、隐匿、曲解证据均为不德；五、喜罗列同类事项作比较研究，求其公则；六、采旧说必注出处；七、所见不合则相辩诘，虽弟子难本师亦不避；八、辩诘以本问题为范围，词旨务笃实温厚，不可盛气凌轹，或支离牵涉或影射讥笑；九、喜专治一业，为"窄而深"之研究；十、文体贵朴实简洁，忌"言有枝叶"。此十条，任公作持平论，以为不能以有用无用衡之，并云"夫清学派固能成为学者也，其在我国文化史上有价值者以此"。"传统考据与现代学术"一章，则明言此乃学术规范，"至今仍值得治国学者遵守"。

流水 (2009 - 12 - 23)

与勇刚聊天，说民歌整理与研究事。学术圈亦一江湖，我于边缘行走，自得其乐，未尝不可。勇刚曰：你不在江湖，江湖有你的传说，好。继承老师手书一札，云收到拙著，又简捷地翻看，不由得命笔抒意。

"一看书名就让我颤心,那种境界,那种心境,现世少有矣。吾友博客做到这个份上,也是为'博客'争无尚之光了。"

与保善电话,说卓人月事。潘承玉有文,曰《明清之际杭州卓氏四作家生平事迹考补》(《绍兴文理学院学报》第 24 卷第 2 期,2004 年 4 月),介绍人月生平事甚详。文章云人月乃杭州仁和卓氏在晚明文坛之闻人,"继承了万历袁宏道以来诗主性情、不囿时习的精神,反对前后七子的矫揉造作、仿拟古人,并为寻找适合于自己的独特风格进行了不懈的探索";其与徐士俊合辑《古今词统》16 卷,自著诗集《蕊渊集》12 卷、文集《蟾台集》4 卷、《晤歌词》12 卷及杂剧《花舫缘》。《卓氏遗书》卷二《家传》载:"人月,字珂月,万历丙午四月十二日生",《潋篱集》卷十一《人间可哀集序》云"崇祯九年九日庚午,卓人月卒",享年 31 岁(1606~1636)。天嫉英才,诚可痛乎。

台湾"中央大学"图书馆有该校中国文学研究所硕士研究生蔡谷英学位论文《明代小曲研究》,其摘要云:

"小曲"体例,在明代独树一格。兴起之初在乡野间广泛流传,之后进入城市,成为都市娱乐生活的重要部分。文人注意到小曲风靡大众的魅力。除了采集、编辑小曲集子之外,更进而创作,使今日可见的明代小曲留下令后世惊叹的大量资料。明代小曲的流行与都市中频繁的商业与娱乐活动密切相关。由明代小曲的内容,可窥见明代市民生活的种种。包括男女情爱带来的喜怒哀乐、民间生活的不同面相、广大民众由衷的心声,都如实反映在这些作品中。此外,透过不同的修辞与形式,小曲展现其在明代极其通俗,却也极生动的一面,而能切中民众心中所思,终能广为流布,蔚为大观。

论文重在本体研究,与拙作《明代民歌研究》探究民歌与晚明文学新思潮之互动关系有别。发电邮与图书馆执事,询作者联系方法。

流水（2009 – 12 – 23）

网上洽购旧木刻本《小曲新五更》。起首云：

  一更一点月照窗，手摸窗框脚踏厢。二八佳人灯下坐，十指尖尖绣鸳鸯。二更二点近房门，姐儿一见喜盈盈。姐儿开门开嘴笑，连把郎君叫几声。

此前手中已有类宝卷《五更曲》两册。五更调（曲）历史悠久，可仿顾颉刚搜集、整理、研究孟姜女故事做法，成一专题。另刘复、李家瑞辑《中国俗曲总目稿》上册第419页有"五更五点"两首，一为上海石印本，一是北平铅印本，内容相近。上海本起首云：

  一更一点月正亮，盘门白相，呀得唅，盘门白相。花烟间里野闲忙，连路喊在是姣娘，呀得唅，在是姣娘。二更二点月正清，点支烟灯呀，呀得唅，点支烟灯呀，时路大姐叫阿金。

《上海戏剧》1981年第4期有顾乐真文章，标题作《明代传奇中的山歌小曲》，文章云"在现今留存的一些明代散出戏曲刊本中，如《玉谷调簧》、《词林一枝》、《尧天乐》中，都同时载有不少的'劈破玉歌'，说明了明代戏曲与山歌这两种文学形式之间的密切关系"。按网络有资料云：

  《尧天乐》全称《新锓天下时尚南北新调尧天乐》，明末殷启圣选辑，辑录《红叶记》、《金台记》等传奇单出，另有元杂剧《西厢记》中一折。所选传奇《金台记》、《双璧记》二种颇罕见。此书分上下二卷，版式分三栏，上下两栏多录传奇散出，上卷中栏附《时尚笑谈》，下卷则附《时尚酒令》。

《尧天乐》收入王秋桂编《善本戏曲丛刊》，翻阅多次，未见其中有"劈破玉歌"。周末至南图，当重检一过。

刘复为《中国俗曲总目稿》作序，说及歌谣与俗曲之区别云：

歌谣与俗曲的分别，在于有没有附带乐曲：不附乐曲的如"张打铁，李打铁"，就叫做歌谣；附乐曲的如"五更调"，就叫做俗曲。所以俗曲的范围很广的：从最简单的三句五句的小曲起，到长篇整本，连说带唱的大鼓书，以至于许多人合同扮演的蹦蹦戏，中间有不少的种类和阶级。

私意我之所谓民歌，范围又广过俗曲，包括刘先生此处所说之歌谣与俗曲。

鄙乡旧称塾师为教书先生，医者为医生先生，看风水者为地理先生——"生"为词尾，不发声。今见台湾茉莉二手书店售曾子南著《陈副总统墓园丛谭》（竹林书局，1971），后附蠹鱼头评注云：曾子南是战后台湾最负盛名的"地理仙"之一。至今为人所津津乐道的堪舆杰作，王永庆家族之外，就属"前副总统"陈诚的泰山墓园了。此书详述曾子南为陈诚卜点墓园的因缘始末，以及相关新闻报道。按"地理仙"三字，较"地理先生"更有意趣。

撒帐与撒帐歌（2009 - 12 - 25）

查《尧天乐》，确如昨日流水所说，"上卷中栏附《时尚笑谈》，下卷则附《时尚酒令》"，无"劈破玉歌"。

某日明平说吾乡虞美人草与虞姬传说。九段老师《历史的侧影》（吉林出版社集团公司，2009）之《不死的项羽》说及此事，以为"虞美人草，就是因为虞姬而得名，其得名时间应不迟于宋代。《辞源》'虞美人'条引民间传说，沈括作《虞美人曲》，此草枝叶皆动"（第143页）。书引杨慎《丹铅续录》卷十一《虞美人草》云：

《贾氏谈录》云：褒斜谷中有虞美人草，状如鸡冠，花叶相对。又引《益州草木记》云：雅州名山县出虞美人草，唱虞美人曲，应拍而舞。《酉阳杂俎》云：舞草出雅州。《益州方物图赞》虞作娱。唐人旧曲云：帐中草草军情变，月下旌旗乱揽衣。推枕怆离情，远风吹下楚歌声。正三更，乌骓欲上重相顾，艳态花无主。手中莲锷凛秋霜，九泉归去是，仙乡恨茫茫。

九段另录袁枚《过虞沟游虞姬庙》诗等。按沈括曾为沭阳主簿，子才曾为沭阳令。《虞美人曲》、《游虞姬庙》等等，均为难得乡邦文献。

流水此前说北大藏本、和刻本《事林广记》均辑有形制完整之《撒帐歌》，其与《快嘴李翠莲记》中《撒帐歌》一道，可视作较早喜歌遗存。《撒帐歌》见于宋元，撒帐习俗则由来久矣。赵翼《陔馀丛考》卷三十一有云：

> 《知新录》云：汉京房之女，适翼奉之子，房以其日三煞在门，犯之损尊长。奉以为不然，以麻豆谷米禳之，则三煞可避。自是以来，凡新人进房，以麻米撒之。后世撒帐之俗起于此。按此说非也。撒帐实始于汉武帝，李夫人初至，帝迎入帐中，预戒宫人遥撒五色同心花果，帝与夫人以衣裾盛之，云："多得子多也。"事见《戊辰杂抄》。唐中宗嫁睿宗公主，铸撒帐钱重六铢，文曰"长命富贵"，每十文系一彩绦。今俗婚姻奁具内多镌"长命富贵"等字，亦本于此。

查《戊辰杂抄》有李际期宛委山堂刻本。又"撒帐"有作"洒帐"者。伊永文《东京梦华录笺注》引孙宝瑄《忘山庐日记》壬寅九月二十二日内容云：

> 俗有洒帐之列，盖剪彩包裹枣栗之类，谓之"喜果"，取以布散帏幕间，旦须诵喜词。使余任其事，余枯窘不知作何语，新吾教余宋人洒帐之歌，使熟记，待洒时遂唱曰：洒帐东，帘幕深围烛影红。佳气葱笼长不散，画堂日日醉春风。洒帐西，锦带流苏四角低，龙虎榜中标第一，鸳鸯谱里稳双栖。洒帐南，琴瑟和鸣乐且耽，碧月团圞人似玉，双双绣带佩宜男。洒帐北，新添喜气眉间塞，芙蓉并蒂本来双，广寒仙子蟾宫客。洒帐中，一双云里玉芙蓉，锦衾洗就湘波绿，绣枕移就琥珀红。洒帐毕，诸位亲朋齐请出，夫夫妇妇咸有家，子子孙孙乐无极。

此处"宋人洒帐之歌"，味近《李翠莲记》中《撒帐歌》，而后者《撒帐歌》，"与《翰墨全书》乙集所录完全一致"（伊永文《行走在宋代的城市》，中华书局，2005，第226页。札记曾云伊著《城市》说宋代婚俗、引喜歌"惜未注明出处"，实大部分出自《东京梦华录》、《事林广记》、《李翠莲记》等）。《续修四库全书》收《翰墨全书》，得空细查。又《城市》云"南宋城市则没有拦门一礼"（第224页），不知何据。

喜歌释义·续三（2009-12-28）

此前说喜歌释义，曰近代较早使用"喜歌"一词者为《歌谣》周刊编辑徐芳等人。往前溯，清郭小亭《济公全传》与姜振名、郭广瑞《永庆升平前传》中均有"喜歌"出现。如前者第一百三十一回《吐实情马氏拉卞虎　定妙计佛法捉贼人》有云：

　　和尚一直来到卞虎的门首，一瞧悬灯结彩，热闹非常。和尚来到大门前说："辛苦辛苦！"门上管家一看，说："大师父快去罢，我们员外大喜的日子，你赶什么来了？"和尚说："我念喜歌来了。"管家说："没有出家人念喜歌的，你快去罢。"和尚说："咱们是乡亲，你叫我得几吊好不好？"管家一听和尚的口音，说："大师父你是台州府的么？"和尚说："是呀！"管家说："我念与你是乡亲，念罢，念完了，我到帐（账）房给你要银两用。"和尚说："劳你驾罢，我念：悬灯结彩满堂红，锦绣门挂锦绣灯。和尚至此无别事，特意前来念藏经。"管家说："和尚你别念藏经呀，这是叫我们员外听见，立刻就把你送衙门。你念吉祥的。"和尚说："悬灯结彩满门昌，千万别添女家旁。福神喜神全来到，阎王有信请新郎。"管家一听，说："和尚你是找打，你念好的罢。"和尚说："我不会了，你给我要钱去罢。"

后者第一回《康熙爷览奏私访　胡忠孝异乡受困》有云：

"你念一个喜歌,我给你一百钱。"那人说:"我不会念喜歌,休得胡说!"这小子望那人身背后一瞧,见一女子十分美貌,怎见得?有赞为证:发似青丝面芙蓉,鼻如悬胆耳似弓。樱桃小口含碎玉,天庭饱满地阁丰。淡淡春山含秀气,玲玲秋水透聪明。身穿布衣多齐正,裙下金莲一拧拧。衫袖半吞描花腕,十指尖尖如春葱。捧心西子真堪似,水笔丹青画不成。

喜歌又称愿辞。陈鹏著《中国婚姻史稿》卷十《结婚》,说撒帐与撒帐歌甚详,云依敦煌发现资料,唐代民间撒帐均用金钱,撒帐时须念"愿辞",以祝吉利。书引《敦煌掇琐》云:

凡成礼,须在宅上西南角吉地安帐,铺设了,儿郎索果子、金钱撒帐,愿云:今夜吉辰,某氏女与某氏儿结亲,伏愿成纳之后,千秋万岁,保守吉昌;五男二女,奴婢成行。男愿总为卿相,女即尽娉公王。从兹祝愿已后,夫妻寿命延长。

《史稿》又引《金雀记》第九出《成亲》云:

(净)一对新人牵出来……夫妻对拜,礼毕,请揭方巾。撒帐东西南北中,二三五点喜相逢。饱学相公穿着绿,多娇小姐满身红。传芳堂上行佳礼,聚景轩前饮玉锺。吃得七分沉醉后,牢栓紧闭暖屏风。明年生下五男并二女,一家和气暖溶溶(融融)。

《史稿》引《新中华杂志》第五卷第十三号向达文章《记伦敦所藏的敦煌俗文学》,指伦敦所藏敦煌卷子中有《下女夫词》一本。又引胡怀琛、杨荫深选注《民歌选》"蔷薇花,月月开"等内容。胡、杨《民歌选》少见,当留意(均见《结婚·下》)。

苏州喜歌（2009-12-29）

接电话、邮件若干，说民歌集、札记事。

流水曾说自孔网拍得木刻唱本《新编贺新娘》，封面署"丁卯年冬季刊 古卧龙桥七十八号"。查《中国俗曲总目稿》上册第111页，《白玉簪》下注"四川 木（刻本）古卧龙桥第五十号"。

收到寄自山东荣成铅印本《光棍哭妻》、石印本《华容道后三国·三请诸葛 甘露进香 水淹七军》、抄本《请启活套》。《中国俗曲总目稿》上册第460页有《光棍哭妻》二，其一列出内容与此铅印本相近，下注"北平 木（刻本）义和堂"，知铅印本或翻改自义和堂本。义和堂本起首云：

  正月里来锣鼓敲，光棍思妻好心焦。去年有妻同欢乐，欢天喜地闹元宵。开开门，往外瞧，观见了一对女子来过桥。光棍吊下伤情泪，哭一声贤妻那去了。

铅印本则云：

  正月里来锣鼓敲，想起贤妻好心焦。去年有你同欢乐，夫妻双双闹元宵。开开门，往外瞧，对对佳人去走桥。低头吊了几眼泪，结发贤妻那去了。

此前曾说苏州大四句。《总目稿》记苏州刻本、印本喜歌不止一处。如下册第758页有《挑子桶喜话》（一名《铺房吉利喜话》），起首云：

  （头门）初到喜门亮堂堂，身挑子桶站当场。八仙先进齐称福，还有张仙送子忙。一到喜门喜冲冲，百子千孙出桶中。福如东海长流水，寿比南山不老松。

第871页有《送房合卺喜话》，起首云：

众客送新郎　好，入洞房　好，灯烛辉煌　好，喜气洋洋　好。象牙床　好，左鸳鸯　好，右凤凰　好，鸳鸯成对　好，凤凰成双　好。芙蓉对金菊　好，织女对牛郎　好。

　　此处各句后接之"好"字，为众宾客和声，即流水曾说"一唱众和"之"和"。此俗至今在苏北乡村仍常见，不知吴地是否尚有遗存。

　　《总目稿》收俗曲六千馀种，刘半农序言中称来源大致为车王府曲本、国立北平图书馆藏本、故宫博物院藏本、史语所藏本，此外有少部分为其私人藏本。电话询继承老师，并嘱留意苏州喜歌文献。

流水（2009-12-30）

　　整理几年来自多种渠道所得民歌抄本、印本资料，对照《中国俗曲总目稿》，益知文献抢救之艰难与重要。刘半农说当年搜求俗曲资料之不易，颇有感慨。刘先生云，孔德学校购入大批车王府曲本（装满两大书架），居然以50元成交，消息传开，"俗曲的价格，逐日飞涨：当初没人过问的烂东西，现在都包在蓝布包袱里当宝贝，甚至于金镶玉装订起来，小小一薄本要卖两元三元。这对于我们有志搜集的人，当然增加了不少的困难"。"困难"云云，感同身受。三年前此类"烂东西"十元数十元亦少人问津，如今因有我等鼓吹，书贾抬价、惜售，几成一景。

　　电话与南图古籍部，询民国地方戏曲、歌谣等文献入藏情况。此类文献向不受人重视，恐已存世无多。刘半农、李家瑞辑录《总目稿》时经眼近万种，国图、北大或保管完好，史语所部分，不知今在何处。另郑振铎、赵景深、傅惜华、吴晓铃诸先生私人收藏，庋置各地，亦当逐一寻访。

　　翻检明人笔记中喜歌与婚庆习俗记载。

　　其一，沈榜《宛署杂记》卷十七《民风一》之"婚礼"条云：

　　庶民家男女年命合婚，得吉即往相视，留一物示意，簪花、戒指、巾帕之类。次行小茶礼，物止羹果，数用四或六，甚至十六，数随家丰俭。大茶，别加衣服，勋戚富贵家金珠、玉石，有费百千者。娶前一日，婿家以席一雄鸡二，并杂物往女家，号曰催妆。新妇及门，初出舆时，婿以马鞍置地，令妇跨过其上，号曰平安。妇进房令阴阳家一人，高唱催妆诗，以五谷及诸果遍撒，号曰撒帐。妇家以饮食供送其女，或加服饰、酒礼，遍拜婿之诸亲，随时举会，号曰做三朝；曰做单九；曰做双九。逾月更迎婿，偕女留连，月馀乃罢。

其二，张岱《陶庵梦忆》卷五《扬州瘦马》有云：

> 不一刻，而礼币、糕果俱齐，鼓乐导之去。去未半里，而花轿、花灯、擎燎、火把、山人、傧相、纸烛、供果、牲醴之属，门前环侍。厨子挑一担至，则蔬果、肴馔汤点、花棚糖饼、桌围坐褥、酒壶、杯箸、龙虎寿星、撒帐牵红、小唱弦索之类，又毕备矣。不待复命，亦不待主人命，而花轿及亲送小轿一齐往迎，鼓乐灯燎，新人轿与亲送轿一时俱到矣。新人拜堂，亲送上席，小唱鼓吹，喧阗热闹。日未午而讨赏遽去，急往他家，又复如是。

流水曾数度说催妆事，并引朱彝尊、于敏中《日下旧闻考》卷一百四十六"娶前一日，婿备物往女家曰催妆"等文字。《旧闻考》所记，或沿自《宛署杂记》。

辞旧（2009 - 12 - 31）

收到寄自四川省三台县学街陈记古旧书屋之木刻唱本《醒人心》一册，序后署"同治五年黄钟月朔日超凡子赖凤洲题"，分元、亨、利、贞四集，计有养育歌、姑嫂歌、劝孝歌、妯娌歌、怀胎歌、戒嫖歌、戒赌歌、看戏歌、敬神歌、醒悟歌等。教化性质俗曲，为一大种类，纸张虽差，开本却阔大，刻工亦不恶，其中内容，多为常理，无甚精彩处。录《师徒歌》片段如次：

士农工商不一等，除了耕读是营生。七十二行有根本，都是前传到而今。我今不劝别一等，奉劝七十二行人。行行都要招弟子，莫把徒弟不当人。徒弟虽然是外姓，也是父母来所生。若是年轻骨头嫩，活路莫与他认真。纵然愚蠢生得笨，还望师傅来教成。

　　一年将尽，简单总结。
　　最大成绩，是民歌集与札记出版。四下拱手，铭感五内。12月25日晚间，陪女儿至江苏路教堂看感恩赞美会，氛围热烈。有人唱《同路人》云：我们都是同路人，才会有同样的经历。只因为我们都是同路人，才会有同样的追求。同甘苦，共患难，只有同路人最亲。同流泪，同喜乐，只有同路人最诚。
　　我非教友，然于"同路人"感受最深。
　　旧事了，新事又来。喜歌整理与研究启动，争取年内小成；拟《清代民歌时调文献集》与《近代时调小曲集》体例，修订《明代民歌研究》与《老民歌》，谋划前说"民歌与民歌学丛稿"印行事。
　　然后调整休息。
　　不如意处说无益，自作自受。给自己提要求。心态好，常锻炼。坚持何其难，难也得坚持。我坚持。

2010年1~12月

流水（2010-01-04）

　　收到卓越网寄《中国民间文艺学年鉴　2004年卷》（刘守华　白庚胜主编，华中师范大学出版社，2006），第六编"民间歌谣及叙事长诗研究"综述部分，说及拙作《明代娼妓和民歌关系论略》（《南京师范大学文学院学报》2004年第3期），云娼妓与民歌之联姻，在民歌发生、发展史上，具有重要意义，但由于妓女身份的特殊性和敏感性，很少有学者研究娼妓与民歌关系。某"大胆创新，考察了大量与娼妓有关的民歌，对明代娼妓与民歌之间的关系进行了梳理评析"，"认为明代民歌纵情声色的特点极其明显，无论是内容和形式的丰富，还是作者队伍的壮大和作品的流布，都离不开娼妓的加入"，论文"给中国文学史的研究提供了一个新的视角"。

"论文摘要"部分,由欧阳梦摘编拙作要点。

收到寄自山东荣成之木刻本《普劝善言》、木刻本影印件《小寡妇认干儿》、《割韭菜》。

《普劝善言》封面题署"宣统元年新刊","板存渝城木牌坊邓　今古堂印送不取板□",目录下另题"醒悟人心"。内容包括养育歌、养亲歌、公婆歌、训子歌、训女歌等43则,另附无钱行善歌。此乃典型劝善俗曲,流传久范围广,深得民众喜爱。查百度,知《长江日报》主办之汉网,有图文《土家皮影戏"重见天日"》(2004年3月18日),云五峰土家族自治县湾潭镇农民柳庆训出身于皮影戏世家,曾"手抄《娘教女》、《普劝善言》两部大型土家民歌抄本"。"土家民歌抄本"之《普劝善言》,未知是否即此书。又"老干部之家"有人录《老尊歌》,起首云:

奉劝世间为老人,身为父母要公平;大小媳妇你迎进,儿女长幼是你生。骨肉相连心相映,十指连心个个疼;是非曲直要公正,长幼尊卑各分明。只要爹妈心公正,弟兄姊妹自和群;有等父母真愚蠢,溺爱时常起偏心。

歌后有注,云"Lzc据罗栋先生手抄本《普劝善言》订正,2000年庚辰岁孟冬"。"罗栋先生手抄本《普劝善言》",与木刻本《普劝善言》当为一书。木刻本作"为老人歌"(目录为"老人歌"),起首云:

奉劝世间为老人,身为父母要公平;长幼媳妇你接进,大小儿女是你生。一人骨脉来抚引,十个指姆个个疼;为人父母要公正,岂有儿媳不奉承。有等父母真愚蠢,溺爱不明起偏心。

《小寡妇认干儿》、《割韭菜》均为淫亵小唱本,前者中署"小寡妇认干儿三妙奇段　新刊妙中姻缘　京都藏板"。全本篇幅较长,情节曲折,是"小寡妇"系列中较为生猛一种。后者起首云:"十七十八女裙衩,未从出阁怀抱胎。渐渐花儿开,花儿渐渐开。"愈后愈不堪,言辞粗鄙,趣味低俗,只有"立此存照"价值。

流水（2010-01-07）

送昳丽民歌集与札记，闲聊。

王慧短信，问地址。

与人说杂事。年岁与脾气同长。我少耐心。

保善发邮件，嘱看山人文学材料。

《咬文嚼字》为作家挑语文差错。某作家作品中出现如此文字："用韩愈的话说，这就叫'三省吾身'；用孔夫子的话说，这就叫'慎独'。"有记者采访，问因何犯此错误，作家云"写到这里时，心中有过存疑，但一晃就过去了"。

收到寄自郑州市二七区民安路某号院之《文昌吕祖戒淫文》、广东汕头瑞平路某小区之《观音普劝》。前者石印，署"癸酉夏五月　文帝吕祖戒淫文　南阳城内党部街益文印刷　每百本价银一元邮费在内"。由"党部街"可知"癸酉"或为1933年。后者木刻本，署"宣统己酉年捐刊　观音普劝　倡首　刘复清　欧德缘　板存永州府三一堂"。均为说教一类，苦口婆心劝人，至今常见，只不知效果如何。

怀旧是杀人利器。天涯"八卦江湖"有人贴数年前青涩情书，引发跟帖如云。手上青春还剩多少，思念还有多少煎熬。无意重读那年的情书，时光悠悠青春渐老。你是否也还记得那一段的美好，也许你早已经弄丢掉。但也许，这样才最好。网友贴江美琪《那年的情书》，契合情境，另成一景。

《西湖二集》（2010-01-10）

美林师签送新旧著述若干。

王慧寄题款紫砂茶具。

安若老师布置作业，命其取一字并作文。就此说古人名、字之一般规则（相近、相背（悖）、相辅），说课本《五柳先生传》中"晏如"意。另列《史记·司马相如列传》（"及臻厥成，天下晏如也"）、嵇康《幽愤诗》("与世无营，神气晏如")、颜之推《颜氏家训·慕贤》("内外清谧，朝野晏如")、范仲淹《君以民为体赋》("君惠则其民晏如")诸例。

流水曾说谢三娘事，指《大明天下春》中有许多歇后语如"孔明七擒孟获——要他心服"、"关公赴单刀会——期他得过"等，李福清以为从中可看出此类小说、戏剧在民间影响之深刻。类似材料不独《大明天下春》有。如拟话本《西湖二集》第四卷《愚郡守玉殿生春》有云：

就把这远志、石菖莆（蒲）等样买了数百筋，煎成一大锅，就像《西游记》中五庄观混元大仙要用滚油煎孙行者的一般，把赵家孩童和头和脑浸在水内一二年，也不过浸得眼白口开肚胀而已，到底心窍只是不通。

第十三卷《张采莲隔年冤报》有云：

话说从来冤冤相报，劫劫相传，徐文长《四声猿》道："佛菩萨尚且要报怨投胎，人世怎免得欠钱还债？"

第十四卷《邢君瑞五载幽期》有云：

看官，你道鱼篮观音菩萨是怎生一个出处？莫要把《西游记》上之事当作真话。那《西游记》上一片都是寓言，切莫认真。

同卷又云：

五更之时，辞别吴秀才出门而去，就像《牡丹亭记》道"秀才休送，以避晓风"。每每戌时而来，寅时而别。

第十六卷《月下老错配本属前缘》有云：

说话的，你只看《水浒传》上一丈青扈三娘嫁了矮脚虎王英，一长一短之间，也还不甚差错。那潘金莲不过是人家一个使女，几分姿色，嫁了武大郎这个三寸钉谷树皮，他尚且心下不服，道错配了对头，长吁短叹。

此外，第十九卷《侠女散财殉节》、第三十四卷《胡少保平倭战功》等处，分别提及《牡丹亭记》、《琵琶记》等。《西湖二集》刊刻于明崇祯朝，由书中此等记载，确可觇知其时小说、戏曲作品在民众中传播情况。

另《张采莲隔年冤报》云"杭州人每以冬至后'数九'"，并录"数九歌"云：

> 一九二九，相唤不出手。三九二十七，篱头吹觱篥。四九三十六，夜眠如露宿。五九四十五，太阳开门户。六九五十四，贫儿争意气。七九六十三，布袄两头担。八九七十二，猫狗寻阴地。九九八十一，犁钯一起出。

"数九"习俗至今仍存，"数九歌"为民歌中知名品类。

唐圭璋编《全宋词》，《凡例》云"元明小说中词题作宋人者，辑为《元明小说中依托宋人词》"（中华书局，1965。第五卷正文中则作"元明小说话本中依托宋人词"），唐先生所列"引用书目"之"话本、小说类"文献共计10种，无《西湖二集》，而《西湖二集》中依托宋人词者多有。又据云《全宋笔记》计划出百种，有心辑佚者不知可自其中发掘多少资料。

无奈与挣扎 (2010-01-13)

书录师电话，说杂事。

读书须细。札记说陆龟蒙《和袭美春夕酒醒》诗，由"满身花影倩人扶"而云"香艳"，不妥。"倩人"与"倩红巾翠袖"，到底不同。

收到寄自广州市海珠区得胜岗某号旧抄本一册。流水曾说王尔敏关注市井文人、落魄儒士之记录，以为其可补史章之缺漏。我以为然，并尝试以理解、同情之心，于文化演进、社会发展总体格局中，发掘此类文献特有价值。此抄本即具此意义。抄本内容包括称呼、各类帖式举例等，能反映数十年前一地民间社会生活面貌之一斑。如"称呼"有云：

> 对夫　称良人　或称夫君　自称妻
> 对妻　称室人　自称夫
> 对师傅　称老夫子　自称门生
> 对徒弟　称贤契　自称友生
> 对僧人　称大禅师　自称侍教生
> 对道人　称大法师　自称法弟

"良人"、"室人"、"门生"、"友生"云云，今已少有人知。更少有人知者如"癣汗帖"云：

> 我是上主斗宫娘，玉皇差我下天堂。发冷发热俱是我，我命死在这饼上。

又：

> 九龙山上一池水，一条青龙九条尾。青龙不吃别的物，但吃百般癣汗鬼。

又：

> 我从东方来，路遇一池水。水中有一物，九头十八尾。问你何所食，但吃七七四十九种癣汗鬼。

"我命死在这饼上"云云，指作法者或以某种"饼"为道具。"小孩哭夜帖"旧时乡间常见，抄本所记，与各地流传者相近：

> 天黄黄，地黄黄，我家有个哭夜郎。写张大字贴南墙，行路君子念三遍，一觉睡到大天亮。

此外尚有"镇夫妇不和式"、"为猪有病帖"、"呼日歌"等。抄写者一笔不苟，透露之意蕴，委实多矣。如面对秩序之拘谨，面对难厄之无助，无助中复夹杂某种幻想，等等。在本朝则美政，在下位则美俗，千百年来大儒小儒多有此种理想，抄本所体现者，除"美俗"外，是破纸而出的种种无奈与挣扎。

利市（2010－01－15）

处理杂务，疲惫不堪。

收到寄自广州之木刻本《妇孺浅解》、《正字好唱金丝蝴蝶》。

《浅解》分天文、地理、宫室、人类等诸多部分，向特定人群普及百科知识，用心良苦，由此亦可见出人类社会演进之艰难轨迹。据短板理论，社会整体之文明程度，当由最弱势群体决定。而数百年来为最弱势群体谋利争权诸君之种种努力，尤让人钦佩。如《浅解》末有《大脚歌》云：

> 大脚歌，大脚歌，大脚好处好得多。天生人人俱两足，何独妇女挨挫磨。太平犹只可，不堪相逢贼与火。肇庆往时客家反，台湾昔年日本祸。妇女死的无限数，都为人人两脚裹。……缠脚恶风俗，真如生地狱。只因婚配两字难，欲缠不缠多瑟缩。

依事说理，情动乎中，何等剀切感人。另书中有"新会广智义学捷法章程"，说识字新法，亦为扫盲史、义工史、社会史等之难得材料。

《金丝蝴蝶》封面署醉经书局印行，地址在广州光复中路四十一号，电话一一五三一。书分五卷，通篇七字句唱词，似演绎家常故事，得空细览。其末章曰"拦婚抢嫁"，尽见其时风俗。

整理喜歌。

流水说和刻本《事林广记》之撒帐歌后，有"撒帐毕求利市"四句云：

> 烛摇红影月扬波，撒帐周回意若何。从此公侯生衮衮，花红利市

也须多。

北大藏本则作：

> 今宵撒帐称人心，利市须抛一井金。我辈探花归后，从他两恋香衾。

两处均说及"利市"（今多作"利是"）。为他人贺喜同时不忘为自己求利市，诚可哂哉，然历史悠久。流水屡引赵翼《陔馀丛考》卷三十一文字云：

> 撒帐实始于汉武帝，李夫人初至，帝迎入帐中，预戒宫人遥撒五色同心花果，帝与夫人以衣裾盛之，云："多得子多也。"事见《戊辰杂抄》。

宫人撒花果，"帝与夫人以衣裾盛之"，他人如何反应，不得而知。《旧唐书·舆服志》说障车事云：

> 太极元年，左司郎中唐绍上疏：士庶亲迎之仪，备储六礼，所以承宗庙，事舅姑，当须婚以为期，诘朝谒见。后者下俚庸鄙，时有障车，邀其酒食，以为戏乐。近日此风转盛，上及王公，乃广奏音乐，多集徒侣，遮拥道路，留滞淹时，邀致财物，动逾万计，遂使障车礼贶，过于聘财，歌舞喧哗，殊非助感。

以障车而邀酒食进而财物，此俗数年前在吾乡犹见。而贺喜过程中撒帐乃至其他场合（如看新人、上菜等）求利市之性质，与其一也。

花红 (2010-01-18)

周日至南图四楼民国和江苏地方文献室看乡邦文献。

无知无畏。《古城沭阳》有序，起首云江淮平原有两座有名古城，一扬州，一沭阳。

流水说喜歌，以为须放入传统仪式歌框架中考察其文化意义。仪式有无尽内容。1月14日《南方周末》有文曰《为什么要骂张艺谋——张艺谋批评史》，引张氏语云："我在《大红灯笼高高挂》中表现高墙大瓦，一成不变、坚固的东西对人造成的压力和桎梏。点灯、封灯、吹灯、灭灯，我们加了很多的仪式。我觉得我们生活中有很多东西，就像仪式一样每天在重复，包括我们的社会活动和政治活动，这些形式构成了一种象征性。可以说，这种象征性隐含了我那个年代的一种忧患意识。"

由仪式而及象征性、忧患意识，张非浪得虚名。

翻《明清上海稀见文献集》（人民文学出版社，2006）。流水曾由明代民歌说竹夫人与汤婆子。清萧诗《释柯集》有咏两物诗，分列如次：

其一

玲珑骨节最风流，选得清娥用寒修。有意聘君湘水族，多情伴我醉乡侯。匡床石枕时专夜，香汗冰肌合避秋。宛转慧心元七窍，却怜天女别牵牛。

其二

雪夜微酣入睡乡，喜君称到合欢床。知寒总为心常热，荐暖应知德不凉。锦袱裹包羞涩貌，温柔涵养粉花香。三冬莫问伊谁伴，别有铅华小鬈妆。

沈德符《万历野获编》说时尚小令，为研究其时民歌传播与接受情形重要资料。德符（1578~1642），字景倩，一字景伯，又字虎臣，秀水（今嘉兴）人。生于明神宗万历六年（1578），卒于思宗崇祯十五年（1642）。侯岐会（1595~1647）《日记》有《与德符》书，此德符非彼德符。

前说利市。利市又称花红。《东京梦华录·娶妇》云"从人及儿家人乞觅利市花红等，谓之拦门"，明无心子《金雀记》第九出《成亲》云"撒帐已毕，宾（傧）相请出。又有花红，又有酒吃"，即此意。

拦门 (2010 – 01 – 19)

前说《旧唐书·舆服志》障车事,以为由障车而邀酒食、财物,与婚庆中借喜歌而乞利市花红,性质相同。换言之,说唱喜歌,本意是为烘托喜庆气氛,其中同时夹杂说唱者自身利益诉求。此种诉求之始,或可自拦门习俗说起。

拦门有两种。一种在夫家。宋吴自牧《梦粱录》卷二十说其时临安嫁娶情景云:

> 其女家以酒礼款待行郎,散花红、银碟、利市钱会讫,然后乐官作乐催妆,克择官报时辰,催促登车,茶酒司互念诗词,催请新人出阁登车。既已登车,擎担从人未肯起步,仍念诗词,求利市钱酒毕,方行起担作乐。迎至男家门首,时辰将正,乐官妓女及茶酒等人互念诗词,拦门求利市钱红。克择官执花斗,盛五谷豆钱彩果,望门而撒,小儿争拾之,谓之撒谷豆,以压青阳煞耳。

另一种在女方。前引徐珂《清稗类钞·音乐类》有云:

> 其娶妇而亲迎者,婿必多求数人,与己年貌相若,而才思敏给者,使为伴郎。女家索拦门诗歌,婿辄握笔为之,或使伴郎代草,或文或不文,总以信口而成、才表华美者为贵。至女家不能酬和,女乃出阁。此即唐人催妆之作也。

前一拦门,明确欲"求利市钱红"(钱红即花红);后一拦门,唐人只索诗歌,后世亦索利市花红。而女方拦门之俗,当缘于掠夺婚风俗。陈顾远《中国婚姻史》(商务印书馆,1998,影印版)第三章婚姻方法说掠夺婚事甚详,节引数语如次:

> 《说文》云:"礼,娶妇以昏时,故曰婚。"而娶妇必以昏者,当系古代劫略妇女,必乘妇家不备,而以昏时为便。后世沿用其法,遂以婚礼为名。刘师培早有其说也。愚又按,《礼记·曾子问》"孔子

日，嫁女之家，三夜不息烛，思相离也；娶妇之家，三日不举乐，思嗣亲也"云云，其来源或亦不无掠夺婚有关。盖女家三夜不息烛，则因族内女子被夺而思其相离，男家三夜（周按夜当为日）不举乐，则恐女族来犯而隐密之故耳。

私意既有男之掠夺，必有女之阻拦，此或为女方拦门俗之始。而遇拦门，掠夺者不外三种选择，或用强，或退却，或斡旋，索诗词、利市，则为斡旋之副产品。

又流水说伊永文《行走在宋代的城市》，其中云"南宋城市则没有拦门一礼"（第224页），由《梦粱录》可知所说非是。而伊氏《东京梦华录笺注》征引书籍千馀种，书末"举要"翻检一过，似不见《梦粱录》，不解何故。

新民歌（2010-01-19）

收书若干。

一为寄自云南玉溪太极路某号之歌曲抄本。附简谱，开篇为《军歌（丙调）》，起首云：风潮滚滚，感觉那同胞四万万，互相联络作长城。神州大陆奇男子，携手去从军。但凭着团结力，旋转新乾坤。此为李根源作词之云南陆军讲武堂校歌。另有《新中国（丙调）》云：20世纪新中国，世界最文明。国光照耀如日星，五色旗临风飘民鬼神惊。按云南陆军讲武堂开办于1909年，五色旗定为中华民国国旗，时在1912年1月。由此可知此抄本大致年代。

一为寄自湖南益阳某地之喜歌抄本。此抄本价值，在于收录婚礼各环节之喜歌，如穿衣吟、穿袜吟、披红吟、抬花烛吟等，且文词典雅，确有"市井小儒"气息。如穿衣吟云：

天命有德五服彰，轩辕黄帝制衣裳。才子今日登月殿，蓝袍脱却紫袍张。华堂悬挂紫泥高，脱却朱衣换锦袍。月里嫦娥今宵会，二人同宿赋《夭桃》。

此类旧抄本存世无多,构成喜歌集主体,以体现其抢救文献本意。正式出版物如各地歌谣集成中喜歌,只作点缀而已。

一为寄自江西南昌某中学之日用杂抄一册。中有婚门对。婚门对乃楹联中一种,有自己特色。如其一云:迎淑女雍容入室,俟著俟庭迎百辆;接嘉宾揖让升堂,宜家宜室庆三星。

一为寄自福建福州市鼓楼区梅峰路某号之旧抄本,封面题"军歌 公元一九四五年正月十八日 林传长置"。"四五"右侧加竖线,似是颠倒位置符号。视其内容,确如是。如有《增产节约四季歌》云:

春季桃花真作家,人民大众当了家。劳动互助学文化,增产节约来发家。夏季莲花白共红,增产节约为我人。国富民强力量大,消灭美帝害人虫。

另有《十二月梅花》云:

十二月开的腊梅花,土改完成笑哈哈。节约增产齐努力,抗美援朝保国家。

曾为意识形态浓厚之新民歌定性伤神,以为大部为专才"奉旨填词",与"民"关系甚远。今见此抄本,诚为民间制作,文句粗陋(如"春季桃花真作家"即是)而情绪饱满,于新民歌想法始稍有改变。

上梁歌（2010-01-21）

《北京大学图书馆藏敦煌文献》第二卷有下女夫词。

昨说掠夺婚。张亮采《中国风俗史》(东方出版社,1996)第一编《浑朴时代》"婚姻"条亦及此事云:

此外又有摽掠妇女之俗。其摽掠必以昏夜,所以乘妇家之不备。今以《士昏礼》观之,犹有摽掠之遗义。(第4~5页)

掠夺（摽掠）婚与后世之强娶（抢婚）非同类。陈顾远《中国婚姻史》第三章婚姻方法说强娶云：

> 此指不遵期日或议财不谐，强向女家迎娶者而言。盖聘娶婚化之掠夺婚耳。唐律《户婚》对此已设禁止之条曰："即应为婚，虽已纳聘，期要未至而强娶，及期要至，而女家故远者，各杖一百。"明清律改杖一百为五十，并曰："凡女家悔婚盟而男家不告官司强抢者，照强娶律减二等。"是在女家悔约之情形中，亦不许强娶焉。至于因议不谐而强娶者，清赵翼《陔馀丛考》曾云："村俗有以婚姻议财不谐，而纠众劫女成婚者，谓之抢亲。……然今俗劫婚，皆已经许字者，（北齐高）昂所劫，则未字，固不同也。"

又《婚姻史》第一章婚姻范围引社会学家味斯忒马克《婚姻》（岑步文译，商务印书馆，1933，再版）第1页语云："婚姻乃经过某种仪式之男女结合，为社会所许可者，此种制度必以社会之许可为其特征，到处皆然。"如前所说，喜歌即"某种仪式"之组成部分。

谋划喜歌集体例。

喜歌集包括上梁歌。上梁歌由上梁文、上梁诗来。网络有文说风水，引民国《崇安县新志》卷六《礼俗》云："宋时上梁，多为文祝之。文用骈语，寓颂祷之意。附之以诗，分上、下、东、西、南、北六章，每章冠以儿郎伟三字。近日均由木匠用成语致祝，无自撰者。"按上梁"为文祝之"不自宋始。前引宋王应麟《困学纪闻》卷二十有云：

> 后魏温子昇《阊阖门上梁祝文》云：惟王建国，配彼太微。大君有命，高门启扉。良辰是简，枚卜无违。雕梁乃架，绮翼斯飞。八龙杳杳，九重巍巍。居宸纳祐，就日垂衣。一人有庆，四海爱归。此《上梁文》之始也。儿郎伟，犹言儿郎懑。攻媿尝辩之。

网文录建宁上梁歌曰：今日上梁大吉昌，五谷丰登财丁旺。春安夏泰永绸缪，万代兴隆富贵长。尤溪上梁歌曰：吉日上梁，长发其祥。年年馀庆，代代隆昌。长汀一带由石匠高声唱云：梁头发的千年富，梁尾发的万年长。借问行东，要富要贵：一要大丁发万口，二要五谷丰登，三要百生结千生,四要皇皇发福,五要五谷丰登,六要六畜兴旺,七要牛马满山藏,八要荣华多富贵,九要九子状元郎,十要福禄寿延长。荷叶、鲁班、杨公祝庆后,财丁兴旺万年长。

摄盛 (2010-01-26)

收到寄自江西抚州抄本三册,上海宝山抄本一册、虹口抄本一册,四川三台抄本一册。

抚州抄本封面或有题名,惜残破。扉页有"时在民国廿九年岁次庚辰八月下之十七日穀旦吉日"字样。开篇为"国语之上选择良言",其一"甚么职业好"云:天明觅食飞群鸟,为人甚么职业好?散步到荒郊,此锄田,彼拔草,到得秋来,米谷丰登可出巢。仍是劝世俗诗,景致迷人。

抄本中另有贺仪、写状子称呼表式、写人情表式等内容。此类传授应酬应用文格式文字,近期所得颇多,令人想见文化传统之一斑,如重礼节,讲规矩。

一为《新撰白话尺牍》,题"王艺著 上海会文堂新记书局发行",显为转抄。抄写者笔力弱且劣,然态度认真,虽版权页内容亦一字不落。查会文堂王艺著作有《明宫艳史(第9版)》。此种专说尺牍范式文字,重点仍在礼节、规矩,且渊源有自,最常见者有敦煌文献中各类书仪。周一良为赵和平《敦煌写本书仪研究》作序云:"中国长期封建社会中,礼与法相辅相成,维护以三纲五常为核心的伦理道德。书仪实际是《仪礼》的通俗形式的延续,所以唐以后书仪成为居家日用的百科全书"(转引自周一良、赵和平著《唐五代书仪研究·序》,中国社会科学出版社,1995)。虽处社会底层,日常礼节不敢苟且,何尝不为辛酸一景。

一为《庚书款式应酬撮要》。仍可与书仪同观。

上海宝山抄本为对联辑录。其中婚联,为我所关注。盖因由喜歌及婚俗,而婚联乃婚俗之组成部分。抄本婚联有注明"女家用"者,在吾乡少见(多男方家贴婚联,如"红梅多结子,绿竹广生孙"之类)。

上海虹口抄本集家常杂字。如其《菜蔬门》有云:

生瓜茄子蒜瓢姜，芥辣胡葱韭菜长。扁豆葫芦鲜竹笋，蘑菇蘋肉小茴香。刀豆莳菇豆腐衣，金针云耳炒瓜斋。面筋山药红萝卜，豇豆冬瓜菌粉皮。

此亦成一系列，乃教人识字、省事之教材。
三台抄本亦杂抄类。缺页。日用杂字后，是喜歌。其中有云：

一件袍子裁得高，先裁袖子后裁腰。新郎今日来穿起，脱了蓝衫换紫袍。

此处有可说者。蓝衫乃至寻常人服饰，紫袍则为官服。白居易《喜照密闲实四上人见过》诗云："紫袍朝士白髯翁，与俗乖疏与道通。官秩三回分洛下，交游一半在僧中。臭帑世界终须出，香火因缘久愿同。斋后将何充供养，西轩泉石北窗风。"《资治通鉴》卷二百八十一引中书舍人李详上疏云："十年以来，赦令屡降，诸道职掌皆许推恩，而藩方荐论动逾数百，乃至藏典、书吏、优伶、奴仆，初命则至银青阶，被服皆紫袍象笏，名器僭滥，贵贱不分。""被服皆紫袍象笏"被指为"贵贱不分"，而新郎可以"脱了蓝衫换紫袍"，乃因传统婚礼有"摄盛"一说。谭蝉雪《敦煌婚嫁诗词》（《社科纵横》1994年第4期）引《逢锁诗咏》，就其中"暂请钥匙开，且放刺史过"解释云：

诗中的"刺史"并非确指新郎的身份，而是古代婚嫁的摄盛之俗。即新郎在举行婚礼时，可以夸大自己的身份，可以按超越自己实际级别的礼仪行事。《仪礼·士昏礼》："亲迎时，婿可以'爵弁'……乘墨车。"爵弁是仅次于冕的一种冠，本属卿大夫助祭用的朝服，士庶之辈"用助祭之服亲迎，一为摄盛"；……墨车亦本是大夫以上所乘，"士乘墨车，摄盛也"。（《仪礼注疏》卷四《士昏礼》）

摄盛之俗在喜歌中有多种表现，故特拈出予以申说。

张敖书仪 (2010 – 01 – 27)

近看敦煌文献。重点是下女夫词，谭蝉雪《敦煌婚嫁诗词》云其主要见于伯三九〇九、三三五〇等卷，而"下"之释义，或为"戏弄"（与"戏"通假），或为使动手法，指"使女夫下"。由下女夫词说唐时婚俗，已有数篇论文，且成果丰硕。私意可自喜歌角度切入，当一专题研究。

谭文提及"河西节度掌书记儒林郎试太常寺协律郎张敖撰"《新信吉凶书仪》（简称《张敖书仪》），周一良《敦煌写本书仪中所见的唐代婚丧礼俗》、赵和平《晚唐五代时的三种吉凶书仪写卷研究》亦均有说及（周、赵文章见《唐五代书仪研究》）。节引《张敖书仪》内容如次（前说《敦煌掇琐》亦引，文字略有差异）：

> 女家铺设帐仪：凡成礼，须在宅上西南角吉地安帐，铺设了，儿郎索果子、金钱撒帐，祝愿云：今夜吉辰，某氏女与某氏儿结亲，伏愿成纳之后，千秋万岁，保守吉昌；五男二女，奴婢成行。男愿总为卿相，女愿尽聘公王。从兹祝愿已后，夫妻寿命延长。撒帐了，即以扇及行障遮女于堂中，令女婿傧相行礼。

有可讨论者。

其一，流水曾说见于文献撒帐歌，以为较早者有《事林广记》、《快嘴李翠莲记》所载。此处"千秋万岁，保守吉昌"云云，虽曰"文"却齐整合韵，已具撒帐歌色彩。

其二，敦煌下女夫词，所描摹者为在女家场景，《张敖书仪》所列诸条，亦均在女家完成，是以谭文说敦煌婚嫁诗词，曰"按其地点的不同可分：入门、行礼、帐内、途中四类"。周一良《敦煌写本书仪中所见的唐代婚丧礼俗》结合《游仙窟》、《太平广记》故事，以为唐时或有"不亲迎入室"、"就妇家成礼"风习。然"不亲迎入室"、"就妇家成礼"与传统礼制不合，是以此"风习"或不具普遍性。吴丽娱《唐代婚仪的再检讨》（《燕京学报》新15期，2003年）对此有申说，以为"这种情况的出现主要与赘婿的风俗有关"。吴文云：

赘婿在唐朝并不少见。《太平广记》卷三一五《吴延瑫》（出《稽神录》）记广陵豆仓官吴延瑫家为弟求婚，有张司空女托邻媪议婚，并具酒食请延瑫妻。"女即出红罗二匹曰：'以此为礼。'其它赠遗甚多。至暮，邀邻媪具归其家，留数宿。谓媪曰：'吾家至富，人不知耳。他日皆吴郎所有也。'……庭中系朱鬣白马，傍有一豕，曰：'此皆礼物也。'厅之西复有广厦，百工制作必备，曰：'此亦造礼物也。'"赘婿使得一些本来应在男家进行的事，包括财礼就由女家备办了。

换言之，敦煌文献所记婚嫁风俗，与《大唐开元礼》等并无扞格。

2009年7月至今，流水所记，多为就喜歌内涵与外延引发种种思考。思考继续，而主要工作将转入整理阶段。近期拟喜歌集体例。

奴才（2010-01-31）

女儿寒假。与小学同学至玄武湖看风景与动物，在房间白墙上涂抹，写博客。博客最末一节云：

> 我养了一棵仙人掌。我养了一盆绿萝。
> 我的房间里听得见植物平静的心跳。它们绿得苍翠可爱。
> 我从未被我的仙人掌刺伤，它的刺在安逸中变得柔软无力。
> 它们绿得很安稳，很无忧。

企望"安逸"、"无忧"，孩子心态。

看中川忠英编《清俗纪闻》（方克、孙玄龄译，中华书局，2006）。译者有前言，称此书记清乾隆时期福建、浙江、江苏诸地民间风俗、传统习惯、社会情况等，"其主要目的，一是有助于监督与清商的贸易，二是为对当时漂流到长崎的华人们进行询问时准备必要的知识"。联想此后两国间种种事端，私心以为主事者（曾为长崎地方官）或有更深远用意在。

读《中国民间宗教史》（马西沙、韩秉方著，中国社会科学出版社，

2004）。此书予我几点启发。一是民间史研究可做文章甚多；二是此类研究，须有丰富史料支撑。史料分两部分，一是散存于民间者，一仍保存于各类档案中。如《民间宗教史》既涉多种宝卷，亦充分利用正史、实录等文献。喜歌整理与研究亦秉此理路，资料融合、视野阔通、立论公允是要求，保存遗产、廓清认识、解决问题是目标。而采取之方法，比如以札记而非专论式展开，乃根据一己情形而定。

  闲闲书话有人贴陶杰文章《奴隶与奴才》、《奴才文化》。陶文云，奴才不是奴隶，"当奴隶，是绝不甘心情愿，奴隶是被动地加诸命运，像非洲的黑奴，因为欧洲商人用枪炮架在脖子上的征服和贩卖"，而"奴才首先是甘愿当的，历代的太监，许多主动净身，且还争先恐后想做。奴才不但从不会想过反抗，而且把一份奴性活在人格上，发挥到血液中，铭刻在每一颗胞核里"。奴才与奴隶之分别，"是奴隶自知低等，他不会鼓励同族同胞加入奴隶的行列，但奴才在他们的主人眼中虽然低等，由于也分得一点剩菜残羹，穿上些绸缎绫罗而身娇肉贵，中国的奴才自以为已晋身统治阶级，他们以当奴才为乐，高兴得不得了，会游说自己的子女和亲戚也加入这一行。奴隶，是外在剥夺而强加的身份（Exteranlized），奴才是人格自愿的阉割贬抑（Internaliced），这是西方人很难明白奴才定义的原因——不是 Servant，不是 Valet，更不是英国古堡的 Butler"。陶文建议："奴才叫做 Nuchai，要紧急收入牛津辞典，古今三千年，用上一篇至少五千字的英文论述来释义，不然，世界永不了解中国，以及中国人。"

  迅翁有名言，曰中国历史，只有两个时代，一是做稳了奴隶的时代，一是欲做奴隶而不得的时代。陶文以为"鲁迅先生的中文不够精确"，盖因其于奴才、奴隶概念稍有模糊。私意可微调为：中国历史上，多的是两种人，一是坐稳了奴才，一是欲坐奴才而不得。

  陶氏所说，正与我多年来胡思乱想路径相合。曾戏言欲作奴才史纲，包括奴才释义，奴才溯源，奴隶、奴婢与奴才，奴才与主子，奴才与奴性，名奴才传，奴才文化之基础。文化基础部分，所思稍深，忆及五四打倒孔家店事。近见网文，曰五四打倒孔家店，却未能彻底清算孔子学说。甚是。

流水（2010 – 02 – 08）

年关将至，琐事尤多。看老师。翻旧书。听女儿说趣闻。

处理稿件，其中有引西谚云：Only abnormal people can succeed。关键是当下社会是否为 abnormal people 提供生存空间——常人依常识，习惯将 abnormal 理解成变态、畸形，而非特立独行、有个性，succeed 之标准，亦不堪说，何须说。

整理下女夫词。

民俗有时间恒久、范围广泛之特点。如下女夫词中若干程式与词汇，至今仍具生命力。以程式论，下女夫词中男女隔门问答、女方百般刁难男方做法，与极为常见之拦门习俗，性质相同；而上酒有诗、进门有诗、去扇有诗、同牢有诗等等，则与后世铺床有诗、上酒食有诗、摸马桶有诗，全无二致。以词汇论，下女夫词中姮娥、凤凰、花红、娑罗树云云，在各地喜歌中仍是熟客。

收到寄自湖南湘潭新马路某处写本一册。开篇为《洞房内合欢酒十二杯》。起首云：

敬君一杯酒，今日成佳偶。夫倡妇为随，天长与地久。合欢酒二觞，织女会牛郎。洞房花烛夜，桂子早飘香。

末一首为《撒瓜子》，明显见出村野气息：

瓜子豆子，一撒新人进洞房，二撒金玉满华堂，三撒早早生贵子，四撒麟趾呈祥。瓜子撒上床，生出儿子做帝王；瓜子撒上天，生出儿子做神仙；瓜子撒地下，生出儿子做王帝；瓜子撒帐檐，生出儿子中状元。瓜子撒四角，十个儿子九登科。床上睡不着，地上睡许多。

"地上睡许多"云云，是农民式智慧。

收到寄自湖南益阳某处抄本一册。中有《大闹五更》小调，内容为

"五更调"家族常见之私情谱,手法如《挂枝儿》中"娘女问答"。起首云:

> 一更里正好去贪眠,一更蚊虫大闹一更天。蚊虫那旁叫,奴在这旁眠。叫得奴家伤心痛,想起奴的干哥哥,越想越伤心。娘把女儿问:什么东西叫沉沉。女儿开言道:妈妈你细听,一更蚊虫嗡嗡嗡,大闹一更天。

收到寄自重庆渝中区某处抄本《四言八句新闹房》。此前已得刻本,此乃照单全录之又一例,由是亦可知喜歌在民众中流行情况。

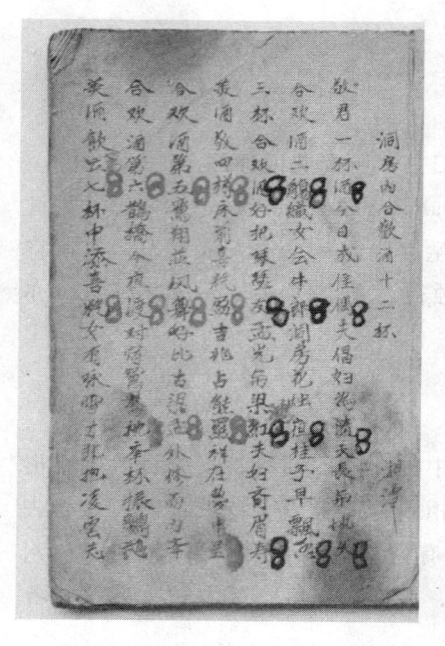

《洞房内合欢酒十二杯》

佳期绮席诗(2010–02–12)

收邮件、短信若干。继承老师"祝文事大成,身体健康,称心如意,阖家安乐",隽超云其与家人在北海过年,曹敏发"旺来狗"。

整理喜歌。

《敦煌变文集》中,"下女夫词"包括"论女家大门词"、"至中门咏"、"去花诗"、"脱衣诗"等内容,谭蝉雪《敦煌婚姻文化》(甘肃人民出版社,1993)则作"论女婿"、"婚嫁诗",其"论女婿"后有注云:

> "下女夫词"是男女双方傧相的对答之词,"论女婿"则是女婿进入女家,每至一处所作的咏诗。二者从内容、地点、人物及体裁都相异。……可知"论女婿"组诗与"下女夫词"并非同篇,故分析之。(第42页)

《事林广记》和刻本壬集卷二、北大藏本乙集卷下"拦门诗"、"插花诗"等,性质与"论女家大门词"、"至中门咏"相近,北大藏本总题曰"佳期绮席诗"。此类佳期绮席诗,部分或为参与婚礼者即席创作。如《汉典》释催妆诗词云:

>旧俗,成婚前夕,贺者赋诗以催新妇梳妆,此诗叫催妆诗。《唐诗纪事》卷三五载有陆畅《奉诏作催妆诗》。至宋,又有催妆词,读吕渭老《好事近》词之四"彩幅自题新句,作催妆佳阕"可知。其后文人集中催妆诗词,类为应酬之作,非必成于成婚之夕。清李渔《怜香伴·婚始》:"催妆诗已去了,叫家童,今日张相公要送亲上门,准备酒筵伺候。"清袁枚《随园诗话》卷十五:"近人新婚,贺者作催妆诗,其风颇古。按《毛诗》'间关车之辖兮'一章,申丰曰:'宣王中兴,士得行亲迎之礼,其友贺之而作是诗'。北齐昏礼,设青庐,夫家领百馀人,挟车子,呼新妇,催出来。唐因之有催妆诗。"

"文人集中催妆诗词","类为应酬之作",依例只少量入喜歌集。敦煌文献与各种类书、笔记小说、戏剧作品等所载,酌情辑录。

喜歌完整记录婚仪细节。如有下床歌、撒帐歌、解襟歌、入席歌、出席歌,亦有铺床歌。铺床乃铺房之延伸与细化。司马光《书仪》卷三"亲迎"条云:"前期一日,女氏使人张陈其婿之室。"其有注曰:

>俗谓之铺房。古虽无之,然今世俗所用,不可废也。床榻荐席椅桌之类,婿家当具之。所张陈者,但毡褥帐慢帷幕之类应用之物。其衣服袜履等不用者皆锁之箧笥,世俗尽陈之,欲矜夸富多。此乃婢妾小人之态,不足为也。文中子曰:"昏娶而论财,鄙俗之道也。"夫婚姻者,所以合二姓之好,上以事宗庙,下以继后世也。今世俗之贪鄙者,将娶妇,先问资装之厚薄,将嫁女先问聘财之多少,至于立契约,云某物若干、某物若干以求售女者。

斟酌喜歌集体例。主体为婚嫁喜歌,"集外"部分,包括上梁歌、生子歌等。

新年（2010-02-13）

除夕。

鞭炮声四起。电话与父母说家常。带女儿至时代超市、苏宁电器选购耳机。和会街麦当劳买汉堡、薯条等。过南邮校园，空空如也。

闲闲书话有人发贺年帖。某散人"胡凑几句"，中有"朱门酒肉、燕管声箫"数语。另一人尤难得，郑重"给没钱过年的中国人拜年，给没钱上学的中国人拜年，给没钱买房的中国人拜年，给没钱看病的中国人拜年，给为了这块土地流汗流泪流血却一无所有的中国人拜年"。

收到寄自福建龙岩土纸唱本一册，内容包括《曹安传》、《祝九娘》、《拾劝男女》。抄写者邓铨茂。曹安为著名孝子，唱本起首云："不唱三皇并五帝，不唱五帝并三皇。丢下闲言休要唱，且唱今年受饥荒。今年戊戌最不良，二月大雪白茫茫。打死田中油菜子，三林树上尽遭殃。春天落雨无了日，烂了几多早禾秧。"将悲情故事置于饥荒背景中，乃旧戏中最为常见做法，如蔡伯喈与赵五娘，如陈世美与秦香莲。国人多苦多难，饥荒年景，动辄饿殍遍野，此种记忆，刻骨铭心，文学作品念念不忘，亦在情理中。春桃换旧符，梦中世界殊。不堪回首之种种惨痛"记忆"，不知何日能随寒风远去。

翻《民间偏方》（杨胤、陈觉敏编著，中医古籍出版社，2006）。医者仁心，泽及苍生。每读此类文字，即念王西楼《野菜谱》、朱橚《救荒本草》等。《野菜谱》有《抱娘蒿》，其词云："抱娘蒿，结根牢，解不散，如漆胶。君不见昨朝儿卖客船上，儿抱娘哭不肯放。""儿抱娘哭"情景，又回到《曹安传》中。

翻《太平广记》（上海古籍出版社，1990）。明日即农历虎年，《太平广记》卷四百二十六至卷三十三记"虎"故事甚夥。卷二十七《碧石》云"开元末，渝州多虎暴"，令人怀想冰天雪地中仍为华南虎百般苦恼之背时农民某。

流水写毕，将上传时竟看唱本出神。百度中录入"邓铨茂"，结果在意料中：抱歉，没有找到与此相关网页。抄本厚数十页，点画不苟，惜未完工。鞭炮声又起，恍惚中似见如豆灯光下，无语枯坐之落寞邓铨茂、王铨茂身影。

从文读与从谱读（2010-02-18）

年初一回乡。初二晚间与几春至生态园附近特色菜馆吃饭，饭后回酒店聊天，深夜步行至护城河中浮桥上看雪景，说闲话。

闲闲书话有人发帖，说《马克思恩格斯文集》出版事，引发争论。发帖者回应，其中有一狠语云：至于说"《1844年经济学哲学手稿》影响了一代人，当然应该全文收入"，我倒想起马克思自己说的一句话。他提起有这么一种人："一方面他对于经济事实完全无知，另一方面他对哲学只是抱爱好而空想的态度。"有人当即跟帖：网搜无效，要求提供出处。发帖者云：出自《政治经济学批判》第一分册。见《马克思恩格斯全集》中文第二版第31卷第467页。原文是："有两种情况特别使亚·弥勒能对政治经济学有所谓高超的理解。一方面他对于经济事实完全无知，另一方面他对哲学只是抱爱好而空想的态度。"不是在正文中，而是在注释里。

端是高手。

重读王尔敏《明清社会文化生态》（广西师范大学出版社，2009）。流水曾说王先生留意庶民文化生态之做法，深得我心，是以其若干著述，一读再读，揣摩其用意，领略其手段。私心以为转益多师，开启心智，于我而言，是何等福气。如《生态》说民间文字游戏与庸俗诗裁，说落拓小儒劝善格言，说《庄农杂字》所反映农民农业生活，说《酬世锦囊》内涵及其适用之人际网络，无不当得起视野独特、意趣横生、别开生面之评价，而其所用各类材料，亦为我近年来所关注。如劝善格言、《酬世锦囊》、《庄农杂字》等，手头即有数种，得空当细加梳理。其说《庄农杂字》一篇，注明第一个特色，是"只流行于山东沂水地区的一个抄本"，尤为重要，因为此乃深入研究之起点———一切民俗事务之探讨，均不能脱离特定区域，由一点而发散、比较，方见其价值。此前我每得一种材料，即标注来源，亦是此种考虑。

大众书局购张相著《诗词曲语辞汇释》（上海古籍出版社，2009）。此类专书，作用甚大。仿此体例，来日或可作《民歌语辞汇释》，进而作内容全面之《民歌辞典》（世面已有《民歌鉴赏辞典》）。张著释词，多自唐、宋、金、元、明间诗、词、曲中取例，而少有引申。如说"冤家"，只云"所欢之昵称"，随后示例，为唐无名氏《醉公子》词，为黄庭坚

《昼夜乐》词，为王之道《惜奴娇》词等。流水曾说冤家、俏冤家，所引则多为笔记、民歌中资料。又张著《叙言》说及词曲读法，虽为常识，而知之者渐稀，节引如次：

> 词曲之读法，有从谱读与从文读之异。如苏轼咏杨花《水龙吟》词，其结拍数句，从谱读，当作"细看来不是，杨花点点，是离人泪"；从文读，当作"细看来不是杨花，点点是，离人泪"。四卷本之《董西厢》，多从文读；一卷本之《董西厢》，多从谱读。

方志（2010-02-19）

看方志中喜歌资料。

清光绪十五年《罗店镇志》（上海）说婚礼习俗云：

> 及期，彩舆到门，亲朋从之，谓之接亲。女家亲朋送之，谓之送亲。需索阍仪，甚至紧闭中门，婚媾而寇仇之，虽士大夫家亦所不免，谓之争（俗呼张）亲。……鼓乐喧阗，送入洞房，谓之入房。司仪致语，以果四投，谓之撒帐。

各地方志，少有记录喜歌内容者，是为一憾，由是愈知整理、保存与研究喜歌之重要。民国二十六年印行《川沙县志》有哭嫁歌谣，说哭嫁事，非哭嫁歌。录如次：

> 梁山头上挂竹爿，两条青虫颠倒爬。爬来爬去衔青草，青草开花结牡丹。牡丹姐，要嫁人；石榴姐，做媒人。媒人到，十八样；轿子到，哭爷娘。爷哭三声就上轿，娘哭三声就动身。进客堂来，香案登登。进喜房来，红绿牵巾。暖房夜饭燉热酒，新娘子衣裳盖拉两横头。新官人三蓬头辫线拖到脚根头，新娘子臂膊弯弯做枕头。

流水曾说催妆事，并引司马光《书仪》说铺房（床）。民国二十六年印本《德县志》"婚礼"有云：

期前一二日，女方先送查具陈于室，曰铺床。前一夕，男方具衣饰送女方，以备于归时冠带，曰催妆。亲迎与否，由男方预定。

民国二十八年印本《禹城县志》亦有云：

结婚之始，以钗钏、采币纳聘。娶前一日，女家以妆查往陈于婿家，曰铺房。娶必亲迎，以鼓乐往，昧爽归。

俗常以"小登科"形容新婚之喜，流水亦曾予申说。民国二十三年印本《夏津县志续编》"婚礼"条有云："清代婚娶，新郎袍靴顶戴，俨然绅衿，故俗称小登科。"《续编》并记完整文明结婚仪式，计有奏乐、证婚人入席、主婚人入席、介绍人入席、交换饰物等25项。

不同地区方志，均有自己特色。如康熙七年刻本《江宁府志》、民国二十一年印本《新京备乘》，礼仪民俗部分，多引《客座赘语》、《板桥杂记》、《列仙传》等记载以说事，撰者严谨态度，跃然纸上。而更多方志说其地民俗信仰，则以采风所得为主，极具写实色彩。喜歌整理与研究，须结合方志等文献中内容，如此方有坐实效果。

礼失而求诸野（2010 - 02 - 19）

午休起，见女儿画动漫人物。说中考残酷，问何不看书。答曰"看过了"。假期，看电视，上网，看小说，画各种人物。玩累了始复习功课。与读小学时无二致。

继续翻方志资料。

上午说铺房。民国十六年印本《瓜洲续志》述此尤详。引如次：

迎娶吉日既定，先期三月，延请冰人备绸缎衣饰、吉期喜帖，送往坤宅，是谓通信。坤宅答以糕果诸物。每次两宅所收花果、糕茶，分送冰人及亲族至好。迎娶前三日，乾宅送珠冠、袍带、衣裙、礼币，谓之上头。越日，坤宅送查具到婿家，谓之铺房；视查具之丰俭为给价之厚薄，谓之铺房礼。吉期先一夕，坤宅备酒筵邀亲族内眷，婚女盛妆祀祖，谓之辞堂。乾宅于是日亦聚亲族酒筵欢聚，谓之馈房。

流水云方志中少见喜歌内容，即说喜歌习俗亦稀，不解何故。清光绪三十年活字本《常昭合志》有记载云：

> 嫁娶俗礼，亦多有所本。如送入洞房用红绿牵锦，《戊辰杂钞》谓为同心锦。以布袋递传铺地，新人履之而行，谓之传代，本于唐人之转席。（白居易《春深娶妇诗》云："青衣转毡席，锦绣一条斜。"）结亲后，夫妇坐床，相者以钱果散撒，谓之撒帐（其口唱辞有"撒帐东"、"撒帐西"，叶韵之词，如昔人之上梁文体），据《戊辰杂钞》云，即汉武帝初迎李夫人故事。

成礼日，通称洞房花烛夜，或有所本。清光绪八年刻本《周庄镇志》云：是夕，婿、妇坐以待旦，曰守花烛。俗视花烛最重，故称从一者为花烛夫妻也。

民国二十年印本《重修莒志》记新旧式婚仪过程甚周详。

我之整理喜歌，乃欲借喜歌梳理传统婚俗中不为人注意之一面，尤其关注若干细节；整理民歌，则欲换种角度，借民歌了解一时一地之世风民情。而婚俗、民情云云，典籍虽有记载，由村野气息浓厚之喜歌、民歌切入，当另具气象，某种程度上，许更贴近历史本真，退一步，以民间史补正史之缺失、疏漏，未尝不为一种可行方法。流水曾云礼失而求诸野，即隐约有此意在。今检各地方志，竟有数处言及"礼失而求诸野"，此亦心有灵犀之一种云耳。选录如次，以证我道不孤。

清乾隆二十年刻本《直隶通州志》云：婚礼，父亲醮子而命之迎，男先乎女也。子承命以迎，主人筵几于庙而拜，迎于门外，婿执雁入，揖让升堂，再拜奠雁，盖亲受之于父母也。观任人言，亲迎则得妻，不亲则不得妻，必亲迎乎。是亲迎之礼，古人重如此。乃通郡士大夫家，此礼概举行，惟村镇间一行之，是礼失而求诸野也，其训可乎？

清道光二十年刻本《济南府志》云：婚礼，自章丘以下诸县犹遵行亲迎之礼，惟历城否。历之边村僻里亦有行之者。所谓礼失而求诸野也。

民国二十二年印本《吴县志》云：冠礼久废，郡城固绝无仅有，而乡俗犹存遗意，则于将婚时行之，迎娶之先，具冠，命赞礼者冠之，其冠多出亲长所赐。又蒸糕以馈亲邻，名曰上头糕（……以是观之，古语上头即男子加冠也。今乡人将婚而冠，实合古人既冠而婚之义）。礼失求野，于此益信。

无量功德（2010-02-21）

女儿开学。

继续看方志资料。

《民间文学》1983年第5期缪政文章《传统婚俗与婚礼歌》有云：喜日前一夜，不少地方有撒床、撒帐之俗。在河南卫辉，撒床者必须由夫妻双全的妇女担任，所撒之物有枣子、花生等。枣，取其"摸个枣，领个小（即男孩）"；花生，取其"摸个生，领个伲（即女孩）"。或合起来，谐"早生贵子"之意。按此处"双全"者不独"夫妻"，尚须加上"父母子女"（所谓"全福"）；苏北等地亦有将枣子、花生等放入马桶内，供闹喜者（多是儿童）"摸"（是以有"摸个枣"、"摸个生"云云）。除枣子、花生外，桂圆、栗子、白果等亦常用。此等吉祥物象，有讲究。清光绪八年刻本《周庄镇志》有云：厥明……舅姑飨妇，娣姒、小姑及诸女宾侑之，曰花筵，古醴妇之意也。妇馈枣栗、糍饴等于舅姑，曰送茶，古盥馈之意也。另民国九年印本《临淄县志》引《池北偶谈》云：齐俗，娶妇之家，必用枣栗，取早利子之意。窃谓枣栗者，妇女之贽，亦古礼也，今妆奁中犹用之。此处所谓"古"者，当指《仪礼·士昏礼第二》所记。其说婚制有云：

夙兴，妇沐浴缅笄宵衣以俟见。质明，赞见妇于舅姑。席于阼，舅即席。席于房外，南面，姑即席。妇执笲枣栗，自门入。升自西阶，进拜，奠于席。舅坐抚之，兴，答拜。妇还，又拜。降阶，受笲腶脩。升，进，北面拜，奠于席。姑坐举以兴，拜，授人。

前说方志中少有喜歌资料，不确，素以文化欠发达著称之福建、台湾诸志中，时有发现。"求诸野"说，又得验证。如民国六年印本《长乐县志》说婚礼云：吉期日……至宴毕，客歌诗敲洞房门（俗谓之"敲房门诗"。虽俚鄙，然多吉祥语）。"虽俚鄙，然多吉祥语"，是为喜歌下定语。民国三十一年印本《崇安县志》则记厨官（即司厨者）以鸡一、尺一，凭案诣轿前唱喜歌云：福喜（按：当为"伏以"）一对蜡烛照旺旺，看见新娘与新郎。今年吃了交杯酒，明年生个状元郎。新印本《台北市志》尤为难得，"闹新娘"一节，说喜歌事甚详，且有"念四句"字样，与数十年前名称一致。如其云：婚宴，多达几天……亦有不于宴后，而特为"食新娘茶"往贺。盖此俗以念喜句贺其新婚，使新娘开口发笑为娱。……所念喜句为四句对押韵，俗谓念四句。句意除表贺意，多为吉祥，或含幽默滑稽之射意。有现成四句，亦有即兴吟作，每多妙句连珠。

撰者举数例，录请新娘出房云：

新娘还在房间内，不知是在做何事。人说新娘生得美，汝马出来阮看觅。人客坐归厅，听着瓯仔声。新娘在准备，有食不免惊。新娘与新郎，还在新娘房。不可给阮等，甜茶着紧捧。亲戚朋友来贺礼，不识新娘何一个。大家都在大厅坐，等待要食新娘茶。

"不知是在做何事"、"汝马出来阮看觅"云云，确乎"即兴吟作"，只是与"妙句连珠"毫无关联，方言土语，"俚鄙"之至，到底不脱"蛮夷"特色。然唯如此，方见其不可替代之价值。主事者真积无量功德。

流水 (2010-02-23)

看美林师，送《现代快报》载胡小石书学史文章打印件。

保善电话，说李渔《无声戏》喜歌事。按《无声戏》第五回《女陈平计生七出》有云：且说尤瑞郎听见受了许家之聘，不消吃药，病都好了。只道是绝交书一激之力，还不知他出于本心。季芳选下吉日，领了瑞郎过门，这一夜的洞房花烛，比当日娶亲的光景大不相同。有《撒帐词》三首为证：

其一：银烛烧来满画堂，新人羞涩背新郎。新郎不用相扳扯，便不回头也不妨。

其二：花下庭前巧合欢，穿成一串倚阑干。缘何今夜天边月，不许情人对面看。

其三：轻摩软玉嗅温香，不似游蜂掠蕊狂。何事新郎偏识苦，十年前是一新娘。

整理《事林广记》中喜歌毕。想法多多。联系下女夫词与后世喜歌，益觉《事林》所载大有价值，明起拟作文一说。大体分两部分。一是《事林》中喜歌内容介绍，二是说其特色。所谓特色，指其与唐人所作催妆诗性质相近，多为婚礼过程即景成诗，不僻俚俗而专为烘托热闹、喜庆气氛。与唐人催妆诗不同者，在于更加浅近直白，且表达方式、基本语汇延续至今。语汇可详说，如人物多为嫦娥（姮娥）、玉女（仙女）、仙郎（檀郎、玉郎），地点多为洞房（兰房、仙府），典故多为巫山，道具多为铜壶玉漏、银烛、罗帏、鸳鸯。另《事林》中喜歌说插花、下床等程式，可与下女夫词对照。特别标明其中若干拦门诗，结合《梦粱录》等所说婚礼细节，以证南宋城市无拦门习俗说不确；指出其中两则撒帐歌，为迄今所见文献中较早喜歌，以补谭达先《中国婚嫁仪式歌谣研究》之不足。

又除伊永文《行走在宋代的城市》外，二月河小说《乾隆皇帝》、网络文学《李清照传奇》、美国学者伊沛霞《内闱：宋代的婚姻和妇女生活》（"海外中国研究丛书"之一，江苏人民出版社，2004），均引用、化用《事林》中喜歌。

方蕾邮件，云已工作两月馀，"年前刚交了博士论文，还要等几个月才能答辩。目前博士后做的项目是微藻的基因改造"。

流水 (2010 – 02 – 24)

言行不一，口是心非，俗云做什么立什么，最为犯嫌。是以袁子才《随园诗话》卷十五有云：士大夫热中贪仕，原无足讳；而往往满口说归，竟成习气，可厌。黄莘田诗云："常参班里说归休，都作寒暄好话头。恰似朱门歌舞地，屏风偏画白蘋洲。"

《快嘴李翠莲记》中撒帐歌，向来说婚俗者多有称引。其中有云：撒帐南，好合情怀乐且耽。凉月好风庭户爽，双双绣带佩宜男。此处"绣带佩宜男"，或理解为佩彩带宜男，而《随园诗话》卷十五另有解说。

由"萱草"思词之本义、引申义、转借义，太过复杂。美林师曾为我说"友生"用法，亦一例也。今人辄以友生称弟子辈，旧时则多用作师长自称。

为《说〈事林广记〉中喜歌》搜集资料。

流水曾说催妆诗，敦煌下女夫词中另有去扇诗（青春今夜正方新，红叶开时一朵花。分明宝树从人看，何劳玉扇更来遮）。《随园诗话》均有提及，前引卷十五有云：

> 北齐婚礼，设青庐，夫家领百馀人，挟车子，呼新妇，催出来。唐因之有催妆诗。中宗守岁，以皇后乳媪配窦从一，诵《却扇诗》数首。天祐中，南平王锺传女适江夏杜洪子，时已昏暝，令人走乞《障车文》于汤篑。篑命小吏四人执纸，倚马而成，即催妆也。《芥隐笔记》、《辍耕录》俱云：今新妇至门，则传席以入，弗令履地。唐人已然。白乐天《春深娶妇》诗云："青衣捧毡褥，锦绣一条斜。"两新人宅堂参拜，谓之拜堂。唐人王建《失钗怨》："双杯行酒六亲喜，我家新妇宜拜堂。"

《汉典》释撒帐云：旧时婚俗，新婚夫妇交拜毕，并坐床沿，妇女散掷金钱彩果，谓之撒帐。《土风录》卷二引《汉武帝内传》："武帝与李夫人共坐帐中，宫人遥撒五色同心果，帝及夫人以衣裾受之，云得多，得子多也。"查《汉武帝内传》，其中并无"武帝与李夫人共坐帐中"内容。有文章指吕种玉《言鲭》、元好问《戊辰杂抄》、福申《俚俗集》均说撒帐事，得空当一一细检其出处。

高承《事物纪原》之《吉凶典制部》第四十七内容有意思。如其说撒豆谷云：汉世京房之女适翼奉子。奉择日迎之，房以其日不吉，以三煞在门故也。三煞者，谓青羊、乌鸡、青牛之神也。凡是三者在门，新人不得入，犯之损尊长无子。奉以谓不然，妇将至门，但以谷豆与草禳之，则三煞自避，新人可入也。自是以来，凡嫁娶者，皆置草于门阃内，下车则撒谷豆，既至，蹙草于侧而入，今以为故事也。按此撒谷豆，与通常所言撒帐有别。喜歌中记录许多婚俗，如跨马鞍。新人跨马鞍，岁岁保平安。《纪原》说此事云：《苏氏演义》曰：唐历云：国初以婚姻之礼皆胡虏之法也，谓坐女于马鞍之侧，此胡人尚乘鞍马之义也。《西阳杂记》曰：今士大夫家婚礼，新妇乘马鞍，悉北胡之馀风也。今娶妇家新人入门跨马鞍，此盖其始也。有联云"侧卧西厢听悲剧，袒腹东床唱喜歌"。人亦称女婿名东床。《纪原》云：《晋书·王羲之传》曰：羲之与王承、王悦为王氏三少。郗鉴使门生求女婿于王导，导令就东厢遍观子弟。门生归，谓鉴曰："王氏诸少并佳，然闻信至，咸自矜持。惟一人在东床袒腹食，独若不闻。"鉴曰："此正佳婿也。"访之，遂以女妻之。由是呼女婿为东床。

疑似喜歌（2010 – 02 – 25）

托恒刚借阅中华再造善本之《事林广记》。

周末至南图看明成化刻本《事林广记》；另查中华书局 1963 年影印本（底本为台北故宫博物院藏元刻本）。胡道静为 1963 年影印本所作前言，以及奈良大学森田宪司所作在日本《事林广记》诸本之介绍，仍为《事林广记》研究基本资料；除此以外，数年来只有说其中医药、音乐内容之零星文章，委实可惜，亦证学术研究并无资源枯竭之说。此前曾与人说明清笔记整理与研究大有可为，或可就此作一大致规划。

看某校教师论冯梦龙辑民歌文章，通篇多处节引拙作《明代民歌研究》内容，不出注，只在文末列其为参考文献。谋生不易，一叹。

保善电话，说杂事。

振羽 MSN 问周立波为何人。

昳丽电话，说琐事。

整理喜歌。

元杂剧《裴度还带》说裴度拾宝不昧最终得中状元、成就姻缘故事，第四折喜庆气氛浓厚。节录如次：

（媒人云）香风淡淡天花坠，天花点点香风细。马头高喝状元来，今宵好个风流婿。韩相今朝结彩楼，状元得志逞风流。夫妻今日成姻眷，全然一对不识羞。（正末唱）

[庆东原] 居廊庙，当缙绅，习《诗》《书》，学《礼》《易》，从先进君子务本。忘身发愤，能正其身。酬志了白玉带紫朝服，茶褐伞黄金印。（媒人云）瑶池降谪三天仙，今夜高门招状元。琼酿金杯长寿酒，新郎舒手接丝鞭。请状元接丝鞭！（正末唱）

[川拨棹] 展图像挂高门，彩楼新接着绛云。我自见皓齿朱唇，翠袖红裙，簇捧个雾鬓云鬟的美人。见官媒将导引，他道招状元为婿君，不邀媒不问肯，惊丝鞭捧玉樽。

（正末做不睬科）（媒人云）状元接丝鞭，请下马饮状元酒。（正末云）祗候人，摆着头答行。（媒人云）天外红云接彩楼，状元夸职御街游。月宫拥出群仙队，试看嫦娥抛绣球。状元请下马接丝鞭。（旦云）将绣球来。（小旦递绣球科）（媒人云）绣球打着状元了，请状元下马接丝鞭就亲。年少风流美状元，温柔可喜女婵娟。今宵洞房花烛夜，试看状元一条鞭。（正末唱）

[殿前欢] 你道是擢新人，今宵花烛洞房春。绣球儿抛得风团顺，肯分的正中吾身。（媒人云）请状元下马就亲。（正末唱）硬逼临便就亲。（媒人云）状元下马就亲，洞房花烛，燕尔新婚。（正末唱）喋声。你那里无谦逊。（媒人云）《毛诗》云："淑女可配君子。"（正末唱）那里是正押《毛诗》韵？你道做了有伤风化，谁就你那燕尔新婚。

下马者。（媒人云）请状元上彩楼请坐。（分东西坐定科）（媒人云）雾鬓云鬟窈窕娘，绣球打中状元郎。夫妻饮罢交杯酒，准备今宵闹卧房。（山人做撒帐科，云）状元稳坐紫骅骝，褐罗伞下逞风流。新人绣球望着状元打，永远相守到白头。（喝平身住，云）请状元女婿上彩楼请坐。将五谷铜钱来。夫妻一对坐帐中，仙音一派韵轻清。

准备洞房花烛夜,则怕今朝好煞人。好撒东方甲乙木,养的孩儿不要哭。状元紧把香腮搵,咬住新人一口肉。又撒西方庚辛金,养的孩儿会卖针。状元紧把新人守,两个一夜胸脯不离心。再撒南方丙丁火,养的孩儿恰似我。状元走入房中去,赶的新人没处躲。后撒北方壬癸水,养的孩儿会调鬼。状元若到红罗帐,扯住新人一条腿。再撒中央戊己土,养的孩儿会擂鼓。一口咬住上下唇,两手便把胸前握。夫人相公老尊堂,状元新人两成双。山人不要别赏赐,今朝散罢捉梅香。

此处"香风淡淡天花坠"、"雾鬟云鬓窈窕娘"云云,均可视作疑似喜歌,"夫妻一对坐帐中"云云,则可径作喜歌处理。自今日起,整理戏剧与笔记小说中喜歌,其中当多有此类作品。惟"疑似"部分如何安置,尚费踌躇。

程式 (2010-02-26)

司马问彭茵电话。

流水说喜歌定名,指喜歌又称喜词。《香艳丛书》二集有江阴陈鼎定《滇黔土司婚礼记》一卷,其中有云:相者立中堂唱礼,夫妇交拜,诸媵皆随新妇后行礼,不坐床,席地而坐。饮交杯,诸媵皆雁行列坐,新郎君新妇各一饮,推递诸媵。饮毕,相者击铜鼓歌喜词,撒红豆,为祝多男。奏乐毕,相者请新郎君安诸媵室,乃与诸媵皆出。绯衣媪即合房门为新妇更衣履,进香汤,凡三沐焉。相者引新郎君先从右奏乐安室。

又《西游记》第九十四回《四僧宴乐御花园 一怪空怀情欲喜》有《喜词》云:喜,喜,喜!欣然乐矣!结婚姻,恩爱美。巧样宫妆,嫦娥怎比。龙钗与凤檐,艳艳飞金缕。樱唇皓齿朱颜,袅娜如花轻体。锦重重,五彩丛中;香拂佛,千金队里。

昨说《裴度还带》中疑似喜歌。此种喜歌戏剧中多有,大部可入喜歌集。如高明《琵琶记》第十九出《强就鸾凰》有如下一节:

[传言玉女](外牛太师上)烛影摇红,帘幕瑞烟浮动,画堂中珠

围翠拥。妆台对月，下鸾鹤神仙仪从。玉箫声里，一双鸣凤。

　　左右何在。（院子上）独立画堂听命令，珠帘底下一声传。老相公有何指挥。（外）左右，我今日与小姐毕姻，筵席安排了未。（院子）安排完备了。（外）完备得如何。［水调歌头］（院子）屏开金孔雀，褥隐绣芙蓉。兽炉烟袅，莲台绛烛吐春红。广设珊瑚席子，高把真珠帘卷。环列翠屏风，人间丞相府，天上蕊珠宫。锦遮围，花烂熳，玉玲珑。繁弦脆管，欢声鼎沸画堂中。簇拥金钗十二，座列三千珠履，谈笑尽王公。正是门阑多喜气，女婿近乘龙。（外）状元来未。（院子）望见一簇人马喧闹。想是状元来了。（生上）

　　（净）状元和小姐两个，各自立一边，请阴阳先生赞礼。（末宾人上）禀相公告庙。维大汉太平年，团圆月，和合日，吉利时。嗣孙牛某，有女及笄，奉圣旨招赘新状元蔡邕为婿。以此吉辰，敢申虔告。告庙已毕，请与新人揭起方巾。（丑）待我来。伏以窈窕青娥二八春，绿云之上覆方巾。玉纤揭起西川锦，露出娇容赛玉真。掌礼。请喝拜。（末）窃以礼重婚姻，兹实人伦之大。义当配偶，爰思宗系之承。张设青炉，荧煌花烛。祀供苹藻，首严见庙之仪。赞备枣榛，抑讲拜堂之礼。集珠履玳簪之客，环金钗玉珥之宾。庆会良宵，观光盛事。香熏宝鸭，浓腾袅袅之烟。步拥金莲，请下深深之拜。（喝拜介）拜礼已毕。请状元小姐把酒。

　　［画眉序］（生）攀桂步蟾宫，岂料丝萝在乔木。喜书中今朝有女如玉，堪观处丝幙牵红。恰正是荷衣穿绿。（合）这回好个风流婿，偏称洞房花烛。

此处"窈窕青娥二八春，绿云之上覆方巾。玉纤揭起西川锦，露出娇容赛玉真"，是典型揭盖头（方巾）喜歌。与此类似者有朱鼎《玉镜台记》第八出《成婚》中内容。为讨论方便，亦节引如次：

　　［传言玉女］（贴上）宝鼎烟迷，红云呈瑞，画堂前重裀叠翠。牛郎和织女，今夜鹊桥重会。摽梅初实，桃夭时值。院子何在。（末上）帐前新绾鸳鸯带，堂上初开玳瑁筵。云满巫山峰十二，门迎珠履客三千。复老夫人，有何使令。（贴）今日与小姐毕姻，筵席安排了未。（末）安排完备了。（贴）怎见得。（末）［西江月］但见翠幄金屏灿

烂，宝珰玉佩铿锵。珊瑚枕上绣鸳鸯，花底香风荡漾。玉琐平铺纨袴，青犀鼎沸丝簧。洞房花烛夜煌煌，争看神仙仪仗。（贴）有甚么酒馔。（末）[临江曲] 鸡□猩唇罗五鼎，红肥锦缕飞霜，肉台盆内总青粱。珍庖调玉脍，仙府饫琼浆。玉薤流霞兰叶翠，烟浮蚁绿鹅黄，兰陵美品郁金香。松醪盛玉碗，结盏候仙郎。（末下贴）请亲母新郎出来。（老旦上）

[女冠子] 高门垂庇，蓬茅顷刻生辉。（生上）风云未际，鲰生未遇。姻娅承恩，惭非佳婿。（老旦）请新人出拜堂。（旦上）妆罢还羞愧，桃腮红衬，莲步轻移。（合）阴阳今托始，千载奇逢，人生得意。

（夫妻对立介 丑揭盖头介唱）三尺红罗覆绿鬟，盖头高揭露朱颜。娇羞敛衽低头立，俊俏才郎偷眼看。啰嗟哩啰嗟。（丑喝拜净）窃以窈窕佳人，委实兰房之秀。象贤庶士，乃为席上之珍。迹者神相其成，天作之合。一双两好，绸缪宜合于瑟琴。二姓百年，燕婉喜谐乎伉俪。哕哕兮桐冈之凤，关关焉河上之鸠。于以采藻，于以采苹，克谨蒸尝之荐。载弄之璋，载弄之瓦，早膺莞簟之祥。伏愿姑嫜交庆，家室攸宜。螽斯秩秩，麟趾振振。（拜介）礼仪已毕。夫妇请饮交杯酒。

"三尺红罗覆绿鬟，盖头高揭露朱颜。娇羞敛衽低头立，俊俏才郎偷眼看"性质与"窈窕青娥二八春"同。

说程式。"窈窕青娥二八春"、"三尺红罗覆绿鬟"，均为傧相（丑）在特定时刻（揭方巾/盖头）唱出，此即程式；歌后"窃以礼重婚姻"、"窃以窈窕佳人"云云，乃《事林广记》中所谓"致语"，同样是程式。有这些程式，加之前有"烛影摇红"、"宝鼎烟迷"等做铺垫，与婚礼气氛契合无间，方可确认其喜歌身份。换言之，喜歌为仪式歌之意义，即在此处。另"与小姐毕姻，筵席安排了未"在两剧中同时出现，或可证后者或对前者有过借鉴。借鉴是某一程式得以世代传承之重要途径。

常在春风中（2010 – 02 – 28）

与忠明说安若中考事等。

方蕾电话，说学习工作事。

购朱家溍《故宫退食录》（紫禁城出版社，2009）。朱先生治学思路与成就，多有可观。得空细说。

阴雨天气，南图善本书例不出库。在家翻《艳情丛书》。

第七集卷四有《歌者叶记》，署唐沈亚之撰。有"附记"，说吴歌种种，大部可入"民歌研究资料编"。如其云吴歌自古绝唱，至今未亡，"叙事陈情，寓言布景。摘天地之短长，测风月之浅深。壮鸟凤而议鱼潜，惜草明而商花吐。梦寐不能拟幻，鬼神无可伸灵。令帝王失尊于谈笑，古今立息于须臾，皆文人骚士所啮指断发而不得也。乃女红田畯，以无心得之于口吻之间，岂非天地之元声、匹夫匹妇所与能者乎"。

十五集卷二有南汇于鬯撰《花烛闲谈》。闲谈中见法度与趣味，与向来枯坐研经有不同气象。如其由《士昏礼》"媵御沃盥"说交杯礼云：窃谓今人交杯之礼，乃沃盥交之遗意。今婿从者以婿酒注妇杯，妇从者以妇酒注婿杯，谓之交杯。疑古人沃盥交，亦如是而已。按喜歌中多有交杯内容，于氏意见，足资参考。《闲谈》说撒帐原始，引赵耘菘《丛考》观点，以为"三煞"说不确，"实始于汉武帝"。其说妆奁，有济世心。节引如次：

今世妆奁之盛，踵世增华，可谓极矣。愚者目动，智者心非。然嫁女不能无赠物也，第谓所重在此，不已陋乎。袁简斋《随笔》一条，述妆奁之缘起，今不具录。录其《嫁女词》一首，可为世讽。词曰：东家嫁女儿，珠翠盈千箱。道路多侧目，门闾生辉光。一朝妇失德，所赠都如忘。西家嫁女儿，荆苕与布裙。奴婢嗤其陋，戚里嫌其贫。未几闻贤淑，黄金铸妇身。姑恩不在富，夫怜不在容。但闻《关雎》声，常在春风中。泽发苟不顺，何以施鸾篦。敷粉苟不和，何以光容仪。即小可悟大，柔情须自持。毋违夫子训，毋贻父母羞。

"常在春风中"一句，何等暖人心扉。又十八集卷一捧花生撰《画坊馀录》为昔年搜求不得之书,其说"绣荷包新调"文字,为民歌史研究有用资料,流水曾有叙述。

读《故宫退食录》(2010-03-01)

查孔网拍卖记录,有北京书友李先生拍得《新婚趣语》,以为趣语即韵语,发站内短信商转让事。李慷慨,竟将原书寄我,云退其复印件即可。今收到快件,乃闺房记乐一类,演绎不足为外人道之旖旎故事,亦称奇妙。署"郑婉娥自述",石印,开本15.1厘米×10厘米。全书"分蓦地相逢·莫非五百年前事"、"偷窥照片·丰姿飒爽动人怜"、"梦里情人·亭亭倩女惯离魂"等若干节。查北京德宝2009年夏季拍卖会"香艳丛书"(上海,世界书局,1928)名下有介绍云:

> 是书原函原装,吴中十姊妹著述。吴中十姊妹指卫飞琼、陆秀兰、徐桂芳、赵灵珠、郑婉娥、陆云兰、沈玉兰、赵素珠、徐月英、卫智琼等。该套丛书共十二册,收录书籍有《妇女智囊》、《新婚趣语》、《私房秘记》、《相思日记》、《侍儿艳史》、《风流艳史》、《闺房趣史》、《情书指南》、《情诗指南》、《夫妻宝鉴》等。

明日璧还,另赠《明代民歌集》一册纪念。

昨读朱家溍《故宫退食录》,多有感慨,以致失眠。《北齐书·颜之推传》有"虚谈非其所好,还习《礼》、《传》,博览群书,无不该洽,词情典丽"语,以之加诸作者,大致适当,惟"词情典丽"或可稍作调整——朱先生文质彬彬,有君子风度,行文特色非此四字所能概括。昨流水标题曰"常在春风中",馨香满纸,确予人以如沐春风之感。

说三点。

其一,朱先生说治学体会,家学以外,强调喜欢,强调持之以恒,深入研究,"只要深入研究,对它的认识肯定就会有变化,何况自己研究的不知道的事物每日层出不穷,也可以说从青年到老年一直是这样的"(《我是怎样干上文物工作的》)。此点于年轻人尤其重要。以应付态度对待所从事工作，贪求捷径，偶有所得即沾沾自喜，均不可取。

其二，不回避常识。朱先生所说，多为常识。如其说碑版鉴定，由据某字而延伸至"纵观全碑，深入比较，掌握有关史料"，诚为至理名言。盖不独碑版，任一学问均一样道理。又如其由蔡襄《自书诗集》说学书规矩，不满于"有不少人本末倒置，不下功夫学楷书就先瞎涂乱抹，写些不合草法的所谓'草书'，不合隶法的所谓'隶书'，自称创新，成为风气"，以为"学书要走正道，要以楷书为基础"，老生常谈，然切中时弊。国人善忘，此类常识，须不时提起。

其三，文章写法多样，以自然得体为要。近思文章写法。论文腔可恶，端架子说话，自己不自在，如何使人自在。去论文腔，又易堕入浮滑、琐屑、尖巧，难成体统。朱先生《大米和小米》一文，层次清晰，行文流畅，结语利落，有自然得体神韵。台上几分钟，台下数年功。朱先生作文从容不迫，看似信笔为之，前提是有多年积蓄做底。不才如我等，须知从根本学起，方是正途。

文章做法一条，意犹未尽。朱先生读王世襄《说葫芦》，有感触，写成文章，并非就书说书，而是随手点染，摇曳多姿。先说魏珠故事不可信，后由天然葫芦扯及自家景致，隐约有闲坐说玄宗况味。

"撒盖头歌"（2010-03-03）

流水说《裴度还带》中喜歌，以为"窈窕青娥二八春，绿云之上覆方巾。玉纤揭起西川锦，露出娇容赛玉真"，是揭盖头喜歌。盖头俗由来已久。清翟灏《通俗编》卷九"帕蒙首"条云：

> 《汇书》：近时娶妇，以帕蒙新妇首，不知起于何年。《通典》杜佑议曰，拜时之妇，礼经不载，自东汉及于东晋，咸有此事，或时属艰虞，岁遇良吉，急于嫁娶，为此制，以纱縠幪女氏之首，而夫氏发之，因拜舅姑，便以成妇，六礼悉舍，合卺复乖，骤政教之大方，成仪容之弊法。由是观之，蒙首之法，其传已久。

赵翼《陔馀丛考》、赵吉士《寄园寄所寄》、于邺《花烛闲谈》等所说与此同，吴自牧《梦粱录》卷二十"嫁娶"条则记其时揭盖头细节云："凡嫁娶，男家送合往女家，至宅，堂中必请女亲夫妇双全者开合。及娶，两新人并立堂前，请男家双全女亲以秤或机杼挑盖头，方露花容参拜。"

白启明《河南婚姻歌谣的一斑》（《歌谣》周刊第五十九号）记孟县、固始、洛阳"撒盖头歌"，谭达先并将之作为"婚礼歌主要种类"之一（谭著《中国婚嫁仪式歌谣研究》第三章）。私意白氏所记"撒盖头歌"，指新娘下轿后，"有人在旁端一盘儿，盘内盛些草、钱、麸……向新娘头上去撒"，正确名称应是撒谷豆歌。如其三首内容分别为：

孟县：头一把撒的莲生贵子，二一把撒的富贵满堂……

固始：一把果子撒上天，看见仙女下凡间。我问仙女哪里去，某家夫妻大团圆。

洛阳：一把麸，一把圆，大孩领着小孩玩。一盘胡桃一盘枣，大孩领头小孩跑。

其中无一首涉及盖头。前引《事物纪原》之《吉凶典制部》"撒豆谷"条即说此事，另《东京梦华录》卷五《娶妇》条记录最详，录如次：

新妇下车子，有阴阳人执斗，内盛谷豆钱果草节等，咒祝望门而撒，小儿辈争拾之，谓之撒谷豆，俗云厌青羊等煞神也。

由是可知，新人下车撒谷豆等，即是白氏所说"撒盖头歌"原始，实与盖头无涉。

综而言之，喜歌中只有撒谷豆歌、揭盖头歌，无撒盖头歌。婚礼中撒果谷等，常见有两次。一是新人下轿，一是撒帐，撒帐即《梦华录》所说"对拜毕就床，女向左，男向右坐，妇女以金钱彩果散掷"情节。前者本意是去煞，后者则为祈福。别处偶有撒新房俗，是由撒帐衍生而来。

赞语·下轿歌（2010 – 03 – 08）

大众书局购书若干，中有朱天心《击壤歌》（广西师范大学出版社，2010）。胡兰成代序中云"自李白以来千有馀年，却有一位朱天心写的《击壤歌》"，此与"江淮平原两座古城"说何其相似乃尔，真真令人愕然。我所思不在胡序，在一种迷离景致：《未央歌》后，台湾年轻人可借一部"青春小说"感受、体味学生生活，何其有福。

旧式婚礼，儐相（司仪）说唱喜歌，歌前歌后，有赞语。吴晓铃《撒帐词》文章名之曰"赞礼文"（《歌谣》周刊第三卷第七期）。赞语有长短，长者数十近百字，短者只几句，多骈体，以"伏以"、"窃以"开头。北大藏本《事林广记》乙集卷下撒帐词前有例，录如次：

> 窃以满堂欢洽，正鹊桥仙下降之辰；夜半乐浓，乃风流子佳期之夕。几岁相思会，今日喜相逢。天仙子初下瑶台，虞美人乍归香阁。诉衷情而双心款密，合欢带而两意绸缪。苏幕遮中象鸳鸯之交颈，绮罗香里如鱼水之同欢。系裙腰解而百媚生，点绛唇偎而千娇集。款款抱柳腰轻细，时时看嫦人娇羞。既遂永同欢，宜歌长寿乐。是夜，一派安公子，尽欲贺新郎。幸对帐前，敢呈五撒。

吴氏《撒帐词》所举例为《金貂记》第三十四出《赐婚》：

> （净扮儐相）请新人交拜。（拜介　净）伏以天喜初临，红鸾高照。今朝两姓联姻，此日华堂筵好。鼓乐和谐鸣鸾，好逑咏歌雎鸟。撒帐笑处生春，交杯双双谐老。从此荣华富贵，瓜瓞绵绵永保。

吴先生云，此节内容虽然提到撒帐，"但是并非撒帐词，而是赞礼文——大约有同于喜歌吧"。此说可商榷，略述如下。其一，通常意义上，撒帐词即撒帐歌，乃喜歌一种，"赞礼文同于喜歌"，是大而言之。其二，"今朝两姓联姻"云云，确"并非撒帐词"，据剧情，乃新人交拜后儐相贺喜用，其后有演变作"一拜"、"二拜"直到"九拜"、"十拜"，有人名之曰"拜堂歌"。但因有"撒帐笑处生春，交杯双双谐老"，又知此乃集纳性质,并非真正意义之"拜堂歌"。其三,严格而言,"伏以天喜初临"直至"瓜瓞绵绵永保",均应视作赞语,即吴先生所说"赞礼文",此亦验证赞语多以"伏以"、"窃以"开头说法。然有例外。如流水曾引江西瑞昌吧"结婚彩词"云:伏以日出东方,吉日良辰斗床檐。我今请鲁班师傅到,手持金斧到洞房。左边斗起鸳鸯帐,右边斗起象牙床。象牙床呀象牙床,床撑本是千年木,床檐本是紫檀香。紫檀香呀紫檀香,四块金砖垫四方,生下五男并二女,夫妻富寿永绵长。床檐斗毕,万事大吉。虽由"伏以"引出,然"我今请鲁班师傅到"至结束,确系喜歌而非赞语。或可将起首两句"伏以日出东方,日吉良辰斗床檐"视作赞语,以引出其后俚歌(喜歌)。是以宽泛而论,"今朝两姓联姻"至"瓜瓞绵绵永保",似可作喜歌处理——吴先生"大约有同于喜歌"或即因此而言。

敦煌下女夫词之"下",有多种解释,我倾向于"使(女夫)下(马)"说,因不须联系"下兵词",本词中即有多例"下"之用法。如其中有女方反复商请新郎下马内容,并有《请下马诗》云:窈窕出兰闺,步步发阳台。刺史千金重,终须下马来。又后世喜歌中,下马、下轿、下车多有。我乡旧俗,新人到门前,全福者(傧相)请下轿,须一请再请——上轿不易,下轿亦难,此或因新嫁女仍眷念其家故(另有说是顾忌煞神挡道,见流水引用《事物纪原》内容。元人杂剧《桃花女破法嫁周公》第三折敷衍最详)。唯与上轿须反复催促相比,下轿更多只是稍作拿捏,即使如此,仍有下轿歌。如瑞昌吧"结婚彩词"之"下轿歌"云:鸾凤今日喜成双,喜看花轿到前堂。成双成对成双对,揭下轿帘见端详。另明张景《飞丸记》第三十二出《叠合飞丸》众人唱念"今日嫦娥下月宫,碧油幢下拥香风。屏开孔雀双飞翼,褥隐芙蓉两朵红。桃李芳华三月景,松筠节干百年风"后,紧接着"请新人下轿",亦可目之为下轿歌。元郑德辉《㑇梅香骗翰林风月》第四折有山人唱诗云:锦城一步一花开,专请新人下马来。今日鸾凰成配偶,美满夫妻百岁谐。乃典型下马歌。

喜歌三题 (2010－03－11)

据流水所记,整理杂志稿一篇,名《喜歌三题》。

喜歌指国人遇婚嫁、生子、建房、开业等喜庆事项时，即兴表演（唱、念均有，或创作或据流传作品）的具祝颂、祈福（包括去煞）性质的仪式歌谣，又称喜词、喜话、四言八句、大四句等。近代较早使用"喜歌"一词者为《歌谣》周刊编辑徐芳等人。往前溯，清郭小亭《济公全传》与姜振名、郭广瑞《永庆升平前传》中均有"喜歌"一词出现。所有类别喜歌中，以婚嫁类喜歌数量最多，内容最为丰富，亦最具研究价值。本文所说喜歌，即指婚嫁喜歌（哭嫁歌亦是喜歌，但是属于喜歌中的另类，因其所表达的是临嫁女儿对娘家的不舍之情，与直接的祝颂、祈福尚有些距离）。

喜歌与婚俗是不可分割的整体，喜歌整理与研究的意义，则不限于传统婚俗。笔者近年来于此留意较多，偶有所得，即行记下。兹从中辑出部分，就教于方家。

撒帐歌

撒帐风俗据传出自汉武帝（《戊辰杂抄》）。与撒帐习俗一样，婚嫁喜歌中，撒帐歌既极知名，历史亦久，然有学者以为"撒帐歌最早见于文献的是宋人的《东京梦华录》"（见叶德均《明代撒帐歌钞》，叶文并云此乃"陈元靓《事林广记》引"。《歌谣》周刊《歌谣》周刊三卷七期），此说不确。

《东京梦华录》卷五《娶妇》说其时婚俗，与撒帐有关者只有这样几句："……男女各争先后，对拜毕就床，女向左、男向右坐，妇女以金钱彩果散掷，谓之撒帐。"其中并无撒帐歌。《事林广记》版本情况复杂，传播过程中多有增删，但以本文所引和刻本、北大藏本而言，书中所记"市井状态和生活顾问的资料"（见胡道静《1963年中华书局影印本〈事林广记〉前言》，中华书局，1999，影印本《事林广记》附录），其对应年代大抵可限定在宋、元两朝。和刻本壬集卷二《婚姻燕喜》之"婚礼"条，注明引用《东京梦华录》内容，其后接"迎仙客"、"拦门诗"等，"撒帐"条另出，与"婚礼"、与《东京梦华录》无涉。《广记》"撒帐"条，包括赞语、撒帐歌、结语、撒帐毕求利市，堪称完备。录撒帐歌如次：

风流子撒帐前，红娘子是洞中仙。玉山枕上相偎处，深惜潘郎正少年。风流子撒帐后，枕屏儿畔偎檀口。两同心处凤栖梧，福寿必应天长久。风流子撒帐左，粉郎似蝶恋花朵。徘徊更懒剔银灯，更漏子催愁夜过。风流子撒帐右，佳人腰袅江南柳。吴国西施貌未妍，汉宫戚氏颜犹丑。风流子撒帐中，一丛花占世间红。自此常宜昼夜乐，仔看佳婿步蟾宫。

全歌以前、后、左、右、中次序展开；洪楩辑《清平山堂话本》卷二《快嘴李翠莲记》中傧相先生所念撒帐歌，则由东、西、南、北、上、中、下、前、后铺陈，歌中除祝愿新人纵情行乐之外，尚有"双双绣带佩宜男"、"来岁生男定声价"等语——喜歌中此种基调，一直延续至今。学界通行看法，以为《快嘴李翠莲记》为宋、元年间作品，孙宝瑄《忘山庐日记》壬寅九月二十二日录洒（按：当为撒）帐歌，文字与《快嘴李翠莲记》中撒帐歌几同，其曰乃"宋人洒帐之歌"，可为印证。

综上所述，关于撒帐歌，似可简单作结云：较早见诸文献的形制完备的撒帐歌，以陈元靓撰《事林广记》、洪楩辑《清平山堂话本》卷二《快嘴李翠莲记》中所载为代表（敦煌文献中《张敖书仪》所记撒帐时祝愿文，可视作撒帐歌之雏形）。

拦门歌与拦门习俗

喜歌贯穿婚礼全过程，换言之，婚礼每一环节，均有喜歌作点缀。如有拦门，即有拦门歌。

先说拦门歌。敦煌遗书中下女夫词，所记为男方骑马至女方门前，双方问答内容。宽泛言之，男方欲进门，女方则先行盘问一番，你来我往之"花言巧语"，亦可将之视为早期的拦门喜歌。

北大藏本《事林广记》乙集卷下《佳期绮席诗》记拦门俗诗五首，实即拦门歌。录如次：

拦门诗曰：仙娥缥缈下人寰，咫尺荣归洞府前。今日门阑多喜色，花箱利市不须悭。

又拦门诗：绛绡银烛拥嫦娥，见说有蚨办得多。锦绣铺陈千百贯，便同萧史上鸾坡。

又拦门诗：拦门礼物多为贵，岂比寻常市道交。十万缠腰应满足，三千五索莫轻抛。

答拦门诗：从来君子不怀金，此意追寻意转深。欲望诸亲聊阔略，毋烦介绍久劳心。

答拦门诗：洞府都来咫尺间，门前何事苦遮拦。愧无利市堪抛掷，欲退无因进又难。

李家瑞《谈嫁娶喜歌》(《歌谣》周刊二卷二十五期）除下女夫词外，尚列出《雨枕欹枕集》里《花灯轿莲女成佛记》（亦见于《清平山堂话本》）与《儿女英雄传》第二十七回中的拦门歌。实际上直至30年前，在苏北乡间婚礼上，仍然能听到内容"与时俱进"的拦门歌。

次说拦门。拦门有两种。一种在夫家。吴自牧《梦粱录》卷二十《嫁娶》说南宋都城嫁娶情景云：

其女家以酒礼款待行郎，散花红、银碟、利市钱会讫，然后乐官作乐催妆，克择官报时辰，催促登车，茶酒司互念诗词，催请新人出阁登车。既已登车，擎担从人未肯起步，仍念诗词，求利市钱酒毕，方行起担作乐。迎至男家门首，时辰将正，乐官妓女及茶酒等人互念诗词，拦门求利市钱红。克择官执花斗，盛五谷豆钱彩果，望门而撒，小儿争拾之，谓之撒谷豆，以压青阳煞耳。

另一种在女方。徐珂《清稗类钞·音乐类》有云：

其娶妇而亲迎者，婿必多求数人，与己年貌相若，而才思敏给者，使为伴郎。女家索拦门诗歌，婿辄握笔为之，或使伴郎代草，或文或不文，总以信口而成、才华美者为贵。至女家不能酬和，女乃出阁。此即唐人催妆之作也。

前一拦门，明确欲"求利市钱红"；后一拦门，唐人只索诗歌，后世亦索利市花红。而女方拦门之俗，当缘于掠夺婚风俗。陈顾远《中国婚姻史》（商务印书馆，1998）第三章婚姻方法说掠夺婚事甚明。私意既有掠夺，必有阻拦，此或为女方拦门俗之始。而遇拦门，掠夺者不外三种选择，或用强，或退却，或斡旋，索诗词、利市，则为斡旋之副产品。

又伊永文《行走在宋代的城市》（中华书局，2005）说宋代城市风俗多有所本，唯其中云"南宋城市则没有拦门一礼"（第224页），未知何据。由《梦粱录》"拦门求利市钱红"内容，知所说非是，而其《东京梦华录笺注》（中华书局，2006）征引书籍千馀种，书末"举要"翻检一过，似不见《梦粱录》，不解何故。

"撒盖头歌"

高明《琵琶记》第十九出《强就鸾凰》有如下一节：

（净）状元和小姐两个，各自立一边，请阴阳先生赞礼。（末宾人上）禀相公告庙。维大汉太平年，团圆月，和合日，吉利时。嗣孙牛某，有女及笄，奉圣旨招赘新状元蔡邕为婿。以此吉辰，敢申虔告。告庙已毕，请与新人揭起方巾。（丑）待我来。伏以窈窕青娥二八春，绿云之上覆方巾。玉纤揭起西川锦，露出娇容赛玉真。掌礼。请喝拜。

此处"窈窕青娥二八春，绿云之上覆方巾。玉纤揭起西川锦，露出娇容赛玉真"，实即揭盖头（方巾）喜歌。盖头俗由来已久。清翟灏《通俗编》卷九《帕蒙首》云：

《汇书》：近时娶妇，以帕蒙新妇首，不知起于何年。《通典》杜佑议曰，拜时之妇，礼经不载，自东汉及于东晋，咸有此事，或时属艰虞，岁遇良吉，急于嫁娶，为此制，以纱縠蒙女氏之首，而夫氏发之，因拜舅姑，便以成妇，六礼悉舍，合卺复乖，黩政教之大方，成仪容之弊法。由是观之，蒙首之法，其传已久。

赵翼《陔馀丛考》、赵吉士《寄园寄所寄》、于邺《花烛闲谈》等所说与此相近，《梦粱录》卷二十《嫁娶》则记其时揭盖头细节云："凡嫁娶，男家送合往女家，至宅，堂中必请女亲夫妇双全者开合。及娶，两新人并立堂前，请男家双全女亲以秤或机杼挑盖头，方露花容参拜。"《琵琶记》"请与新人揭起方巾"与此处"以秤或机杼挑盖头"同。白启明《河南婚姻歌谣的一斑》（《歌谣》周刊第五十九号）记录孟县、固始、洛阳"撒盖头歌"，谭达先并将之作为"婚礼歌主要种类"之一（谭著《中国婚嫁仪式歌谣研究》第三章，台北，商务印书馆，1990）。可商榷。白氏所说"撒盖头歌"，指新娘下轿后，"有人在旁端一盘儿，盘内盛些草、钱、麸……向新娘头上去撒"。其三首内容分别为：

> 孟县：头一把撒的莲生贵子，二一把撒的富贵满堂……
> 固始：一把果子撒上天，看见仙女下凡间。我问仙女哪里去，某家夫妻大团圆。
> 洛阳：一把麸，一把圆，大孩领着小孩玩。一盘胡桃一盘枣，大孩领头小孩跑。

其中无一首涉及盖头，私意其正确名称应是撒谷豆歌。新人将进门而撒谷豆，有典故。《事物纪原》之《吉凶典制部》释"撒豆谷"云："汉世京房之女适翼奉子。奉择日迎之，房以其日不吉，以三煞在门故也。三煞者，谓青羊、乌鸡、青牛之神也。凡是三者在门，新人不得入，犯之损尊长及无子。奉以谓不然，妇将至门，但以谷豆与草禳之，则三煞自避，新人可入也。自是以来，凡嫁娶者，皆宜置草于门阃内，下车则撒谷豆，既至，蹙草于侧而入，今以为故事也。"另前举《梦粱录》"以压青阳煞耳"亦是，《东京梦华录》卷五《娶妇》有类似记载，且明指所撒者有"谷豆钱果草节等"，恰与孟县等地"草、钱、麸……"呼应。

由是可知，新人下车撒谷豆等，即是白文所说"撒盖头歌"原始。要而言之，喜歌中只有撒谷豆歌、揭盖头歌，无撒盖头歌。

告庙（2010 - 03 - 12）

昨引《通俗编》卷九"帕蒙首"文字，至文学院资料室复核，台北世界书局版《通俗篇》卷九无"帕蒙首"条。《花烛闲谈》说蒙首，以赵耘崧《陔馀丛考》引出杜佑《通典》。翻《丛考》，亦不见"蒙首"。或为粗心故，得空细检《通俗编》、《丛考》与《通典》。说撒帐与撒谷豆，以为二者不可混。《丛考》卷三十一《撒帐》即说及此。《知新录》引"汉京房女"事，以为乃撒帐之始。《丛考》以为非，指"撒帐实起于汉武帝"。

流水曾引《诚斋乐府》中《扫晴娘·序》内容，说此曲牌来历。《丛考》卷三十三《扫晴娘》云：吴俗，久雨后，闺阁中有剪纸为女形，手持一帚，悬檐下，以祈晴，谓之扫晴娘。按元初李俊民有《扫晴妇》诗："卷袖搴裳手持帚，挂向阴空便摇手。"其形可想见也。俊民泽州人，而所咏如此，可见北省亦有此俗，不独江南为然矣。又其序云：所以使民免于溢之患。则不独祈晴，又以之祈雨。

流水引《琵琶记》第十九出《强就鸾凤》，其中有"禀相公告庙"、"告庙已毕"云云。《辞海》释"告庙"云：

> 古时皇帝及诸侯外出或遇有大事，例须向祖庙祭告，称"告庙"。《左传·桓公二年》："凡公行告于宗庙，反行饮至，舍爵策勋焉，礼也。"

按此说有欠全面，《琵琶记》所说"告庙"，即与皇帝、诸侯无关，例当另出。《诗·齐风·南山》有"娶妻如之何，必告父母"句，《毛诗正义》卷五曰：

> 传以经云"必告父母"，嫌其唯告生者，故云"必告父母之庙"。笺又嫌其唯告于庙，故云"议于生者，卜于死者"，以足之。婚有纳吉之礼，卜而得吉，使告女家，是娶妻必卜之。《士冠礼》云"筮于庙门"，明卜亦在庙也。《曲礼》云"男女非有行媒，不相知名"，故齐（斋）戒以告鬼神。昭元年《左传》说楚公子围将娶妻于郑，其辞云："围布几筵，告于庄、恭之庙而来。"是娶妻自有告庙之法。而笺必以为卜者，以纳吉为六礼之一，故举卜言之。案《婚礼》受纳采之礼云："主人筵于户西。"注云："主人，女父也。筵，为神布席也。将以先祖之遗体许人，故受其礼于庙也。"其后诸礼皆转以相似，则礼法皆告庙矣。女家尚每事告庙，则夫家将行六礼，皆告于庙，非徒卜而已。明以卜为大事，故特言之。

又《白虎通义》卷下《嫁娶》云：娶妻不先告庙到者，示不必安也。婚礼请期，不敢必也。妇入三月，然后祭行。舅姑既殁，亦妇入三月，奠采于庙。三月一时，物有成者，人之善恶可得知也。然后可得事宗庙之礼。曾子曰:"女未庙见而死,归葬于女氏之党,示未成妇也。"《文公家礼》则将三月缩为三日。陈鹏《中国婚姻史稿》(中华书局,2005)卷四《婚礼(上)》有"庙见"条,说此甚详。

《醒世姻缘传》中撒帐歌 (2010–03–17)

昳丽短信,说装四库软件事。

徐珂《清稗类钞》分门别类搜罗典故,惜不注明出处。如前引《音乐类》之拦门歌文字,即源自屈大均《广东新语》卷十二《粤歌》。

《明代民歌札记》曾说《清风闸》第三回中撒帐歌,云其与《醒世姻缘传》第四十四回《梦换心方成恶妇 听撒帐早是痴郎》中撒帐歌内容雷同。按《清风闸》中撒帐歌实袭自《醒世姻缘传》。节录《醒》中此节文字如次:

> 只见那宾(傧)相手里拿了个盒底,里面盛了五谷、栗子、枣儿、荔枝、圆眼,口里念道:
> 阴阳肇位,二仪开天地之机;内外乘时,两姓启夫妻之义。凤凰且协于雌雄,麒麟占吉于牝牡。兹者:狄郎凤卜,得淑女于河洲;薛姐莺詹,配才人于璧府。庆天缘之凑合,喜月老之奇逢。夫妇登床,宾(傧)相撒帐。将手连果子带五谷抓了满满的一把往东一撒,说道:撒帐东,新人齐捧合欢锺。才子佳人乘酒力,大家今夜好降龙。念毕,又抓了果子五谷往南一撒,说道:撒帐南,从今翠被不生寒。春罗几点桃花雨,携向灯前仔细看。念毕,又将果子五谷居中撒,说道:撒帐中,管教新妇脚朝空。含苞未惯风和雨,且到巫山第一峰。念毕,又将五谷果子往西一撒,念道:撒帐西,窈窈淑女出香闺。厮守万年谐白发,狼行狈负不相离。念毕,又把五谷果子往北一撒,念道:撒帐北,名花自是开金谷。宾人休得枉垂涎,刺猬想吃天鹅肉。念毕,又把五谷果子往上撒,念道:撒帐上,新人莫得妆模样。晚间上得合欢床,老僧就把钟来撞。念毕,又把五谷果子往下撒,念道:撒帐下,新人整顿鲛绡帕。须臾待得雨云收,武陵一树桃花谢。

那宾（傧）相这些撒帐诗，狄希陈那里懂得，倒也凭他胡念罢了。只是那相于廷听了，掩了嘴只是笑。薛如下听了，气得那脸上红了白，白了红的，只是不好当面发作，勉强的含忍……宾（傧）相说："好薛相公！我说咱是读书人家，敢把那陈年古代的旧话来搪塞不成？我费了二三日的整工夫，从新都编了新诗来这里撒帐，好图个主顾，谁知倒惹出不是来了。薛相公，你这眼下不娶连小姐哩？我可也再不另做新诗，我只念那旧的就是。再不，薛相公，你就自己做。"

可注意处有二。其一，"阴阳肇位"至"宾（傧）相撒帐"，乃歌前小引一类，即前说所谓赞语。其二，傧相云"新编"，且云有"旧话"，说明撒帐歌确既有即兴创作，亦可据旧有作品现场演绎。

喜不自禁（2010-03-20）

南大品雨斋书店购《六十种曲》、《掌故大辞典》等。
安若博客，说晚间看星星感受：

> 没有星星的天空下，是一座没有梦的城市。
> 可是现在星星回来了。
> 准确地说，是看星星的人回来了。
> 我在仰头的时候，春天的风掠过发梢。
> 用一只手轻轻按住被风吹得凌乱的短发，
> 依然保持着仰望的角度。
> 一瞬间，暖意荡漾在每一缕春风里。

末一句，见小孩情致。
南宋史浩撰《鄮峰真隐漫录》卷三十九《撒帐文》，形制与《事林广记》同。按《四库全书总目》云《漫录》"自署辛丑，为淳熙八年，盖其罢官以少傅侍经筵时所著"，则知此一撒帐歌为货真价实之南宋作品，此前种种说法均须修正。书中有乐趣，庸人自得之，体会何其深。爱录全文

如次,以记余喜不自禁心情:

  撒帐文
  绮罗丛里宝蜡千枝,箫鼓声中金钗几行。神女深居紫府,仙郎稳下青霄。彼人此人,好是相看冰雪;今夕何夕,将期结约松筠。未移缓步之金莲,先启漫空之斗帐。敢持珍果,作溅雨之明珠;少荐无词,间遏云之雅唱。
  撒帐东,光生满幄绣芙蓉。仙姿未许分明见,知在巫山第几峰。撒帐西,香风匝地瑞云低。夭桃夹岸飞红雨,始信桃源路不迷。撒帐南,珠宫直在府潭潭。千花绰约笼西子,今夕青鸾试许骖。撒帐北,傅粉初来人不识。红围绿绕护芳尘,笑揭香巾拜瑶席。撒帐中,鸳鸯枕稳睡方浓。麝煤不断薰金鸭,休问日高花影重。
  伏愿撒帐之后,鸾凤偕老,琴瑟和鸣。恩光浮阆苑之春,美态压瑶池之侣。画眉妆阁,携手云衢。岁岁年年,同上翁姑之寿;孙孙子子,永彰门阀之荣。

《节侠记》中喜歌 (2010 – 03 – 23)

振羽短信,云商务印书馆有《民歌与安魂》。

保善电话,说为民歌集写评介事。

看杨振宁文章《关于季承的〈李政道传〉及〈宇称不守恒发现之争论解谜〉》。文思缜密,令我叹服。有两处尤见风采。一是杨先生云统计力学向来是其主要研究领域之一,近年"重新回到此领域,在 2008 至 2009 年间又已经发表了六篇文章"。由是知津津乐道于杨翁恋情之人何等无聊。二是说及与李政道"恩怨",笔法堪称经典。录如次:

  Pais (1918 – 2000) 是有名的爱因斯坦传 *Subtle is the Lord* 的作者。他跟李和我都曾是多年的朋友与同事。他对杨李的合与分写过下面的一段话:"我认为要了解其中真相,要对中国传统比我有更多的知识……"(译自 2000 Pais, 177 – 178 页) 在众多讨论杨李之合与分的文章中，这恐怕是最有深度的一段话。

传统戏曲与民众联系紧密，因此戏曲中喜歌，最为接近生活本真。循此思路，或可作一专题。

翻《六十种曲》中喜歌资料。

明许三阶《节侠记》据唐人笔记小说改编。第十二出有如下一段：

[意难忘前] 春色正芳妍，看群祥既集，二姓交欢。画屏凝瑞霭，宝扇拥香烟。可怜桃李径，更绕凤皇台。仙媛乘鸾日，天孙捧雁来。院子那里。（末应介老旦）今日裴爷与小姐成亲，吩咐安排筵席，可曾完备未曾。（末）完备多时了。（老旦）吉时已到，吩咐掌礼请新人。（末应叫掌礼介　净扮掌礼上　向内揖念介）伏以风流才子谪遐方，潇洒佳人出华堂。烛影辉煌当此际，分明一对好鸳鸯。云云。（又揖念介）鸾车凤驾初来到，玉树琼枝相映耀。金鸭香浮敞玳筵，神仙一对离蓬岛。云云。（生巾服旦冠带丑外小生扮从随上）

[意难忘后] 蟾宫畔，鹊桥边，是人世神仙。听箫声缥缈，凤影联翩。（生旦拜照常科净念介）伏以才郎女貌相当，天然吩咐成双。地久天长难计，五男二女成行。男作公卿将相，女嫁君宰侯王。从此荣华富贵，更兼福寿无疆。云云。（各送酒照常科）

此有可讨论处。其一，掌礼者所念"风流才子谪遐方"等内容，均可视作喜歌。其二，"春色正芳妍，二姓交欢"云云，有说法。《白虎通义》卷下《嫁娶》曰：嫁娶必以春者，春天地交通，万物始生，阴阳交接之时也。《诗》云："士如归妻，迨冰未泮。"《周官》曰："仲春之月，合会男女。令男三十娶，女二十嫁。"《夏小正》曰："二月，冠子娶妇之时。""天孙捧雁来"亦是。《嫁娶》有云：《礼》曰："女子十五许嫁。纳采、问名、纳吉、请期、亲迎，以雁贽。纳徵曰玄纁（纁），故不用雁贽。"用雁者，取其随时南北，不失其节，明不夺女子之时也。又取飞成行、止成列也，明嫁娶之礼，长幼有序，不相逾越也。其三，流水曾说戏曲中婚礼描写之程式，此处又见，"院子那里"数语即是，《琵琶记》、《玉镜台记》均有相似内容。其四，"金鸭香浮敞玳筵"之"金鸭"，与《邓峰真隐漫录》卷三十九《撒帐文》"麝煤不断薰金鸭"之"金鸭"，是同一物件，指鸭形香炉，周美成有名句"金鸭香满袖，衣润费炉烟"。其五，引文中有"五男二女"，堪称喜歌中常见语码。宋朱鉴撰《诗传遗说》卷四云：今人言五男二女，亦有所本。《诗疏》所谓武王有五男二女，盖出于此。五男者，如《左传》邢、晋、应、韩为武之穆，与成王则五矣。二女者，太姬下嫁陈胡公，其一也，《诗》"何彼秾矣"。王姬下嫁齐侯之子，则二矣。

《蕉帕记》之《闹婚》（2010–03–25）

前说可做戏曲中喜歌（婚俗）专题，此念益笃。以《六十种曲》为对象展开，分三部分。一为《六十种曲》中喜歌资料概说，二由不同时期、地域作家及其作品看喜歌与婚俗之异同，三说戏曲中夹杂喜歌之意义。

意义可说处多。如戏曲中因有喜歌内容，其反映社会、民生之功能更趋饱满。此亦戏曲天性使然——与小说相比，戏曲与一般民众联系尤其亲密，换言之，民众日常生活中喜闻乐见之民俗事象，在戏曲中时有体现。如各地婚庆过程中，有闹喜习俗，明单本《蕉帕记》即有记载。第十七出名《闹婚》，写家人龙兴假冒傧相插科打诨闹喜过程，极为传神。录此节文字如次：

（丑上）暂离娇客马，来到老爷家。我家相公教我打点一应入赘仪从，诸般俱已停当，谁想临安城中，从来没有傧相。倘若胡爷要将起来，纸画泥塑，又轻又重。在下心生一计，假扮一个傧相，胡诌几句诗儿，骗他赏包，有何不可。（进见介）禀老爷夫人，相公到了。（外）着傧相伺候。（丑）已在门首，不敢擅入。（外老）着他进来。（丑）晓得。（下中净上）房内梳妆就，堂前摆列齐。启老爷夫人，小姐妆束完了。（外老）待傧相到来，自然有请。（中净）龙兴，叫傧相进来。（丑内妆两样声音介）叫傧相。来了。来了。（白髯扮傧相上）元是龙兴，改造傧相。全亏白髯，做出丑样。（妆老人咳嗽介）傧相叩头。（外）起来赞礼。（丑应妆老人声介）销金帐下别银灯，节节高歌乔合笙。红绣鞋行锦缠道，梅花引出祝台英。（中净）只有个祝英台,那里有祝台英。(丑又妆老人声介)祝英台便不叶韵了,我正笑如今做曲子的不叶韵,偏要叶做祝台英。请,请,请仙郎入画堂。(中净)龙兴不知那里去了,怎么叫这个花嘴老人家来。(丑)候相元是老人家,曾见蟠桃几度花。请得新郎来下马,登时生个小哇哇。(中净)难道这等容易。(丑)只要他会做人。请,请,请,请。

[五供养引](生上)《关雎》寄咏,恰喜《桃夭》淑女相从。襄王寻旧梦,怕打五更钟。(丑)请,请,请小姐出画堂。碧纱窗下画双蛾,八幅罗裙着地拖。恰似嫦娥离月窟,三年就好做婆婆。(中净)怎么这样快得紧。(丑)又道日月如梭趱少年。请,请,请。(中净扶旦上)妆台簇拥,白璧下蓝田曾种。(合)天仙来会合配雌雄,愿多生桂子满堂红。

(丑喝拜介生旦拜天地回拜外老介中净)拜见老爷奶奶了。把好说话赞上来。(丑)老爷奶奶不是人。(中净喝介丑)蓬莱仙侣谪凡尘。今日华堂来祝寿,双双活到一万斤。(中净喝介丑)一万春。没了牙齿,字眼不真。(生旦交拜介中净)再把好说话赞着新人。(丑)二位新人用当真,当真之处要殷勤。到得明年正月半,金盘捧出玉麒麟。(中净)你怎么就晓得正月半生儿子了。(丑)我是一掌金掐过了。如今四月,到明年正月半,刚刚十个月。是真正的花下子。(中净)龙兴狗才。(丑打嚏介中净)好不中用,那寻这个花嘴老乌龟来。(丑)我是杭州一老翁,胡须雪白响喉咙。今日成亲求赏赐,只要十两好纹松。(中净)怎么叫做纹松。(丑)纹者细也,松者丝也。(外)小英赏他个包儿。(中净与介丑)还要夫人一个包儿。(老)小英再与他一个。(又与介丑)还要小姐赏一个。(外恼介)小英揿他起去。(中净揪丑白髯下介)阿呀,这候相元来是龙兴假扮成的。(外老)这小厮怎么假妆候相。(丑)世间人宜假不宜真,百凡事假得去就好了。(外)快斟酒来。(丑脱衣介)这等仍旧是龙兴了。

讨论。其一,"胡诌几句诗儿,骗他赏包"云云,即以喜歌讨花红利市意。其二,"销金帐下剔银灯"、"碧纱窗下画双蛾"云云,是请新人喜歌。其三,"请得新郎来下马"之"下马",与下女夫词之"下马",一脉相承。其四,"登时生个小哇哇(娃娃)"、"到得明年正月半,金盘捧出玉麒麟"云云,是喜歌习见语汇,亦是经典内容。由三、四条,可知婚礼在全部仪礼中，确最具恒定性质。另"老爷奶奶不是人，蓬莱仙侣谪凡尘"，极见民间智慧，吾乡艺人口中，至今仍有流传。

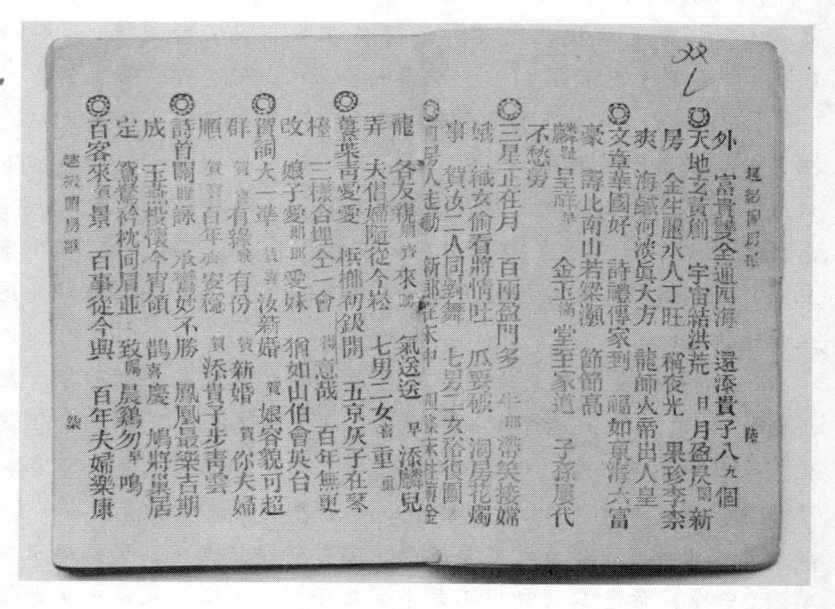

《幽闺记》

《六十种曲》中喜歌资料 (2010–03–29)

自今日起，依次录《六十种曲》中与喜歌有关资料并作简要讨论。抄书而不觉其烦，知堂《夜读钞》有之，朱家溍梳理清宫演戏与旧籍资料亦如是，我今作效颦之举。《六十种曲》中部分内容流水前已涉及，此番酌情作摘要处理。

其一，明高明《琵琶记》第十九出《强就鸾凰》：

内容此前已有介绍。"（外）左右，我今日与小姐毕姻，筵席安排了未。""（院子）安排完备了。""（外）完备得如何。""（院子）屏开金孔雀，褥隐绣芙蓉。兽炉烟袅，莲台绛烛吐春红……"婚礼开始前，此种对答程式,在别处多见,如明朱鼎《玉镜台记》第八出、许三阶《节侠记》第十二出等。元施惠《幽闺记》第三十九出《天凑姻缘》有云:

(外上)一段好姻缘,说起难抛下。今朝开宴特相邀,试问真和假。昨日已遣官媒婆、院子去请状元来此会宴,安排酒肴,不知完备未曾。院子那里。(末上)堂上呼双字,阶前应一声。覆老爷,有何分付。(外)筵席完备了未,(末)完备多时了。

此处"筵席完备"与否之问答,与《琵琶记》等如出一辙。
其二,《幽闺记》第四十出《洛珠双合》云:

(外 老旦吊场)院子,快去唤宾(傧)相过来。(末)宾(傧)相走动。(净上)全仗周孔礼乐,来成秦晋欢娱。大叔通报。(末)老爷着你进去。(净)老爷老夫人,宾(傧)相叩头。(外)起来。今日是黄道吉日,我与二位小姐招赘文武状元,你与我赞礼成亲,多说些利市言语,重重赏你。(净)理会得。(请科)

按由主家主动唤傧相参与婚礼且请其"多说些利市言语",可见其时风气。
明汤显祖《紫钗记》第十三出《花朝合卺》云:

(旦上)且喜玉钗双燕稳,还似玉梅初见。(合)对宝鼎香浓,芳心暗祝,天长地远。

(宾赞赞云)拜天地。天地交通泰,水火倒既济。今年生个小蒙童,明年生个大归妹。拜老夫人。拜谢金王母,领取碧霞君。今年封内子,明春长外孙。夫妻交拜。今日成双后,富贵天然偶。一个附凤攀龙,一个祝鸡养狗。(鲍诨介)好个豪家婆也。(宾)礼毕,新郎新人就位,人从叩头。

按"天地交通泰"云云乃拜堂喜歌。拜堂事可说。陈鹏《中国婚姻史稿》卷五《婚礼》云《仪礼·士婚礼》无夫妇交拜之文,汉人婚礼,亦未见此仪。夫妇交拜礼,始见于晋,如《世说新语》即有相关记载,《东京梦华录》、《梦粱录》罗列甚详,"元明以降,于婿妇交拜外,尚有同拜天地之礼,即先拜天地,次拜婿之父母,最后则夫妇交拜"。陈先生并云"元明戏剧中其例多矣"。

"挂真儿"与"挂枝儿"(2010 - 03 - 30)

《河北师范大学学报(哲学社会科学版)》第33卷第1期(2010年1月)有时俊静博士文章《[挂枝儿]与[挂真儿]》,摘要云[挂枝儿]和[挂真儿]常被人误解为音同实亦同,其实二者关系并非如此简单。在南曲作家那儿,南曲[挂真儿]与小曲[挂枝儿]二水分流,并不混淆,明人只在指称小曲时把二者混用。[挂枝儿]虽然是南人向北人小曲[打枣竿]学习的产物,但同时也吸收了南曲[挂真儿]的营养,并因此易名,[打枣竿]是其源头,[挂真儿]是汇入其中的流。论文说及敝人学位论文云:周玉波博士在徐(扶明)先生的基础上更明确地提出,"从现有材料看,基本上可以断定[挂枝儿]确实是万历中后期才流行的曲子,它的源头,却是嘉靖年间即已存在的[挂真儿]"。……[挂真儿]并非从嘉靖年间开始有,而是可远溯到宋元南戏。那么,小曲[挂枝儿]的源头是南曲[挂真儿]吗?对于此观点我们持否定态度。

按拙作此一表述欠妥,时文亦有误读。"源头"云云,当指名目而非内容,"挂枝儿"之得名与"挂真儿"确有关联(吴语一字之音转);"嘉靖年间即已存在"与"嘉靖年间开始有"尚有距离。此一判断《明代民歌札记》已作调整。录如次(见第382页,又见《明代民歌集·前言》):

> 《明代民歌研究》第八章说《金瓶梅》中小曲,亦顺及[挂真儿]与[挂枝儿]事,以为万历中后期流行之[挂枝儿],其源头"却是嘉靖年间即已存在的[挂真儿]",证据是《大明春》卷四辑录内容为[挂枝儿]却标作[挂真儿],《乐府万象新》前集二《新增京省倒挂真儿歌》的后面,列出的是地道的[挂枝儿],其中开头一曲更明白地说"[挂枝儿]唱得真个妙"。今结合任(半塘)先生"[挂真儿]非[打枣竿]"说,且修正此前判断——《金瓶梅》中申

二姐所唱联套[挂真儿]，确为《九宫大成谱》中南吕[挂真儿]，其与万历年间流行之[挂枝儿]，有的只是名目上的联系，《大明春》、《乐府万象新》诸选集中标作[挂真儿]，实际上是误用，或如其时[驻云飞]、[山坡羊]等散曲、民歌曲调并存一样，南吕[挂真儿]亦曾被用作民歌调，只是民歌调一派，后来另行变作[挂枝儿]。

另[挂枝儿]与[打枣竿]、[劈破玉]等之关系，《札记》多有论述，不具列。

拦门 拜兴（2010-03-30）

昨说拜堂事。唐封演《封氏闻见录》卷五有云："近代婚嫁，有障车、下婿、却扇及观花烛之事，又有拜堂之礼，上自皇室、下至士庶，莫不皆然。"

流水说婚礼中拦门，云有两处，一指男方至女家迎亲时，有人拦门索诗与利市花红；二指新人至男家，有人拦门索利市花红。《缀白裘》中《琵琶记·请郎》之傧相（掌礼人）请蔡状元至牛丞相府中迎娶新人，亦有拦门一说。录如次：

（净）伏以一派笙歌列绮罗，画堂深处拥姣娥。自从今夜成亲后，休得愁多与怨多。拦门第一请，请新贵人抬身缓步，请行。（内细吹打，小生上）

[金蕉叶]愁多怨多，我爹娘知他怎么。摆不脱功名奈何，送将来冤家怎躲。（坐介）（净）列位逐班相见。（众）晓得。（净）掌礼人叩头。（老旦）喜娘叩头。（净）起来。（杂）家人每叩头。（小生立起介）（净）请起。（旦，小旦）使女们叩头。（净）起来。（众杂）炮手，灯夫，吹手，执事人等叩头。（净）起去。（众）吓。（净）伏以金紫佳期乐未央，鹊桥高驾彩云上。自是赤绳曾系足，休嗟利锁与名缰。拦门第二请行。（小生）

[三换头]名缰利锁，先是将人摧挫。况鸾拘凤束，甚日得到家，

我也休怨他。这其间只是我，不合来长安看花。

（净）请状元爷更衣。（小生）哎。闪杀我爹娘也，泪珠儿空暗堕。这段姻缘，也只是无如之奈何。

（净）请状元爷更衣。（小生更衣换纱帽坐介）（净）伏以画堂今日配鸾凤，十二金钗列两行。不须在此徘徊坐，仙子鸾台早罢妆。拦门第三请。（众同跪　合）

此处"一派笙歌列绮罗"、"金紫佳期乐未央"、"画堂今日配鸾凤"亦为拦门喜歌，在女方拦门时说唱。

又《琵琶记·花烛》有云：

（众执事引小生骑马上）（净）伏以身骑白马摇金镫，曾向歌台列管弦。醉后不知明月上，笙歌拥入画堂前。状元爷请下雕鞍。（小生下马介）（净）请上画堂。（小生进介）（净）伏以香罗带绣菊花新，坐傍妆台点绛唇。喜称人心好事近，鹊桥仙降画堂春。拦门第一请。（吹打介）（净）伏以倘秀才升凤凰阁，虞美人登昼锦堂，三学士遂于飞乐，天仙子对绣衣郎。拦门第二请。（吹打介）（净）伏以稳步蟾宫里，攀折桂枝香。请出红娘子，相见贺新郎。拦门第三请，请女贵人抬身缓步，请行。（老旦，正旦拥贴上）（净）请上花单，望阙谢恩，执笏山呼。（小生）万岁。（净）再山呼。（小生）万岁。（净）齐祝山呼。（小生）万万岁。（净）转班行夫妇礼。兴，拜；兴，拜。恭揖，成双揖。红绿牵巾，送入洞房。（众拥小生，贴下）（净）伏以东方日色渐朣朦，紫府频开锦绣宫。篆袅金猊成雾霭，瑶台烛影正摇红。太师爷有请。（四院子引外上）

［传言玉女］烛影摇红，帘幕瑞烟浮动。画堂中，珠围翠拥。妆台对月，下鸾鹤，神仙仪从。玉箫声里，一双鸣凤。

（净）伏以今日筵开醺滴酼，来春定产芝兰玉。早已绣勒与雕鞍，方罢马蹄与笃邃。新贵人有请。（小生上）

［女冠子］马蹄笃邃，传呼齐拥雕毂。（外）金花帽簇，天香袍染。丈夫得志，佳婿坦腹。

（净）伏以郎才七步三冬足，女貌大家诸子读。今日结成鸾凤侣，莫讶妆成闻唤促。女贵人有请。（老正二旦扶贴上）

[前腔]妆成闻唤促，又将姣面重遮，羞蛾轻颦。（众合）这姻缘不俗，金榜题名，洞房花烛。

此处"身骑白马摇金镫"云云，为请下马喜歌。下马歌乃早期喜歌中一大种类，知名者如敦煌下女夫词中"请君下马来"云云，前引《封氏闻见录》"下婿"即指此。"香罗带绣菊花新"、"倘秀才升凤凰阁"、"稳步蟾宫里"云云，与《请郎》情形相类，"今日筵开醮滴酥"、"郎才七步三冬足"则为请新人喜歌。

另"转班行夫妇礼。兴，拜；兴，拜。恭揖，成双揖"一节，"兴，拜"疑当为"拜，兴"，源自《仪礼·士昏礼第二》。陈鹏《中国婚嫁史稿》卷五《婚礼（下）》所引文字与此稍异，作"参拜天地。恭揖，双成揖。请下礼，拜兴，拜兴，拜兴，恭揖，成双揖"。《儒林外史》第三十七回《祭先圣南京修礼　送孝子西蜀寻亲》亦云：

虞博士走上香案前。迟均赞道："跪。升香。灌地。拜，兴；拜，兴；拜，兴；拜，兴。复位。"此乃通识。明末清初孙承泽《春明梦馀录》卷四十则云：今之士大夫庶人亲迎夫妇，拜天地，拜舅姑，尚有妇人同夫拜兴拜兴之事。而邱琼山《家礼·仪节》父母醮女，尚有拜兴之文，皆谬也。

三请新人（2010-03-30）

小说《儿女英雄传》第二十七回《践前言助奁伸情谊　复故态怯嫁作娇痴》、第二十八回《画堂花烛顷刻生春　宝砚雕弓完成大礼》，描述婚礼过程极为详细。如二十七回说迎娶者进大门后情景云：

便有赞礼的傧相高声朗诵，念道："伏以　满路祥云彩雾开，紫袍玉带步金阶。这回好个风流婿，马前喝道状元来。拦门第一请，请新贵人离鞍下马，升堂奠雁。请。"

作者云奠雁却是个古礼——怎么叫做奠？奠，安也。怎么叫做雁？鹅的别名叫做家雁，又叫做舒雁。怎么必定用这舒雁？取其家室安舒之意。怎么叫新郎自己拿来？古来卑晚见尊长，都有个贽见礼，不是单拜老师才用得着。如今却把这奠雁的古制化雅为俗，差个家人送来，叫做通信，这就叫做鹅存礼废了。

其后接拦门第二请、第三请，可与《琵琶记》等一请、二请、三请对看。

此处"三请"亦是著名程式。陈端生《再生缘》第七十五回《销金帐琴瑟调和》有云：街坊上，吹吹打打闹盈盈，两边奏乐乱纷纷。执事人员街上立，雁亭一座进墙门。金锣响，吆喝声，高抬大轿进中厅。家人呈上登龙礼，孟嘉龄，正正衣冠出接迎。三打拱，请抬身，傧相旁边诗赋吟。家人铺下红毯子，驸马爷，徐徐起身拜嘉龄。新郎奠雁方已毕，嘉龄陪进内书厅。双双坐下沉香椅，三元汤送揖探深。忙排酒席来款待，片时略坐不须云。但听那，一片笙箫奏画堂，乐人傧相要催妆。口中诗赋频频念，三请姣娥出绣房。千金女，泪成行，咽喉噎住叫声娘。此节描写，傧相说喜歌、奠雁、催妆、哭嫁诸细节尽皆备。其另有请新人喜歌云：

伏以　金风玉露正秋凉，庭前丹桂暗飘香。良辰美景团圆月，佳人才子结鸾凰。今当初请。笙箫细乐一齐来，仆妇双双齐举筛。瑞气氤氲绕画屏，香花影里度双星。玉珮珊珊飞鹤驭，仙姬护出广寒门。今当二请。粗乐奏，细乐临，宫灯对对两边分。伏以　蓬莱仙女降瑶台，五色云车护送来。奏请嫦娥离玉殿，广寒深处彩云间。三请已毕。

此处一请二请三请路数，亦与《儿女英雄传》、《琵琶记》一也。

又此乃请新娘歌，后接请新郎歌云：伏以　宰相掌当朝，玉女金童降碧霄。凤世姻缘天佑合，早驾银河渡鹊桥。今当初请。乐声嘹亮一齐鸣，专候王爷步出庭。伏以　金风拂拂赴桃夭，桂花香里聚良宵。合卺杯成双吉庆，百年和合乐逍遥。今当三请。盈盈细乐奏天衢，王爷款步把身抬。嫦娥已降在瑶阶，云近蓬莱五色开。蓝桥有酒须将饮，刘郎缓步入天台。初请结束，即接三请，缺二请，不知是否漏排故。

《六十种曲》中喜歌资料·续（2010-03-31）

接昨日"三请"话题。请新郎，请新娘，请老爷老夫人；请进门，请拜堂，请入洞房。一请再请乃至三请，复杂有趣，亦见国人于婚礼之重视程度。以数字而言，三、五、九、十最为常见，如撒帐，最多至九撒、十撒结束，请新人则以三请居多。明陆采《怀香记》第四十出《毕姻封锡》有云：

（外）时辰将及，可迎亲了。（丑）鼓乐喧天。韩老爷已到。分付梅香，伏侍小姐出来，待小人赞礼迎亲。（唱介）新郎原是旧风流，小姐多情不害羞。又得春英生计较，竹竿暗约过墙头。第一请。（云云再唱）青琐窥观赛雀屏，奇香相赠表私情。东墙明证狐狸迹，不用媒人亲自成。第二请。（云云三唱）相公夫人焦躁，小姐春英守孝。参谋若不成功，做了三样好笑。第三请。（云云）

此处"三请"，嵌入"春英"、"守孝"等，显见为赞礼者即兴创作，与别处借用现成喜歌不同。

前引《玉镜台记》第八出《成婚》有云：

院子何在。（末上）帐前新绾鸳鸯带，堂上初开玳瑁筵。云满巫山峰十二，门迎珠履客三千。伏老夫人，有何使令。（贴）今日与小姐毕姻，筵席安排了未。（末）安排完备了。（贴）怎见得。（末）[西江月]但见翠幄金屏灿烂，宝珰玉佩铿锵，珊瑚枕上绣鸳鸯，花底香风荡漾。玉琐平铺纨袴，青犀鼎沸丝簧，洞房花烛夜煌煌，争看神仙仪仗。（贴）有甚么酒馔（末）[临江曲]鸡跖猩唇罗五鼎，红肥锦缕飞霜，肉台盆内总膏粱。珍庖调玉脍，仙府饫琼浆。玉薤流霞兰叶翠，烟浮蚁绿鹅黄，兰陵美品郁金香。松醪盛玉碗，结盏候仙郎。（末下贴）请亲母新郎出来。（老旦上）

[女冠子]高门垂庇，蓬茅顷刻生辉。（生上）风云未际，鲰生未遇。姻娅承恩，惭非佳婿。（老旦）请新人出拜堂。（旦上）妆罢还羞愧，桃腮红衬，莲步轻移。（合）阴阳今托始，千载奇逢，人生得意

（夫妻对立介　丑揭盖头介唱）三尺红罗覆绿鬓，盖头高揭露朱颜。娇羞敛衽低头立，俊俏才郎偷眼看。啰哇哩啰哇。（丑喝拜净）窃以窈窕佳人，委实兰房之秀。象贤庶士，乃为席上之珍。迹者神相其成，天作之合。一双两好，绸缪宜合于瑟琴。二姓百年，燕婉喜谐乎伉俪。哕哕兮桐冈之凤，关关焉河上之鸠。于以采藻，于以采苹，克谨蒸尝之荐。载弄之璋，载弄之瓦，早膺芄簟之祥。伏愿姑嫜交庆，家室攸宜。螽斯秩秩，麟趾振振。（拜介）礼仪已毕。夫妇请饮交杯酒。

按"今日与小姐毕姻，筵席安排了未"云云，与前说《幽闺记》、《琵琶记》等全同；"翠幄金屏灿烂"性质为喜歌，却以"西江月"、"临江仙"等名目唱出，另具特色；"三尺红罗覆绿鬓"云云，为典型揭盖头、拜堂喜歌；"窃以窈窕佳人"云云，则是拜堂赞语，其中"载弄之璋，载弄之瓦"等等，均为喜歌中知名典故，至今犹闻。

《明代民歌集》读后（2010－04－01）

3月30日《新闻出版报》刊署名王欲祥书评，说《明代民歌集》。全文如次：

陈弘绪《寒夜录》引卓珂月语云："我明诗让唐，词让宋，曲让元，庶几吴歌、《挂枝儿》、《罗江怨》、《打枣竿》、《银纽丝》之类，为我明一绝耳。"任半塘《散曲概论》卷二《派别》指"此言大有识见"。郑振铎《中国俗文学史》，则专门以一章篇幅论述明代民歌。郑先生指出，文人学士们的创作在向死路上走去的时候，民间的作品却仍是活人口上的东西，仍是活跳跳的生气勃勃的东西，这样的东西，刺激了文人学士们不断地向民间来汲取新的材料，新的灵感，于是，"他们便得到了很大的成功"。郑先生并且引凌濛初的话，即"今之时行曲，求一语如唱本《山坡羊》、《刮地风》、《打枣竿》、吴歌等中一妙句，所必无也"，证明在明代，民歌比文人曲"更为重要"。

然而迄今为止，人们对明代民歌的了解，大多仍依赖于冯梦龙所辑《挂枝儿》、《山歌》。事实上，从《诗经》到汉乐府（包括南北朝乐府）、敦煌曲子，再到明代民歌，传统民歌走的是一条曲折而浪漫的生命之旅，在这个旅途中，明代民歌是一个非常重要的段落，也可以说有着集大成的意味，因为无论是民歌的内在精神、艺术手法还是审美特征，明代民歌都起到了标本的作用，并且对此后的民歌样式，客观上有着示范的意义。因此，对长期以来湮没无闻却十分重要的一些代表性著述以及夹杂在戏曲选集等文献中不为人注意的明代民歌，进行条分缕析的整理、爬梳，进而汇为一集，以突显其"我明一绝"的迷人风采，很有必要。

《明代民歌集》就是这样一部可谓填补空白的作品。

对明代民歌的介绍与评价，除开头所引卓珂月的话以外，人们最为熟悉的还有沈德符《万历野获编》、顾起元《客座赘语》、王骥德《曲律》等文献中的记录。如《万历野获编》卷二十五《时尚小令》云：

元人小令，行于燕赵，后浸淫日盛，自宣正至成弘后，中原又行《锁南枝》、《傍妆台》、《山坡羊》之属。李崆峒先生初自庆阳徙居汴梁，闻之以为可继《国风》之后，何大复继至，亦酷爱之。今所传《泥捏人》及《鞋打卦》、《熬髻髻》三阕，为三牌名之冠，故不虚也。自兹以后，又有《耍孩儿》、《驻云飞》、《醉太平》诸曲，然不如三曲之盛。嘉隆间，乃兴《闹五更》、《寄生草》、《罗江怨》、《哭皇天》、《乾荷叶》、《粉红莲》、《桐城歌》、《银纽丝》之属，自两淮以至江南，渐与词曲相远，不过写淫媟情态，略具抑扬而已。比年以来，又有《打枣竿》、《挂枝儿》二曲，其腔调约略相似。则不问南北，不问男女，不问老幼良贱，人人习之，亦人人喜听之。以至刊布成帙，举世传诵，沁入心腑。其谱不如从何来，真可骇叹！又《山坡羊》者李、何二公所喜，今南北词俱有此名，但北方惟盛爱《数落山坡羊》，其曲自宣、大、辽陈三镇传来，今京师妓女，惯以此充弦索北调。其语秽亵鄙浅，并桑濮之音，亦离去已远，而羁人游婿，嗜之独深，丙夜开樽，争先招致。……俗乐中之雅乐，尚不谐里耳如此，况真雅乐乎？

此处沈氏所列时曲名目甚为丰富。但受条件所限，一般读者对明代民歌的了解，只有有限的几种。《明代民歌集》根据《万历野获编》等的提示，以时间为经、以作品（集）为纬，收录民歌近三千首，容量超出冯辑两部作品的三分之二。可以说，《明代民歌集》的辑录者是以自己的努力，坐实了原始文献的记载；基本上做到了一卷在手，能大体领略明代民歌发生、发展、壮大之面貌，进而较为充分地体味其在晚明文学新思潮中所起的推进作用，换言之，它为人们认识明代民歌的价值进而在更广、更深层面进行研究提供了较好条件。

《明代民歌集》在对传统民歌种类的突破上，也做了有益的尝试。如其附录部分，收录了喜歌、民谣、风谣、宝卷、演小儿语等内容，这就大大拓展了文学史视野中"民歌"的覆盖范围。如文学研究向来较少关注喜歌，其实它是传统民歌的重要内容。喜歌指国人遇婚嫁、生子、建房、开业等喜庆事项时，即兴表演（唱、念均有，或创作或据流传作品）的具祝颂、祈福（包括去煞）性质的仪式歌谣，又称喜词、喜话、四言八句、大四句等。所有类别喜歌中，以婚嫁类喜歌数量最多，内容最为丰富，亦最具研究价值。《明代民歌集》特别自小说《灯月缘》（标明说"明朝崇祯年间"事）中辑出撒帐词一首，很能见出其独到的学术眼光。

翻阅装帧朴素大方的《明代民歌集》，笔者能感到辑录者态度的审慎。如对辑入作品尺度的把握，殊非易事。郑振铎等前辈学者，对民歌与散曲尤其是文人小曲的区分不是十分严格，郑著《中国俗文学史》在论述明代民歌的时候，其内容就包括刘效祖等人的仿民歌作品（《挂枝儿》、《锁南枝》等）。《明代民歌集》辑录者在《前言》中对明代民歌的内涵与外延作了界定，并对其与散曲的联系、区别作了分析。尽管如此，在实际操作的时候，还是在尊重前人研究成果的基础上，明确地表明了自己的态度。如开篇为《新编四季五更驻云飞》，其下有注，云学者多以为《新编》等乃明代最早的民歌选集，其实此类选集中所收俗曲，与真正意义上的民歌有所不同，"可以看作是介于文人小曲与民歌中间的过渡性作品"。另如在《风月锦囊》的下面，也有注脚，指其中《楚江秋》、《清江引》、《山坡羊》、《一封书》等时曲，"任性而发，语意清新，与其时一般文人创作略有不同"，此处辑录之原意，只是以"作此类作品之代表"。类似说明文字，笔者以为并非可有可无，而是体现了辑录者的严谨与认真——既不标新立异,也不人云亦云。

《明代民歌集》的价值,体现在更多方面,笔者以为主要的一点,是改变了学术界通行的一些看法。如明代的桐城歌,此前研究者多以为只有冯辑《山歌》中的二十馀首(据称还有《明代杂曲集》中的二十多首,但辑录者虽经努力,仍未能访得《明代杂曲集》),《民歌集》自《风月词珍》中辑录五十馀首,可以说让人有耳目一新之感。另如关德栋《小曲小记》说及"金纽丝",云清乾隆九年(1744)刊刻的俗曲集《万花小曲》中,收有标作"金纽丝"曲调的联套一种,此种曲调的名目,在别种明、清俗曲里是未见著录的,关先生并引傅惜华《乾隆时代之时调小曲》一文中的话说,"金纽丝"一调,从未见其他俗曲总集采录,遍稽明、清人载记,亦无言及者,渊源所自,容俟他日之发见。《明代民歌集》收录的《风月词珍》中恰恰有内容精彩的《时兴十二时闺情妙曲[金纽丝]》,可证以上关先生、傅先生所说不确。此外,在非物质文化遗产保护的框架内,来考量《明代民歌集》的价值,当会有另外的发现。

当然,《明代民歌集》尚有需要完善之处。如以"全"的标准来衡量,就仍须努力,海内外公私藏书中肯定有相当丰富的明代民歌资料,等待辑录者去挖掘、整理。在对辑入内容的界定方面,也有可斟酌的地方。假以时日,我们相信辑录者会奉献给大家一部更为完备的《明代民歌集》来,人们因之对"我明一绝"的了解与认识,也将更为深入、全面。

流水 (2010-04-06)

清明回乡。

宝善电话,说杂事。

札记曾说《中国民俗学古典文献辑论》,以为体例有不尽如人意处,并针对其具体情形,云"元旦即春节",又云以"立春日贴宜春字于门"纪春节事,"不知所据者何"。按《辑论》以元旦、春节并列,其中若干条目内容确显混乱,如"春节"条引《荆楚岁时记》"正月一日是三元之日也",依例当入"元旦"。然我"元旦即春节"说欠妥,因旧时有以立春为春节,"立春日贴宜春字于门"纪春节事无误。

拟喜歌集体例。清以前适度穷源、求全。清以后两条,一求精,出版物如报刊、各地歌谣集成中喜歌,酌情选录;二为抢救、保护文献计,民间刻本、印本、抄本喜歌,尽量多录。末一条为我做喜歌辑录之优势,多年搜求,其意在此。

陆续得各地民间文献一批,择记如次:

寄自重庆九龙坡抄本小调一册。22.5 厘米 × 14 厘米,光纸。内容为《四季新·十月梅花》、《女中魁》、《新编改良女儿哭嫁》等。《四季新》题下标"父母在堂,娘教女儿"(花灯),知其为劝善歌一类——"哭嫁歌"亦即全册末,抄写者云"书虽浅淡,化尽愚顽。照此行事,福德无边",用意尽显。此类底层作品,最能见出一时一地风尚。如《四季新》起首云:正月里来梅花开,娘叫女儿听开怀。一学剪来二学裁,三学挑花四做鞋。五要厨下会炒菜,六要知识巧安排。七要堂前把客待,八孝公婆理应该。九劝丈夫莫出外,夫和妻顺挣家财。十要乖巧娘才爱,切莫学那蠢贱才。不挑花来不做鞋,新日打扮显人才。爱看戏来惹人怪,弄出多少是非来。由"一学剪来二学裁"、"爱看戏来惹人怪"等等,可知数十年前乡村习气。

寄自重庆路北区某号手抄唱本一册。20 厘米 × 12 厘米,白棉纸。历史百科类,拍卖者名其"民国手抄蹦蹦《貂蝉》",一韵到底,洋洋千言,何其难哉。起首云:四维是礼义并廉耻,三纲是父子夫妇与臣君。孝弟二字仁之本,思无邪一言蔽了《诗经》三百文。"四、三、二、一"过后,紧接者是"女子对毕十宗事,老爷堂上把话云"。原是女性专用,堪称奇妙。

寄自湖南益阳杂抄一册。15.5 厘米 × 16 厘米,土纸。中有"李定初章"、"李定初印"。全书为日用杂字,内容分地舆类、仕宦类、花木类等,并有裁缝、染匠、木匠等名目,中间插《朱子治家格言》、《三字经》等。由裁缝、染匠等条,可知其时百工细节。如染匠有云:宝蓝沙扣,出色老深。翠蓝月蓝,毛青铁青。毛蓝洋蓝,佛青洋青。正深毛光,天青元青。吊灰银灰,京红毛红。此等琐碎名目,今已少有人知。

流水（2010-04-09）

　　昨看杂字抄本，满纸工笔之间，抄者忽以自由体随手书曰"大叫三声　师父快乐"，引人发噱。《文史知识》2010 年第 4 期有文章说书法中"长尾笔"，作者引翁方纲《两汉金石记》文字，云《李孟初碑》之"年"字长尾笔势"盖以当穿未得放笔，故于穿下不嫌过垂以伸其气。此不独可悟书法，亦文章蓄泻之理耳"。私意"蓄泻之理"说甚当，"大叫三声　师父快乐"亦此意。人生何尝不如此。

　　整理《歌谣》周刊中喜歌。第七十二号有魏建功文章《"嘏辞"》，录其时南京地区流行刻本中喜歌。曾云喜歌亦化石一种，可从中觇知一时一地社会风貌。如《"嘏辞"》之拜天地进新房歌有云：拜罢天地进新房，花烛高照好嫁妆。黑漆柜来红皮箱，当中又安象牙床。红绫帐子绿绸穗，一对金钩挂两旁。此为当时一般人家常见洞房摆设，而"红绫帐子绿绸穗"一句，正是"红配绿看不足"传统审美观之实例。其看新人歌有云：

　　　　来年生下一子，送在国民学堂。先念"人手巾刀"，后习算术改良。四年毕业，又入高等学堂。地理历史，真正是强。校长见喜，钦赐甲乙班长。三年毕业，再入中等学堂。英文地理，优等最强。校长见喜，钦赐一等奖章。五年修业，再入京师大学堂。法政研究，非常改良。大总统见喜，钦赐一等文虎章，你看强不强。

　　此歌内涵极为丰富。一是由歌中"大总统"、"京师大学堂"等，可考其流行时间，如百度释"大总统"云：是 1911 年 12 月至 1949 年中国国家元首的称呼，首任临时大总统是孙文，首次中华民国临时大总统就职典礼于 1911 年 12 月 29 日晚间 10 时，在南京总统府（清朝两江总督署）举行，临时大总统的就职也正式宣告中华民国的成立。二是从中可知其时学校课程设置、学制等情况，如小学四年，升入高等学堂（此处高等、中等或颠倒。又"高等学堂"或为"高小"，"中等学堂"为中学）。歌中有"一等文虎章"，网上有资料介绍云，文虎勋章设于 1912 年 12 月，共分九等（后有变动），分别授予陆海军中有战功或劳绩者。其中一、二等授予上等官佐，三至六等授予中等和初等官佐，七等以下授予士兵。主图案分三个层次，第二层中有立体五角星表明等级。

诗史（2010 – 04 – 13）

与人聊天，说做人做事体会。浮名不作一钱看，说时容易做时难。陇头草色青如许，闲人犹忆旧江山。

收到寄自广西宾阳宾州镇之手抄唱本一册。封面题"韩湘子向道"，内页作"刘氏女夜送寒衣　韩湘子升仙"。"刘氏女"后，接"片烟歌"、"苏小妹诗"、"凌桂仙诗"等，中杂"古稀七九岁抄，梁受忠书"。抄本言辞颇雅洁，如"苏小妹诗"起首云：闻道萧郎返故园，奴奴含泪写残笺。从来未识分离苦，至今方信为情牵。情牵奴忆起当初，为着牵牛渡银河。君在隔离门首望，奴奴失却转秋波。另"刘氏女夜送寒衣"故事，可作韩湘子传说之补充，有心者尽可留意。

胡朴安自史志、笔记、报刊中广录资料（惜与《清稗类钞》同，均不注出处），撰成《中华全国风俗志》，前清拔贡许世英为其作序，云"中国风俗，古无专书，惟方志中略有所载"。不确。古代风俗专书不止一部，少人关注而已。

徐珂序《中华全国风俗志》，引罗仲素语云"廉耻者士人之美节，风俗者天下之大事"（顾炎武《日知录》卷十三亦有引用），由是知喜歌整理、研究以及由此而及彼（婚俗）之重要性。又曰千里不同风、百里不同俗，而婚俗之相对稳定、同一性，与此定律相较，可称特例。

《风俗志》说淠淮间婚嫁风俗，以谢告叔诗纪其事，殊有趣味。如为新妇装被，谢诗云：无端阿嫂傍香肩，笑语冰人下子棉。九月刚刚逢大利，不寒不暖菊花天。如新嫁娘须先减饭，谢诗云：翠绕珠围楚楚腰，伴娘扶掖不胜娇。新人底事容消瘦，闻道停餐已数朝。如新人进门，踏袋前行，谓之传袋（代），谢诗云：箫鼓声中笑语哗，两行红粉迓香车。锦裀层叠偏铺袋，为祝绵绵瓞与瓜。俗有所谓诗史云者，此亦诗史一种。

迎衣 (2010-04-14)

由"浮名不作一钱看",某人云愤青老矣,本色仍旧。呸之。只知皮相,终是隔,隔千里万里。不知腐鼠成滋味,猜意鹓雏竟未休。世间第一等沉痛语。

整理喜歌。

《歌谣》周刊有多期婚姻专号,中以白启明《河南婚姻歌谣的一斑》说婚礼与喜歌配合细节最为详尽,亦最具纪实价值。文章说及开封、洛阳等地有搭迎衣歌。著者云南阳习俗,在娶新娘之头一日,用食箩将衣、裙、簪、环等送至新娘家中,以备上轿时穿戴,谓之"迎衣"。新婚当日,拜堂、撒帐(曰撒新房。别处一撒二撒多是最后一道"工序",河南诸地则是在撒完之后,尚有拢头、用饭等环节)后,新娘即脱下迎衣,搭在洞房门头,或挂门鼻上,搭时多由小姑办理,且搭且唱。如洛阳唱云:被凤衣,挂门鼻,今年娶嫂嫂,过年抱小侄,得罢小侄得侄女。一年一,二年俩,三年头上一普拉(原注云"一大堆"意)。床上睡不下,脚底板上搭疙瘩。

中国庆阳网(http://www.zgqingyang.gov.cn/html/xqfc4/30_138.html)介绍甘肃正宁婚俗,说及迎衣事,可与河南搭迎衣歌对看。录如次:

> 娶女时要提一个"迎衣"包袱,里面除了包有"盖头"等衣物外,还要包上少量的麸子、食盐、大葱等象征物。因为麸与"福"谐音,包麸子象征着"五福临门";盐与"缘"谐音,包盐象征着"天赐良缘";葱与"聪"谐音,包葱象征着新娘"聪明贤惠"等。更重要的是"迎衣"包袱里一定要包上《娶状》(有的缝在被子里)。《娶状》用一块红纸书写,内容一般是:

> 一推嫁娶甚吉祥,并合周堂永不将。妊娠之妇不相忌,娶送人等永无妨。马前三煞宜相避,上下轿门向吉方。路逢井石宜红盖,若遇鸿禧礼相让。铜钱草豆迎门撒,新人进房大吉昌。天地氤氲,咸恒庆会。金玉满堂,长命富贵。某某年某某月某某日。

作者云《娶状》用意是喝令凶煞远避,消除各种妨忌,维护花轿顺利通行。提"迎衣"包袱非小事，须由懂礼数细心人经管，样样都得包上，否则女方一看缺了东西，不但丢人而且会受到刁难。

网络资料（2010-04-14）

《明代民歌研究》云"一个时代有一个时代的文学，一个时代有一个时代的文学研究"，美林师为拙作作序，肯定此一说法，并引丹纳名言"每个时代都把悬案重新审查，每个时代都根据各自的观点审查"（《艺术哲学》）以作补充。推而广之，研究者理当充分利用所处时代之先进工具，以助事业之成功。以信息技术为例，附检索功能之《国学宝典》、《四库全书》、《四部丛刊》等，造福学人多矣。唯此类资料多有讹误，甄别与稽核工作不可缺。另如借助网络，喜歌整理亦省力不少，最为便捷者是借网络提供之公共平台，搜求各地稀见文献（如孔子旧书网）。此外在各类论坛（社区）与博客中，亦有海量资料可资参考。

说网络海量资料。"中国庆阳网·正宁篇"之"结婚习俗"一节（http://www.zgqingyang.gov.cn/html/xqfc4/30_138.html，注明来源：正宁县人民政府办公室，编辑：左万民）云，过去拜天地时，傧相有许多说唱词，如"进堂词"、"拜堂词"、"完婚告文"，文词各异，繁简自便。

如进堂词云：

花堂设置多辉煌，五色云彩呈吉祥。青鸾对舞千秋会，鸾凤和鸣百世昌。

拜堂词云：

寻得桃园好避秦，桃红又是一年春。桃园仙鱼逐水流，只等渔郎来问津。一拜天地日月星，二拜东方甲乙木，三拜南方丙丁火，四拜西方庚辛金，五拜北方壬癸水，六拜中央戊己土，七拜三代老祖宗，八拜父、母、伯、叔、婶娘、众兄弟，九拜师长情意重，十拜亲友一礼行。

完婚告文云：

　　维　某某年某某月某某日，承命嗣某谨以牲酒之仪，敬告于本宗某氏历代考妣之神前曰：

　　天地交泰，保合太元，人间二美，星会桥边。某某、某某夫妇团圆，合卺大吉，齐拜祖先，华堂吉庆，美语喧然，天配良缘，互敬互爱，合好百年。吾祖在上，谅亦欢焉。伏希吾祖，祐启后贤，百世其昌，瓜瓞绵绵。敬告。

撒帐词云：

　　一撒麸子二撒料，三撒媳妇下了轿；一撒金，二撒银，三撒媳妇进了门。新媳妇，好脚手，走路好像风摆柳。今年娶，明年发，生个胖娃会叫大（爸爸）。

又：

　　一撒麸子二撒料，三撒媳妇下了轿。四撒金子五撒银，六撒媳妇进了门。七撒核桃八撒枣，九撒夫妻百年好。十撒一把满堂红，日月长存家道兴。

国人重礼数周全，婚礼亦不例外。文章另有谢客词。云婚事办完，设宴席欢送女方"大客"，致谢老、小外家与帮忙代劳之"执客"（又作"知客"、"支客"、"咨客"）。喜席坐齐，新郎新娘在席前磕头恭谢。总管或傧相编诙谐有趣、逗人发笑之顺口溜，在谢客席上说唱，给喜事增添亲切、热烈与欢乐气氛。如有说唱词云：

　　谢老小外家：
　　老小外家是己亲，人老几辈心连心。啥事都要麻烦你，礼当重来情意深。事上人多没吃好，礼仪不周莫在心。今天万一留不住，吃饱喝好再起身。娃娃给你磕头相谢哩。

　　谢厨子：

事上席场做得好，都夸厨子手艺高。省肉省菜省调和，事主心里也受活。两把油手一头汗，烟熏火燎把夜熬。酸甜麻辣巧搭配，吃了谁也忘不了。娃娃给你磕头相谢哩。

谢吹手：

吹手嘴上功夫硬，吹得合村都轰动。曲子多，调儿正，是谁听了都高兴。不是当面恭维你，南北二塬有名声。这回事儿顾得好，一杯水酒表心情。娃娃给你磕头相谢哩。

谢执客：

事主费心摆席场，喜事办得真漂亮。大小事儿没麻达，多亏众位来帮忙。出了力，操了心，闲话都莫放心上。执客个个好勤快，都夸总管本事强。

还有那——

拉马的，抬轿的，点火的，响炮的；接客的，瞭哨的，还有招呼不到的；梳头的，扶女的，司仪的，知己的；看客的，上礼的，四面八方贺喜的；铺席的，搧毡的，还有人堆里胡钻的；切菜的，揉面的，烧锅破柴砸炭的；摘葱的，剥蒜的，担水吹驴磨面的；扫地的，看院的，提水倒茶抹案的；抱娃的，收蛋的，买烟灌酒上县的；端盘的，拾馍的，专门招呼看座的；还有门口闲站的，爬到墙头逛眼的；没有事情发尴的，出来进去游转的；新媳妇脸上乱看的，吃得裤带挣断的……一并行礼相谢，娃娃给你们磕头哩！

娘家"大客"饭罢临行，须由一主事人向女儿的婆婆叮咛、道谢、客套一番，内容一般都是：

女娃腼腆言语少，针线茶饭做不了。礼数不到你莫恼，好言好语多指教；不对你就当面说，一定听话错不了。一看你家啥都好，回去我也放心了。

婆婆也要向客人表白几句心愿：

回去你对亲家说，我把媳妇当女儿。吃喝穿戴不勒肯，咱家也没多少活。粗茶淡饭席也薄，你们都没吃喝好。以后亲戚常来往，过门可莫绕着过。

人生如戏，戏若人生，婚庆自然乃戏中重要段落，其中种种表演，务必生动、周全，情绪饱满。而至"以后亲戚常来往，过门可莫绕着过"，一幕终于缓缓拉下。

叫声哥哥抱着我（2010-04-16）

与人说作文体会。凡事有度。尤反感无良评论家以大词虚语忽悠文青。沧海一粟，微不足道，做好渺小自己，已非易事，说宏观种种，仍是缺智慧，可归入脑残一类。

《南方周末》有陈寅恪后人忆陈先生文章，平实温厚，具世家子风范。整理喜歌。

仍说《河南歌谣的一斑》。白启明介绍20世纪初河南洛阳、南阳等地婚俗与喜歌，胪列周详，与今人做民俗调查，蜻蜓点水粗枝大叶甚至多据二手资料全不相同，老辈学人做派，于此可见。文中除流水已说搭迎衣歌为别处少见外，依婚礼次序，尚有拢头歌、送饭歌、剪面（薅脸）歌、点灯歌、转蜗牛歌、吃酒碟歌、搅疙瘩歌、拔花歌等等名目，无不"令人嗤然发笑，神怡心荡手舞足蹈"，其中多有可细加讨论处。如通行于杞县之点灯歌云：

> 一把煤子刺棱棱，我给新人来点灯。点着新灯耀新房，新箔篱子新大床，新桌新柜新皮箱。瞧见新人墙角坐，低头无语候新郎。又见新床两头两个鸳鸯枕，一绣石榴一绣莲，生了小孩中状元。点灯不为别件事，专为您夫妇亮光之下得团圆。您也看看他的什么面，他也观观您的吓容颜。初次见面一场喜，对灯相谈二更天。点灯便于您照亮，应当起来拜拜俺。

"煤子"或当为"媒子"，吾乡旧时以火镰（石）取火，须先点燃"媒子"（即火石与被点燃物之中介物）；"吓容颜"即"啥容颜"，记音字。"初次见面"云云，说明是旧式婚姻，听媒妁之言父母之命，至新婚当日揭盖头后方见真面目。此中有大风险，"一场喜"情景，恐只占部分。

民国初年，世风多变，新旧交融，婚礼亦然。如既有恪守陈规之"初次见面"者，亦有大尺寸撒娇卖乖之人。通行于孟县、温县之拔花歌云：

南山有只花，奴家心爱它。有心拔下它，可惜身小够不着，叫声哥哥抱着我。

"叫声哥哥抱着我"，即使特定场合，亦是香艳之极。又喜歌向来是由傧相或看新娘之"闲杂人等"唱念表演，唯拔花歌是新人自己说出，真真有趣。

俗诗 (2010-04-21)

玉树地震，伤亡惨重。网络有僧侣现场施救图片，触目惊心。

整理喜歌。

《歌谣》周刊第七二号有锺敬文文章《潮州婚姻的俗诗》。锺先生从坊间得到一本小诗册，署名为"新娘诗"，又曰"伴娘诗"，里面共收俗诗20馀首，自首至尾，都是以潮人结婚时仪式为题材。其中"捞潘缸诗"云：

捞浮浮，饲猪大过年。捞底底，正有田好买。捞深深，有银又有金。捞齐齐，五男食火头。

锺先生以为此首"确是潮人婚姻时通用的仪式歌"。潮汕民俗网之"潮州歌谣"（http://www.chaofeng.org/article/detail.asp·id=7629）说及"捞浮浮"。文章云潮汕婚礼仪式歌又叫"青娘歌"。青娘即是伴娘，通常由熟悉婚事新办礼仪、口齿流利的中年妇女担任，任务是陪伴新娘并且指导其度过婚礼全过程：从上轿开始，到陪新娘出门、去夫家、揭轿帘、下轿、拜天地、拜翁姑、踏灰烟、进厅、进房、接榕、持灯、抱镜、开箱、吃汤圆直至牵扯被角等等环节，青娘均唱仪式歌，谓之"唱四句"。青娘歌内容无非是祝愿公婆有福、夫和妇顺、多子多孙等吉祥语句。作者录"捞潘缸"云：

新娘酸潘捞浮浮，饲猪只只大过牛。满缸捞匀又捞透，生仔生孙食伙头。

潮汕民艺网（http：//www.csmynet.com/）另有文章介绍潮汕传统婚俗，说此节最为详细。录如次：

在厅堂中各种礼节完毕，新娘被青娘母引至厨下，作捣米头，搅泔缸，在捣米头时青娘母唱着：
阿娘举步捣米头，夫妻相惜意相投。生得五男共二女，儿孙世代穿红袍。米头捣好摸碓头，摸臼底，孙儿读书都及第。
米头捣好捞泔缸，儿孙世代坐铃堂。堂上公妈食百岁，夫妻偕老早抱孙。
泔缸捞浮浮，饲猪大过牛。泔缸捞深深，大小戴银又戴金。泔缸捞边边，生意大赚钱。泔缸捞透透，做人公妈食伙头。

另唐人催妆诗之类，可视作喜歌之另一种。是以若自名称看，"俗诗"（另有曰词曰赋者）与喜歌，并不相悖。喜歌集录锺先生所记内容以为代表。

傩歌（2010-04-22）

与冯帆说安若中考事。

闲闲书话有人翻旧帖，说大陆中文于香港中文之影响。观点偏颇，然话题有意思。其举例说滥情词，云通常滥情与累赘兼备，如热烈庆祝实即庆祝、欢庆，热情接待即亲迎，亲切交谈即面谈、恳谈，交心即表白。先锋书店购王世襄《京华忆往》（生活·读书·新知三联书店，2010），觉文字不若朱家溍《退食录》儒雅，原因之一，或王先生入世深、"大陆"味重故。

书店翻某人著作，时时不忘亮出"教授、博导"身份，何等碍眼。境界局促，于此可见。

顾颉刚《吴歌甲集》第五十九首标题作《太太长》，乃咏婚礼歌（非喜歌）。中有拜堂等场景云：一拜天，二拜地，三拜家堂和合神，四拜夫妻同到老。红绿牵巾进房门，坐床撒帐挑方巾。其于"撒帐"下有注曰：

"撒帐"未详其仪式，照字义讲，应当把帐门放下，为他们胖合的象征。但似乎没有这回事，有人说，新床上的帐子本来是垂下的，新人坐床时，将帐门攀起，谓之撒帐。苏州人说起攀起亦云撒起，或然；惟不应在坐床后耳。存之，待回乡时访问。

后顾先生作《写歌杂记》（《歌谣》周刊第八十八号），提及这一问题，引赵翼《陔馀丛考》之"撒帐"条修正此前看法，"知道撒帐的仪式是为避煞而有的，也是为多子与长命的祝祷而有的"。文章并引用广西象县刘策奇介绍当地撒帐仪式与撒帐歌的信，以证明自己错误，进而"更可知道撒帐是邀取好口彩的把戏，完全是多子的祝祷了"。那首撒帐歌是：

撒帐东，床头一对好芙蓉。撒帐西，床头一对好金鸡。撒帐北，儿孙容易得。撒帐南，儿孙不打难。……五男二女，女子团圆。床上睡不下，床下打铺连。床上撒尿，床下撑船。

按不久前顾先生日记出版，有人指其内容有删改，违背存真原则。我意若是如撒帐歌一类，前后认识有变而觉无须另写文章，对文字稍作调整亦未尝不可。

收到寄自广州之抄本《傩歌书全集》。开本阔大（23.5 厘米×14 厘米），字亦端庄，非通常民间抄本可比。封面破损，有"廖正光订"字样，书名漫漶不可辨识；内页题"傩歌书全集"，有"廖正光记"方戳；末题"光绪癸巳九年仲秋月梁玉乡敬书与法师　廖正光为记"，另有一联曰"前朝仙鬼般般无考，后汉道人件件有灵"。查孔网拍卖记录，知廖另抄有《瘟痫二家秘传》。此册傩歌内容丰富，起首四句为：打扫堂前地，炉内烧宝香。宝香烧一炷，岳王统兵到。内中"游傩记唱"有云：急打鼓时急打锣，请王出草去游傩。日午天开黄道好，领兵祠堂钩良因。整本纸张霉变虫蛀，须作处理，不细说。傩歌是傩文化重要内容。网络有"傩文化"介绍云：

> 傩文化是中国传统文化中多元宗教（包括原始自然崇拜和宗教）、多种民俗和多种艺术相融合的文化形态，包括傩仪、傩俗、傩歌、傩舞、傩戏、傩艺等项目。其表层目的是驱鬼逐疫、除灾呈祥，而内涵则是通过各种仪式活动达到阴阳调和、风调雨顺、五谷丰登、人寿年丰、国富民强和天下太平。目前，它仍活跃或残存于汉族和二十多个少数民族的广大地区，涉及到二十四五个省（市、自治区）。

拉风（2010 – 04 – 27）

周末看美林师，听说治学体会。由博而专，专博相济，环顾周遭而深耕细作自家园地。凡此各种，似家常语，实有无穷甘苦在其中。美林师送汉英双语《桃花扇》（*The Peach Blossom Fan*，新世界出版社，2009）。

中考渐次开始。给孩子减压。

某人邮件，说王世襄文章好处。以为然。"大陆味"云云，或欠妥当，实是文人笔下少见乡土气、生活气。王先生说架鹰、放鸽、捉獾、斗虫，无不绘声绘色，现场感强烈，与一般写家隔靴搔痒全不相类。夜雨敲窗，读其书想见其"玩物丧志"神采，越发怅惘。

整理喜歌。

流水曾说《歌谣》周刊二卷十七期徐芳《北平的喜歌》，以为其乃近代喜歌整理、研究之重要文献。说重要，因其一，确定"喜歌"名称，其二，予喜歌以大致准确的分类（贺娶亲歌、贺嫁女歌、贺生子歌、贺新年歌、贺建屋歌、贺开张歌）并逐一详加记录。徐先生并指北平有人专门靠着"唱唱儿"谋生，实即乞丐，至有喜庆事项人家门上唱（其实是念，只是在念的时候手里还拿着几块竹子在拍板）喜歌以讨吃喝。徐文并云：

我曾问过他们每天唱的歌是哪儿来的，是不是自己编的。有一个人跟我说："唉，这不是自己编的，这是不能乱唱的。别瞧这些歌儿不好，我们也是从师父那里学来的哪！"

徐先生由此明白，"这些歌也是有人传授的，不是随便胡诌（诌）的"。"口耳相传"而非完全意义上的即兴创作，此即喜歌具有民歌属性之一大依据。

《北平的喜歌》记贺嫁女歌云：

　　远瞅府门赛锦州，里挂宫灯外挂绸。赶考的举子登金榜，千金小姐许王侯。一进二门喜气先，听我来人表嫁妆。捧盒、帽捧、穿衣镜，洗脸的铜盆亮光明。茶碟、粉盒、茶叶罐，端水的茶盘放幽明。茶壶、茶碗要成对，上面花草是团龙。汉口带来的水烟袋，引火的纸媒使不清。上边摆的穿衣镜，两边摆的玻璃灯。玻璃灯里头有喜蜡，上头画的是金龙。座钟挂表当中摆，到了时刻声连声。叫丫鬟，银翠屏，拿过八宝龙凤钥，下缀一对金莲灯，打开箱子好几层。湖绸扣绸花样绸，狐狸皮袄要出风，宫绸的褂子是红青。男的穿上，格老宰相；女的穿上，千金小姐配状元。状元头上双插花，富贵荣华头一家。

王世襄费神为前人口授《獾狗谱》作笺，徐芳所录"远瞅府门赛锦州"云云，不似《獾狗谱》有许多难解处，亦有考索之民俗价值。如由茶碟、粉盒、茶叶罐等，可知其时嫁妆配置情况，座钟挂表等等，则为时兴物件，非一般人家所能操办。流水曾说河南喜歌，以为"一把煤子刺棱棱，我给新人来点灯"之"煤子"或当作"媒子"，此处"引火的纸媒使不清"，证此前猜测有据。另贺嫁女歌后有注云：狐狸皮袄要出风，是说狐狸皮做成的衣服，袖口、领子下摆都有皮毛露出来。这露出来的皮毛谓之"出风"。从前人以穿有"出风"的衣服为美。按从前人以穿有"出风"衣服为美，今年轻人形容某人时尚、有型曰"拉风"，呼应何等巧妙。

七子八婿 (2010 – 04 – 30)

苦口婆心与人说事。

收到寄自上海某地绘图本《小唱歌》（上海，世界书局，1928）。袖珍开本，品相良好。据书后广告，知其乃世界书局"儿童小读物"系列之一种，全套包括《小谜语》、《小唱歌》、《小笑话》、《小游戏》、《小魔术》、《小剧本》等（世界书局另有"改良绘图儿童小说集"系列，有《小三国志》、《小列国志》、《小济公传》、《小岳传》等），使人知其时儿童教育之丰富多彩。细审内容，觉多为专门创作之儿歌，虽具成人气息，在诗情、诗性、诗思诸方面，仍可予儿童以一定的启示、诱导作用。如《自然的图画》云：

奇妙的白云，同那小鸟一齐飞。云逐鸟，鸟逐云，一幅自然的图画，何等有趣。云还山中去了，鸟还树上去了，他们都还家去了，原来天已晚了。

末一句，收得平实，似泛诗意，却符合儿童探知究竟心理。又虽为启蒙读物，全书亦不忘灌输意识形态内容，此亦典型中国特色。如《鲜明的国旗》云：国旗，国旗，五色鲜明。集会庆祝，总有你分。我等小学生，也喜和你亲近。对你三鞠躬，表示我等爱国精神。国旗，国旗，人人爱你。帽上交悬，胸前挂起。勇往直前，欢欣不已。我将来定要擎起你，一同去飞扬大地。"飞扬大地"云云，为今日作文常见"提神"句式。

整理喜歌。

《歌谣》周刊三卷七期有吴晓铃《撒帐词》，记其师兄王成渝收集汉口撒帐词，大有意思。其中有云：

笙箫鼓乐闹洞房，男才女貌喜洋洋。黄莺成对雁成双，收成一对美鸳鸯。异日得中龙虎榜，步步高升到中堂。总督部院就是你，五男二女在身旁。大公子一品首相，二公子兵部侍郎。三公子顺天知府，四公子执掌三江。五公子官职不小，宛平县代管君王。大小姐诰封一品，二小姐伴驾皇娘。诗书门第歌大有，礼乐人家世泽长。口口百福从天降，福禄如天永安康。举案齐眉大吉利，子孝孙贤伴君王。春风及第美新郎，得配红颜美梳妆。寿比彭祖八百岁，福如东海水源长。二人恩爱仁义广，胜似神女会襄王。夫妇齐眉生贵子，七子八婿有御香。五福堂前生瑞彩，代代儿孙伴君王。

前说喜歌中见时代特征，"总督部院"等等即是，"举案齐眉大吉利，子孝孙贤伴君王"，则是传统幸福观之写照。"五男二女"、"七子八婿"均为成语，乃喜歌中常见语汇。流水曾引《诗传遗说》释"五男二女"。"七子八婿"则缘自唐汾阳王郭子仪。褚人获《隋唐演义》第九十九回《赦反侧君念臣恩　了前缘人同花谢》有云：

子仪晚年退休私第，声色自娱，旧属将佐，悉听出入卧内，以见坦平无私。七子八婿，俱为显官。家中珍货山积，享年八十有五，直至德宗建中二年，方薨逝。朝廷赐祭，赐葬，赐谥，真个福寿双全，生荣死哀。

烟台喜歌（2010-05-03）

购谷林著、止庵编《上水船甲集》、《上水船乙集》（中华书局，2010）。谷林文字讲究，然亦有可斟酌处，如《乙集》中《思知小札》有句云："上海太平书局曾印行周越然《六十回忆》一书，时在民国三十三年十二月，上海尚属沦陷区，推想此书的印数谅不能多。""推想"与"谅"显系重复，与其所说"画舫之舟"相类。《杂记徐公肃》有云："初版错字多，重印本则经一位来客让王震欧拉住坐在办公桌边火急订正过，他是夏声戏曲学校的老师。""重印本"句稍嫌拗口，不若调整为"重印本则经一位让王震欧拉住坐在办公桌前的来客火急订正过"。另《读〈火神庙诗〉的感兴》说买书不易，以未得《晚岁上娱——叶圣陶俞平伯通信集》为憾事（按：此处谷林翁记忆有误，"晚岁"当为"暮年"，花山文艺出版社，2002）。我曾购两册，一册送美林师。

为安若购朱天文《淡江记》（山东画报出版社，2010）。

拟作职称论文一篇。

高价购得上海书店影印《民俗》周刊。

网络为搜求喜歌提供许多方便。如由百度知《烟台晚报》有署名李强文章《良辰吉日唱喜歌》（2007年11月5日），说旧时烟台婚俗，大有意思。如其云婚礼前一天，女家组织人员送嫁妆至男家，嫁妆就位，即有一套礼仪与喜歌。文章云：

箱子送到后，先放在椅子上，新娘的公公要翻箱子。箱盖打开，公公将擀面杖插进箱子四角，轻轻撬动几下即可。旁边全福人唱喜歌道："公公翻箱翻到底，金银财宝平地起。"或："公公翻箱子，来年置庄子。"公公要在房门框上钉钉子挂门帘，此时全福人再唱喜歌道："一钉金、二钉银、三钉聚宝盆。"连安放做饭用的篦帘子和菜墩也有一定之规和喜歌。新娘的小姑子边滚篦子边唱："小姑滚小篦儿，来年抱小侄儿。"公公安放菜墩时，全福人唱道："公公滚墩子，来年抱孙子。"

文章中揎枕头一节，有地方特色，并录如次：

婚礼的当日下午，新郎母亲、婶子等，拿出新娘的鸳鸯枕套和新郎家的蒲绒、谷壳等枕芯物，在洞房里，揎进枕套缝好枕头，让新人新婚之夜同床共眠。揎枕头时唱喜歌："大把抓小把抓，生个儿子做知县。大把揎小把揎，生个儿子做知府。"枕头揎好后，放在地上，新郎来回跨三次，喜歌唱道："大步迈小步迈，生个儿子做大官。"然后由新郎将枕头放在床上，喜歌又唱："鸳鸯枕头抱上床，闺女儿郎找他娘。"

民歌之创新（2010 – 05 – 03）

中午与安若家教老师吃饭。伊问民歌传承与创新问题。题目宏大，只作简略介绍。

与时俱进,是民歌一重要特征,而变与不变,体现出辩证法精髓——变,证明其极具生存能力;不变,正见出生命力的顽强。此亦研究者面对诸多吊诡之一种。如查百度知 2005 年 10 月 14 日《烟台晚报》转载胶东在线消息(署名 特派记者 刘雪霞 通讯员 孙殿仙),标题曰《瓦工勇创新 上梁不再敬鬼神 喜歌唱响新生活》,导语云:

"鞭炮齐鸣震天响,祖国处处大变样。人民生活步步升,齐心合力奔小康……"如今,在栖霞市庙后镇,农民盖新房上梁时,常常会听到这样的喜歌,而喜歌的创作者,就是该镇骂阵口村青年瓦工孙殿武。

文章云栖霞农村盖新房有一风俗,即每逢上梁时,瓦匠、木匠要对唱上梁喜歌。以前喜歌有很多含有迷信内容,如"周公八卦摆中央,天神地鬼来捧场,焚香燃纸来祈祷,保佑生上八儿郎",因与时代脉搏格格不入,孙殿武唱此类喜歌时,常遭到新房主人质疑。于是,他开始琢磨,如何把旧喜歌添上新内容,让乡亲听了满意。随后,他积极搜索素材,并在同村退休老教师孙殿仙帮助下,借鉴旧喜歌形式,编写新内容。一次,在给村里一户人家上梁时,他大着胆子唱起来:"一杯酒来向北方,先敬北京党中央。东家今日盖新房,感谢党的政策强。二杯酒来敬南方,子子孙孙进学堂。首榜考进清华园,接着出国去留洋。"文章云大家听到新喜歌后,纷纷鼓掌叫好,让他再唱一遍。在群众鼓励下,孙殿武又创作出大量反映新时代新气象的喜歌。新喜歌就这样传开了,如今,不仅骂阵口村,邻村的瓦匠木匠上梁时也都唱新喜歌。

旧形式装新内容,是耶非耶,无有定论。然若简单以"不受欢迎"而割裂历史,恐非正途。

创新有度,过犹不及。如《千山晚报》有记者张冲文章,标题曰《墓地祭奠"专人"紧随唱"喜歌"》(2010 年 1 月 25 日),文章云市民刘女士父亲不久前去世,家人在墓地为故人烧纸时,旁边有一中等身材男子,戴帽子和茶色眼镜,年龄大概有五六十岁,没等刘女士家人允许,此人就开始念叨起来,"之前念了一大串根本听不懂的话,紧接着就听到一些报喜的话。"刘女士说,"我和家人当时心情特别不好,家人眼睛哭得红红的,哪有心思看旁边的事。这个男子说的大概意思是故人离开,保儿女平安、事业有成等一些大吉大利的话。"刘女士告诉记者,当时男子说完一大套话就对刘女士说:"愿你们全家人平安,赏点钱吧!"刘女士只好掏出50元钱给了男子。按此处记者文章所说喜歌,或传统丧葬歌之变种,因表演者创新性地杂糅"报喜的话"以讨好主家,以致引发误会。孔网此前有人上拍丧葬歌抄本。"天河浩荡——湖北省麻城市三河口映象"之"灵秀三河"栏目(http://www.macheng.gov.cn/fashino/onews.asp·id=378),有数首丧葬歌,录《奠酒》(丧歌)如次:

初奠酒,北雁往南飞,不见回归,西江月下满天飞,万里江山青隐隐,何日回归。二奠酒,一去永无踪,何日相逢,除非纸上写金容,要得见来难得见,梦里相逢。三奠酒,奠酒化钱财,孝眷悲哀,奉劝亡人三杯酒,亡人一去不回来,脱化蓬莱。

浮想联翩 (2010 – 05 – 04)

处理稿件。

曹敏说事。 由王世襄《京华忆旧》说此类文章前提。作者须出身好,有故事;教养好,有见识;在文字上悟性高,有特色。教养一条,包括良好家教与后天完备之学校教育。

翻看《民俗》周刊。

流水曾说民间唱本。 周刊第四十六期有顾颉刚为《河南唱本提要》所作序言,说唱本价值可谓到位。顾先生云其注意到苏州地摊上各类唱本,发现里面的材料,大都拾取流行故事或新近发生新闻,后在几个摊子上买了几次全份,删去重复,得二百余册。整理这类唱本时,许多朋友不以为然,他们说:歌谣是儿童妇女们矢口而成的,合于天籁,文学趣味很丰富。唱本则是下等作家特地做出来为营业之用,价值不高。待到为《河南唱本提要》作序,顾先生对唱本"价值"作全新解读:

这几年来,我多到了几处地方,看见各地方的形形色色的唱本,屡屡打动我去搜集的兴味。我总觉得它们是一种可以研究的东西,倘使我们不注目于文章的好坏上而注目于民俗的材料上，那么唱本的内涵实在比歌谣为复杂。歌谣固然有天趣，但是它大都偏向于抒情方面；要在里边求出民间的风俗习惯宗教信仰以及民众们脑中的历史，它实在及不上唱本。唱本是民众里的知识阶级作成的，他们尽量把自己所有的知识写在唱本里，他们会保存祖先口传下来的故事，他们会清楚的认识下级社会而表现他们的意欲要求，他们会略具戏剧的雏形而使剧作家有取资的方便。并且从唱本进一步，便是长篇的弹词和大鼓书，所以唱本也是这些史诗的辅佐。

按"下等作家"、"民众里的知识阶级"，即王尔敏所说落魄市井文人、"沉沦下位之普通儒生"。由学术生态链、文化多样性角度着眼，此等人士之作品，自有存在理由与研究价值，"不以为然"云云，非学术人应有之态度。顾先生云"要在里边求出民间的风俗习惯宗教信仰以及民众们脑中的历史"，歌谣"实在及不上唱本"，亦有一定道理，因一般而言，唱本容量大于歌谣，风俗、信仰云云，保存当较歌谣更为齐备、容易。看央视专题片《大戏黄梅》第一集介绍"下等作家"作《苦媳妇自叹》，对"会清楚的认识下级社会而表现他们的意欲要求"一条，体会尤深。

又顾先生序中提及《河南唱本提要》创作经过云：

可是这几年来，我的生活烦忙极了，我的搜集材料的兴趣终究敌不过生活的压迫，所以还没有做什么工作。自从到了广州，在中山大学里创办了民俗学会，设备了风俗物品陈列室，始竭力在广东各地搜集唱本，先后得到数千册。理科教授辛树帜先生见了，很表同情，当他去年暑假回到湖南的时候，就和石声汉先生一同搜集本地唱本，并由石先生按篇作一提要。开学回校时，拿给我看，这真使我欢喜欲狂，想不到我多年理想中整理唱本的事业竟于一刹那间实现了。我们非常的感谢两位先生，他们为中山大学的民俗学会开辟出一条新道路。

顾先生云辛先生、石先生"一回到学校，研究的生物的任务就忙了"，《提要》后由姚逸之先生接手完成整理工作。我"注目"的是生物学教授却能关注民俗学工作且利用假期亲身实践，委实难得，其时学界风气与人文景观，如何不让人"浮想联翩"！

手拿红纸捻（2010 – 05 – 07）

向人推荐本期《南方周末》马英九在21世纪世界华文文学高峰会议开幕式上致辞，标题为《政治应该为文学服务》。平实自在，如诉家常。政治人物所谓亲民，或即有此一种风范。多感慨。

某人说好文章标准，以为好用成语（四字句）、排比与各种似是而非之虚拟、比喻，均是恶习。

整理喜歌。

徐芳《北平的喜歌》所记内容，由职业乞丐处得来。《歌谣》周刊三卷七期有张为纲《江西南昌的贺郎歌》，开篇即云虽同是喜歌，但唱贺郎歌的人和北平念喜歌的不同，他们不是职业的性质，而是一种凑热闹的玩意儿——在乡下每逢人家有喜事，做客的人上桌吃喜酒的时候，少不得要推出一个会唱"贺郎歌"的人来，轮流地唱一回。按傧相说喜歌，乞丐念喜歌，客人唱喜歌，正说明喜歌存在状态之丰富多彩。

20年前，吾乡农村婚礼中仍能听到看新娘喜歌，最知名句式是"手拿红纸捻，照照新娘面"，由面而下，直至双脚。大红纸捻与红烛摇曳相映，伊人不胜娇羞，说喜歌者边照边说，众人随声附和，景致迷人。今夕何夕，见此粲者。子兮子兮，如此粲者何。赏心乐事，莫此为甚。录一节如次：

> 手拿红纸捻，照照新娘面。新娘面上桃花艳，唇红齿白眼如电，耳朵大大能当扇。照照新娘头，头上喷的摩丝油。好像歌舞大明星，又出风头又风流。照照新娘手，新娘小手如嫩藕，写出字也不会丑。闲来就把新娘搂，呐吻呐吻亲几口……照照新娘脚，新娘小脚一小尺。站得稳来行得正，脚印行行连幸福。

《歌谣》周刊三卷七期宗丕风、罗昱《塞北的新婚令》，介绍其时塞北地区婚礼来宾所说贺词，其中即有"红纸捻"现身。相隔千万里、近百年，"红纸捻"风采遥相呼应，可见婚俗在所有礼俗中，确极具稳定性。并录如次：

手拿红纸捻，照照新娘面。新娘眉毛弯又弯，两耳挂金环，樱桃小嘴红又淡，银盆白脸多好看。一把乌云头上盖，低头闭目笑颜开。身材登样天代来，不高又不矮。一对金莲点点小，富贵荣华直到老。

手拿红纸捻·续（2010-05-08）

撰喜歌集与札记简介：

《中国喜歌集》、《喜歌札记》为"民歌与民歌学丛稿"中的两种。《喜歌集》第一次系统、全面地辑录文献记载与民间流传的喜庆仪式歌谣，为民俗学、社会学与民歌学研究提供基本资料。《札记》则以博客形式，完整记录整理喜歌过程中心得体会，对喜歌定名、内容与价值及种种细节作充分讨论，对喜歌历史进行周密梳理，其中多有独家见解，如指现存文献中最早最完整撒帐歌出自南宋史浩撰《鄮峰真隐漫录》，指喜歌中只有撒谷豆歌、揭盖头歌，无撒盖头歌（此乃纠正时人与喜歌有关著述中错误），等等。《札记》可以视作是为《喜歌史》写作作必要的知识积累。

喜歌事毕，另可作《民间唱本集》、《民间唱本札记》。
昨说"手拿红纸捻"，查百度，知其阵容强大。其中金湖论坛有人贴出一则，是喜歌常见的稍涉猥亵一类，录如次：

手拿红纸捻，照照新娘面。新娘好看真好看，两个奶子圆蕲蕲。今年请我吃喜酒，明年请我吃红蛋。

泗县信息港《泗县史志》第二十五章"文化"第八节"民间歌谣"之《新房祝歌》简洁明了（网络有人贴民歌选，注此歌见《江苏歌谣集》第四集，1933年，通行于江苏阜宁）：

手拿红纸捻，照照新人面。新人眉毛弯一弯，身穿大红衫，手抱摇钱树，脚踩金银山。

淮安市地方史志办公室网站（http：//szb. huaian. gov. cn/jsp/content/content. jsp・articleId = 50389）详细介绍看新娘情节云：拜堂以后，亲友吃完晚饭，即开始闹新房。此时新娘新郎立于床前，任人调侃闹笑。闹房的人不分辈分都可闹，俗说"三天无大小"。闹的方式，有文武之分。武闹，多是平辈把叔公、大伯、姑爷等人强行拖来，脸上涂上黑灰，令其在新娘面前学鸡叫、狗咬、耕地等丑行，五花八门，无奇不有；文闹则是两三人，手拿红纸捻，一人说喜话，其馀人道好。喜话内容，都是赞颂、祝贺、祈祷之类，如："手拿红纸捻，照照新人面。新人面朝东，生下贵子入皇宫；新人面朝南，南海观音送子来；新人面朝西，早生贵子早登基；新人面朝北，寿高彭祖过八百。"不管怎样闹，主家都欢迎。因有"闹发、闹发，不闹不发"之俗。

另查得有 ID 为"快乐老师"者贴"民间歌谣精选——仪式歌"，注明"为爱好者提供收藏、为研究者及大学毕业生撰写论文提供资料"。其中看新娘喜歌云：

手拿红纸捻，照照新人面。上照照珠纱盖顶，下照照丹凤朝阳。照照新人眉毛柳弯，照照眼睛桃花色，照照鼻子好像珍珠花。脸搽胭脂粉，一嘴糯米牙。大红袄，前襟太阳花，后襟月亮花。大红裙，花沉沉，绣上鸡冠花。小花鞋，软叶帮，白银裹足带莲花。双手捧起红烛台，点起红烛笑花开，一对红烛两面排。麒麟送子，必定要做状元郎。

由"小花鞋，软叶帮，白银裹足带莲花"，可知此歌与《歌谣》周刊年代相去未远。

嫁妆歌与戳窗歌（2010 – 05 – 08）

喜歌集大体有以下部分。一是清以前文献，以敦煌遗书、戏曲、小说、笔记为主；二是近代、现代报刊，以《歌谣》周刊、《民俗》周刊为代表；三是个人搜集稀见刻本、抄本（时间以近代、现代为主）；四是当代部分，以各地"歌谣集成"中喜歌为主；五是采风所得吾乡喜歌；六是网络所见喜歌。以上各部分，均为婚庆喜歌。上梁歌等，放入附录。

喜歌乃地方风俗文化中重要内容。如中国周集网（http://www.shyzj.gov.cn）有署名卞华明文章，说苏北沭阳一偏远乡镇之嫁妆歌与戳窗歌，有乡土味道，亦见时代特征。录如次：

在周集乡的旧婚俗中，有些即将出阁的姑娘除了向男方索取大量彩礼外，还要向娘家大要嫁妆。每当纠缠于嫁妆的多少而相持不下时，其苦口婆心的母亲常常会唱起这样的一首《嫁妆歌》，用来开导、规劝女儿：

"好闺女，细瞧瞧，办的嫁妆好不好？一件件，金光耀，富丽堂皇多巧妙。你爸两腿跑肿了，你妈日夜把心操，嫁妆虽少心意表。好家在于夫妻情，相亲相爱，同心协力，金箱银柜也办到。劝闺女，莫再争，婚后生活靠勤奋。早起床，晚点睡，辛苦一些裁富根。勤劳好比摇钱树，节俭如同聚宝盆，贫贱夫妻情意深。好景全靠双手创，你能我胜，相互帮助，砂石黄土变金银。"

周集地方旧式婚礼的最后一项是戳窗户。由一名与新郎一辈的小伙子（一般是表兄弟或者堂兄弟），手拿一把（十双）红漆筷子，站在贴着红窗纸的洞房窗外，每次用一双，连续从窗户纸上投向站在洞房里的羞赧的新娘身上，掷往其它崭新雪亮的嫁妆上。一面投着，一面唱着祝贺情男倩女新婚幸福美满的《戳窗歌》：

一戳窗纸开，新娘躲起来，八仙送贵子，麒麟来投胎。二戳红罗帐，葳蕤尽春光，情意如胶漆，当年生儿郎。三戳红绫被，鸳鸯共枕睡，并蒂鲜花香，恩爱过百岁。四戳如意床，心往一处想，夫唱妇相随，欢乐度时光。五戳红漆箱，掷中丁冬响，新娘拿喜糕，笑送新郎尝。六戳大立柜，声音好清脆，洞房花烛夜，柜儿也生辉。七戳白粉墙，织女爱牛郎，脉脉秋波送，绵绵情意长。八戳洞房地，处处生瑞气，勤劳两双手，平地高楼砌。九戳玉柱（筷子）飞，郎才女貌配，花鲜引蝶舞，蝶恋花香醉。十戳笑朗朗，夫妻敬高堂，爱护弟妹们，妯娌多体谅。

新婚令（2010–05–10）

书画重师承，诗文亦然，史上许多文派、诗社，即有此意在。以当下炙手可热之"书话界"为例，成名者辄以知堂门生自居，是以有人曰平生不学知堂体，纵做文章也枉然。惜有等而下之者，以为行文扭捏不类常人即是"文体家"，全不知文质彬彬、然后君子古训，我曾名之曰哼哼叽叽派，实堕恶俗一路，与重学养、讲进退、守分寸之知堂老人全不相干。画虎不成之另一种表现，是不论需要与否，均以炫技心态滥引滥抄，因得新检索工具之助，此风有见长趋势。又爱屋及乌，学知堂者喜曲意回护其落水事。

谷林《上水船乙集》有文曰《闲翻书》，云20世纪50年代"一通昭告天下的电文"中有"来者不善，善者不来"八字，不知出处，待买得上海书店重印胡朴安主编《俗语典》，见其赫然注曰"见《国语》"，结果遍检无着，方知《俗语典》所注不实。按《俗语典》"见《国语》"说源自赵翼《陔馀丛考》。《丛考》卷四十三《成语》有云：

> 来者不善，善者不来。亦本《老子》"善者不辨，辨者不善"句。
> 思之思之，鬼神通之。见《管子》"思之思之，又重思之，思之而不通，鬼神将通之"。
> 从善如登，从恶如崩。卫彪傒之言。
> 择祸莫若轻。范文子之言。以上皆《国语》。

"以上"只包括"从善如登"与"择祸莫若轻"两条。"来者不善，善者不来"条着一"亦"字，致胡氏误认为其落脚处"亦"在《国语》。

整理喜歌。

下女夫词通篇男女问答，问答者是新郎新娘抑或双方傧相，有争论。一种意见以为喜歌向来通例均为傧相代言，鲜有新人亲自表演。事实是傧相代言云云，并非铁律。《歌谣》周刊三卷七期宗丕风、罗昱《塞北的新婚令》即云其地风俗是新婚之夜，花烛之夕，聚了乡邻晚辈，你说我笑，打趣新娘，使新夫妇述说各种口令，叫做闹新房。其"试口才"有云：

东房檐底一囤豆（新郎说），西房檐底一篓油（新娘说）。猪不咬囤，囤不漏豆（郎），狗不衔油篓，篓不漏油（妇）。

东房檐下拴着一匹枣红豹花骡马（郎），西房檐上放着琉璃珞玻儿玉瓦（妇）。不知是琉璃珞玻儿玉瓦，跌下来打了枣红豹花骡马的左胯（郎）。也不知是枣红豹花骡马，抬起蹄子来登乱了琉璃珞玻儿玉瓦（妇）。

沙珀地（妇），沙珀墙（郎），琥珀墙上画凤凰（妇）。黄凤凰，粉凤凰（郎），黄粉凤凰二凤凰（妇），愿咱二人白头老恩恩爱（郎）。

百心郎（妇），百心娘（郎），新郎新娘百九昌（妇），百昌百久百不脱（郎）。如像碧枝枝（妇），碧叶叶（郎），百式百样各各（妇）。

丈夫挑水我做饭（妇），我问新人做甚么饭（郎），筛馏疙瘩疙瘩筛馏混子饭（妇）。你要给我吃那筛馏疙瘩疙瘩筛馏混子饭，我就打你两扁担（郎）。

按塞北即包括敦煌地区。下女夫词表演者，究属新人还是傧相，结论或仍须慎重。

情何以堪（2010 – 05 – 12）

某人电话，说"知堂体"。我意知堂作文平和得体，疏密有致，能于寻常语中见非常况味，有别于数十年来触目即是之言情、言志与胡扯派风格，受人青睐，亦在情理中。知堂体易学难工，因其精髓在学养，文字只是皮相。昨妄作月旦，全由见楼不见珠者而起，与名家大佬无涉。

与保善说喜歌整理心得。塞北新婚令，有新郎新妇问答体喜歌，为他处少见，恰可印证敦煌下女夫词中"儿家初发言"、"女答"内容，至少是为下女夫词研究提供一新鲜视角。此亦说明田野调查于民歌整理与研究之重要性。书斋山水，终究隔着一层。

整理《歌谣》周刊中喜歌毕。

《周刊》三卷七期有陈力记录《江苏喜歌》，其中有沭阳"闹房喜歌"云：

> 一看新人头，云鬟高髻配王侯。珠翠绕，多梳桂花油。二看新娘面，肌肤不减芙蓉艳。轮圆满，明月三分欠。三看新人眉，平远高峰两道垂。画眉笔，深浅任郎为。四看新人眼，盈盈秋水来往返。盼夫君，欲看而不敢。五看新人耳，环垂八卦郎亲解。入罗帏，才把思想写。六看新人鼻，准头高峰山根窄。闻麝香，好似芝兰宾。七看新人口，狮子莫向河东吼。对才郎，巧笑黄昏后。八看新人手，十指光光赛玉藕。管郎腰，莫让在家搂。九看新人腰，裙拖湘水任风飘。窈窕女，留待君子瞧。十看新人脚，绣鞋轻踏沉香阁。赛贵妃，步步莲花落。

按"闹房喜歌"乃通称，实即看新娘喜歌。"一看"、"二看"至"十看"，是通行联章体格式。五、七、三、五句式，整饬类小令，"画眉笔，深浅任郎为"云云，不经意间用典，由此两条，知此歌或为底层小儒作品。小儒小儒，学成文武艺，货与帝王家，而今帝王安在？可怜洞房花烛夜，为谁辛苦为谁忙。真真情何以堪。

铺床喜歌（2010-05-13）

书录师电话，约见面时间。

流水曾说告庙事。《民俗》周刊复刊号刘伟民《东莞婚俗的叙述及研究》有云：（迎娶日）入夜，新娘新郎须入祠"告祖"。祠内大厅上满挂着红色对联，中间摆着香案，点着蜡烛，陈着历代祖宗神位。不多时，音乐悠扬响起，新娘新郎对着灵神参拜，这便叫做祭祖。祭祖完毕，便开始闹新房。

流水曾说铺床喜歌。铺床有两种，一种依旧礼，在催妆即迎娶前一日（司马光《书仪》卷三"亲迎"条"前期一日，女氏使人张陈其婿之室"即指此事）。胡朴安《中华全国风俗志》之《南京采风记》有"铺嫁妆"

云：喜期前一日，女家将应有之奁具，丰简视家之有无，使挑夫（俗称马头）送之男宅，由伴娘为之铺设。此时可唱或说铺床歌。

另一种在婚礼当日晚间。《民俗》周刊第一百零四期袁洪铭《东莞婚嫁礼俗之记述》说亲迎之日情形云：揭了盖头，接续做着铺床和撒果子的勾当。唯铺床与撒果子，须同时举行。其仪式是这样：由大妗先将新人之帐子被褥枕席安置床上妥当后，即叫新郎新娘两人立在床前，大妗乃琅琅唱着铺床歌。及唱完后，由大妗拿着许多果子，如红枣、落花生、石榴、橘子、莲子之类，向床中撒去，撒时，并唱着撒果子歌。录铺床歌片段如次：

> 铺锦被，向东头，年少夫妻乐唱酬。三生有幸成佳偶，琴瑟和谐过百秋。风流一刻千金凑，儿孙历代出公侯。铺锦被，向南新，团圆福禄寿加增。满门高冠王封赠，堂上荣华富贵春。年少洞房同合衾，今晚邻鸡莫唱勤。铺锦被，向归西，麒麟早降显英威。其昌百世传诗礼，此夕欢怀乐绣帏。团圆诗咏《关雎》句，叮嘱邻鸡莫快啼。从此赤绳方足系，他朝夫妇与眉齐。铺锦被，向北方，今朝织女会牛郎。夫唱妇随如水样，五子连登金玉满堂。

铺床歌未绝迹。如红袖添香"读书杂谈"（http：//bbs.hongxiu.com/list.asp·bid=12）有ID为漫月清竹者发帖云：弟弟结婚，明天铺床要铺床歌，今天听来，记录如下。其贴铺床歌云：

> 铺床铺床，龙凤呈祥。夫妻恩爱，日子红亮。铺床铺床，儿孙满堂。先生贵子，再生女郎。铺床铺床，富贵堂皇。财源满地，米粮满仓。铺床铺床，喜气洋洋。万事皆乐，幸福吉祥。
> 娘家制床红萝罩，婆家制架象牙床。花枕头摆两旁，花铺盖摆中央。
> 二人起本，垒尖一床。一个喊爹，一个喊娘。
> 铺床叠被，荣华富贵。被子宽褥子长，生个后代状元郎。褥子长被子宽，生个娃娃做大官。一铺金银满地，二铺子女双全，三铺平安康泰，四铺龙凤呈祥，五铺五福并跟，六铺如意吉祥，七铺万事如意，八铺家业兴旺，九铺平安昌盛，十铺地久天长。

（抓一把瓜子，撒瓜子，然后再唱）瓜子上床，今年当娘。瓜子钻咔咔，今年当妈妈。瓜子钻角角，明年当婆婆。捉到铺盖抖一抖，儿女生得起柳柳。捉到铺盖扇一扇，儿女长大做高官。我把床头按一按，生的儿子当大官。我把床头理一理，生的儿子当总理。铺床铺得满堂春，生的儿子当将军。铺床铺得满堂彩，生的儿子当总裁。铺床铺得满堂红，生的儿子当总统。铺床铺得整整齐，生的儿子当国家主席。

　　太阳一出红似火，幸福人家喜事多。吃了喜糖喝喜酒，金银财宝天天有。

　　按"状元郎"、"做大官"云云，可见国人心态，证当下公务员招考火爆异常乃渊源有自。"国家主席"四字，则有现代色彩，证喜歌亦在与时俱进。

哭嫁歌（2010－05－17）

　　检查身体。做胸透、CT等。
　　先一电话，说杂事。
　　孔网拍得道光木刻《校正方言应用杂字》。手中有"杂字"多种，其源远流长，种类繁多，既教人识字，亦传授百科知识，乃教育史、风俗史等研究有用资料。《剑南诗稿》卷二十五《秋日郊居》其一云：儿童冬学闹比邻，据案愚儒却自珍。授罢村书闭门睡，终年不著面看人。放翁自注：农家十月，乃遣子入学，谓之冬学；所读《杂字》、《百家姓》之类，谓之村书。流水曾说王尔敏文章《〈庄农杂字〉所反映的农民生业生活》（见《明清社会文化生态》，广西师范大学出版社，2009），云其所得《杂字》乃一本传统农村中生活教材，文字虽少，内容包罗甚广，一一皆为生活上所应需，自无一毫虚言。王先生感慨此等材料，"海内所存极稀，高人原不顾视，眼见其化为腐尘，不忍令之灭绝，特陈示于学界，以供采择"。

　　周作人《关于尺牍》说及李卓吾《复焦弱侯》，其结论之二云：（李卓吾）那种嬉笑怒骂也是少见。我自己不主张写这类文字，看别人的言论时这样泼辣的态度却也不禁佩服,特别是言行一致,这在李卓吾当然是不成问题的,古人云:学我者病,来者方多。所以这里要声明一点,外强中干的人千万学他不得,真是画虎不成反为一条黄狗也。虎还可以有好几只,李卓老的人与文章却有点不可无一,不能有二。按"外强中干的人千万学他不得"云云,是对写作者一基本要求,流水前说画虎不成,不意在此处见着。

整理喜歌。

《民俗》周刊复刊第二期有刘传良《东莞婚歌研究》,说及哭嫁歌。哭嫁歌亦是喜歌一种,盖因无论男女,婚嫁均是人生乐事,哭嫁歌之"哭",全因此乐事而起,是以从大处着眼,喜歌当包括哭嫁歌。哭嫁歌是喜歌中的另类,因其基调与闹房诸歌迥异。谭达先《中国婚嫁仪式歌谣研究》下篇第五章哭嫁歌界说以为,哭嫁歌是旧时妇女的悲怨之歌,"在这种封建家长制度存在的漫长年月里,历代的千千万万的民间妇女,在受尽种种歧视、奴役、凌辱的苦海中,大多都是在不同时期以悲愁和眼泪陪伴着自己,终于熬过了痛苦的一生。自然,当她们即将出嫁、回忆在娘家业已消逝了昔日较好的时光,投入另一封建家长制家庭的苦境中去时,那种千百年来蕴积于广大妇女心底的辛酸、抑郁、苦闷、彷徨、追求种种复杂的思想感情,霎时之间,便会如决堤的狂潮,喷薄奔腾而出,于是在哭诉的歌声中,充满了强烈的'悲怨因素',而父、母、兄长乃至媒人等人物,往往成了她们悲怨的主要对象"。

谭先生于哭嫁歌中悲怨情愫稍嫌夸大。事实上,悲怨以外,感恩、惜别亦是哭嫁歌重要内容。如刘伟良文章说哭父歌云,尽管父亲有种种不是,将嫁的女儿也并不觉得有对不起她的地方,"她只觉得父亲终日去劳苦辛勤,为的就是去谋她们的生活问题之解决。她以为她之所以能在家饱食暖衣,安居作业,完全是她父亲的恩赐。故她在将要出嫁远离的时候,一方感觉亲恩厚大,一方感觉酬报无期,便不能不用哀婉的声音,唱出一种感恩图报的歌调"。父亲如此,母亲、兄弟姊妹、叔伯嫂婶亦大都如此。与感恩、惜别相比,此种情境中,悲怨或不宜太过突出。如刘氏所引哭母歌有云:

此后只望我娘保重将儿训,和严教子苦辛勤。现今将与娘离别,后会亲颜不知期。堂前勿以奴为念,愁坏金身罪莫填。他朝望弟恢先绪,瓜瓞绵昌获衍多。

哭嫁歌·续一（2010 – 05 – 18）

取体检结果，听仲坚解说。

收到寄自重庆渝中区某地木刻本《骆状元劝民歌》、《陪十姊妹》、《绣花》，寄自长春某地石印本《漂母饭信　新游宫　千金全德》。略说如次。

《骆状元劝民歌》孔网此前有售，成德堂刻本，卖主云：《五字经》（又名《骆状元劝民歌》），清或民国时期木刻本，线装一册全。清代四川唯一状元骆成骧的劝民歌。此本署集成书社刊，版式与成德堂本同。用重庆警察厅西区警察署消防捐款收据翻印，未具年月。起首即云"二十四条论，俗语奉劝君。听者免瘟症，遵者免刀兵"，以下内容为"父母须孝敬，当报养育恩。弟兄要和顺，同胞骨肉亲"等等，与寻常劝善歌无异。查网络有介绍文字云，骆成骧，字公骕（1865～1926），四川资中舒家桥七里沟人，光绪二十七年（1901）乙未科殿试第一。骆为一代文魁，才华横溢，著述颇丰，结集出版作品有《左传五十凡例》、《国文中坚集》、《礼仪丧服会通浅释》、《清漪楼杂著》、《清漪楼诗存》等。不知此《劝民歌》是否假骆氏之名作品。

《陪十姊妹》、《绣花》均为时兴艳情小唱本。《绣花》云：正月绣花是新年，只说别人来拜年。那晓别人来讨庚，我娘不把庚书发。原来是姑娘思春。

《漂母饭信》则是演绎历史故事。书后有广告，列"新出版各种鼓词唱本"，计有《林黛玉悲秋》、《露泪缘》等数十种。

昨说哭嫁歌。贵州正安县政协网（http：//www.zazx.gov.cn/type-news.asp·id=246）有署名陈传兴文章《仡佬族婚嫁习俗》，云仡佬族女方婚嫁，分"正酒"和"年月"两天，"正酒"即良辰吉日头一天，亲戚好友送来礼品，给姑娘买的有被条、床单、锅瓢碗盏之类，送人情（钱、粮），最实在的亲朋，还要休息一晚，等待第二天"年月"。姑娘出嫁，凡来的亲朋，少不了听姑娘的哭嫁歌。姑娘的哭嫁歌，是在"正酒"的头一晚上就开始的。有的由母亲给姑娘"开声"，就是母亲先哭姑娘，后母女俩对哭，有的也由姑娘自己"开声"的。姑娘哭母亲的有：

鸡在叫，天在明，冤家开声惊动人，惊动四亲六戚不要紧，恐怕惊动外姓人。先打剪刀先开剪，冤家开声声又浅。先打剪刀先定铰，冤家开声怕人笑。父母当门锦鸡平，哪有锦鸡离得山。哪有冤家离得娘，冤家不愿离娘前。早晨多打两碗米，等你冤家随到你。晌午多放两钱油，把你冤家哺出头。一年半载不多我，今年多我半年春。

有意思的是哭哥哥一首：

　　一张桌子四角方，哥们拢来站中央。哥们拢来中央站，中央文件拿来看。红漆桌子金包角，大事小事要你说。大事说来梅花现，小事说来两头劝。不花钱来不花米，劝得两家心欢喜。

如此内容，紧跟形势，却不见丝毫悲怨、感恩、惜别色彩，委实搞怪，徒有仪式歌之躯壳而已。

另昨云广义地看，哭嫁歌亦属喜歌，并不因其少喜庆味而改变性质。小说《芙蓉镇》有《快乐"精神会餐"和〈喜歌堂〉》一节，单是"喜歌堂"三字，即可证我言非虚。录片段如次：

　　原来芙蓉镇一带山区，解放前妇女们中盛行一种风俗歌舞——《喜歌堂》。不论贫富，凡是黄花闺女出嫁的前夕，村镇上的姐妹、姑嫂们，必来陪伴这女子坐歌堂，轮番歌舞，唱上两天三晚。歌词内容十分丰富，有《辞姐歌》、《拜嫂歌》、《劝娘歌》、《骂媒歌》、《怨郎歌》、《轿夫歌》等等百十首。既有新娘子对女儿生活的留连依恋，也有对新婚生活的疑惧、向往，还有对封建礼教、包办婚姻的控诉。如《怨郎歌》中就唱："十八满姑三岁郎，新郎夜夜尿湿床，站起没有扫把高，睡起没有枕头长，深更半夜喊奶吃，我是你媳妇不是你娘！"如《骂媒歌》中就唱："媒婆，媒婆！牙齿两边磨，又说男家田庄广，又说女子赛嫦娥，臭说香，死说活，爹娘、公婆晕脑壳！媒婆，媒婆！吃了好多老鸡婆，初一吃了初二死，初三埋在大路坡，牛一脚，马一脚，踩出肠子狗来拖……"《喜歌堂》的曲调，更有数百首之多，既有山歌的朴素、风趣，又有瑶歌的清丽、柔婉。欢乐处，山花流水；悲戚处，如诉如怨；亢奋处，回肠荡气，洋溢着一种深厚浓郁的泥土气息。

四言八句·续一（2010 – 05 – 20）

整理近年所得各类抄（写）本、刻本（印本）喜歌。

此为喜歌集第二、三辑，时间大致在清末、民国。有多重意义，举两条。一是知彼时喜歌确为普通民众喜闻乐见，且传播方式如小曲、鼓词、小说一般多样。二是喜歌内容固然单调，但单调中有变化，其中既见民俗，亦见时运，形式则堪称丰富，如有四言、七言，有短制、长篇，有文有俚，有问答体、代言体，不一而足。

流水曾云喜歌研究有许多切入点。如语言。得自山东荣成之木刻本《洞房花烛新闹房》，板框高 12 厘米，宽 7.5 厘米，板心题"闹房"。内中有"中华民国某年某月某日"字样。通篇四字句。不具流传、刻印地。其中词句，大有意思。如云"摸了脸墩，又摸身旁；周身摸交，又要诚惶"，吾乡"摸交"即"摸遍"意。又如"说起读书，懒进学堂；五黄六月，晒得焦黄"，"五黄六月"乃成语，吴承恩《西游记》第三十七回《鬼王夜谒唐三藏　悟空神化引婴儿》有云："只为五黄六月，无人使唤，父母又年老，所以亲身来送。"

订多本《四言八句》。

《蝴蝶媒》第一回《灵隐寺禅僧贻宝偈　苎萝山蝴蝶作冰人》有云：

此时日已西沉，蒋青岩等三人，因那封儿，都怀了一肚猜疑，要拆开观看。又因途中不便，只得上轿回家。到了家中，已是上灯时候了。蒋青岩也不待吃茶，忙忙分咐上出灯来，取出封儿，同张澄江、顾跃仙等开拆。折了两层纸，里面才出一个柬帖儿来。蒋青岩取出那帖儿看时，上面却是一首四言八句的诗。那诗道：

三凤东飞，皆得其凰。恶风吹水，散我鸳行。奋身而前，头角庙廊。破镜重圆，明月辉光。

此处"四言八句"指四言诗，共八句。

《快嘴李翠莲记》有云：

> 再说张虎在家叫道："成甚人家？当初只说娶个良善女子，不想讨了个无量店中过卖来家，终朝四言八句，弄嘴弄舌，成何以看！"

此处"四言八句"指耍贫嘴说顺口溜。

《札记》说四言八句，引《儒林外史》第二十七回《王太太夫妻反目 倪廷珠兄弟相逢》云：

> 两个丫头，坐轿子跟着。到了鲍家，看见老太，也不晓得是他家甚么人，又不好问，只得在房里铺设齐整，就在房里坐着。明早，归家大姑娘坐轿子来。这里请了金次福的老婆和钱麻子的老婆两个挽亲。到晚，一乘轿子、四对灯笼火把，娶进门来。进房撒帐，说四言八句，拜花烛，吃交杯盏，不必细说。

此处"四言八句"，方是喜歌。

龙虎榜上中头名（2010-05-22）

小众菜园有人转贴博客文章，说文艺腔等文体。例句：我今天在星巴克喝了一杯咖啡，吃了块蛋糕。

其一云：今天逛过 Lanvin 之后，躲进 Starbucks 偷得几许闲时。点了一杯 Espresso Macchiato 和巧克力松露蛋糕。但其实还是更中意廿一客 Silent Night 的带着肉桂馨香的丰沛口感。听到 Diana Krall 的 "Let It Snow"。

其二云：阳光熙攘。彳亍。只是倦怠。不管走过多少地方，看过多少人，也还是要记得你的样子。去了星巴克。点了最简单的咖啡与蛋糕。最简单。然而，却也最完满。又听见 Patricia Kaas 的 "If You Go Away"。迫不得已，又想起你。

其三云：今儿晃荡累了，跑星巴克去蹭个空调。没钱，就点了个最便宜的咖啡和蛋糕。看见一美男，啧啧……把他收后宫里去就好了。

此等腔调，扭捏作态，都是病。文有病，人不知，是为悲剧。

《世说新语·言语第二》有云：简文入华林园，顾谓左右曰："会心处不必在远。翳然林水，便自有濠、濮间想也，觉鸟兽禽鱼自来亲人。"关键在"会心"二字。晨起，见阳台昙花长出新叶，草龟怡然作邀赏乞食状，乃有此想。

整理喜歌。

喜歌内容，从其关键词中即可看出，要不出郎才女貌、多子多福、升官发财等等，且多年少有变化，反映出国人幸福观根深蒂固。如做官。万般皆下品，唯有读书高，读书目的仍是做官。是以木刻本《四言八句》之《新闹房》有云：

> 新人吃烟，犹如天仙。同床共枕，鱼水交欢。早生贵子，一定做官。

又云：

> 今夜贺房闹沉沉，观见新人白如银。生子入学幼中举，龙虎榜上中头名。

由中举、状元郎而总统、总督、总裁乃至主席，喜歌不断吸纳新鲜元素，始终与庶民生活紧密相连，其生命力之顽强，亦因此得以体现。

四言八句·续二（2010–05–25）

整理《四言八句》。

木刻本影印件，得自山东荣成，通篇模糊，封面隐约有"合川　六茂堂新刊"字样，内页版式与前说《洞房花烛新闹房》同（或《洞房花烛新闹房》亦如《四言八句》，原有一封面作"洞房花烛"）。全本分四言八句新闹房、洞房吟诗、早生贵子、朝贺新人、天作之合、新郎对答、请出洞房共七节，基本涵盖闹房全过程。

说以下几点。

一是方言。喜歌乃方言研究数据库，其中蕴藏海量信息。如"交"字，《洞房花烛新闹房》有"周身摸交"，《四言八句》有云：一对立柜七尺高，退光金漆白铜包。内装衣服百十套，四季穿戴难数交。"难数交"即"难数尽"、"难数遍"意。有未解者。如"四言八句，说得拍脱"，"拍脱"亦作"拍拖"，原指两船相靠，后演义为男女交朋友。

二是"四言八句"只是虚指，并非说全部喜歌均是四言八句。如刻本大部是七言四句，间杂四言八句。录一则如次：

　　新人斟酒，也难得走。洞房花烛，天长地久。富贵双全，寿如彭祖。早生贵子，金银满斗。

三是《四言八句》之《天作之合》有云：

　　头碗杂烩与金针，主人今日太费心。今日双双成婚配，明年定产文曲星。好亲好友好风光，愧无佳肴美酒浆。蔬菜薄鲁不成味，奉劝亲友饮几双。二碗海菜是银鱼，底下装的千张皮。夫妻今晚同床睡，定然白发永齐眉。海菜银鱼千张皮，此菜实在不稀奇。亲友雅爱不择弃，今宵不醉不许吃。三碗鸡子是清汤，来宾你贺举杯尝。今朝良缘由凤谛，来春定产状元郎。鸡子清汤味不强，请君举箸尝一尝。多蒙贵客来光降，多饮几杯又何妨。四碗席上珍珠丸，内装洗沙甚香甜。今晚夫妻成姻眷，来年生子占状元。珍珠丸子不足夸，多承亲友到寒家。酒一杯来丸一颗，惟愿醉得眼睛花。五碗鲜鱼我嘉宾，新婚房内乐欣欣。异日名魁天下士，今宵亲会月中人。鱼我所欲堪下酒，请君宽怀即动手。酒一杯来鱼一口，吃过天长与地久。六碗豆腐走过油，多年盐菜在□头。夫妇今夜龙虎斗，生子挂印更封侯。冷菜残羹抱愧多，席上无肴莫奈何。烧酒肥肉两相得，且食且饮是高歌。

一共六碗，且均为家常菜肴，诚如歌中所说，"此菜实在不稀奇"，客人尚未尽兴，桌上已只有"冷菜残羹"，而"烧酒肥肉"云云，或许只是虚辞——但是这并不影响人们对"来春定产状元郎"、"来年生子占状元"的祝福与憧憬。普通人家，寻常景致，朴实语言，诚挚心声，此歌价值，或即在此。

四是喜歌又称俗诗（俗赋），是以刻本中专列一节曰"洞房吟诗"，所吟者只顺口溜耳，所谓"高才"者，仍然多是前说市井小儒之类。

五是或云喜歌于新人有性启蒙作用，实即指喜歌时有不经内容。如刻本"新郎新女共同床，交欢鱼水乃亲尝。人上重人天覆地，肉内含肉阴包阳"即是。

又《四言八句》有抄本，得自成都文殊院古玩城。抄本中简写字、异体字，均与刻本同，然内容与刻本稍有差异。如刻本有云：

今日新郎小登科，诸亲六戚来贺喜。人人个个洞房坐，明日两脚走如梭。

明显乱韵，且"人人个个"重。抄本则曰：

今日新郎小登科，诸亲六戚来朝贺。今夜人人洞房坐，明日两脚走如梭。

刻本末，"我有嘉宾未曾迎，来在小房闹沉沉"后即换页接四言"新人斟酒"云云，抄本则是完整的四句：我有嘉宾未曾迎，来在小房闹沉沉。四言八句说得明，新人也都笑盈盈。

由此可判断抄本或另有所据，《四言八句》不止此一刻本；旧时喜歌之传播与接受，确有文章可做。

合礼（2010–05–26）

仍说《四言八句》。分两层意思。

其一，喜歌中多有关于酒菜之内容（如"头碗杂烩与金针"云云即是），不奇怪。考婚礼原始，即与吃喝有牵连，最为著名者如饮合卺酒。独乐乐不若众乐乐，新人动嘴只是引子，众人狂欢才见真章。是以司马光《书仪》卷三《婚仪》说亲迎日情景云："及期，婿具盛馔，设盥盆二于阼阶东南，皆有巾，盥盆中央有勺。设椅桌各二于室中，东西相向，各置杯、匕、箸、蔬果于桌子上罩之。酒壶在东席之后，塘下置合卺一注于其南桌子上，又设酒壶于室外，亦一注有杯……"种种环节之后，主人以酒馔礼男宾于外厅，主妇则以酒馔礼女宾于中堂，虽不用乐，而欢欣情景，可以想见。民以食为天，农耕社会，物质资料尤其是食物匮乏时居多，众人借婚庆时节大快朵颐，亦在情理中。

又网络有文章（惜无作者姓名），说白洋淀喜歌历史传说，有意思，可从另一角度解释喜歌与吃喝之联系。文章云：

过去在白洋淀及周边地区，常有念喜歌的。念喜歌的都是一些乞丐。遇到人家有喜庆事，他们就赶上去念喜歌。喜歌的内容不尽相同，有盖房的喜歌，结婚的喜歌，内容多是赞扬主人富有，祝贺主家吉祥发财等。那喜歌不是唱，也不是数，而是高声地念，有节奏，大体合辙押韵，很好听。念完后把一串拴着红绳的铜钱仍（扔）在地上。扔这铜钱有多重含义，既表示"钱落宝地"给主家带来财源，又表示喜歌念完了，是向主家讨赏的信号。管事的过来道几声"辛苦"，拾起铜钱拿几个馒头，盛几碗菜，递给念喜歌的，有的还赏些零钱。此事还有个历史渊源。当年孔圣人带领弟子周游列国，绝粮于陈、蔡。也就是说没了吃的啦。圣人派子路找范丹老祖借粮。范丹问了一个问题：什么多？什么少？什么欢喜什么恼？子路回答：星多，月亮少，娶媳妇欢喜发丧人恼。范丹摇头不借。子路回禀圣人，圣人说：你就说小人多君子少，借账欢喜讨账恼。子路再去借，如是作答，范丹点头称是，借给了一笔筒米。子路捧回米，很不高兴，心说折腾了两趟才借了一笔筒米，够谁吃的？没好气地一甩笔筒，可了不得啦，甩出了一座米山。待到范丹再来讨账，孔圣人还不起了，只好说：我这辈儿还不起了，让我的门人弟子还吧。范丹说：我怎么认你的门人弟子呢？圣人说：这好认，普天下凡用字户，都是我的弟子。自此后范丹就成了花子头儿，他的弟子们都成了花子，专找用字的人家讨要。比如：贴对联的、贴福字的，墙上刻太公在此的等等。当然，讨要时多数人不甘心情愿的给，这就应了那句话：借账欢喜讨账恼。念喜歌这一行，就是文人中的君子给乞丐们想出来的，这比其他讨要方式收获大得多。歌词都出自文人之手，很有文化水平。

文章后附喜歌一首。此歌由乞丐一人说出，杂糅所有内容，有代表性。因录如次：

远看帅府在京州，里挂红灯外挂绸。花红宝轿四仙抬，灯笼火把掌起来。笙歌戏绕头前带，吹吹打打进府来。一进大门喜气生，高大门楼贴对红。方砖前引路，五爪显金龙。东方一转太阳开，下有金斗共荣台。壶中好酒宾朋在，单单等着念喜的来。念喜的来的早，早也不算早；念喜的来的迟，迟也不算迟，正是新人下轿时。新人下轿贵人搀，铺红毡倒红毡，红毡铺到了花堂前。新人一步迈过去，一年四季保平安。一拜天，二拜地，三拜公婆长在世，四拜妯娌多和美，五拜五子登科状元多。拜过天地入洞房，看看娘家的好嫁妆。金洗脸盆，赛过月亮，座钟挂表响叮当，大小柜靠北墙，挨着摆的满驾（架）床。叫丫鬟，小梅香，打开苏州的柜，打开益州的箱，晾一晾，春秋四季好衣裳。冬有皮棉夏有花，不冷不热穿夹纱。女儿穿上像天仙，千金小姐配状元。正念喜，抬头观，空中来了福寿仙，增福仙，增寿仙，还有刘海儿海外仙，三仙不落无宝地，刘海儿来了撒金银。一撒金，二撒银，三撒骡马成了群，四撒荣华和富贵，五撒鲤鱼跳龙门，六撒摇钱树，七撒聚宝盆，摇钱树上拴金马，聚宝盆上站金人。正念喜，喜庆多，八宝金钱手中托，金钱落在新房前，富贵荣华万万年，万万年。

其二，喜歌中说及喜房，均会描写房内、床上种种摆设。如白洋淀喜歌中"看看娘家的好嫁妆"一节种种描写，另《四言八句》有云：

新人被条四角方，二人同盖大吉昌。鱼水交欢生贵子，做官只要好文章。新人洞房笑嘻嘻，被条又是红毕（哔）叽。同床共枕龙戏凤，早生贵子穿朝衣。

又云：

四张平柜摆一路，又装绫罗又装布。缎鞋靴子无其数，更有金银堆满库。八口皮箱一样大，内装货物真无价。金条银条把箱压，珍珠玛瑙真可夸。钗环首饰无其数，颜色衣服放不下。放不下来放不下，来春皇榜把名挂。

此亦有来由。前引《书仪》卷三《婚仪》之"亲迎"条说铺房，注云床榻荐席椅桌之类，婿家当具之；毡褥帐幔衾绹之类，女家当具之。所张陈者，但毡褥帐幔帷幕之类应用之物，其衣服袜履等不用者，皆锁之箧笥，世俗尽陈之，欲矜夸富多，此乃婢妾小人之态，不足为也。喜歌中"新人被条"，当在张陈之列，而平柜内"又装绫罗又装布"，乃遵制"锁之箧笥"。白洋淀喜歌中"打开苏州的柜，打开益州的箱，晾一晾，春秋四季好衣裳"亦是。

曾与人戏言，万勿轻觑喜歌，歌中所说，尽皆合礼。讨论中国社会之稳定性，常强调礼之作用，而喜歌于礼的传承，功莫大焉。

洪门（2010-05-27）

整理喜歌。

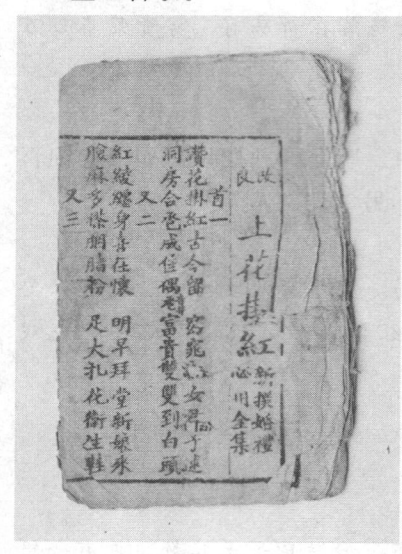

《上花挂红》

木刻本《上花挂红》，得自成都某地，全称《改良上花挂红　新撰婚礼必用全集》，板框高14厘米，宽9厘米。全书末尾有"上红全卷终　下接回车马赞礼撒帐"，可知其时此类出版物颇有市场，不知何日访得"回车马赞礼撒帐"。

昨说不经类喜歌，《上花挂红》中亦有。如云：喜嘎嘎，笑嘎嘎，新郎今夜插宫花。接个新娘如粉玉，银针刺破牡丹花。报贺红梅多结子，状元榜眼并探花。至若"红绫缠身喜在怀，明早拜堂新娘来。脸麻多搭胭脂粉，足大扎花卫生鞋"，只是调侃而已。

与保善说整理喜歌体会。一是如前所说，创作喜歌者号称"高才"，实多是底层落魄文人，试想其一身才智，只在此等场合得以展示，夜阑人散，枯灯独坐，该是何等滋味。思及此，愈加景仰王尔敏为小儒立言之无上功德，而由此角度思考喜歌整理之意义，亦愈觉委实重大。

二是喜歌中留存丰富史料。如语言，如风俗，另如秘密宗教、民间帮会。说后者，《四言八句》有云：鸾凤和鸣，景星庆云。今晚半夜，闹闹沉沉。莫劝我酒，吃多醉人。生子读书，劝入洪门。初读以为"洪门"字有误（疑当为"红门"），不意今日于《改良上花挂红》中又见其身影，如云：鞠躬贵人挂红绫，恭喜明夜入洪门。二人才学赛杜滚，进士出身殿翰林。"洪门"典故，众说纷纭，此处引一节文字如次：

> 洪门者，创设于明朝遗老，起于康熙时代。盖康熙以前，明朝之忠烈士，多欲力图恢复，誓不臣清，舍生赴义，屡起屡蹶，兴房拼命，然卒不能救明朝之亡。迨至康熙之世，清朝已盛，面（而）明朝之忠烈，变（便）残废殆尽。二三遗老，见大势已去，无可挽回，乃欲以民族主义之根苗，流传后代，故以反清复明之宗旨，结成团体，以待后有起者可藉为资助也。此殆洪门创设之本意。然其事必当极其秘密，乃可防政府之察觉也。夫政府之爪牙为官吏，而官吏之耳目为士绅，故凡所谓士大夫之类，皆所当忌而须严为杜绝者，然后其根株乃能保存，而潜滋暗长于异族专制政府之下。以此条件而立会，将以何道而后可？必也以能全群众心理之事迹，而传民族国家之思想。故洪门之拜会，则以演戏为之，盖此最易动群众之观听也。其传布思想，以不平之心，复仇之事以表之，此最易使士大夫闻而生厌远而避之者也。其固结团体，则以博爱施之，使彼此手足相顾，患难相扶，此最合乎江湖旅客无家游子之需要也。而终乃传以民族主义，以期达其反清复明之目的焉。

结朱陈（2010 – 05 – 29）

整理《新编男女闹房》。

木刻本，版式同《改良上花挂红》。得自成都送仙桥古玩市场。末有缺页。中有"民国好多，关津渡口"句，知其大致流传时间。

除版式外，《男女闹房》与《上花挂红》词句亦有雷同。如《上花挂红》有云：

> 红绫缠身喜在怀，明早拜堂新娘来。脸麻多搽胭脂粉，足大扎花卫生鞋。

《男女闹房》则云：

> 新人正经，不看龙灯。金莲不小，扎花卫生。早生贵子，赛过罗昆。杨香打虎，王祥卧冰。

由脚大而引出"扎花卫生"，思路、句式一样。

《上花挂红》有云：

> 杯轻壶重酌酒忙，听我从头说端详。明年生对读书子，独占鳌头天下扬。

《男女闹房》则云：

> 新人步斗，天长地久。杯轻壶重，提瓶饮酒。民国好多，关津渡口。庚午辛未，壬申癸酉。

"杯轻壶重"用法同。

由《男女闹房》、《上花挂红》念及《四

《新编男女闹房》

言八句》。后者刻本影印件得自山东，抄件却来自成都，且"合川六茂堂"之合川，如系地名，则原即隶属四川。因版式、字体、纸张相同或相近，疑手中此类刻本同出一处，均在蜀中。另有例证。如打糍粑，在四川各地（另有湖南等地）常见。《四言八句》说及打糍粑云：

挂红占花，宜尔室家。鱼水交欢，如打糍粑。包你来年，生对娃娃。早早读书，幼戴乌纱。

又云：

新人帐子床上挂，绣带双悬打子花。睡在半夜三更天，犹如中秋打糍粑。

《男女闹房》则云：

新人戴花，宜尔室家。想来想去，又硬又炮。不吃酒饭，爱打糍粑。

另对一些典故的运用，刻本亦趋同。元谢应芳《龟巢稿》卷八《启札子状笺表》之《新亲遣使请上客致语》有云："两姓为婚，永结朱陈之好；千里命驾，当如嵇吕之交。""朱陈"出自白居易《朱陈村》：徐州古丰县，有村曰朱陈。去县百馀里，桑麻青氤氲。……一村唯两姓，世世为婚姻。……一生苦如此，长羡村中民。然"朱陈"典在一般喜歌中并不常见。而《四言八句》有云：

今日二姓结朱陈，早生九子二衩裙。禹门之内三汲浪，平地腾空一声雷。

《上花挂红》有云：

喜滋滋金花插在顶，云偕伉俪结朱陈。嫩闪闪红绫缠在身，举案齐眉到百春。

《男女闹房》亦云：

> 新人耳闻，怪力乱神。今朝二姓，结为朱陈。同床共枕，人上重人。来年得子，知事管民。

如此集中，殊为有趣，私意当为诸本互有关联之证据。又有发现。《跻春台》卷一《元集》之《双金钏》有云：同乡有个方仕贵，家极富饶，田土宽广，每年有万金租息。娶妻金氏，所生一女名叫淑英，聪明美秀，夫妇爱如掌珠；况又与怀德同庚，于是请媒说合，结为朱陈。浩然亦允，遂会亲下聘不题。按《跻春台》作者乃清末四川中江人刘省三。

流水（2010 – 05 – 29）

王世襄说研究古代艺术品心得，曰若想有所成就，须实物考察、工艺技术和文献印证三方面相结合，缺一不可（《奇人王世襄》，生活·读书·新知三联书店，2007，第1版，第214页）。窃以为民间文学艺术如喜歌研究，若思有所得，亦可自此三要素中汲取营养。如实物考察与工艺技术，于喜歌而言，可落实为资料搜求、甄别、修补及案头整理，即行中所谓"上手"，即与研究对象之"肌肤相亲"，唯上手、相亲，方有切身感受；文献印证一条，尤为重要，无数江湖、民科，所欠缺者即过细文献印证工夫——彼等一是不屑，二是不能。

学位论文一章曰《风起于青萍之末——明代民歌接受美学研究》，发于《南京师范大学学报（哲社版）》某期。《东方丛刊》2009年第4期马大康文章《接受美学在中国》有云：

> ……从宏观视野研究文学接受史的还有王卫平《接受美学与中国现代文学》（吉林教育出版社，1994）、马以鑫《中国现代文学接受史》（华东师范大学出版社，1998）。专题研究如丁放《金元词学研究》（中国社会科学出版社，2002）、陈伯海等《唐诗学史稿》（河北人民出版社，2004）、周玉波《明代民歌研究》（凤凰出版社，2005）、

查清华《明代唐诗接受史》（上海古籍出版社，2006）、胡连胜《敦煌变文传播研究》（人民出版社，2008）等。

整理木刻本《改良铺床喜话》。

流水曾说铺床习俗，云铺床有两种，一是催妆日由女家备齐床、帐、褥、被等至男家铺床，即司马光《书仪》卷三《婚仪》所说"张陈"内容，另一种则是新婚当日晚间，配合闹房而进行之动作。《铺床喜话》所收，乃指后一种。如云：一床铺盖红东东，好比当年僧悟孔。腰间拍根金鼓棒，今夜晚上闹天宫。末一句即指出确切时间（"红东东"、"僧悟孔"云云，正是民间制作做派）。而起首云"铺床铺床，齐壁中梁。娘家治铺，婆家治床"，仍与"合礼"说相契。

喜歌反映时事，《铺床喜话》亦是。如其中有云：今日来闹新人床，夫妻地久与天长。连年吉生三贵子，一师二旅天下扬。"一师二旅"云云，透出较为明确的时代背景信息。

《改良铺床喜话》

千针万线　理正情真（2010-05-31）

周日看美林师。

电话保善，说读若干学位论文感受。做人厚道，做文当行，谈何容易。

拟作文说报纸副刊文化担当。

乐匋书店购陈元靓《事林广记》（中华书局，1999）。

沈从文《边城》有题记，起首云：对于农人与兵士，怀了不可言说的温爱，这点感情在我一切作品中，随处可以看出。我不隐讳这一点感情。按：只需将"农人与兵士"易作"一般民众尤其是民众中的普通知识分子"，即可表达我目下心境。

感慨因整理写本《花红书》起。此本得自四川眉山，封面工楷题名，并有"京兆　识订"字样。首章曰花宵穿戴礼，次章曰周堂礼，其后有敬新贵人酒言、新贵人回言、送路致语等，末一篇为丧酒表席，实当为附录。喜歌各篇，备极详赡。如穿戴，鞋袜帽子衣裳甚至扣带，全都说遍，与习见喜歌粗略言说风格截然不同。写本内容，多有代音字、错字、别字，如"荣华富贵"作"云华富贵"，"缩短"作"索短"，句式亦欠整饬，显见整理者层次之低。层次虽低，态度却好，通篇一笔不苟。天下熙熙，皆为利来；天下攘攘，皆为利往。此君作此无聊功课，与利何干？而我之所谓"温爱"，正由"无聊"生出。

写本中有涂改，改来改去，仍难称妥当。如说裤带云：一根裤带长又长，我今将来贺新郎。今夜堂前恭喜你，明年一定要拜堂。末一句原作"明年一定代后人"。"代后人"云云，当是"生贵子"意，惜不押韵，所以要改，改后却不通——今夜已经贺喜，何来明年拜堂？有此一条，足证此写本有创作成分。

另此前说喜歌，多强调其仪式歌身份，其实仪式歌中有真情在。如其有云：

　　绛福一双色色新，女工针指，战战兢兢。做双鞋子，万线千针。千针万线，理正情真。双脚穿上，其叶蓁蓁。路上前行，文质彬彬。妻前夫后，百福骈臻。

"千针万线，理正情真"，真是好。

无厘头 （2010 - 06 - 10）

整理木刻本《四言八句》。得自四川眉山。缺封面，版式同《新编男女闹房》、《改良上花挂红》等而边框略小，疑出同一书坊，至少是互有关联（借鉴）。

此本《四言八句》体量庞大，分"男婚女嫁　亲上加亲"、"出嫁从

夫　天长地久"、"坐过花轿　金玉满堂"、"不上半月　要怀六甲"等部分，稍细究则知各部分内容并无明显区别，杂糅拼凑痕迹极为明显，其中显现种种特点，如纯为押韵需要而截取《诗经》及天干地支表等文献中语句做法，多处出现《三国》、《说唐》等，均可讨论。略说如次。

其一，《四言八句》有许多内容又见于《男女闹房》。分两种情况。一是完全相同。如"新人学打，人高不挎。你估嗓子，不过两卡。黄金白银，难分真假。庖有肥肉，就有肥马"与"新人打屁，大吉大利。洞房花烛，堆金积玉。父子有亲，君臣有义。我不乱说，四言八句"，两处均见。二是同中有异。如《四言八句》有云：新人会算，不吃剩饭。早生贵子，天下不乱。太公钓鱼，张公打弹。路上行人，有恶有善。《男女闹房》则作：新人会算，不吃剩饭。拿一百钱，端碗乔面。海椒又多，眼睛几转。眼堂开花，蒲粉打面。

《四言八句》

其二，李福清见《大明天下春》附录"通方俏语"中，有不少歇后语涉及《三国演义》、《水浒传》等，以为从中可以看出这些小说、戏剧在民间流传的广泛与影响的深刻（《海外孤本晚明戏曲选集三种》之李福清《序言》）。此类资料《四言八句》中多有，且篇目更为丰富。下列三例。

　　新人聪明，夜看《封神》。早生贵子，赛过苏秦。先到为君，后到为臣。君子犯义，小人犯刑。

又：

　　新人高明，会画门神。早生贵子，赛过罗成。手攀丹桂，脚步青云。光宗耀祖，改换门庭。

又：

  我有嘉宾，夜看《聊斋》。逢贫就劝，莫丢裙衩。抬头见喜，捡个炭筛。东南西北，梅花先开。

此外尚有《大学》、《中庸》、《说唐》(《反唐》)等，显见喜歌中所含知识之广泛之驳杂。

其三，《四言八句》有一显著特征，即如前所说，大量引用《诗经》等文献中成句。如其有云：新人早晨，不穿罗裙。之子于归，宜其家人。内则父子，外则君臣。天下善书，劝君莫焚。又云：新人劝叔，莫吃包谷。师旷之聪，不以六律。永言配命，自求多福。我来劝君，夜学归除。此类引用分两种情况。一是与整体内容契合无间，如"之子于归，宜其家人"即是；一是纯粹是为凑字合韵，如云：新人斟酒，龙蛇不走。我来劝君，谨防恶狗。贫穷过年，买米半斗。壬午癸未，甲申乙酉。又云：新人忌口，卯不吃酒。初四十四，夜观星斗。鸡鸣五更，犬把夜守。甲午乙未，丙申丁酉。其中"壬午癸未"云云，是纯粹无厘头做法。

"壬午癸未"是句法上无厘头。《四言八句》中有通篇无厘头者。如其有云：

  新人会说，看过《说岳》。正二三月，夜不洗脚。子路好勇，妻子好合。穷不惜武，富不交学。

又云：

  新人笔落，不怕妖魔。寡人好色，孰为好学。无人晓得，我敝内恶。老大三十，打过乡约。

除起首"新人"二字，馀全不知与婚嫁事有何干系（字面意亦难解。如"穷不惜武，富不交学"，或当为"穷不习武，富不失学"。"惜"、"习"是音同而误，"失"、"交"是形近而误）。或曰众声喧哗，鼓乐飞扬，所重只在氛围，内容如何，退而居其次。如是理解，似可为无厘头开脱。又说无厘头，有另一层原因。流水曾由"南山脚下一缸油"说及汪曾祺文章《揉面——谈语言》中观点。汪先生以为，儿歌内容无意义而章节很美，仍能产生一种很好玩的音乐感。私心以为无意义而有音乐感，亦是无厘头一种，与"正二三月，夜不洗脚"以及"甲午乙未，丙申丁酉"之类，实质一也。只追求纯粹的押韵、追求一种好玩的音乐感，追求表面的热闹与活泼，是民歌特色之一，喜歌是民歌一种，不能例外。换言之，无厘头乃一种有趣之表现手法，是以单独拈出予以申说。

流水（2010-06-11）

与人说事，不知所云。

拟工作计划。

民歌整理，有断代，如《明代民歌集》；有分体，如《喜歌集》。另可细分，关注定格联章体民歌，或再细分，专作五更体民歌。顾颉刚先生孟姜女故事研究，成为经典，其眼光、方法尽可借鉴。

流水曾云旧诗词以下平声二萧中诸字作韵脚，读来悠扬婉转，意境亦大都可观。由某韵而及其他，非我首次"发现"。张中行《柴门清话》（陕西师范大学出版社，2008）有文章曰《刘叔雅》，云刘先生论不同韵的不同情调，有意思。张先生云：

（叔雅）说五微韵的情调是惆怅，举例，闭着眼睛吟诵："风压轻云贴水飞，乍晴池馆燕争泥，沈郎憔悴不胜衣。"念完，停一会，像是仍在心里回味。

《刘叔雅》后是《刘半农》，回忆选修半农先生"古声律学"课经历，叔雅先生作为陪衬又出现一次。文章云：

比如有一怪五位数，说是什么常数，讲声律要常用到，我们终于不知道是怎么求出来的。但也明白一件事，是对于声音的美恶和作用，其他讲文学批评的教授是只说如此如彼的当然，如五微韵使人感到惆怅之类；半农先生则是用科学数字，讲明某声音的性质和所以然。这是根本解决,彻底解决,所以我们虽然听不懂,还是深为信服。

张文琐碎中见情致,迂回中有风姿,私意最适合某一类人使用。如其《熊十力》一文开头:熊十力先生是我的老师,现在要谈他,真真感到一言难尽。这一言难尽包括两层意思:一是事情多,难于说尽;二是心情杂乱,难于说清楚。"两层意思"云云,似枝蔓,然不乱,或曰乱中有法度,我喜欢。

《清话》有季羡林代序《我眼中的张中行》,其中有云:

> 中行先生的文章是极富有特色的。他行文节奏短促,思想跳跃迅速;气韵生动,天趣盎然;文从字顺,但绝不板滞,有时宛如大珠小珠落玉盘,仿佛能听到节奏的声音。中行先生学富五车,腹笥丰盈。他负暄闲坐,冷眼静观大千世界的众生相,谈禅论佛,评儒论道,信手拈来,皆成文章。这个境界对别人来说是颇难达到的。我常常想,在现代作家中,人们读他们的文章,只须读上几段而能认出作者是谁的人,极为稀见。在我眼中,也不过几个人。鲁迅是一个,沈从文是一个,中行先生也是其中之一。

"鲁迅是一个,沈从文是一个,中行先生也是其中之一",季先生评价可谓高矣。其实还可加上周作人。又张中行评知堂,曰"大事糊涂,小事不糊涂"(《苦雨斋一二》),较之"人归人,文归文"说,态度更鲜明,立论更公允。

解词 (2010-06-14)

审计署:个别地方擅自将130多亿税收返还企业
世博图片特刊:为何要到现场看　摄影家拍世博　专题
西安秦岭动物园老虎围攻咬死游客　死者儿子获救
湖南江永教育局长涉嫌高考作弊被停职　县纪委立案

江苏扬州市江都药监局长被判徇私舞弊仍任原职
黑龙江鹤岗前交通局长指使杀害继任者被判死刑
安徽阜阳出现连环顶替充当教师案
官方证实云南罗平交通副局长因感情纠葛被杀
青年导演鄢颇被砍伤案数名嫌疑人被抓获

以上为今日新浪主页导读前九条。
电话保善,说世界杯等事。
整理喜歌。
《送房书》,得自上海,封面署"韩佩珣字　韩琢如读",扉页题"韩佩珣撰　大清宣统元年春王月生明日立　竿头日进"。文词较粗疏,如有不押韵者,多用代音字者,不一而足;内容却丰赡,诸多环节,如拦门开门、看新郎等,均生动传神。起首为"请新郎官在上"。按新人、新娘、新郎、新郎官均是喜歌中最常见、最主要角色,依《汉语大词典》等资料,分别列例如次。

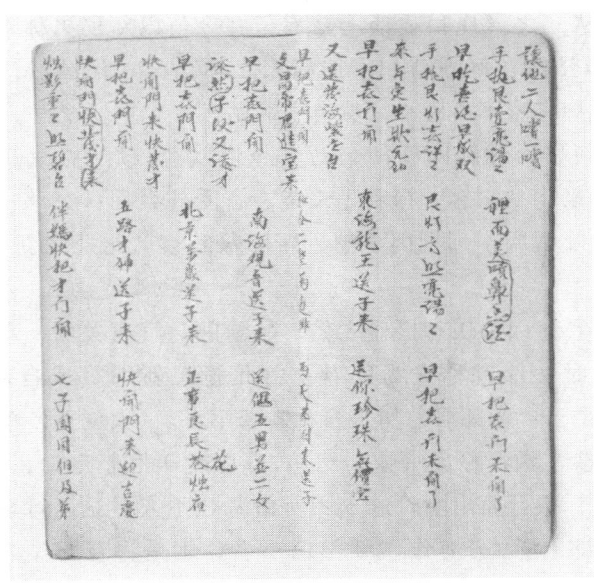

《送房书》

新人。一是与新娘意同。关汉卿《玉镜台》第三折:(正末引赞礼、鼓乐上)(赞礼唱和,诗云)一枝花插满庭芳,烛影摇红昼锦堂。滴滴金杯双劝酒,声声慢唱贺新郎。请新人出厅行礼。此处"新人"即新娘。最能见出新人与新郎区别的是《醒世恒言》第四十一卷《钱秀才错占凤凰俦》有云:大船二只,一只坐新人,一只媒人共新郎同坐。二是指新娘、新郎。《大词典》引清黄钧宰《金壶浪墨·白首完婚》云:合卺之夕,两新人伛偻成礼。

新娘。归有光《书张贞女死事》有云:恶少中有胡岩,最桀黠,群党皆卑下之,从其指使。一日,岩众言曰:"汪妪且老,吾等不过利其财,且多饮酒耳。新娘子诚大佳,吾已寝处其姑,其妇能走上天乎?"遂入与妪曰:"小新妇介介不可人意。得与胡郎共寝,即欢然一家,吾等快意行乐,谁复言之者?"妪亦以为然。此处"新娘子"乃"小新妇"意,非特指婚礼当日之新嫁娘。《儒林外史》第二回《王孝廉村学识同科 周蒙师暮年登上第》乃正解:就如女儿嫁人的,嫁时称为新娘(《外史》又云:后来称谓奶奶、太太,就不叫新娘。若是嫁与人家做妾的,就到头发白了,还唤做新娘)。新妇有新娘意,然新妇较新娘所指广泛,是以胡应麟《少室山房笔丛》之《庄岳委谈上》有云:今俗以新娶男称新郎,女称新妇。又妇之事公姑者例呼新妇。按新妇之称,盖六代已然,而唐最为通行,见诸小说稗官家不可胜举。然自主翁姑言,非主新嫁也。

新郎。"新娶男称新郎"胡云乃"今俗"。唐顾非熊《送皇甫司录赴黔南幕》云:黔南从事客,禄利先来饶。官受外台屈,家移一舸遥。夜猿声不断,寒木叶微凋。远别因多感,新郎倍寂寥。此处"新郎",当是新入幕者之谓。

新郎官。私意因婚庆有摄盛之俗,故新郎与官有关联,新婚曰小登科亦即此意。旧时女性有称夫为郎君,由此臆想新郎官或自新郎君而来。《庄岳委谈上》云:新郎君,唐人自称新获第者。《大词典》引五代王定保《唐摭言·慈恩寺题名游赏赋咏杂纪》:薛监晚年厄于宦途,尝策羸赴朝,值新进士榜下,缀行而出。时进士团所由辈数十人,见逢行李萧条,前导曰:"回避新郎君。"另有作"新郎倌"者,则是将新郎作为普通人,如"猪倌"、"羊倌",不论。

又有赘言。《玉镜台》云"滴滴金杯双劝酒,声声慢唱贺新郎",此处"贺新郎"有典故。《古今词话》有"容斋学士贺新郎"条,云"容斋学士见有优人新婚者,因作[贺新郎]赠之"。《词话》又云:

东坡守钱塘，湖中宴会，官奴秀兰后至，东坡已怒之，座客颇恚恨。时榴花盛开，秀兰以一枝告客，东坡作［贺新凉］以解之。后人误为［贺新郎］，盖为不得东坡意也。《渔隐丛话》曰：东坡"乳燕飞华屋"词，托意高远，冠绝古今，宁为一妓而发。"帘外谁来推绣户，枉教人，梦断瑶台曲。又却是，风敲竹"。用古诗"卷帘风动竹，疑是故人来"之意。"秾（浓）艳一枝细看，芳意千重似束"，初夏榴花盛开，因写闺情，调本［贺新郎］。偶缘晚凉新浴云然，而反言其误，词话之可笑者若此，不可以无辨。

"贺新凉"误作"贺新郎"，复有人以"贺新郎"贺人新婚，大有意趣。

流水（2010 – 06 – 26）

安若中考，蒙多方关照，鞠躬。

作文忌自恋、矫情。"我们这些真正的读书种子"，是自恋；"春天是欣欣然的季节"是矫情。

孔网订《鸳鸯秘谱》，疑其中有《挂枝儿》一类作品，可作《明代民歌集》之补充。

《寻根》杂志2010年第3期有郑彤文章《北京方言土语中字词辨证举例》，起首云北京方言土语中，一些字词既难写又难读，比如，一个人穿戴肥大，不合体又不整洁，北京人就说："这个人真肋忒（lē de 或 lē te）"，"这个人真是个肋忒兵！""肋忒"这两个字写准确就不容易。按方言土语拟音记字，本是难题，惯例是考虑音转等因素（苏北某地方言中辣萝卜讹读作那萝卜），若能在普通话语库寻得音义相近词语，则不另造。如此处"肋忒"，实即"邋遢"，除北京外，徽州等地方言中亦有相近读音，且意思同，益证其本字当为邋遢。

拟作《明清民歌中所见南京地区民俗事象》。

云某人雅到近俗，是最为恶毒语。以本色示人，不以雅俗为意，或为处世良法。

做雅人难、累，原因之一是规矩多。文震亨《长物志》专为雅人说规矩。如其《悬画》云：悬画宜高，斋中仅可置一轴于上，若悬两壁及左右对列，最俗。长面可挂高壁，不可挨画竹曲挂。画桌可置奇石，或时花盆景之属，忌置朱红漆等架。堂中宜挂大幅横披，斋中宜小景花鸟。若单条、扇面、斗方、挂屏之类，俱不雅观。画不对景，其言亦谬。

王世襄《明式家具研究》（生活·读书·新知三联书店，2008）第一章"明式家具的时代背景和制造地区"，援引诸多考古发现与正史、笔记等文献，以说明城市经济发展等因素，促进明季家具质、量均达高峰。如其录范濂《云间据目抄》文字云：细木家伙，如书桌、禅椅之类，余少年曾不一见。民间只用银杏金漆方桌。自莫廷韩与顾、宋两家公子，用细木数件，亦从吴门购之。隆、万以来，虽奴隶快甲之家，皆用细器，而徽之小木匠，争列肆于郡治中，即嫁妆杂器，俱属之矣。纨绔豪奢，又以榉木不足贵，凡床橱几桌，皆用花梨、瘿木、乌木、相思木与黄杨木，极其贵巧，动费万钱，亦俗之一靡也。尤可怪者，如皂快偶得居止，即整一小憩，以木板装铺，庭蓄盆鱼杂卉，内则细桌拂尘，号称书房，竟不知皂快所读何书也。拙作《明代民歌研究》曾罗列顾起元《客座赘语》、张瀚《松窗梦语》等记载，以渲染《挂枝儿》等发生背景，此背景与王先生所说"背景"，实即一也——其时"俏冤家"、"相思病"的泛滥，与细木家具的流行，均因豪奢风气而起。

又占道经营最为城市管理者头疼，流水曾引知堂文章，为此类弱势群体说项。王著引谢在杭《五杂组·地部一》云：金陵街道极宽广，虽九轨可容。近来生齿渐繁，居民日密，稍稍侵占官道以为廛肆。不知其时如何处置"占官道以为廛肆"者。

简单回顾（2010 – 06 – 27）

喜歌整理与研究，最早由北京大学《歌谣》周刊（下称《歌谣》）发起。

《歌谣》自第五十六号（1924 年 5 月 25 日）始，连出四期"婚姻专号",在较为系统地介绍全国各地婚俗同时,亦赋予与婚庆仪式密不可分的喜歌以全新学术意义。

专号开篇是董作宾《一对歌谣家的婚仪》,记录胡适在婚礼上所念通行于江苏涟水等地"结婚歌",胡先生并且即兴创作一首。董文价值,在于唤起人们对喜歌的关注。专号之四(1924年6月15日)白启明《河南婚姻歌谣的一斑》,则是迄今为止最为全面的一篇记述河南洛阳、南阳等地喜歌专文,开搜集、整理与研究当下喜歌先河。

《歌谣》第七十二号(1924年12月14日)第一版魏建功文章《"嘏词"》,介绍其家乡如皋以及南京、扬州地区流行喜歌——魏先生称之为嘏词,并云其"一方面可为风俗学材料,一方面可为心理学材料"。文章罗列喜歌计有新人下轿、拜天地进新房、送房、请新人、敬酒、新人坐帐撒帐等,并从文字学等角度解释"嘏词"一词来源,又指"喜歌儿三字很可以做嘏词的训义"。

同期《歌谣》刊登锺敬文《潮州婚姻的俗诗》,锺先生云其"从坊间找到一本小诗册,署名为'新娘诗'——又曰'伴娘诗'",里面"共有俗诗二十馀首,自首至尾,都是以潮人结婚时的仪式为题材的","虽然大部分的思想是陈腐得不堪,可是在民俗研究上,不但不嫌弃这个,而且可以说是极需要"。锺文在肯定喜歌民俗研究价值的同时,确切指出其仪式歌身份。

《歌谣》八十一号(1925年3月8日)王文彬文章《关于完婚的几首歌谣》,以采风形式,记录其家乡婚礼上流行喜歌,惜未注明发生地。八十八号(1925年4月26日)顾颉刚《吴歌甲集附录》之《写歌杂记》,第一节曰"撒帐",由《陔馀丛考》等文献探讨撒帐风俗由来,较早将文献与喜歌整理、研究结合起来。

《歌谣》二卷第十七期(1936年9月26日)徐芳《北平的喜歌》,第一次将喜歌分为贺娶亲、贺嫁女、贺生子、贺新年、贺建房、贺开张等六类。至此,"喜歌"名称与类型大致确定。二卷第二十五期(1936年11月21日)李家瑞《谈嫁娶喜歌》重点讨论拦门歌、撒帐歌、闹房歌,文章总结云:大凡喜歌,大都临场杂凑,或改头换面,无一定格式,不过都要趁韵,语句以吉祥言词为主,多子多孙次之,民间婚嫁之普遍心理,大半可以由此窥知,况亦为平民歌曲之一种,自有研究之价值也。按在魏建功民俗学、心理学之外,李氏特别点出喜歌"平民歌曲之一种"身份,尤为重要。

《歌谣》三卷第七期（1937年5月15日）吴晓铃《撒帐词》、叶德均《明代撒帐歌钞》，是两篇说撒帐歌专文。两文均从明清戏曲、小说等文献中挖掘材料，表明喜歌研究渐趋深入、细致。

同期杂志有陈力《江苏喜歌》，记录其时通行于江苏淮安、沭阳等地闹房歌、送房歌。如通行于淮安地区闹房歌云：一看新娘喜连连，低头拾到太平钱。太平钱上四个字，荣华富贵万万年。"荣华富贵"云云，即为喜歌中最为常见之"关键词"。

以上为北京大学《歌谣》周刊时期喜歌整理与研究概况。中山大学《民俗》周刊喜歌整理与研究，可以看做"是北大事业的一般继续"（见钟敬文为上海书店重印《民俗》周刊所作序言），但袁洪铭《东莞婚嫁礼俗之记述》（第一百一十四期）、刘伟良《东莞婚歌研究》（复刊第二期）对铺床歌、哭嫁歌的记录与研究，仍予人以耳目一新之感。尤其是后者，是对徐芳喜歌分类的一大补充。

此一时期喜歌整理与研究，其价值有三，一是引起人们对作为仪式歌的婚嫁喜歌的重视；二是以实录形式，保存相当珍贵的喜歌资料；三是对喜歌所反映的极为丰富的民俗事象，作较为详尽讨论。缺点是有欠系统、深入、全面——未能细致梳理喜歌源流，未能结合传统礼制对喜歌功用作深度解读，未能在传统文化心理等层面，对喜歌作全方位观照。

1949年以后（主要是近30年），各地陆续启动的"民间文学三套集成"，搜集、保存了相当数量原生态喜歌，一些区域性哭嫁歌专集、婚俗与婚礼歌著作（主要是少数民族地区）相继问世。谭达先《中国婚嫁仪式歌谣研究》（台北，商务印书馆，1990）是唯一一部综合研究喜歌的专著。谭著对喜歌历史、种类、艺术特色等作爬梳与分析，惜有如下不足：一是其立足点是文学而非综合，展开受限，体量嫌薄。二是文献储备不够充分，如对文人创作催妆诗词与喜歌关系缺少关注。三是在喜歌种类划分与一些问题的认识上，时有偏颇。如其受《歌谣》周刊白启明文章影响，误将撒谷豆歌作撒盖头歌。

唱了一曲"纱窗外"（2010 – 06 – 30）

振羽托购《民国人物传》。

与人胡扯，曰故事、技法与语言，乃小说三要素。查百度，小说三要素有故事、语言、内核说，环境、情节、人物说。

人须有想象。我有想象。近期想城市交通问题。交通拥堵，无解决良方。路面空间有限，地铁费用高昂。路面与地铁之间部分，尚可利用。如开挖慢车道，上覆盖一定厚度类钢板材料，仍承担原功能，下由公交车专用（双向），可相应延长停靠距离，以降低成本。此乃城市地下轻轨型公交。有心人可代为申请专利权保护。

拟《喜歌整理与研究刍议》。简述其意义云：还原喜歌仪式歌面目，在此基础上讨论其与传统婚俗、礼制文化乃至社会发展之密切关系，以及作为底层文化、亚文化，与正统文化、主流文化之间的交叉影响；认识其在和谐人伦关系、族群关系，维护和稳定社会秩序方面所起的作用。

翻新订《鸳鸯秘谱》。整理前言云从文化史角度说，《秘谱》诸图所提供的，为年代久远而日渐湮没的古代社会生活细节，为有关研究保留了难能可贵的第一手资料，如日常起居、房屋建筑、器物陈设、装饰风格、服饰饮食等，为他类绘画作品所无法替代，具有极高的文物价值。此言甚是。如器物。王世襄《明式家具研究》由小说、戏曲等文献中辑得桌、椅等图案，以作实物之验证，《秘谱》中此类家具描摹更为细腻，品种更为丰富。如某页有洗浴图，所用浴盆、浴桶、搭板，均为家庭寻常用具，似未见王著涉及。

《秘谱》中确有《挂枝儿》、《罗江怨》同调。如云：

> 盼冤家，盼到了黄昏后，此一刻，你来了，暗喜心头。偷嘴猫，性不改，心不得够。劝又劝不走，说也不回头。再一刻，打三更，黑路怎么走，黑路怎么走。

流水曾专说明代民歌中"纱窗外"，以为"纱窗外"与荼□架、葡萄架相类，多与私情有牵涉，但较"两架"雅洁，其与韵文结合之历史、审美特质与受众心理，均值得研究（李家瑞《北平俗曲略·杂曲属》之《四川歌》云四川歌亦称"纱窗外调"，《百本张书目》有"纱窗外"条）。《秘谱》则有曲云：

> 羞答答，二人同把红绫盖。喜只喜，说不尽的恩和爱，樱桃口咬杏花腮。可人心，月光正照纱窗外，好良缘莫负美景风流卖。

又流水曾由《诚斋乐府》"开口便唱冤家的"说其时民歌种种，《秘谱》亦有相似点题之作，正可证"纱窗外"何等流行。录如次：

> 瘦正正小金莲儿真可爱，尖生生的玉手，将琵琶抱在怀。娇滴滴声音，唱了一曲"纱窗外"。滴溜溜，一对可眼惹人爱。喜孜孜（滋滋）与你相逢，笑盈盈同赴阳台。战兢兢听说离别，我的魂不在。病恹恹，从今就把相思害。

《秘谱》韵文多出《白雪遗音》，如此两曲均见卷二。"羞答答"题作"灯下笑解"，起首两句曰"灯下笑解香罗带，遮遮掩掩换上睡鞋"；"瘦正正"标题即此三字。明日细究其他文字出处。

唱喜歌（2010－07－01）

昨说《鸳鸯秘谱》，指其中文字有出自《白雪遗音》，细检一过，知大有蹊跷。列前数首出处如次：

含春笑解香罗结，相思只恐旁人说。见明吴敬所《国色天香》卷七《天缘奇遇》，作《玉楼春》。

喜得情人见面，娇羞倒在郎怀。见清阳嗤嗤道人《五凤吟》第五回《爱情郎使人挑担》，作《西江月》。

刘郎误入桃源洞，惊起鸳鸯梦。见《五凤吟》第四回《活遭瘟请尝稀味》，作《一丛花》。

脂唇粉面，记相逢，才是伤春时节。见《国色天香》卷三《刘生觅莲记》，作《百字令》。

一时恩爱知多少，尽在今宵了。见明西湖渔隐《欢喜冤家》第三回《李月仙割爱教救亲夫》，作《虞美人》。

亭亭如玉，更饶绕梁之音；楚楚如花，时做风骚之态。见清曹去晶《姑妄言》第十四回《多情郎鑫马玉堂　矢贞妓洞房花烛》。

山石之旁，红绿齐芳。见《国色天香》卷三《刘生觅莲记》，作《行香子》。

情人儿，你来了，奴把心来放。见《白雪遗音》卷二，作《俏人回》。

低下头去合心说话，心儿心儿你待怎么。见《白雪遗音》卷二，作《低下头去》。

因有《五凤吟》、《姑妄言》，且配文似以电脑植字、排版，加新式标点，起疑心。检索百度，见闲闲书话有人说此话题，另有人跟帖云：所谓的"皇家秘本"《鸳鸯秘谱》实是一本大杂烩，书商据台湾版《秘戏图大观》选印，在原来的木刻版画上加了颜色，并用上海书店版《中国藏书家印谱》选印章套红胡乱盖上（袁克文藏书印即是一例），配得不伦不类的诗词是用电脑瘦金字体打印的，用纸是一种劣质机制纸。在一部书中，书商伎俩尽现。

收到寄自广州木刻本《礼文便览》复印件。起首"房内对答诗"有云：笙歌何事急相催，箫管迟迟奏几回。玉女房中犹未觉，新妆初学寿阳梅。工整有度，是催妆诗路数。对答诗后，有"附房内新词调（如门外歌词调内，亦以此对唱），合歌盘洞腔"，仍是文人腔调，如第一首云：几阵笙歌几阵吹，方知门外玉郎来。请君暂立兰房外，且候新人对镜台。

此刻本最大价值，在于标明全本内容可唱。"以此对唱"是，其后更有标题即作"合歌铁板桥戏牡丹腔"、"合歌百忍堂腔"、"合歌补磁缸腔"、"合歌赏月腔"、"采茶腔"者，另有"打牙牌调"、"隔墙梅"、"卖零碎调"、"绣麒麟调"等。喜歌可念可唱，且唱腔多样，又有文本依据，喜何如之。又此本中所列诸种唱腔，均乃地方戏声腔宝贵资料，可与李家瑞《北平俗曲略》对看。如《铁板桥戏牡丹》为黄梅小戏传统剧目。此前流水有说"唱喜歌"者，重复一次。

送房　看新娘（2010 – 07 – 02）

约吃饭，保善云天大热，改时。

鲁敏说女儿升学事。笑其弱智。可怜父母心。

冯惟讷《古诗纪》之《杂歌谣辞》有《敕勒歌》、《郑公歌》、《邯郸郭公歌》等。

整理喜歌。

《送房书》名称可说。送房俗由来久远，且催妆有诗，送房亦有诗。清潘天成《铁庐集》卷二附其夫人盛氏《催妆诗》、《送房诗》各一，录如次：

催妆诗（儒人不育，劝先生娶妾）
刚听檐前鹊噪声，君归春色已盈盈。杏花结蕊明珠吐，柳叶舒眉宝镜清。纸阁风和添好友，芦帘星朗梦长庚。深情十载今方遂，笑饮香醪一巨觥。

送房诗
春月春花乐有馀，忙将衾枕布新居。请君共入鸳帏里，我对青灯且读书。

《送房书》有云：

手执银壶喜洋洋，我送新人入洞房。月正团圆花正好，大家前来看新娘。

此处"看新娘"亦有来历。《霓裳续谱》卷八《朝思暮想》有云：娇滴滴的兰麝香，我可偷看新郎，他就盖世无双，阿弥陀佛，烧着了高香拜了高堂，俺就入了洞房，街坊邻居都来看新娘（又见《白雪遗音》卷二）。又有看新妇。唐徐坚编《初学记》卷十四有若干看新妇诗。如陈周弘正《看新妇诗》云：

莫愁年十五，来聘子都家。婿颜如美玉，妇色胜桃花。带啼疑暮雨，含笑似朝霞。暂却轻纨扇，倾城判不赊。

此诗题又作"看新婚"。同卷梁何逊即有《看新婚诗》云：

雾夕莲出水，霞朝日照梁。何如花烛夜，轻扇掩红妆。良人复灼灼，席上自生光。所悲高驾动，环佩出长廊。

送房（2010－07－02）

此节专说送房。何为送房？何人送房？何时送房？送房有何程式？网上泗阳（http：//www.siyang.gov.cn/zjsy/）之"文化民俗"栏目有失名文章说彼地婚俗，描述送房全过程，可回答以上提问。录如次：

待众亲友观新房、照新娘闹喜后，接着，要举行送房典礼仪式。送房人一般都在前厅静候，需新郎去请。请送房人大多也会说一些喜话，如：

在客厅，话短长，忽见新郎请送房。梅到春时香更远，人逢喜事诗篇长。出前厅，往后堂，天井内院细端详。影壁墙上画麒麟，护壁门松绕回廊。麒麟画边有联对，对联工整意深长。上联是：春风杨柳鸣金马，下联是：冬雪梅花照玉堂。院落几棵垂杨柳，凤凰落在树枝上。过天井，到华堂，华堂灯光照辉煌。堂屋大门一副对，名人书法写得强。上联是：共结丝罗山海固，下联是：永偕琴瑟天地长。拉开棕交椅，坐在桌子旁，典礼举仪式，先品香茗再送房。

送房人被请进华堂以后，这时，新娘仍在新房中端坐，静等送房人说喜话相请，有的要请很多次，方能出房入席。请新娘的喜话也很多，这里仅录一首花月词为例：

一请新人迎春花，花好爱月月爱花，花香袭人情意好，美女犹唱后庭花。二请新人杏花红，对对蝴蝶入花丛，蝴蝶恋花任意采，花恋蝴蝶不放松。三请新人桃花红，三月桃花带雨浓，暖风吹花迎人笑，人面桃花相映红。四请新人看芙蓉，芙蓉花开满地红，花在水中临月赏，月随花移影相同。五请新人出香房，花欲开时夜不寒，春色怡人眠不得，月移花影上栏杆。六请新人六月长，六月荷花满池塘，荷花老了结莲子，水面飘飘戏鸳鸯。七请新人七月七，牛郎织女渡（度）七夕，仙女散花从此过，鹊桥架上结夫妻。八请新人桂花开，月下请出美人来。早到华堂来陪坐，不要稳坐钓鱼台。九请新人菊花开，两处移来一处栽，对月赏花花自笑，夫妻畅饮两开怀。十请新人入罗帏，十月先开岭上梅，四时不变江头草，夫和妻顺紧相随。

送房人通过说喜话将新郎新娘请到中堂入座后，一般会先说喜话要果碟子以及喜烟、喜糖、喜果子等，要果碟子的喜话为：

八仙桌子在华堂，桌上无果怎送房。果子果成对，枣子枣成双。花生生贵子，白果果中王。桂片糕、芙蓉糖，步步登高福寿长。豆腐鱼碟盘盘要，缺少一样不送房。快快拿到此，再请织女会牛郎。

送房人将喜糖、喜果、喜烟要到手后，这时婚礼方可开始，先是证婚，证婚人一般由族中威信较高的人担任。接着是拜堂，拜堂的程序是一拜天地、二拜父母、三是夫妻对拜。尔后，开始送房。送房先由送房人提壶向新郎新娘敬酒。敬酒时须说喜话，众人道好：

一杯酒一世安祥（详），月老配就好鸳鸯，青纱帐，白玉床，二八佳人三六郎，同心富贵长。二杯酒二人相会，同席同床又同被，男成名，女主贵，代代儿孙有地位，高折五枝桂。三杯酒三星在户，一双杏眼四下顾，驾轻车，走玉路，来年早生擎天柱，青云喜得步。四杯酒四喜临门，目下佳期会良辰，桃花面，胭脂唇，千里莺啼绿映红，芍药对芙蓉。五杯酒五子夺魁，能到京都得意回，月中桂，岭上梅，芝兰百世家中培，同心入帐帏。六杯酒六部堪夸，生下儿郎戴乌纱，先移室，后移家，全郡人才要数他，实在真不差。七杯酒七子团圆，夫妻到老福寿全，好夫妻，美姻缘，一对红烛报三元，红旗高高悬。八杯酒八仙上寿，满屋芳飞红紫斗，文也成，武也就，万里山河春光秀，名播遍宇宙。九杯酒有子皆成，家有贤妻无比伦，恩爱好，喜融融，合家欢唱笑春风，和合二仙神。十杯酒十指尖尖，美貌佳人赛天仙，携玉腕，靠枕边，轻轻搭在郎的肩，好似游鱼入春渊。

敬完酒，送房人即拿筷子，指着桌上的果碟，一盘一盘说喜话敬新郎新娘，谓之破果碟。破果碟的喜话一般都是随机的，桌上放什么果碟，就相应说什么喜话，如：

小红枣，圆又长，外面红来里面黄，我请新人吃一对，来年生个状元郎。小小白果两头尖，外面白来里面鲜，我请新人吃一对，白头到老万万年。栗子生来树中王，外面黑来里面黄，我请新人吃一对，早生儿女作栋梁。花生生来细挑挑，麻鼓癞脸方大腰，我请新人吃一对，来年就生小姣姣。麻团做好圆又圆，一身芝麻滚成团，我请新人吃一对，百年夫妻福寿全。雪片糕，似芙蓉，片片里头白又红，我请新人吃一对，生下儿女专又红。桂圆生来圆又圆，生在福建林果园，我请新人吃一对，生儿生女中状元。豆腐做的白如霜，摆在盘中嫩汪汪，我请新人吃一块，夫妻偕老永安康。

破果碟后，接着，送房人要点燃红烛，说喜话将新郎新娘送入洞房：

一对红烛在华堂，点起红烛入洞房。上照金鸡共斗府，下照玉龙配凤凰。上点红烛花，我把新人夸。新人昨晚在娘家，头戴金花和银花。今晚到婆家，头戴富贵花。两鬓又插珍珠花，脸香杭粉白菊花，嘴点胭脂樱桃花。大红袄，海棠花，大红中衣玫瑰花。大红裙，绣翠花，体态温柔水仙花，十月怀孕是探花。

移花烛将新郎新娘送入洞房后，接着要撒帐。即由送房人手抓白果、栗子、花生、枣子等向帐里帐外上下抛撒。此时，新郎新娘会在伴娘掩护下将帐门放下，双双躲入帐中。撒帐时说的喜话为：

一把珍珠撒向东，好似当年定国公，兵部杨波全忠义，单枪匹马闯营中。二把珍珠撒向西，岑彭马武救姚期，刘秀才是真明主，二十八宿保登基。三把珍珠撒向南，文武百子非等闲，太公八十文王遇，八百华夷定江山。四把珍珠撒向北，尉迟鞭打张士德，九反中原金兀术，岳飞挂帅去征北。五把珍珠撒向上，六出祁山诸葛亮，司马兵进上方谷，不料上了诸葛当。六把珍珠撒向下，三打采石何须怕，遇春站在石矶上，他为明主争天下。七把珍珠撒向前，凤仪亭前戏貂蝉，董卓暗中连环计，貂蝉名字万年传。八把珍珠撒向后，二十八宿昆阳斗，昆阳大战争天下，同心同德保刘秀。九把珍珠撒香房，香房今夜亮堂堂，花放情浓春意好，蜂飞蝶舞花丛忙。十把珍珠撒新人，新人好似小罗成，回马长枪争天下，打败杨林百万兵。

撒完帐后，送房人要手拿一把红筷子，站到事先用红纸糊好的洞房窗户下，用力往新郎新娘身上投掷，俗称"戳窗户"。一边投掷一边说喜话。为防投中，新郎新娘均躲入帐中，紧闭帐门，以帐相挡。戳窗户的喜话为：

  天上星光照，喜房好热闹，手拿红玉箸，窗外把喜报。一戳窗户开，新人躲起来，八仙送贵子，麒麟投了胎。二戳红罗帐，里面百花放，夫妻龙戏水，花开分外香。三戳如意床，床上躲鸳鸯，情语话不尽，地久共天长。四戳喜新郎，新人帐里藏，双双接玉箸，根根箸生香。五戳喜新房，新房百花香，红叶题诗句，《周南》第一章。六戳红艳飞，新房展玉翠，花香引蝶至，新人展翠微。七戳象牙床，神女会襄王，恩爱情无限，牙床放异香。八戳白粉墙，齐往里面张，今晚鹊桥会，织女配牛郎。九戳九成双，福禄寿满堂，夫妇齐眉案，儿孙福寿长。十戳我不看，洞房更灿烂，明年再来贺，大家吃喜蛋。

  戳完窗户，婚礼就结束了。

流水（2010-07-05）

中考成绩公布。安若辛苦。

《南方周末》有焦元溥文章，标题曰《有热忱，才会顶尖》。文章结尾云：无论你的"热忱"所在是多么冷门，只要你有"热忱"，你就会努力成为这冷门中的顶尖；而任何一个领域的顶尖人才，是绝对不必为生活发愁的——这世界毕竟还是宽广到能够让你追求梦想，前提是你真的知道自己的梦想在何处。"不必为生活发愁"云云，某日瞎聊，九段老师有类似观点。关键在"顶尖"。顶尖何其难。悬在半空，最为尴尬。另推荐女儿读同版白谦慎文章《机缘、爱好与专业选择》。

流水说送房。清贾茗辑《女聊斋志异》卷一《谷慧儿》有云：须臾，鼓乐雷动，彩舆到门，白足健儿十馀人轮运妆奁，极富。呼生出，与交拜成佳礼。堂上设华筵若宿构者，翁媪上坐，顾村人曰："女貌虽陋，奁箧虽薄，尚不辱抹葭莩乎？"举杯略一呷，秃发童跪白曰："两卫备矣。"翁媪即起辞，晟挽留不迭，问何之？曰："愚夫妇大忙。其所以仆仆风尘，逢场作戏者，为小妮子择婿耳。顷付托有人，从此天涯海角无定止矣。"匆匆出门，各跨一骡，电掣风驰，踪迹颇杳。众骇诧不知其谁何。入视洞房，穷极壮丽，亦不知何猝办如是。生之小友闻得丽偶，争致酒为贺扬，俗谓之"送房"，其实恣饮嚼、供嘲谑陋习也。

另徐珂《清稗类钞》之《婚姻类》说淮安婚俗云：

> 闹房者，闹新房也。新妇既入洞房，男女宾咸入，以欲博新妇之笑，谑浪笑敖（傲），无所不至。淮安闹房之时刻，则在黄昏，以送房为限制。时男家预从男客中择一能言者为招待员。惟闹者，约分孩童与成年者二组。孩童闹房，其目的则在安息香。先自齐集三五童，偕往男家，以闹意达于招待员，由招待员导至新房。孩童则人各唱一闹房歌，歌辞多不堪入耳之语。唱毕，由招待员分给各孩安息香若干枝而散。

此处徐珂说闹房歌"歌辞多不堪入耳"，显是以传统诗歌标准衡之。

拦门（2010-07-06）

整理喜歌。

《送房书》有云：

> 手执银壶喜洋洋，我送新人入洞房。快开喜门吉祥迎，从今乐寿事无双。走金山过银塔，卷起珠帘门来开。借与伴妈来到此，央烦玉手扳门闩。
>
> 伴妈奶奶把门开，麒麟送子走起来。今年先送探花子，明年又送状元来。
>
> 伴妈妈把门开，大大威风带进来。早送新娘归房去，快开门来快发财。

此类请开门内容，在书中占较大篇幅。流水曾说婚礼过程中拦门，云通常有两处，一指男方至女家迎亲时，二指新人至男家时。因有利市花红可索，拦门尚可发生在各个环节，如送房前即新人将入洞房时，《送房书》

中"手执银壶喜洋洋"等即是。时辰已晚,新人入洞房,撒帐、戳窗后,婚礼结束,有人仍要拦门。送房人央"伴妈妈"开门,一央再央云:金银无其数,牛马数不开。摆借福奶奶,快把喜门开。夫妻团圆后,到老永和谐。早生探花子,一年养两胎。快把喜门开。

较早之拦门喜歌,仍当以《敦煌遗书》中下女夫词为代表。拦门俗则多见记载,著名者除《梦粱录》、《东京梦华录》外,宋牟巘《牟氏陵阳集》卷二十二、明赵信《南宋杂事诗》卷七均有相关内容。后者诗云:妓乐迎来□轿前,双擎宝镜照团圆。儿童拾果攒花斗,争乞拦门利市钱。明曹学佺《石仓历代诗选》卷四百三十二有蒋冕《村田景》云:圈豕登盘酒满壶,高台红烛瑞烟敷。里巫唱罢拦门曲,新妇升堂拜舅姑。

又喜歌中见史实。《送房书》有云:好和谐好和谐,生下贵子上书斋。到了南京中了举,又到北京去游街。南京中举北京游街情景,与书前"宣统元年"对看,顿生今夕何夕之叹。

流水(2010 – 07 – 10)

新出《明清小说研究》有美林师文章《吴敬梓生平文献资料的引用、解读和考辨》,摘要云,某人在"演讲"与有关论文中,于讨论吴敬梓父亲问题时,对所引用文献典籍多有误记、误解和曲解;对前辈时贤研究成果,或摒弃正确结论而坚信错误记叙,或予忽视、漠视;在此基础上进行的考证,其结论自然不可信也不能成立。此外,将正常的学术讨论与"政治运动"挂钩的不正常做法,亦不利于学术研究的健康发展。

整理喜歌。

《送房书》有"闹说小叔"云:

切以到切以到,小叔进房见新嫂。小心小胆来□嫂,听我说与你知道。锅儿要你洗,水儿要你烧,柴草要你抱。若还无水用,棍子头上揩。旁边人家来拉劝,饶你今日这一遭。牛羊要你放,鸭子要你撵。鸡子要你喂,猪子要你喂,若还喂瘦了,棍子头上尻。哥哥出门做生意,嫂嫂在家要勤劳。桌子你要剪,水儿要你挑,圆桶要你倒。

若还你不倒,棍子头上尻。若还哭一声,棍子头上尻。

此节有可讨论处。一是方言。"棍子头上揩"、"棍子头上尻"之"揩"、"尻",均敲打意;"鸭子要你腰"之"腰",拦腰、横着赶意;"桌子你要剪"之"剪",代音字,以抹布等物擦干意。以上诸方言字,在苏北部分地区至今通用。二是"闹说小叔"事。婚礼当日,各地多以小叔、公公为谑笑对象,此处虽曰"闹说小叔",实是小叔闹说,即小叔亲自上阵,调笑新娘。"哥哥出门做生意,嫂嫂在家要勤劳"云云,似是代人出头,只是动辄"棍子头上揩",未免粗鲁。

又《送房书》中亦有说公公内容。如流水曾举例云:

郎才女貌成婚配,金童玉女下凡尘。诸亲六眷来恭贺,我今前来贺新郎。新房门帘着地拖,巧女房中绣鹦哥。鹦哥绣在门帘上,千年媳妇万年婆。千年媳妇万年婆,万年婆婆子孙多。扒灰老儿洪福大,一年双喜养两多。

"扒灰老儿"云云即是。清王有光《吴下谚联》卷一释其由来云:翁私其媳,俗称扒灰。鲜知其义。按昔有神庙,香火特盛,锡箔锻焚炉中,灰积日多,淘出其锡,市得厚利。庙邻知之,扒取其灰,盗淘其锡以为常。扒灰,偷锡也。锡、媳同音,以为隐语。

意义 (2010-07-11)

杂凑陈言,仍说喜歌整理与研究之意义。分三方面。

其一,喜歌搜集与整理本身即是一项有意义的非物质文化遗产抢救、保护工作。此项工作刻不容缓,因为,一、众多喜歌资料尤其是近代、现代资料,在常人眼里层次极低,因而不受重视,不享受善本、珍本待遇,图书馆少有收录,私人藏家亦乏兴趣,于是任其湮没;二、在一些偏僻乡间婚礼上偶有喜歌身影,但因都市文明侵袭,也呈朝不保夕的危险态势。

喜歌既与婚俗密不可分,且本身又自成面目,则对其展开细致研究大有必要。可惜迄今为止，喜歌源头在哪里、喜歌发展脉络如何、喜歌与婚俗是一种什么样的密切关系、喜歌在当下生存状态如何，诸如此类问题，始终没有明确说法，或者即使有，也是零散、粗疏，或语焉不详，或似是而非，总之是很不理想。而解决这些问题的第一步，就是对喜歌作系统的搜集、甄别、辑录与整理，形成一部体例精审、内容丰富的专集。

其二，如此一部专集，是一切研究工作的起点和基础。举一例，专集所收，有助于廓清喜歌乃至婚俗研究中一些错误或是模糊的认识。如向来的研究者大都认为目前所知最早撒帐歌，出自《清平山堂话本》之《快嘴李翠莲记》和署名陈元靓的《事林广记》中。事实上，《清平山堂话本》与《事林广记》，在传播过程中屡经增广、删改，祖本真相如何，已不可确知，径称其中某一内容为宋代作品，委实勉强。南宋史浩撰《鄮峰真隐漫录》卷三十九《撒帐文》包括赞语、撒帐歌与结语，形制与《事林广记》同。《四库全书总目》云《漫录》"自署辛丑，为淳熙八年，盖其罢官以少傅侍经筵时所著"，则知此一撒帐歌为货真价实之南宋作品。录如次：

  撒帐东，光生满幄绣芙蓉。仙姿未许分明见，知在巫山第几峰。撒帐西，香风匝地瑞云低。夭桃夹岸飞红雨，始信桃源路不迷。撒帐南，珠宫直在府潭潭。千花绰约笼西子，今夕青鸾试许骖。撒帐北，傅粉初来人不识。红围绿绕护芳尘，笑揭香巾拜瑶席。撒帐中，鸳鸯枕稳睡方浓。麝煤不断薰金鸭，休问日高花影重。

其三，通过对喜歌的整理与研究，深入探究喜歌在延续人文传统、丰富传统婚俗、促进社会和谐等方面的作用，既是对前人成果的总结与回顾，亦是新时期创新学术研究的必然要求。只说一点，说丰富婚俗。《事物纪原》之《吉凶典制部》"撒豆谷"条云：汉世京房之女适翼奉子。奉择日迎之，房以其日不吉，以三煞在门故也。三煞者，谓青羊、乌鸡、青牛之神也，凡是三者在门，新人不得入，犯之损尊长及无子。奉以谓不然，妇将至门，但以谷豆与草禳之，则三煞自避，新人可入也。自是以来，凡嫁娶者，皆宜置草于门阃内，下车则撒谷豆，既至，蹙草于侧而入，今以为故事也。另《梦粱录》、《东京梦华录》有类似记载，后者更明指所撒者有"谷豆钱果草节等"。此俗在喜歌中有反映。白启明《河南婚姻歌谣的一斑》(《歌谣》周刊第五十九号) 记录孟县、固始、洛阳各地"撒盖头歌",指新娘下轿后,"有人在旁端一盘儿,盘内盛些草、钱、麸……向新娘头上去撒","头一把撒的莲生贵子"、"一把麸,一把圆"云云,正与《事物纪原》等文献记载相合。因此可以说,透过鲜活的喜歌,人们可以想见千百年来传统婚俗经历的是一条何等顽强的生命之旅。

喜歌整理与研究,亦有助于地区文化产业的融合与发展。如各地旅游文化景点,多以传统婚礼场面吸引游客眼球,一些专业婚庆公司组织的复古婚礼也颇受年轻人欢迎。在此种场合,如能融入喜歌内容,当更为生动、精彩,也更有利于喜歌保护与传承。

何处春深好 (2010 – 07 – 12)

美林师电话,说媒体热炒抄袭、作假诸事,嘱查1991年某期人大复印资料。

女儿博客写假期生活,其中一节曰"平民的生活物语",内容云:

> 高木直子的魅力在于她可以轻松大方地描绘出自己的平民生活。大部分人总是热衷于夸耀自己生活的奢侈,高木直子却热衷于将自己普通到难为情的生活展示给他人,所以人们才更乐于接受。我喜欢她在《一个人住五年》中描绘的困窘的景况。这让我感觉亲切。很多时候我们需要的不是对上流生活的向往,而是对平民生活的认同。我们需要勇气去正视我们平淡无味甚至有很多无奈的生活,而不是花时间去编织遥不可及的贵族梦。这正是我讨厌郭敬明的原因。并不是所有人都开得起宝马奔驰,并不是所有人都背得起爱马仕,这个男人在给年轻的男孩女孩编制一个华美的梦,但这个梦可以吞噬掉孩子。这个男人简直就是中国的彩衣吹笛人。

继承老师寄大休上人纪念文集。资料云大休,清末民初人(1870~1932),先后住持寒山寺、包山寺、龙池庵。平生蓄须、饮酒、茹荤,有济公遗风。

为《寻根》提供《喜歌三题》图片。

修改《喜歌整理与研究刍议》稿，明日或可完工。

完成九三学社提案议题三篇。事关民生，老话题，新思路。一说完善城市功能，以热点地区与主干道沿线公共厕所为例，专题调研提出切合实际之解决方案。二说中小学生减负，以为可从课程设置着手，减轻书包重量。如小学，周一至周四安排主干课，每天只需带语文、数学、英语，周五集中上自然、音乐、劳动等。反对意见云集中上课孩子感觉枯燥，私意只要教师用心，学校努力，"枯燥"或能改观，至少是此法可一试。三说城市规划之严肃性。政府部门向社会公示各种规划，如绿地建设、污水处理等等，许多规划，公示却无结果，亦无人追问，无人担责。如所居小区附近，规划将建一体育公园，媒体公示，居民热盼，然数年不见踪影，现已立起一极丑陋之无名建筑，令人惊骇。规划如儿戏，公示若胡扯，此风当禁。说与某人听，讥曰脑残。

拟作《喜歌札记》系列。其一内容包括"四言八句"（结合《儒林外史》），"开开箱开开柜"（结合《书仪·婚仪》），"新人传口袋"。

"传口袋"可说。喜歌有云：新人传口袋，一代传十代，十代传百代，百代传千代，千代万万代。此处"传口袋"，通常指新人拜堂毕，将去洞房，此时须在地上铺上麻袋，新娘脚不沾地踏麻袋而行，取"传宗接代"意。此事起源甚早，唐白居易诗《和春深二十首》其一云："何处春深好，春深嫁女家。紫排襦上雉，黄帖鬓边花。转烛初移障，鸣环欲上车。青衣传毡褥，锦绣一条斜。""青衣传毡褥"即指此俗。然春深嫁女，转烛移障，所说乃新人离家情景耶？又下一首仍由"何处春深好"切入，说男家事，亦与喜歌有涉。诗曰：

何处春深好，春深娶妇家。两行笼里烛，一树扇间花。宾拜登华席，亲迎障幰车。催妆诗未了，星斗渐倾斜。

喜歌之祖 (2010-07-14)

方蕾邮件，附学位服照片一张，云"不太欣赏国大博士袍的设计，是绿色，我喜爱南大的大红袍"。并云看到安若博客，"印象中毛头似乎还停留在打针时大呼'小姨救命'的小女孩阶段，转眼已经长成一个有思想有个性的才女了！是时间过得快，还是孩子成长快？"

与人扯《互联网文化论纲》，曰可分背景论、本体论、影响论三部分。若干子项目，如网络语言、网络事件、网络人物、网络传播等等，均有开拓空间。有人说无题可做。非无题，是无脑。

《论纲》事缓，先作《报纸副刊的文化担当》。关键词有文化自觉意识、文化建设、文化启蒙、文化提升等。

法人葛兰言《古代中国的节庆与歌谣》（赵丙祥等译，广西师范大学出版社，2005）第一章曰"《诗经》中的情歌"，其中将《桃夭》作婚嫁歌。葛氏以为，要理解此诗意思"几乎没有任何困难。在这首诗产生的诸侯国里，是王室的美德才导致了婚姻的规范化。这就是对该诗的历史解释"（第6页）。"如果我们抛弃象征主义去直接研究它的话，这首诗就是一首结婚歌，结婚的观念是和植物生长的观念尤其是和小桃树茁壮成长的观念联系在一起的"（第9页）。葛氏所说非独创。清人方玉润《诗经原始》说此诗云：

> 盖此亦咏新婚诗，与《关雎》同为房中乐，如后世催妆、坐筵等词。特《关雎》从男求女一面说，此从女归男一面说，互相掩映，同为美俗。

褚斌杰更直指"这是一首在婚礼上演唱的祝贺女子出嫁、新婚美满的喜歌"，并云"就是现在，有些地方在举行婚礼时，还有男女齐聚，欢唱喜歌以为祝颂的风俗"（《诗经楚辞鉴赏辞典》，四川辞书出版社，1990，第15、16页）。

综合诸家观点，且将《关雎》、《桃夭》并作喜歌之祖。录如次：

关雎
关关雎鸠，在河之洲。窈窕淑女，君子好逑。参差荇菜，左右流之。窈窕淑女，寤寐求之。求之不得，寤寐思服。悠哉悠哉，辗转反侧。参差荇菜，左右采之。窈窕淑女，琴瑟友之。参差荇菜，左右芼之。窈窕淑女，钟鼓乐之。

桃夭

桃之夭夭，灼灼其华；之子于归，宜其室家。桃之夭夭，有蕡其实；之子于归，宜其室家。桃之夭夭，其叶蓁蓁；之子于归，宜其家人。

流水（2010 - 07 - 18）

庭信电话，约周三中午说事。

王慧与朋友来，送《江苏省美术家协会第三次新人美术作品展览作品集》。

与人说文学杂志。忍无可忍。新到《雨花》有名家作品，不堪卒读。一是顾影自怜，二是满纸病句。或曰非病，是硬拗造型。硬拗造型亦是病。有病而不知，甚至自以为有风格，是无可救。

翻近期学报论文，说冯梦龙《山歌》、《挂枝儿》文章，引拙作《明代民歌研究》中文字与观点，有出注，有不出注（如有文章说《挂枝儿》"私情"分类，"欢情"、"离情"云云，拙作多有申说；另如"想爱而不能爱或有爱而分离不能享受鱼水之欢，因而不得不承受离别之痛、人生之苦"云云，拙作中有相同、相近表述）。态度如前，注是客气，不注随人。学术乃天下公器，我胡扯，而能享"学术"待遇，是抬举，更是福气。拱手，拱手。

前说喜歌之祖。《诗经》之后，下女夫词、催妆诗之前，如此一漫长段落，喜歌生态须细究。上梁文可说，婚嫁喜歌尤可说。

作应景文，说喜歌研究中多学科理论之应用云：

多学科理论融合运用有助于从不同侧面认识喜歌的文化内涵。如在研究明代民歌过程中，私心以为重追求感官娱乐的《挂枝儿》、《劈破玉》等与巴赫金的狂欢诗学理论内核有着相当大的"贴近性"。与明代民歌相比，喜歌与狂欢诗学理论有着更为天然的联系——巴赫金本来就是通过考察古希腊、罗马，欧洲中世纪，以及文艺复兴时期的民间节庆风俗之后，才提出了狂欢化诗学理论。论者进而认为，狂欢在今天已经散化到日常生活之中,已具备新的内涵,如化装舞会、集市活动、婚礼、葬礼、洗礼仪式、丰收庆典等等。在这些狂欢仪式上人们不是袖手旁观,而是生活在其中,人们暂时从现实关系中解脱出来,相互间距离消失,秩序消失,等级消失,从而产生一种乌托邦式的人际关系:亲昵化,即在日常生活中由于等级屏障产生的严肃、疏远、僵化,甚至敌对的人际关系,却在狂欢广场上产生了相互随便而亲昵的接触,人们又回到"动物"时的没有等级、完全平等的亲昵关系之中。这种所谓的"亲昵",与喜歌具有的所谓"凝聚亲情"作用在本质上是相通的。

四句喜歌两句诗(2010-07-19)

冯梦龙《夹竹桃顶针千家诗山歌》之《前叙》云:三句山歌一句诗,中间四句是新词。偷今换古,都出巧思。郎情女意,叠成锦玑。编成一本风流谱,赛过新兴[银绞丝]。此种做法,喜歌中多有。如前说各种"四言八句"间引《诗经》、百家姓等成句即是。《送房书》有"敬酒",则是四句喜歌两句诗。录如次:

一杯酒儿喜气昂,杨妃配了唐明王。只恐夜深花睡去,故烧高烛照红妆。二杯酒儿杏花红,高怀德招赘赵美容。沾衣欲湿杏花雨,吹面不寒杨柳风。三杯酒儿桃花红,郑于(子)明招了陶三春。寻得桃园好避秦,桃花又是一年春。四杯酒儿竹叶青,张君瑞□崔莺莺。歌管楼台声细细,花有流香月有阴。五杯酒儿孙沉沉,刘皇叔配孙夫人。若待上林花似锦,出门俱是看花人。六杯酒儿荷花红,钱玉莲配了王十朋。接天莲叶无穷碧,映日荷花别样红。七杯酒儿美味甜,郑元和配李亚仙。时人不识余心乐,将谓偷闲学少年。八杯酒儿桂花香,蔡伯喈匹配赵五娘。烛(独)坐黄昏谁是伴,紫薇花对紫薇郎。九杯酒儿菊花黄,刘智远匹配李三娘。侍臣鹄立通明殿,一朵红云捧玉皇。十酒儿滴滴清,今宵才子配佳人。向来枉费推移力,此日中流自在行(早生贵子跳龙门)。

有意思。一是应景，即某某配某某，全与喜歌内容相合，且所说为民众极熟稔之人物故事，此等内容，亦是研究乡村戏曲传播与接受情况之重要资料。二是引用诗句，唯求趁韵，最末写者另加一句云"早生贵子跳龙门"，露出收结意图，见机心。三是引诗范围虽欠广泛（多见《千家诗》等），仍然能够显示市井文人不凡风姿，亦可作喜歌中一种派别之典型代表。兹将各诗句出处胪列如次：

只恐夜深花睡去，故烧高烛照红妆。见宋苏轼《海棠》：东风袅袅泛崇光，香雾空蒙月转廊。只恐夜深花睡去，故烧高烛照红妆。

沾衣欲湿杏花雨，吹面不寒杨柳风。见宋僧志南《绝句》：古木阴中系短篷，杖藜扶我过桥东。沾衣欲湿杏花雨，吹面不寒杨柳风。

寻得桃园好避秦，桃花又是一年春。见宋谢枋得《庆全庵桃花》：寻得桃源好避秦，桃红又是一年春。花飞莫遣随流水，怕有渔郎来问津。

歌管楼台声细细，花有流香月有阴。见宋苏轼《春宵》：春宵一刻值千金，花有清香月有阴。歌管楼台声细细，秋千院落夜沉沉。

若待上林花似锦，出门俱是看花人。见唐杨巨源《城东早春》：诗家清景在新春，绿柳才黄半未匀。若待上林花似锦，出门俱是看花人。

接天莲叶无穷碧，映日荷花别样红。见宋杨万里《晓出净慈寺林子方》：毕竟西湖六月中，风光不与四时同。接天莲叶无穷碧，映日荷花别样红。

时人不识余心乐，将谓偷闲学少年。见宋程颢《春日偶成》：云淡风轻近午天，傍花随柳过前川。时人不识余心乐，将谓偷闲学少年。

独坐黄昏谁是伴，紫薇花对紫薇郎。见唐白居易《紫薇花》：丝纶阁下文书静，钟鼓楼中刻漏长。独坐黄昏谁是伴，紫薇花对紫微郎。

侍臣鹄立通明殿，一朵红云捧玉皇。见苏轼《上元侍宴》：淡月疏星绕建章，仙风吹下御炉香。侍臣鹄立通明殿，一朵红云捧玉皇。

向来枉费推移力，此日中流自在行。见宋朱熹《观书有感·其二》：昨夜江边春水生，艨艟巨舰一毛轻。向来枉费推移力，此日中流自在行。

流水（2010 – 07 – 20）

前说病句。许多病句，尤其似病非病之句，确由扭捏而来，如新到《开卷》有文悼张仃，其中有云：不少美术先辈在欧美游学时，泰半重油彩而轻水墨。"不少"、"泰半"重沓，做作，啰唆。

另不良语言习惯亦令人发噱。《开卷》有某人网信云：自己喜欢收藏学人手札，有机缘藏有很多学人给武汉大学某先生的信札……因为我自己并不是从事文学研究的，刊载后或许对有需要的人是个帮助。自己曾就收藏的某先生手札写过小文登在某报，经某教授转给某先生。"自己"何其多。某期《文史知识》有名家文章说治学体会，亦是"自己"复"自己"，煞风景。

说喜歌。

《诗经原始》说《关雎》，以为"后妃之德"、"宫人之咏大姒、文王"云云，皆无确证；姚际恒"世子娶妃"驳旧说详且明矣，"仍不能脱前人窠臼"。方氏云：

> 窃谓风者，皆采自民间者也。若君妃，则以颂礼为宜。此诗盖周邑之咏初婚者，故以为房中乐，用之乡人，用之邦国，而无不宜焉。然非文王、大姒之德之盛，有以化民成俗，使之咸归于正，则民间歌谣亦何从得此中正和平之音也耶？圣人取之，以冠三百篇首，非独以其为夫妇之始，可以风天下而厚人伦也，盖将见周家发祥之兆，未尝不自宫闱始耳。故读是诗者，以为咏文王、大姒也可，即以为文王、大姒之德化及民，而因以成此翔洽之风也，亦无不可，又何必定考其为谁氏作欤？

此段论述意义有二。一是强调《关雎》民间制作、咏初婚身份，其他均为附会，"无不可"三字，是通达看法，不拘泥亦是风度。二是喜歌有"化民成俗，使之咸归于正"功用，并非纯粹"房中乐"。

又《明代民歌集·前言》说"民歌"由来，罗列数例，此处"民间歌谣"是一显例——民间歌谣简称民歌。

撒帐歌 (2010 – 07 – 22)

事故频发，奇闻不断。

有两条堪称奇观。一是三峡大坝。有人搜集大坝近年新闻，列标题如次：

2003 年新闻：三峡大坝可以抵挡万年一遇洪水（http：//news. sina. com. cn/c/2003 – 06 – 01/0854176837s. shtml）

2007 年新闻：三峡大坝今年起可防千年一遇洪水（http：//news. sina. com. cn/c/2007 – 05 – 08/085711774700s. shtml）

2008 年新闻：三峡大坝可抵御百年一遇特大洪水（http：//news. sohu. com/20081021/n260148246. shtml）

2010 年新闻：三峡蓄洪能力有限，勿把希望全寄托在三峡大坝上（http：//news. sohu. com/20100720/n273615755. shtml）

另一新闻，标题《湖北厅级官员家属在省委门口遭便衣警察殴打》。评论多多。

昳丽热心，说流水事。

整理喜歌。

《送房书》有撒帐歌若干，其一云：

一把珍珠撒帐东，赛过当年薛国公。兵部杨林全忠义，匹马单枪小英雄。二把珍珠撒在西，马武岑彭各逞奇。刘秀本是真命主，姚期邓禹保登基。三把珍珠撒帐南，彦章铁篙去撑船。霸王吴□英雄勇，韩信一计定太平。四把珍珠撒帐北，金莲戏水戏□叔。武松本是英雄将，独拳打虎谁敢夺。五把珍珠撒帐上，七擒孟获行好放。单鞭救主胡敬德，仁贵征东平辽王。六把珍珠撒帐下，三打采石全不怕。遇春跳入矶头上，木耳袭单去挑霸。七把珍珠撒帐前，曹操每日摆兵言。云长匹马单枪去，张飞擂鼓在城边。八把珍珠撒帐后，怀德封为万里侯。匡胤连保他数本，子明鞭打帝方休。九把珍珠撒新人，好似当年小罗成。银枪点入机关上，何怕杨林百万兵。十把珍珠撒新娘，昭君和番你为强。摆下大阵何人破，原是周仓水战庞。十一把珍珠撒得高，好似孙猴儿贺蟠桃。关口也有人盘问，金箍棒儿不相饶。十二把珍珠撒得低，昭关放了伍子胥。九岁保国真猛勇，挂为太子掌雄兵。十三把珍珠撒帐心，张生佛殿戏莺莺。飞虎行枪杀过去，白马将军退贼兵。

撒帐歌各地多有，格式不外或一把、二把、三把顺数而下，或东西南北、前后左右按方位排列。一把二把一类，一般多至十把，此处直至十三，少见。又此歌通篇说历代人物、故事，全从小说、戏曲中来，有趣。更为有趣者是各地有内容极相似者。如《送房书》来自上海，而辛子方辑《海州童谣民歌小调集锦》（台湾辛氏书房发行）载当地《撒帐子喜话》，字句竟基本相同（亦见前引泗阳网站文）。

另《送房书》讹错较多，如"兵部杨林全忠义"、"挂为太子掌雄兵"均是。另如"原是周仓水战庞"原在"十一把珍珠撒得高"后，显误。此误或可说明全书为抄本，至少是抄、写相间——如纯是创作，当不致有此种情况。

以喜歌见才学 (2010 – 07 – 24)

《南方周末》有陈寅恪后人陈流求、陈小彭、陈美延缅怀刘节文章。文引刘先生《我之信条三则》语云："人格同学问是一致的，绝没有学问好而人格有亏的伟人。"完善人格与积聚学问，均须大处着眼，小处着手。

整理喜歌。

说喜歌价值，曰其可观世风。换言之，即喜歌可作另类历史。例证多有，如"四句喜歌两句诗"等，是诗歌传播与接受史；演绎小说、戏曲中人物故事，是通俗文学史；以《百家姓》、《千字文》入歌则是传统教育史。《百家姓》此前说过，此处说《千字文》。《送房书》中撒帐歌有以《千字文》敷衍成篇者。此种喜歌，一是能起启蒙作用，即俗语云"寓教于乐"，听喜歌如同温习功课，有一定基础者喜闻乐见；二是表演者可借此炫技——《野叟曝言》、《镜花缘》等是"以小说见才学"（鲁迅语），人同此心，心同此理，喜歌中有同调焉。录撒帐歌一首如此：

撒帐撒于东，天地玄黄人在中。女慕贞洁今日会，男效才良今夜逢。撒帐撒于西，亲戚故旧笑嘻嘻。老少爷娘都说好，孔怀兄弟说嫖妓（疑有误）。撒帐撒于南，同气连枝把喜传。府罗将相齐喝彩，户封八县贺金阶。撒帐撒于北，上和下睦交头宿。夫唱妇随同欢乐，诸姑伯叔永和悦。撒帐撒于上，心动神疲两不让。索居闲处把情调，悦豫且康休要放。撒帐撒于下，乃服衣裳脱去罢。川流不息功夫大，言辞安定说笑话。撒帐撒于前，爱育黎首一头眠。毛施淑姿真可好，散虑逍遥不可言。撒帐撒于后，聆音察理两相投。束带衿庄硬软软，并皆佳妙方可觳。上下前后与四方，说过心中又思想。又想几句千字文，又教新人站个等。鼓瑟吹笙婚姻合，银烛炜煌亮堂堂。菜重芥姜肴馔圣，肆筵设席满华堂。果珍李柰多多上，弦歌酒宴喜非常。接杯举觞多醉了，遐迩一体看新娘。坐朝问道新娘好，林皋幸即入洞房。侍巾帷房周公礼，谓语助者说短长。笃初诚美无情□，两疏见机上牙床。昼眠夕寐情义美，蓝笋象床脱衣裳。化被草木来揭起，臣伏戎羌学昂昂。矫手顿足脸靠脸，颠沛匪亏耍一场。金生丽水流不住，龙师火帝放豪光。天长地久为夫妇，子子孙孙立满堂。

一色杏花红十里，状元归去马如飞（2010-07-27）

  北岛接受《南都周刊》采访，标题即作《我依然很愤怒，老愤青一个》。北岛云：作家通过写作发声，一个作家应该永远要跟他所在的时代的矛盾、政治、文化、语言保持紧张的关系。如果没有，就别做作家了。现在中国大部分人缺少这种紧张关系。
  与人戏言欲成立一机构，仿新东方模式，专事国学基础知识培训。重点是面向中学生，结合课本，讲授古典文学、文化常识，服务中考、高考。另可做传统文化普及工作。
  恒刚短信，贺安若中考"成绩优异"。电话先一，约周五聚。
  整理《送房书》毕。近万字，撒帐歌内容最为丰富，如前说各种，皆具特色。有想法。昔人著书，欲立言扬名，欲藏之山中传与后人——两者均不脱"功利"二字。作《送房书》者，字斟句酌，孜孜矻矻，所谋不过一己之乐，居心平常。市井小儒，多可爱可敬处。

《送房书》有撒帐歌云：

满把珍珠撒帐东，瑞兰相遇将世隆。招商店内成亲事，后来朝中做状元。满把珍珠撒帐西，天生一对好夫妻。一色杏花红十里，状元归去马如飞。满把珍珠撒帐南，天长地久永团圆。甘罗十二为丞相，太公八十遇文王。满把珍珠撒帐北，新人今夜添福禄。苏秦挂印为元帅，儿孙代代做都督。满把珍珠撒帐前，新人今日遇神仙。王母娘娘蟠桃会，百年夫妇在今宵。满把珍珠撒帐后，秦琼挂印去封侯。封为六国都丞相，后来称为护国公。

"苏秦挂印为元帅，儿孙代代做都督"云云，令人神往。"一色杏花红十里，状元归去马如飞"出自苏轼《题云龙山放鹤亭》："云龙山下试春衣，放鹤亭前送夕晖。一色杏花三十里，新郎君去马如飞。"网络有文云：

到了清代，苏东坡的"一色杏花三十里，新郎君去马如飞"之句，又被演绎为"一色杏花红十里，状元归去马如飞"，更加体现了殿试中状元后飞奔报捷的心情；又被铸成了铜钱流通于世。这枚铜钱的正面有诗文，背面是"魁星点斗"的图案。花钱背面图案则为文昌魁星（俗称文曲星），一手捧书，一手执笔，立于鳌首之上，似正欲阅尽天下大块文章，圈点题名。所谓"魁星点斗"、"独占鳌头"、状元及第、五子登科，都是古代科举取士制度的生动写照。谁梦见魁星，谁就能成为考场上的幸运者。魁星点斗的风俗早在宋代就有，而在明、清大为流行。虽然这是一枚普通的花钱，但它的寓意十分吉祥美好，寄托了古人对功名仕途的祈求，亦是科举文化的佐证实物。（鹦鹉大哥《唐罗隐〈题新榜〉诗内故事》）

拦门歌（2010-07-28）

与人闲聊，说杂事。

小众菜园有人说韩寒《独唱团》中小说。文章云：这个时代读国产小说的基本是□□，写小说的是□□的上级。在以下几个方面小说被电影电视和摄影替代了：一、环境描写。一朵具体的花胜过千万种对它的描述。二、跌宕起伏的情节。电影可以通过蒙太奇和剪辑三下五除二地将情节精准展开，小说展开情节完全是考验读者有没有慈悲心——怜悯作者辛苦。过去小说常常骄傲的一点是，任何电影对小说的改编都是对原著的糟蹋，现在这个情况已经大不同了，以故事情节见长的小说尤其容易被电影电视取代，比如新版《三国》已经超过原著多多。与其他艺术形式相比，小说的不可替代性越来越差，只在一个方面，其他艺术形式很难跟小说匹敌，那就是对意识的描述。一旦涉及人物的内心世界，小说的价值就很牛地显现出来，这是小说这种形式存在的唯一理由。当然，《独唱团》里的小说还没有傻到正面跟电影PK的程度，但文艺腔调是无法避免的。私意小说不可替代性还有一条，即高明的小说家，其独到的语言别具魅力，惜当下小说家难臻"高明"层次，是以只能担"□□的上级"恶名。

整理喜歌。

拦门歌著名，源头在《敦煌遗书》下女夫词。下女夫词之对答双方，是新人抑或司仪，有争论。私意两可。如清吴绮《岭南风物记》有云：

> 粤俗婚娶，新郎行亲迎之礼。大家亲迎必觅数友敏慧才捷者为伴郎，至女家则拦门索诗赋，名曰拦诗。新郎捉笔，伴郎或代之。诗赋成，然后遣女于归。

"新郎捉笔，伴郎或代之"，可作"两可"说依据。

《送房书》末节为问答体拦门歌。下女夫词中男女对答发生在《岭南风物记》所说之女家，《事林广记》中拦门诗则在男家，目的如《东京梦华录》所说，是从人及儿家人乞觅利市钱物花红等等。《送房书》中拦门歌性质与《事林广记》同，而门内、门外问答形式，更近下女夫词。兹录如次，以见风俗之恒久：

> 门外说：早送新人上凤楼，早上凤楼早发财。生子生孙都要早，生下贵子做公台。
>
> 门内说：隔门犹如隔座山，要我开门却不难。只要说个顶好话，

我便用手扳门闩。

门外说：喜庆话儿我最多，好男好女结丝萝。让他早早成新事，早生贵子便登科。

门内说：心心念念听鸳鸯，门外人儿莫作忙。再说几句喜庆话，我必让你进喜房。

门外说：喜庆话儿我最高，百年夫妇在今宵。今日织女河边等，让我牛郎遇鹊桥。

门内说：喜庆话儿句句高，人情话儿太嫩生。再说几句吉利话，我便用手扳门闩。

门外说：内门伴妈太不仁，三番两次不开门。若再不把门来开，转请旁边老先生。

门内说：最喜虎斗与龙争，仍然关住不开门。若提先生两个字，站断股拐不开门。

门外说：你不开门最可嫌，胡言乱语屁连天。若要再说啰嗦话，真个衣胞不值钱。

门内说：衣胞是你你衣胞，衣胞还要把门叫。开门只许君子走，不许衣胞望里跑。

门外说：此话原来是我差，进房陪礼我斟茶。只看新人情分上，开门好让我蝶穿花。

门内说：陪礼斟茶话中听，开门让你贺新人。月暖花香生贵子，子子孙孙业万金。

门外说：一进香房庆贺高，珍珠佛地彩云飘。香鸣凤曲吹箫早，生下贵子官又高。

门内说：非不让你进房来，新人爱看你文才。只须即吹诗几句，里面即刻把门开。

门外说：更深夜静月光斜，傍坐蓝桥暗自嗟。且看新人情分上，开门好让蝶穿花。

门内说：让他舞蝶欲穿花，我今只是不理他。还要吟上诗几句，方许他人弹琵琶。

泗州调（2010 – 08 – 11）

天涯博客升级，页面花哨，不适应。致电客服，曰改进中，稍候即可。

张家界游，疲惫不堪。然看山看水，好过看文章。

庆茂招聚，饭后至其办公室闲话。

收到寄自浙江兰溪柏社乡抄本一册。封面题"中华民国三十二年立"，内页有"浙江省绍兴府诸暨县枫桥镇"字样，署名"刘绿雅"。内容丰富，计有"八仙庆寿"、"花园"、"街坊付子"、"湖丝阿姐泗州调"、"新编十把扇子"、"新编时调十杯酒儿"、"新出劝戒香烟花名山歌"、"新编时调十二月想郎"、"新编十栏杆"、"最新时调打牙牌"、"新刻玉美人"、"新刻五更十叹郎"、"新刻四季相思"、"新编抄本时调下盘棋"、"新编时调湘江郎"、"女醉酒穿心满江红"、"新出戒香烟花名山歌"等。查黄仕忠辑有《东京大学仓石文库藏戏曲曲艺书目》，其第四部分有《时调大观》第六集、第七集，《时调指南》十五集，《时调新曲》第二册，《新编绘图说明时调新曲》第一册，"十二月想郎"、"十杯酒"、"时调湘江郎"等即见于以上各书目录。

又《北平俗曲略》记旧时北平流行曲调，是民间音乐、戏曲史研究重要资料，此抄本价值，可作如是观。如泗州调，通制是五句三十二字，第三、第五句重复，第四句为"哎呀哎呀"。"湖丝阿姐泗州调"正与此相合，只每句字数稍有增减。录如次：

月落西山天明了，湖丝阿姐能起早，喊娘亲先把饭烧，哎呀哎呀，喊娘亲先把饭烧。忽听头把罗老叫，来了姐妹一大潮，金定姐你也来了，哎呀哎呀，金定姐你也来了。看看钟点五点整，又听叫了二吧罗，姐妹们都去上工，哎呀哎呀，姐妹们都去上工。左手拿把文明伞，右手拿的小饭篮，在路上说说谈谈，哎呀哎呀，在路上说说谈谈。大小进了湖丝栈，打盒做丝茧子拣，十二点放工吃饭，哎呀哎呀，十二点放工吃饭。江北阿姐能可恼，天天开水冷饭泡，好小菜果肉一包，哎呀哎呀，好小菜果肉一包。上海阿姐本领高，打盒做丝称头跳，着衣裳正正时髦，哎呀哎呀，着衣裳正正时髦。

论者以为《俗曲略》内容，有助于人们了解其时北平社会风貌和民族习俗，抄本亦然。结合近代江浙蚕桑业发展境况，领略阿姐们"大小进了湖丝栈，打盒做丝茧子拣"景致，别有趣味。

教化　启蒙（2010－08－17）

书录师短信，询《明代民歌集》目录。

看美林师，说冷暖。

前说浙江抄本中"十二月想郎"、"十杯酒"、"时调湘江郎"或见于日人藏《时调新曲》等。今接上海寄《时调新曲》、《时调大观》等，知抄本内容确多在诸书中。如《湖丝阿姐泗州调》见《时调新曲》（刘德记书局发行）第二册。抄本文字多有讹误，如"金第姐"误为"金定姐"，"好小菜果肉一包"重复句当为"好小菜一根油条"。抄本内容只至"上海阿姐"，其后实尚有苏州阿姐、杭州阿姐。录如次：

苏州阿姐路上跑，滑头麻子来打梢。骂一声杀侬千刀，哎呀哎呀，骂一声杀你（侬）千刀。你看穷爷啥路道，瞎说眼睛来胡闹。恨起来打你耳光，哎呀哎呀，恨起来打你耳光。胡调麻子哈哈笑，叫声阿姐休烦恼，我有事告你知晓，哎呀哎呀，我有事告你知晓。杭州阿姐买相好，管车先生膀子吊，小房子借在旱桥，哎呀哎呀，小房子借在旱桥。

寄书中有《新姑爷拜年》（封面另题：改良奉调大鼓、姑嫂贤良段、十三月秧歌、喜歌词）、《小儿难孔子》（封面另题：念喜歌新词，文明消遣、改良新词），两书封面、内页版式同，后者署北平打磨厂学古堂印行，编号一八四。《拜年》喜歌目录为：贺登科、贺生子、祝寿、贺盖房楼、贺开张、贺娶亲；《难孔子》喜歌内容与之相近。《拜年》贺娶亲歌标题下加括号，内云"花晏词摘头换尾使白口念红鸾星要清"，歌云：

宝轿一落永平安，天喜星官降临凡。福神贵神两边站，长寿星君在庭前。八仙来贺喜,福寿两双全。夫妻同偕老,双庆与双欢。双庆与双寿,双喜多加官。来年生贵子,得中一状元。门前挂上匾,列位在朝班。刘海喜,洒金钱。金钱洒在宝宅内,富贵荣华万万年。爷们大喜了。

与庆茂聊天,曾云近代时调小曲包括喜歌印本、抄本众多,作为独特之文化现象,即有研究必要。暇时可作一提纲。

寄自成都渝中区某人之《四言八句》,版式与此前蜀中喜歌本同。内有"席上吟诗"若干,使人知喜歌确有教化功能,亦从中体会作歌者(即常言所谓市井文人)着力启蒙之苦心孤诣。如其有云:

冷菜残羹抱愧多,席上无肴莫奈何。烧酒肥肉两相得,且食且饮是高歌。
伏羲姊妹治人种,无衣无食似人熊。天下人人居巢洞,就其禽兽一般同。
神农制下五谷种,始兴饮食把人供。燧人造火有民用,人间火化始具隆。
轩辕治衣成体统,穿戴齐整变颜容。草木之衣归何用,巢人窟人避雨风。
后稷教民始栽种,五谷成熟更有功。尧舜在位五臣用,二十二人亮天宫。
禹王治水称神君,天下九河尽疏通。那时虎豹真凶狠,荒山野径出大虫。

聊将薄鲁报投瓜(2010-08-18)

闲闲有帖说熟人某抄袭。一叹。

晚看央视某频道播泰国电视剧(《繁星满天》)。年齿长,弱智增,自然规律。

喜歌有典。如《四言八句》有云:"鲁水泛白席上荒,承蒙亲友去帮忙。又闻老兄是海量,淡酒不嫌饮几双。"又云:"多蒙玉趾到吾家,门庭光灿不喧哗。愧乏佳肴并美酒,聊将薄鲁报投瓜。"此处"薄鲁"(鲁水),出《庄子·胠箧》:"鲁酒薄而邯郸围。"百度资料云:

> 对"鲁酒薄而邯郸围"的解释有两种:《音义》注曰:楚宣王朝诸侯,鲁恭公后到而酒薄,宣王怒。恭公曰:"我,周公之后,勋在王室,送酒已失礼,方责其薄,毋乃太甚。"遂不辞而还,宣王乃发兵与齐攻鲁。梁惠王常欲击赵而畏楚,楚以鲁为事,故梁得围邯郸。唐陆德明《经典释文》所载与此同。另一种说法是《淮南子》云:楚会诸侯,鲁赵俱献酒于楚王,鲁酒薄而赵酒厚。楚之主酒吏求酒于赵,赵不与,吏怒,乃以赵厚酒易鲁薄酒,奏之。楚王以赵酒薄,故围邯郸。

资料又云,此典故本意是讲鲁酒味淡薄,与赵国本不相干,赵国国都邯郸反而因此被围,后遂用"鲁酒围邯郸"比喻无端蒙祸,或莫名其妙受到牵扯株连。同时,"鲁酒"亦成为普通酒或劣质酒之代名词。《稗史汇编》附会云:中山人善酿酒,鲁国有人取其糟回来渍以成鲁酒,冒充说是中山酒,被中山人发觉,所以酿酒味薄称鲁酒。庾信《哀江南赋序》:楚歌非取乐之方,鲁酒无忘忧之用。刘筠《秋夜对月》诗:欲消千里恨,鲁酒薄还醒。凡此种种,都是借用鲁酒薄含义泛指味薄之酒。宋黄庭坚《观秘阁苏子美题壁》中曾引此典故:鲁酒围邯郸,老龟祸枯桑。

与"薄鲁"相比,"投瓜"则为熟典,语本《诗·卫风·木瓜》:投我以木瓜,报之以琼琚。唐陆龟蒙《江南秋怀寄华阳山人》诗句云:"种豆悲杨恽,投瓜忆卫旟。"

昨说喜歌教化、启蒙作用,"桃之夭夭"、"赵钱孙李"是,"聊将薄鲁报投瓜"云云亦是,且更见作歌者修为。

流水 (2010 – 08 – 23)

隽超邮件,云已调黑龙江大学文学院。

收到"百本张"光盘并《新小曲大观》打印件等。"百本张"俗曲抄本与孔德学校藏车王府曲本、故宫藏升平署俗曲抄本、北平图书馆藏乌丝栏俗曲抄本，为刘半农、李家瑞撰写《中国俗曲总目稿》、《北平俗曲略》之主要材料。网络有百本张介绍，录如次：

  百本张是清代最负盛名的制作、售卖曲本和剧本抄本的民间书坊之一。百本张子弟书均为小册抄本，它所出售的子弟书成为此种文艺最重要的传播途径，呈现出中国民间文艺的书坊化特色。清代乾隆五十五年（1790）四大徽班进京，江浙的"滩黄调"、湖广的"绣荷包"、热河的"沟调"和东北的"打莲厢"等同时流入北京，与京城内传唱的岔曲、马头调等时尚小令一起风靡一时。由于学唱的需要，便出现了一些专门售卖戏文、曲词抄写本的书铺，其中最有名的是百本堂，自称百本张。地址在北京西直门内高井胡同，主人叫张二，名号不详。它出版的唱本是用白棉纸抄写，红绿等棉纸装订的。扉页上有长寸半、宽一寸的戳记，上写"世传百本张"字样，四周环绕松、竹、梅、菊花纹图案，中间夹有"童叟无欺，言无二价"两行小字。还有一种是中间有"百本张，别还价"的戳记。唱本主要是在北京隆福寺、护国寺等庙会上长期设摊售卖，书商将各种唱本摆在高粱秆儿编制的小帘子上任人挑选，有时还辅导教唱。百本张出版的唱本，最多时达到一千多种，版本多达几十种。北京图书馆藏书中，尚存有《锺馗嫁妹》、《得钞傲妻》等。百本张书铺惨淡经营近百年，清末民初歇业。

《新小曲大观》共三册，第一册有《罢市五更歌》、《新出爱国五更调》，均具时代感。《五更歌》云：

  一更一点月正初，罢市啥缘故。咦呀呀得哈，学生勿上课，捉进去一千多，真苦楚。钢镣收监，还要打屁股。咦呀呀得哈，倒是肚里饿。二更二点月正高，游学生真苦恼，咦呀呀得哈，关进水监牢。为之演说廿一条，夺青岛，某国警察，就把洋枪敲，咦呀呀得哈，赛过捉强盗。……学生统统送转起，枚克气，三个国贼，一道歇生息，咦呀呀得哈，还算大欢喜。

手头有民国时调小曲印本、抄本若干，或可据此成一选本，以见其时风气之一斑，并与《中国俗曲总目稿》、《北平俗曲略》作一呼应。作此选本，有考虑。因此一时段之时调小曲，侧重音乐性，故多以俗曲名之，与通常意义之民歌稍有区别，可自历史、文化、民俗等方面详加讨论。

另赵小楠有文章说《北平俗曲略》中民歌研究（http://www.ccmusic.edu.cn/xsxj/szzy/szsc/200804/t20080401_4040.html，中央音乐学院网），兼及斯事。其引中国曲艺出版社1988年重印《北平俗曲略》之前言称，经统计，《俗曲略》中属于曲艺现行曲种的有20种，属于现行曲种的基调、曲牌或雏形的有33种，其馀属于戏曲、杂技、歌曲。这部专著对我们了解当时北京民歌、曲艺、戏曲等艺术品种情况有帮助。赵文云：

> "俗曲"在《北平俗曲略》中是一个很宽泛的概念，李先生自己就将六十二个条目分入说书、戏剧、杂曲、杂耍或徒歌五类，其中绝大部分不严格地对应于今日民族音乐研究中的说唱、戏曲、民歌、歌舞四个领域。李先生与我们对于"俗曲"这个概念的认识是不同的，从《李书》收录资料分析，他是把民歌、说唱、歌舞的大部分（多指在城市中流传的部分）、戏曲的一小部分（多为发展不成熟的小戏）及道、佛教音乐中与民歌相近或相同的部分和一些杂技音乐列为"俗曲"的，所以他的这个"俗曲"是一个很大的概念，很接近于我们今日所说的"民间音乐"这个概念了。在李先生与刘复（半农）先生合著的《中国俗曲总目稿·序》中，刘复先生的一段话是足以解释当时的研究者是如何定义"俗曲"的：

> 歌谣与俗曲的分别，在于有没有附带乐曲：不附乐曲的如"张打铁，李打铁"，就叫做歌谣，附乐曲的如"五更调"，就叫做俗曲。所以俗曲的范围很广的：从最简单的三句五句的小曲起，到长篇整本、连说带唱的大鼓书，以至于许多人合同扮演的蹦蹦戏，中间有不少的种类和阶级。

笙歌何事急相催（2010–08–25）

《喜歌三题》发《寻根》杂志第 4 期。

订子弟书资料若干。

子弟书有人关注，唯个案研究仍待深入，如百本张、聚卷堂、别野堂。兴起背景、题材源流、接受过程，均有可为。

朱天文演讲，有读者提问：有人说你的书写是阴性书写，你怎么看？朱答：

所谓阳性书写就是大叙事，有因有果是大叙事。什么叫大叙事？常常是有权利的人取得了强势权。……弱者也要有弱者的发言权，相对于阳性的书写，这二三十年来所谓阴性书写，有别于大叙事之外的散焦的，你看塞尚的画就会知道，没有所谓中心跟边陲，每个边陲仿佛都是一个中心。阴性书写就是有别于主流叙事的。一个人写服装，可能就写出服装的时代变迁，就是琐碎政治学（《我对文学的黄金誓言》，新京报网，http://www.bjnews.com.cn/10/2010/0818/256.html。网文"塞尚的画"作"塞上的话"）。

按琐碎政治学，说法奇妙。

喜歌多浅白无文，然文人有戏作仿作，此类喜歌，别具风姿。如正在整理之《礼文便览》，即是一例。特点有二。一是句式整齐，七言四句，毫无差池。二是言辞雅洁，间有用典，且非熟典。举例如下。

其一：

笙歌何事急相催，箫管迟迟奏几回。玉女房中犹未觉，新妆初学寿阳梅。

其二：

牛女相逢惟七夕，今朝良辰在咫尺。五色临云观凤舞，迟迟开门也迪吉。

其三：

> 雅识桃夭正及时，天然作合喜相随。方才点就梅妆额，趁此良辰卷翠微。

其中"笙歌"句化自唐刘长卿《使回赴苏州道中作》（"春风何事远相催"），"迪吉"则出《书·大禹谟》："惠迪吉，从逆凶。"（孔传：迪，道也。顺道吉，从逆凶。后以迪吉表示吉祥、安好）。"寿阳梅"、"梅妆额"亦有出处。《声律指南》卷上"十灰"云：今对古，往对来，舞榭对歌台。夏弦对春诵，玉罍对金罍。淇澳竹，寿阳梅，逸品对通材。黄花人比瘦，红叶客为媒。秦相挥金将木徙，唐皇击鼓把花催。凄凉何满，一声难忘故国；惆怅阳关，三叠更尽馀杯。宋李昉《太平御览》卷三十引《杂五行书》说其事云：宋武帝女寿阳公主，人日卧于含章殿檐下，梅花落公主额上，成五出花，拂之不去。皇后留之，看得几时。经三日洗之乃落。宫女奇其异，竞效之，今梅花妆是也。

得空细说。

西调 （2010－08－30）

周日回乡。

先一短信，问安若分班事。

美林师电话，说人大复印资料等事。

电话唯楚书店，购《通俗编》。

《艺术百家》（2010年第3期）有李雄飞文说西调，曰西调有广义、狭义之分。广义西调，指明清时期外地人对山陕乐曲唱调的一种泛称，包括民歌、俗曲、曲艺、戏曲四大类；狭义西调，指清前半叶我国京畿地带广泛传唱的一种俗曲，是以山陕民间小调为基础，融会文人创作精华，主要由职业优童表演的、有乐器伴奏的歌唱艺术形式。按"山陕"说出自翟灏《通俗编》卷三十一《俳优》之"西曲"条（"今以山陕所唱小曲曰西曲，与古绝殊，然亦因其方俗言之"），指山西、陕西两地；"明清"、"清前半叶"云云，可以之限制研究对象，而非确指西调只存在于彼时。清以后，广义之西调仍未绝迹。如百度有资料云：

> 西调，地方戏曲剧种。清末由山西上党梆子传到河北永年后演变而成，主要流行于河北邯郸、邢台，河南安阳及山西晋东南地区。传统剧目有《渭水河》、《反西岐》、《取西川》、《双挂印》等一百馀出。音乐属板腔体结构，唱腔旋律为徵调式；伴奏乐器以头把、二把、三把、琵琶、二胡等为主。解放后整理、改编了一批传统剧目，其中《海瑞告状》获河北省1959年汇演演出奖、演员奖。

《辞海》"西调"条曰：

> 民间曲调名，清乾隆年间盛行。除叠句外，一般十二句五十六字，常加很多衬字。平仄通协。

《辞海》云乾隆初年抄本《西调百种》收有一百曲，《霓裳续谱》所收西调更多。李雄飞文则云除此两书外，乾隆四十五年（1780）京都柳淳敬编选《西调黄鹂调集钞》、嘉庆三年戴全德刻本《浔阳诗词合稿》、嘉庆年间京都无名氏编选《时兴小曲钞》、道光年间京都无名氏编选《京都小曲钞》、1935年郑振铎编选《世界文库》等亦收录若干西调作品。

网络有《中国全史》（惜未知编撰者），其卷九十说明清时调小曲，亦涉及西调。录如次：

> 明代兴起的时调小曲，由于清初战乱曾一度停歇，经康熙、雍正期间的恢复，到乾隆时又复兴起来。从傅惜华先生所藏乾隆年间钞本《西调百种》、《西调黄鹂调集钞》，嘉、道间钞本《时兴呀呀呦一卷》、《小曲六十种》等，可以看出清代时调小曲之丰富。这些时调小曲有的是由幼年儿童演唱，也有由档子班中幼妓演唱。这种时调小曲在清末天津称之荡调。在北京也有活动："京华为四方辐辏之区，凡玩意儿适观者皆于是乎聚，曲部其一也。妙选优童，延老技师为之教授，一曲中之声情度态，口传心画必极妍尽丽而后出而夸客"（王廷绍《霓裳续谱》序）。康熙时人李声振《百戏竹枝词》也说："妙龄

花档十三春,听到边关最怆神。却怪老鹳飞四座,秦楼谁是意中人。"可见这种演唱形式是很普遍的。这种时调小曲的表演形式为二至三人,分包赶角。有白有唱,载歌载舞,与现今曲艺中"走唱类"极为相近。清人蒋士铨的《唱档子》中有描述:"作使童男变童女,窄袖弓腰态容与。暗回青眼柳窥人,活视红妆花解语。憨来低唱想夫怜,怨去微歌奈何许。童心未解梦为云,客恨无端泪成雨。"这恐怕就是清代专业曲艺艺人的真实写照。在时调小曲的发展中,有一部分衍变为牌子曲的各种曲牌,有的则依然保留原始风貌,如《绣荷包》、《绣花灯》、《绣门帘》、《绣兜兜》等。

戏新妇(2010-08-31)

坊间热议教授争选厅干事。

《礼文便览》附录"房内新词调",注明各类唱腔,如盘洞腔、铁板桥戏牡丹腔、百忍堂腔等,均可作《北平俗曲略》之补充。《近代时调小曲集》当包括此等内容。

流水说盖头,引《通俗编》卷九"帕蒙首"文字,后又云"至文学院资料室查对,台湾世界书局版《通俗篇》卷九无'帕蒙首'条",是以《喜歌三题》中,此则资料改引自赵翼《陔馀丛考》卷三十一。今检台湾国泰文化事业有限公司版《通俗编》(1980年,据无不宜斋刻足本点校排印),卷九《仪节》确有"开合挑巾"、"帕蒙首"、"撒谷豆"、"坐鞍"诸条。

喜歌种种,多游戏性质,而游戏之对象,主角是新郎、新娘二人。《通俗编》卷九《仪节》有"戏新妇"条,说此源流甚详,录如次:

《抱朴子·疾谬篇》:世俗有戏妇之法,于稠众之中,亲属之前,问以丑言,责以慢对,其为鄙渎,不可忍论。或更㪍以楚挞,系足倒悬,酒客酗嚣,不知限制,可叹恨也。《升庵外集》:今此俗,世尚多有之,以庙见之妇,同于倚市门之倡,诚所谓敝俗也。然自晋世历千馀年而不能变,可怪哉。又《北史·齐后妃传》:段昭仪,韶妹也。婚夕,韶妻元氏为俗弄女婿法戏文宣,文宣衔之。《酉阳杂俎》:北朝婚礼，婿拜阁日，妇家亲宾妇女各以杖打婿为戏乐，至有大委顿者。盖戏婿之俗，亦已久矣。

按戏婿之俗久，虽有种种弊端（如致婿"大委顿"）而仍不绝迹，自有其原因。试以仪式学理论简释之。婚礼是仪式一种，奥斯卡·G. 布洛克特在其《剧场史》中，将仪式功能归纳为五方面，第五曰仪式有娱乐作用（胡志毅《神话与仪式：戏剧的原型阐释》，学林出版社，2001，第23页）。人生苦短，借婚礼这一机会而恣意娱乐，亦其宜矣。

又徐珂编《清稗类钞》、胡朴安编《中华全国风俗志》，引文均不注出处，翟灏撰《通俗编》则无此病，洵属可贵。

古希腊喜歌（2010-09-01）

昳丽闲聊。

周国平与史铁生对话，周云：中国人没有来生这个观念，中国是没有本土宗教的，佛教传进来后也发生了很大的变异。按儒教不论，通识指道教即中国本土宗教。

昨以仪式学原理说戏新妇风俗，可结合狂欢诗学、社会心理学等观点展开。

德人利奇德《古希腊风化史》（杜之、常鸣译，辽宁教育出版社，2000）第一部第一章，说女性婚姻与生活，第二部分标题为《古希腊的婚嫁习俗》，有数点内容值得注意。

一是抢婚。作者云，上古时期斯巴达有一种抢新娘礼仪，"在这个城邦里，新娘公开被强行抢走"。详细情形，书中有描述，似与中国旧时抢婚习俗有异。二是古希腊结婚喜宴，"通常设在新娘的父家"，喜宴结束后，"新娘乘坐一辆由几头公牛、骡子或几匹马牵引的马车前往婆家"。喜宴设在女方家里，与《敦煌遗书》下女夫词中所说情形相同。三是喜歌。作者云，荷马已经提及"喜门颂"（见《伊利亚特》第十八卷），并云赫西奥德在帕琉斯和忒提斯结婚时亲手写过一首喜歌。此处喜门颂与喜歌，大致略同于《诗经》中有关篇什，性质为仪式歌，目的在于赞颂、祈福，与下女夫词及其后之撒帐歌、拦门歌等稍有不同，主要表现在创作成分居多，文人气息浓厚。

书中说拦门习俗与拦门歌，大有意思。与吾邦拦门不同，古希腊拦门，是夜深时分，新郎搂住新娘，冲进新房，"姑娘们急忙站起身来，虚张声势地冲向那个抢走新娘的强人，希望从他手里救出她们的玩伴"；"她们追到新房门前的时候，门砰然紧闭，与此同时，她们还听到躲在里面的新郎把门牢牢地闩上，又用讥讽的口气喊着说出那句古老的套话：'回去吧，这里的姑娘够多了！'"于是，"姑娘们在惊喜的气氛中哄笑着唱起了那首尖刻酸溜的谣歌：守门人儿顶呱呱，一双脚长三丈八。五张牛皮拼鞋底，十个皮匠做成啦。"书中有云：

但这场快活的逗弄只持续了一小段时间，她们还得有时间向这位玩伴最后表示友情，向她贺喜，同时也向她道别，因为她一走进洞房就已经成了这一家的主妇。所以，这群年轻的姑娘们又摆好了阵势，唱起了洞房之歌，即狭义上的喜歌。

按此处"狭义上的喜歌"，包括姑娘所唱"守门人儿顶呱呱"，实即敝人日日面对之四言八句、送房歌。与人说选题，古希腊喜歌与中国传统喜歌之比较，即其一。

流水（2010-09-08）

盐城会议，看九龙口风景。

书录师电话，说民歌网站事。

孔网订《中国民俗文化研究》第六辑。

九段老师邮件，发元陈泰《所安遗集》中集民谣二首。录如次：

其一曰《苗青青》

苗青青，东阡西陌苗如云。经年不雨过秋半，苗穗不实空轮囷。田家留苗见霜雪，免使来岁劳耕耘。县官催租吏胥急，粜粟输官莫论直，劝农使者不汝恤。

其二曰《蕨澄澄》

蕨澄澄，新春食蕨留蕨根。凌晨劚根暮舂杵，潋潋大瓮流黄浑。常年春寒粉始冻，谁信秋暑霜翻盆。穷通有数今已识，为死为生尚难测，独立苍茫面如雪。

此类民谣，文献多有，民歌集当酌情收录。

奠雁（2010 – 09 – 10）

教师节，电话、短信若干，问候老师、同学。
国学网有何迟《相声艺术问答》（答张国贤），说及喜歌。何先生云：

我所说的要向传统相声学习那些民俗学的东西，是指作者不仅要了解人民当中传统的风俗习惯，而且还要了解在社会主义革命和社会主义建设当中涌现出来的新的，或者是对传统风俗习惯加以改造之后形成的新的风俗习惯。拿天津郊区来说，在盖新房的时候，上梁时有上梁的喜歌，砸地基时有砸地基的喜歌，这些喜歌经过农民自己的改造，有的已经成为新喜歌了。又比如在郊区结婚的时候，铺被窝有一套顺口溜，这些顺口溜如果加以改造，去掉那些带有封建色彩的语言，也会成为一种新的结婚喜歌。这些东西是我们应该搜集整理的，甚至可以把它们改造成为可以推广的新风俗、新习惯的。可是如果我们不懂得旧的风俗习惯，也就不可能把旧风俗习惯来个推陈出新，变成崭新的事物。

孔网订中国曲艺出版社出版的《北平俗曲略》。
整理喜歌。
《趣致闹房歌》，得自广州。主体为八句四十六字，定格为五、五、七、七、三、五、七、七。有地方特色，如多用方言。此种闹房歌，标明"公举我来唱"，与常见拦门歌、撒帐歌不同，性质更近于前日所说古希腊之婚礼歌。

《趣致闹房歌》有云:

> 奠雁迎亲转,齐眉共举案。特来恭喜汝良缘,省城佛山有可远。汝打算,风流嫌夜短。糖梅米煎我讨满,烧响三炮就开船。

仍说奠雁。此前引《仪礼·士昏礼》云:"纳采,用雁。主人筵于户西,西上,右几。使者玄端至。摈者出,请事,入告。主人如宾服,迎于门外,再拜,宾不答拜。揖入。至于庙门,揖入;三揖,至于阶,三让。主人以宾升,西面。宾升西阶。当阿东面,致命。主人阼阶上,北面再拜;授于楹间,南面。宾降,出。主人降,授老雁。"《白虎通·嫁娶篇》云:"纳采、问名、纳吉、请期、亲迎,以雁贽……用雁者,取其随时南北,不失其节,故郑注云,取其顺阴阳往来也。"唐李端《送黎兵曹往陕府结婚》诗云:"奠雁逢良日,行媒及仲春。"后雁不易得,即以鹅、鸭、鸡代行奠雁礼。

流水 (2010-09-11)

少松师电话,说吟诵有关诸事。
看某人小说。"撒下种子,它就是要发芽了。"拗口。
翻译有无尽妙处。梁实秋文章《旧》起首云:

> "我爱一切旧的东西——老朋友,旧时代,旧习惯,古书,陈酿;而且我相信,陶乐赛,你一定也承认我一向很喜欢一位老妻。"这是高尔斯密的名剧《委曲求全》(*She Stoops to Conquer*)中那位守旧的老头儿哈德卡索先生说的话。

"委曲求全"四字,大好。查百度,有译作"屈身求爱",弱。
与女儿说读新井一二三《成人式》(江西教育出版社,2007)体会。《还有明年》一节,动人心魄。文章云:

我边看小说，边用耳机听广播。进入二月，几乎每个节目的主播都说："快到考试的日期了，应考生朋友们，加油，加油！"我听着感到很疏远。虽然我也是应届生，但是已经放弃了希望，所以正在看小说打发时间。不必说，当时我的自我评价非常低。

　　就是那个时候，一个男性主播说："其实到了现在，大体上胜负已决了，一定有不少人早就认输了。今天，你们比谁都痛苦，因为无论多么加油，绝不会成功。但是，不要紧的。还有明年。你们明年一定成功，好吗？"

　　忽然，我对将来有了希望。我合上小说，并且为了翌年的大学考试，开始做准备了。

"放弃希望"云云，何等怅惘酸涩；"还有明年"云云，则透出生机。为生机赞。

闲闲有"青石街道向晚"发帖说摄影术，其中有云：

　　听一些轻松欢快的音乐，深深嗅一下衣服上 KENZO 水之恋香水的味道，写一些大家都喜欢的字。向"思想上的女流氓，生活上的好姑娘。外表上的柔情少女，心理上的变形金刚"状态迈进，哈哈。

有趣。生而有趣，是福气。

出处 (2010 – 09 – 13)

　　方蕾邮件，有愤青特质。其将喜歌译作 Epithalamiums，较 Traditional Chinese Wedding Songs 贴切。

　　收到《中国俗文化研究》（第六辑，巴蜀书社，2010）。开篇为南洋理工大学郭淑云文章《民间小戏〈王婆骂鸡〉的口语特征与民俗表现》。摘要云：论文以民间小戏《王婆骂鸡》为考察对象，通过两个活态文本的分析观察，探讨"王婆骂鸡"故事在扬州和河南两地的艺术呈现形式。论文亦分析民间小戏的故事结构、口语特征与民俗现象。在传统说唱艺术渐渐式微的今日，论文旨在提出"表演即传承"的看法，并以《王婆骂鸡》为范例，阐明民间小戏的诙谐性、幽默特点、游戏趣味与娱乐的性质是它的主要审美价值，也是它得以传承的原因。按此类小戏个案研究，有无穷文章可做。唯作文须谨慎——郭文云，谭达先认为民间小戏是一种"小型歌舞剧"，这个看法也得到很多学者的认同，如张紫晨指出，民间小戏是一种"合动作、语言与歌唱三者而成的综合艺术"。"认同"云云，未知何据。作者或由谭著出版在前（《中国民间戏剧研究》，香港，商务印书馆，1981）、张著出版在后（《张紫晨民间文艺学民俗学论文集》，北京师范大学出版社，1993）而得出此一结论，然恐不确。小戏"综合艺术"特征，乃学界通识。张先生有《中国民间小戏选》（上海文艺出版社，1982），前言中说小戏事甚详，可参看。

《研究》中另有明代民歌论文两篇，性质相近，一云"由明代民歌看《汉语大词典》的几点缺失"。明代民歌种种词汇，尽可入方言、名物等专门辞书，《汉语大词典》收词则有自己标准。"缺失"云云，或言过其实。

陆灏《看图识字》（上海书店出版社，2010）说《阅微草堂笔记》中鬼故事：一书生夏夜纳凉，入一酒肆，见数人相与说鬼。其中一人，说自己曾遇一士人，士人云曾于西山与人论诗，正投机，欲问住处，忽闻铃铎琅琅，那人一下子不见了，原来是一个鬼。那人于是约士人一同回家，谁知士人振衣而起，说："能让阁下不憎，已为大幸，怎么还敢去府上喝酒？"说完一笑而隐。原来说鬼的士人本身也是鬼。书生听完故事后开玩笑说："这故事有趣，幻中出幻，古所未闻。很难说讲这故事的人，会不会也是鬼呢？"酒肆中数人一下子脸色大变，微风飒起，灯光黯然，薄雾轻烟，蒙蒙四散。陆激赏"微风飒起"数语，以为如同一幕电影画面，"就文字而言，也是可圈可点"。我有同感。陆又云唐山地震，钱锺书先生复友人书，引金圣叹批《西厢记》中"刘阮到天台"一节文字。私意语涉轻薄，无聊无趣。

此前说喜歌中常见词汇，云荣华富贵、五男二女等等均有出处。《通俗编》卷十《祝诵》，即辑数条，录如次：

富贵荣华：《史记·外戚世家》：丈人当时富贵，光耀荣华。《管子·重令篇》：事便辟以富贵，为荣华以相糶也，谓之逆。《潜夫论·

论荣篇》：所谓贤人君子者，非必高位厚禄、富贵荣华之谓也。《开天遗事》：明皇选贾昌为鸡坊五百小儿长，甚爱幸之，时人语曰：贾宗小儿年十二，富贵荣华代不如。李峤《汾阴行》：山川满目泪沾衣，富贵荣华能几时。

八子七婿：《唐书·郭子仪传》：八子七婿，皆贵显朝廷。瞿按：高则诚《瑟（琵）琶记》有无七男八婿句，俗承其讹，谓郭子仪七子八婿。

五男二女：《泉志》：福庆钱文曰：伍男贰女，叁公玖卿。《东京梦华录》：凡孕妇入月，母家以盆盛粟秆，上插花朵及通草帖罗五男二女花样送子。《梦梁录》：催妆用五男二女花扇。瞿按：《周礼·职方氏》：冀州，其民五男三女，男之多于女者，无如此州。更云"二女"，甚祝其阴阳也。

麒麟送子：《家语》：有麟绂事，似即本之。或云本《诗·麟趾》。

麟凤呈祥：《孔丛子》：天子而德，将欲太平，则麟凤龟龙，先为之呈祥。

子孙昌盛：《潜夫论·正列篇》：旧时京师，不妨动功，造禁以来，吉祥应瑞，子孙昌炽，不能过前。《文士传》：张潜居吴县相里，时人谚曰：相里张，多贤良，积善应，子孙昌。《搜神记》：长安张氏，有鸠自外入怀，以手探之，不知鸠所在，而得一金带钩，自后子孙昌盛，赀财万倍。《北梦琐言》：昔蒲洪以池中蒲生九节，乃改姓蒲，后子孙昌盛。

五子登科：《宋史·窦仪传》：窦禹钧五子，仪、俨、侃、偁、僖相继登科，冯道与禹钧有旧，尝赠诗，有"灵椿一株老，丹桂五枝芳"句。陈后山《谈丛》：华阴吕君，聘里中女，未行而盲，女家请辞。吕曰：既聘后盲，君不为欺，又何辞。遂娶之，后生五子，皆中进士第，其一丞相汲公也。

七子团圆：文嘉《严氏书画记》：有宋绣《七子图》，丁玉川《七子团圆图》。石君宝《秋胡剧》，有"人家七子保团圆"语。瞿按：团圆字，唐人多用，如张祜诗：愿得入郎手，团圆郎眼前。白居易诗：家居虽濩落，眷属幸团圆。

金榜题名：《西京杂记》：崔绍暴卒复生，见冥间列榜，题人姓名，将相金榜，其次银榜，州县小官，并是铁榜。

蟾宫折桂：叶梦得《避暑录话》：世以登科为折桂，此以却说对策东堂，自云桂林一枝也。自唐以来用之，温庭筠诗"犹喜故人先折桂"，姚鹄诗"折桂新荣尽直枝"，其后以月中有桂，而月中又有蟾，故或改月为蟾，以登科为登蟾宫。

金玉满堂：《老子》：金玉满堂，莫之能守。《世说》：王长史谓林公，真长可谓金玉满堂。林公曰：金玉满堂，复何为简选。《易林·离之兑》：金玉满堂，忠直乘危。又《井之乾》：左辅右弼，金玉满堂。乐府《孟珠曲》：人言孟珠富，信实金满堂。嵇康《六言诗》：金玉满堂莫守，古人安此麤丑。顾况《囷》诗：囷生闽中，乃绝其阳，为臧为获，金玉满堂。

利市：《易说·卦传》：为近利市三倍。《左传·昭十六年》：尔有得市实贿，我勿与知。《焦氏易林》：入门笑喜，与吾利市。《北梦琐言》：夏侯孜人号不利市秀才。《戒庵漫笔》：唐子畏有一巨册，自录所作杂文，簿面题曰利市。

全福：《亢仓子·用道篇》：靖言语、则福全。《韩非子·解老篇》：全寿富贵之谓福。

成双：《周礼》：嫁子娶妻，入币纯帛，无过五两。注云：五两，五端也，必言两者，欲得其配合之名。《史记注》引帝王世纪：上古嫁娶，以俪皮为礼，俪亦取其偶合也。今嫁娶，凡事物必取成双，盖古之遗。

又《通俗编》国泰重排本误植多有，如《东京梦华录》"凡孕妇入月"误作"凡孕妇八月"。杂事烦扰，无暇细校。

喷嚏（2010－09－15）

购《宋元明市语汇释（修订增补本）》（王锳著，中华书局，2008）。市语亦称隐语行话（曲彦斌主编《俚语隐语行话词典·前言》，上海辞书出版社，1996），与通常意义之"市井小民的口头语言"（《汇释·前言》）尚有区别（《汇释》又云"从现代语言学的观点看来，它应当是所谓同行语和社会习惯语,属于社会方言之列",可与"诸路乡谈相提并列",甚是)。《汇释》引《型世言》三回例句:且又人见他生得好个儿,愿意要来打牙撩嘴,生意越兴。"打牙撩嘴"乃"斗嘴说闲话"意,此近俗语,至今吾乡犹存。有想法。学术研究,资料互通极重要。《汇释》初版于1997 年(前言作于1996 年 12 月),此前曲彦斌主编《中国秘密语行话词典》、《中国民间隐语行话集》、《中国隐语行话大辞典》与潘庆云主编《中华隐语大全》以及郑硕人、陈崎主编《语海·秘密语分册》均已出版,另论文、专书(如傅增享有《金瓶梅隐语揭秘》。资料均据曲彦斌《俚语隐语行话词典》书末附录)亦有若干,市语研究几成显学,《汇释·前言》云"对于市语这种源远流长而又比较特殊的语言现象,我们至今研究得还很不够","系统的研究和理论的探讨几乎等于零",恐欠妥。又前日流水记有论文由明代民歌说《汉语大辞典》收词缺失,如其说成立,则可自市语着手,作若干类似文章。

翻笔记。

《古今笔记精华录》卷五《谚语》"喷嚏大吉"引《燕北录》:戎主太后喷嚏,近位臣僚齐呼"治夔离",犹汉呼"万岁"。《精华录》编者按云:今乡里俗传小儿喷嚏亦呼百岁及大吉以解之。

窃谓"今乡里俗传"云云,实并不多见,多见者如洪迈《容斋随笔》卷四《喷嚏》条所说(《随笔》此条或袭自唐人《资暇集》卷下《嚏咒》):

> 今人喷嚏不止者,必噗唾祝云"有人说我",妇人尤甚。予按《终风》诗:"寤言不寐,愿言则嚏。"郑氏笺云:"我其忧悼而不能寐,女思我心如是,我则嚏也。今俗人嚏,云'人道我',此古之遗语也。"乃知此风自古以来有之。

冯梦龙辑《挂枝儿·想部》三卷有《喷嚏》一首,可作"有人说我"注脚。歌云:

> 对妆台忽然间打个喷嚏,想是有情哥思量我寄个信儿,难道他思量我刚刚一次。自从别了你,日日泪珠垂。似我这等把你思量也,想你的喷嚏儿常似雨。

"齐聚欢唱"闹房歌（2010-09-17）

身体不适，慢慢调整。

跟风可恶。董桥有《小风景》，书店另有小闲话、小情调、小春秋、小暧昧，小猫小狗群争亮相。相声界反三俗，此亦出版界一大俗。

保善电话，说杂事。

先一短信，问国信集团有无熟人。

与人洽民歌网站事。

整理喜歌。

由《趣致闹房歌》思喜歌内容与形式。

其一，喜歌有广义、狭义之分。广义，指伴随婚礼全过程而产生之喜歌，甚至包括即兴创作的催妆诗、催妆词。表演者有宾客（包括傧相，少数情况下新人亦参与）、职业艺人等。宾客目的是贺喜附带求利市花红，职业艺人目的则是单一讨赏。如是，则《关雎》、《桃夭》，确可称喜歌之祖。狭义，仅局限于婚礼进行当中多由宾客、傧相表演喜歌，主要有拦门歌、闹房歌、撒帐歌、戳窗户歌等，另可延伸至在女家演绎之哭嫁歌。

其二，流水曾引褚斌杰语，指现在"有些地方在举行婚礼时，还有男女齐聚，欢唱喜歌以为祝颂的风俗"（《诗经楚辞鉴赏辞典》，四川辞书出版社，1990，第15、16页）。"男女齐聚，欢唱喜歌以为祝颂"，是泛指一种情景。《趣致闹房歌》即可视作此种情景下表演的喜歌，是演唱非口说，与狭义喜歌有区别。此种喜歌，中原地区稀见。录《趣致闹房歌》末节《恭贺大众之闹房歌》，以见"齐聚欢唱"之姿彩：

歌仔个时都唱过，又来唱出好时闻。新郎新娘来听唱，夫妻和顺百年长。新翁家婆来听唱，好时好日做家娘。八十公公来听唱，越老越壮福寿长。八十婆婆来听唱，逢孙见塞几高强。深闺美女来听唱，针黹工夫甚非常。七姐下凡来赞赏，仙姑共汝结红娘。读书君子来听唱，手扳丹桂姓名扬。横梳大嫂来听唱，必定三年和抱两。耕田亚哥来听唱，斗种还割甘罗零。生意司头来听唱，本钱细小利钱长。打工亚哥来听唱，工钱双倍几高强。媒人亚婆来听唱，时时送架走路长。列位细民来听唱，快高长大百岁零。老幼男女来听唱，个个听过福寿长。

戳窗户歌 (2010–09–18)

诗有别解，风俗亦然。如闹房。江绍原《古俗今说》（上海文艺出版社，1997）第二十一节曰"戏妇—谑亲—闹房"，引周启明为日人二阶堂招久学士论文《初夜权》之译序所作按语云：

> ……"初夜权"系 jus qrimae noctis 的译语，指古代一种礼俗，在结婚时祭司或王侯得先占有新妇数日。……中国初夜权的文献不曾调查，不知其详，唯传说元人对于汉族曾施行此权。……又浙中有闹房之俗，新婚的首两夜，夫属的亲族男子群集新房，对于新妇得尽情调笑，无所禁忌，虽云在赚新人一笑，盖系后来饰词，实为蛮风之遗留，即初夜权之一变相。此种闹房的风俗未知中国是否普遍，颇有调查之价值。族人有陕西韩城久居者，云新娘对客须献种种技艺，有什么"蝴蝶拜"的名目，如果不误，则北方也有类似的习俗也。

江氏并录葛洪《抱朴子·疾谬篇》（外编卷二十五）与洪迈《俗考》文字，证明"闹房的风俗，似极普遍，且确为此邦的一种很古老的风俗"。以"初夜权"释闹房古风，与王静安以西方理论观照传统词学，有异曲同工之妙。

约保善作中秋习俗讲解。袁景澜《吴郡岁华纪丽》记吴地中秋"走月亮"事云：

> 中秋夕，妇女盛妆出游，携榼胜地，联袂踏歌。里门夜开，比邻同巷，互相往来。有终年不相过问，而此夕款门赏月，陈设月饼、菱芡，延坐烹茶，欢然笑语；或有随喜尼庵，看焚香斗。香烟氤氲，杂以人影。街衢似水，凉沐金波。虽静巷幽坊，亦行踪不绝。逮鸡声唱晓，犹婆娑忘寐，谓之走月亮。

按旧俗如梦，迷离醉人。今夜有月，惜无梦。

前说戳窗户喜歌。"速达社区"有 ID 为米果者发帖介绍某地（疑为苏北海州地区）婚俗云：

戳窗户是一个人结婚大事的闭幕词，戳完窗户所有人离开新娘房，一对新人才真正进入两个人的世界。

为什么要戳窗户，因为过去人结婚，都要用红纸把窗户糊起来，上面贴上剪纸，有的人家剪福、寿等吉祥的花草图案，也有的人家直接贴上一个双喜。戳过窗户，以后才好开窗，同时也是结婚仪式一种过程。

选择戳窗户的人，也是有讲究的，当然是全福人，而且要能说会道，或者处人处事受人尊重，或者是个人事业有成、有所建树的人才能担起此任。

戳窗户也要洗脸喝糕茶，喝完糕茶，新娘也要赠送四样小礼，新郎家还要给喜糖、喜烟，不过好事成双，给的礼品都是双数，戳窗户也是由两个人完成。戳窗户的人手拿一把红竹筷子，走到窗户前，里边的新郎、新娘站到新床的两边，戳窗户的人要用力把筷子撒到新娘的床上，撒到床上的筷子越多越好，说明将来儿孙满床。

戳窗户时新郎家中要放鞭炮，鞭炮一声，戳窗户的人就一边说喜话，一边把筷子向里边扔。首先说：天上金鸡叫，地下凤凰时，今逢黄道日，正是戳窗时。或者是：手拿红漆筷，站在窗户外。接着说：一戳窗户开，新人躲起来，八仙送贵子，麒麟投了胎；二戳红罗被，夫妻一头睡，久旱逢甘露，生下小儿郎；三戳红罗帐，里面百花放，鸳鸯忙戏水，浓情分外香；四戳如意床，新郎爱新娘，情话说不尽，地久对天长；五戳新娘子，里面烛花香，红叶题诗配，《周南》第一章；六戳新郎哥，新娘怀里藏，双手接玉柱，根根玉生香；七戳红柱飞，新房展翠薇，花开引蝶至，花蕊任君为；八戳往里张，神女会襄王，恩爱情无限，牙床花盈香；九戳九成双，福禄寿高堂，夫妻齐眉案，儿孙多欢畅；十戳我不会，夫妻一头睡，喜奶多乐意，喜爹笑微微。

喜话说完，筷子也扔完了，喜事就算完成了。亲友散去，家人休息。

八幅稻裙拖地上（2010 – 09 – 20）

双门楼会议。陈词滥调，不忍卒听。提前退。

订《四言八句》、《哭嫁歌》等。

拟《近代时调小曲集》体例。作一长序，起概说作用。流水曾说中国曲艺出版社排印版《北平俗曲略》（1988年9月）有《出版前言》，指《俗曲略》将所收俗曲分为说书、戏剧、杂曲、杂耍、徒歌五个种属，"实际上，这五个种属所包括的62个艺术品种中，属于现行曲种的有20种，属于现行曲种的基调、曲牌或雏形的有33种，两者合计占总数的85%，其馀纯为戏曲、杂技、歌曲之属"。《时调小曲集》所收，大体在戏剧、杂曲、歌曲范畴，以清末、民国为界。如《明代民歌集》，以文献（成卷、册、本）为经，时间为纬，渐次铺陈。仿《俗曲略》，于各类曲种、基调、曲牌等进行必要解释。

整理《趣致闹房歌》。多而繁，时觉倦怠而不辍，意在存真，使人知喜歌形态之多样。

有发现。如通篇多处有"桃夭"、"关雎"（或"关关"，例句如"《桃夭》行奠雁，红叶咏关关"）字样，证两诗在喜歌中有不凡地位。另传统诗文中惯以花草喻人，喜歌则擅以有特定指向之花草烘托气氛。如《趣致闹房歌》有云：

美人奇异样，海棠国色香。素心一点压寻常，粉饰芙蓉花面上。玉兰靓，笑似桃唇像。八幅稻裙拖地上，恰如牡丹赛西厢。

又云：

含笑歌燕尔，红叶始题诗。合欢鱼水乐如眉，芙蓉帐里情难已。赋《桃夭》，兰房谐两美。今日初尝花粉味，他年必定产桂枝。

海棠、芙蓉、玉兰、桃、牡丹、桂，群芳吐艳，好不热闹，芙蓉帐暖、红叶题诗，则正与婚庆场景切合。

"八幅稻裙拖地上"，摇曳多姿，何等迷人。"稻裙"云云，张爱玲

《更衣记》有提及云：

> 裙上的细榴是女人的仪态最严格的试验。家教好的姑娘，莲步栅栅（姗姗），百裥裙虽不至于纹丝不动，也只限于最轻微的摇颤。不惯穿裙的小家碧玉走起路来便予人以惊风骇浪的印象。更为苛刻的是新娘的红裙，裙腰垂下一条条半寸来宽的飘带，带端系着铃。行动时只许有一点隐约的叮当，像远山上宝塔上的风铃。晚至一九二○年左右，比较潇洒自由的宽褶裙入时了，这一类的裙子方才完全废除。

破瓜　玉女（2010-09-21）

中秋晚会，保善说习俗，我介绍少松师吟诵《水调歌头·明月几时有》并京剧《武家坡》片段（"八月十五月光明"）。私意郭沫若"无曲谱的自由唱"（见郭为洪深《戏的念词与诗的朗诵》所作序。转引自少松师《古诗词文吟诵》，社会科学文献出版社，2002，第4页）一语定义吟诵最中肯綮。

整理喜歌。
短信先一。
《趣致闹房歌》有云：

> 《桃夭》歌乐也，初赏洞房花。双双夜合赛荣华，半面含笑真大雅。喜破瓜，帐里芙蓉耍。春睡海棠情欲罢，玉兰胭粉五更搽。

又云：

> 《桃夭》赋之子，花烛艳娇姿。兰房初会乐如何，细把素心谈彼此。瓜新破，含笑逢喜事。半夜合欢同对舞，芙蓉帐里味更滋。

"喜破瓜"、"瓜新破"，其意实一。《通俗编》卷二十二《妇女》"破瓜"条云：孙绰《情人碧玉歌》：碧玉破瓜时，郎为情颠倒。宋谢幼盘词：

破瓜年纪小腰身。翟按俗以女子破身为破瓜，非也。瓜字破为二"八"字，言其二八十六岁耳。若吕岩赠张泊诗：功成当在破瓜年，则八八六十四岁。又《随园诗话》卷十三有云：

《古乐府》：碧玉破瓜时。或解以为月事初来，如瓜破则见红潮者，非也。盖将瓜纵横破之，成二"八"字，作十六岁解也。段成式诗：犹怜最小分瓜日。李群玉诗：碧玉初分瓜字年。此其证矣。

前引《礼文便览》有云：

笙歌何事急相催，箫管迟迟奏几回。玉女房中犹未觉，新妆初学寿阳梅。

《趣致闹房歌》有云：

兰房光灿灿，玉女在房间。鼓瑟鼓琴两人弹，富贵好命从今晚。睢关关，桃唇对柳眼。夫妇真情言千万，鸳鸯枕边畅由闲。

两处均说及"玉女"。《通俗编》卷二十二《妇女》之"玉女"条云：

《礼记·祭统》：国君取夫人之辞曰：请君之玉女，与寡人共有敝邑。注云：玉女者，美言之，君子于玉比德焉。《吕氏春秋·贵直论》：晋惠公淫色暴慢，身好玉女。亦犹言美女耳，后世神其说，有金童玉女之辞。《神异经》：东王公常与玉女投壶。司马相如赋：排阊阖而入帝宫兮，载玉女而与之归。扬雄赋：玉女无所，眺其清卢。王延寿赋：玉女窥窗而下视，均若指天女言。《宋书·符瑞志》：遂实之云：玉女，天赐妾也。

中秋快乐（2010-09-22）

昨看书录师，说民歌项目等事。

大雨如注，不能出行。电话美林师等，问安。

翻叶盛《水东日记》。

陆灏《看图识字》有一节说春联（亦称春帖）。《日记》卷六《春帖征兆》云：京师印卖春帖，有曰"雨露有恩沾万物，乾坤无处不三阳"。好事者以为用三内相之征。旧又有"金台千古地，正统万年春"之句，丁丑冬，忽复印行，新年乃有复辟大事。盖是年京闱秋试策亦及正统，内阁大臣因子不预选，又重加笺注，亦岂偶然。按"三阳"为"三内相之征"，指"三阳"谐"三杨"（杨士奇、杨荣、杨溥）。焦竑《玉堂丛语》卷七有云：正统间，文贞为西杨，文敏为东杨，因居第别之。文定郡望，每书南郡，世遂称南杨。西杨有相才，东杨有相业，南杨有相度。故论我朝贤相，必曰"三杨"。按余曾作文说昔年写春联事，曰最喜"太平真富贵，春色大文章"。

明清两代，小说、戏曲繁盛。《日记》卷二十一《小说戏文》说此事云：

> 今书坊相传射利之徒，伪为小说杂书。南人喜谈如汉小王（光武）、蔡伯喈（邕）、杨六使（文广），北人喜谈如继母大贤等事甚多。农工商贩，钞写绘画，家畜而人有之。痴呆妇女，尤所酷好；好事者因目为《女通鉴》，有以也。甚者晋王珍休征、宋吕文穆、王龟龄诸名贤，至百态诬饰，作为戏剧，以为佐酒客之具。有官者不以为禁，士大夫不以为非，或者以为警世之为，而忍为推波助澜者，亦有之矣。意者其亦出于轻薄子一时之好恶之为，如《西厢记》、《碧云骎》之类，流传之久，遂以泛滥而莫之救欤。

拙作《明代民歌研究》指明代民歌与晚明文学新思潮之关系为"相互推波助澜"（第203页），《日记》中见此四字，如晤故人。

南瑞路蓝湾咖啡聊天。座中有薛兵老师、九段、保善、庆茂。桂花茶酌兑蜂蜜，其味可人。

王建《十五夜望月》云：

中庭地白树栖鸦，冷露无声湿桂花。今夜月明人尽望，不知秋思落谁家。

今夜无月，秋思依旧。所思在远道，忧伤以终老。
问候朋友，中秋快乐。

流水（2010 – 09 – 24）

昨看美林师。

碧丽短信，告诞子讯。

可一书店购《苦雨斋文丛·周作人卷》。此前一本送人。

喜歌中"洞房花烛"最为常见。如《礼文便览》有云：春季里桃开艳阳天，灼灼其华遍地鲜。向人妍，洞房花烛胜会庆绵延。今兹成佳偶，凤昔话良缘，但愿你夫妻偕老到百年。《通俗编》卷二十二《妇女》有此词条云：庾信《咏舞诗》"洞房花烛明，燕馀双双轻"，四字始见。

笔记中有宏富资源，惜未见卓有价值之研究成果。陈垣云："笔记是非常难读的，一来笔记的分量多，内容复杂；二来笔记的编制非常不经济，除了极少数的每段有目录外，其馀不是完全无题目，便是有题目而无总目。要想从笔记里寻材料的，除了以披沙沥金的法子慢慢去找寻以外，着实没有办法。所以笔记题目的整理是非常必需的；要把所有的笔记，无目录的加上目录，有目录的加上总目，使后来要从笔记里找任何材料的都可以一目了然"（《中国现代学术经典·陈垣卷·中国史料的整理》，河北教育出版社，1996，第839页）。如《事物纪原》、《事林广记》、《通俗编》之类，有暇尽可作笺校工作，并就某一专题展开讨论。在个案研究基础上，可作综合性之笔记史著述。

又周作人喜读笔记，其《俞理初的诙谐》有云：近来无事可为，重阅所收的清朝笔记，这一个月中间差不多检查了二十几种共四百馀卷，结果才签出230条，大约平均两卷里取一条的比例。但是更使我觉得奇异的是，笔记的好材料，即是说根据我的常识与趣味的二重标准认为中选的，多不出于有名的文人学士的著述之中，却都在那些悃愊无华的学究们的书里，如俞理初的《癸巳存稿》，郝兰皋的《晒书堂笔录》是也。讲到学问与诗文，清初的顾亭林与王渔洋总要算是一个人物了，可是读他们的笔记，便觉得可取的地方没有如预料的那么多。为什么呢？中国文人学士大抵各有他们的道统，或严肃的道学派或风流的才子派，虽自有其系统，而缺少温柔敦厚或淡泊宁静之趣，这在笔记文学中却是必要的，因此无论别的成绩如何，在这方面就难免很差了。这一点小事情却含有大意义，盖这里不但指示出看笔记的途径，同时也教了我写文章的方法也。

"有名的文人学士的著述"不尽如人意，私意以"风流的才子派"最为可恶——顾盼自雄，搔首弄姿，下笔千言离题万里，此等"才子"，实为祸害。知堂作文，绝少浮词虚语，"悃愊无华"云云，透出消息。

《趣致闹房歌》整理进展缓慢，情形与曩时辑录《新编百妓评品》相近，数量既丰，内容亦多雷同，于精神、体力均是考验。如其《花笺大意之闹房歌》云：

花笺大意好，莘母登程到。桃符祝寿贺仙桃，夫妻堪婿同到老。云香到，遇婢陈情道。闺阁达情添子早，访买书房礼义高。

玉面超群品，瑶仙绝世尘。嫦娥疑是征前身，绿鬓垂肩靓出锦。柳眉新，清雅脱凡尘。主婢花间笑语隐，书生撞见荡心神。

瑶仙非凡比，玉面赛西施。颜容整饰几清奇，乡姑岂有如娇美。世上稀，蛾眉瓠犀齿。举步行藏如柳树，新郎一见就情痴。

誓表真情义，瑞仙佩姐汝。看看碧月去收祺，有缘得遇云香婢。因为汝，细谈真趣味。月老为媒好到尾，龙凤团圆会佳期。

品格真婆范，瑶仙压世间。灯前细扮伛容颜，貌比沉鱼兼落雁。色可餐，一对柳眉眼。村姑岂同人装扮，定系嫦娥降世间。

有方言，有误字，有莫名其妙之表达。有疑问无从请教，有想法少人交流。枯坐经年，惶恐间至。"所思在远道，忧伤以终老"云云，或可形容当下窘境。

流水（2010 – 09 – 25）

美林师电话，说研究生教育文章事。

庆茂电话，说文化厅项目事。

萧红《呼兰河传》第六章第四节，只一句：还有，有二伯不吃羊肉。萧红不凡。

《文史知识》2009 年第 10 期来新夏文章《烟草与火柴》，说烟草与火柴历史，大有意思。来先生云：烟草吸法，不外三种，一旱烟袋，二水烟袋，三纸卷烟。按鼻烟当在三种之外，只是"吸法"特殊而已。百度资料云：鼻烟壶是专门盛装鼻烟用的，为了便于携带，一般大小如一包香烟。鼻烟是在研磨极细的优质烟草末中，掺入麝香等名贵药材，并在密封蜡丸中陈化数年以至数十年而成。吸闻此烟，对解除疲劳起着一定的作用。它起源于美洲印第安，后被欧洲到美洲探险的旅行家发现，带回欧洲，很快流行一时。乾隆皇帝常以鼻烟赐赏王公大臣，如此上下沿习，渐渐地吸鼻烟成为社会时尚。

《水东日记》卷十四《西湖俗谣》云：

> 杭州西湖傍近，可专菱芡之利，而惟时有势力者可得之。故杭人有俗谣云：十里湖光十里苞，编苞都是富豪家。待他十载功名尽，只见湖光不见苞。

流水曾说此谣，《明代民歌集》未收。

百科知识（2010 – 09 – 28）

网络公司发民歌网页面设计图初稿。

下班接女儿放学，迷路，一而再，再而三。

黄乔生为《苦雨斋文丛·周作人卷》作《编后记》，曰知堂作书话书评文字，努力做到既要简古得法，又充分蕴涵性情与见识，"有时简单到只抄一段古书，加上自己的意见，也就是所谓的'点评'，乃李卓吾、金圣叹一路。这看似简单，实际上需要常识和敏锐的判断力，既需要典雅，更需要清峻，博观圆照，方能下一断语"。近日体会知堂此种做法妙处。有想法。新到《文史知识》有刘宁述求学心得文章，引吴小如语云，与其堆砌一些浮词来凑成专著，还不如有话则长，无话则短，切切实实言之有据。私意吴先生意见与知堂"点评"法本质相通——眼前有景，崔颢道尽，何须辞费。

顾颉刚云，研究历史，"总要弄清楚每一个时代的大势，对于求知各时代的'社会心理'，应该看得比记忆各时代的'故事'重要得多。所以我们应当看谚语比圣贤的经训要紧，看歌谣比名家的诗词要紧，看野史笔记比正史官书要紧。为什么？因为谣谚野史等出于民众，他们肯说出民众社会的实话；不比正史、官书、贤人君子的话，主于敷衍门面"（顾颉刚《中学校本国史教科书编纂法的商榷》，《教育杂志》14卷4号）。胡适亦曰，"庙堂的文学固可以研究，但草野的文学也应该研究。在历史的眼光里，今日民间小儿女唱的歌谣，和诗三百篇有同等的位置；民间流传的小说，和高文典册有同等的位置"（《国学季刊发刊宣言》）。此等论述，均可作民歌整理与研究之指导性意见。

整理喜歌。

喜歌整理涉及百科知识。如《趣致闹房歌》有云：

亚姨真梗颈，为何不出声。牛角唔长唔过岭，衫袖唔长唔过乡。口靓靓，久闻人赞赏。就答歌词唔在想，因何今晚又唔唱。

其中"牛角唔长唔过岭，衫袖唔长唔过乡"两句，乃粤地俗语，至今仍有流行，网络有"客家话短信集锦"，其一云：马尾唔长唔扫街，牛角唔尖唔过岭；一山比过一山高，功夫莫称自家叻。《番禺谚语选》有"衫袖唔长唔过乡"条云：意指没有本事的人不能离开本乡本土。衫袖长，旧时有知识有地位的人穿长袖衫。

《趣致闹房歌》又云：

天九结牌子，地八亦举师。双人企住等双娥，杂九偶逢锦屏贺。虎头多，板凳来结子。至到酒米重三度，六七乱埋结子多。

　　　　天九等得耐，地八唔敢开。双人企住等双梅，红五出来红七佩。六公开，给住三介仔。双长等候红绸妹，打出双娥几妙哉。

　　"天九地八"云云，出《易经·系辞》（天一地二，天三地四，天五地六，天七地八，天九地十。天数五，地数五，五位相得而各有合。天数二十有五，地数三十，凡天地之数，五十有五，此所以变化而行鬼神也）。此处"天八地九"，当指民间常见之天九牌。据云一副天九牌共有32枚，分为文子（22枚）及武子（10枚），均是以两颗骰子不同组合而成。

周堂礼（2010-09-30）

　　整理《趣致闹房歌》毕。

　　电话保善，说墨憨斋主人作品。渠意多为伪托。

　　某学报有文章说明清民歌时调与戏曲，云"《明代民歌研究》讲道：从形式上看，晚明的文人们有意识地仿作乐府和时兴民歌，与此同时，民歌的曲调直接影响了散曲的曲牌和戏曲的声腔，文人小曲大量流行，众多的民歌腔调演进成为固定的曲牌，一时间曲牌大为丰富"。文后注指引自拙作第87页，查是页无此段论述。

　　收到寄自重庆之木刻本《四言八句》、《女儿哭嫁》。

　　《四言八句》封面题"新刻通用杂字　四言八句　讲酒礼　城都出板"。"城都"当为"成都"。版式与《改良上花挂红》等相似，由是亦坐实此前判断，即民国时期，蜀地（主要是成都）坊间确曾规模印行各类实用杂字、时调俗曲、"四言八句"。此本开篇为《礼仪全集》，分"周堂礼"、"喜酒接风吉语"、"客回答"、"百客接风吉语"等，罗列婚礼仪式各环节用语，于乡人起范本效用。如"周堂礼"云：凤求凰配得成双，鸾凤和鸣百世昌。今日夫妇成交拜，先拜天地日月光。东都才子进位，南国佳人进位。……一拜长命富贵，二拜金玉满堂，三拜三仙献瑞，四拜悠久无疆。……今日双双成鸾配，喜气洋洋入洞房。天长地久，地久天长。此乃交拜时用，韵白相间，兼赞语、喜歌双重特征。其《居家必用》一篇，内容与《礼仪全集》无二致，唯"上花红吉语"，是真正喜歌，节录数则如次：

　　一对银花战兢兢，我今将来贺新人。左插一枝生贵子，右插一枝跳龙门。

　　手拿红绸五尺长，我今将来上新郎。左缠三转生贵子，右缠三转状元郎。

　　一顶帽子真可爱，将来新人头上戴。异日加金顶顶好，好在朝中把君拜。

　　一件袍子色色高，新郎穿起好窈窕。自从今日来穿起，脱去蓝衫换紫袍。

《四言八句》　　　　　　　　《女儿哭嫁》

　　末一首，在另本得自重庆之《新刻四言八句》中，亦有收录（此节"一个荷包圆又圆"、"手拿红绸五尺多"亦与《新刻》本重）。

　　说周堂礼。武汉市东西湖区档案局网站有文说彼地男婚女嫁传统礼仪，云正期前夕，男家要举行告祖礼；婚娶当日，男家须在室外选择一处适当空场地设鸾场，鸾场中摆设香案，准备迎亲。迎亲队伍到，轿夫抬花轿沿香案绕场一周，将花轿停放香案前，行回鸾礼。回鸾礼成，所设俱撤，鸣炮，鼓乐齐奏，执事者将花轿抬入喜堂，举行周堂礼。文章云：

周堂礼就是新郎新娘交拜的礼仪。由伴娘请新娘下轿，并同新郎一道步入中堂堂前。掌礼先生立于中堂香案左侧宣唱："喜堂肃静，行周堂礼！鸣炮奏乐！"接着宣呼："一拜天地！……二拜双亲！……夫妻对拜！"礼成，将新人引入洞房。

流水（2010-10-05）

　　与保善、庆茂聊天，商非物质文化遗产·民间纸质文献整理与研究丛书事。

　　前云文章中反复出现"自己"，如发言中"这个""那个"成灾，的是病态，惜当事者最难知觉。有例证。《东方卫报》10月1日有文说浙江一房产商回乡养猪事，作者云：

　　　　他每天一早赶到养猪场，自己亲自喂喂猪，天气好的时候，就在饲养员的帮助下，带着自己的猪外出溜溜。下午的时候，他会让儿子带着自己上网查看养猪方面的最新科技。晚上，他会约上自己的三五好友、街坊邻居一起吃吃饭。偶尔，还会提上自己养猪场的猪肉去邻村看看自己的亲家。

　　以上诸"自己"无一不可去。

　　斟酌《近代时调小曲集》体例、前言等。以"时调小曲"替"民歌"，是为突出其音乐特征。施仪对《文史知识》有文说民国四大词人（夏承焘、唐圭璋、龙榆生、詹安泰）成就，其中提及赵尊岳为饶宗颐《词籍考》作序，将词集、词谱、词韵、词评、词史、词乐，统称词中六艺（龙榆生将图谱之学、词乐之学、词韵之学、词史之学、校勘之学、声调之学、批评之学、目录之学合称为词学八事），由是知民歌音乐特征至为重要。李家瑞《北平俗曲略》于每一名目下，均列出工尺谱，虽多据文献抄录，仍极具示范意义。《近代时调小曲集》在此一端当可努力。

　　又音乐为专门之学。流水曾引刘半农为《俗曲略》所作序云：

例与乐谱……将来还有继续研究的馀地，因为现在所找到的，只有一小部分是词乐对照本，其馀都是词与乐不同出一处，虽然曲名相同，实际却是配合不上的；即就词乐对照本而论，恐怕也因展转传抄翻刻，乐谱中已有了相当的错误，演奏起来未必能和歌词配合的上，甚而至于可以不能成乐，却成为一种怪戾之音。在这一个范围之内的探求校订的工作，最好交给天华去做，可惜天华死了。

"可惜天华死了"，退而求其次，聊胜于无，"示范"云云，即是此意。伤乎痛哉。

或再退一步，"展转传抄翻刻"亦不可得，薄学如我辈，只就民歌内容说事，仍非全然无益——六艺、八事，取其一端可矣。而施文引龙榆生《词学研究之商榷》云：

词本倚声而作，则词中所表之情，必与曲中所表之情相应。故唐、五代乃至北宋柳永、秦观、周邦彦诸家之作，类多本意，不复于调外标题。盖声词本不相离，倚声制词，必相吻合故也。自曲谱散亡，歌声绝于后人之耳，驯至各曲调所表之情绪，为喜为悲，为宛转缠绵，抑为激昂慷慨，若但依其句度长短，殊未足以尽曲之情。即依谱填词者，亦复无所准则。

曲谱散亡，有调外标题，此谓通变而求生。"内容说事"之类，亦可作如是观。

彩词 (2010 - 10 - 06)

诸花中最喜桂花，秋风起处，身姿绰约，其味甜香而幽远，爽人心脾。复念王建《十五夜望月》。冷露无声湿桂花。不知秋思落谁家。我无秋思，有无穷梦想——如喜歌，如时调小曲，如种种诱人计划，包括纸质文献丛书。

某人读博士，导师年迈，多由同门师兄指导。《世说新语》有类似记载，其《文学第四》有云：

> 郑玄在马融门下，三年不得相见，高足弟子传授而已。尝算浑天不合，诸弟子莫能解。或言玄能者，融召令算，一转便决，众咸骇服。及玄业成辞归，既而融有"礼乐皆东"之叹，恐玄擅名而心忌焉。玄亦疑有追，乃坐桥下，在水上据屐。融果转式逐之，告左右曰："玄在土下水上而据木，此必死矣。"遂罢追。玄竟以得免。

马融因心忌而追杀郑玄一节，或疑为"委巷之言"，亦有人为之强辩。我着意在"高足弟子传授"云云。

孔网洽购《婚嫁上梁生子等彩词》、订《中国民间彩词》。

腾桥网（tengqiao.gov.cn）有《结婚彩词》文章，云过去人们新婚时一般要在家里或公馆举行仪式，首先要供奉列祖列宗，互拜爹娘，接着布置洞房、进行婚礼仪式，都要喊彩唱歌。一般由一人领唱彩词，新婚夫妇跟着彩词节拍巡礼，众合"喜哎"、"有哎"、"好呀"，热闹非凡。彩词……有的是历代传承下来的，有的则根据时代的变化而新编的。文章结尾云：

> 过礼时……男方备半边猪、坛酒、彩礼、羊钱（昔用羊，以后羊折为钱），请有名望、有福气结发夫妻当接亲大人。新郎堂前行簪花挂红礼。
>
> 新郎簪花时说：
> 金花一对雅悠悠，关关雎鸠在河洲。诗咏窈窕承淑女，稳步云梯架神龙。
>
> 给新郎挂红时说：
> 一匹红绫色色新，洞房花烛喜盈盈。鸾凤和鸣千秋盛，天长地久鼓瑟琴。
>
> 然后去女方家接新娘，花轿临门，女方鸣炮迎接，双方互致谦逊之词：
> 接亲大人，动了龙步，熬更守夜，受尽风霜，一路辛苦，喝杯喜酒。
>
> 脚踏贵地，冒闯贵府，衣冠不整，礼仪不周，还望包容。
>
> 孩童捧茶恭请新郎，新郎赏以喜钱。

史语所资料（2010－10－08）

电话欲祥老师，说纸质文献丛书事。约时间细商。

继承老师寄《苏州楹联集成》（潘君明主编，江苏教育出版社，2010）。书序称"该书的编辑出版，填补了苏州文化史上的一项空白，是继承前人、有益今人、造福后人的大好事，也为《中国楹联集成·江苏卷》的编纂工作提供了丰富的资料"。

收到寄自上海之时调小曲资料若干，计有《新吹大气》、《十里亭饯别》、《洋人进京》、《怕老婆发财》、《打新春》、《人之初借钱》、《正反挑眼》、《姐夫戏小姨子》、《大姑娘打秋千》、《杨姑娘思夫》、《新媳妇翻麦场》、《文明棍》、《劝孝歌》、《绣花灯》、《打茶围打忘八》、《新编时调小曲》等。《新编时调小曲》版权页署编选者王大可，校阅者陋屋山人，出版者大明书局，中华民国三十七年十月第三版。内容包括《二十四个月痰迷》、《二姑娘倒贴》、《七勿搭八》、《八仙上寿》、《十八摸》、《小尼姑下山》、《西湖十景》、《五更相思》、《东洋哭七七》、《东洋莲花落》、《东乡调》等，大都辑自各类时调小曲本，如《二十四个月痰迷》即见于《时调新曲》第四册（作"新出二十四个月痰迷前本、后本"。《新小曲大观》亦收录）。民歌中有世事人情国运。如《时调新曲》第一册有《哭七七》云：头七到来哭哀哀，拿到红被盖上来。风吹红被四角动，好像我郎活转来。是为一典型悼亡歌调。在《新编时调小曲》中，则有《东洋哭七七》云：头七到来哭哀哀，矮贼日本到上海。飞机炸弹甩下来，想夺上海难上难。旧调新词，别具姿彩。文章合为时而著，歌诗合为事而作。民间制作之生命力，或即在此。

粗检一过，除零散单册外，手头有时调小曲代表性选本如次：

《时调大观》（初集、二集、三集、四集，内页别题"改良秘本时调新曲"，上海文益书局印行，第四集署末中华民国十五年冬月出版，编辑者严一臻，校订者林一鹤）

《时调新曲》（第一册、第四册，上海刘德记书局发行）

《新小曲大观》（第一册、第二册、第三册，缺版权页。其中有"五更新人闹新房"、"新出闹新房"等喜歌）

《时调大观》（版权页署民国三十年十二月再版，编辑、出版者大美书

局)

《滑稽时调大观》(上海国光书店发行,编辑者国风社,中华民国三十六年三月一日再版)

《新编时调小曲》(编选者王大可,出版者上海大明书局,中华民国三十七年十月第三版)

以上诸书,所收内容极为丰富,逸出《中国俗曲总目稿》名目者甚夥。以曲调而言,亦有可予整理以与《北平俗曲略》相颉颃者。如《滑稽小调大观》有《四喜调》云:

姐儿吓,门前,一吓一棵松。思想起才郎,泪满胸,郎吓一去信不通。哎哎哎哎吓。……郎吓,一去信不通。曾记得,那一日,手挽奴奴的手,姣的的花容对了奴花容。

查物克多唱盘(Victor)有"著名苏曲大家花醉春"演唱《四喜调》(编号43352),网络洽购。

曾永义有文章《中央研究院所藏俗文学资料的分类整理和编目》(见《曾永义学术论文自选集乙编·学术进程》,中华书局,2008。原载1978年4月25、26日《联合报·副刊》),说整理台北"中央研究院"所藏俗文学资料情况云:

……现在史语所所藏的俗文学资料比刘复等所搜集的要多出一部分,因为它又包括了抗战前后的一些作品和笔者奉翼鹏师之命所搜集的台湾歌谣394种。李家瑞在协助刘复编制《中国俗曲总目稿》之馀,将其心得写了一部《北平俗曲略》,把北京的俗曲分为说书、戏剧、杂曲、杂耍、徒歌等5大部属,62类,都是流行于北京的俗曲,但北京原有的俗曲不多,大半是从外省输入的。所以这5属62类其实包括了中国各地的"俗曲",据刘复《总目稿序》其所包括的地域有上文所举的河北等11省。我们整理史语所这批俗文学资料,分类编目大抵以李家瑞的俗曲略为蓝本,但我们又增加"杂着"一属,将"5属"之外的民间俗文归并于此;因为"俗文学"的范围,毕竟比李氏所谓的"俗曲"来得大。又李氏将戏剧中的"昆曲"和"皮黄"摒于"俗曲"之外,认为它们已经居剧坛盟主而成为传统的戏剧,可是戏剧其实离不开群众，同时史语所收藏的昆曲和皮黄抄本又非常多，它们原是庶民的手中之物，因此我们也将这两类归入戏剧之属。此外，"5 属"以下的子目，我们所得的，也和李氏有所出入。现在先将我们分类编目所得的总成果胪列于后：

甲、戏剧：有昆曲、皮黄、川戏、梆子、越剧、粤剧、滇剧、楚剧、福州戏、淮戏、影戏、嘣嘣戏、滩黄等 13 类、3697 种、5183 目。

乙、说唱：3 类，2304 种、3356 目。其中包括：

1. 弹词：有福州平话、木鱼书（又分南音、龙舟歌两种）等；
2. 鼓词：有说唱鼓书、子弟书、大鼓书、快书、石派书等；
3. 宝卷。

丙、杂曲：有济南调、利津调、湖广调、福建调、马头调、靠山调、荡湖调、边关调、五更调、窑调、牌子曲、群曲、岔曲、四川调、琴腔、十朵花、十杯酒、叹十声、剪靛花、银钮丝、梳妆台调、红绣鞋、西江月、对花、十二月、侉侉调、七七调、毛毛雨、和尚采花调、关东调、满江红、小情郎调、广东小调、湖北调、一字调、梅花调、扬州调、刮地风、罗江怨、天津调、杨柳青、京调、毛延寿调、倒板桨、的笃班调、四喜调、国庆调、川心调、月映花调、宁波调、汉阳调、湘江浪调、马灯调、清淮调、金柳曲调、大四景、俞调、雅调、无锡调、闽南歌、客家调、玉沟调、寄生草、黄历调、双黄历调、南迭落、北迭落、一江风、重迭序、螺丝转、粉红莲、劈破玉、双劈破玉、起字呀呀哟、北河调、番调、倒番调、重重续、秦吹腔花柳歌、打枣竿、盘香词、弹黄调、两句半、八角鼓、岭头调、南词、清江引、老八板、苏武牧羊等 89 类、4078 种、5354 目。其中待考者 163 种、186 目。

丁、杂耍：有莲花落、鲜花调、跑旱船、数来宝、双簧、焰口、急口令、西湖景、锯大缸、道情等 10 类，194 种、313 目。

戊、徒歌：有儿歌、喜歌、秧歌、夯歌、叫卖歌、军歌、山歌等 7 类，341 种，417 目。

己、杂著：有经、签、命相、药书、信札、谜语、笑林、劝善箴言、其它等 9 类，182 种、196 目。

以上 6 大部属，每 1 部属又分若干类。总计 6 属、137 类、10801 种、14860 目，较之刘、李二氏之 5 属 62 类 6000 余种，可谓多矣。

李氏所分之类属中，今不见说书之"竹板书"，戏剧之"傀儡戏"、"喝喝腔"、"打连厢"、"吹腔"，杂耍之"倒喇"，乃是因为李氏就所闻见而流行于北京的"俗曲"而分类，并非纯就所搜集的资料而论。

　　曾先生云，他们将这批可以装满六大箱的资料运回台湾大学中文系的第九研究室，重新拆线、剪裁、分装、合订，从1973年7月至1975年6月卡片制作完成，重新与书籍核对，并在卡片与书籍上盖印注明分类之号码，同时抄为目录三份；为使学者便于利用目录和资料，除撰写各类属之分类编目例言之外，又比照李家瑞《北平俗曲略》，撰写各类属之叙论，说明其来源、流行、体制、内容等等，凡二十馀万言。

　　曾文并由此说俗文学及其资料价值，云敦煌文献的发现，使学术界起了很大震撼，于是"敦煌学"成了一门新兴的学问。史语所这一大批俗文学资料，虽然古老不如敦煌卷子，如今却是海内外唯一的近代俗文学总汇，其与敦煌卷子先后辉映，同样可以炫耀中国文化的价值，是无可置疑的。明万历间的公安诸贤即已重视民歌的价值，认为"任性而发"，"故多真声"。民国以来，提倡白话文学，俗文学更受到广泛注意。北京大学《歌谣》周刊、中山大学《民俗》周刊（后改季刊），娄子匡编《孟姜女月刊》以及他在台湾所刊行的《东方文丛》，是这60年来俗文学研究的据点。娄子匡、朱介凡编著的《五十年来的中国俗文学》中，说到俗文学的价值是：一、民族精神所据以表现。二、扩展了文学的领域。三、雅俗共赏，达到文学的普遍效用。四、老百姓从俗文学接受教育而构成人格。五、俗文学永伴人生。六、俗文学是各科学术研究的上等资料。七、方言古语的宝库。这些价值如果拿史语所的这一大批资料来印证，是显而易见的。譬如就第一项而言，单就和抗日有关的，就有《东洋哭七七》、《救国反日春调》、《爱国男儿十二月》、《中日战争十叹》、《抗日路遥知马力京调》、《江浙战争五更》、《抗日投军五更》、《上海国难叹五更》、《战争五更哭同胞》、《打倒日本十朵花》、《捉拿汉奸胡立夫十朵花》、《东洋十不该》、《东洋叹十声》等等，这仅是就"杂曲"一属而随意举例，其他说唱之属中亦不乏其例。曾先生云：

　　　　这批资料的分类编目既然已算完成，傅斯年图书馆也已经整理套装完毕，学者固然就可以利用它来从事研究；但是由于这批资料多半搜自民间，纸质粗劣，蚕蚀颇甚，保全之道，恐怕应当是尽速刊印流布，或按类陆续刊行，或择取精要先予付梓，藉此亦可以将国宝之光广为照耀，而学者欣悦之情，必不下于敦煌文献与也是园剧本之再现人间。

曾文提及《四喜调》与《东洋哭七七》等，又云其从资料存留曲谱中选出一二十曲，交由古筝名家黄得瑞校订，由台大中文系同学假台大活动中心礼堂把它演唱出来，介绍给社会，希望引起民族音乐工作者的注意；云美国人石清照女士，曾以这批资料中的"子弟书"和"大鼓词"，作为其在哈佛大学博士论文的题材；史语所工作人员陈锦钊以《子弟书研究》获得文学博士学位，曾子良以《宝卷研究》获得政大文学硕士学位，其资料也大半取自史语所所藏。

鲜花调（2010-10-09）

昨说《时调新曲》第一册《哭七七》。《中国俗曲总目稿》辑《哭七七》两条。一是上海石印本，起首为：北风吹来冷洋洋，恩爱夫妻不久长。刀切黄连两头苦，少年夫妻拆散场。另一是苏州木刻本（恒志书社），起首为：头七到，姐悲伤，嚎（号）啕大哭叫情郎。一抬上面摆筵席，不见丈夫好心肠。另有《叹七七》一条，北平抄本，起首云：孤魂独自卧荒郊，焦又心焦，满堂儿女绕周遭。

陆灏《看图识字》述吴晓铃由"满头花、铺地锦"说《西厢记》张生、红娘故事观点。《总目稿》辑有《铺地锦》（一名"进兰房"）一条，北平石印本，歌云：一更里，进兰房，樱桃口呼唤梅香，把银灯掌上，灯影儿层层才把门儿关上，灯影儿层层才把门儿关上。对菱花卸去了残妆，听谯楼更鼓儿齐忙。

某人电话，说读曾永义文章感受。感慨良多。曾文云，在音乐方面，因为杂曲、说唱、杂耍、戏剧等都是配乐演唱的，所以俗文学自然是俗乐的大宝库。整理者将所有曲谱集中起来，这些曲谱有的是词乐对照本，有的只有谱而无词；有的是工尺谱，有的是近人翻过的简谱。

流水曾说《茉莉花》。当今传唱民歌《茉莉花》前身为《鲜花调》。通常以为《鲜花调》流传主要有两个载体,"一是流传600年、走遍全国的民间凤阳花鼓艺人,二是戏曲《打花鼓》中的《鲜花调》。到了清末,随着地方戏、地方曲艺的兴起,这首小曲成为全国众多地方戏、地方曲艺、各地民歌中的重要曲目。如1932年版刘复、李家瑞《中国俗曲总目》中就收有遍布全国近10种不同名称的《鲜花调》;中国戏曲、曲艺音乐集成中可找出诸多《鲜花调》;《霓裳续谱·花鼓献瑞》是专为乾隆皇帝祝寿的曲目,便使用《鲜花调》来演唱;20世纪初,上海各唱片公司录制多首《打花鼓》中的《鲜花调》;18世纪末,《鲜花调》流传至英国,后传遍世界,并被意大利作曲家普契尼用于歌剧《图兰多》中"(百度"安徽民歌吧"文章《〈茉莉花〉究竟是哪里的民歌——从凤阳花鼓〈鲜花调〉到江苏民歌〈茉莉花〉》,作者夏玉润)。查《总目稿》,竟未见"近10种不同名称的《鲜花调》",不解何故。手头有与百本张同时之"聚卷堂李"抄本影印件(编号二佰六),"鲜花调"下小字标注"时道曲",起首两节云:

  好一朵鲜花,好一朵鲜花,花开花卸(谢)落在我家。本待要不出门儿,吓,陪伴着花儿睡下。

  好一朵茉莉花,好一朵茉莉花,满园的花开比不上他。我有心掐朵儿戴,吓,又恐怕看花儿的骂。

闹房彩(2010 – 10 – 14)

近日事多,补记若干。

海宁与同事来,约保善、彭茵聚。

填写图书奖申报表。

《文化学刊》董老师邮件,云《风月词珍》11月发,《乐府万象新》留用。

与欲祥老师、文西兄商《喜歌集》、《喜歌札记》出版事宜。再拟内容简介,大意如次:

喜歌指国人遇婚嫁、生子、建房、开业等事项时，即兴表演的具祝颂、祈福（包括去煞与感恩、惜别）性质的仪式歌谣，又称喜词、喜话、彩词、四言八句、大四句等。所有类别喜歌中，以婚嫁类喜歌数量最多，内容最为丰富，亦最具研究价值。

喜歌与民众日常生活关系密切，同时也是极为珍贵的濒危非物质文化遗产。《喜歌集》第一次系统、全面地辑录文献记载与民间流传的喜庆仪式歌谣，为民俗学、社会学与民歌学研究提供基本资料。《札记》则完整记录整理过程中的心得体会，对喜歌定名、内容与价值及种种细节作详细充分讨论，周密梳理喜歌历史，其中多有独家见解。"喜歌整理与研究"计划分四部分展开：《喜歌集》、《喜歌札记》、《喜歌研究》、《喜歌发展史》。为听取学界意见，拟将《喜歌集》、《喜歌札记》先行付梓。

闲闲书话多人撰写回顾文章，念当日整理明代民歌时 rideau（王书敏）为我至国图抄录《风月词珍》事。

收到北京某人寄杂汇一册，中有婚姻喜庆礼帖式、各类对联、《刘伯温烧饼歌》、《二十四孝图》、《绘图增注朱子治家格言》等，"格言"末署"民国十四年岁次乙丑，香港文武庙街刊印"。

收到寄自南昌草纸抄本一册，封面题"缪延光抄"。中有"嫁女起轿彩"、"坐床唱彩"、"坐床彩"、"嫁女退轿彩"、"送子彩"、"闹房彩"等，"彩词"名称，落至实处。"闹房彩"云：

伏以　一进门来喜洋洋，恭喜新郎入洞房。洞房好比登金榜，金榜题名挂两旁。今晚鸳鸯成双对，夫妇谐老百年香。学而时习进洞房，不亦乐乎上牙床。有朋自远来相会，不亦乐乎到天光。自从今晚贺房后，夫妇齐眉与天长。

哭嫁歌·续二（2010 – 10 – 17）

看美林师，送《知堂回想录》（安徽教育出版社，2008）。

书录师电话，说民歌网站事。

前说"贺新郎"。流水引《通俗编》卷二十二《妇女》条摘《少室山房笔丛》云：今俗以新婚时男称新郎，女称新妇。考新妇之称，六朝时已然，而唐最为通行，见诸史及小说稗官家不胜发数。然自主逮事翁姑言，非主新嫁也。新郎君，唐以称新获第者，亦不闻主新娶。唯宋世词调有"贺新郎"，或当起于此时。

整理哭嫁歌。

哭嫁俗古有。宋周去非《岭外代答》卷四有云：岭南嫁女之夕，新人盛饰庙坐，女伴亦盛饰夹辅之，迭相歌和，含情凄惋，各致殷勤，名曰送老，言将别年少之伴，送之偕老也。其歌也，静江人倚《苏幕遮》为声，钦人倚《人月圆》，皆临机自撰，不肯蹈袭，其间乃有绝佳者。凡送老，皆在深夜，乡党男子，群往观之，或于稠人中发歌以调女伴，女伴知其谓谁，以歌答之，颇窃中其家之隐匿。往往以此致争，抑或以此心许。

"临机自撰，不肯蹈袭"、"含情凄惋"云云，是哭嫁歌特色。哭嫁俗则由来已久。《礼记·曾子问》第七有云：孔子曰："嫁女之家，三夜不息烛，思相离也。取妇之家，三日不举乐，思嗣亲也。三月而庙见，称来妇也，择日而祭于祢，成妇之义也。"《韩诗外传》卷二有云：嫁女之家，三日不息烛，思相离也。取妇之家，三日不举乐，思嗣亲也。是故昏礼不贺，人之序也。三月而庙见，称来妇也。厥明见舅姑，舅姑降于西阶，妇升自阼阶，授之室也。忧思三日，三月不杀，孝子之情也。故礼者因人情为文。《诗》曰："亲结其缡，九十其仪。"言多仪也。按"思相离"云云，或以为即哭嫁原始，情动乎中而形于言，于是有哭嫁歌——列两资料如次：

其一，论文《从楚地婚俗看〈诗经·召南·野有死麇〉本义》（作者龚红林，《云梦学刊》2007年第28卷第4期）。摘要云：《野有死麇》是姑娘出嫁时的礼仪歌谣词，与婚礼仪式活动相辅相成。歌词含义极似今天楚地婚俗中流传的《劝嫁歌》和《哭嫁歌》，是《仪礼·士昏礼》所记载的先秦昏辞的民间通俗演绎。

其二，论文《中国最早的"哭嫁歌"——〈诗经·王风·葛藟〉》〔作者黄新荣，《华南农业大学学报（社会科学版）》2007年第2期〕。摘要云：湖北长阳土家族哭嫁歌被文化部确定为国家文化遗产，使得哭嫁歌受到人们的关注。哭嫁婚俗在商周时期汉族生活中早已有之，《诗经·王风·葛藟》实际就是中国最早的哭嫁歌。

得空细说。

哭嫁歌·续三 (2010-10-19)

仍说哭嫁歌。

《召南·野有死麇》云：

> 野有死麇，白茅包之。有女怀春，吉士诱之。
> 林有朴樕，野有死鹿。白茅纯束，有女如玉。
> 舒而脱脱兮，无感我帨兮，无使尨也吠。

诗序云：《野有死麇》，恶无礼也。天下大乱，强暴相凌，遂成淫风。被文王之化，虽当乱世，犹恶无礼也。"恶无礼"云云，或以为迂不可解（向熹曰"诗中似无此意"，见《诗经词典》，四川人民出版社，1986，第556页）。姚际恒《诗经通解》则云：此篇是山野之民相与及时为婚姻之诗。庞总而论之，女怀士诱，言及时也。吉士玉女，言相当也。然由"婚姻之诗"并"舒而脱脱兮"一章，断其为哭嫁歌，私心仍觉牵强。

《王风·葛藟》云：

> 绵绵葛藟，在河之浒。终远兄弟，谓他人父。谓他人父，亦莫我顾。
> 绵绵葛藟，在河之涘。终远兄弟，谓他人母。谓他人母，亦莫我有。
> 绵绵葛藟，在河之漘。终远兄弟，谓他人昆。谓他人昆，亦莫我闻。

整篇基调，确如朱熹《诗集传》所言，乃"去其乡里家族，而流离失所者，作此诗以自叹"。按生离死别，黯然销魂，发而为歌，语语沉痛，"不忍卒读"（方玉润《诗经原始》），与常理合。因情绪相近、相通，即以其为哭嫁歌，聊备一说，难称定论。

录重庆刻本《女儿哭嫁》一则如次，以见"沉痛语"况味：

独坐堂前身闷倦，思想我母（父）好凄凉。往回常时把儿喊，今夜我母（父）不开腔。你儿有话对母（父）叹，母（父）的苦楚对儿言。待儿受过苦千万，千辛万苦把儿搬。只说搬儿长作伴，谁知分离在眼前。儿的事情娘不管，好比风筝断了弦。我母（父）一死不回转，看儿惨然不惨然。

又明徐霖《绣襦记》第十三出《姨鸨夸机》有云：

[忆多娇]他初到时，我把甜话儿，娇声艳语承奉之，席上人前偷眼觑。（他若在我家歇时，）我与他锦帐深闺，我与他锦帐深闺，睡到日上三竿才起。（若在我家住久了呵！）我就假意儿，长叹吁，乔妆哭嫁并走死，剪发烧香没盟誓。（若要起发他东西呵！）还有个法儿，还有个法儿，顿放摇桩做鬼。

明笑笑生《金瓶梅词话》第八十回《陈经济窃玉偷香 李娇儿盗财归院》有云：

看官听说：院中唱的，以卖俏为活计，将脂粉作生涯；早辰张风流，晚些李浪子；前门进老子，后门接儿子；弃旧迎新，见钱眼开，自然之理。未到家中，挝打揪捽，燃香烧剪，走死哭嫁；娶到家改志从良，饶君千般贴恋，万种牢笼，还锁不住他心猿意马，不是活时偷食抹嘴，就是死后嚷闹离门，不拘几时，还吃旧锅粥去了。正是：蛇入筒中曲性在，鸟出笼轻便飞腾。

沈德符《万历野获编》补遗卷一《列朝·禁自宫》有云：

是月即审录重囚，有自宫坐罪者十二人，拟以可矜，上谓年幼，姑系之勿释。至八年三月，又严自宫论斩之法，武宗最任内臣，亦力禁如此。嘉、隆而后，自宫者愈禁愈多，其入内与宫婢配偶不必言，乃出外恣游狭邪，即妓女亦愿与结好，倡家所云"守死哭嫁走"者，靡不有之。

"乔妆哭嫁并走死"、"走死哭嫁"、"守死哭嫁走"与哭嫁俗、哭嫁歌无涉。《嫖经》（又名《青楼韵语》）有云：走死哭嫁守，饶假意莫言易得。五事最易动人。哭嫁守者，缠绵萦系，已不可解；走死更非好声息，愈真愈不可解也。子弟至此，须放一段真识力，真主张，方不堕网。

凡例（2010-10-20）

百度有失名文章说哭嫁歌。作者引清吉道人（姓周名际唐，成都人）《味蔗轩随笔·坐堂词》云：婚姻之礼，各省风俗不同。然酌礼准情，各省亦大同小异。凡男家娶妇先赋之诗，谓之催妆；女家亲串颂女之词，谓之坐堂。坐堂者，女当喜期将近之先数夕，其诸姑伯姊，置酒为女祖饯，各述吉祥之词，以为颂美，女则申己之意以答。女左右更有少女，则随而娴习者也。其词要多鄙俚，然有音韵凄清，风格遒劲，如古歌古谣者。罗江明府蔡，微服巡查乡里，一日行至某处，值有女子归，诸娣姒咸以谀词颂女，女申意以答。忽风吹句入耳，词曰："凤凰落在桌子上，那个女儿肯离娘。"一字一转，音韵凄其，谁谓天籁之鸣，不在愚夫愚妇耶。作者并云，旧时坊间丛刻中有《训女哭嫁》一种，内容包括《闺声哭》、《娘训女》、《嫂哭妹》、《哭爹妈》、《哭哥嫂》、《花轿到屋哭》、《哭叔爷》、《哭兄弟》、《哭外公外婆》、《哭舅爷》、《拜香火哭》等。《闺声哭》云：娘听后园鸟雀惊，要听房中女儿声。我娘当门苦葛藤，手攀苦葛诉苦情。《哭爹妈》云：月亮弯弯照华堂，女儿开言叫爹娘。父母养儿空指望，如似南柯梦一场。一尺五寸把儿养，移干就湿苦非常。《哭兄弟》云：黑漆茶盘乌木头，姐姐离娘弟不留。留到姐姐吃你饭，留到姐姐穿你衣。兄弟当家挣家忙，嫁了姐姐买地方。上头买齐潼川府，下头买齐遂宁乡。按

"移干就湿"或为川中方言,手头整理之《女儿哭嫁》之《哭娘》有云:明月出来照华堂,守着灵前泪两行。哭声我娘归泉壤,丢儿在世怎下场。曾记当年在襁褓,移干就湿费心旁。

拟喜歌集凡例。

其一,本编所录,包括历代公私文献中保存各种类型之喜歌,以婚嫁类喜歌为主。其中清以前部分求全,近现代部分求精,当代部分重代表性。

其二,本编大致以文献为经,时间为纬,依次排列。其中又细分为:

第一辑,清以前文献,包括各类总集、别集、敦煌文献、小说、戏曲、笔记中喜歌。

第二辑,近代、现代木刻本、石印本(少量铅印本)喜歌集。

第三辑,近代、现代抄本、写本喜歌集。

第四辑,近代、现代报刊中喜歌,以《歌谣》、《民俗》周刊为代表。

第五辑,当代部分,以各地历年流传刻印、打印喜歌集为主,有少量出版物。

第六辑,当代部分,以各地出版之歌谣集成中喜歌为主,包括由网络搜集部分喜歌。

以上为婚嫁类喜歌,是本编主体。

第七辑,上梁、生子、开业等类型喜歌。

第八辑,实即附录,历代文人创作之催妆诗词等。

其三,喜歌为民间制作,俗字、错字、别字(代音字)多有。整理过程中,大多原文照录,或酌情出校记。

九子十三孙 (2010-10-21)

婚礼每一环节均有喜歌,且拦门歌为问答体,闹房诸歌多一说(唱)众和。此种习俗、形制,或承旧制而来——《礼记·士昏礼》第二,记纳采、问名、纳吉、纳徵、请期、亲迎细节,皆有辞令。如云:

昏辞曰:"吾子有惠,贶室某也。某有先人之礼,使某也请纳采。"对曰:"某之子蠢愚,又弗能教。吾子命之,某不敢辞。"致命,曰:"敢纳采。"问名,曰:"某既受命,将加诸卜,敢请女为谁氏?"对曰:"吾子有命,且以备数而择之,某不敢辞。"

"昏辞"云云,私意或即喜歌原始之一种。
整理喜歌。

《贺新房兼撒帐俚语总录》

抄本《贺新房兼撒帐俚语总录》起首为"新人开轿门祝语":

伏以 神通厚厚,圣德扬扬,天地开泰,正配鸳鸯。炮(爆)竹声声闹扬扬,香花灯烛亮辉煌。天开黄道吉时日,新人出轿来拜堂。先拜天地,后拜高堂。夫妻对拜,早送绣房。一代传二代,代代兴隆。二代传三代,三星拱照。三代传四代,四季如意。四代传五代,五子登科。五代传六代,六个皆承□。六代传七代,七子团圆。七代传八代,八仙庆寿。八代传九代,九子十三孙。九代传十代,十全齐美。恭喜恭喜。

其中"九子十三孙"较稀见。百度有资料云，元朝初年，布哈拉王后代赛典赤·瞻思丁·乌马尔廷受封咸阳王，曾出镇云南，有惠政。至元年间，赛典赤病逝，元世祖忽必烈宣布：赛典赤虽逝，德政尚存，敢有更易，诛之！赛典赤有九子十三孙，分别为纳、马、撒、哈、沙、赛、速、忽、闪、保、木、苏、郝十三姓。此即回族十三姓演变由来。后人歌曰：赤邑赤邑，炎帝后裔。神农骨脉，亘古不易。商之子姓，赫赫族望。诚义勤朴，智勇有方。强国爱民，永葆泰康。生生不息，富贵绵长。按"生生不息，富贵绵长"，正是喜歌气象。

又清金埴《不下带编》卷六有云：

由曹江东渡，至馀姚东五里，舻子向客指点之曰："此孤老坟者。相传前明有富翁某，生子九人，孙则十三。迨暮年，其子若孙，殇亡殆尽。翁叹曰：'吾嗣续不为不广，而今仅孑身拥此厚赀，终将谁与？且谁为吾造孤坟者？'乃自营葬地，尽以蓄产为学田，诣学师而拜，告之曰：'吾九子十三孙，亲手造孤坟（金注：二语迄今传于人口），诚古今罕有。今将就木，愿输产于庠，得传流不断，为吾寒食麦饭，则孤坟无主而有主，泽及枯骨矣！'至今馀姚县儒学载之学册，其坟每岁春祭，学师必亲临奠，以其流惠士林于无穷也。"噫！子孙之多者尚不足恃，而矧其少者乎？

嗟乎，有如此"反其意而用之"者。

上梁文（2010 – 10 – 22）

保善电话，约吃饭。
整理喜歌。
《贺新房兼撒帐俚语总录》有"敬果子俚言"，其一云：我敬新人一个枣，少年夫妇今偕老。燕山五桂贺新房，名标金榜登科早。"燕山五桂"是典故。《三字经》曰：窦燕山，有义方。教五子，名俱扬。张岱《夜航船》卷三《人物部》有"窦氏五龙"条：宋窦仪，字可象，蓟州渔阳人。

父禹钧在周为谏议大夫，五子曰仪、俨、侃、偁、僖，相继登科，时人谓之窦氏五龙，又曰燕山五桂。冯道有诗说此事云：燕山窦十郎，教子以义方。灵椿一株老，丹桂五枝芳。

上梁喜歌源头乃上梁文。叶鏊《爱日斋丛抄》卷五有云：

> 上梁文，吴氏《漫录》考其所始云："后魏温子昇有《阊阖门上梁祝文》云：'惟王建国，配彼大微。大君有命，高门启扉。良辰是简，枚卜无违。雕梁乃驾，绮翼斯飞。八龙杳杳，九重巍巍。居辰纳祜，就日垂衣。一人有庆，四海爱归。'乃知上梁有祝文矣，第不若今时有诗语也。"楼大防参政又考"儿郎伟"始于方言，其说云："上梁文必言'儿郎伟'，或以为唯诺之'唯'，或以为奇伟之'伟'，皆未安。在敕局时，见元丰中获盗推赏，刑部例皆即元案，不改俗语，有陈棘云：'我部领你懑厮遂去深州。'边告云：'我随你懑去。''懑'，本音闷，俗音门，犹言辈也，独泰州李德一案云：'自家伟不如今夜云。'余哑然笑曰：'得之矣，所谓儿郎伟者，犹言儿郎懑，盖呼而告之。'此关中方言也，上梁有文尚矣。唐都长安循袭之。以语尤延之，诸公皆以为前未闻。或有云：'用相儿之伟者。'殆误矣。"楼公考证如此。予记《吕氏春秋·月令》："举大木者，前呼与謣，后亦应之。"高诱注："为举重劝力之歌声也。""与謣"注或作"邪謣"，《淮南子》曰"邪许"，岂伟亦古者举木应和之音？

徐师曾《文体明辨》则简而言之曰：上梁文者，工师上梁之致语也。世俗营构宫室，必择吉上梁，亲宾裹面，杂他物称庆，而因以犒匠人。于是匠人之长，以面抛梁而诵此文以祝之。其文首尾皆用俪语，而中陈六诗，诗各三句，以按四方上下，盖俗体也。

胡朴安《中华全国风俗志》说"宜兴之恶俗"，专列"营屋之恶俗"一条，几可视作《文体明辨》之注解。得空补录。

致语（2010-10-23）

昨说《营屋之恶俗》，录如次：

> 乡间营造房屋，为喜事一，亲友中往贺者，多肩盒头一担。盒头者，盛礼之器具也。礼物以糕团为大宗，盖取高中团圆之意也。馀犹有茶食、水果、鸡鸭等类。故盒头一担，非四五元不办。亲友遇此，虽典衣质物，亦所不辞。其上梁时，有所谓抛梁者，泥木作以糕团数筐，在梁上向四面掷抛，使来观者群相抢拾，盖亦以助观者贺者之馀兴也。故建屋上梁日贺客盈门，异常热闹，糕团流星满天，势若霣雨。泥木作在梁间作疯狂状，且抛且呼曰："抛梁抛仔高，子子孙孙中阁老!"一般乡儿，争来拾取，图一饱之利，虽中头面，亦不退让。此种风俗，亦可哂也。

按江南用糕团，吾乡则多用点以红绿颜料之小馒头。

昨引徐师曾《文体明辨》，曰上梁文乃"工师上梁之致语也"。诸多喜歌文献中，亦有致语身影。《辞海》释"致语"云：

> ❶宋时艺人献技之前，先作祝颂之辞，叫做"致语"。孟元老《东京梦华录·驾登宝津楼诸军呈百戏》："诸军百戏，呈于楼下。先列鼓子十数辈，一人摇双鼓子，近前进致语，多唱'青春三月蓦山溪'也。"❷宋元话本前面的引子。周亮工《书影》卷一："故老传闻，罗氏（罗贯中）为《水浒传》一百回，各以妖异语引其首；嘉靖时，郭武定（郭勋）重刻其书，削其致语，独存本传。金坛王氏（王思任）《小品》亦云此书每回前各有楔子，今俱不传。"致语，盖即"入话"、"得胜头回"、"楔子"之类，但与元杂剧的楔子不完全相同。

《辞海》此处未及婚嫁等场合致语。检索发现，有多篇文章说致语。
黄竹三《"参军戏"与"致语"考》（《文艺研究》2000年第2期）云，参军色在宋代宫廷宴集导引乐舞演出前要念致语（又称作语、致辞），它和杂剧色所念口号常连在一起,其源出自祝颂之需。《宋史·乐志十七》载:乐工致辞,继以诗一章,谓之"口号",皆述德美及中外蹈咏之情。文章引《武林旧事》卷第一"圣节"条,曰理宗朝禁中寿筵乐次,初坐乐奏后,时和进念致语一则,进而论述云:致语文辞典雅,多为对偶文字,对仗排比工整。口号则为诗体,或七言,或四言。二者皆为颂扬之语。按"致语"与"口号"相连之体制,几成通例。

黎国韬《"致语"不始于宋代考》〔《中山大学学报(哲社版)》2010年第2期〕云,致语又名致辞、乐语、词语、教坊词、俳优词等,是乐舞、戏剧演奏前由教坊乐人念诵的祝颂之辞,其表演形式在盛唐、中唐、晚唐均有出现,五代十国时期相当流行,前人关于致语之制"始于宋"说不能成立。黎文指从文体形态角度看,一套完整致语往往包括致语、口号、勾队、问队、勾杂剧、放队等多个部分,而其文字一般由骈体文和近体诗组合而成。文引陆游撰《徐稚山给事庆八十乐语》云:

> 伏以就第而赐宴,爰及常珍之岁。为酒以介眉寿,宜伸善颂之诚。恭惟致政,龙学给事,东省近臣,西清宿望。体锺和气,生元祐之盛时;道合圣君,赞隆兴之初政。抗议每先于诸老,遗荣靡顾于万锺。虽容疏傅之归,行见谢公之起。至若籯金比训,庭玉生辉,出将使指之荣,入奉色难之养。膺兹全福,属我耆英。维降岳之嘉辰,当发春之令月。庙堂旧弼,纡华衮以临筵;台阁名卿,焕绣衣而在席。式歌且舞,俾炽而昌;上对台颜,敢陈口号:欲知主圣本臣忠,倾尽嘉谋沃舜聪。同载方如周吕尚,安车不数汉甲公。日烘盎盎花光暖,烛映鳞鳞酒浪红。白首同朝各强健,莫辞烂醉答春风。

按喜歌中所谓致语,考诸文献,私意可作两种理解。一是泛指"祝颂之辞"全部,包括赞语(俪语,即骈体文)、俚歌(口号,俗诗),偶有结语(骈体文);二是只指赞语,即骈体文部分。另生活中喜歌的为"俗体",即事名篇,形式自由,如多有"伏以"(伏愿/窃以)之后,径接"骈体文"或"俚歌"者。此种情况下,骈体文、俚歌,或可笼统称作喜歌。

致语·续 (2010-10-24)

风雨如晦，鸡鸣已矣。君子几稀，唯馀太息。

看女儿博客，说与初中同学情谊。结尾云：

> 我就是个诈欺师，明明没有办法真正地与她交心，却一味接受她的好意。
>
> 她是不一样的，和那些每天和我形影不离的女孩是不一样的。我和她存在着距离，而这距离使我们更亲近。

与女儿说沈从文小说《生》。"王九死了十年，老头子在北京城圈子里外表演王九打倒赵四也有了十年，那个真的赵四，则五年前在保定府早就害黄疸病死掉了"。"十年"是一顿，"五年前"又是一顿。有此两顿，悲天悯人境界全出。沈先生不凡。

仍说致语。

四库中嫁娶致语两见。一见南宋姚勉《雪坡集》卷四十五，有《新婚致语·邹娶陈》、《对厅乐语·丙辰春再娶》、《女筵乐语》、《礼席致语·邹宴姚代希圣作》、《女筵乐语》五则。《新婚致语》"口号"云：珠帘绣幕蔼（霭）祥烟，合卺嘉盟缔百年。律底春回寒谷暖，堂间夜会德星贤。彩轿牛女欢云汉，华屋神仙艳洞天。玉润冰清更奇绝，明年联步璧池边。《对厅乐语》"伶歌"云：洞房华褥绣芙蓉，惹得天香馥正浓。凤觜续弦新跨凤，龙头有婿又乘龙。人间二月春光好，魁下三台瑞彩重。酬劝不须辞烂醉，诏书已下紫泥封。末一《女筵乐语》"俚辞"云：瑶姬来自状元家，真是姚黄第一花。玳席艳开春富贵，鱼轩荣驻远光华。梅梢欲动朱檐雪，竹叶微潮玉脸霞。正好留连长夜饮，未须催整七香车。文人气息，俗体风致，迹近民间喜歌。

又姚有《寄邹希圣兄弟》诗：槐花又向此秋黄，槐未黄时趁早忙。龙到水高冲浪化，鹏因风厚贴云翔。棠金镞取霜筠健，越砥磨开电剑光。努力晨窗并夜案，天庭已动桂枝香。与女儿说槐、桂与科举关联，说励志种种。

另一见元谢应芳《龟巢稿》卷八有《娶妇拜祖先致语》、《合卺致

语》、《拜舅姑致语》三则。《拜祖先》、《拜舅姑》通篇骈体,只《合卺致语》符合骈体、近体(口号)连用之形制。录如次:

  窃以礼言合卺,自古有之,俗曰交杯,其来尚矣。于结发百年之始,含开颜一饮之欢,孔雀屏中选当年,竟成伉俪鸳鸯杯。同倾此日,岂不欢娱。伏愿孝顺庭帏,谐和琴瑟,新妆不俗,朝朝画张敞之眉;敬对如宾,日日举孟光之案。诗曰:花烛春辉照洞房,蓝桥仙偶饮琼浆。开花结子三千岁,人与蟠桃寿总长。

"合卺"即"交杯"说,又见宋王得臣《麈史·风俗》,云"古者婚礼合卺,今也以双杯彩丝连足,夫妇传饮,谓之交杯"。

圆房 (2010 – 10 – 26)

欲祥老师短信,约时间聚。
整理喜歌。
《总录》错讹满纸,大费精神。如"撒帐俚言"有云:撒向东,二人今晚喜冲冲。先前古有千文日,今日须知后少童。唯愿圣贤珠广出,至今日上发门童。实出《神童诗·劝学》:古有千文义,须知后学通。圣贤俱间出,以此发蒙童。
"撒帐俚言"若干,看内容,似非常见撒帐歌,而是只用撒帐名目,范围远越帐外。如云:

  撒中堂,孰是新人孰是郎。日间同锅未吃饭,夜间为何不同床。一个又在东床睡,一个又住在西方。两人想到私情事,翻来覆去到天光。埋怨上人不管事,不拣吉日早圆房。大吉良日成婚配,再将二人配成双。今晚洞房花烛夜,生下贵子立朝堂。

"中堂"位置,当非帐中。
另一云:

撒进房，新人房内好嫁妆。两边排的橱箱柜，中间摆下百子堂。百子堂上挂的青丝帐，金珠帐挂在象牙床。床上铺的大红丝绸被，丝绸被遮盖好鸳鸯。今晚定摆鸳鸯戏，鸾凤和鸣理该当。诸公列位吵果子，不在慌来不要忙。要叫新人亲手摆，多摆少来也不妨。板栗花生炒瓜子，少吃多味自行香。如果新人不够采，一人一把也无妨。接了果子出房去，二回不必再来庄。诸公列位要多少，新人必须用船装。倘如新人不瞟我，今夜闹到大天光。今宵定要风云会，生下贵子状元郎。

起首"撒进房"，明显是在帐外说话。"进房"后由嫁妆说起，说青丝帐，说象牙床，说板栗花生瓜子，可以看做与撒帐歌沾边——《东京梦华录》卷五《娶妇》说撒帐，云"妇女以金钱彩果散掷"，"吵果子"行为，或由此"散掷"而发。其实在一般婚礼中，讨要糖果瓜子（利市），有专门喜歌。换言之，仍可将"撒进房"一则，视作借用"撒帐"名目。

《东京梦华录》记婚仪撒物有两处，一是新妇下车时阴阳人执斗望门撒谷豆，一是男女坐床时妇女撒帐。《俚言》撒帐泛用，有两种情况。一是某地撒帐，较为自由，可自帐外撒起（又曰撒房），二是撰者妄写。

又"埋怨上人不管事，不拣吉日早圆房"说及圆房，亦是常用语。《红楼梦》第六十九回《弄小巧用借剑杀人　觉大限吞生金自逝》有云：

贾母细瞧了一遍，又命琥珀："拿出手来我瞧瞧。"鸳鸯又揭起裙子来。贾母瞧毕，摘下眼镜来，笑说道："更是个齐全孩子，我看比你俊些。"凤姐听说，笑着忙跪下，将尤氏那边所编之话，一五一十细细的说了一遍，"少不得老祖宗发慈心，先许他进来，住一年后再圆房。"贾母听了道："这有什么不是。既你这样贤良，很好。只是一年后方可圆得房。"

"圆房"一词，《辞海》未收，《现代汉语词典》解作"旧指童养媳和未婚夫开始过夫妻生活"，不确，上引《红楼梦》即一例，与"童养媳和未婚夫"全无干系。百度百科于"童养媳"外复加一解，曰"新婚夫妇开始同房"，的是；英译 have sexual life（for a couple），亦可。

流水（2010 – 10 – 27）

玄武湖岸改造出新毕，午饭后恢复散步，始见念念不忘城墙边大丛木香踪迹全无。焚琴煮鹤，现世一景。

保善电话，说少松师吟诵事。

做文做人，忌轻佻。不轻佻品自高。

整理喜歌。

写本一册，得自湘潭，不具年月。首章曰"洞房内合欢酒十二杯"。录如次：

敬君一杯酒，今日成佳偶。夫倡妇为随，天长与地久。合欢酒二筯，织女会牛郎。洞房花烛夜，桂子早飘香。三杯合欢酒，好把琴瑟友。孟光与梁鸿，夫妇齐眉寿。美酒敬四樽，床前喜气盈。吉兆占熊黑，祥在梦中呈。合欢酒第五，鸾翔并凤舞。好比古梁孟，外修而内举。合欢酒第六，鹊桥今夜渡。对宿鸳鸯枕，举杯振鹦鹉。美酒饮第七，杯中添喜气。女有咏雪才，郎抱凌云志。八杯酒最清，饮乐洞房新。和顺承家道，富贵振家声。九杯酒更香，醉卧在牙床。夫妇甘同梦，麟趾早呈祥。十杯酒又甜，帐内两神仙。生女为后妃，生男中状元。十一酒杯盈，偕饮共长生。劝勉恢先祖，诗成裕后昆。十二酒团圆，夫妇乐无边。三多祝吉庆，五福颂齐全。

有想法。一是作文须有规矩，如做到文从字顺，《俚言总录》多词不达意，无奈只得割舍局部。"十二杯"好，气脉畅通，毫无阻滞。同是"市井文人"，出手有高低。又守规矩而不拘泥，尤其好。如"美酒敬四樽"之后，辞藻难以为继，只得以第五、第六、第七赤膊上阵，亦见精神。二是此前曾说喜歌有典，"女有咏雪才，郎抱凌云志"即是。《世说新语·言语第二》有云：谢太傅寒雪日内集，与儿女讲论文义。俄而雪骤，公欣然曰："白雪纷纷何所似。"兄子胡儿曰："撒盐空中差可拟。"兄女曰："未若柳絮因风起。"公大笑乐。即公大兄无奕女，左将军王凝之妻也。按由"咏雪"想及台静农读《世说》札记，说石崇"百道营生"诸事，汗出惕然。

一阵香风入洞房（2010－10－29）

某人电话，问轻佻所指。世风如斯，见怪不怪。知堂云"一说便俗"，我且附庸风雅。某人不甘，打油云：人不轻佻品自高，文不轻佻自妖娆。等闲识得某某面，始知浮云飘啊飘。

庆茂电话，询授古代汉语课人选。

九三支部通知常熟游。

闲闲书话有人说萧红与鲁迅。萧《回忆鲁迅先生》有云：

> 梅雨季，很少有晴天，一天的上午刚一放晴，我高兴极了，就到鲁迅先生家去了。跑得上楼还喘着。鲁迅先生说："来啦！"我说："来啦！"我喘着连茶也喝不下。
> 鲁迅先生就问我："有什么事吗？"
> 我说："天晴啦，太阳出来啦。"
> 许先生和鲁迅先生都笑着，一种对于冲破忧郁心境的蓊然的会心的笑。

果然有韵致。

整理喜歌。

得自湖南益阳一写本有《抬烛吟》云：

> 花烛辉煌在厅堂，礼生迎送贺新郎。赤绳系足前生定，银台驾起入洞房。
> 宝马归来满屋光，新衾四面回新妆。紫箫引动朝阳凤，一阵香风入洞房。

此歌音节响亮，景致宜人，大有诚斋体风范。"一阵香风入洞房"，堪称名句。有《凌氏通书》附婚嫁喜歌云：一阵香风入洞房，飞来玉凤结成双。今晚洞房花烛夜，驾凤和鸣奏乐章。又阿谟网（http：//www.amo.pkm.cn/）有"闹洞房笑词"，其"赞新娘房"云：

花烛生辉照新房,天赐良缘结成双。良辰美景红叶兆,诗歌《麟趾》编三章。宝马归来满屋光,头生四角抬新妆。紫箫引动朝阳凤,一阵香风入洞房。飞来鸾凤结成双,诗咏《关雎》第一章。今晚洞房花烛夜,明年定产状元郎。

此"笑词"内容风格,与正整理之益阳写本相近,"宝马"、"紫箫"、"一阵香风"诸句,竟然雷同。

催妆诗(2010 – 10 – 31)

海宁短信,云处理拙稿,见"章培恒"误作"章培垣"。

彭茵电话,说民歌整理事。

与学童说腊梅、蜡梅。

快报有某中学校长访谈,校长云:"我在外国语学校做了近二十年的老师。""老师"当为"教师",误用敬辞。

行文贵简练。林语堂《来台后二十四快事》云:黄昏时候,工作完,饭罢,即吃西瓜,一人坐在阳台上独自乘凉,口衔烟斗,若吃烟,若不吃烟。"一人"与"独自"重。文章末云:宅中有园,园中有屋,屋中有院,院中有树,树上见天,天中有月。不亦快哉。为林先生抚掌。

拟为杂志作喜歌札记又一稿。内容为"最早婚姻歌(《诗经》)"、"四言八句(《儒林外史》)"、"致语(明清戏曲)"。以喜歌与文献呼应。

催妆诗词可做专题。流水屡引袁枚《随园诗话》卷十五云:

近人新婚,贺者作催妆诗,其风颇古。按:《毛诗》"间关车之辖兮"一章,申丰曰:"宣王中兴,士得行亲迎之礼,其友贺之而作是诗。"北齐婚礼,设青庐,夫家领百馀人,挟车子,呼新妇,催出来。唐因之有催妆诗。中宗守岁,以皇后乳媪配窦从一,诵《却扇诗》数首。天祐中,南平王锺传女适江夏杜洪子,时已昏暝,令人走乞《障车文》于汤篑。篑命小吏四人执纸,倚马而成,即催妆也。《芥隐笔记》、《辍耕录》俱云:今新妇至门,则传席以入,弗令履地。唐人已然。白乐天《春深娶妇》诗云:"青衣捧毡褥,锦绣一条斜。"两新人宅堂参拜,谓之拜堂。唐人王建《失钗怨》:"双杯行酒六亲喜,我家新妇宜拜堂。"

《永乐大典》(残卷)卷六五二三辑催妆诗若干,以《南郡新书》中陈峤诗最有趣。录本事如次:

> 陈峤孑然无依,暮年获一第,还乡而耳顺矣。乡里以儒家女妻之,合卺之夕,自赋《催妆诗》曰:彭祖尚闻年八百,陈郎还是小孩儿。闻者绝倒。

障车文(2010-11-02)

包钢再涨停。

海宁发上海古籍社文论选袁中郎《序小修诗》PDF文件,其中"劈破玉"作"擘破玉"。

《新华日报》"艺坛"某人撰文说"黑白灰力量",曰"某某是一个勤奋的人,这些年还创办并担任三江学院艺术学院院长"。成分杂糅,典型病句。

朱载堉《律吕精义·外篇》卷八有云:

> 由此观之,《投壶》鼓谱疏密不匀,亦非"间若一"矣。宋元乐舞皆有鼓谱,而《元志》尤详焉。文舞武舞皆始听三鼓毕,以后每歌二字击鼓一声。歌用四言八句,共计三十二字,凡击鼓十五声。

此处"四言八句"用其本意,指作品之形制,每句四言,共计八句。

某人短信,云翻旧刊,见《教师博览》1997年第8期有文章,摘自《服务导报》,名《秋夜的安魂曲》,署名周某。

流水引《随园诗话》说催妆诗,云却扇诗、障车文"即催妆也"。方以智《通雅》卷三"障车文却扇诗皆催妆也",内容与此相近。"即催妆"、"皆催妆"或据张萱《疑耀》卷三"障车文",其末云"其文不传,想亦催妆之类也"(《疑耀》所记则出诸五代王定保《唐摭言》卷十所说汤筭事)。

障车文由障车而来。赵翼《陔馀丛考》卷三十一《拜堂》云:

> 新婚之三日,妇见舅姑,俗名拜堂。按《封氏闻见记》:近代婚嫁,有障车、下婿、却扇及拜堂之仪,今上诏有司约古礼今仪。太子少师颜真卿、中书舍人于邵等奏:"障车、下婿、却扇,并请依古礼,见舅姑于堂上,荐枣栗腶修,无拜堂之仪。"今上,谓德宗也。是拜堂之名,由来已久,但真卿等所定枣栗腶修见舅姑,即今俗所谓拜堂也。乃又云无拜堂之仪,岂唐时所谓拜堂者别是一礼耶。

《辞源》释云:唐人婚嫁,俟新妇至,众人拥门塞巷,至车不得行,称为障车。因有障车文,多祝颂之语。司空图《司空表圣文集》卷十有《障车文》,录如次(见《全唐文》卷八〇八):

> 自古事冠人伦,世锦凤(风)纪,庭列鼎钟,家传践履。江左雄张,山东阔视。王则七世侍中,杨则四人太尉。虽荣开国承家,未若因官命氏。儿郎伟!我使主,炳灵标秀,应瑞生贤。虹腾照庑,鹏运摩天。雕彩泫甘,缀齿牙而含咀;颠龙倒凤,萦肺腑而盘旋。千般事岂劳借箸,万里程可在着鞭。不学伊吕望竿头钓他将相,不弄作李膺船子诈道神仙。夫人旋躔浚发,金缕延长。令仪淑德,玉秀兰芳。轩冕则不饶沂水,官婚则别是晋阳。两家好合,千载辉光。儿郎伟!且子细思量,内外端相,事事相称,头头相当。某甲郎不夸才韵,小娘子何暇调妆。也甚福德,也甚康强。二女则牙牙学语,五男则雁雁成行。自然绣画,总解文章。叔手子已为卿相,敲门来尽是丞郎。荣连九族,禄载千箱。见却你儿女婚嫁,特地显庆高堂。儿郎伟!重重祝愿,一一夸张。且看抛赏,毕不寻常。帘下度开绣幌,阶前勇上牙床。珍纤焕烂,龙麝馨香。金银器撒来雨点,钱绢堆高并坊墙。音乐嘈杂,灯烛莹煌,满盘罗馅,大榼酒浆。儿郎伟!总担将归去,教你喜气扬扬。更叩头神佛,拥护门户吉昌。最要夫人娘子贤和,会事安存,取个国家可畏忠良。

障车本意是为阻止、延缓新妇至男家，障车文是为应对此事而作，是以有障车文"亦催妆之类"之说。又俞樾《茶香室续抄》卷十四云"催妆诗婿氏所为之，障车文母氏为之"，与"南平王锺传女适江夏杜洪子"事合。

得空说却扇诗。

障车文·续一（2010 – 11 – 03）

仍说障车文。

范新阳文章《论唐人婚礼中的障车风俗》〔《淮阴师院学报（哲学社会科学版)》2005 年第 6 期〕说障车，以为障车之人有新妇娘家人与其他人两种，实即赵守俨推论：障车之起源，可能是女家对于新嫁娘表示惜别，但到了后来，名存实亡，变为乡里无赖勒索财帛的借口（范文引）。按女家障车，或为其时婚仪一种，锺传嫁女，乞汤篑作障车文，是为配合此一仪式，因此司空表圣《障车文》通篇"珍纤焕烂，龙麝馨香"、"两家好合，千载辉光"之类吉祥语，全无一般拦门喜歌中最常见商请开门口气。"母氏为之"云云，即指此种情形。"无赖"障车，则是另一种情形。范文引《太平广记》卷四九四"修武县民"条《纪闻》云：开元九年二月，修武县人嫁女，婿家迎妇，车随之。女之父惧村人之障车也，借骏马，令乘之。此时若有辞令，或亦可称之曰障车文——一方阻挡，一方求行，求行一方，可为送亲者（女方），亦可为娶亲者（男方）。《敦煌宝藏》伯三九〇九卷之《论障车词法第八》（范文引），即似为障车者与送亲者问答，与下女夫词性质相近。如云：

障车之法：吾是三台之位，卿相子孙。太原王郭，郑州崔陈。河东裴柳，陇西牛羊。南阳张李，积世中臣。陈君车马，岂是凡人？

女答：今之圣化，养育苍生。何处年小，漫事纵横。急手避路，□我车行。

障车之法：小年三五，中赤荣华。闻君成礼，故来障车。儿郎伟。棱棱南山，迢迢北林，夜静更阑。从君统首，徒劳□方，□知无酒。

　　障车之法：吾是九州豪族，百郡名家。今之成礼，故来障车。不是要君羊酒，徒君且作荣华。儿郎伟。……

　　障车之法：先自有方，须德骐峰一角。三只凤凰，聊东九味，西国胡羊……儿郎伟。有酒如江，有肉如山。百味饮食，罗列班班。自馀杂物，并有君前。

　　障车之法，今古流传。拦街兴酒，枕巷开筵。多招徒党，广集诸贤。杯觞落解，丝竹暂咽。故来遮障，觅君钱财。君须化道，能罢万端。剑南□马，云走飞先。金钱万贯，绫罗数千。……

　　换言之，障车文原或确如俞樾所说，系"母氏为之"，随着障车行为异化，障车文亦有改变。

　　再说催妆与催妆诗。《中国风俗辞典》（叶大兵、乌丙安主编，上海辞书出版社，1990）引李昌祺《剪灯馀话》卷四《洞天花烛记》，谓於潜秀才文信美，为仙人华阳文人敦请，前往助其女婚礼。女子成婚之日，"灯烛辉煌，笙歌嘹亮。侍者走报新婿及门也，群从起迎，引入幕次。忽内间传命，索催妆诗甚急，而婿所带相行之人，艰涩殊甚。从者数十辈，络绎不绝。婿缉知信美在座，私下遣人致浼。信美即代为诗曰：'玉镜台前觯绿鬓，象牙梳滑坠床间。宝钗金凤都簪遍，早出红罗绣幔看。''十八鬟多气力娇，妆成不觉夜迢迢。风流自有张生笔，留取双眉见后描。'媒将以入，众皆喝彩。但见红妆百队，画烛两行。箫鼓喧阗，香风淡荡，引婿入洞房合卺"。此处明云索催妆诗者是女方，作催妆诗者是男方。《辞典》又引《歧路灯》等情节，说明催妆诗亦如障车文，有诸多变种，如沈榜《宛署杂记》卷十七《民风》有云："新妇及门，初出舆时，婿以鞍马置地，令妇跨过其上，号曰平安。妇进房，令阴阳家一人，高唱催妆诗。"此时之催妆诗，完全成为泛指之婚姻喜歌——私意袁枚等人障车文"即催妆"、"皆催妆"说即源于此，而字面理解仍以张萱"想亦催妆之类也"为是，其意为：所谓障车文，差不多是与催妆诗同一类别的东西（即婚嫁应酬韵文）。

却扇诗 (2010 – 11 – 04)

《资治通鉴》卷二〇九有云：

> 中宗景龙二年丁巳晦，敕中书、门下与学士、诸王、驸马入阁守岁，设庭燎，置酒，奏乐。酒酣，上谓御史大夫窦从一曰："闻卿久无伉俪，朕甚忧之。今夕岁除，为卿成礼。"从一但唯唯拜谢。俄而内侍引烛笼、步障、金缕罗扇自西廊而上，扇后有人衣礼衣，花钗，令与从一对坐。上命从一诵《却扇诗》数首。扇却，去花易服而出，徐视之，乃皇后老乳母王氏，本蛮婢也。上与侍臣大笑。诏封莒国夫人，嫁为从一妻。俗谓乳母之婿曰"阿爹"，从一每谒见及进表状，自称"翊圣皇后阿爹"，时人谓之"国爹"，从一欣然有自负之色。

此处"步障"，《辞海》释为"用以遮蔽风尘或视线的屏幕"。《全宋词》有卢祖皋《瑞鹤仙》云：江南秋欲遍。正莼际鲈分，酒边鳌荐。青林雁霜浅。问风流何事，试华偏晚。凌波步远。误池馆、薰风笑宴。梦回时，细翦荷衣，尚倚半酣妆面。深院。绮霞低映，步障横陈，暮天慵倦。无言笑倩。尊前恨，仗谁遣。似重来鹤驭，锦城依旧，无复仙风宛转。念疏星淡月，长眉甚时再见。按《却扇诗》成，新妇"扇却，去花易服而出"，可见与新妇尚在娘家时之催妆诗不同，"障车文却扇诗皆催妆也"云云，仍不可拘泥于字面，可变通理解为：障车文、却扇诗与催妆诗一样，目的都是使婚礼顺畅进行、新人早入洞房。

又《钱通》卷五有云：景龙中，中宗出降睿宗女荆山公主，特铸撒帐钱用以撒帐。敕近臣及修文馆学士拾钱，其银钱则散贮绢中，金钱每十文即系一彩条。学士皆作《却扇诗》，其最近御座者所获居多。《通雅》卷三载李义山代董秀才《却扇诗》云：莫将画扇出帷来，遮掩春山滞上才。若道团圆似明月，此中须放桂花开。

障车文·续二（2010-11-08）

接庭信函，说明春为美林师庆寿事。

记者节游安吉。真山真水，好过人为景观。

河南礼仪文化网（http://hnlywh.org）有失名文章《从"催妆诗"、"却扇诗"看唐代婚俗》，提及敦煌写卷有题为《催妆》诗两首。其一：今宵织女降人间，对镜匀妆计已□。自有夭桃花菡□，不须脂粉污容颜。其二：两心他自早心知，一过遮阑故作迟。更转只愁奔月兔，情来不要画蛾眉。文章又云敦煌写卷中有三首以《去扇》为题诗章，录如次：

青春今夜正芳新，红叶开时一朵花。分明宝树从人看，何劳玉扇更来遮。

牵虫罗扇不须遮，白美娇多不见奢。侍娘不用相要勤，终归不免属他家。

闺里红颜如舜花，朝来行雨降人家。自有云衣五色映，不须罗扇百重遮。

说障车与障车文。

范新阳《论唐人婚礼中的障车习俗》引张艳云文章《唐代婚俗中的障车和障车文》（台湾《历史月刊》1992年第2期）云：障车文"虽与障车只一字之差，但二者却是完全不同的两回事"，"障车和障车文虽都是唐代婚俗的一部分，但发生的时间和地点不同，即障车文在先而障车活动在后；障车文在新娘上车之际遮拦帷幔时诵读，而障车则在新娘的车子快到新郎家门口时进行"。范文以为费解，因此细加"推敲"，结论仍然模糊。按：一时无法得见张文全貌，不明具体思路，只就其对障车与障车文之理解略作辨析。

先看文献中"障车"。

《诗经·国风·氓》有云：桑之落矣，其黄而陨。自我徂尔，三岁食贫。淇水汤汤，渐车帷裳。女也不爽，士贰其行。士也罔极，二三其德。孔颖达疏"帷裳"：帏裳一名童容，故《巾车》云：重翟、厌翟、安车皆有容盖。郑司农云："容谓襜车，山东谓之裳帏，或曰童容。"以帏障车之傍，如裳以为容饰，故或谓之帷裳，或谓之童容。其上有盖，四傍垂而下，谓之襜，故《杂记》曰："其青有裧。"注云："裧谓鳖甲边缘"，是也。然则童容与襜别。司农云："谓襜车者，以有童容，上必有襜，故谓之为襜车也"（郑玄笺、孔颖达疏《毛诗正义》卷三之三）。此处"障车"，指以帷裳作车之围挡。《礼记》卷四十五《丧大记》第二十二有"黼翣二，黻翣二者，画翣二"云云，孔疏曰：黼翣二、黻翣二者，画翣二者，翣形似扇，以木为之，在路则障车，入椁则障柩也。凡有六枚，二画为黼，二画为黻，二画为云气。诸侯六，天子八。《礼器》云："天子八翣，诸侯六，大夫四。"郑注《缝人》云："《汉礼器制度》'饰棺，天子龙、火、黼、黻，皆五列。'又有龙翣二，其载皆加璧也"（郑玄注、孔颖达疏《礼记正义》卷四十五《丧大记》第二十二）。此处"障车"，与前一障车同义，差别在于用具、场合不同。

由是可知，除阻拦外，"障车"尚可理解为以帷幔（裳）或其他物件遮饰车辆。婚礼当中，新人甫上车，娘家人以帷幔遮围车辆，既有装饰意，更有借此挽留女儿用心，司空图《障车文》，当是为配合此一做法而作。张文"障车文在新娘上车之际遮拦帷幔时诵读"，即是此意，只是其因忽略"遮拦帷幔"亦是障车，而致有此误读。其又曰"而障车则在新娘的车子快到新郎家门口时进行"，此一障车，则是另外一种，即为获取利市钱财而拦阻车辆，亦是颜真卿等奏请废止之恶俗。

又王维《洛阳女儿行》其一云：画阁朱楼尽相望，红桃绿柳垂檐向。罗帷送上七香车，宝扇迎归九华帐。后两句，罗帷、七香车、宝扇、九华帐同时登场，是将障车、却扇、坐帐（撒帐）一网打尽，堪称大观。

此障车非彼障车。候女儿放学，电话保善，说欣悦心情。

障车文·续三（2010 - 11 - 10）

电话忠明，说杂事。

同学群内发信息，请查台湾《历史月刊》。昳丽回复，云南图、南师无。

九段邮件，发百度查得扬州民歌。录两首如次：

新正月，打的春，过了初五才下生。早就想到婆婆家拜年去，左捱右捱捱到落了灯。

疼姑娘，害姑娘，大新正月不空房。明日叫姑娘写张押租帖，套房里代你们铺张床。

拟作《释"障车文却扇诗皆催妆也"》。重点说障车与障车文。

高国藩《敦煌民间婚俗酒文化考述》〔《宁夏师范学院学报（社会科学版）》第29卷第5期，2008年10月〕由敦煌文献说唐时婚俗。高先生引杜佑《通典》卷五十八《公侯大夫士婚礼》云：太极元年十一月左司郎中唐绍上表曰："往者，下俚庸鄙，时有障车，邀其酒食，以为戏乐，近日此风转盛，上及王公，乃广奏音乐，多集徒侣；遮涌道路，留滞淹时；邀致财物，动逾万计。遂使障车礼觌，过于聘财；歌舞喧哗，殊非助感。既亏名教，又蠹风猷……诸请一切禁断。"（亦见《旧唐书》卷四十五《舆服制》）其又引斯六二〇七残卷另一《障车文》云：

儿郎伟：□□□□□□□□□□□。荆轲满更，徒劳障车。□□□□□□□□□，若所须酒，任府追取杜康。□□□□□□□□□□，若所须饼，追取赵耆待公。若所须钱财，任□□□□□。若所须匹帛，库藏皆有青黄。公但领物数放，可有何妨。

吾等今来障车，自依古人法式。君既羊酒并无，何要苦坐咫则。问东定必答西，至南定知说北。犹自不别时宜，不要数多腰勒。

无怠无荒，四夷来王。是何徒众，夜入村坊。鸡飞鸟宿，风尘荒荒。君是何人，彻事夜行。君且停住，吾欲论平。

我是大唐儒士，极好芬芳。明贤经史，出口成章。未审使君，有何祇当。

儿郎伟：无偏无挡，王道荡荡。春符分明，凭何彻障。

儿郎伟：我是诸州小子，寄旅他乡。形容窈窕，妩媚诸郎。含珠吐玉，束带矜装。故来障车，须得牛羊。

长兴三年壬辰岁三月二十六日画宝员记。

万般皆下品，唯有读书高 (2010-11-12)

撰《释"障车文却扇诗皆催妆也"》，结论云：由是可知，除拦阻外，婚礼中"障车"，尚可理解为以帷幔遮拦车辆，遮拦用意，或是装饰，或是为新嫁女蔽风雨，亦可隐含惜别之情（使之延续离家时间）。换言之，障车有三种情形，或说可分为三个阶段，一是"遮拦帷幔"（女家所为），二是由"遮拦帷幔"发展为女家拦车惜别，三是其他人拦车勒索财帛。司空图《障车文》，当是为配合第一种做法而作。

《剪灯新话》卷一《水宫庆会录》有小说中人物余善文奉南海龙王广利王命所作上梁文云（赞语从略）：

> 抛梁东，方丈蓬莱指顾中。笑看扶桑三百尺，金鸡啼罢日轮红。抛梁西，弱水流沙路不迷。后夜瑶池王母降，一双青鸟向人啼。抛梁南，巨浸漫漫万旅涵。要识封疆宽几许，大鹏飞尽水如蓝。抛梁北，众星绚烂环辰极。遥瞻何处是中原，一发青山浮翠色。抛梁上，乘龙夜去陪天仗。袖中奏里一封书，尽与苍生除祸瘴。抛梁下，水族纷纶承德化。清晓频闻赞拜声，江神河伯朝灵驾。

收到寄自上海《新出江湖 念喜歌词》一册，封面题"文盛堂梓行"。查《中国俗曲总目稿》，作"上海 石印本，茂记书庄"。此册内容丰富，有贺登科词、贺生子词、贺寿词、贺盖房楼词、贺开张词、贺娶亲词等，流水曾有提及。"娶亲词"下又题作"花晏词"，并注明"摘头换尾使念红鸾星，口白要清"。"贺登科词"为他处少见，录如次：

> 来到贵府仔细瞧，宫花报喜来到了。龙虎登金榜，雁塔把名标。位烈臻英士，悬牌挂匾高。满朝珠子贵，一品在当朝。苏秦曾封相，封侯是班超。不言如负薪，不说如挂角。金印得在手，凤凰池中到了。万般皆下品，惟有读书高。

通篇讨要利市口吻，似是职业说喜歌者底本。"惟有读书高"云云，原出《神童诗》，此处乃是针对"登科"而言——百无一用是书生，亦是国人名言——常识是，若不能博个封妻荫子，什么都如浮云。

小雅·车辖（2010 – 11 – 14）

南图看书，核校引文。记忆不可信，旧作不可信，转引尤不可信。

前引《随园诗话》卷十五有云：近人新婚，贺者作催妆诗，其风颇古。按《毛诗》"间关车之辖兮"一章，申丰曰："宣王中兴，士得行亲迎之礼，其友贺之而作是诗。"按李慈铭《越缦堂读书记》记光绪乙酉十二月初六日读姜宸英《湛园集》，云湛园文章简洁纡馀，多粹然有得之语，此集皆其未第时所作，穷老不遇，他人皆为槛擎，而湛园和平自处，绝不为怒骂嬉笑之辞，其加于人固数等矣。日记又云：

> 予尤爱其《贺归娶诗·序》云：或谓予曰：古者婚礼不贺，故娶妇之家，三日不举乐，思嗣亲也。今者贺之，礼欤？曰：奚为而非礼耶？礼不云乎，贺娶妻者云，某子使某，闻子有客，使某羞。盖娶妇之家，不可以是为乐，而姻戚之情，则自有不可废者。然不曰娶妻而曰有客，若谓佐其乡党僚友供具之费而已，是其所以谓不贺也。曰：予闻之郑氏，进于客者，其礼盖壶酒束脯若犬而已，不闻其以诗也，以诗贺亦礼欤？曰：奚为而非礼？诗"间关车之辖兮"，说者曰，宣王中兴，士得亲迎，其友贺之而作，非今诗之祖与？文王新得后妃而《关雎》以咏，亦此物也。可谓说经解颐，不愧读书人吐属。车辖之义，出于宋儒，与传笺不合，故更以《关雎》义佐之。

以《小雅·车辖》为贺喜之作，确"出于宋儒"——朱熹《诗集传》即云"此宴乐新昏之诗"。流水曾以《关雎》、《桃夭》为喜歌之祖，此处另增《车辖》。录如次：

> 间关车之辖兮，思娈季女逝兮。匪饥匪渴，德音来括。虽无好友，式燕且喜。
> 依彼平林，有集维鷮。辰彼硕女，令德来教。式燕且誉，好尔

无射。

虽无旨酒，式饮庶几。虽无嘉肴，式食庶几。虽无德与女，式歌且舞。

陟彼高冈，析其柞薪。析其柞薪，其叶湑兮。鲜我觏尔，我心写兮。

高山仰止，景行行止。四牡骓骓，六辔如琴。觏尔新婚，以慰我心。

又姜宸英字西溟，号湛园，又号苇间，浙江慈溪人，明末诸生。有《湛园集》、《苇间集》、《海防总论》。南图古籍部有《湛园集》，得空细检，一是确定上引"序云"是否于"亦此物也"处作结，二是了解《贺归娶诗》内容。

兀的不引了人意马心猿（2010–11–16）

改定障车文章。赵守俨《唐代婚姻礼俗考略》（见《赵守俨文存》，中华书局，1998）说障车云：新娘上车之后，新郎要骑马绕车三匝，然后喜车经过障车的一关，才能起程。所谓障车，就是阻挡住车子，不让新嫁娘动身。赵先生说司空图《障车文》，云其"全篇不过把一些喜庆话连缀成文，除'且看抛赏，必不寻常'云云还看得出是索赏而外，其馀与一般贺词并没什么两样"。我且就"且看抛赏，必不寻常"作一补充，以为只可勉强看出"索赏"影子——说"勉强"，是因"抛赏"对象，不一定是拦车者，亲朋、傧相、围观诸人，均在其列。如徐师曾《文体明辨》说上梁文曰：上梁文者，工师上梁之致语也。世俗营构宫室，必择吉上梁，亲宾裹面，杂他物称庆，而因以犒匠人。于是匠人之长，以面抛梁而诵此文以祝之。"以面抛梁""以犒匠人"，与嫁女时抛他物以赏众宾，乃同义语。

整理喜歌。

喜歌有自戏曲取材者。如云：神仙归洞天，空馀杨柳烟。只闻鸟鹊喧，门掩了梨花深院，粉墙儿高似青天，恨君不与行方便。难消遣，有一个意马心猿。

此实出诸《西厢记》第一折,录如次:

[后庭花] 若不是衬残红,芳径软,怎显得步香尘底样儿浅。且休题眼角儿留情处,则这脚踪儿将心事传。慢俄延,投至到栊门儿前面,刚那了上步远。刚刚的打个照面,风魔了张解元。似神仙归洞天,空馀下杨柳烟,只闻得鸟雀喧。

[柳叶儿] 呀,门掩着梨花深院,粉墙儿高似青天。恨天,天不与人行方便,好着我难消遣,端的是怎留连。小姐呵,则被你兀的不引了人意马心猿。

试想一片俗语喧嚣中,忽地冒出软款温存的这样几句,真正是"兀的不引了人意马心猿"。喜歌有此内容,更显春光无限。

礼生（2010 - 11 - 20）

常洲电话,说毕业论文答辩事。

大众书局为女儿购《历史常识读本》(李问渠主编,新世界出版社)、《读国学用国学》(祝和军著,新世界出版社)。后一种版权页竟作"2010年12月版"。"早产"若此,何其草率。

订报刊,舍去某某。无他,只因其执事者每期均作一"刊首语",洋洋洒洒,横无际涯,顾盼自雄,无可名状。公共平台与私人领地之界限,此公不明,或是虽明而不理会。

整理写本喜歌一册毕,以起首"穿衣吟"名之。其他文献,多是有拦门前而少开门后内容,此册不然,有"开门吟"数则,如云:龙门双扇开,引郎入房来。从今接拜后,心思永合偕。又云:银河已渡遇新人,双星织女来接迎。两足踏在洞房内,欲如金鲤跳龙门。缺点是无房中关门人应对记录。

有发现,各类文献中以拦门、撒帐歌最为丰富,极少催妆歌。其中缘由,容后细说。

南图看《湛园集》,卷一有《贺王子归娶诗》序,前说于"亦此物也"处作结,无误。《序》起首云:王子年十九,随其父任淮北,将归娶于其乡。其同学赋诗而贺以送之者数人,而请序于余。

翻旧刊。《中华戏曲》第三辑(山西师范大学戏曲研究所编,1987年4月出版)有《礼节传簿》研究专题。《礼节传簿》全称《迎神赛社礼节传簿四十曲宫调》,乃戏曲工作者于山西省潞城县崇道乡南舍村村民曹占标家中发现之万历抄本。整理者云:中外古代艺术在历史长河中,多借助于宗教活动得以保存和流传。此"礼节传簿"顾名思义,也是为了记载当地这种迎神赛社活动的祀神礼节程序。四百年来,它通过堪舆家和乐户等社会专职人员历代流传不已。……(抄本)作为曹家参与"官赛"或本村"调家龟"时,充当"科头"(即主礼生)"唱礼"的依据。按迎神赛社有唱礼者即礼生,婚礼中傧相亦是礼生。如写本《穿衣吟》"问奶奶果品吟"有云:礼生撒帐贺新郎,夫妇并坐在牙床。五男二女天赐福,状元榜眼探花郎。另有"下床吟"云:今日美事已周全,礼生不必洞房延。就此床前分袂去,早生贵子点状元。

流水(2010-11-22)

女儿博客,云"时空交错的时候,人群像流水一样哗啦啦地流向某个积水的深潭,然后又哗啦啦地流向更远处的江河湖海"。

听某人唱曲小样。以无聊之事,遣有涯之生,其乐融融,亦其宜矣。

某人电话,说上海火灾,云"人在做,天在看"。

文西南京开会,约晚间茶叙。

整理喜歌。

《哭嫁》一册通篇凄苦。如云:

六月蒲扇遍身凉,□女针黹昼夜忙。一绣云肩莲花样,四根飘带三尺长。二绣罗裙亮恍恍,描金蝴蝶闹海棠。三绣□帘花花朵,状元及第早登科。第四又绣鸳鸯枕,鸳鸯枕上双凤鸣。第五又绣荷包样,荷包绣个双朝阳。手中花帕无其数,花花鞋儿几十双。件件是奴亲手做,只等婆家来接奴。七月田中谷子黄,奴家丢针下厨房。□□要到婆家下，烧锅燎灶有谁做，烧茶造饭有谁帮，堂上爹妈有谁敬。一面烧火一面想，拿住火钳哭一场。

"一面烧火一面想，拿住火钳哭一场"，女儿心思，委实堪怜。

某人发《教师博览》截图。旧时文字，恍若隔世。《安魂曲》末云：

  燕王朱棣入京，建文去国，朱棣欲草即位诏，有人荐举文学博士方孝儒（孺）。朱棣软语温存，方"不识抬举"，且哭且骂道：要杀便杀，诏断不可草。朱棣生气，问：你不怕死，也不怕灭九族么？他以为此言必能吓住方孝儒（孺），可方不惧，仍是厉声曰：十族又如何？言及此，拾笔大书："燕贼篡位！"是人该死，该死的方孝儒（孺）临刑前还能慷慨陈辞。另有其弟孝友，不以受兄弟牵连为怨，断头台前反作诗相慰，诗云：阿兄何必泪潸潸，取义成仁在此间。华表柱头千载后，旅魂依旧到家山。此案宗族亲友并门下士连坐被诛者计八百七十三口，十族之名，竟然成为事实。

流水 (2010 - 11 - 24)

身心疲累。

玉琰说论文等等。赠六字：不惹事，不怕事。

孔网订车王府藏曲钞本子弟书集。

周一晚蓝湾与九段老师聊天，见文西。文西示《白马篇》云：征鞍冷落鬓如霜，一任西风梦里闲。寂寞红颜怜瘦骨，故人何处玉门关。诗后有记：登临茅山绝顶，树下忽逢白马，一时伤感，为赋一篇，敬呈玉波兄。

蒙九段代索《起源与传承——中国古代文学与文化论集》（王小盾著，凤凰出版社，2010）。其《从朝鲜半岛上梁文看敦煌儿郎伟》提要云，上梁文由书写的上梁文和表演的上梁歌（"儿郎伟"）组合而成。后者采用两种形式：一是"致语"（朗诵骈文）的方式，二是举重号子歌的方式。"儿郎伟"一名在上梁文中的出现，表明古代上梁时的相和而歌、呼应而歌，已经有了较固定的歌调。……从"儿郎伟"到上梁文的发展，大致包含五个阶段,一是"儿郎伟"作为号呼之声的阶段,其事可以追溯到北朝;二是"儿郎伟"用为驱傩之歌的阶段,其事可推至唐代;三是进而用于障车、上梁仪式的阶段,在六言韵文、三七言韵文之外,兼用四六言骈文;四是形成上梁文之正体的阶段,其现存最早的作品是唐末李琪的《长芦崇福禅寺僧堂上梁文》;五是在宋代初期传播到朝鲜半岛,转而成为一种高丽汉文体的阶段。

整理喜歌。

喜歌中确可见世风人情。如《哭嫁》有云:

婆家莫学懒人样,天明即早下厨房。稀奇美味奉堂上,不可留来私自尝。无事邻舍少来往,有事必须禀高堂。公婆面前细言讲,伯叔相见莫轻狂。各人早些下厨房,缸内无水少力量,排个半桶也无妨。小姑妯娌要忍让,莫与小姑论短长。丈夫有事对你讲,和颜悦色共商量。一时归家酒醉后,笑脸相迎扶上床。高做枕头休慢仗,铺盖盖好免受凉。旧衣放在坑头上,酒呕不坏新衣服。将鞋拿来远远放,侍候新茶坐一旁。烧碗酸汤来奉上,恐得酒病在身旁。若有花路休慢仗,不可装病睡在床。闲言闲语莫乱讲,是非埋肚内面藏。

此乃母亲对将嫁女儿之叮咛。事无巨细,从头说起,骨肉深情,尽在其间。"缸内无水少力量,排个半桶也无妨"之"排",或是渝中方言。另如针线。"少针少线我父买,莫得鞋面扯回来",令人酸鼻。

流水 (2010 – 11 – 26)

高楼火灾逃生演练。

保善电话,说杂事。

短信彭茵,询民歌整理事。

小众菜园有人贴陆谷孙文章,说静安火灾后沪上媒体表现。文云:

看看兄弟省市的报刊——我这儿不提南方报系——譬如《扬子晚

报》、《新京报》等等，你们不觉得自己猥琐吗？莫非上海人果然窝囊，只会写"肠一日而九回"的软性文字？

整理喜歌。
《哭嫁》有"哭叔爷"云：

> 月亮出来明又明，照见叔爷进省城。北京城内请银匠，南京城内请匠人。两个匠人一齐到，侄女首饰打得成。一打双龙来戏水，二打童子拜观音。三打状元及第身，四打狮子配麒麟。五打魁星来点斗，六打天上文曲星。七打天上七姊妹，八打燕儿两边分。九打凤凰来闪翅，十打皇帝坐北京。件件俱都打齐整，不是亲生当亲生。惟愿弟兄立志成，兴家立业跳龙门。

"叔爷"车祸，明日返乡。

小女哭五更（2010 – 11 – 30）

振羽约吃饭。
《文史知识》第 12 期有文章说陶渊明《读山海经》组诗"刑天舞干戚"句，以"形夭无千岁"为正解。文引陶澍语：既云"夭矣"，又何云"无千岁"？"夭"与"千岁"，相去何啻彭殇？恐古人无此属文法也。作者云此一质疑不成立，并举"死没无复馀"、"徘徊无定止"、"一死不再生"等句，证"这样的句法在魏晋是常见的"。按陶云"夭"与"千岁"，相去何啻彭殇，是将"夭"之短与"千岁"之长作比，以为有悖常理，是以有"何啻彭殇"之说，"死没无复馀"云云，则是同义反复，与"形夭无千岁"非同一性质。

整理喜歌。
五更体民歌极为知名，且以表现悲苦情绪为多，最适合哭嫁歌题材。如《哭嫁》有"小女哭五更"云：

一更明月出东方，思想离娘好惨伤。今晚母女同话讲，明朝分散各西东。养育恩情难尽讲，怎不叫人泪汪汪。二更明月正照墙，珠泪滚滚湿衣裳。思想劬劳恩德广，养女才是梦一场。儿是男子立志向，光宗耀祖换门墙。儿是女流虚花样，从今不得奉爹娘。爹比黄蜂把蜜酿，妈比蚕虫置衣裳。辛苦养大成空想，慈心皆是为外人忙。三更明月照粉墙，乌鸦反哺报爹娘。娘抚女儿生外相，枉自爹妈苦一场。用了银钱还不讲，活活分离泪几行。四更明月正照空，分别爹妈在堂中。你儿好比黄花女，一朝出阁两分离。爹妈不必来挂欠，快些你儿戴钗环。五更明月落西方，哭声爹来哭声娘。不幸儿是裙钗相，从今不能奉高堂。爹娘还要宽心放，莫把女儿挂心旁。生朝满日儿拜堂，年头岁节会爹娘。恕儿不孝枉思想，明朝分离痛断肠。养育深恩难尽讲，叫人血泪下几行。

　　"儿是女流虚花样，从今不得奉爹娘"，"辛苦养大成空想，慈心皆是为人忙"，"养育深恩难尽讲，叫人血泪下几行"，凄楚弥襟，不忍卒读。

起轿　撒米（2010-12-01）

　　张枣《镜中》云：一面镜子永远等候她／让她坐在镜中常坐的地方／望着窗外，只要想起一生中后悔的事／梅花便落满南山。其中"梅花"景象，令人神往。另如汪兆铭赠龙榆生诗云：梅花如故人，间岁辄一来。来时披素雪，雪月同皑皑。亦有风致。

　　胡朴安《中华全国风俗志》记武昌嫁娶风俗云：礼娶之事，异他乡者数端。男当吉辰，偕媒出发，谓之迎亲。坐女轿返，先坐床席而后礼神，盖先占祥也。女轿入门，必偝儒道礼车马神，读车马文，即祝词也。按以"车马文"为"祝词"，稀见，日后留意。又《风俗志》说江西吉安婚俗云：新娘登舆之前，家中长幼相抱哭泣痛号。欣荣喜乐之时，倏现凄惨悲悼之景，其现象无异犷之期已至，就木之时将临，可谓奇矣。末句真腐儒之叹。

　　整理得自江西南昌之喜歌抄本。其"嫁女起轿彩"云：

  伏以 今日良时大吉昌，谨将禄米送嫁娘。新娘坐的莲花宝轿，笙箫拜别祖先堂。米撒东方甲乙木，新娘轿中带鸿福。米撒西方庚辛金，早生贵子并贤孙。米撒南方丙丁火，夫妇齐眉多快乐。米撒北方壬癸水，代代儿孙在朝里。米撒中央戊己土，戊己土上出彭子。彭子寿高八百八，夫妇齐眉正当发。今日嫁到婆家去，荣华富贵大吉祥。

  此处撒米，是在女家起轿时。网络有说广东中山翠亨村民俗风情文字云：

  新娘起轿时要有人在前面撒米，这来自鬼谷子和桃花女的故事。鬼谷子原为蜈蚣精，已修成正果；桃花女即九天玄女，原为鸡精，道行尚欠火候，被鬼谷子收为儿媳，娶亲时便叫媒人撒米引鸡精回家。

流水（2010 - 12 - 02）

  收到《文化学刊》2010 年第 6 期，拙作引用《野客丛书》一节，未予更正。补录如次："五更调"一体，流传久远，如宋王楙《野客丛书》卷十八云，陈伏知道《从军五更转》，有曰"一更刁斗鸣，校尉逴连城。遥闻射雕骑，悬惮将军名"，"二更愁未央，高城寒夜长。试开弓并月，聊持剑比霜"，"三更夜警新，横吹独吟春。强听落梅花，误忆柳园人"，似此五转。今教坊以五更演为五曲，为街市唱，乃知有自。半夜角词，吹落梅花，此意亦久。

  查建英说王蒙，能下重手，堪称"毒舌"。如云：即使在文学圈内，"季节"系列也没得到什么赞扬。评论家们抱怨说，王蒙的叙事风格，已从鼎盛时期的动感与机智，变成饶舌与卖弄。他的语言缺乏精致与内敛。他的描写满是夸张的形容词和成语的堆砌，成为混沌的流水账。

  整理喜歌。

  昨说起轿撒米。其后又云：

  伏以 举手又将米来撒，撒在莲花宝轿上。米撒花轿前，早生儿子中状元。米撒花轿后,早生儿子皆荣耀。米撒花轿左,早生麒麟子。米撒花轿右,早生儿孙名利就。米撒花轿叮当响,生下儿孙登皇榜。今日笙箫婆家去,百子千孙万担粮。

此抄本喜歌有特异处。一是如前所说,通篇称"彩",起轿彩、坐床彩、退轿彩,证喜歌确实又称"彩词"。二是每节均以"伏以"起头,而依例一完整致语当"由骈体文和俗诗两部分文字组成","伏以"多用在骈体文字前。

流水(2010-12-09)

短信晓东,请转发李秋菊博士论文。

民间文化青年论坛有车锡伦帖,说明清小曲研究意见。车先生以为明清小曲研究的突破,必须是文学(文本)和音乐研究的结合——文学(文本)整理与研究,前辈学者刘复、李家瑞、顾颉刚、郑振铎、傅惜华、傅芸子、赵景深与关德栋等先生,已做许多工作;音乐研究,杨荫浏、廖辅叔、钱仁康、夏野等音乐学家,在其中国古代音乐史专著中,亦有许多论述。车先生云:

> 明清小曲音乐资料,过去十分难得。现在的情况不同了,曲谱资料的秘籍多已公开,并时有新的发现。《清蒙古车王府曲本》、《俗文学丛刊》中有大量清及近现代小曲曲谱(工尺谱和简谱,拙文《〈俗文学丛刊〉中的戏曲、音乐资料》,已发在《中国俗文学学会通讯》第31期,2004年6月,北京)。当代陆续出版的"戏曲音乐"、"曲艺音乐"、"民间歌曲"三大"集成"各省市卷中的曲谱,为研究小曲在各地的流播,提供了详实的可比较的资料。

台湾中国文化大学张继光博士论文《明清小曲研究》(1993年6月)说明代小曲文献,云有《秋夜月》,燕石居刻本;《万锦清音》,方来馆刻本;《最娱情》,来凤馆刻本。得空细检。

吴歌（2010 – 12 – 13）

与保善说清代民歌文献事。

昳丽电话，说民歌与佛教关系。

周六南图看书，复印《晓风残月》。

拟作《万花小曲》、《丝弦小曲》等专题。各集内容丰富，可资利用者多。如"我明诗让唐，词让宋，曲让元，庶几吴歌、挂枝儿、罗江怨、打枣竿、银纽丝之类，为我明一绝耳"一段论述，我曾将"吴歌"以书名号另列，以与"挂枝儿"等相区别（曲牌名，用方括号）。《万花小曲》恰有以"吴歌"作题之联曲体一章，以"劈破玉"起，以"清江引"收，中插"桐城歌"、"小曲"、"吴歌"。张继光《明清小曲研究》谓"劈破玉"等"都是完整曲牌"（第450页）。若是论成立，则"吴歌"与"挂枝儿"可一视同仁。以文本而言，"吴歌"既可作题，内容中复以曲牌形式出之，则知其具双重性——此处之"小曲"、"桐城歌"亦可作如是观。兹事体大，特全文录出，以便细加讨论：

吴歌

[劈破玉] 小亲亲原许下黄昏时候，这攒晚还不来为甚么原由。叫丫鬟将房门替我牢牢紧扣，摩一摩银壶里酒可暖，灯盏里无油添上些油。等待了一更二更不来，（又）丫鬟你去睡罢，我孤单独自守他一守。

[桐城歌] 一更一点月照台，月照窗台郎不来。（又）一壶美酒顿成醋，一笼好火化灰台。小乖乖还不来，苦难挨，月迎腮，眼泪汪汪换睡鞋。

[小曲] 明月儿当空照，纱窗外树影儿摇，痴心肠自说是我冤家到。推开了帘笼往外瞧，却原来一阵阵狂风摆柳梢。喜容儿变成恼，烦恼忧愁变成焦。（又）恨起来指着他的乳名儿叫。（又）

[吴歌] 一更里月儿往上升，正黄昏，绣房忙忙掌银灯。把茶烹，昨宵约定正初更。到如今，人儿不见踪，何处恋多情。手托香腮倚门庭。自沉吟，（又）急叫丫鬟拖上门，切莫要眠用意听。

二更里月儿放光明，□乾坤，照的奴房冷清清。越伤情，隔墙儿又恐怕有人听，好心惊。（又）急呼丫鬟进房门，那人犹恐转回程。

　　三更里月儿到半天，懒去眠，听见人家笑语喧。好熬煎，几处里成双一处儿单。好心酸，你那里并香肩，我这里被窝寒。誓海山盟枉徒然，何处烦。（又）急叫丫鬟把门关，短倖的冤家不想还。

　　四更里月儿往西斜，梦儿里会见他，笑别银灯上绣榻。将枕押，搂抱着腰枝（肢）情意洽。温柔杀，揉碎海棠花，铁马被风刮。醒来依旧在两下，泪如麻。（又）急叫丫鬟把门插，各自归房不等他。

　　五更里月儿往西沉，天渐明，架上金鸡报晓声。睡沉沉，猛听敲门吃一惊。且从容，想起□户人，必是我多情。又恐怕他露水儿湿衣襟，好心疼。（又）急叫丫鬟快开门，面腆的□劳脸皮儿红。

　　[清江引] 五更的月儿沉海底，咱二人相思味。一夜不来家，容颜都憔悴，咱二人面相逢团圆到底。

吴歌·续一 (2010-12-15)

鲁敏寄《此情无法投递》（江苏文艺出版社，2010）。
孔网订《扬州清曲》、民国版《黄山谜》。
仍说《万花小曲》中吴歌。
张继光以"吴歌"为曲牌，私意此处"曲牌"更近于腔调，与严格意义之格律牌尚有距离。如通常以为曲牌格律谱与词谱一样，须记固定字数、句数、句式、平仄、韵脚，而《万花小曲》中"吴歌"，几无定格，与明醉月子辑《新锓千家诗吴歌》在形式上更是全无关联，是以我权且将之理解为戏曲中"杂腔小调"一类，书中起首之36首"小曲"亦是。顾颉刚《吴歌小史》引《陔馀丛考》卷二十四"双关两意诗"条云：

　　东坡：莲子劈开须见薏，揪枰著尽更无棋。破衫却有重缝处，一饭何曾忘却匙。赵彦村注云："此吴歌格，借字寓意也。""薏"与"意"，"棋"与"期"，"缝"与"逢"，"时"与"匙"，俱同音也。

顾先生以为"读此可知吴歌在古代善于借字寓意，成为一种诗格之名"。此处"吴歌格",是修辞,仍与腔调之格不同——如所谓以字行腔、腔随字走,定调、定腔、定板、定谱云云,均属腔调格范畴。

要而言之,时曲中曲牌之讨论,可细究处多,可做大文章。检索知有专著曰《中国曲牌考》,订购细读。

又板俊荣有文《论[南京调]的曲辞与曲调》(《南京晓庄学院学报》2008年第4期),以部分"南京调"在曲辞和内容上与"寄生草"、"马头调"相同或相近,证明其与后者在"词格方面有相像性,有着相同的渊源","在曲调方面也有一定的渊源"。此种推演或须慎重。不同时期、腔调民歌曲辞相同、相近,最为常见,赵景深即以"借用"说释[马头调]中多有[寄生草]曲辞现象。

退轿煞 (2010 - 12 - 17)

车锡伦、陈企孟文章《清代扬州刻印的唱本》〔《扬州师范学院学报(社科版)》1986年第2期〕说清末扬州聚盛堂刻印各种唱本,其中包括《新刻铺房吉利喜话》、《新刻送灯喜话》。按国家图书馆有聚盛堂"时调小曲"若干册。

整理喜歌。

缪延光抄本(即前说江西南昌抄本)有"嫁女退轿彩"、"娶亲退轿杀(煞)彩"若干,其一云:

伏以 天地开张,日出时良。轿马神煞,远去他方。新人上轿,上拜祖堂。左转三转生贵子,右转三转状元郎。自从今晚喝彩后,永保福星乐安康。

又云:

伏以 手执金鸡作凤凰,锦衣光彩耀华堂。夫妇齐眉同偕老,多生贵子入学堂。早赐麟儿早登科,五男二女伴帝王。禹门三级浪五世,廿八同堂杀轿后,百子千孙万担粮。

其后又附钢笔录"退煞用"一则云：一点乾坤大，一横日月长。包罗天地转，神杀上天台。

此处"退轿"、"退轿煞"，亦婚俗一种。红网有文章说江西龙虎山旅游，云其地经常举行婚俗表演，表演由轿夫、串堂锣鼓乐手、"新娘"、"媒婆"、司仪和由游客担任的"新郎"组成。……"夫妻"双双坐入古色古香的花轿，由花枝招展的媒婆引路，串堂锣鼓队紧随其后，吹吹打打在村内热热闹闹巡游一圈，便在"新房"门庭前落轿，由司仪主持"婚礼"。先是进行"退轿煞"，司仪左手抓鸡，右手拿菜刀，一边在轿门上拍打"祛邪"，一边唱口彩；然后"新人"下轿，跨过放在地上的米筛、麻袋，象征夫妻将来生下好的后代，且代代相传；再由媒婆将新人引入厅堂落座，出谜语考新郎，答对了就拜天地，喝交杯酒，过独木桥，入"洞房"。

文中所说"唱口彩"，即"手执金鸡作凤凰"云云；"退轿煞"原始，或仍在《事物纪原》之《吉凶典制部》"撒豆谷"条，所退者三煞，谓青羊、乌鸡、青牛之神，"凡是三者在门，新人不得入，犯之损尊长及无子"。

吴歌·续二 (2010-12-18)

前说吴歌，以为俗曲中所谓曲牌，有重声腔而轻句格现象（如加垛、带把、衬字无度，或肆意忽略定格，以致有不识其面目者），换言之，此曲牌非彼曲牌（对曲牌之详细描述与研究，可参见冯光钰《中国曲牌考》有关章节，安徽文艺出版社，2009）。如扬州清曲有［银纽丝］云：闷坐香闺，可叹奴自家，可叹自家，命儿生得差。犯桃花，偏偏流落在风月人家。背井离乡远，抛撒爹和妈，再不能，清清白白将夫嫁。自幼学手口，最难是琵琶，一点不到，重则打来轻则骂。我的天老爷，最伤心，那父兄无事不干，同我闹脾家。依［银纽丝］定格，末两句当为"顶真倒反"，即"同我闹脾家，脾家闹"。张继光论文列举台湾"中研院"史语所藏抄本［银纽丝］一曲云：

到天明佳人一夜无眠，解劝儿夫默默不言。面愧惭，说得的创业守业难。吾劝儿夫早早改，保守咱的家园。你看苦海无边回头就是岸，吾劝儿夫奴就喜欢，不要你惭夫子劝世良言。吾的天爷呀，不枉奴苦心，苦又将你劝，公子听心中想称赞。

张氏以为"此曲由曲词内容上看，其曲情并不完整"，因而怀疑"可能是抄手未抄完，或是从联曲体中摘录出来的一段曲词，并非完整的一曲"。此一判断，盖由文献中［银纽丝］少见单支曲而言，若以个体论，将之与"闷坐香闺"作一比较，可知形式上完整无缺，尤其是"吾的天爷呀，不枉奴苦心，苦又将你劝，公子听心中想称赞"，与"我的天老爷，最伤心，那父兄无事不干，同我闹脾家"，几无二致。另张文亦留意到《白雪遗音》卷一《叹五更》中五支［银纽丝］，均违旧例（第602页）。

据《晓风残月》、《风月梦》并新编《扬州清曲》等文献，知扬州俗曲仍可作专题。又李斗《扬州画舫录》卷十一《虹桥录·下》第十五条有云：近来群尚［满江红］、［湘江浪］，皆本调也。李秋菊云"本调，应是本地曲调之意，［满江红］当是乾隆年间扬州本土兴起的民间曲调"（李秋菊博士论文《清末民初时调研究》，复旦大学中文系，2007，第32页）。此说误。许莉莉文章《明清曲论中的"本调"考释》〔《兰州大学学报（社科版）》第36卷第5期，2008年5月〕说此甚详，可参阅。其摘要云，明清曲论中"本调"一词，乃相对于曲调中各种非标准形态而言，如犯调、换头、变调等。"本调"之"本"，强调的是曲调的标准性而非原始性，"本调"一词主要用以指称某一时期内最为通行、最适宜作为统一标准的曲调。

管烛　逾矩 (2010-12-22)

玉琰说报社科基金事。

苏大少人关注吴歌，扬大少人关注清曲。此等细致而微工作，劳心费力，素难惑众，做亦无益。大学之大，在大而无当。

自恋是病。女模黄雯说姜文电影《让子弹飞》，以为"整部影片充斥着血腥、暴力和权力野心。……故事瞎编乱造,想当然的制造逻辑",并云其"老大不小,模样一般,还老那么自恋,我就觉着有些可笑"。

整理喜歌。

《敦煌遗书》中错字、借代字、异体字、衍字、脱漏字多有,喜歌写本亦是,此乃民间文献共有特征。如何处理,大费踌躇。照抄而出校记,固是上选,然易给阅读造成障碍;径行改过,则又有违初衷,且失本真。思之再三,仍是"酌情"而已——酌情改正,酌情出校。

个案研究有意趣。仍以缪延光本喜歌集为例。方言、婚俗均是好角度。如方言,"谐"多作"孩","榜眼"多作"报眼","朝纲"多作"朝江"。婚俗内容更为丰富,如内中有"管烛彩"数则,细分为点烛、谢烛等等。录一则如次:

> 伏以　红龙口吐珠,拜上相公勤读书。三年一科龙虎榜,五□魁首显才能。天上金鸡叫,地下凤凰啼。八仙云内过,正是谢烛时。龙衔珠,此子必定挂朝珠。龙多髭,此子必定作朝衣。龙眼眨一眨,此子必定就发甲。龙身一摆开,状元报眼进门来。一贺老者添福寿,二贺老者喜庭门,三贺三元及第,四贺四季辰红,五贺五子登科甲,六贺六部上苏郎,七贺七子团圆,八贺八千寿命长,九贺九九真康泰,十贺十米成祥。自从今晚喝彩后,万代儿孙引在朝。

其中"报眼"即"榜眼","老者"疑有误,"上苏郎"当作"尚书郎"。"勤读书"与另一则中"不到江湖为商客,勤耕习读在家门"语,用意一也,而读书目的,仍是做官,即所谓"挂朝珠"、"作朝衣"云云,喜歌中有此内容,正可反映国人素有之人生观、幸福观。烛在传统婚礼中扮演重要角色,由"洞房花烛"四字可见。然"谢烛"是何种情形,待考。

又如前所说,喜歌文献多出诸底层小儒之手,拉杂无绪、粗陋不堪最为常见,如失韵,如冗沓,如语无伦次。整理过程中若因此而有所增删,私心以为不可。如缪本有"新娘房"云:

> 伏以　三条红龙喜洋洋,手提花烛进洞房。花烛放在桌子上,照见新娘房内好嫁妆。左边摆的金漆橱,右边摆的描金箱,中间摆的象

牙床。象牙床上铺锦被，锦被内面结成双。好公子，五年生五个，好女儿，二年生一双。生下五男并二女，果能七子正团圆。太公子当头一品，二公子两广朱长，三公子云南布政，四公子兵部侍郎，五公子年纪须小，带管十三省总钱粮。大小姐千金之女，二小姐皇后娘娘。传圣旨，八幅罗裙就地拖，罗裙上顶绣鹦哥。鹦哥口内七个字，千年媳妇万年婆。

依例，此为持烛照新房喜歌，围绕一照二照左照右照进行，平仄通押，一韵到底。是歌由"锦被"扯及生子，完全荡开，且转韵由"万年婆"收结，出人意料，不守规矩——然则逾矩亦是一切民间制作另一特色。

龙灯彩（2010-12-24）

礼炬聊天，说"大而无当"事。

张继光《明清小曲研究》胪列小曲文献，明代"专集"部分有《明代杂曲集》，下注无名氏辑，崇祯间抄本。此书久访不得。"戏曲丛刊"部分列《秋夜月》四卷、《最娱情》十六册，不确。《秋夜月》南图有民国间石印本（钤谭正璧印），署燕石居梓，另题"精选天下时尚新调"，目录页作"新选天下时尚南北新调"。一函四册，乃汇刻《尧天乐》、《徽池雅调》等而成，张氏所指"小曲"，即《徽池雅调》上层所收《劈破玉》。此节既列《徽池雅调》，则《秋夜月》可舍去。《最娱情》见《古本小说丛刊》二十六辑第四册，上栏故事，下栏戏曲，与"小曲"无关联。

整理喜歌。

缪本情形复杂。起首即有民国△年△月字样，通篇亦是旧时景致，然其间夹杂双格白信笺两页，以钢笔书缪氏辈分字行（中有"延光"），并有"公元一九九八年戊寅年"字样。缪延光身份、全本写（抄）就时间、过程等等，均无从知晓。内容则确是喜歌，即使有"自撰"成分，亦无伤其本质。

另缪本有"龙灯彩"、"送灯彩"、"送子彩"等。民间彩词范围宽泛，喜歌只是其中一种，而节令彩、仪式彩，大部可入喜歌集，此处龙灯彩则在两可间。录如次：

　　伏以　一条红龙喜洋洋，到了前堂到后堂。前堂一对金狮子，后堂一根紫金梁。紫金梁上七个字，状元榜眼探花郎。自从今晚龙过后，合家清吉保平安。

　　伏以　一条红龙喜洋洋，喜喜洋洋贺大王。大王坐在高山上，千年灯火万年香。自从今晚龙过后，合家清吉保平安。

　　伏以　一条红龙喜洋洋，喜喜洋洋入华堂。遍地灯花先报喜，满堂星斗焕文章。左边造出金银库，右边造出读书房。金银库生财宝，读书房出状元郎。自从今晚龙过后，合家清吉保平安。

"七个字"云云，全由坐床彩等处借用，"自从今晚龙过后"，则尤具喜感——"贺"变成"龙"，此种活用法，何等"给力"。

坐歌堂（2010 – 12 – 27）

书录师约聚随园南山花园酒店，说民歌项目事。
收到稿酬，海宁云《明代民歌五题》发学报6期。
淘宝订《中国古代音乐史料集》。
郑振铎《明代的时曲》说及"清初版的《万锦清音》"，云其中"附有《挂枝儿》数十首，大约便都是从冯氏的本子出来的罢"。按《万锦清音》国图有微缩件可看，《昆弋雅调》则待访中。
命名事大。张继光《明清小曲研究》于"小曲"之界定，近杨荫浏《中国古代音乐史稿》。张引《史稿》云：那时候所谓"小曲"，似乎与戏曲等某些大型的扮演形式比较而言，所谓"小"，并不一定是指曲式的短小而言……明、清"小曲"中既包含着短小的民歌、山歌，也包含着"琵琶词"、"牌子曲"等有伴奏、有过门的大型歌曲（《研究》第11页）。然其列举文献资料，明代"专集"部分无冯梦龙辑《山歌》，着力点亦在有牌名之时曲（调），如《挂枝儿》等。余作清代民歌文献辑要，拟兼顾音乐性，是以依旧例统称"民歌时调"，包括《借云馆曲谱》、《小慧集》中内容。

《女儿坐歌堂》

　　整理《女儿坐歌堂》。得自重庆，封面题"下江新编　女儿坐歌堂存古斋板"。下江乃长江中下游地区（如江浙皖）泛称，百度介绍云坐歌堂"是在瑶族地区和川东地区流行的一种婚俗，是女方家庭在出嫁前举行的一种伴嫁歌舞的文艺形式"。实则此俗范围并非局限于"瑶族地区和川东地区"。如网络有文章介绍川北南充民间坐歌堂事，云婚礼当日，由两位妇女手拿灯盏，将新姐（新娘）从闺房中牵出，后面跟着一群女客边走边唱道："天上大星对小星，对到今夜好银灯。大姐银灯一路走，二姐银灯一路行。三姐银灯爆花明，四姐银灯扯花藤。五姐银灯堂前坐，坐到老来莫笑人。"到歌堂后，在座众姐妹接着唱："欢迎新姐到中堂，一对银灯照粉墙。镜屏高高摆桌上，今夜恭喜新姑娘。众位姊妹坐两旁，为的今夜坐歌堂。唱好唱孬无尽量，不可当面来抵妨。"搜狐社区"奇风异俗"另有 ID 为海军少尉者发帖说湘南边陲江永县上江圩（此地多民族杂居）婚俗云：

（姑娘）"过门"要"坐歌堂"三天三晚。第一天叫"嘈屋"，也叫"愁屋"，女方家请来乐师和姑娘的歌伴七至十人，练习唱歌，并把第二天、第三天要唱的内容一一列出，主唱和伴唱有明确分工。因为女儿要出嫁了，家人和友伴都依依不舍，内心有难言的愁苦，故叫"愁屋"。第二天是"小歌堂"，要做一个通宵。女方要唱父母、兄弟、亲友的恩恩怨怨，逐个唱到。有痛切伤心处，嚎淘大哭；高兴欢心时，眉开眼笑，众人同乐。第三天是"大歌堂"，主题是唱"离娘歌"。将要出嫁的姑娘，表达对父母亲朋好友的依恋之情，家人好友也用歌对出嫁女以亲切的祝愿和教诲，包括今后怎么做人做事，如何敬奉公婆和丈夫，如何料理家务，勤俭持家，什么时候要回娘家门等等。"坐歌堂"场面十分热烈壮观，歌堂里往往挤得水泄不通。这一系列的歌唱，有些要做成"女书"文本。

由介绍知"坐歌堂"内容仍属哭嫁歌大类（或者将婚嫁喜歌分作两类，一是出嫁喜歌，一是娶亲喜歌。哭嫁歌、坐歌堂所唱歌，均属出嫁歌），只是内容较纯粹哭嫁歌稍为丰富，如"高兴欢心时，眉开眼笑，众人同乐"云云即是。此册《坐歌堂》描述情景与网文相合，如其起首云：众位姊妹来绣阁，欢声满堂喜气多。只见新姐镜台坐，幽娴贞静笑容作。梳妆打扮本不错，花容月貌赛嫦娥。今夜姊妹来恭贺，恭贺新姐出绣阁。另其中"新姐"亦与南充"新姐"同。

坐歌堂·续一 (2010-12-28)

此前说民歌整理，曰有断代，如明代民歌、清代民歌；有分体，如喜歌。另有个案，如五更调。五更调可作专题，成《五更调研究》一（包括释名、流传、内容、曲调等），《五更调集》一。得空先拟一文。

说坐歌堂。

屈大均《广东新语》卷十二《诗语》说粤地婚俗云：先一夕，男女家行醮，亲友与席者或皆唱歌，名曰坐歌堂。酒罢，则亲戚之尊贵者，亲送新郎入房，名曰送花。此处未明说坐歌堂场所，据"先一夕，男女家行醮"，可理解为嫁、娶双方各行其是（"酒罢"云云，乃一转为婚礼当日事），如是，则坐歌堂与文献记载相契合，即发生在女家，唱歌者为"新姐"与其女伴。

如前所说，坐歌堂与哭嫁歌有联系亦有区别，坐歌堂所唱歌与哭嫁歌，均可划入送嫁歌类别。哭嫁歌流传范围广，而以两湖、两广、云贵川区域为甚。光绪《四会县志》卷一有云：嫁女之家，于婿家请期前女郎不出房，母为延戚属之女来相伴，谓之同伴。婚期前数日，女且哭且歌，女伴从而和之，以示惜别之意，谓之啼哭歌。按啼哭歌即哭嫁歌。此广东事。民国《蓝山县图志》卷十三有云：凡嫁女之家，姻族女亲咸集，夜歌达旦，谓之坐歌堂。中夜哭别亲属、女友，谓之哭嫁。此说湖南事，且明确将"坐歌堂"与"哭嫁"相区别。

整理之《坐歌堂》，乃新姐与女伴唱答形式，内容上确少哭嫁歌悲戚色彩。如有"贺新人嫁奁唱"云：

　　一根丝线两头青，新姐果算聪明人。说他体面好人品，句句还来不受情。坐在歌堂用目瞬，雕梁画栋如官所。堂屋坎的三合土，神龛沉香木装成。这是新姐好福分，妆奁摆起色色新。象牙床儿花鲜嫩，红罗帐儿翠纷纷。……今夜歌堂歌声咏，明天花轿要来迎。

"新人回答"云：

　　银烛高灯照正屋，众位大姐坐一屋。有劳大姐今动步，又坐歌堂唱歌曲。非是为妹不受柱，姐唱歌儿太噜苏。堂屋不是三合土，神龛又无沉香木。木货妆奁随时做，那有象牙床一铺。扎花枕头有几付，包单铺盖有几幅。……不比姐是大粮户，妹子人孬嫁奁无。姐唱歌儿莫挖苦，那个舅儿敢抬奴。

如此言来语去，大秀机锋，"惜别"意味亦寡淡，遑论哭嫁歌之凄怆不能自持。

坐歌堂·续二 (2010-12-31)

仍说坐歌堂。

"蛮人喜歌,殆出天性"(刘锡蕃《岭表纪蛮》,上海商务印书馆,1934,第156页),坐歌堂出多民族杂居地,亦是例证。宋曾慥《类说》卷四"歌堂"条云:南人尚乡歌,每集一处共歌,号"歌堂"。"南人"与"蛮人",几可等同。

前说屈大均《广东新语》记歌堂事,以为"未明说坐歌堂场所",检文献,知明广东香山人黄佐(曾提督广西学政)《泰泉乡礼》有更详尽记载。其卷一《乡礼纲领》有云:凡亲迎,鄙俗先一夕宴,其子必据尊席而坐,谓之渐老宴,所宜痛革。今后止依父醮子之礼,命之孤子,惟告于庙,受命于母。其女家先一夕燕,女聚亲戚唱乡歌,谓之歌堂,今亦革去。此处"其女家先一夕宴"云云,较之《广东新语》所说更为明确。

网络多有文章说坐歌堂。《"坐歌堂"及"打亲"》(http://www.czis.com.cn/channel/study/chinacustom/zgt.htm)说湖南江华、桂阳等县瑶、汉诸民族婚礼中"坐歌堂",云新娘出嫁前晚上,新娘家堂屋里张灯结彩,喜气盈门,桌上摆满土特产品和糖果,伴嫁姑娘和亲邻好友陪着新娘,围着篝火(婚期多在秋冬季节)尽情歌唱。唱歌程序,一般是由伴嫁姑娘起头唱"起堂歌",以歌欢迎大家;接着,姐妹们再唱"安歌堂",并扶新娘坐"上席",众姐妹及亲友一一向其赠送礼物;尔后,歌伴们唱"正歌"三首,分别赞美歌堂、新娘及其他妇女;再"耍调",即表演歌舞,人人可登场,载歌载舞,一片欢乐;然后,"转声",新娘(及伴嫁姑娘)哭嫁,全体来宾也一起大哭大唱;最后,由主持人"圆歌堂",以歌宣布"坐歌堂"结束。"坐歌堂"抒唱内容甚为丰富,既有新娘同伴嫁姑娘、众亲友依依惜别之情,亦有父母、兄嫂告诫新娘要如何待人接物、尊老爱幼、勤俭持家以及处理好婆媳关系、夫妻关系等内容,还有出嫁姑娘表示一一记在心之歌,以及其他叙事歌或抒情歌。自始至终,整个歌堂呈现出一派欢快、热烈、浓重的气氛。《华蓥山里"坐歌堂"》(http://www.hengqian.com/html/2010/4-15/a1151270517.shtml)云,明末清初,大批湖广移民进入四川,成为今天多数川人先祖,移民入川,风俗习惯也随之带入。四川东部华蓥山扼移民入川要道,遂成为吸收移民最为集中地区。随时间推移,具有川东特点、有一套完整程序的婚嫁礼俗"坐歌堂"也逐步形成,但曲调、歌词表现形式等方面,仍有浓烈的湖广嫁歌意味。此习俗一直沿袭到"文化大革命"时才逐渐衰弱。

方志中婚俗资料(2010-12-31)

元旦假期,重翻《中国地方志民俗资料汇编》(书目文献出版社,1995),觅婚俗与喜歌踪迹。

铺床、周堂。民国二十八年《开阳县志稿》:及亲迎期届……夫家于嫁奁收到后,随即陈设于洞房之内,谓之铺床。于是张灯结彩,鼓乐大作,新郎新妇行婚礼于堂屋之中。谒见祖宗,行跪拜礼,并拜天地,谓之周堂。

回车马、接纳、周堂、合卺。民国十七年《绥阳县志》:迎亲到门,陈设猪头、酒礼(醴),道士宣演一切,谓之回车马,以为逢凶化吉。门首大书"姜太公在此,诸神回避"。女宾牵新女下轿,并点油灯,以筛覆之,新女由上越过,谓之接纳。男宾赞礼,女宾交拜,一跪四叩,谓之周堂。亦选原配夫妇将新郎新妇送入洞房,焚香烛,设列棉花、核桃等物,取子孙绵长之兆。夫妇相对酌酒,谓之合卺。

回车马、周堂礼、闹房、听房。民国《长寿县志》:亲迎有男宾接亲二人,意以新郎不谒礼仪,以二人相之也。新娘彩轿入门,有所谓回车马者,以有神煞,皆须遣回也。周堂行礼有四叩、六叩之殊(原按:此即庙见,亦有当日拜天地,次日庙见者),由礼生读祝文,或否。入洞房,坐烛合卺(俗称吃交杯酒)。新娘脱去彩衣,施脂粉出拜客……至夜,必闹洞房(设酒食于新房或堂屋,男女宾分坐,新娘斟酒)、听房(新郎入房,四壁有人环而听之),往往更深达曙乃已。

2011 年 1~9 月

方志中婚俗资料·续一 (2011-01-02)

前说吾乡婚礼分两日，一催妆，一正日。嘉庆二十年《犍为县志》有"正筵"，与"正日"相类。《县志》云：邑中五方聚处，各以乡土旧俗。娶前一日，夫家"花烛"，妇家"花宵"，各有宴。至日宴，谓之"正筵"。其明日，有"回门宴"。

摄盛。光绪四年《合州志》：亲迎之日，盛设鼓乐、旗伞，并以彩帛饰女轿，庶人或兄嫂往迎，谓之"接亲"。唯士大夫家子弟则用公服，备仪仗，亦古人摄盛之遗也。他如告庙、合卺诸仪，尤为近古。按"以彩帛饰女轿"，即古"障车"之初始意。

嫁歌、歌堂、闹房。民国十年《合川县志》：喜期前一夕，女家设宴于堂，邀亲族幼女十人入筵，依齿序坐，灯烛辉煌，唱《嫁歌》，近时则按风琴（其制木箱二尺馀，内有机柄，下有兀有踏，手按有声，虽不甚幽雅，然为近时所尚，女子学校尤专尚此），演唱乐歌，皆自女学得来，彼此欢声，谓之"花筵"，俗谓"歌堂"。……婚期……是夕，设筵于房中，令新妇酌，诸亲友以诗词相贺，有以俚说取笑者，谓之"贺房"，俗谓"闹房"。《吟香书屋笔记》曰：娶妻之夕，亲朋毕聚于新妇室中，欢呼坐卧，至更阑烛跋，甚至达旦不休，名曰"闹房"。此风盛于江、浙、粤、闽。按此处"歌堂"事尤有趣。以风琴伴奏，演唱自女学得来之乐歌，此种景致，曼妙可人，委实时尚。

撒米、回车马、发烛。民国十三年《江津县志》：彩舆至婿家，止于门，主人肃客入（女家之送亲者）。设案于庭，案之上豕首一，以红笺封其口，实米于升，亦红笺幂之，燃蜡炷香，置酒于案。祝者向彩舆撒米，以祓不祥，祝以词曰：日吉时良，天地开张。新人已到，车马还乡，云云，俗谓之"回车马"。其书"姜太公在此"者，不知其何所典，传言为避神煞。时则男具冠服，肃女于庭堂之上，主人就来宾中请男妇二人部署一切，俗名"接蜡"，亦名"发烛"。按前说缪延光抄本喜歌，撒米、"日吉时良"云云多有，可与江津风俗参看。又"姜太公在此"事有各种传说。录一则网文如次：

豫北一带，不管是城市还是农村，凡是盖上新房上梁的时候，都要用大红纸书写上一幅"姜太公在此诸神退位"的条款，贴在花檩上，在地上放好供桌，摆好供品，白酒烧（按烧疑当作"浇"）梁口，燃放鞭炮，由主家的当事人焚香叩头，然后由木匠和泥水匠将花檩拔上房顶，安放在正门的那间房的中间。盖新房为什么要贴上"姜太公在此诸神退位"的条款呢？民间流传着这样一个故事。

传说西周初期，姜太公故里姜塬东面有个宋家庄。庄主宋异人家中富有。他和姜太公是焚香盟誓的好朋友。有一年，宋异人嫌房屋破旧，想再盖座新房。于是，他找人选了一块风水宝地，择了个良辰吉日动了工。可是，一连盖了几次都没有盖起来。第一次房四周墙垒好了，一场大风给刮倒了。第二次刚上完第四架梁，顷刻间，五间房四架梁全断了。第三次再盖时，柴草都铺好了房顶，一场大火烧了个干干净净。无奈，宋异人只好丢下主房，草草盖了两厢陪房住下了。

不久，姜太公从齐国回乡省亲。这天，他闲着无事，便去看望好朋友宋异人。姜太公看见宋异人后堂还是残壁断墙，怎么不盖主房呢？姜太公百思不得其解，便问宋异人究竟是怎么回事。宋异人面带愁容，把盖房屡遭不幸的事一五一十地告诉了姜太公。姜太公听了，立刻明白了，他微微一笑，说道："原来是这等皮毛小事。仁兄不必忧虑，后天便是黄道吉日，紫微星降临，你尽管动工盖房就是了。"

两天一晃过去了，上梁的时候到了，姜太公来到新房里，立于花檩旁边，口中念念有词，说到（道）："四方鬼神，洗耳听着，太公在此，各归其所。"

第二天，宋异人半信半疑地动了工，说来真灵验，太公几句话，宋异人盖房安然无事，只几天，便顺顺当当地把新房盖好了。

这是怎么回事呢？原来宋异人开始盖新房时，四方鬼神都来争地盘，受香火，你争我夺，互不相让，兴风作浪，推翻墙，踢断梁，一把鬼火烧个光，为此闹得宋异人望而生畏。

这一次盖房时，四方鬼神又闻信来了。正要闹腾时，姜太公突然出现在他们面前，一个个都吓得浑身发抖。因为他们都是姜太公所封，更主要的是姜太公有一把打神鞭，怕犯在他手里受苦刑。所以，姜太公一说，往屋里一站，他们都吓得四散逃窜了。

后来，这件事传开了，凡盖新房的人家，都要效仿宋异人的办法，上梁时为讨个吉利，就写幅（副）"上梁正遇黄道日，立柱巧逢紫微星"的对联。在花檩上写上"姜太公在此诸神退位"的条款，有的人家还在花檩上用红头绳拴一双筷子和一串铜钱，意思是：有吃、有住、有钱花，想让姜太公长期住下去，永保主家平安。这个习俗沿袭了三千多年，直到如今大多数人家盖房时仍沿用这一风俗。

方志中婚俗资料·续二（2011-01-03）

电话保善，约喝茶看雪。答天太冷。

完成《坐歌堂·哭嫁歌》初稿。

仍抄方志。

民国十三年《江津县志》云，闹房之说，不知所自起，然已成通俗，不独邑中也。……新郎入房，而小姑长嫂之属，又有听房之举，唧唧喁喁，小语窗外。恶作剧者，且穴壁穿墙，予为之地，潜窥未足，必多方以搅其香梦，为家主者亦不之禁。相传明武宗微行故事，闹房所以压煞，故皆不以怪也。按闹房"压煞"说，此前未闻。

掷米、回车马。民国十七年《涪陵县续修涪州志》：彩舆至门回旋，以当御轮三周。门前具香蜡，有衣冠者向彩舆揖，掷以米，喃喃有词，曰"回车马"，厌胜煞气。

缪延光抄本喜歌中多有点烛、谢烛内容，由是知蜡烛乃婚礼中重要角色。民国二十年《南川县志》有云，亲迎当日，女舆升堂，男家预延尊属宜子夫妇二人，一扶女出舆，一燃烛，谓之"牵新结蜡"。男左女右，向香龛行交拜礼，谓之"周堂"。男去女头巾，牵新者扶入室，燃小烛寸许对坐，谓"坐烛"。光绪二十年《梁山县志》则曰：婚娶，自幼许定，凭媒用彩烛为礼，不论财物。"彩烛"胜过财物，亦未与闻焉。

婚嫁喜歌又称四言八句。民国二十四年《云阳县志》云，婚礼日，新郎立中庭，陪郎序进以金花簪帽檐，分致吉语，复持彩缯自左右肩斜系至两腋下，馀彩结胜下垂与衽齐，再致吉语。语多四言，每章四句或八句，词皆预撰，迭进赓诵，以竞才美，俾观者夸异。"语多四言"云云，当即"四言八句"之由来。"词皆预撰"云云，则道出喜歌之重要特征——多因循有自而非完全的即兴创作，此为一切民歌之根本属性。

闹房目的，是为求利市。民国二十一年《万源县志》有云，亲迎日傍晚，三党亲戚入房贺喜，备极诙谐嬉笑，必得新人食品而后已，谓之"闹房"。

坐歌堂·哭嫁歌（2011-01-04）

据数日所得资料，拟《坐歌堂·哭嫁歌》文如次：

坐歌堂是流行于广东、湖南、四川等地的一种婚嫁习俗，指亲迎前一日，新人（称新姐）女性朋友聚集到新人房中（歌堂），陪新人说话唱歌，畅叙情谊，为新人送上祝福。因此风渐趋衰落，且存世文献稀少，如今知悉详情者已经不多，且有将坐歌堂与哭嫁混为一谈者。本人手头恰有若干民国年间坐歌堂资料，兹结合相关记载，就歌堂事略作陈述，并顺带说及哭嫁歌。

一

有多种文献说及坐歌堂事。如宋曾慥《类说》卷四"歌堂"条云：南人尚乡歌，每集一处共歌，号"歌堂"。明广东香山人黄佐（曾提督广西学政）《泰泉乡礼》卷一《乡礼纲领》有云：凡亲迎，鄙俗先一夕宴，其子必据尊席而坐，谓之渐老宴，所宜痛革。今后止依父醮子之礼，命之孤子，唯告于庙，受命于母。其女家先一夕燕，女聚亲戚唱乡歌，谓之歌堂，今亦革去。屈大均《广东新语》卷十二《诗语》说粤地婚俗，与《乡礼》所说内容相似，唯点出"坐歌堂"。屈云：先一夕，男女家行醮，亲友与席者或皆唱歌，名曰坐歌堂。坐歌堂又称坐堂。网络有文章引清成都人周际唐《味蔗轩随笔·坐堂词》云：婚姻之礼，各省风俗不同。然酌礼准情，各省亦大同小异。凡男家娶妇先赋之诗，谓之催妆；女家亲串颂女之词，谓之坐堂。坐堂者，女当喜期将近之先数夕，其诸姑伯姊，置酒为女祖饯，各述吉祥之词，以为颂美，女则申己之意以答。女左右更有少女，则随而娴习者也。其词要多鄙俚，然有音韵凄清，风格遒劲，如古歌古谣者。罗江明府蔡，微服巡查乡里，一日行至某处，值有女子归，诸娣姒咸以谀词颂女，女申意以答。忽风吹句入耳，词曰："凤凰落在桌子上，那个女儿肯离娘。"一字一转，音韵凄其，谁谓天籁之鸣，不在愚夫愚妇耶。

今人文章亦有关于坐歌堂婚俗之详尽介绍，如《中国民俗·旅游丛书（湖南卷）——芙蓉国里的民俗与旅游》（巫瑞书著，旅游教育出版社，1996）有《"坐歌堂"及"打亲"》，说湖南江华、桂阳等县瑶、汉诸民族婚礼中"坐歌堂"，云新娘出嫁前晚上，新娘家堂屋里张灯结彩，喜气盈门，桌上摆满土特产品和糖果，伴嫁姑娘和亲邻好友陪着新娘，围着篝火（婚期多在秋冬季节）尽情歌唱。唱歌程序，一般是由伴嫁姑娘起头唱"起堂歌"，以歌欢迎大家；接着，姐妹们再唱"安歌堂"，并扶新娘坐"上席"，众姐妹及亲友一一向其赠送礼物；尔后，歌伴们唱"正歌"三首，分别赞美歌堂、新娘及其他妇女；再"耍调"，即表演歌舞，人人可登场，载歌载舞，一片欢乐；然后，"转声"，新娘（及伴嫁姑娘）哭嫁，全体来宾也一起大哭大唱；最后，由主持人"圆歌堂"，以歌宣布"坐歌堂"结束。

"蛮人喜歌，殆出天性"（刘锡蕃《岭表纪蛮》，上海，商务印书馆，1934，第156页），据以上《类说》等记载，可知坐歌堂习俗较早出于湖广等多民族（如瑶、汉）杂居地区，后或随移民进入川渝。参与坐歌堂者是新人要好之同性亲朋，主要内容是"各述吉祥之词，以为颂美"，"音韵凄清"云云，则属"转声"，即可归入哭嫁歌。而坐歌堂之主基调，仍可以归结为"载歌载舞，一片欢乐"。

二

笔者所持文献中有一册《女儿坐歌堂》（下称《坐歌堂》），得自重庆。坊刻本，土纸线订，板框高14厘米，宽9厘米，封面题"下江新编女儿坐歌堂　存古斋板"，卷首作"存古斋新编坐歌堂全卷"。不具年月，据纸张、版式判断，当为民国间制作。"下江"泛指长江中下游地区（江、浙、皖）一带，"下江新编"云云，恐不确，因迄今未能寻得彼地有坐歌堂记载。

《坐歌堂》起首为"众位姊妹到新人绣房，迎灯到中堂"，歌云：

众位姊妹来绣阁，欢声满堂喜气多。则见新姐镜前坐，幽闲贞静笑容作。梳妆打扮本不错，花容月貌赛嫦娥。今夜姊妹来恭贺，恭贺新姐出绣阁。一对银灯来照着，手拉新姐漫唱歌。姊姊妹妹同唱和，一步一步堂前蹉。来在堂前歌堂坐，细听姊妹把话说。我安新姐上位坐，姊妹两旁来唱歌。快乐姊妹要分手，新姐快乐要出阁。

此即所谓"起堂歌"（包括"安堂"内容），由"众位姊妹"发起。其中有方言、讹字，如"只见"作"则见"，是民间作品特色；"新姐"称呼，则尤具川中风味。如网络有文章介绍川北南充民间坐歌堂事，云婚礼当日，由两位妇女手拿灯盏，将新姐（新娘）从闺房中牵出，后面跟着一群女客边走边唱道："天上大星对小星，对到今夜好银灯。大姐银灯一路走，二姐银灯一路行。三姐银灯爆花明，四姐银灯扯花藤。五姐银灯堂前坐，坐到老来莫笑人。"

起堂歌之后，新姐作答云：

绣房点灯镜台坐，众位姊妹来绣阁。一对银灯照着我，姊姊妹妹把我拖。前呼后拥歌声和，推推浪浪出绣阁。既要我把歌堂坐，也要由我把话说。诸亲六眷众姊妹，老少三般姊妹多。也有大姐未会过，也有姊妹初会着。大姐安我上位坐，背了六亲与公婆。这个上位我不坐，姊妹多了情难说。不得不已落了坐，也免姊妹把心多。

作答内容，一是欢迎"众位姊妹来绣阁"，二是表白，因有"六亲公婆"，"这个上位我不坐"，但是盛情难却，只好恭敬不如从命，"免得姊妹把心多"——态度仍然勉强。

既然勉强，那就正式"安上位"一次。众姊妹"安新姐坐上位"云：

我把新姐安上位，新姐何必再三推。理该新姐坐上位，众位姊妹两边陪。管他禾会初相会，诸亲六眷不让谁。管他老少合三辈，新姐快坐礼无亏。今夜姊妹陪姊妹，明日新姐出绣闱。

"禾会"不解其意（"禾"疑为"未"）。婚礼向有摄盛传统，是以有"管他老少合三辈，新姐快坐礼无亏"之说。经过此番推让、劝解，新姐终于安坐"上席"，此时始进入预设流程。《坐歌堂》有"接起歌堂"云：

一根丝线绿悠悠，大姐喊我起歌头。歌头歌尾我都有，姊妹多了我害羞。扯根丝线吊石榴，众位姊妹听从头。石榴大了也难吊，新姐大了也难留。今夜姊妹来陪后，明天新姐出绣楼。

然后轮番接续，有"起歌堂罢交接"：

欢迎新姐到中堂，一对银烛照辉煌。镜屏高高摆桌上，众位大姐坐两旁。为的今夜坐歌堂，坐歌堂来把歌唱。不过恭贺新姑娘，歌长歌短随人唱。不可唱歌把人伤，唱好唱孬无尽量，不可当面来抵黄。会唱大姐多唱个，不会唱歌莫开腔。不可打别把气状，不许说短共道长。我今交接来摆上，那位大姐接歌堂。

然后有所谓"正歌"，即夸新姐人品、嫁妆等。"正式歌堂唱新人人品"云：

风吹竹叶皮上青，适才歌声听得明。大姐果算聪明女，歌堂交接摆得清。今夜歌堂多礼信，那有唱歌来伤人。众位大姐歌声咏，同来恭贺新贵人。且看新人好人品，杏脸桃腮樱桃唇。头戴凤冠多端正，身穿彩缎亮铮铮。绣罗香裙腰间捆，扎花鞋儿脚下登。十指尖尖如嫩笋，眉毛弯弯像月明。巧笑倩兮多么美，美目盼兮多爱人。站倒犹如天仙女，坐倒犹如活观音。非是姊妹乱谈论，唱个歌儿贺新姊。

"贺新人嫁奁唱"云：

一根丝线两头青，新姐果算聪明人。说他体面好人品，句句还来不受情。坐在歌堂用目瞬，雕梁画栋如官所。堂屋坎的三合土，神龛沉香木装成。这是新姐好福分，查妆摆起色色新。象牙床儿花鲜嫩，红罗帐儿翠纷纷。包单铺盖白渗渗，洋枕头儿晃眼睛。梳妆镜台玻璃镜，写字台儿亮铮铮。象牙桌子骨牌凳，洗脸外国洋瓷盆。瓷器碗盏多得很，还有一对玩花瓶。还有多少陈设品，看来样样是时新。绸衫缎鞋多得很，十笼八箱数不清。今夜歌堂鼓声咏，明天花轿要来迎。

听人夸奖,新姐须一一作答,唱答之间,见情谊亦见机锋。如答夸人品歌云:

燕语莺声绕梁间,响遏行云句句鲜。今夜堂前歌堂坐,众位姊妹好心田。愧把大姐两旁坐,为妹反而坐上边。为妹愚蠢见识浅,不会唱来不会还。姐唱歌儿把妹赞,礼不敢当面带惭。为妹人才不好看,好比西(东?)施丑不堪。身上未穿丝绸缎,头上未戴凤□冠。□儿是双大脚板,头上青丝黄不堪。十指不尖如篾片,眉毛不弯像齿镰。没得众位姐好看,周身穿的绸衫衫。坐在歌堂兢战战,犹如天仙女下凡。又白又嫩又好看,快快难比脚弯弯。为妹特来把歌还,众位大姐要量宽。

此后有众姊妹骂媒人无礼歌、与新人斟茶歌,另有"外附歌堂姊妹论胜负伤刺唱"。"论胜负伤刺唱"内容,或即前文所说"耍调",因其以斗嘴、调笑、逗乐为主,全为姊妹们表演,新姐不再参与。如其一云:

螺蛳下滩滚丘苔,乡里大姐上街来。头上又把花儿戴,脚上又穿扎花鞋。来在歌堂多光彩,敲敲假假坐陇来。唱的歌儿不苏派,好像螺蛳滚丘苔。替你脸上麻得怪,还在歌堂显有才。

答云:

庭前桂花满树开,歌堂姊妹放开怀。恭贺新姐承欢爱,未得歌儿不敢来。大姐歌儿唱得怪,何为螺蛳滚丘苔。□姐是个啥精怪,好像乌龟躲石岩。你那歌儿不算彩,今夜陪你唱一排。

三

《坐歌堂》后有缺页,未见所谓"转声"即哭嫁与"圆歌堂"内容。此就上说坐歌堂内容,略作讨论如次。

其一,各地坐歌堂形式、内容不尽相同。如民国十年《合川县志》有云:喜期前一夕,女家设宴于堂,邀亲族幼女十人入筵,依齿序坐,灯烛辉煌,唱《嫁歌》,近时则按风琴(其制木箱二尺馀,内有机柄,下有兀有踏,手按有声,虽不甚幽雅,然为近时所尚,女子学校尤专尚此),演唱乐歌,皆自女学得来,彼此欢声,谓之"花筵",俗谓"歌堂"。此处"歌堂"与《坐歌堂》所记不同,以风琴伴奏,演唱嫁歌,此种景致,曼妙可人,委实时尚。"自女学得来"云云,当指以风琴伴奏演唱乐歌之方式而言,所唱词句,或仍为传统"庭前桂花满树开"一类。以"十人"为数,亦少有提及;而"亲族幼女"尤其是"幼女"即未婚女子身份,当是通制。

其二,坐歌堂之主要目的,是姊妹团聚,畅叙情谊,同时借机调笑取乐,而根本目的,仍为新姐送上祝福。"欢声"云云,亦即此意,由夸人品、夸嫁妆等亦可以明了,"歌堂姊妹论胜负伤刺唱"内容,则是于戏谑中见欢乐,目的仍是为烘托喜庆气氛。换言之,坐歌堂的主基调,是欢乐与祝福。

其三,坐歌堂与哭嫁有联系亦有区别。前引《"坐歌堂"及"打亲"》说及"转声"哭嫁,类似说法见于民国《蓝山县图志》卷十三:凡嫁女之家,姻族女亲咸集,夜歌达旦,谓之坐歌堂。中夜哭别亲属、女友,谓之哭嫁。天明后新姐将嫁,姊妹伤怀,痛哭别离。据此知至中夜,坐歌堂氛围为之一转——好在还有最后的"圆歌堂",仍可将众人情绪扭转回来,即为全部坐歌堂事画上圆满句号。

此与一般意义上的哭嫁、哭嫁歌有区别。坐歌堂中的哭嫁,只是整个坐歌堂节目的一部分,也即前文所说发生在中夜之后,"转声"后仍要通过"圆歌堂"回复至原有"欢声"场景。纯粹的哭嫁则是为哭而哭,如土家族,"姑娘出嫁前都要哭嫁,一般哭七天到十天,最多要哭一两个月。婚期以前,通常哭到夜阑更深,婚期越临近,哭声越悲切。婚期临近有前夜,要哭一个通宵"(武汉大学中文系等《哭嫁歌·前言》,上海文艺出版社,1952)。这是一个彻头彻尾的"哭嫁",因此笔者在整理喜歌过程中,将哭嫁歌定义为喜歌中的"另类"。

哭嫁、哭嫁歌有历史。《礼记·曾子问第七》有云:孔子曰:"嫁女之家,三夜不息烛,思相离也。取妇之家,三日不举乐,思嗣亲也。三月而庙见,称来妇也,择日而祭于祢,成妇之义也。"《韩诗外传》卷二有云:嫁女之家,三日不息烛,思相离也。取妇之家,三日不举乐,思嗣亲也。是故昏礼不贺,人之序也。三月而庙见,称来妇也。厥明见舅姑,舅姑降于西阶,妇升自阼阶,授之室也。忧思三日,三月不杀,孝子之情也。故礼者因人情为文。《诗》曰："亲结其缡，九十其仪。"言多仪也。按"思相离"云云，或以为即哭嫁原始，情动乎中而形于言，于是有哭嫁歌。而《王风·葛藟》云：

绵绵葛藟，在河之浒。终远兄弟，谓他人父。谓他人父，亦莫我顾。

绵绵葛藟，在河之涘。终远兄弟，谓他人母。谓他人母，亦莫我有。

绵绵葛藟，在河之漘。终远兄弟，谓他人昆。谓他人昆，亦莫我闻。

整篇意绪，确如朱熹《诗集传》所言，乃"去其乡里家族，而流离失所者，作此诗以自叹"。生离死别，黯然销魂，发而为歌，语语沉痛，"不忍卒读"（方玉润《诗经原始》），与常理合。手头《哭嫁歌》文献，内中所收，尽皆"沉痛语"，如云：

独坐堂前身闷倦，思想我母（父）好凄凉。往回常时把儿喊，今夜我母（父）不开腔。你儿有话对母（父）叹，母（父）的苦楚对儿言。待儿受过苦千万，千辛万苦把儿搬。只说搬儿长作伴，谁知分离在眼前。儿的事情娘不管，好比风筝断了弦。我母（父）一死不回转，看儿惨然不惨然。

另册又云：

六月蒲扇遍身凉，□女针黹昼夜忙。一绣云肩莲花样，四根飘带三尺长。二绣罗裙亮恍恍，描金蝴蝶闹海棠。三绣□帘花花朵，状元及第早登科。第四又绣鸳鸯枕，鸳鸯枕上双凤鸣。第五又绣荷包样，荷包绣个双朝阳。手中花帕无其数，花花鞋儿几十双。件件是奴亲手做，只等婆家来接奴。七月田中谷子黄，奴家丢针下厨房。□□要到婆家下，烧锅燎灶有谁做，烧茶造饭有谁帮，堂上爹妈有谁敬。一面烧火一面想，拿住火钳哭一场。

与《坐歌堂》中唱着"燕语莺声绕梁间,响遏行云句句鲜",憧憬全新生活的"新姐"相比,这一位"火钳姐"的辛酸情状,委实堪怜。

报期（2011-01-05）

整理喜歌。

木刻本一册,得自重庆,缺封面,内容包括"哭嫁开声"、"绣枕头"等,版式与此前整理哭嫁歌册相近,内容亦近似甚至重复。如"哭嫁开声"云:

莫听后院金鸡叫,请听房中女开声。我娘当门苦角树,我娘苦情苦了个小女苦情才起根。林金好吃树难栽,小女房中声难开。柑子开花叶又青,杨鹊开声我开声。新打铜盆来装水,新打剪刀二面青。我娘房中亮窗子,亮窗脚下金鸡叫。金鸡叫来闹天明,小女开声惊动人。惊动六亲都得淡,就怕惊动外姓人。惊动父母年纪高,惊动歌嫂烦心焦。宅边有根木连树,木连树上挂经书。一本经书背完了,未见我娘留一声。

此前整理之《新刻女儿哭嫁》则云:

我娘后园雀鸟惊,心动我娘忙起身。莫呀山中野鸟□,要□房中女开声。我娘当门苦角树,手攀苦角诉苦情。我娘苦情苦遇□,你儿苦情才起根。我娘屋内亮窗□,亮窗脚下金鸡存。金鸡开口催天明,小儿开口惊动人。惊动四邻不要紧,就怕惊动外姓人。惊动婆婆年纪老,惊动爹妈受心焦。惊动哥嫂生烦恼,惊动众人说话嗙。柑子开花叶又青,阳雀开声女开声。新打铜盆才装水,新打剪刀二面青,娘不开声女开声。我娘当门苓菁树,苓菁好吃树难栽,女儿绣房口难开。我娘窗前目连树,目连树上挂经书。一本经书背完了,未见我娘叫一声。

"苦角树"、"苦情"、"柑子开花"、"惊动人"、"外姓人"、"木连树"等完全一样,"杨鹊"与"阳雀"、"林金"与"苓菁"则是同音字,"未见我娘留一声"与"未见我娘叫一声",几无区别。既"近似甚至重复",喜歌集或当作互见处理。

此册另有"报期"云:

桃花红李花白,外前来了报期客。
我妈房中问我爹,问我爹来那个客。
我爹答应报期客。我嫂房中问我哥,
问我哥来那个客,哥哥答应报期客。
铜钱来了三四吊,鞋样来了五六双。
一层房子二层楼,手巴楼门我也愁。
一辞别家新针线,新得针线我难绣。
一辞别家新大鞋,新得大鞋我难愿。大鞋好做难愿口,小鞋好做兰花尖。当门有个金鸡山,那有金鸡离得山,那有小女离得娘。后元有个放鱼塘,放鱼塘来养育恩。多年多月都过了,临靠今年一年春。

《哭嫁开声》

"报期"一节,四川诸地方志中多有记载。如民国十年《金堂县续志》有云:五方之民,各从其俗,然并古六礼为三礼,自昔已然。今无论贫富之家,必谨守之,无敢或坠。始两姓之好,必各书男女之生年、月、日、时于帖,谓之"鸾书",附以首饰、布帛、果饼、鸡鸭、酒肉之属,命媒氏送之女家;女家亦以冠履、杂佩之类相答报。此即古礼纳采、问名之遗意也,今谓之"馘(插)定",亦曰"书庚"。次则唯重报期之礼。择吉已定,或先一年,或先数月,书吉期于帖,附以首饰、衣服、果饼、酒肉之属,命媒氏送之女家;女家亦以针黹女工之类相报答。此即古之纳吉、纳徵、请期之礼。虽亲迎之礼久废,及期,夫家备彩舆、仪从、冠帔、果品、酒肉之类,择亲族之有德望者,随媒氏往迎之。此处"报期",实即通报吉期之谓。自是日起,新人离家即进入倒计时,"我心伤悲"云云,亦由此生发。另巫山信息网(xinwushan.cn/index.asp)有文章说彼地婚俗,云结婚日期,男方应提前一月以书面形式告诉女方,此种形式称为

"报期"。"报期"时，一般由男方母亲随同媒人将"期单"（按传统的固定格式和方法，由算命先生推算出的结婚日期）和一定数量的礼品亲自送到女方家中，旨在让女方对婚事提前有所准备，如嫁妆的购置，酒席的计划，送亲人选的安排等等。

兼美 (2011 – 01 – 05)

史铁生去世，作家群起追思悼亡。
曹敏问春节安排，约苏州一见。
礼炬说《金瓶梅》作者身份研究文章事。
短信忠明，约说杂事。
整理喜歌。
原说《哭嫁开声》与《新刻女儿哭嫁歌》，以为两者内容相近、重复，可作互见处理。细察文本，觉可并存。理由有二。一是由并存了解其时哭嫁歌流行情况——一刻再刻，正见声势之盛。二是近而不同，差异处更可领略各自风采，体现喜歌内容之丰富。如《哭嫁开声》之"坐绣房"云：

> 正月小女坐绣房，绣个狮子占高堂。二月小女坐绣房，绣个刘海坐中央。三月小女坐绣房，绣个蝴蝶戏海棠。四月小女坐绣房，绣把花扇赔我娘。五月小女坐绣房，绣支龙船过端阳。六月小女坐绣房，绣间瓦屋来乘凉。七月小女坐绣房，绣把凉伞遮太阳。八月小女坐绣房，绣出白花缝衣裳。九月小女坐绣房，绣朵菊花透心黄。十月小女坐绣房，绣个耗子到存粮。冬月小女坐绣房，绣树梅花豆雪狂。腊月小女坐绣房，绣朵桂花献瑞堂。

《新刻女儿哭嫁歌》之"小女哭妈"则云：

> 正月小女坐绣房，绣个狮子占高堂。二月小女坐绣房，绣朵椒花献瑞堂。三月小女坐绣房，绣个梧桐栖凤凰。四月小女坐绣房，葵花向阳靠粉墙。五月小女坐绣房，石榴花开好时光。七月小女坐绣房，

黄花开时正是忙。八月小女坐绣房，桂花满地分外香。九月小女坐绣房，菊花遍地好风光。十月小女坐绣房，指甲花开无心赏。冬月小女坐绣房，寒梅花开遍山冈。四季鲜花绣齐了，只等冤家来接奴。

正月、二月联章形式，是民歌做派，"狮子占高堂"、"刘海坐中央"、"蝴蝶戏海棠"、"梧桐栖凤凰"、"葵花向阳靠粉墙"、"小女儿坐绣房"等等场景，更是旖旎中透出浓厚乡土气息。私意如此内容，并存则兼美，互见（存目）未免可惜——比如同是五月，"绣支龙船过端阳"与"石榴花开好时光"，就各有妙处。

吉祥物象 （2011 – 01 – 06）

改定《坐歌堂·哭嫁歌》。

吉祥物象是传统民俗研究中重要课题，而喜歌中吉祥物象，尤具研究价值。如从中可见民众幸福观、审美观，不同时代、地区喜歌中吉祥物象的同与不同，更有深入讨论之必要。喜歌中常见吉祥物象可略作分类。一是自然物象，如花生、莲子、白果、红枣等，各有象征意义；二是传说物象，如龙、麒麟、八仙、嫦娥等，各有美好寓意；三是生活物象，如红漆柜（箱、橱）、绫罗绸缎各色衣妆（床帐褥被）等，反映特定时段人们日常生活水准与想象。凡此种种，均可展开细说。得空可做一专题。

录《哭嫁开声》中"绣枕头"如次：

风吹八月桂花香，重庆来个卖花样。往年花样不下乡，这回花样才下乡。我喊我娘买花样，买起花样贴枕头，顺手贴在线书上。三尺假子六京线，交根女儿学针线。端把几子进绣房，又想姊妹进绣房。只说陪娘娘心宽，那知陪娘不久长。头块枕头绣那样，头块枕头绣凤凰，绣个凤凰去朝阳。二块枕头绣那样，二块枕头绣牡丹。先绣梗来后绣叶，绣个牡丹叶又长。三块枕头绣那样，三块枕头绣鲤鱼。先绣鲤鱼后绣塘，绣个鲤鱼下池塘。四块枕头绣那样，四块枕头绣恩哥，绣个恩哥啄石榴。五块枕头绣那样，五块枕头绣状元，绣个状元去游街。状元游街有人看，小女出姓无人看。六块枕头绣那样，六块枕头绣狮子，绣个狮子滚绣楼。七块枕头绣那样，七块枕头绣麒麟，绣个麒麟去进宝。八块枕头绣那样，八块枕头绣八仙。先绣八仙后绣船，绣个八仙过海来。九块枕头绣那样，九块枕头绣白合，绣个白合飞过河。十块枕头绣那样，十块枕头绣金鸡，金鸡又把芙蓉闹。十一块枕头绣那样，十一块枕头绣观音。先绣观音后绣台，绣个观音坐莲台。十二块枕头绣那样，十二块枕头绣花篮。绣个花篮不打景，花线抽了无数根。左提针来右提线，摆在房中姊妹看。摆在堂中六亲看，六亲看完都得谈。白客看见提眼门，爹娘看见绞银钱。你绞银钱我费心，红洋缎来绿洋缎，湖青缎子好配线。

"花样"是旧物件，即各种吉祥物象剪纸，用作刺绣"底本"。"三尺假子六京线"、"交根女儿学针线"云云，多有代音、讹误字，不改。其中"凤凰"、"牡丹"、"鲤鱼"、"恩哥（鹦哥）"、"白合（鹤）"等，即开头所说"吉祥物象"。

方志中婚俗资料·续三 (2011-01-09)

周五晚鲁敏约南京大学南苑餐厅吃饭，饭后与振羽至半坡村聊天。
先一电话，说杂事。
周六南图看书，未及翻《小慧集》。
抄方志。
报期、看礼、伴娘、回车、周堂。民国十九年《名山县新志》：婚年以十六至二十为常。男家筮期告女氏，并附以币帛等物，名曰"报期"，而古则曰请期，曰纳徵。及期，男家迓以彩舆，间以旌鼓，女家量力丰啬，列车两（辆）作护送，其监视仪物大宾，均曰"看礼"。扶助新妇，指导节文者，曰"伴娘"。盖亲迎之礼废，将之以宾，使从俗也。伴娘者，《昏礼》所云"姆缅笄宵衣在其右"也。新妇及门，男家焚红楮，宣告吉辞，曰"回车"，则赞者之遗也。伴娘扶妇从男子南向以拜天地，北向以拜祖宗，然后次女闪拜，曰"周堂"。按此处"伴娘"引《昏礼》文字，完整一句为：女次，纯衣纁袡；立于房中，南面。姆纚笄宵衣，在其右。女从者毕袗玄，纚笄，被顈黼，在其后。

铺床、合卺。民国三十年《贵州通志》：将婚先三日，女家使子弟送衾具、床帐于男家而铺设之，谓之"铺床"。婚之日，男家备口㦣、鼓吹、旗帜以迎，婿不亲迎也。女家告祖、训女、送女，均如礼。女至男家，男女傧相导之登堂与婿交拜，入房"合卺"。

旧戏曲每及婚仪场景，辄有"拜兴、拜兴"动作。婚礼如此，祭礼亦然。前引《儒林外史》第三十七回《祭先圣南京修礼　送孝子西蜀寻亲》有云：虞博士走上香案前，迟均赞道："跪。升香。灌地。拜，兴；拜，兴；拜，兴；拜，兴。复位。"此处"拜兴"即跪拜、平身。"拜兴"说亦见于方志。康熙三十四年《开封府志》：婚礼行于昏时，故用烛导行。婿先乘马还，俟于大门，揖妇导入。……赞礼唱：拜兴，拜兴，平身。

撒喜。嘉庆二十二年《密县志》：吉期既至……入门，以草节、钱果撒之，谓之"撒喜"。民国十二年《密县志》：……引者前导，新郎次之，新妇又次之，送者在后。至婿门，以金玉等物付女手。下舆，喜红搭头门，限置鞍筴，新妇抱红绢而过，以钱和草节迎撒之，名曰"撒喜"。按此处"撒喜"，即《事物纪原》之"撒谷豆"。

哭父母五更 (2011-01-11)

收到《淮阴师范学院学报》。谢海宁。

安若老师发短信，说"坐歌堂与哭嫁歌"英译（friend' singing in the bride' room and the crying bride' songs）。

新到《炎黄春秋》有文说胡乔木与杭州毁墓拆碑事，其中有引号记谈家桢告蒋纬国语：我上年去过溪口，见丰镐故居焕然，蒋母墓地安好，你早日回去看看啊。按径称"蒋母"，唐突无状。早前说某人作民国间故宫"文学"，不知人物表字用法，此尤胜之。

《语文教学通讯》（2008年10月A总第532期）有文章说人教版高中《语文》第三册课文《项脊轩志》中"大母过余""过"字用法，以为课本释"过余"为"到我（这里来）"稍有勉强，不若释"过"为"探望"，译"大母过余"为"祖母(来)探望我"。20年前我于《中文自修》发表《我对"过"字的理解》,结论与此同。

整理喜歌。

有哭嫁歌两册,得自重庆,木刻本。据内容、纸张与版式,当是一册分装,中间羼入另外文字("哭叔娘、叔爷添箱")。前说拟作"五更调集",此哭嫁歌中有"哭父母五更"两则,可作五更调一种。录一则如次:

月亮弯弯照华堂,照见华堂紫金梁。一栋金梁京天柱,金梁玉柱亮堂堂。上面盖的琉璃瓦,金字匾对四牌坊。爹娘坐起把福享,福寿康宁乐无疆。劬劳之思(恩)付流水,难学乌鸦报母娘。千思量来万思想,想起我娘好悲伤。一更天,哭爹娘,一盏明灯照绣房。难报爹娘养育账,只得伤心哭一场。二更天,哭爹娘,天上星斗朝北方。南北二斗在高上,保佑爹娘寿安康。三更天,哭爹娘,月照花枝上粉墙。开花结果有后望,养女不能奉爹娘。四更天,哭爹娘,更深夜静灯无光。冷冷清清绣房坐,怎不叫人泪悲伤。五更天,哭爹娘,金鸡开口月无光。不久就要天明亮,还有几时跟爹娘。哭声妈,哭声娘,珠泪滚滚湿衣裳。女儿子归过门后,如鸟高飞各一方。

其中"劬劳之思付流水,难学乌鸦报母娘",有文人气息;"一更天"、"二更天"云云,则是典型五更调风格。

劝女歌(2011-01-12)

礼炬勤勉,临下班时讨论阳明心学与程朱理学。

鲁云短信,云公干结束,未及相见,已回淮安。

哭嫁歌为女儿离家前所唱,倾诉亲情,亦倒出所有委屈。听者有应答,仍以应景为主。民国二十三年《通许县新志》有劝女歌,内容远较哭嫁歌丰富,从小说起,由远及近,由己及彼,直说到婆家后如何做人。语重心长,堪称样本,"吊死媳妇有多少"一句,尤见酸辛。录如次,使人知养女不易,亦使为人女者知生存之难。

劝女歌

天生女，性本贤，祖遗教训最为先。失教训，习俗染，想前容易悔后难。怀中抱，心内念，只恐有病染黄泉。湿右边，换左边，为娘成冬晒不干。一生两岁娘怀抱，三岁四岁离娘前。外边玩，为娘心中常挂念，怕只怕，到坑边到井边，有差有错想命难。操心剐意七八年，修理身手十二三。娘教训，学针指，针指手工件件全。才知孝，才知贤，婆家下来婚书单。娘嘱咐，记心间，莫当冷风吹耳边。多莫喜，少莫言，争吵嫁妆人笑谈。好也要，歹也穿，休叫父母心不安。出闺门，母心酸，临行还把母心宽。进家门，学勤俭，孝敬公婆头一端。莫抛米，莫丢面，抛米丢面折寿限。烧锅去，要睁眼，锅门柴火要清干。和面去，净手脸，莫擤鼻子莫擦汗。做哩饭，居家人，等吃完，刷锅洗碗要占先，妯娌行头莫相攀。天又短，白昼间，一吃一刷大半天。行家女，把灯点，纺花织布三更天。小姑恶，婆母言，千万不可结仇怨。小姑本是外姓人，能给家里住几年。兄家女，弟家男，要比自家儿女一样看。东家借，西家还，要经公婆亲眼观。张家长，李家短，听见只装没听见。处妯娌，何尝难，世上那有不明哩天。吊死媳妇有多少，那有能报仇和冤。走娘家，看忙闲，休叫妯娌暗抱怨。归家去，问母安，哥嫂闲事不可管。能学孝，能学贤，要给娘家争体面。又能孝，又能贤，又给娘家争体面。亲戚朋友报当官，立上牌，挂上匾，生儿养女万古传。

哭嫁唱本（2011-01-13）

与振羽说齐邦媛《巨流河》（生活·读书·新知三联书店，2010）。媒体评为年度好书。有历史感与家国情怀。书末王德威"后记"云：《巨流河》之所以可读，是因为齐先生不仅写下一本自传而已。透过个人遭遇，她更触及了现代中国种种不得已的转折……更重要的，作为一个文学播种者，齐先生不断叩问：在如此充满缺憾的历史里，为什么文学才是必要的坚持？

整理喜歌。

木刻本《改良新编女儿哭嫁》，得自山东荣成。与通常哭嫁歌明确标出问答体形式不同，此册一韵到底，由唱者自然转换角色，殊为奇特，疑是小戏唱本（起首四句云："各台妇女请听话，愚下说段女儿家。书虽浅淡买家下，夜晚看时倒杯茶。"可作例证），是以辑录时出注，作喜歌之另一种，与昨说"劝女歌"庶几近之，目的仍是教人。录片段如次：

《改良新编女儿哭嫁》

奴家今年十七八，每日闺阁苦绣花。爹妈为奴忧心大，奴在绣房自打划。前日媒人来家下，说奴今年要打发。爹妈难把首饰打，冷热衣服办到家。绸缎栏杆价钱大，下江料子镶滚花。壶盆锡器本秀雅，江西碗盏是红花。又请匠师做行（桁）架，样样造得令人夸。方桌椅子甚俊雅，鱼跳龙门摆尾巴。做的床铺多宽大，三层吊檐雕空花。又做一个洗脸架，花草都用佛金巴。爹妈为奴要出嫁，每日教奴学礼答。又教锅头并灶下，空闲无事纺棉花。莫学懒妇贪玩耍，不走东家走西家。到处说些势利话，不嗑爹来就嗑妈。几个吵嘴打大架，旁人看见打嘎嘎。又教奴家孝为大,堂上孝顺二爹妈。丈夫面前莫吵架,和气温良好兴家。若有小姑在家下,免得气坏老人家。出外不可到处耍,或是绩麻纺棉花。爹妈劝奴多少话,叫奴紧记切莫差。爹妈教奴记心下,奴家心中自打□。父母恩德丢不下,少了一人奉爹妈。一怕丈夫把我打,二怕公婆是恶家。轻重活路做不下,又怕婆家来践踏。若有旁人来笑骂,不嗐爹来就嗐妈。

有想法。此册刻本内容极为丰富,可仿王尔敏研究"庄农杂字"做法,作一笺注,由笺注中见一地方言、时事、习俗。如"回门帖子你要下,迎请贵人到寒家","回门"即可出注——有迎娶次日、三日、九日回门之说,以九日最为稀见,乾隆二十年《汲县志》说其地婚俗云:九日,妇归宁,婿亦同往,本日即回,俗谓之"回门"。然"回门帖子"是何物,待解。"丈夫死了当守寡,立志志气来兴家"可以展开,说千百年来妇女悲惨命运;"到处说些势利话,不嗐爹来就嗐妈"之"嗐",则是极具地方色彩——借此可大致确定此歌流行区域。得空细说。

流水 (2011 – 01 – 16)

坐歌堂刻本题"下江新编",不明就里,因通常以为江浙皖诸地为下江,如南京有地名"下江考棚",而江浙皖未见有坐歌堂习俗。今读《巨流河》,豁然开朗,是书第140页有云:不到三堂课,突然老师请了病假,她和我们再也没有回到英国文学史那门课,然后大家都"复员"回下江去了——四川人称所有外省人都是"下江人"。按坐歌堂刻本出诸川渝,其原始流传地或为湖广,"所有外省人"自然包括"湖广","下江新编"总算落到实处。

尽善尽美何其难,小处尤是。复旦大学中文系举办史铁生追思会,大屏上"当代文学创作和研究中心"竟作"当作文学创作和研究中心";《巨流河》第247页有图片,说明文字为"第一届英美文学教育研讨会"云云,图片中有条幅,末五字清楚标示为"教学研讨会"(正文叙述亦作"教育研讨会")。

前作"喜歌三题",云孟县、固始、洛阳等地婚礼中新娘称进门时之"撒盖头歌"当为"撒谷豆歌",证据在《事物纪原》。民国二十六年《封丘县续志》有云:归则新人轿停于门外,打醋丹后,架新妇者扶之面向某方背本相下轿,骑鞍过筴。用二女,一执瓶,一执杼,俱交于新妇。一妇执斗,草节、黑豆、枣、钱实其中,迎面撒之,名"撒草料"。按封丘与孟县、固始、洛阳同属河南,"撒草料"与"撒谷豆"同义。

《翰墨全书》中致语(2011-01-17)

整理喜歌。

《念喜歌词》一册,木刻本。《中国俗曲总目稿》作"上海,石,茂记书庄"。其中内容,又见于此前已说民国间北平铅印本《新姑爷拜年》、《小儿难孔子》等,包括贺登科、贺开张、贺生子、贺嫁娶等,单列一辑,拟以附录存之。

流水曾由伊永文《行走在宋代的城市》说《翰墨全书》。伊著《嫁娶》章云,话本《快嘴李翠莲记》所载撒帐词,与《翰墨全书》乙集所录完全一样,可见这种撒帐词已形成一套格式,互相借鉴,传录甚多,但又都是喜庆吉祥的框架。按《翰墨全书》全称《新编事文类聚翰墨全书》,元刘应李辑,著名类书,成书情况复杂,有专门以此为题撰博士论文者。是书乙集卷之九"婚礼门",录致语若干,可作讨论。

其一,辑录者态度。致语前有辑录者附识云,吉席致语、拜堂致语、撒帐致语之类,"皆鄙亵不经,宜在取削,姑存一二,以示戒也"。此种"移风易俗"

《翰墨全书》

观点，向来多有，如颜真卿等请废障车即是，唯"鄙亵不经"云云，尤见腐儒气，不若《事林广记》，仅在"佳期绮席诗"下以一语概括云：此诗固非古礼，今徇俗姑存于后。

其二，《翰墨全书》中致语，多与《事林广记》同，几可视作《事》之简化版（如《事》之"拦门诗"后有"又拦门诗"二，而《翰》只取其一），由此亦可证伊著"形成一套格式，互相借鉴"说不虚。有逸出六首，录如次：

  初劝新郎
  神女乘风下楚台，拟攀仙客到天台。虽然雨意云情重，且向樽前劝一杯。
  再劝新郎
  金帐重重鸳被堆，洞房隐隐雀屏开。夜长欢爱知多少，请上筵席第二杯。
  三劝新郎
  楼角相将数鼓催，玉人专待玉郎来。满堂宾客勤相劝，满泛临行上马杯。
  新郎辟席
  利市盈箱花满头，剩知今夕最风流。大家齐唱迎仙客，引领檀郎入洞游。
  请交拜诗
  相如新见卓文君，相顾频频属意勤。行礼今宵须合讲，男先屈膝女沾裙。
  请开襟诗
  爱看红罗长袖衫，无因得见玉纤纤。请君试把罗襟解，看取春葱十指尖。

另撒帐致语，确与《快嘴李翠莲记》中记载撒帐词相同。

其三，流水曾结合有关文章专说致语，以为完整致语当包括赞语（骈体）、口号（或称诗、俚词等，多为齐言韵文）两部分，偶有于口号后，另加收束语，如《翰墨全书》"撒帐致语"末，赘"撒毕云云"：伏愿撒帐已后，永保千秋岁，同抵成年欢。梦入熊罴，个个定应宜男子；福齐海岳，时时管取称人心。幸对帐前，庸伸安置（《事林广记》则是"伏愿"后，再接"诗曰"）。一般情形下，致语亦可单指口号、诗、词，如"佳期绮席诗"即是。另偶有以致语专称骈体部分者，是则将致语与赞语等同。

其四，此种类书中婚俗部分，若能单独成文，当有可观。

方志中婚俗资料·续四 (2011-01-20)

民国二十三年《偃师县风土志略》有云：婚嫁之俗，各乡虽小有不同，而大致不外《礼记》纳采、问名、纳吉、纳徵、请期、亲迎之六礼。六礼具备，而夫妇之体正矣。夫妇之体正，而后父子之情亲，而后滋生繁。我国人口繁昌，要皆儒教之赐也。即穷乡僻壤，其俗多合于礼者，非有乡先生引经据典，常为指导于其间，安能如是。按：流水屡僭引王尔敏先生为同调，即关注沉沦社会底层之市井小儒，以为其于文化承袭功莫大焉，其意亦大致如斯。如民歌（包括喜歌）之记录流布，若无此等人士参与，只凭村氓口耳相传，真不知是何种景致。

民国二十八年《新安县志》说其地戏剧，有梆子戏、越调、蜡花戏、新剧。梆子戏为土剧之最有情趣者，调用本腔，其调名曰引子、慢二八、快二八、带铜二八、原板、獠子、獠子侧坑、飞板、四言八句、流水、流水滚板、不喳嘴、快不喳嘴等；蜡花戏系傩剧，调门奇异，为小曲变腔，有汉调、魏调、书韵调、满州（洲）调、扬州调、笛子马头调、呀咳调、太平调、背宫调、刚调、昆调、垛子、漫垛子、汉江垛子、西满江红、一扭丝、剪剪花、哭鸳鸯、剪剪花带垛、一扭丝带垛、哭扬调、花扬调、哭扭丝、花扭丝等。按：以上各种腔、调，均为近代时调小曲研究之重要资料。如一扭丝、哭扭丝、花扭丝，是否为银纽丝变种，即可讨论。而中原地区有扬州调、昆调，亦堪关注。

道光二年《黄安县志》说其时婚礼云：亲迎，婿至女家三投刺，然后出迎，让门让阶，及席登筵，皆揖。女家内室垂帘，行奠雁礼，代以鹅。行交拜礼，礼毕，别主人，升舆。是日服用进一等，有力之家即平民亦四轿，鸣金放炮，鼓乐前导，忘其滥也。及至，设香案，诵吉词，谓之"回车马"。迎新人入，拜床，去盖，饮交杯酒，内眷以诸果抛帐内，谓

"撒帐"。此处以鹅代雁,亦有以雄鸡充数者。"服用进一等",即前说之摄盛俗。

方志中婚俗资料·续五 (2011-01-21)

光绪八年《应城县志》说婚礼:初议婚,媒以描金鸾凤朱纸书男女生年、月、日,谓之"鸾书"。将娶,男家具彩币、牲牢,曰"报期"。纳币,曰"过礼"。届期,鼓乐花轿至女家,女兄弟扶女出,首覆红帕,胸悬小镜,拜辞祖先,撒箸一束,曰"不家食"。舆至婿门,婿设香案牲醴向女轿行礼,谓之"回车马"。新妇至堂阶下舆,择待字二女持灯扶新妇跨之,曰"捧花灯"。以红毡借地,递传入室,曰"传代"。登堂,婿左妇右,傧相赞拜,曰"周堂"。礼成,鼓乐送入洞房,坐帐合卺。按以上诸环节,喜歌均有反映。如流水曾说"回车马",《贵州文史丛刊》2008年第2期有文章说四川小金县藏族"回车马神"风俗云:新娘到新郎家后,厨师嘴里念念有词,烧钱纸,点燃香、蜡,然后突然"嘿!"大吼一声,用力抡起砍刀狠命砸在方桌上,再端起碗将碗中物朝新娘用力撒去,边撒边厉声吼道:"日吉时良,天地开张,新人到此,大吉大昌。一张桌儿四角方,皇王置下鲁班装,四方安放云牙板,中央竖起一炉香。道香得香,灵保炷香,香插三炷,烟散四方。手拿利剑白如银,弟子送来车马神,娘家车马请转去,婆家车马出来迎。年无忌,月无忌,时无忌;天煞之天,地煞之地,凶神恶煞,年煞月煞一齐杀尽!"恰手头整理得自广西《泥木石用四言八句》,其中"回车马"一则,竟与此相差无几。录如次:

天地开张到纲常,惟有婚姻最久长。择取良辰并吉日,迎接车马下轿场。日吉时良,天地开张。新人到此,车马还乡。一张桌子四个方,张郎做起鲁班装。四方嵌起云牙板,中间焚起一炉香。道香得香,车马还乡。一张钱纸白如银,烧来回送车马神。娘家香火请回转,婆家香火出来迎。

天煞归天界,地煞入幽冥。天无忌,地无忌,年无忌,月无忌,时无忌。姜太公在此,诸神回避。百无禁忌,大吉大利。

《小慧集》中小调（2011－01－23）

南图看书，遇师号、昳丽。师号博士论文做孔子"游"文化研究，多有新见。

查《时调小曲》（聚盛堂梓行）、《新集时调雅曲初集》（此两种存国图）、《时尚南北雅调万花小曲》、《时调小书并谱》、《新刊南北时尚丝弦小曲》、《西调百种》（傅惜华旧藏，存中国艺术研究所）、《杂曲四十一种》、《小曲六十种》、《旧京小曲》、《时调小曲丛抄》等，另有全德《小曲》、《西调》、《红牙小谱》。

订东洋文库资料。

贮香主人辑《小慧集》卷十二有箫卿主人小调谱，有人作专题研究。录各首曲词（部分）如次：

纱窗调
纱窗外呀，铁马儿响丁当，姐儿问声谁呀，间壁王大娘，轻移俏步把楼来上。哈哈咦哈咦哈哈。揭开青纱帐，阵阵粉花香。掀开红绫被，瞧瞧二姑娘，缘何身体这么样。吓哈哈咦哈咦哈哈。

绣荷包
姐在房中正描花，忽然想起俏冤家。临行嘱咐奴几句话，再三叮咛罢。哟嗳嗳莫要忘了咱。越思越想越难丢，情人时刻在心头。奴许情人把荷包绣，暗暗与他罢。哟嗳嗳，方算把情留下。

叹五更
一更里，窗前月光华，可叹吓奴家命运差，犯桃花。偏偏落在风月人家，背井离乡远，抛撇爹和妈，悔当初错把儿夫嫁。迎宾接客，全要奴自家。应酬不到处，还要将奴骂。我的天吓，羞红脸，忙把客留下。

红绣鞋
荷花透水开，香风阵阵来，柳阴之下站立美裙衩。手拿花鞋卖，引动人心，却把相思害。

杨柳青
杨柳儿青青，清早起失落一枚针。有情的人呀□呀，失落一枚针,失落一枚针。谁家的拾得,送还奴的针,有情的人呀□呀,送还奴的针,送还奴的针,青纱帐野花报报你的恩,有情的人呀□呀,报报你的恩。

凄凉调

到春来又到春来,芍药牡丹一朵一朵儿开,蝴蝶儿飞,飞得奴家魂不在。燕子上楼台,燕子上楼台,上得楼来,情哥不见来。桃花儿开,开得奴家好伤怀。

鲜花调

好一朵鲜花,好一朵鲜花,飘来飘去落在我的家。我本待不出门,就把那鲜花儿乐。好一朵茉莉花,满园花怎及得他。我本待采一朵带(戴),又恐怕管花人来骂。

又邗上蒙人《风月梦》(又名《名妓争风全传》)多扬州俗曲小调,其第七回《吃花酒猜拳行令 打茶围寻事生风》有云:

凤林、桂林、双林、巧云、月香每人唱了几个小曲。文兰唱了一个《寡妇哭五更》,唱毕,众人喝彩。袁猷向文兰道:"我听见人说你有个什么《常随叹五更》,又时新又好,我们今日要请你唱与我们听听。"文兰推说不会。袁猷定要他唱,他叫凤林、月香两人各将琵琶弹起,又嘱污师坐在席旁拉起提琴。袁猷用一双牙箸、一个五寸细磁碟子,在手中敲着,催促文兰唱《叹五更》。文兰道:"唱得不好,诸位老爷、众位姐姐包含。"众人道:"洗耳恭听。"文兰遂唱道:

一更里,窗前月光华,可叹咱们命运差,受波查。跑海投不着主人家,背井离乡远,抛撇爹和妈。悔当初不学耕和稼,南来北往全靠朋友拉,行囊衣服一样不能差。我的天呀!顾不得含羞脸,只得把荐书下。

二更里,窗前月光辉,可叹咱们武艺灰,派事微。初来吃的合漏水,问印无我分,马号没我为。流差问了充军罪,押解囚徒上下跑往回,犯人动怒,笑脸相陪。我的天呀!就是长短解,我也不敢将他来得罪。

三更里,窗前月光寒,可叹咱们跟官难,好心烦。百般巴结派跟班。烟茶新手捧,弯腰带笑颜。有种官府爱嬉玩,朋友都耻笑,哇咕言烦杂。自己心中气,不好向人谈。我的天呀!说什么少尾中龟老讨饭。

　　四更里,窗前月光圆,可叹咱们抓不住钱,碰官缘。派了门印有了权,衣服时新式,书差做一联。五烟都要学周全,女妓、小旦日夜缠绵。浪费银钱,忘记家园。我的天呀!碰钉子,即刻就把行李卷。

　　五更里,窗前月光沉,可叹咱们不如人,苦难伸。打了门子派差门,接帖回官话,时刻要存神。差来差往闹纷纷,终朝忙碌碌,四处喊掉魂。门印寻银子,看见气坏人。我的天呀!不是大烟累,久已别处滚。

　　天明窗前月光迟,可叹咱们落台时,苦谁知。住在寓所怎支持,行囊都当尽,衣服不兴时。烟瘾到了没法施,想起妻和子,不觉泪如丝。寻朋告友,没处打门子。我的天呀!难道跟官人,应派流落他乡死。

　　此处《寡妇哭五更》、《常随叹五更》等,均可入《五更调集》中,且为五更调凄苦主题研究添一材料。

五更调 (2011-01-23)

　　冯梦龙辑《山歌》有《网巾圈》。高士奇《天禄识馀》卷上"网巾"条云:网巾之制,出自明初,时有束发中圆四平项之谣。或曰杨维桢制此,戴之以见太祖。

　　《清蒙古车王府藏曲本》第三一五函第三册有《五更调·十爱郎君》,是五更调中代表性作品——一入烟花巷,回头难上难。爱而不得,嗟叹再三,徒唤奈何。录如次:

　　　　五更调·十爱郎君
　　　　一更儿里幼妓女闷坐兰房,思想起昨儿个晚上,留下一个有情的郎。一爱他身子股儿好不瘦又不胖,二爱他小脸儿不黑又不黄。三爱他嗓子好声音洪亮,四爱他走道儿不慌又不忙。五爱他洋绸袄是杭窄

（疑当为州）烫，六爱他那双套裤花古儿素厢。七爱他小小只脸儿洋厢挖垫，八爱他交情人儿到处里捧场。九爱他小心眼儿望我们一个样，十爱他小白脸儿甚是的□儿光。二更儿里幼妓女暗自伤惨，落在个烟花巷甚是可怜。恨爹娘他不说将奴家出卖，到如今奴的命苦似过黄连。代笑言把奴的客儿留下，最可叹小奴家应酬实在的难。三更儿里幼妓女两泪交流，思想起小奴家甚是忧愁。无奈何把客儿留，强把精神抖，不知小奴家面喜心内愁。怕的是过三旬无人搭救，未生养那是奴叶落归秋。四更儿里幼妓女睡也睡不着，忽然间想起了从良的路儿一条。弃却了烟花巷身归正道，到后来生儿女他与奴家把纸烧。想必是风流敛财债也是前生造，奴的心比天高命比纸还薄。五更儿里幼妓女暗自伤情，霎时间天大亮红日东升。急速速把泪痕慌忙沾去，到何时小奴家才跳出是非坑。看起来奴的命也算是前生定，迎新客送旧客忍耐在心中。

此后又有《窃五更儿》，亦是五更调一族。五更调名目繁多，如有文献指单是甘肃一地，即有"五更哭"、"哭五更"、"五更月"、"五更鼓"、"五更眠"、"闹五更"等十余种（高启安《流传在甘肃的"五更词"研究》，《敦煌研究》1997年第2期）。检索可见五更调源流与传播等有零星文章，若成专题，当可观。

背瓢筮（2011-01-24）

天涯发帖，寻在国图看书朋友。
收到继承老师寄《历代七夕诗词钞》（崔护原编，潘振元增补，王稼句校订，山东画报出版社，2011）。
整理《泥木石用四言八句》。
喜歌亦须与时俱进，所谓社会发展之活化石，即有此一意义在。如此册《四言八句》有"与新郎敬酒"云：

苏州请来巧匠人，造下金光一玉瓶。瓶中装下玉兰酒，杯杯斟出可爱人。一杯拿来待宾客,二杯拿来待四邻。还有一杯无处用,我今拿来贺新人。我贺新郎一杯酒,创造发明当能手。我贺新郎酒二杯,儿子儿孙中高魁。我贺新郎酒三巡,发家致富第一名。

"创造发明"、"发家致富"云云,均是新词。又有"新婚闹洞房:云:

一片竹叶青又青,红罗帐内一盏灯。今晚鸳鸯来交配,计划生育要同心。独生子女要响应,夫妻不可盲目生。

"计划生育"、"独生子女"较之"创造发明",时代特征越发显著。

前说"回车马",举例一为四川小金县藏族婚礼中回车马神词,一为《四言八句》中回车马词,川桂相去较远,喜歌内容却如此相似、相近,不解何故。今见《四言八句》中有"背瓢筶祝告灶神文"、"背瓢筶"、"又背瓢筶"等,始确定此册乃今人集纳各地喜歌而成——因"背瓢筶"说四言八句习俗,我知仅见于四川部分地区。如"深秋的空间"(http://hi.baidu.com/ybtqp/home)有云:

"背瓢筶"是川南长宁江安一带所特有的一个闹洞房的风俗。"瓢筶"是农家挂在厨房内装水瓢、刷把甚至放碗之类的生活用具。由于是放在厨房内的东西,大概跟老公公"烧火"有点联系,当然能背"瓢筶"对于有儿子的老人来说是一种幸福,真正"烧火"的不会太多。……参加闹洞房的人要轮流背上预先准备好的竹编瓢筶,戴上竹笠,执上行杖。瓢筶内放上竹刷把、竹篓子和其他生活用具,最狠的可能在瓢筶里装上几十斤重的碓窝。一般说来,老公公最先背上瓢筶,每个人都要为新娘新郎说祝福的四言八句,说得不好、不多、不诙谐就不能放下沉重的瓢筶。我现场听到了几条"四言八句",供大家欣赏:"瓢筶眼眼方,老公公背起瓢筶去看新姑娘。""瓢筶索索长,老公公背起瓢筶去看新姑娘。""走一步是一步,老公公背起瓢筶去看新媳妇。""瓢筶本是竹子编,我走后来你走前。"……最后,瓢筶交给新娘的婆婆,婆婆说:"瓢筶眼眼稀,我背起瓢筶去捉鸡。"把主人家的鸡说来吃了。在众亲友的欢笑声,一场"闹洞房"的节目也就结束了。

方志中婚俗资料·续六（2011-01-26）

映丽电话，云检《小慧集》卷十二，《叹五更》仅"一更"即止，无另外四更。不独《叹五更》，《红绣鞋》等亦是，因其目的在示工尺谱例而已。

一行有一行习语，即行话。如王世襄著述中"枨子"，指家具腿足间联结构件，《新华字典》释此字为"古时门两边竖的支柱，泛指支柱"。《字典》另有"掌"字，释文曰：斜柱；桌椅等腿中间的横木。我向以为此种构件，作"撑子"、"衬子"。另如喝酒时猜拳，俗称划拳，"划"本字当为"搳"。

哭嫁歌中多有母亲劝女嫁后守妇道内容，如敬公婆睦妯娌，如不听戏不看会。此处"会"字，指民间赛会。民国二十七年《汝阳县志》说其地民俗云：城内自元月十六日起，无日不会。最盛会者，则为二月十九小南海菩萨会，清明节府县城隍会。会期至，知府、知县亲诣府县城隍庙，请驾出巡，送至北关龙王庙内。夜间接驾，全城各样灯会皆随，如同白昼。四乡赛会，名目繁多。在春间者，总名"春会"，自元月初一日起，名曰"齐年会"，上元日为"灯节会"，他如二月二、三月三、三月二十八、小满会、四月八、芒种会、五月五、六月六、七月七、七月十五、八月十五、九月九、十月一、十一月十五与十二月初一、十五等日。会期则以四日为终，酬神则以三日为终。为神庙烧香祈祷而立会者，则谓之"香烟会"；为保护农业、出售物品而立会者，则谓之"保青会"、"买卖会"。有演剧一棚者，亦有演剧数棚者。届时，扶老携幼，颇称一时之盛。俗人借会以为娱乐，农工商借会以为交易物品。按《现汉》释此"会"，只云"民间朝山或酬神求年成时所组织的集体活动，如香会、迎神赛会等"，有欠全面，应加入"贸易"内容。

喜歌中常有"二姓结朱陈"句，"朱陈"虽有故实，而点出"二姓"，乃特为照应"同姓不婚"俗。康熙二十九年《上蔡县志》专列婚书格式，令民遵行，其中有云：凡婚配之家，各宜慎之于始，务要明白通知，凭媒聘定，各将籍贯、三代姓名、男女行次年庚，照式填注婚书，称力行礼，交质为凭，永谐秦晋，庶婚姻以正，而彝伦攸叙矣。至若同姓为婚，及兄收弟嫂，事关人伦大变，律例森严，又非仅以告诫已也。

喜歌中有"上头"内容。光绪二十年《阌乡县志》云,亲迎日,择族戚妇中宜男者携冠笄、梳枇诣女家,梳发作髻,加冠笄,曰"上头"。

传启 (2011-01-26)

《蒲溪小志》(《上海史料丛编》本)说其地婚俗云,俗尚骄奢,婚嫁宴会率尚靡丽。殷实之家华于服御,转辗沿习,小户效之。往往有乡村农妇,簪必金珰,衣必锦绣。时当嫁娶,笙歌细乐,燕饮累日。问其职不过一生监,而于婚娶之时,鸣金开道,甚至白丁而有钱者亦如之,则奢而近于僭矣,不特可笑,亦可耻之甚也。按"奢而近于僭"诚可笑可耻,然其源头,仍在摄盛之俗。

昨说上头。得自山东郯城之《喜话歌本》有上头歌云:上头线,滚脸蛋,今晚要把新郎见。夫妻二人来见面,明年要吃红鸡蛋。红红鸡蛋放红光,夫妻二人喜气扬。今天上头入洞房,明年早生状元郎。"赛会"事则见于荣成《女儿哭嫁》:小姑小叔莫欺压,些小事情忍让他。念在公婆情分下,后来才把名显达。烧香看会最不雅,酒能乱性莫沾牙。打胎溺女罪恶大,怕的冤鬼把你拿。

《喜话歌本》有《定亲传启关包袱歌》云:

> 小关针,亮闪闪,咱把传启包袱关。一观包袱放上艾,夫妻二人永相爱。二观包袱放上盐,夫妻二人带宿圆。三观包袱有麸面,米面夫妻日月甜。四观包袱搁上葱,儿女聪明读《圣经》。五观包袱放红线,两下为亲永不断。六观各样都放会,幸福过日万万年。

此处"小关针",即别针;"观"与"关"谐音相黏。"传启"事可说。乾隆四十一年《淄川县志》说婚礼云:男女相当者通媒结亲,男家曰"通启",女家曰"允启"。光绪三十年《峄县志》云:纳婚书,谓之"下启";聘币,谓之"押启"。道光十二年《商河县志》云:旧志载通启、允启,绅士家有之,民间十无一二。今则不论贫富,专以允启为凭,女家一回允启即为订婚,永不反悔。按由"永不反悔"云云,可知"启"事体大。然而现实中通启、允启之"启",并非专指"婚书",而是有附加物(《峄县志》以纳币为"押启"可作佐证),喜歌中"包袱"内容极丰富,亦即指此。民国二十四年《德县志》记载,亦可证此说非虚。其说婚礼云:婚嫁,虽古今异宜。大概不外乎六礼。……以后择吉日具大柬录启家长姓名(用龙凤帖,谓之"婚书"),备礼品、衣饰,使同媒妁如女氏之门,女方答之如仪,曰"传大柬",俗名"通大帖",古纳徵之义也。据文意,"传大柬"即喜歌所说"传启","礼品、衣饰"之类,或即歌中所说"包袱"。

不知所云（2011－02－06）

新到《南方周末》副刊有陈丹青文章《鲁迅与艺术》,说鲁迅性格中丰富基调,多有新见。陈文云,在鲁迅偏爱的中国艺术中,秦汉石像、瓦当、铜镜、拓片,质朴高古,凝练而大气,是鲁迅趣味的一面;他与郑振铎反复甄选重金刊印的《北平笺谱》,精雅而矫饰,格局之小,气息之弱,私淑气之重,无以复加,是明末清末文玩工艺趋于烂熟的产物,又可见鲁迅私人趣味的另一面。文章又云"鲁迅自费印制的版画集,那是精美雅致,至今也没有哪个版本可以相比"。

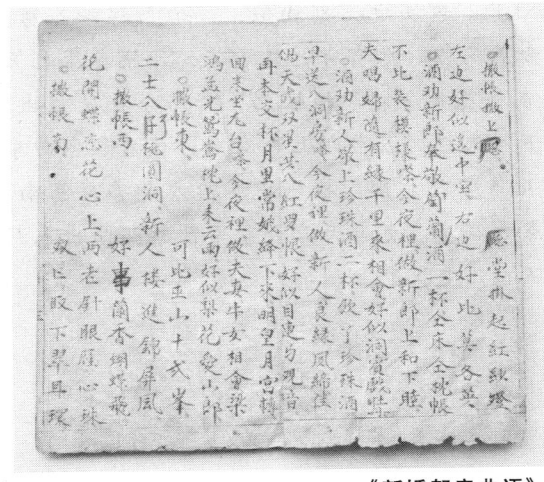

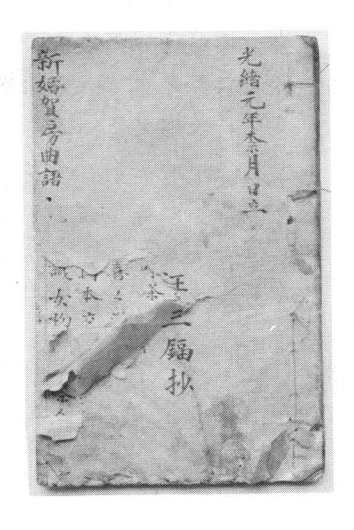

《新婚贺房曲语》

节前语礼炬，云新得寄自福州鼓楼区某处《新婚贺房曲语》抄本一册，封面署"光绪元年奈月　日立"。既名"曲语"，似是明确其内容可唱；"光绪元年"则是昭示确切时间——有此两条，抄本价值立现。今日整理，果如是。其起首云：

  酒劝新郎
  酒饮三杯入洞房，共枕同房唱，不比装模样。嗦，今夜里做新郎。两下和睦，夫唱妇随，有缘千里来相会，好似逢春一树梅。
  酒劝新人
  酒到身前不要推，吃得醺醺醉，今过多滋味。嗦，今夜里做新人。两下喜还，对对双双，喜喜落在红罗帐，好似红莲满口香。

衬字"嗦"，小曲《驻云飞》中常见，整齐句式，亦是通常"曲语"格调。然有不知所云处。录一则撒帐歌，得空询礼炬。

  撒帐东，达摩如千圣寺龙。奉使西域面青晚，檀越檀那进非房。炎帝神龙氏姓姜，以火德王始教民。耕稼在在一百四，好似蝴蝶满街飞。撒帐西，达晚青朝出上眉。这边羞那边羞，难洗今朝满面羞。千季田地八百主，前人田土后人收。黄帝有熊氏姓公，好似樱桃一点红。撒帐南，新人把伞也难凡。包头也无别相似，好似茶杯烛冷剪。剪刀曰剪又曰言，泰康黄帝屠丞相。水有穷之君后其，仲康泰康之低及。新人郎见□如宿，宿在梅花插一枝。撒帐北，新郎今夜登科出。查花径中回玉勒，时花廊下入朱栏。五常郎上人双井，春夏秋冬四季青。春香郎寿多福禄，孩儿产下状元郎。撒帐中，四方是鲁座家南。南边有下人和马，西边又点烛洞房。吏部天官大冢宰，新郎曲出入洞房。今晚洞房花烛夜，产下孩儿中状元。

赛过吃醋吃胡椒（2011-02-07）

昨说不知所云，是指此类喜歌中常用方言代音字，加之抄手疏忽，漏衍字、错别字时有，以致难以成句，不明其意。如撒帐歌云：撒帐东，周朝有过姜太公。文王接去定天下，武王会□再成功。撒帐南，木房安莫礼三娘。冰州做官刘知远，木房座下咬脐娘。撒帐西，孟政景栏刘雨齐。我夫减在破腰里，后来做了状元的。撒帐北，三国之中刘顺得。桃园结义三兄弟，元朝带嫂把齐国。撒帐中，唐朝有一玉齐公。十八单边来救主，以后回来再交逢。撒帐撒上堂，手拿果品来贺房。大登科明标金榜，小登科银烛洞房。甘罗十二为宰相，解缙十四状元郎。朱买成五十当富贵，太公八十遇文王。撒帐撒上厅，厅堂挂起红纱灯。左边好似杨宗保，右边好似穆桂英。其中"木房"当为"磨房"，"礼三娘"当为"李三娘"，"破腰"当为"破窑"，"刘顺得"当为"刘玄德"，"玉齐公"当为"尉迟恭"……除此之外，仍多有费解处。此种情况，径行改正则失却地域特色（方音土语），维持原状又影响阅读，逐条出校记难度尤大——如"木房安莫礼三娘"之"莫"，"我夫减在破腰里"之"减"，另如"孟政景栏刘雨齐"，均无从校起。思之再三，拟作"特例"处理：稍作说明，立此存照。此亦一偷懒法。

《曲语》亦并非通篇不可解，"撒十二月花名"一则，音节浏亮，喜气充盈，是最典型撒帐喜歌。录如次：

撒帐正月百花生，朝望冰人早年庚。有朝一日来下聘，笑在眉头喜在心。撒帐二月□花多，未知新郎貌如何。郎又不识娇娥面，东盘西问细言查。撒帐三月百花残，想看郎君见面难。忽然闻得郎君到，偷见一刻也宽怀。撒帐四月石榴红，望想郎君在梦中。不意厨房来飧饭，懒在房中绣女工。撒帐五月正端阳，冰人送郎闹嚷嚷。不见郎有期书到，想必秋期到重阳。撒帐六月热难当，佳人日日望才郎。祷告天神早会合，好比牛女双枕眠。撒帐七月巧计多，牵牛织女渡银河。天上星辰来会合，惟吾何不早佳和。撒帐八月桂花香，相思闷坐在兰房。推窗望看中秋月，好似营营想玉郎。撒帐九月菊花黄，月下张生跳粉墙。本待要学西厢事，怎奈年少巧红娘。撒帐十月小阳天，不觉将来又一年。光阴似箭催人老，日月如梭爱少年。撒帐仲冬雪花飘，寒冷温由好心焦。若得玉郎同枕睡，赛过吃醋吃胡椒。撒帐冬季到年终，百般思想一年空。但愿来年佳期早，双双齐拜谢天公。

有稍出格处，如虽曰"十二月花名"，却并未于每一月中嵌一时令花名，显见作歌者漫不经心。另"若得玉郎同枕睡，赛过吃醋吃胡椒"云云，仍须讨教于土著："吃醋吃胡椒"究竟是何种滋味，以致有此一比？

门当户对 (2011-02-11)

书录师短信，嘱周日见。

我曾作文说《史记》引用谣谚现象，以为其开史书风气之先。刘知幾《史通·言语》云：寻夫战国已前，其言皆可讽咏，非但笔削所致，良由体质素美。何以核诸？至如"鹑贲"、"鹳鸲"，童竖之谣也；"山木"、"辅车"，时俗之谚也；"皤腹弃甲"，城者之讴也；"原田是谋"，舆人之诵也。斯皆刍词鄙句，犹能温润若此，况乎束带立朝之士，加以多闻博古之识者哉。则知时人出言，史官入记，虽有讨论润色，终不失其梗概者也。论者指"这是称赞《左传》记录了大量童谣、时谚等，与后来一些作者轻视方言俗语的作法迥异"〔李华《〈左传〉中的引用》，《甘肃联合大学学报（社科版）》2008 年第 9 期〕。

整理喜歌。

《新婚贺房曲语》多费解处，原因之一，是其中随处夹杂民间戏剧故事与人物，此类故事人物一经讹变，即如同天书。如"孟政景栏刘雨齐"，初疑"刘雨齐"当为"刘禹锡"，而"孟政景栏"终不明就里。不明就里主因，则是于此类题材有欠熟稔。

《曲语》另有撒帐歌云：撒向正月梅花开，劝新人休把眉头皱不开。今夜里遇饮酒时须饮酒，得宽怀处且宽怀。撒向二月杏花新，夫妻交偶喜盈盈。左边好似周天宝，右边好似陈月英。此处周天宝与陈月英，有出处。唱本《丝罗带》说乾隆皇帝携保驾将军游至广州，天降大雨不好走，急急忙忙前面行。看到前面一幢屋，屋檐下面可安身，屋内有民女，乾隆问身世，民女云：

> 你不问来我不说，说起我家将伤心。公公浙江为知府，我夫也是贵人身。只因奸臣来受害，万贯家财全卖光。此居叫做广州地，我的叫做破窑村。丈夫今年三十岁，八月十五午时生。公婆二老亡得早，丢我丈夫一个人。又无三兄并四弟，我夫也是有名人。奴的亲事定得早，自由许配周家人。奴的年庚十九岁，取名叫做陈月英。

陈月英口中"有名"丈夫，即喜歌中周天宝。
另唱本《乾隆游处州》（汀州腔韵）将广州移作处州，故事、人物几无变化。唱本云：

> 娘子听得客人问，樱桃小口说真情。我夫就是处州人，行得十里就是城。我夫叫做周天宝，别号又作周义臣。今年正正二十春，八月十五午时生。父母公婆亡得早，家财破败不当存。又无三兄并小弟，上山砍柴未回程。奴的父母亡得早，自小许配周义臣。今年正交十九春，奴名叫做陈月英。夫妻卖柴又纺线，贫苦寒窑过光阴。

私意以唱本笺喜歌，亦算得门当户对。

请新郎到华堂（2011-02-15）

奥体看书录师，听黄培说读书诸事。
喜歌集初成，斟酌体例，调整次序，最费工夫。
台湾各地，婚礼中说唱喜歌，又称念四句、答四句。如《云林县志稿》云：是夕，大起喜筵，飨宴宾客。……席散后，至亲密友尚留其家，新妇奉茶敬客，曰"食新娘茶"。食茶者送以红包。有时对新娘戏以谑语，借博一粲，俗曰"答四句"，或曰"闹新娘"。按《台北市志》有"接受新娘茶"云：

来食新娘茶，二年生三个。二个手里抱，二个土脚爬。新娘女德好品行，学校教过女学生。甜茶相请真钦敬，配夫发达万年兴。新郎真美似小生，新娘真美似花旦。今年来请食甜茶，明年抱后生相看。茶盘圆圆，甜茶甜甜。二姓合婚，冬尾双生。新娘真美真好命，外家内家好名声。吉俐甜茶来相请，敬贺金银满大厅。新娘与新郎，鞋红衫亦红。何一瓯较甜，你来报我捧。两姓来合婚，日日有钱剩。给您翁姑言，双手抱双孙。

发《曲语》数则与礼炬，今回复，云确为福州土产，南碍＝男性，堂场＝当场，百曲＝八角，荣＝人，产＝生，敢＝给，明咸＝明天，减在＝今乃。"磨房安莫李三娘"之"安莫"，初以为是"阿姆"，即妈妈，后因《白兔记》有"日间挑水三百担，夜间挨磨到天明"句，定为"挨磨"。"无米日在陈守死"，礼炬云"直解无米是有趣的意思，陈＝定，守死＝小时"。

喜歌整理近尾声。

有考虑。一是体现特色。仍如前说，清以前作系统梳理，以反映喜歌演进脉络。民国则为两种情况，民间文献多收，正式出版物酌情辑录。民间文献时有发现，喜歌集出版后亦作持续修订增益。新近喜歌，重民间文献轻出版物。二是适当平衡。如民族。汉族喜歌是主体，少数民族选录部分。如地域。各省区均须着意，毋得偏颇。如种类。闹房歌是主体，哭嫁歌占一定比重，此外尚有坐歌堂等。

种类可细说。如请新人歌有传统，多指请新妇，然海州有请新郎歌，可作请新人歌之补充，即行辑入。录如次：

请新郎到华堂，诸亲六眷贺新郎。来者都是好亲友，好说好笑来送房。请新郎坐交椅，光光瞧究作一比。窈窕淑女人人爱，君子好逑就是你。

请新郎到华堂，夫妻地久共天长。来年生贵子，必是状元郎。

请新郎出洞房，洞房花烛喜洋洋。今日喝盅交杯酒，来年必是状元郎。

较之别处请新妇时新郎无着落，此处"请新郎到华堂"，亦算一景。

少数民族喜歌（2011-02-17）

手头有数册少数民族喜歌资料。择要说。

一傈僳文《婚礼歌》（叶世富整理，云南民族出版社，1980）。通篇无汉译。

一藏族《婚礼歌》（伊丹才让翻译整理，上海文艺出版社，1963）。其前言云，婚礼歌是藏族民间传统习俗歌，藏语叫琪侯勒。它由许多短歌组成，每首短歌又是一道严格的礼节仪式，因此这些民歌民间又称为行礼歌。它是藏族人民的口头创作，也是藏族传统婚礼习俗的忠实记载。全书为厚尼（哭嫁歌）、迎宾歌、乐宾歌、送宾歌四部分。

一土家族《哭嫁歌》（武汉大学中文系等搜集整理，上海文艺出版社，1959）。其前记云，土家族有一种风俗，姑娘出嫁前都要哭嫁，一般哭七天到十天，最多要哭一两个月。婚期以前，通常哭至夜阑更深，婚期越临近，哭声越悲切，婚期前夜，须哭一通宵。出嫁姑娘一边哭一边诉说自己的不幸和对封建包办婚姻的怨恨，同时有母亲、嫂嫂、其他亲属的同辈九宵"陪哭"。前记又云，土家族《哭嫁歌》有汉语与土家语两种。有一种手抄本，"形式很呆板，都是四言和巧言体，内容掺杂了很多封建糟粕，如把封建包办婚姻说成是'佳偶天成，前世有缘'，称赞媒人'穿针引线，执斧伐柯'，宣传'天地为大，父母为尊'、'三从四德'等等封建道德，这是经封建御用文人窜改而成的，这些东西在广大劳动人民中市场很小。所以，我们在整理的时候，是以汉语口述的材料作为根据的"。

一《蒙古族婚礼歌》（特木尔巴根翻译，苏赫巴鲁整理，中国民间文艺出版社，1983）。书前有序云，蒙古族婚礼歌是在婚礼酒宴上说唱的祝词、赞词，是蒙古族人民传统的习俗歌。善于说唱婚礼仪式歌的长者和老人，在新婚夫妇喜庆酒宴上，以良好心愿，献出优美诗篇，以深情悦耳的歌声唱出祝福和赞美之歌，祝愿新婚夫妇吉祥如意，白头偕老，在天父地母的怀抱里像永生的火一样幸福地把一生度过。……婚礼仪式歌是劳动人民的口头创作，它在藏古（按：疑当为"蒙古"）族的民间文学宝库中，占有重要地位，对民间文学和书面文学都有深远影响。全书内容包括劝嫁歌、迎亲歌、求名歌、献茶歌、沙恩吐宴、送亲歌、婚仪歌七部分，另在书末附有若干曲谱。

一铜仁地区少数民族古籍资料之二《哭嫁歌》（铜仁地区民族事务委员会古籍古物办公室主编，田宏鹄、田永红整理）。整理者后记引《沿河县志》记载云：请众亲戚至者，均须备礼物，或银钱，或货物，当设席就座时，一妇引出嫁女子于席间，指曰此某也，女即以手巾掩面而哭，另一妇执盆于旁，就席间取财物置盆中，转向他客哭，以得物为止。按内中所收，实即土家族哭嫁歌。后记云此类哭嫁歌"口语入诗，句式自由，感情强烈，富于形象性与音乐感。这些艺术特点与反封建的思想内容十分和谐统一，显示出土家族妇女的艺术才能，可说是土家族民间歌谣中的一朵奇葩，是树立起土家族文学史这个立体形象的一根重要的支柱"。

简略作结。一是少数民族能歌善舞，是以喜歌多唱而少念（说）。二是喜歌整理有时代特点，如《哭嫁歌》整理者所谓"封建糟粕"即是。"封建糟粕"亦是历史，轻易舍去极不明智，是以本册喜歌集照录。三是关于喜歌价值之论述，以上文字多有涉及，"民间文学宝库中占有重要地位"云云，可作代表。四是少数民族喜歌与汉族喜歌，有区别亦有联系。如蒙古族"送亲歌"中"头门歌"，与敦煌文献中下女夫词形式、内容均相近，与《事林广记》等记载拦门喜歌亦相通。不同者是下女夫词等乃女方拦门，男方求开门，头门歌则是女方（送亲者）向男方商榷进门。婚仪是文化一种，不同民族文化互有影响，此亦一例。录头门歌如次，有心者可将之与下女夫词作一比较：

（大门里外对歌）

（大门上了闩。男方祝词家举着木杈，杈上一边挂着荷包，一边挂着哈达。门外站着送亲的人马，似两军对垒，斗个上下）

女方祝词家：彩虹挂在家门前，彩云飘过几重山。马蹄跑过你家村前，为什么把门关得这么严？（问白）这是哪个可汗的规矩，请说一说吧亲家。

男方祝词家：可汗的朝门太大呀，王爷的衙门又有卡。婚宴的头门重呀，献给头门的礼物是什么？

女方祝词家：草原宽哟没觉得远，河水深哪没有什么畏难。黑夜的路啊当成光明大道，到了这里为啥大门上了闩？

男方祝词家：苍天派下的人，一统天下的成吉思汗，与布尔帖福晋，拜天拜火的那天——

木华黎大将顶住了头门,帖木伦公主拦住了二门。献不出哈达礼,不许拜火成亲。(问白)这个规矩成吉思汗都遵守,何况我们这些平民?

女方祝词家:快快点上九九礼吧,我有八十一样礼品献给您。

男方祝词家:绣着莲花的枕头呀上面有个九,夜里闪光的珍珠呀上面有个九,火鹰叼来的云巾呀上面有个九,印度特产的象皮呀上面有个九,凤凰叼来的彩带呀上面有个九,绣上百花的靴面呀上面有个九,彩蝶大小的荷包呀上面有个九,吉祥如意的哈达呀上面有个九。

女方祝词家:这九九八十一礼,不如我的一个九。

男方祝词家:点出您的一个九吧,也许整个科尔沁都没有。

黄鹤一去不复返(2011-02-18)

整理喜歌,做收尾工作。

调整次序。与《明代民歌集》仿佛,大体以时间为序,同时顾及类别因素,如清以后,写(抄)本、印本(木刻、石刻为主)、杂志、普通出版物、网络各成一辑。各地歌谣中喜歌,初拟不予辑录,念及既名"喜歌集",当有"见一册可窥全貌"之功用,考虑选录部分。

曾说喜歌之与时俱进。与时俱进体现在形式与内容两方面。形式上,新式喜歌不再留有骈体致(赞)语,只以齐言俚诗(口号)娱人娱己,简洁明了。内容上,"七子八婿"、"状元探花"等"封建糟粕"淡出,时兴语句登场,更多则是新旧杂糅,颇有文化融合气象。如桂林《四言八句》有请新娘喜歌云:

一请新娘出洞房,全家同庆喜洋洋。喜成对,爱成双,夫妻二人福寿长。二请新娘来排演,堂上悬挂主席像。感谢恩人毛主席,感谢救星共产党。三请新娘来拜堂,郎才女貌两相当。诗歌杜甫其三句,乐奏《周南》第一章。再请新娘来拜堂,有话以后好商量。如果这请还不来,拉拉扯扯也无妨。

沭阳有贺喜喜歌云：

> 新人喜事大，我也赶来说喜话。黄道吉日忙婚嫁，鸿运豁达通天下。新人来结合，携手大步跨。同心同德创辉煌，一心一意干四化。互帮互进大吉祥，幸福金桥齐心架。万事如意展鸿图，闯遍天下都不怕。光明大道迎红日，子孙满堂住大厦。登峰造极造奇妙，荣华富贵盖东亚。

"堂上悬挂主席像"、"一心一意干四化"等等，均是20世纪景观。着意搜求，尚未见有当下新词如网络语言入喜歌者——皮之不存，毛将焉附，近年城乡婚礼中，已鲜有喜歌身影，网络语言何从说起。是以"与时俱进"云云，终成历史。

黄鹤一去不复返，空馀倩影使人愁。动辄言"愁"，未免矫情，黄鹤不再，则是实景。而我费神辑录喜歌之类常人眼里了无价值的民间文献，且将零星体会如实记下，私心以为稍存望鹤骋怀况味。嘲人自恋，此亦自恋一种。

旧调新声，竞胜一时（2011-02-20）

周五看少松师，说民歌整理诸事。师温言慰勉，并送新出《论语选吟》（凤凰出版传媒集团、江苏凤凰电子音像出版社有限公司出品）。CD包装有介绍云：吟诵是中国传统诗文美读法，是古典诗文教学与品鉴的独特手段，也是中国传统文化一门绝学，具有很高的文化与艺术价值。专辑精选《论语》180章，由少松师以传统吟诵法美读，另请古琴家以古琴伴奏，"带你因声入境，在感悟经典之时，体味传统诗文吟诵的独特意味与艺术魅力"。

先锋书店购董桥《青玉案》、《记得》（广西师范大学出版社，2011）。《记得》腰封引书中内容云：厚古而不敢薄今，浪漫而不忘务实，米勒怀旧怀的是文化那炷幽明的香火和儒林那份执著的传承。34年前威尔逊送我 The Colossus of Maroussi 的时候皱着眉头补了一句话："世界太喧嚣了，我们差点错过了这样远古的一声喟叹!"《青玉案》中说及陆小曼橅马册页,云诗人遗孀"画山画花鸟人物见多了,骏马她只敢临摹"。按某年春节南图底楼爱涛艺术馆拍品预展,有陆小曼山水一幅,确有董桥所谓"闲淡"、"萧飒"情怀。心斋云花不可见其落,月不可见其沉,美人不可见其夭,我不忍见斯人一生蹉跎,是以终未伸手。又《探访旧派才女》一节说英国侦探小说家克里斯蒂故事,借其女儿之口,云其"从来不太重视她的侦探小说,老说那是手艺人'craftsperson'养家做的活"。一日闲聊,座中某君云江苏一知名女作家不喜人称其作品为儿童文学,不解,今见"不太重视"四字,不由发噱。

傅惜华《乾隆时代之时调小曲》云,有明一代,民间流行之"时调"小曲,于俗文学史上,与平话小说,发展迅速,且达于最盛时期。降及清代,南北俗曲,犹承明季馀绪,旧调之外,复出新声,竞胜一时。按傅先生此处寥寥数语,可作明清民歌俗曲情形之定论。傅文又云,迨至乾隆时,以"海内升平,民康物阜",民间戏剧散乐,亦极繁盛,兹取个人十馀年来所见乾隆时代辑刻之俗曲总集四种:(一)乾隆九年刻本《万花小曲》,(二)乾隆四十五年钞本《西调黄鹂调集钞》,(三)乾隆六十年刻本《霓裳续谱》,(四)乾隆初年刻本《丝弦小曲》,略为研讨。清代民歌俗曲文献之整理,即循傅先生所说线索次第展开,以期展示其旧调新声、竞胜一时风姿。

生命力 (2011-02-25)

昳丽送学位论文《明中叶"金陵四家"研究》初稿,说观感。四家指顾璘、陈沂、朱应登、王韦,皆长文章,蒋一葵《尧山堂外纪》卷九十三云"时谓江南四才子"。

整理喜歌。

流水曾说《快嘴李翠莲记》中撒帐歌,并由"双双绣带佩宜男"隐约说萱草故事。明德运、余德意辑《中国民间彩词》有入洞房彩词,内容、词句竟与《李翠莲记》中撒帐歌相近,且"佩宜男"明确作"佩萱男"。兹录如次:

新郎新娘过中堂，金童玉女入洞房。红花绿被显富贵。五谷六米撒帐东，喜字映得烛影红。床里床外郁葱葱，新房日月注春风。一把谷米撒帐西，红色锦带腰间系。拉开便见嫦娥面，郎君心里好焦急。一把谷米撒帐南，好男好女合团圆。凉月好风庭户爽，双双绣带佩萱男。一把谷米撒帐北，津津一点眉间色。芙蓉帐间度春宵，月娥若邀蟾宫客。一把谷米撒帐上，交颈鸳鸯配成双。从今好梦叶维系，行见螓珠来入掌。一把谷米撒帐中，一对月旦玉芙蓉。恍若今宵遇神女，红云簇拥下巫峰。一把谷米撒帐下，黄昏月下时更佳。今宵喜梦紧相随，种子插下春开花。一把谷米撒帐前，沉沉非雾亦非烟。香得金虬相隐映，文箫今彩乐似仙。一把谷米撒帐后，夫妇和谐保长寿。从来夫唱妇相随，莫作河东狮子吼。

北大藏本《事林广记》亦有撒帐歌云：

撒帐东，宛如神女下巫峰。簇拥仙郎来凤帐，红云揭起一重重。撒帐西，锦带流苏四角垂。揭开便见姮娥面，好与仙郎折一枝。撒帐南，好合情怀乐且耽。凉月好风庭户爽，双双绣带佩宜男。撒帐北，津津一点眉间色。芙蓉帐暖度春宵，月娥喜遇蟾宫客。

历经近千年，芙蓉帐间春色依旧，凉月好风欢忭如昨，由此并可觇知喜歌生命力何等顽强。

旧例 (2011-02-28)

礼炬信息，云将进福建师大博士后流动站。

闲闲书话有人贴张伟然《谭其骧先生的五星级文章及学术活性》，张文引谭先生《长水集》自序中语云："这是我的一篇得意之作（按指《〈山经〉河水下游及其支流考》）。古今学者讲到汉以前古黄河全都只知道有一条见于《禹贡》的河道，谁也不知道还有其它记载。如今被我从

《山经》中找出这么一条经流凿凿可考,远比《禹贡》河水详确得多的大河道来,怎不令人得意!""怎不令人得意"一句,最见神采。

整理喜歌。

《锺祥民间文学作品选集·歌谣分册》(锺祥县民间文学集成办公室、锺祥县文化馆编,中国民间文艺出版社,1989)"仪式歌"部分,有《陪新娘圆席(小调)》云:一边拉来一边唱,亲朋坐席陪新娘。新娘子坐在首席上,又喜又羞茶不尝。细看新娘不平常,衣着整洁还带香。头上梳得溜溜光,面如苹果红堂堂。(白)不是酒喝的,是害羞。此处明确标示"小调",且是"一边拉来一边唱"。既然边拉边唱,表演者疑非坐席亲朋,而是如徐芳《北平的喜歌》所记,是职业求利市者。圆席或与开席相对而言,检索知主家多以肉圆、鱼圆谢席(客),故名圆席。又其《陪新郎》有云:

桌椅杯筷都说到,叫声堂官听根苗。敬请厨师把菜领,厨师必须要开会。发了一碗盘龙菜,堂官端到客厅来。一碗盘龙两碗装,三朋四友坐客堂。文武百官当堂坐,今日为陪小登科。叫王子名气扬,庆爷江山万年长。这是庆爷的顺口菜,只有锺祥兴得开。如果想吃盘龙菜,拿钱去到锺祥买。

"盘龙菜"下原书注称:盘龙,锺祥地方菜名,用猪肉和淀粉制作,传说嘉靖皇帝继位时吃的,又因制作后的形状如龙卧盘中,所以名叫盘龙菜,其实应该叫蟠龙菜。按歌中又云"这是庆爷的顺口菜",疑"嘉靖"、"庆爷"有一处或误。资料云嘉靖皇帝生父明睿宗朱祐杬正德十四年(1519)六月十七日薨,谥号献王,葬于锺祥东北松林山(嘉靖十年敕封为纯德山),锺祥当地,多有与嘉靖有关传说,"盘龙菜"亦是,由此知嘉靖讹作嘉庆,"庆爷"当是"靖爷"。

冯梦龙《广笑府》卷二《官箴·新官贺词》云:新官视事,三日大宴,乐人致辞曰:"为报吏民须庆贺,灾星退去福星来。"新官喜其誉己,问谁所撰,思欲馈谢之。乐人对曰:"本州自来旧例如此。"按此处"贺词",亦我所整理喜歌之一种,贺升官与贺新婚、贺开张本无二致,"旧例"云云,的是实情——如撒帐东、撒帐西,均有定式,高者应景增删,低者只得循旧耳。民歌具稳定性,盖即指此。

同调 （2011 – 03 – 04）

流水说嘉靖皇帝生父明睿宗朱祐杬，礼炬云，嘉靖皇帝父亲只是被他这个当皇帝的儿子尊为睿宗，没有当过皇帝的；再说嘉靖从来也不承认他过继给孝宗当儿子、入继大统的。其父被封到湖广的安陆去当献王。"所以，你在这里的说法可能要斟酌一下"。

收到寄自湖南益阳唱本一册。木刻本，缺封面、封底，首节版心题"下江泥"，重装者以其名篇，查《中国俗曲总目稿》，未见记载。开篇云：

> 清早起来望姐乡，远望姐乡路头长。前世因缘少修到，于今同县不同乡，前世烧了断头香。
>
> 过了三朝并四朝，郎买礼物去看娇。细系春风买一把，胭脂水粉称几分，偷身去看嫩交连。
>
> 劳为情哥买春风，交连接在手中存。郎又行来莫只办礼，空手来行意又真，只要郎心合姐心。
>
> 我郎回姐一句音，只有我姐生得精。只有我姐生得好，那个比姐高一分，赛过嫦娥月内人。

《中国典籍与文化》编辑信，嘱校《风月词珍》稿。有发现。《新婚贺房曲语》有云：今关初开，吾奉玉皇送子来。好男生七个，好女生一双。大孩儿当朝宰相，二孩儿兵部尚书，三孩儿云南布政，四孩儿曾做都堂，五孩儿八台御史，六孩儿吏部天官，七孩儿年纪虽小，得中了头名状元郎。还有二位小姐，大小姐千金之体，二小姐皇后娘娘。七男二女都欢喜，夫妻偕老自荣华。此种"宰相"、"尚书"句式，喜歌多有。今校《风月词珍》稿，即见其同调。其中《时兴桐城山歌·斯文佳味》有云：

> 一个姐儿相交有七个郎，个个肚里饱文章。前前后后都高中，高车驷马任他邦。一郎在浙江做布政，二郎在北京做侍郎，三郎在江西做巡按，四郎在湖广做都堂，五郎在云南做参政，六郎在南京做操江，只有七郎年纪小，今年新中状元郎，如何教我不思量。

又《下江泥》唱本通篇五句式。《风月词珍》中《时兴桐城山歌·私情佳味》云:"自古山歌四句成,如今五句正时兴"。此五句与彼五句,亦是同调一种。

流水 (2011 - 03 - 13)

徐州出差,看沙集网商行事。

欲祥老师短信,约说喜歌集等事。

《寻根》函,云《哭嫁歌·坐歌堂》将刊出。

云南地震;日本地震,海啸,核电站爆炸。天道无常,人如蝼蚁。

鲁迅《魏晋风度及文章与药及酒之关系》有云:孔子说:"学而时习之,不亦乐乎?"嵇康的《难自然好学论》却道,人是并不好学的,假如一个人可以不做事又有饭吃,就随便闲游不喜欢读书了,所以现在人之好学,是由于习惯和不得已。与女儿说"不得已"种种。中散云:"困而后学,学以致荣;计而后习,好而习成。有似自然,故令吾子谓之自然耳。""致荣"云云,是迷魂药。

象牙床是洞房中寻常物件,亦是喜歌中常客,唐人张文成小说《游仙窟》有其身影。其中有云:

下官语曰:"昨夜眼皮跳,今朝见好人。"既相随上堂,珠玉惊心,金银曜眼。五彩龙鬓席,银绣缘边毡;八尺象牙床,绯绫帖荐褥。车渠等宝,俱映优昙之花;马瑙珍珠,并贯颇梨之线。文柏榻子,俱写豹头;兰草灯芯,并烧鱼脑。管弦寥(嘹)亮,分张北户之间;杯盏交横,列坐南窗之下。

又书中有问答云:

十娘曰:"向见诗篇,谓言凡俗,今逢玉貌,更胜文章。此是文章窟也。"

仆因问曰:"主人姓望何处?夫主何在?"

十娘答曰："儿是清河崔公之末孙，适弘农杨府君之长子。即成大礼，随父住于河西。蜀生狡猾，屡侵边境，兄及夫主，弃笔从戎，身死寇场，茕魂莫返。儿年十七，死守一夫；嫂年十九，誓不再醮。兄即清河崔公之第五息，嫂即太原公之第三女。别宅于此，积有岁年。室宇荒凉，家途翦弊。不知上客从何而至？"

仆敛容而答曰："下官望属南阳，住居西鄂。得黄石之灵术，控白水之馀波。在汉则七叶貂蝉，居韩则五重卿相。鸣钟食鼎，积代衣缨。长戟高门，因修礼乐。下官堂构不绍，家业沦滑。青州刺史博望侯之孙，广武将军钜鹿侯之子。不能免俗，沉迹下寮。非隐非遁，逍遥鹏鷃之间；非吏非俗，出入是非之境。暂因驱使，至于此间。辛尔干烦，实为倾仰。"

十娘问曰："上客见任何官？"

下官答曰："幸属太平，耻居贫贱。前被宾贡，已入甲科；后属搜扬，又蒙高第。奉敕授关内道小县尉，见宛河源道行军总管记室。频繁上命，徒想报恩。驰骤下寮，不遑宁处。"

十娘曰："少府不因行使，岂肯相过？"

下官答曰："比不相知，阙为参展。今日之后，不敢差违。"

十娘遂回头唤桂心曰："料理中堂，将少府安置。"

流水曾云有论者指其与敦煌文献中下女夫词形式、内容相近。

露骨 (2011-03-20)

周六南图看书，为梧桐树请命意成一景。

多国空袭利比亚。

校订喜歌札记。

女儿双休翻《诗经》、《全宋词》，说《新史学》，说旧文人文体。有文体意识最为重要。知堂嫌早，嘱看沈从文作品集《无从驯服的斑马》。

某人作文说杨绛《我们仨》，曰其"呈给我们的，是一个高智商而小心眼的家族，令人敬而远之"。仍是说文化担当。说担当，沈从文是另一例。《沈从文家书》有怨气，然沈先生以做"公民"立身，怨气得舒，境界亦显高远。

　　与人说"民歌学"与此前"歌谣学"区别。最本质不同，是"歌谣学"仍是在民俗学、民间文艺学框架下展开，"民歌学"则是将民俗学、民间文艺学等作为理论背景，即彰显民歌主体性。陆续面世之"民歌与民歌学丛稿"若干内容，是我建构民歌学体系之尝试。其中有断代，如明代民歌整理与研究；有分体，如喜歌整理与研究；有个案，如五更调整理与研究。亦有整体，如历代民歌选、民歌发展史。

　　整理各地歌谣集成中喜歌。附录部分，斟酌是否选辑文人催妆诗词。

　　前说坐歌堂中有杂耍表演，众人捧腹，既有效果，又达助兴目的。说唱喜歌是为烘托喜庆气氛，除常规程式外，亦可自由发挥，非必拘泥于字句。如临汾有闹房歌云：天上一对鹅，地上一对鹅，鹅吃鹅蛋变成鹅，鹅不吃鹅蛋鹅变不成鹅。此实绕口令儿歌，然在婚礼上表演，即具喜歌色彩。另如闹洞房求子歌云：紧紧走，慢慢跑，一下跑到百子桥。百子桥有个娘娘庙，夫妻二人把香烧。求儿要做官为宦的，不要担茅出圈的。求女要能描会剪的，不要歪鼻斜眼的。单单求子歌，可在跑百子桥时说唱，放到闹洞房场景中，即可归于喜歌一类。

　　喜歌说生男女，以"五男二女"最为常见，即使已现重男轻女倾向，但没有明白道出，仍算厚道。锺祥喜歌"下梯谣"有云：云梯步步下到底，代代儿孙穿朝衣。先生男来后生女，男子朝中戴纱帽，女子朝中穿霞帔。次序定为"先男后女"，性质与"五男二女"相似。有例外。东明铺床歌有云：撒到床四角，儿女子孙多。又撒票子又撒钱，少生女来多生男。又撒票子又撒枣，大的领着小的跑。"少生女来多生男"，何其露骨。

婚俗恒久远，喜歌永流传（2011－03－21）

　　与欲祥老师说丛稿事。
　　整理喜歌。
　　《歌谣》周刊五十九号（1924年6月）白启明《河南婚姻歌谣的一斑》记其时河南洛阳撒床歌云：

从来不进新人房，新人请我来撒床。叫秋菊，合海棠，拿来瓜果我撒床。一把撒在床里边，得个小孩做武官。一把撒在床外边，得个小孩做状元。一把麸，一把盐，大的领着小的玩。一把胡桃一把枣，大的领的小的跑。

《开封歌谣谚语集成》有《新婚装枕头歌》云：

　　一把核桃一把枣，大的领着小的跑。一把核桃一把钱，大的领着小的玩。

　　整理者括注流行于"解放前"。
　　另山东郯城《喜话歌本》有《套被歌》，内容与此相似：一把花生一把枣，大的领着小的跑。一把票子一把钱，大的领着小的玩。早立贵子辈辈早，夫妻白头好到老。《歌本》整理时间为1988年12月。
　　不同时间、地点，花生、枣、核桃（胡桃），大的、小的，跑，玩，道具、角色、动作几近一致，只是场合（撒床、装枕头）稍异。婚俗恒久远，喜歌永流传。
　　《开封歌谣谚语集成》有《抬轿歌》，其中有《途中拦轿》数则。《染房前》云：

　　花轿打这过一遭，染房架飞冲天高。您的买卖真兴隆，黑蓝月老挂满棚。黑蓝布真是黑，顶下搭满深月白。

《在街上拦轿》云：

　　远看是个马，近看少头没尾巴。四个脚登空，顶上放个茶盅。

《小孩扯手拦轿》云：

　　您婶子又高又大，两个蜜蜜两边挎。除了您大爷敢骑，人家谁骑谁害怕。

此处"花轿打这过一遭"云云,是抬轿者应对拦轿者所唱,拦轿者如何言语,未有记载。如有,则一问一答,可与敦煌文献中障车词作等量观。换言之,拦轿实即障车俗之遗存。久远、流传说,又得例证。

流水(2011-03-28)

淮安会议,看地方戏曲博物馆,惜少实物,如淮海戏唱本等。

校订札记,中有唐白居易诗《和春深二十首》,其一云:何处春深好,春深嫁女家。紫排襦上雉,黄帖鬓边花。转烛初移障,鸣环欲上车。青衣传毡褥,锦绣一条斜。又云:何处春深好,春深娶妇家。两行笼里烛,一树扇间花。宾拜登华席,亲迎障幰车。催妆诗未了,星斗渐倾斜。"转烛初移障"、"亲迎障幰车",尤其是后者,可以视作"以帷障车"最直接证据。

收到寄自广东开平之抄本喜歌一册。封面题"闹房歌 乙酉年",并钤方章"林瑞文"。据纸张虫蛀情形并内容,疑"乙酉年"或为1945年。内中有"簪花"、"点烛"、"新婚词闹房歌"等。

收到寄自湖南长沙抄本《婚姻告文杂录》一册。有婚娶各种程式,如告祖文、告轿文、告天地文、拜天地文、奠雁礼式等。引新郎入洞房云:花烛喜气闹洋洋,引进新郎入洞房。两人相见从兹始,绣闱月下结成双。又云:一步一步引郎来,引得郎来门不开。手执金弓银弹子,一打朱门两扇开。

寄自重庆木刻本《曲谱 进兰房 月调》,可入《五更调集》。起首云:一更里进了兰房,樱桃口呼唤梅香,银烛照上。嘱咐蠢才(材),你把那门门门关上。听谯楼更鼓起,怕梨花懒整残妆,泪流两行。青丝缭绕,只在那眉眉眉梢上。二更里独坐在牙床,入罗帏懒解衣裳,满腹愁肠。我郎此去,你在那何何何方上。想当初等情长,到而今一旦抛忘,错过时光。忘恩负义,自有那天天天在上。

辑《歌谣》周刊胡适、锺敬文等说喜歌字句,作喜歌集封面或封底广告。

杂事伤神。原拟作近代唱本集，乃呼应顾颉刚先生做法，不意中辍。待喜歌集事毕，重启计划。

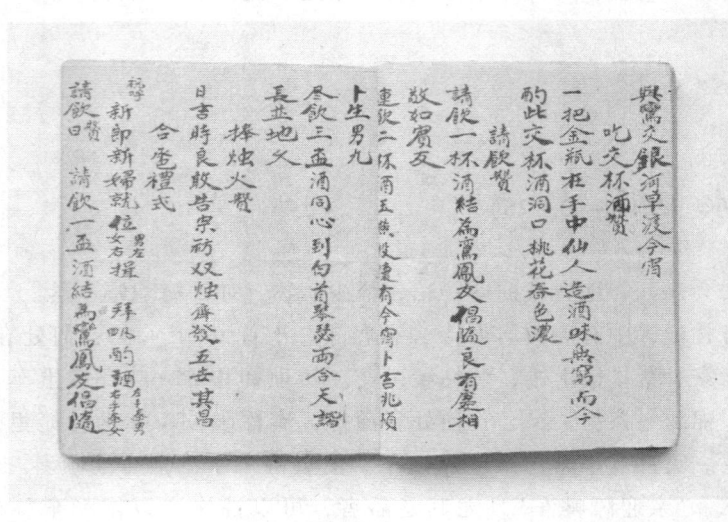

《婚姻告文杂录》

流水（2011－03－31）

售山阴路住房。

《收藏》有某人文章，说旧名士，以"微斯人，吾谁与归"收结，亦算俗世一景。顾影自媚，窥镜自怜。

《婚姻告文杂录》有"挑帕子赞"云：

> 天开地辟阴阳全，夫倡妇随非偶然。吉时挑开莴萝帕，恰似牛郎会神仙。

又赞（启蒙后）云：

果然淑女窈窕,才郎风度飘飘。天生凤友与鸾交,银河早渡今宵。

此处"挑帕子"、"启蒙",完全对应《风俗通》卷九所说"帕蒙首"。

婚礼即程式。《婚姻告文杂录》记程式甚详。如告祖、告轿、下轿、拜天地、赞烛、引新人入洞房、挑帕、吃交杯酒、请饮等等,堪称婚仪指南。然程式非铁定。如其"合卺礼式"后有附记云:愚意启蒙及后各赞,应在酌酒以前方为合理。兹因仿照旧本,未敢擅易。仍因之。由"旧本"云云,知此确系抄本。依旧本而抄,秘而珍之,只为传承一种程式,与冯梦龙《折梅笺》用意同。然《折梅笺》流播广矣,《杂录》泯灭无闻。市井小儒,其命如斯。

底事伴羞背灯坐,嘱郎解带结鸳鸯(2011-04-02)

疲累不堪,无与言说。

韩南说《风月梦》,指其为中国第一部城市小说(韩南《〈风月梦〉与青楼小说》,《文学遗产》2011年第1期),植根于特定地域,描写城市生活,展示城市风貌,私意可另加一条,即透露城市情趣。情趣有所指。如唱曲,即为文化活动中常见项目。二石生《十洲春语》说其时院中竞尚小曲情形,云其所著者,有[软鞚]、[滩黄]、[离京]、[凄凉]、[四平]、[四喜]、[杭调]、[满江红]、[劈破玉]、[湘江浪]、[剪靛花]、[五更月]、[绣荷包]、[九连环]、[武鲜花]、[倒扳桨]、[闹五更]、[四季相思]、[金银交丝]、[七十二心]诸调,和以丝竹,如袅风花软,狎雨莺柔,颇觉曼回荡志。《风月梦》中此类小曲甚夥,前贤(如胡适、关德栋等)曾说及,可展开,说小曲内容,说明清小说中此一现象之文化意义。

整理喜歌。

喜歌中夹杂方言,有价值,却令整理者伤神,因若不解其意,辑录沦为"码字",则少有乐趣可言。方言喜歌以闽、粤为最,开平抄(写)本《闹房歌》稍有不同。如其"簪花"云:头上簪花身挂红,就随今日显英雄。福如东海人称重，寿比南山一样同。"点烛"云：花婆点烛甚光辉，花公送子到门楣。花发满堂春富贵，花开结子在罗帏。"花婆"、"花公"为别处少见，其他则是家常语。

《闹房歌》有两处标出作者。一是"初斟酒贺新君"前，有"张其翼作"四字，当是指"初斟酒贺新君"一段内容。此段文词雅洁，句式齐整，确有文人制作气象。录前三节如次：

  初斟酒贺新君，鹊桥今夜度佳人。执盏交杯同合卺，高朋满座乐新婚。夜如何其从今问，不尽鸾声鸯枕闻。
  再斟酒贺新娘，花颜玉貌比庄姜。幽情四德兼退让，五世应知卜其昌。花烛一双红彩亮，分明吉地凤翱翔。
  三斟酒贺兰房，恍惚桥梁集鸳鸯。窈窕有情红粉女，英才无比绿衣郎。依然钟鼓皆无恙，不让《周南》第一章。

另是在"两行花烛灿华堂"前，标出"黄忽乡作"。录前三节如次：

  两行花烛灿华堂，吐出连枝并蒂香。底事伴羞背灯坐，嘱郎解带结鸳鸯。
  满杯喜酒敞香筵，合卺相陪两玉仙。多谢冰人针线好，缝裳绣出白头莲。
  洞房深夜漏迟迟，金扇犹堪掩面姿。未揭花棚传笑语，偷看情脸两胭脂。

"底事伴羞背灯坐，嘱郎解带结鸳鸯"，是何等旖旎风光，真是令人"颇觉曼回荡志"。

流水 (2011-04-09)

礼炬邮件，发新作《〈四库全书总目〉林希元仕历辨正》以观。摘要云《四库全书总目〈易经存疑〉提要》中林希元仕历描述有误，兹据《明世宗实录》记载、人物传记与林希元文集，重新编次。

《南方周末》有文说合肥工大某人殒命事。《礼记》有云：儒有可亲而不可劫也，可近而不可迫也，可杀而不可辱也。其居处不淫，共饮食不溽。其过关可微辨，而不可数也。其刚毅有如此者。按今世刚毅者稀，满目皆如我等，辱而又辱，几近麻木。义无再辱成诳语，漏船载酒度残年。为某人一恸。

整理《闹房歌》。

《闹房歌》中有三处标明某某人作，一是"张其翼作"，自"初斟酒，贺新君，鹊桥今夜度佳人"起，不知终于何处。二是"伦文叙作"，其下有注：君子无所争，必也射乎为题，内容为：君家门户索诗篇，子建才高出自然。无限玉堂金马客，所求花烛洞房仙。争看笔下谁堪和，必占鳌头我独先。也有蓝田曾种玉，射乎屏雀咏当年。其后又有两章云：新郎今晚见新娘，书味如同粉味香。未得欢情心望想，既逢乐事意绵长。夫妻和顺宏开量，子孙蕃昌定发祥。他日状元与宰相，忠心护国是贤良。新娘今晚见新郎，花烛炜煌照洞房。

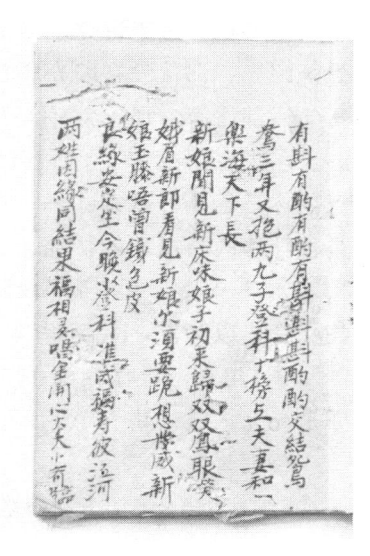

《闹房歌》

才子聪明真足尚，佳人窈窕定非常。谈心握手眠蓉帐，内梦联欢上绣床。料想麒麟天上降，他年添子伴君王。"今晚"云云，与"必也射乎"无关，当是另外内容。三是"黄忽乡作"，由"两行花烛灿华堂"起，直至"大家同老白头天"作结。按张其翼、黄忽乡未知何许人，伦文叙则是名士。资料云其字伯畴，号迂冈，明南海县黎涌人。明孝宗弘治十二年（1499）己未连中会试第一，殿试第一，考中状元，后授翰林院修撰。黄虞稷《千顷堂书目》卷二十一云伦有《迂冈集》10卷，又《白沙集》12卷。李东阳有《赠伦文叙诗》曰：藩邦地重极炎洲，诏使名高出状头。一代风云龙虎会，百年郊薮凤麟游。殊方尽处闻天语，旧屋归时记海筹。采得民风兼国俗，玉堂青史待删修。得空可查《迂冈集》等。

糖梅 (2011-04-10)

电话庆茂,说杂事。

与人说辱,说《沈从文家书》种种,说沈先生"斑马"形象。牢骚太盛防肠断,风物长宜放眼量。且放眼量。

小众菜园有吴亮与洪磊对话。吴云:我给你个建议……从你的写作来看,不够松,过于讲究,一个单元改来改去,意象密集,用词太讲究。处处是闪光,那就没有闪光。我希望你能写得松弛一点。一篇短文 600 个字,每句话都格言,那绝对不是好文章,中间必须有水分,有几个点吸引人,够了。现在听起来,你做《锦灰堆》也有你写作的味道,每一步都很刻意。你是不是可以尝试——假如你以后展出 100 幅,30 幅是刻意的,70 幅是很随便的,抓拍的快照,最好放在一起,它们之间可能产生一个节奏。按"水分"说有理。董桥文即有意象绵密、刻意求工之病。又许纪霖说吴亮文章,以为其"用词华丽,句式欧化,全身透着精神贵族的傲慢与尊严"(许纪霖《笑傲江湖—"杀手"》),"华丽"、"欧化"、"全身"云云,亦是吴亮太过"讲究"、有欠"松弛"处。

整理喜歌。

《闹房歌》有《正新娘歌》云:

> 一斟荣华又富贵,二斟夫妇又齐眉。三斟三男和二女,四斟四子买田来。五斟五谷成丰熟,六斟六畜满家堂。七斟七子来伴月,八斟八子在房中。九斟九子连富贵,十斟十酌满家堂。

此处"家堂",指堂屋,亦泛指屋宇,百度有词条,引《古诗为焦仲卿妻作》云:"入门上家堂,进退无颜仪。阿母大拊掌,不图子自归。"又引元无名氏《桃花女》第三折:"今日清蚤(早)起来,先拜过了家堂,辞别了父亲,着他不要送我上车去,避过了他那恶煞。"另清李渔《凰求凤·堕计》:"面对家堂,把私愿公祈,将他心暗改,使我祸潜移,全望家堂做主,屈公道将人私庇。"

《正新娘歌》又云:

饮了一杯又一杯，饮完烧酒等糖梅。今晚饮完糖梅酒，明年美酒又番来。

黄忽乡作喜歌有云：

牛门宝扇一齐开，扶着丫鬟步步来。三寸弓鞋人未看，要当酒后打糖梅。

此处"糖梅"，是粤地特产。李调元《南越笔记》卷十六《糖梅》云：

自大庾以往，溪谷村墟之间，在在有梅。而罗浮所产梅花，肥大尤香。苏诗："罗浮山下梅花村，玉雪为骨冰为魂。"他处花小，然结子繁如北杏，味不甚酸，以糖渍之可食。段公路云，岭南之梅小于江左。居人以朱槿花和盐曝之，其色可爱，曰丹梅。又有以大梅刻镂为瓶罐结带之类，渍以椑汁，味甚甘脆。东粤故嗜梅，嫁女者无论贫富，必以糖梅为舅姑之贽。多者至数十百罂，广召亲串，为糖梅宴会。其有不速者，皆曰打糖梅。糖以甜为贵，谚曰："糖梅甜，新妇甜。糖梅生子味还甜。糖梅酸，新妇酸，糖梅生子味还酸。"糖榄亦然。有糖梅必有糖榄。榄贵其有雌雄，雄者花而雌者实也。凡女既入门，诸媵妗相与唱歌。其歌曰解。解糖梅者词美新妇，解糖榄者词美新郎。

俗文学丛刊（2011-04-10）

流水曾由曾永义文章说台湾中研院藏俗文学资料，初以为其面世无期，实大部已收入《俗文学丛刊》印行（新文丰出版公司，2006）。网络有文章介绍其各辑内容如次：

《俗文学丛刊》第一辑（ISBN：957-17-1950-1），自第001册

至 100 册，内容皆属"戏剧类"，包括第 001 册至 035 册之"戏剧总类"，第 036 册至 057 册之"高腔"，第 058 册至 096 册之"昆曲"，第 097 册至 100 册之"滇戏"。

"戏剧总类"，内容包括《戏学月刊》、《戏学丛考》、《戏学指南》等戏剧（学）刊物，以及与戏学相关之曲牌工尺谱、乐器教学等。

其次为"高腔"，收有《反五关》、《金印记》、《三元记》、《铁关图》、《雅观楼》等剧目。

其次为"昆曲"，收有《乾元山》、《盘龙岭》、《大十面》、《芦花荡》、《定天山》等剧目。

其次为"滇戏"，收有《大舜耕田》、《山伯访友》、《洪江渡》、《千里送妹》、《水打蓝桥》等剧目。

《俗文学丛刊》第二辑（ISBN：957-17-1957-9），自第 101 至 200 册，内容仍属"戏剧类"，包括第 101 至 108 册之"川戏"，第 109 至 111 册之"楚戏"，第 112 至 113 册之"福州戏"，第 113 册之"潮州戏"，第 114 至 121 册之"淮戏"，第 121 册之"赣戏"，第 122 至 123 册之"越戏"，第 124 至 125 册之"嘣嘣戏"，第 125 册之"吹腔"，第 126 至 165 册之"吹腔"，第 165 册之"大棚班本"，第 166 至 200 册之"影戏"。

"川戏"收有《扫华堂》、《三官堂》、《陈姑赶潘》、《梅花篆》、《五坡岭》等剧目。其次为"楚戏"，收有《鱼藏剑》、《上天台》、《辕门射戟》、《二度梅》、《花田错》等剧目。其次为"福州戏"，收有《郑元和》、《刘智远》、《拜塔》、《再造天》、《朱砂印》等剧目。"潮州戏"收有《荔枝记》。"淮戏"收有《桑园会》、《闯潼关》、《刘全进瓜》、《罗帕记》、《瓦车篷》等剧目。"赣戏"收有《珍珠塔》、《乌金记》、《梁三伯会友》。"越戏"收有《斩经堂》、《打登州》、《龙虎门》、《倭袍》、《渔樵会》等剧目。"嘣嘣戏"收有《姚献杀妻》、《马寡妇开店》、《夜宿花亭》、《王二姐思夫》、《老妈上京》等剧目。"吹腔"收有《小放牛》。"粤戏"收有《嫦娥奔月》、《周公卖卦》、《柴房相会》、《苏武牧羊》、《罗卜救母》等剧目。"大棚班本"收有《苦怨今生》、《梁婆问亲》、《夜送寒衣》、《西番宝蝶》、《三凤鸾》等剧目。"影戏"收有《松枝剑》、《卧龙岗》、《九里山》、《镇宫图》、《三贤传》等剧目。

《俗文学丛刊》第三辑（ISBN：957-17-1969-2），自第201至300册，内容仍属"戏剧类"，包括第201至273册之"影戏"，第274至277册之"滩簧"，第278至283册之"梆子"，第284至300册之"京剧"。

"影戏"接续第二辑，收有《铁丘坟》、《追印》、《四平山》、《对陵金》、《小西凉》等剧目。

其次为"滩簧"，收有《游殿》、《双珠凤》、《红楼梦》、《黄慧如与陆根荣》、《梁山伯与祝英台》等剧目。

其次为"梆子"，收有《妲姬显魂》、《桑园会》、《孟姜女哭长城》、《司马茂断阴》、《凤仪亭》等剧目。

其次为"京剧"，收有《蓬莱果》、《滚钉版》、《孝感天》、《宇宙锋》、《取荥阳》等剧目。

《俗文学丛刊》第四辑（ISBN：957-17-1993-5），自第301至350册，内容仍属"戏剧类"，包括第301至345册之"京剧"，第346至350册之"戏剧补编"，自第361至400册则属"说唱类"，包括第361册之"宝卷"，第362至366册之"闽南歌仔"，第366册之"客家传仔"，第367至383册之"福州平话"，第384至400册之"子弟书"。

"京剧"接续第三辑，收有《战洛阳》、《锁五龙》、《御果园》、《宫门带》、《药王卷》等剧目。其次为"戏剧补编"，收有《齐姜醉遣》、《昭君出塞》、《负荆》、《五凤楼》、《目连记》等剧目。

说唱类"宝卷"收有《梁山伯宝卷》、《赵氏贤孝宝卷》、《王祥卧冰宝卷》、《唐僧宝卷》、《红罗宝卷》等剧目。"闽南歌仔"收有《桃花女斗法歌》、《买臣妻歌》、《正派三国歌》、《宝珠记歌》、《乌白蛇借伞歌》等剧目。"客家传仔"收有《山伯英台歌》、《劝善文歌》、《娇连叹五更歌》、《夫妻相好·夫妻不好合歌》。"福州平话"收有《哪咤（吒）闹海》、《双蝴蝶》、《孟姜女》、《三孝记》、《木兰从军》等剧目。"子弟书"收有《渭水河》、《子胥救孤》、《哭长城》、《别姬》、《灯草和尚》等剧目。

《俗文学丛刊》第五辑（ISBN：957-17-2022-4），自第401至500册，内容仍属"说唱类"，包括第401至411册之"石派书"，第412至413册之"快书"，第413册之"竹板书"，第414至419册之

"龙舟歌"，第420至479册之"南音"，第480至500册之"弹词"。

"石派书"收有《摔琴》、《长坂坡》、《通天河》、《包丞相》、《大将》等剧目。其次"快书"，收有《禅鱼寺》、《闹昆阳》、《虎牢关》、《淤泥河》、《蜈蚣岭》等剧目。其次"竹板书"，收有《小菜造反》、《百花名十采花》、《百虫会蚂蚱算命》、《竹目相争》、《饽饽阵》等剧目。其次"龙舟歌"，收有《重咸试妻》、《仙姬送子》、《貂蝉拜月》、《小王和琴》、《丁山射雁》等剧目。其次"南音"，收有《黄飞虎反五关》、《银合太子走国》、《钟无艳娘娘》、《仁贵征东红衣记》等剧目。第477至479册为南音之"雷阳歌"，有《庞三娘歌》、《姻缘记歌》、《四女从夫歌》、《七尸八命歌》、《金英投庵歌》等。其次"弹词"，收有《晋阳外史》、《锦堂欢》、《桃柳争春全传》、《玉鸳鸯全传》、《赤玉莲花》等剧目。

唐人催妆　却扇诗 (2011-04-11)

文献搜求无有尽头。既如此，喜歌集拟暂且收结，容后细酌，日后可作增补。

辑唐人催妆诗、却扇诗数首如次，实即另类之婚嫁喜歌。原拟入喜歌集附录，今移入札记中。

催妆

昔年将去玉京游，第一仙人许状头。今日幸为秦晋会，早教鸾凤下妆楼。

（卢储作，见《全唐诗》第三六九卷）

云安公主下降奉诏作催妆诗

云安公主贵，出嫁五侯家。天母亲调粉，日兄怜赐花。催铺百子帐，待障七香车。借问妆成未，东方欲晓霞。

（陆畅作，见《全唐诗》第四七八卷）

云安公主出降杂咏催妆二首

天上琼花不避秋，今宵织女嫁牵牛。万人惟待乘鸾出，乞巧齐登明月楼。

少妆银粉饰金钿，端正天花贵自然。闻道禁中时节异，九秋香满镜台前。

（陆畅作，见《全唐诗》第四七八卷）

友人婚杨氏催妆

不知今夕是何夕，催促阳台近镜台。谁道芙蓉水中种，青铜镜里一枝开。

（贾岛作，见《全唐诗》第五七四卷）

催妆

北府迎尘南郡来，莫将芳意更迟回。虽言天上光阴别，且被人间更漏催。烟树迥垂连蒂杏，彩童交捧合欢杯。吹箫不是神仙曲，争引秦娥下凤台。

（黄滔作，见《全唐诗》第七○五卷）

催妆

传闻烛下调红粉，明镜台前别作春。不须面上浑妆却，留著双眉待画人。

（徐安期作，见《全唐诗》第七六九卷）

催妆二首

玉漏涓涓银汉清，鹊桥新架路初成。催妆既要裁篇咏，凤吹鸾歌早会迎。

宝车辗驻彩云开，误到蓬莱顶上来。琼室既登花得折，永将凡骨逐风雷。

（何光远作，见《全唐诗》第八六四卷）

自赋催妆诗

彭祖尚闻年八百，陈郎犹是小孩儿。

（陈峤作，见《全唐诗》第八七一卷）

代董秀才却扇

莫将画扇出帷来，遮掩春山滞上才。若道团圆似明月，此中须放桂花开。

（李商隐作，见《全唐诗》第五四○卷）

去扇

城上风生蜡炬寒，锦帷开处露翔鸾。已知秦女升仙态，休把圆轻隔牡丹。

（黄滔作，见《全唐诗》第七○六卷）

障车文·续四 (2011-04-12)

前引赵守俨《唐代婚姻礼俗考略》云：新娘上车之后，新郎要骑马绕车三匝，然后经过障车的一关，才能起程。流水谓障车有三解，前"两解"均发生于是时。另台湾大学中国文学系叶国良文章《从婚丧礼俗中的异族文化成分谈礼俗之融合与转化》亦说及障车。叶文云：

  先秦婚礼，亲迎时女父迎婿于门外，礼甚隆重，未有刁难女婿前来亲迎之事。唐时则有之，唐封演《封氏闻见录》卷五云：近代婚嫁有障车、下婿、却扇及观花烛之事。所谓"障车"，即婿亲迎时女家加以阻拦。其法，有人出面诵障车文拦车，其目的在"故来遮障，觅君钱财。君须化道，能罢万端"。此开后世亲迎时应以红包给予女家前来招呼之亲戚之先声。

叶文又云：

  障车本女家障婿车之行为，而其后又衍生障妇车之事，《新唐书·诸帝公主传》载：安乐公主，（中宗）最幼女。武崇训死，主素与武延秀乱，即嫁之。是日，假后车辂，自宫送至第，帝与后为御安福门临观。诏雍州长史窦怀贞为礼会使，弘文学士为傧，相王障车，捐赐金帛不赀。此文既云"自宫送至第，帝与后为御安福门临观"，又云"捐赐金帛不赀"，则为障妇车无疑，而障车者之目的亦在邀取酒食财货以为笑乐，此亦后世新妇甫下轿即应陆续以红包给予男家亲属之先声。

此处描述"障婿车之行为"，性质与女家"拦门"相近，目的是阻拦车辆使不得入，初衷仍是"惜别"。而将障车文与障婿车匹配，亦合《茶香室续抄》"母氏为之"判断。是以"三解"内容，可作调整。

又明人小说《艳异编》卷十五《戚里部一》说安乐公主事，与《新唐书》几同。小说云：

帝迁房陵，而主生。解衣以褓之，名曰裹儿。姝秀辩敏，后尤爱之。下嫁武崇训。帝复位，光艳动天下。侯王柄臣，多出其门，尝作诏请帝署可，帝笑而从之。又请为皇太女，右仆射魏元忠谏："不可。"主曰："元忠，山东木强，乌足论国事，阿武子尚为天子，天子女有不可乎？"与太平等七公主俱开府，而主府官属尤滥，皆出屠贩，纳赀售官，降墨敕斜封授之，故号斜封官。主营第，及安乐佛庐，皆宪写宫省，而工致过之。尝请昆明池为私沼。帝曰："先帝未有以与人者。"主不悦，自凿定昆池，延袤数里。司农卿赵履温为缮沼累石肖华山，约横斜，回渊九折，以石潓水，又为宝炉镂怪兽神禽，间以珊瑚碲贝，不可涯计，崇训死，主改降武延秀。先是，延秀自突厥还，善突厥舞而貌韶秀，妖丽自喜，数与内庭宴。主见而悦之，即与乱。至是日，假后车，自宫送至第，帝与后为御安福门临观，诏雍州长史窦怀贞为礼会使，弘文学士为傧，相王障车，捐赐金帛不赀。翌日，大会群臣太极殿。主被翠服出，向天子再拜。南面拜公卿，公卿皆伏地稽首。武攸暨与太平公主偶舞，为帝寿。赐群臣帛数十万。帝御承天门，大赦，因赐民三日，内外官赐勋禄礼，官属兼阶爵。夺临川长公主宅以为第，旁彻民庐，第成，野藏空殚，假万骑仗内，音乐送主还第。天子亲幸宴。近臣崇训子方数岁，拜太常卿，封镐国公。公主满孺月，帝后复幸第，大赦天下。临淄王诛韦庶人，主方览镜画眉，闻乱，走至右延门，兵及而死。

按"弘文学士为傧，相王障车"若断为"弘文学士为傧相，王障车"，未知可否。

广告（2011-04-14）

写人文章，细节取胜。小众菜园东方明珠发帖，标题曰《长相思——采访施蛰存伯伯》，其中有细节云：离开施伯伯房间时，我有点依依不舍，施伯伯目送我，忽然他叫住我，让我把头上戴的凉帽转动一下，将一朵花放到耳朵处。他说，过去的女人也戴帽的，花放在脑后不对，放侧面才好看！那一瞬间，我耳热心跳眼眶也红了，望着亲爱的父辈施伯伯俏皮的表情，喏嚅着说不出一句话来。那样亲切美好的一个场景，就这样永远地留在了我对他老人家的记忆之中了。

前说刘半农《敦煌掇琐》卷七十五辑"下女词一本"，李家瑞等多有引用，"下女词"当为"下女夫词"。王重民等《敦煌变文集》有校记云：篇题原卷作"下女词一本"，据甲、乙两卷改。此卷又有"祝愿新郎文"，可作喜歌。起首云："今择良晨吉月，会合诸亲，从贵至贵，福禄千春"，其后难以成句，不堪卒读。得空细究。

障车文末加一节云：叶国良文章谓"障车本女家障婿车之行为，而其后又衍生障妇车之事"——此处描述之障车性质与女家"拦门"相近，而将障车文与障婿车匹配，似无扞格，且合《茶香室续抄》"母氏为之"判断。然私心以为，将"以帏障车"理解为"以帏障婿车"亦并无不妥，此"帏"即"亲迎障幰车"之"幰"。

摘取胡适、锺敬文等说喜歌文字，作喜歌集与札记封底广告。

> 我们在这新歌谣家的婚礼中，不必去唱那古歌谣，像"关关雎鸠，在河之洲。窈窕淑女，君子好逑"一类的东西，来颂祝他们。昨天我在歌谣中随便翻翻，却翻出两首很有趣的结婚歌。我就随手抄了出来，等我念给大家听。这第一首是接亲时的情形，通行江苏涟水的：开开箱，开开柜，大红褥子大红被。轰，轰，放大炮，姑娘吓一跳，妈妈哭的怀中抱，爸爸带你抱上轿。
>
> ——胡适语。见董作宾《一对歌谣家的婚礼》

> 我从坊间找到一本小诗册，署名为"新娘诗"——又曰"伴娘诗"——他里共有俗诗十馀首，自首至尾，都是以潮人结婚时的仪式为题材的。虽然大部分的思想是陈腐得不堪，可是在民俗研究上，不但不嫌弃这个，而且可说是极需要。
>
> ——锺敬文《潮州婚姻的俗诗》

> 在我们家乡有一种风俗，凡在每件喜事——嫁娶、建筑……和别的时节——当然是新年，都有"说嘏词"的习惯。……关于这些东西，一方面可作为风俗学材料，一方面可作为心理学材料。
>
> ——魏建功《"嘏词"》

> 要之官俗礼节的渊源关系，虽非吾辈重责，而寻讨民间的民俗

歌，却是我们唯一无二的担子。民俗歌最多、最有趣味的，就是婚姻歌。

——白启明《河南婚姻歌谣的一斑》

大凡喜歌，大都临场杂凑，或改头换面，无一定格式，不过都要趁韵，语句以吉祥言词为主，多子多孙次之，民间婚嫁之普遍心理，大半可由此窥知，况亦为平民歌曲之一种，自有研究之价值也。

——李家瑞《谈嫁娶喜歌》

北平有一种人，专门靠着"唱唱儿"过活。他们不是在舞台上表演，也不是在游艺场里卖唱，他们只是走在街上或胡同里，挨着人家的门口唱。……但是这种人多半是挑着有喜事的人家去唱，这样既不会遭人的责骂，也可以多得一点钱。……他们自然也唱别种的歌，但是只就我听到的喜歌已可说是不少了。

——徐芳《北平的喜歌》

王成瑜师兄在寒假里回到他的故乡汉口去，我曾嘱托他收集点儿汉调剧本，以便拿来和皮黄剧本做比较的研究。……我颇注意到这个本子中的"撒帐词"，觉得很有趣味。

——吴晓铃《撒帐词》

中国各种多彩多姿的婚嫁仪式歌谣，包括婚礼歌、哭嫁歌两大类，是中国无比丰富的民歌遗产宝库中出色的组成部分之一。……如果说，近代以前，在中国学术界里，对于这类歌谣的搜集、研究几乎是一片空白，我看也决非过甚其辞的。

——谭达先《中国婚嫁仪式歌谣研究》

拿天津郊区来说，在盖新房的时候，上梁时有上梁的喜歌，砸地基时有砸地基的喜歌，这些喜歌经过农民自己的改造，有的已经成为新喜歌了。又比如在郊区结婚的时候，铺被窝有一套顺口溜，这些顺口溜如果加以改造，去掉那些带有封建色彩的语言，也会成为一种新的结婚喜歌。这些东西是我们应该搜集整理的，甚至可以把它们改造成为可以推广的新风俗、新习惯的。可是如果我们不懂得旧的风俗习惯，也就不可能把旧风俗习惯来个推陈出新，变成崭新的事物。

——何迟《相声艺术问答（答张国贤）》

喜会佳姻（2011－04－18）

电话保善，说杂事。
与庆茂说民间非遗文献事。
晓东电话，约晚间听书录师说地域文化研究会成立等事。
校订喜歌集与札记。
前说敦煌下女夫词。《汉典》释女夫，曰一指女婿。如《晋书·羊祜传》有云："祜女夫尝劝祜有所营置。"元无名氏《合同文字》第三折："单则是他亲女和女夫，把家缘收取。"清钱泳《履园丛话·阅古·元石础》："（张士诚）妻刘氏为后，以女夫潘元绍为驸马都尉。"二指丈夫。《醒世恒言·张廷秀逃生救父》："我且问你，今日为何如此热闹？可是玉姐新招了女夫么？"《西游记》第九十四回《四僧宴乐御花园　一怪空怀情欲喜》起首云：

> 话表孙行者三人，随着宣召官至午门外，黄门官即时传奏宣进。他三个齐齐站定，更不下拜，国王问道："那三位是圣僧驸马之高徒？姓甚名谁？何方居住？因甚事出家？取何经卷？"行者即近前，意欲上殿，旁有护驾的喝道："不要走！有甚话，立下奏来。"行者笑道："我们出家人，得一步就进一步。"随后八戒沙僧亦俱近前。长老恐他村鲁惊驾，便起身叫道："徒弟啊，陛下问你来因，你即奏上。"行者见他那师父在旁侍立，忍不住大叫一声道："陛下轻人重己！既招我师为驸马，如何教他侍立？世间称女夫谓之贵人，岂有贵人不坐之理！"

"世间称女夫谓之贵人"是女夫即丈夫最直接用例。
又《西游记》是回有云：

> 不觉乐了三四日，正值十二日佳辰，有光禄寺三部各官回奏道："臣等自八日奉旨，驸马府已修完，专等妆奁铺设。合卺宴亦已完备，荤素共五百馀席。"国王心喜，正欲请驸马赴席，忽有内宫官对御前启奏道："万岁，正宫娘娘有请。"国王遂退入内宫，只见那三宫皇

后，六院嫔妃，引领着公主，都在昭阳宫谈笑。真个是花团锦簇！那一片富丽妖娆，真胜似天堂月殿，不亚于仙府瑶宫。有《喜会佳姻》新词四首为证。

《喜词》云：喜，喜，喜！欣然乐矣！结婚姻，恩爱美。巧样宫妆，嫦娥怎比。龙钗与凤檎，艳艳飞金缕。樱唇皓齿朱颜，袅娜如花轻体。锦重重，五彩丛中；香拂佛，千金队里。

《会词》云：会，会，会！妖娆娇媚。赛毛嫱，欺楚妹。倾国倾城，比花比玉。妆饰更鲜妍，钗环多艳丽。兰心蕙性清高，粉脸冰肌荣贵。黛眉一线远山微，窈窕嫣姗攒锦队。

《佳词》云：佳，佳，佳！玉女仙娃。深可爱，实堪夸。异香馥郁，脂粉交加。天台福地远，怎似国王家。笑语纷然娇态，笙歌缭绕喧哗。花堆锦砌千般美，看遍人间怎若他。

《姻词》云：姻，姻，姻！兰麝香喷。仙子阵，美人群。嫔妃换彩，公主妆新。云鬓堆鸦髻，霓裳压凤裙。一派仙音嘹亮，两行朱紫缤纷。当年曾结乘鸾信，今朝幸喜会佳姻。

此种"新词"，全是配合婚仪而作，辑入喜歌集中，亦无不可。

坐筵诗词（2011-04-28）

看校样。费心费力。

庆茂电话，洽南艺上课事。拟说喜歌整理与研究种种。

流水引方玉润《诗经原始》说《桃夭》语云：盖此亦咏新婚诗，与《关雎》同为房中乐，如后世催妆、坐筵等词。

按催妆诗词已有申说，此说坐筵诗词。

袁枚《随园诗话》卷十二说坐筵云：温州风俗，新婚有坐筵之礼。余久闻其说。壬寅四月，到永嘉。次日，有王氏娶妇，余往观焉。新妇南面坐，旁设四席，珠翠照耀，分已嫁、未嫁为东西班。重门洞开，虽素不识面者，听人平视，了无嫌猜。心羡其美，则直前劝酒，女亦答礼。饮毕，回敬来客。其时向西坐第三位者，貌最佳。余不能饮，不敢前。霞裳欣然揖而酳焉。女起立侠拜,饮毕,斟酒回敬霞裳。一时忘却,将酒自饮。傧相呼曰:"此敬客酒也。"女大惭,嫣然而笑,即手授霞裳。霞裳得沾美人馀沥以为荣。大抵所延,皆乡城粲者,不美不请,请亦不肯来也。太守郑公以为非礼,将出示禁之。余曰:"礼从宜,事从俗,此亦亡于礼者之礼也。"乃赋《竹枝词》六章,有句云:"不是月宫无界限,嫦娥原许万人看。"太守笑曰:"且留此陋俗,作先生诗料可也。"诗载集中。

"诗载集中",指《小仓山房诗文集》卷二十八《温州坐筵词》六章。录如次:

一家女儿迎新郎,千家女儿对镜光。明朝坐筵谁去得,大家采伴同商量。

坐中珠翠两行排,扶出新人冉冉来。好似百花齐吐艳,护他一朵牡丹开。

笙歌迢递出云端,洞启重门到夜阑。不是月宫无界限,嫦娥原许万人看。

钗光灯影两相交,就里瑶台孰最高。径上前歌《将进酒》,不嫌生客太粗豪。

侍儿分付纪离容,斟与佳宾琥珀红。纤手自擎三侠拜,礼成都在不言中。

三星光小漏声迟,会罢龙华有所思。笑学孝侯风土记,为编东越坐筵词。

据《诗话》所说,此坐筵词似是即席而赋,如是则其性质同早期催妆诗词,可酌入喜歌集,惜《诗文集》明曰"归作《坐筵词》六章,补古竹枝所未有",是以只得割舍。又梁章钜《浪迹丛谈》卷二"温州旧俗"亦说此事云:

温州风俗朴淳,旧有小邹、鲁之号,惟闻民间有尤为悖理者二事,不可不急为革除,而世所喧传坐筵一事,特其小者也。……若新妇三朝坐筵,则陋习相沿已久,不过即三朝庙见之礼,踵事增华、变本加厉而已。盖是日专延女客,不延男客,而稍有瓜葛之男客,皆得约伴牵连而至,直抵筵前,并可周览新房,主人亦不之禁。若袁简斋老人所云，客可与新妇互相酌酒，并可择筵中之貌美而量洪者，以巨觥相劝酬，则询之此间衿耆，实无其事，间有无赖少年，藉口于简斋老人之语，而稍露萌芽者，即为贤太守所惩创而止。简斋老人于裙屐脂粉之艳谈（淡），无不推波助澜，以助诗料，初不计其言之过情，其诗所云"不是月中无界限，嫦娥原许万人看"，亦是强词夺理，并非事实也。近有浙中张茂才光裕《赋东瓯坐筵词》七古一章，颇合近时情趣，胜于简斋诗多矣，因附录之，将来或可入东瓯志乘，以存其实也。诗云：蝶使迎宾鹊渡仙，醉人风日嫁人天。隔宵女伴窥妆镜，明日邻家邀坐筵。坐筵时节难回避，洞辟重门声鼎沸。百部笙歌艳曲翻，两行珠翠香风腻。妇献姑酬礼节娴，分番把戋庆团栾。列仙依次陪王母，群卉争开拥牡丹。酒半乐停筵不撤，新妆各换仍归席。重剔银镫眼更明，重观宝玉心尤惜。可惜娇莺学舌时，乡音互异听难知。徒将平视憎公干，那解狂言笑牧之。有客径歌《将进酒》，主人在旁急摇手。似说当年太守贤，滥觞有禁君知否？筵散华堂罗绮空，归来魂尚绕花丛。向人艳述嫦娥美，曾咏《霓裳》到月宫。

另郭则澐撰《十朝诗乘》卷十六云：

> 仁和某明经《咏坐筵诗》有云：蝶使迎寅鹊渡仙，醉人风日嫁人天。隔宵女伴窥妆镜，明日邻家邀坐筵。坐筵时节难回避，洞辟重门声鼎沸。百部笙歌艳曲翻，两行珠翠香风腻。今滥觞有禁，而坐筵之风未改。余备兵鹿城，杨谷人在幕中，有《观坐筵》绝句云：谁家嫁杏闹春风，珠翠长筵笑语中。小队《霓裳》人第一，玉妃扶醉海棠红。

障车文·续五 (2011 – 05 – 10)

何兆武《上学记》（生活·读书·新知三联书店，2008）有云：记得我的一位小学同学曾对我说，如果放学回家做完功课，能一边听着窗外的雨声，一边躺在床上看小说，那是多么美好的事情，如果看完小说还能吃

上顿油煎饺子,简直就是世界上最幸福的事了。按听雨声看小说,亦是我向来心仪场景。《上学记》又云:

> 历史有两个特点,第一,所有的历史都是由胜利者写的,不是由失败者写的。第二,历史都是由高雅的上层阶级写的,真正下层群众写的历史几乎没有,也不可能流传。所以我们看到的历史都是正史,什么二十四史、二十五史,都是官方写的,只代表高雅的上层,而不代表下层。你要是真看了下层的历史,你就会知道,广大人民真是太悲惨了,又穷困,又愚昧,而且地位卑贱得连起码的人格尊严也丧失了,用卢梭的话来说,根本就配不上"人"这个称号(第一章之《恋恋的故乡情》)。

"胜利者写"、"高雅的上层阶级写"云云,与梁启超《中国之旧史》"二十四姓家谱"说几无区别。而我之属意民歌,正是逆风而行,欲借此展示"下层的历史",使人知国人生活之另一面。如读若干哭嫁歌,即可感受此一群体"悲惨"情状;普通民众之洞房花烛言笑晏晏,亦只是苦中作乐罢了。

改定《释"障车文却扇诗皆催妆也"》,请昳利作英译摘要。障车文终于了结。共三章,录首章如次。

障车习俗见于多种典籍。论者辄引《辞源》"障车文"条云:唐人婚嫁,俟新妇至,众人拥门塞巷,致车不得行,称为障车。《旧唐书》卷四十五《舆服志》有太极元年左司郎中唐绍疏云:

> 又士庶亲迎之仪,备诸六礼,所以承宗庙,事舅姑,当须昏以为期,诘朝谒见。往者下俚庸鄙,时有障车,邀其酒食,以为戏乐。近日此风转盛,上及王公,乃广奏音乐,多集徒侣,遮拥道路,留滞淹时,邀致财物,动逾万计。遂使障车礼贶,过于聘财,歌舞喧哗,殊非助感。既亏名教,实蠹风猷,违紊礼经,须加节制。望请婚姻家障车者,并须禁断。若有犯者,有荫家,请准犯名教例附簿;无荫人,决杖六十,仍各科本罪。

由简朴的"戏乐"演为"遮拥道路,留滞淹时,邀致财物",如此障车,委实可恶,是以唐绍等奏请禁绝。或以为障车有两种,即"婚姻之家自为和婚姻之家以外其他人家所为",实即赵守俨先生所说:障车起源,"可能是女家对于新嫁娘表示惜别,但到了后来,名存实亡,变为乡里无赖勒索财帛的借口"。"戏乐"云云,可理解为女家自为(惜别)时程度较轻之嬉闹,"遮拥道路"云云,则是地道的"乡里无赖勒索财帛"。

台湾大学中国文学系叶国良文章《从婚丧礼俗中的异族文化成分谈礼俗之融合与转化》(齐鲁文化研究网,www.qlwh.com)亦说及障车。叶文云:

> 先秦婚礼,亲迎时女父迎婿于门外,礼甚隆重,未有刁难女婿前来亲迎之事。唐时则有之,唐封演《封氏闻见录》卷五云:近代婚嫁有障车、下婿、却扇及观花烛之事。所谓"障车",即婿亲迎时女家加以阻拦。其法,有人出面诵《障车文》拦车,其目的在"故来遮障,觅君钱财。君须化道,能罢万端"。此开后世亲迎时应以红包给予女家前来招呼之亲戚之先声。

叶文又谓"障车本女家障婿车之行为,而其后又衍生障妇车之事"——此仍与赵守俨所说情形同。

无论女家自为还是其他人所为,将障车理解为阻挡车辆使不得行,固无不可,然与世传司空图所作《障车文》(见《全唐文》卷八〇八)似乎有些距离。如《障车文》云:

> 自古事冠人伦,世锦凤纪。庭列鼎钟,家传践履。江左雄张,山东阔视。王则七世侍中,杨则四人太尉。虽荣开国承家,未若因官命氏。儿郎伟!我使主,炳灵标秀,应瑞生贤。虹腾照庑,鹏运摩天。雕彩泛甘,缀齿牙而含咀;颠龙倒凤,萦肺腑而盘旋。千般事岂劳借箸,万里程可在着鞭。不学吕望竿头钓他将相,不作李膺船子诈道神仙。夫人班氏浚发,金缕延长。令仪淑德,玉秀兰芳。轩冕则不饶沂水,官婚则别是晋阳。两家好合,千载辉光。儿郎伟!且子细思量,内外端相,事事相亲,头头相当。某甲郎不夸才韵,小娘子何暇调妆。甚福德也,甚康强也。二女则牙牙学语,五男则雁雁成行。自然绣画,总解文章。叔手子已为卿相,敲门来尽是丞郎,荣连九族更千

箱。见却你儿女婚嫁，特地显庆高堂。儿郎伟！童童遂愿，一一夸张。且看抛赏，毕不寻常。帘下度开绣阁，帷中踊上牙床。珍纤焕烂，龙麝馨香。金银器撒来雨点，绮罗堆高并坊墙。音乐嘈杂，灯烛莹煌，满盘罗馅，大榼酒浆。儿郎伟！总担将归去，教你喜气扬扬。更叩头神佛，拥护门户吉昌。要夫人娘子贤和，会事安存，取个国家可畏忠良。

此文通篇祝颂之言，除"且看抛赏，毕不寻常"勉强可以看出"索赏"的影子以外，"其馀与一般贺词并没什么两样"，缺少拦车放行内容，确乎费解，以致有人以为障车与障车文是"完全不同的两回事"。"勉强"云云，是因"抛赏"对象，不一定是拦车者，亲朋、傧相、围观诸人，均在其列。如徐师曾《文体明辨》说上梁文曰：上梁文者，工师上梁之致语也。世俗营构宫室，必择吉上梁，亲宾裹面，杂他物称庆，而因以犒匠人。于是匠人之长，以面抛梁而诵此文以祝之。"以面抛梁""以犒匠人"，与嫁女时抛他物以赏众宾，乃同义语。

事实上，窃以为障车尚有另外一种解释，即女家以帷幔遮拦（围）婚车。此说有文献依据。《诗经·国风·氓》有云：桑之落矣，其黄而陨。自我徂尔，三岁食贫。淇水汤汤，渐车帷裳。女也不爽，士贰其行。士也罔极，二三其德。孔颖达疏"帷裳"：帷裳一名童容，故《巾车》云：重翟、厌翟、安车皆有容盖。郑司农云：容谓襜车，山东谓之裳帷，或曰童容。以帷障车之傍，如裳以为容饰，故或谓之帷裳，或谓之童容。其上有盖，四傍垂而下，谓之襜，故《杂记》曰：其青有裧。注云：裧谓鳖甲边缘，是也。然则童容与襜别。司农云：谓襜车者，以有童容，上必有襜，故谓之为襜车也（郑玄笺、孔颖达疏《毛诗正义》卷三之三）。此处"障车"，指以帷幔作车之围挡。孔疏《礼记正义》卷四五《丧大记》，亦有"翣形似扇，以木为之，在路则障车，入椁则障柩也"之说，此"障车"与前一"障车"同义，差别在于用具不同，场合不同。又王溥《唐会要》卷三十一《杂录》云：节度使准《仪制令》，诸军一品已下，五品已上，皆通用幰，六品已下，皆不得用幰，令非册拜及婚会，并不得用幰。"幰"即车之帷幔，由是知其时婚车用帷幔合乎礼制，也即障车事可行。唐白居易诗《和春深二十首》其一云：何处春深好，春深嫁女家。紫排襦上雉，黄帖鬓边花。转烛初移障，鸣环欲上车。青衣传毡褥，锦绣一条斜。又云：何处春深好，春深娶妇家。两行笼里烛，一树扇间花。宾拜登华席，亲迎障幰车。催妆诗未了，星斗渐倾斜。其中"转烛初移障"、"亲迎障幰车"，尤其是后者，可以视作"以帷障车"最直接证据。而径将"障车"理解为"阻拦车辆"，则"亲迎障幰车"之"幰"即无从落脚。另光绪四年《合州志》：亲迎之日，盛设鼓乐、旗伞，并以彩帛饰女轿，庶人或兄嫂往迎，谓之接亲。唯士大夫家子弟则用公服，备仪仗，亦古人摄盛之遗也。他如告庙、合卺诸仪，尤为近古。"以彩帛饰女轿"，乃"以帷障车"之遗存。

以帷幔遮拦车辆，其用意，或是装饰，或是为新嫁女遮蔽风雨，亦可隐含惜别之情（使之延缓离家时间）。换言之，障车有三种情形。一是"遮拦帷幔"（女家所为），二是女家拦车，三是其他人拦车勒索财帛。司空图《障车文》，是为配合第一种（或介于第一、第二种之间）做法而作，是典型的仪式文字。《唐摭言》卷十记汤赟所作，内容当与司空图《障车文》相类。

又有人认为，"障车与障车文虽都是唐代婚俗的一部分，但发生的时间和地点不同，即障车文在先而障车活动在后；障车文在新娘上车之际遮拦帷幔时诵读，而障车则在新娘的车子快到新郎家门口时进行"。由前文可知，此或不解"遮拦帷幔"即为障车所致。换言之，原本不存在障车与障车文"是完全不同的两回事"的问题；障车既可发生在新人甫一上车之际，亦可发生在迎娶途中。

敦煌文献中《障车词》（见伯三九〇九与斯六二〇七），通篇为问答体，显是发生在第三种情形中，如云：吾等今来障车，自依古人法式。君既羊酒并无，何要苦坐皆则。问东定必答西，至南定知说北。犹自不别时宜，不要数多腰勒。又云：儿郎伟！我是诸州小子，寄旅他乡。形容窈窕，妩媚诸郎。含珠吐玉，束带矜装。故来障车，须得牛羊。"故来障车，须得牛羊"云云，是明目张胆的索要，与司空图《障车文》铺陈祝颂完全不同。

另赵守俨《唐代婚姻礼俗考略》说障车云："新娘上车之后，新郎要骑马绕车三匝，然后经过障车的一关，才能起程。"障车"三种情形"中第一种，当发生于是时；而由"遮拦帷幔"惜别亦可发展为仍是"女家自为"的拦车惜别——"绕车三匝"情景，亦可发生于此际。细而言之，障车"三种情形"之"女家拦车"，又可分为两种，一是婿亲迎近女家时，二是将离女家时。

春光乍泄（2011-05-11）

收到寄自吉林长春民国印本《放风筝绣荷包》，封面另题"女寡妇杨姑娘　男女双十爱　□□成巧得妻　奉天时景"，上海大成书局发行，《中国俗曲总目稿》下册则记有"北平　铅（印本）"。内收"新编杨姑娘思夫"、"新刻男女双十爱"、"新编丁得财巧得妻"、"新刻绣荷包"、"新编奉天（沈阳）时景"、"新刻放风筝"、"新编女寡妇"等。书末有"新书广告"，列《卧龙冈三请诸葛亮鼓词》等12种，另有《飞虎梦影词》、《渔家乐影词》2种。"影词"与"绣像"意同。此类俗曲时调文献，其时京、津、沪等地多有印行，惜迄今罕见有深度、有特色之整理与研究。《杨姑娘思夫》起首云：益州城北安家庄，有位财主本姓杨。所生一女十八岁，人才真好长得强。婚姻之事未妥当，哎，终朝每日留在家乡，哎，终朝每日留在家乡。

整理喜歌。

得自湖南湘潭杂抄一本（三册合订），内容为"吉素称呼稿约"、"请寿酒帖"、"请娶亲酒帖"、"借钱约"、"议窑约"、"洞房祝语"等。若干乡规民约与习俗，亦借此种文献得以流传。其中"送洞房文礼"等等，与他处喜歌内容间有重复，亦有自己色彩，如其一云：

　　　　伏以　学而时习入洞房，不亦乐乎象牙床。有朋自远来相会，不亦乐乎到天光。一撒东方福泽悠，一家养女百家求。大抵还他肌骨好，不搽红粉也风流。二撒南方福位升，谁信东流海样深。近水楼台先得月，向阳花木早逢春。三撒西方寿绵绵，千世修来共枕眠。不求金玉重重贵，但愿儿孙个个贤。四撒北方□是春，富在深山有远亲。逢人且说三分话，未可全抛一片心。五撒东方喜洋洋，九世同居聚一堂。将相心头堪走马，新人腹内好撑船。一世夫妻，百世姻缘。螽斯衍庆，瓜瓞绵绵。

"学而时入洞房"几句，又见于此前江西南昌缪延光抄本《嫁女起轿彩》之"闹房彩"中。录如次：

伏以　一进门来喜洋洋，恭喜新郎入洞房。洞房好比登金榜，金榜题名挂两旁。今晚鸳鸯成双对，夫妇和谐得年香。学而时习进洞房，不亦乐乎上牙床。有朋自远来相会，不亦乐乎到天光。自从今晚贺过后，夫妇齐眉与天长。

"送洞房文礼"又云：

伏以　关关雎鸠水上流，窈窕淑女君子逑。寤寐思服君见面，辗转反侧永不休。之乎者也已焉哉，七子安排考秀才。撒帐以圆，还有两句好书言。始作，翕如也；从之，纯如也，皦如也，绎如也，以成。决作灌浆，必也射乎。三多预兆，五世其昌。鸾凤和鸣，夫妇齐眉矣。

《诗经》、《论语》齐至。是杂烩，亦是底层小儒不甘沉沦之"春光乍泄"——俗中见雅，岂非此之谓乎。

"哭嫁"（2011-05-16）

《坐歌堂·哭嫁歌》发《寻根》2011年第2期。"下江"说竟未及更改。

《坐歌堂·哭嫁歌》引重庆木刻本《女儿哭嫁》（封面署"遇元堂"）内容，以见某姐辛酸情状。今校订喜歌集，觉其通篇说死别，与哭嫁歌多诉生离迥异，其中"哭出柩"、"哭丈夫"云云，尤大不类喜歌风格，实乃灵歌（丧葬歌）。将其撤出放于此处，使人知书商炮制"哭嫁"名目下，尚有此种货色。

女儿哭嫁
母（父）女恩情难表尽，空对灵前把香焚。母（父）在阴灵慢慢等，同你女儿一路行。
哭母
堂上宝香焚金炉，漏深更残泪如珠。我娘一去黄路上，伤心话儿实惨目。一生勤俭多辛苦,操持家务受劳碌。正直为人守朴素,抚养儿女甚贤淑。教训之恩难尽数,自不叫人痛心腹。不觉今年作了古,抱恨终天似海湖。愁肠诉到伤心处,跪在灵前放声哭。而今泣告哀哀母,要怜女儿似茕独。一门清吉无变故,暗中赐我平安高。

哭母

我娘一旦入幽冥,不由女儿泪长倾。自从我娘归阴去,抛别你儿好伤情。我娘一去不回转,一家大小哭沉沉。堂前不见我娘面,只见桌上一坐灵。早晚二时献肴馔,不见我娘饮杯巡。不见我娘把话叹,不闻我娘笑语声。丢下一家冷浸浸,珠泪滚滚湿衣襟。两眼望住青山外,不见我娘搏回程。灵前焚起香三炷,跪在灵前诉苦情。待儿恩德难数尽,话长纸短难表清。我娘阴灵来保佑,保佑女儿福寿增。

哭破地狱

今夜锣鼓闹喧天,女儿哭得泪不干。你今一去不回转,召亡破狱消罪行。十八地狱真凄惨,其中地狱有万千。我母在生多行善,广积阴功种福田。死时应有莲花现,如何得到地狱前。金童引入长生殿,玉女接娘到瑶天。怎奈而今世俗变,情理说得甚年然。人死必从地狱转,然后投生阳世间。今且从俗拿主见,才破地狱效目连。明珠一照红光现,锡杖击破鬼门关。黑暗地狱光明显,血河地狱涌金莲。挖心地狱无半点,勾舌地狱在那边。磨推地狱都折免,抽肠地狱念真言。破肚地狱不见面,刀山地狱也无闲。剑树地狱无凶险,大小地狱尽破焉。灵魂提出罪尽免,逍遥快乐乐清闲。破狱法事方告散,摆设美味请来飧。

哭出柩

对着灵前吊泪珠,伤心不住放声哭。痛哉我母(父)死得早,一病相缠入幽途。家中有事谁作主,自不教人痛心腹。一见出柩真伤苦,帮忙人等齐涌出。锣鼓打得真凄楚,霎时一涌抬出屋。将(母)父抬在青山上,亡魂飘飘登鬼箓。四面青山谁作主,只见黄土掩棺木。从今要想会我母(父),除非阳台睹面目。

哭父母

独坐堂前身闷倦,思想我母(父)好凄凉。往回常时把儿喊,今夜我母(父)不开腔。你儿有话对母(父)叹,母(父)的苦楚对儿言。待儿受过苦千万,千辛万苦把儿搬。只说搬儿长作伴,谁知分离在眼前。儿的事情娘不管，好比风筝断了弦。我母（父）一死不回转，看儿惨然不惨然。

十二月欠娘

正月欠娘是新春，家家户户点明灯。明灯高照两三盏，不见我娘路上灯。二月欠娘百花开，狂风吹动菜花来。蜂蝶采花依然狂，不知我娘何处埋。三月欠娘是清明，手拿香帛去上坟。伏望我娘灵不昧，兰桂滕芳子孙荣。四月欠娘正栽秧，杜鹃传声昼夜忙。山路野鸟随着到，我娘为何不还乡。五月欠娘是端阳，越思越想越凄凉。堂前有酒不见饮，好叫女儿哭断肠。六月欠娘是炎天，荷花池内开白莲。观音菩萨莲台坐，接引我娘往西天。七月欠娘是中元，阎君放娘转家园。堂前化纸成灰灰，我娘何曾到九泉。八月欠娘是中秋，欲报深恩恨无休。梦里团圆须假会，也使女儿解心忧。九月欠娘是重阳，门外菊花扑鼻香。花开花谢年年有，未见人死得还阳。十月欠娘梅花开，高枝先占第一排。但见游蜂寻花朵，不见我娘同梅来。冬月欠娘降寒霜，满堂儿女泪汪汪。儿女哭得肝肠断，不见我娘好惨伤。腊月欠娘满一年，一年不见娘回还。堂前不见儿合女，你看惨然不惨然。

哭祖母

一进房来把婆望，尊声我婆听端详。不料今日染病恙，闷闷炎炎不起床。孙媳（女）时常挂心上，只望我婆享安康。谁知天书来下降，玉女接引到西方。平生持斋把佛向，初一十五进庙堂。诚心礼拜佛殿上，口念弥陀手捧香。只望我婆把福享，今日一去不还阳。锣鼓千声到门上，儿孙叩头在孝堂。我婆今赴瑶池会，不知何日转还乡。

哭娘

明月出来照华堂，守着灵前泪两行。哭声我娘归泉壤，丢儿在世怎下场。曾记当年在褓裾，移干就湿费心旁。娘怀抱在爷怀上，是个石头也搬光。春来望儿乖乖长，夏来与儿扇风凉。秋来怕儿得病恙，冬来与儿加衣裳。你今一死不回往，好叫你儿哭断肠。黄泉路上自思想，看见惨伤不惨伤。

哭娘五更鼓　接灵　哭爷即换爷

一见我娘痛断肠，珠泪滚滚湿衣裳。自从我娘把命丧，为何一去不回乡。白日想娘肝肠断，晚来欠娘坐灵堂。谯楼上打了一更鼓，思想我娘转回屋。阴阳相隔各一路，高楼大厦纸来糊。谯楼上打二更鼓，思想我娘转回屋。金经拜□来超度，声声念的南无佛。谯楼上打三更鼓，思想我娘转回屋。金童玉女前引路，接引我娘登提菩。谯楼上打四更鼓，思想我娘转回屋。我娘在生多辛苦，男婚女嫁受劳碌。谯楼上打五更鼓，思想我娘转回屋。笼内金鸡把翅舞，月移花影把墙出。堂前不见我的母，一家大小对灵哭。灵前焚起香三炷，接娘灵魂早回屋。

哭丈夫

世间寡妇你且听，三从四德记在心。在家从父听教训，出嫁从夫莫做情。夫死从子是正分，要与丈夫把气尊。家乏无子凭在你，再嫁也不为笑人。嫁时须要有媒证，不可苟合来为婚。守节在志名上等，烈女不嫁二夫君。虽然家贫谁笑你，守节自有天看成。守节总要不失性，寡死不可败名声。就是钢刀放在颈，纵死不肯来失身。失了贞节亡人恨，死在阴灵罪不轻。寡妇打扮要素净，花草拿来用火焚。脸上不可打起粉，怕人说你不正经。干儿干女少要认，干亲最易失名声。寡妇好比闺中女，不可轻易往外行。走路行端身要正，不可看着看外人。你看人来不知紧，别人把你来看轻。说你守节心不正，说你是个假正经。所以行端坐要正，见了老成比立身。坐时不可足敲定，不可现你三寸金。无事不可走邻□，切莫看戏与观灯。远去烧香把神敬，不可一人独自行。远行不如在屋敬，家中现供有灶神。第一要把公婆孝，二老就是活观音。

娶亲撒帐嘱赞（2011－05－18）

与某人信。但令鼓舞心归化，不必区区务力争。一争即俗，且免俗。

南艺文化遗产保护与管理专业说喜歌。包括概念（喜歌释名、喜歌与婚俗、喜歌整理与研究溯往）；清以前喜歌；近现代喜歌；当代喜歌；喜歌价值，整理与研究之路径、方法。喜歌与婚俗可说处多。如《趣致闹房歌》有云：三书和六礼，件件完全细。之子于归举眉齐，合卺分明从早例。真爽快，俨然小登第。芙蓉帐里今和解，此间谁道不欢怀。此处"三书与六礼"，即有来历。三书指聘书（订亲之书，男女双方正式缔结婚约，纳吉时用），礼书（过礼之书，是礼物清单，当中详列礼物种类及数量，纳徵时用），迎亲书（迎娶新人之书，结婚当日接新娘过门时用）。六礼指纳采（送礼求婚）、问名（询问女方名字和出生日期）、纳吉（送礼订婚）、纳徵（送聘礼）、请期（议定婚期）、亲迎（新郎亲自迎娶），见《礼记·昏义》和《仪礼·士昏礼》。由喜歌了解传统婚俗进而认知国人生存、生活状况，即指此种情形。

近日又得喜歌文献若干。一为浙江慈溪之杂抄一册，中有"娶亲撒帐嘱赞"云：伏以　咏起《关雎》，夫妇肇人伦之始；偕成凤友，闺门开彰化之源。撒帐东，彩楼喜气乐融融。今夜西厢留好月，双双醉到玉杯中。撒帐西，望湖亭上看红梅。三元早夺名花榜，燕子笺来报喜飞。撒帐南，玉镜台前好合欢。洞房不比渔家乐，百年夫妇永团圆。撒帐北，和鸾鸣凤偕琴瑟。麒麟阁上画娥眉，千里驹中朝帝阙。撒帐上，千金淑女配才郎。大家来看满床笏，牡丹亭上好风光。撒帐下，卷起珠帘对浣纱。取下钗钏玉连环，夜深又解罗裙帕。撒帐前，杏花山上好良缘。双熊梦里万事足，吉庆图开福绵绵。撒帐后，戴起金钗吹玉箫。弹动琵琶情意好，又把檀香扇子摇。撒帐左，喜见红梨花万朵。打开妆盒白罗衫，金雀唧来双珠颗。撒帐右，瑞霓罗挂锦云裘。身被绿袍黄金印，五代荣封万里侯。

而湖南湘潭一抄本有《贺新房撒帐喝彩文》，内容竟与此同，唯个别字句稍有差异。如"彰化之源"作"张化之源"，"今夜西厢留好月"作"今夜西厢描好月"，"燕子笺来报喜飞"作"燕子前来报喜飞"。互有长短，显见其另有底本。一浙江一湖南，喜歌流传范围之广泛，于此可见；"嘱赞"（疑当为"祝赞"）变成"喝彩文"，则是流传过程中最为常见之"本土化改造"。

"穿越"（2011–05–23）

收到寄自重庆九龙坡某处《十想郎》，封面署"今年出板　成都小曲　十想郎　永兴书店印行"，内页则作"新刻　十想郎　下江调"。《中国俗曲总目稿》未收。此种内容，均可入俗曲时调集。起首云：一想我爹娘，爹娘无主张。长了这样长，怎不办嫁妆。嗨嗨哟，怎不办嫁妆。二想我公婆，公婆也有错。男女配合两相和，怎不来接我。嗨嗨哟，怎不来接我。三想做媒的，做媒挨刀的。不知哪回得罪你，怎不把媒提。嗨嗨哟，怎不把媒提。

收到寄自福建省福州市鼓楼区某处抄（写）本《撒帐送房》一册。"文华堂制"红格本，封面有"记　杨干廷"字样，"记"前字缺。起首云：

> 暂离酒台，诸亲六眷两边排。才郎真可爱，新人喜插带。广寒宫里赠金钗，一对夫妇共结同心带，天长地久两和谐。伏以　香火蜡烛在高堂，□□顶内玉炉香。自此洞房花烛夜，早生贵子掌朝纲。（白）安童。（答）有。（白）那里设酒台。（答）听前面鼓乐喧天，想必厨房设酒台。（白）那里安花烛。（答）看前面灯烛辉煌，想必洞房安花烛。（白）于此转到洞房安童带路。（唱）一行二步花正开，三行四步花满台。五行六步花结果，七行八步踏金阶。九行十步门台到，为何洞门尚未开。呀，新郎你好无理。

《撒帐送房》

有须留意处。一是形式。通篇有问答，主体是唱，中间穿插吟。此种明确显示表演性质之喜歌底本，不多见。二是内容。"一行二步花正开，三行四步花满台"云云，在"缘在商城"网（http://bbs.deey.cn/index.php）"闹房歌"（署"李功铎收集，杨成立整理"）中亦可见到身影。录片段如次：

> 四个灯笼四角挂，满堂红花在中央。珍珠灯笼中央照，绣球灯笼都成双。说成双来就成双，二人拥抱玩名堂。玩个狮子滚绣球，夫妇好合永久长。上挂一对金字匾，天和地久日月长。有益客来看不厌，知己人到话偏长。中堂挂在正中央，十大元帅立两旁。左挂八仙来过

海,右挂太公与文王。二十四张学士椅,八仙桌子红堂堂。客厅景致观不尽,新人引路向前行。一行二步花正香,三行四步花满堂。五行六步花结果,七行八步状元郎。转过身来出大堂,一乘走到回廊上。

前说浙江慈溪与湖南湘潭喜歌抄(写)本有相同、相近段落,此处湘潭与福州又有类似情形。不同地区、不同时代,"一行二步花正开(香)"之类竟然得以聚首,时语谓之"穿越"。此种流行性"穿越",是民歌基本特征之一。

"穿越"·续 (2011-05-26)

九段老师送新编《保健按摩学》(江苏科技出版社,2011)。咖啡,聊天,说杂事。

礼炬告拙作《说〈风月词珍〉中的民歌》发《中国典籍与文化》2011年第2期。

与人说文献珍贵之标准,其一是能填补空白。举例。敦煌下女夫词有云:

儿家初发言:贼来须打,客来须看。报道姑嫂,出来相看。
女答:门门相对,户户相当。通问刺史,是何抵挡。
儿答:心游方外,意遂姮娥。日为西至,更阑至此。人先马乏,暂欲停留。幸愿姑嫂,请垂接引。
女答:更深月朗,星斗齐明,不审何方贵客,侵夜得至门庭。
儿答:凤凰故来至此,合得百鸟参迎。姑嫂若无疑□,火急反身却回。
女答:本是何方君子,何处英才。精神磊朗,因何到来。
儿答:本是长安君子,进士出身。选得刺史,故至高门。
女答:既是高门君子,贵胜英流。不审来意,有何所求。
儿答:闻君高语,故来相投。窈窕淑女,君子好逑。
女答:金鞍骏马,绣褥交横。本是何方君子,至此门庭。

儿答：本是长安君子，赤县名家。故来参谒，聊作荣华。

内中"长安君子"，后千馀年喜歌中未见踪迹，此即空白，《撒帐送房》恰予填补。其送房者与房内人有问答云：

……为何洞门尚未开。呀，新郎你好无理。（白）宾客且慢，乃是你自无理矣。可知洞房房门非比寻常之门，往来君子各自方便，必要叩门而入。（白）既如此说来，乃是我过矣。不免待我叩门而入。门内有人否。（答）叩门者何人也，可知此门非是寻常之门。往来行人，各自方便。（答）我非别人，乃是长安宾客。（答）你既是长安宾客，前三里有酒店，后三里有人家。何不早投客舍，到此则甚。

"长安君子"、"长安宾客"，其实一也。前说"穿越"，此种"补白"，亦可视作"穿越"一种。

民间有真诗（2011-05-30）

收到继承老师寄《无隐雅集》。封面"缘起"云：儒曰仁义，佛说慈悲，道法自然。或问梅子熟否，答曰浊世娑婆，存真可矣。而此雅集，为消闲事业，凭高指点，"吾无隐乎尔"。

整理《撒帐送房》毕。

此册最大特色，是有角色分工，有白、答、唱（吟），且所唱内容确是小调格式。如其有云：

（白）安童。（答）有。（白）今日那方大利。（答）今日东方大利。（白）如此从东方先撒。（唱）好个撒帐东，好个撒帐东，新郎新人两下喜欢心，早生贵子跳龙门，早生贵子跳龙门。好个花正红，好个月正明，花红月明花月两相逢。那嫦娥偏爱少年人，那嫦娥偏爱少年人。好个撒帐南，好个撒帐南，新郎新人两个喜心欢，早生贵子伴金銮，早生贵子伴金銮。好个花正盘，好个月正圆，花盘月圆花月总一般，那嫦娥偏爱少年男，那嫦娥偏爱少年男。好个撒帐西，好个撒帐西，新郎新人笑嘻嘻，早生贵子步云梯，早生贵子步云梯。好个花正齐，好个月正辉，花齐月辉两相宜，那嫦娥偏爱少年弟，那嫦娥偏爱少年弟。好个撒帐北，好个撒帐北，新郎新人两下喜欢悦，早生贵子伴金阙，早生贵子伴金阙。好个花正叠，好个月正色，花叠月色花月两相协，那嫦娥偏爱少年客，那嫦娥偏爱少年客。好个撒帐上，好个撒帐上，梅子花儿满枝芳，早生贵子作宰相，早生贵子作宰相。好个花正放，好个月正亮，花放月亮两相像，那嫦娥偏爱少年郎，那嫦娥偏爱少年郎。好个撒帐下，好个撒帐下，枣子花放一齐发，早生贵子参圣驾，早生贵子参圣驾。好个花正发，好个月正挂，花发月挂花月两相洽，相洽皇姑招驸马，相洽皇姑招驸马。

以下尚有撒帐前、撒帐后、撒新郎、撒新人、撒新公、撒新婆等等，"花正香"、"月正光"与"那嫦娥偏爱少年郎"、"那嫦娥偏爱正青春"云云，亦是曼妙多姿。此种形制规整、篇幅宏富、文字较为讲究之喜歌，不多见。说与礼炬听，礼炬惊叹。空同鼓吹"真诗在民间"，有人指未免矫枉过正，则折中言之，借中郎之口，曰"民间（间巷）有真诗"可矣。而我兀兀穷年，汲汲于斯，亦因此"真诗"故欤？

细节 (2011-06-09)

前说坐歌堂。道光八年《永州府志》有云：嫁之前日，女家既受催妆礼，设歌筵燕女宾。有歌女四人导新嫁娘于中堂，父母亦以客位礼之。至夜，歌声唱和，群女陪于中堂，远近妇女结伴来临，曰看歌堂，达旦彻席。方志并引《竹枝词》云：阿娇出阁事铺张，女伴歌声彻夜长。听到花深深一出，不知何处奏鸳鸯。又云：女娘队队夜相邀，来看歌堂取路遥。多谢儿时诸姊妹，勾留笑语坐通宵。又云：请女坐来歌一周，载聆者席正歌酬（原注：有三十六正歌之号，用方言，多羽音，清越动听。歌毕，参以别调）。夜深翻出清新谱，解唱梨园一匹绸。

另《府志》说迎娶情景云：（花轿）至家龛前，辞祖先，亲兄弟一个负之上轿，本家两少年行轿前，谓之"挡轿"。按此处"挡轿"，源头或在唐时女家障车俗。嘉庆《浏阳县志》有云：

> 旧志以士庶家用绣盖清道、旗帜迎娶为僭。考《仪礼·士昏礼》："下达纳采，用雁。"执雁，大夫礼。今士用雁，故曰"下达"。"亲迎乘墨车。贾疏：大夫墨车，士栈车。今士乘大夫墨车，故云"摄盛"。……据此，迎娶用绣盖等物，亦是古意。

按"迎娶用绣盖"，亦是"以帏障车"遗存。

整理《婚仪对歌本》。得自湖南衡阳，抄（写）本。满纸工楷，结体端稳，句式亦整饬，确如内中所言，"礼生从来不可轻，当年负笈圣贤门"，为辛勤礼生一赞。

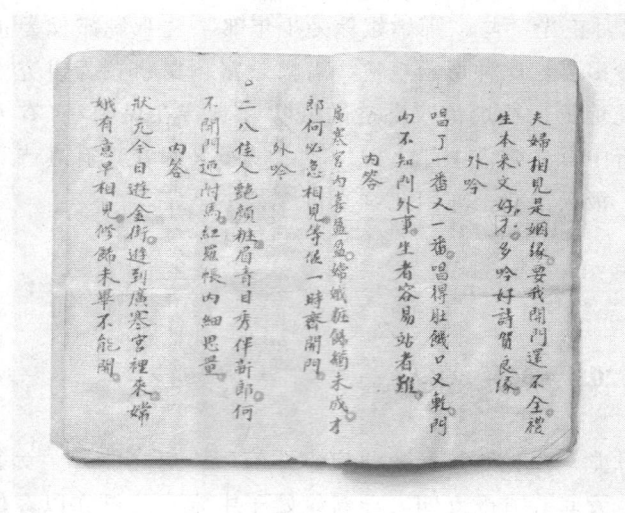

《婚仪对歌本》

歌本包括"发轿"、"杀鸡"、"撒盐茶米谷"、"发烛引郎"、"门内外吟诗"等内容，诸环节均可与彼地方志所记，一一覆按。如发轿，民国《嘉禾县志》云，凡婚筵，先三日之夕起，谓之"开厨"，次日曰"发轿"。歌本"撒盐茶米谷词"云：日吉时良，天地开张。凶神速退，新轿入堂。"杀鸡词"云：日出高山晏，水活浪来迟。淑女将宾止，正是杀鸡时。此两则,道光《兴宁县志》有记云:(花轿)将至,主人设香案、米盘于门外,敦请文儒迎向彩轿,撒米厌煞,执事者磔鸡或猪,谓之接轿。《嘉禾县志》亦云:花轿离女家时,洒水散米;既至门,雄鸡以衅,谓之"祭轿",或新郎向轿一揖。"文儒"者,即歌本中礼生。烛是婚礼中重要角色。歌本"引郎发烛词"云:日吉时良,天地开张。周公制礼,发烛引郎。"发烛诗"云:手发蜡烛贺新郎,愿君夫妇与天长。今宵同会红罗帐,他年必生状元郎。又云:二品花烛照华堂,照见华堂喜色光。今夕凤凰初相见,荣华富贵与天长。道光《永州府志》曰:男家于亲迎之先夕,亲朋来贺酒,半间,两童子执烛导新郎出行拜宾礼,随请新郎上坐,两童子坐于旁,簪花饮酒,众吟诗贺之,语多诙谐,谓之"打花烛"。

又湖湘方志,多记婚礼中须吟诗。如光绪《兴宁县志》云:梳洗毕,鼓乐烛爆,新妇出堂与婿交拜,行合卺礼。酒三行,歌《关雎》、《桃夭》、《麟趾》三诗毕,拜天地、祖先,鼓乐烛爆,导送新妇归房。此处是将三诗名明确列出。光绪《零陵县志》云:礼毕,赞礼生吟诗,引新郎入洞房,用童男二人执烛导之。新妇立帐内,侍娘扶新妇出帐,行交拜礼,(一揖),行合卺礼(持盏酌酒,分授新郎新娘饮之),解带(女以手略持郎带也),摘花(男以手略动女花也),巫祝仍吟诗,引出堂上,行合拜礼(先天地,次祖先、父母)。拜毕,请舅姑及送亲客拜。此处赞礼生所吟之诗,或可从宽理解,作《诗经》亦可,作歌本中诸俗诗亦可。

歌本中俗诗,如前说"杀鸡"、"撒盐茶米谷"等等,是为漫长婚俗史填充生动细节。婚俗史是历史一种。方家云研究历史,重在把握本质真实。私意若无诸种细节支撑,"本质真实"乃空中楼阁耳。我之枯燥无聊生活,亦因此种细节,而滋润,而坚韧。

《风月梦》(2011-06-21)

晚间翻《赵汝珍讲古玩》(东方出版社,2008)。插页有旧时北平某家厅堂图片,"古玩"堆砌,满坑满谷,迹近肆宅,以为恶俗。《风月梦》第二回《袁友英茶坊逢旧友 吴耕雨教场说新闻》说袁猷邀众人至其家中西首花厅闲坐,厅中摆设,与插页景致相近,始知"恶俗"云云,南北皆然，并非个案，或为其时风尚亦未可知。节录如下：

> 但见大厅西首两扇白粉小耳门上，有天蓝色对句，上写着：风弄竹声，月移花影。进得耳门，大大一个院落。堆就假山邱壑玲珑，有几株碧梧，数竿翠竹，还有十几棵梅、杏、桃、榴树木。此时四月天气，花台里面芍药开得烂熳可爱。朝南三间花厅，上面有一块楠木匾，天蓝大字写的是"吟风弄月"，下款是"古灵王应祥书"。中间六扇白粉屏门，摆列一张海梅香几，挂了一幅堂画，是筠溪陈瑗画的山水。两边挂着泥金锤笺对联，上写道：风来水面千重绿，月到天心一片青。上款写"佩绅学长先〔生〕教正"，下款是"齐之黄应熊拜手"。香几上左边摆着一枝碎磁古瓶，海梅座子，黑漆方几，瓶内插了十多竿五色虞美人；右边摆的是大理石插牌。中间摆了一架大洋自鸣钟，一对钩金玉带围玻璃高手罩。一对画漆帽架分列两旁。桌椅、脚踏、马杌、茶几都是海梅的。学士椅、马杌上总有绿大呢盘红瓣团"寿"字垫子。香几两旁摆列着广锡盘海梅立台。有八张楠木书橱分列两旁，书橱上总有白铜锁锁着，不知里面藏的什么书籍。左边堂山墙挂了六幅画条，是方华和尚画的梅花、虞步青画的山水、王小某画的美人、李某生画的三秋图、倪研田画的月季花、刘古尊画的石榴。右边堂山墙挂了一幅横披，是钱问衫写的《阿房宫赋》。右首堂栏杆摆了一张楠木十仙桌，上面摆了一枝龙泉窑古瓶，紫檀座磨朱高几，瓶内插了五枝细种白芍药。靠着厅后堂墙板摆了一张楠木大炕，海梅〔炕几〕，炕上也是绿大呢炕垫、球枕，炕面前摆着脚踏、痰盒。厅上挂的六张广锡洋灯，大小玻璃方灯。雕栏湘帘，清幽静雅。

私意有此叠床架屋之摆设，如何能称"清幽静雅"，《长物志》作者见着，难免鄙夷讥诮一番。又此前流水说引火纸媒（纸煤），此处魏璧亦曾携有。小说云其"带了一个蓝布口袋，里面装的白铜水烟袋盒、纸煤等物，出了公馆大门，直奔多子街金元面馆"。其后又有云：众人正在谈话，那大脚妇人手拿那一根白铜水烟袋，将贾铭、吴珍、袁獣、魏璧水烟装过，到了陆书旁边。陆书用右手将水烟袋苗子接在手里，倚着头来嗅水烟，就斜睨着这妇人，忘记了嗅水烟。那妇人将水烟纸煤吹着，弯着腰将纸煤靠住水烟袋嘴。见陆书望着他，他见陆书青年美品，衣服华丽，也就痴呆呆地望着陆书，忘记了点水烟，把个水烟纸煤烧去大半段。

与人说个案研究，因从细部着眼，可往深处挖掘，往四沿拓展。如《风月梦》，说"江南扬州府江都县"邻近情事，若以此为中心，连缀其时其地社会生活之种种（如青楼文化、民俗风情，另如文艺、语言、物件等等），当可做成一篇宏厚文章。时人成果，仍显轻薄单削。

《风月梦》·续一（2011-06-22）

礼炬发《明代福建经学与文学的演进》目录。

仍说《风月梦》。可细究发挥处多。于我而言，大端是《烟花竹枝词》、《满江红》、《叠落》等"粗草小曲"，曾与人说待喜歌事脱手，即作一文。另如风俗。博戏是风俗一种。第二回《袁友英茶坊逢旧友　吴耕雨教场说新闻》有云：

> 只见又有些拎着跌博篮子的，那篮内是些五彩淡描磁器、洋绉汗巾、顺袋、钞马、荷包、扇套、骨牌、象棋、春宫、烟盒等物，站在魏璧旁边，哄着魏璧跌成。魏璧在那篮子内拣了四个五彩人物细磁茶碗，讲定了三百八十文一关。那跌博的拿那夹在夹窝内一张小高板凳坐下，将小苗帚先将地下灰尘扫了几帚，然后将耳朵眼个六个开元钱取了出来，在地上一洒，配成三字三模，递到魏璧手内，用右手将魏璧手腕托住那旁边站有几个拾博的，向着与魏璧跌博这人呶嘴说道："叫着！"这人点头答应。魏璧将六个钱在手指上摆好，望地下一跌。那拾博人口数，一一看清了字模，拾起来又递在魏璧手内，魏璧又跌。共跌了五关，只出了两个成，算是输了三关。魏璧道："不跌了。"那人也不曾问着钱钞，立起身来，拿了小板凳，拎着博篮同那几个拾博的去了。

此处"跌博"又名"跌成"，李斗《扬州画舫录》卷十六细述其玩法。录如次：

跌成，古博戏也，时人谓之拾博。用三钱者为三星，六钱者为六成，八钱者为八义。均字均幕为成，四字四幕为天分。天分必幕与幕偶，字与字偶。长一尺，不杂不斜，以此为难。盖跌成之戏，古谓之纯。元李文蔚有《燕青博弈曲》，其词云：凭着我六文家铜镘。又云：你若是博呵，要五纯六纯。五纯今谓之拗一，六纯即大成。又为《金盏儿》曲云：比及五陵人，先顶礼二郎神。哥也，你便博一千博，我这胳膊也无些儿困。我将那竹根的蝇拂子绰了这地皮尘，不要你蹲着腰虚土里纵。叠着指漫砖上礅，则要你平着身往下撇，不要你探着手可便往前分。又《油葫芦》曲云：则这新染来的头钱不甚昏，可不算先道的准。手心里明明白白摆定一文文。呀呀呀，我则见五个镘儿乞丢磕塔稳，更和一个字儿急溜骨碌滚。唬的我咬定下唇，掐定指纹，又被这个不防头爱撇的砖儿隐，可是他便一博六浑纯。二曲摹写极工。此技遍于湖上，是地更胜。所博之物，以茉莉、玫瑰二花最多。

另古语云"花之名天下者，洛阳牡丹，广陵芍药耳"，扬州芍药最为知名，宋人王观著有《扬州芍药谱》，并云"扬之人与西洛不异，无贵贱皆喜戴花，故开明桥之间，方春之月，佛旦有花市焉"。《风月梦》中记人物戴花场景多有，而"花市"一说，书中亦有印证。其第二回有云：

贾铭、袁猷辞别郑焕下了楼梯，到了天井内，看见魏璧同着一个家人在厅旁檐前说话。魏璧面上似有怒色，那家人诺诺连声向外去了。贾铭、袁猷复然入坐，魏璧也入了席道："早间小弟着家人到小东门码头雇只大船，他方才来回我，说是码头上人说是芍药市，大船要四块洋钱，外汰化。我的家人还了两块洋钱，那船家说两块洋钱就想叫船，只好扎只船坐坐罢。"

"芍药市"或即王观所说佛旦之花市。而小东门码头在《画舫录》中亦有描述，正可与《风月梦》对看：

小东门马（码）头在外城脚，城脚有五敌台。画舫马头有三，一在钓桥下，一在头巷，一在二巷。头巷、二巷在头敌台，画舫二十有七，今增至三十有三，最大者高宽丈尺，以能出东水关为度，计狭于北门船二尺有奇，矮于天宁门船四尺有奇，上不容雀室，下不容三百斛，舷不容步，艄不容艍，河不挨榜，水浅不能施橹纵桨，往来于路，如耕者让畔。每逢良辰佳节，群棹齐起，争先逐进，河道壅闭，移晷不能刺一篙。

《风月梦》·续二 (2011 – 06 – 23)

九段老师电话，说杂事。

仍与人说《风月梦》。我意无他，一切文化研究，与其做凿空文章，不若以细致工夫，先由个案入手，解决方言、名物、民俗一类具体问题。如流水曾引胡适语，云《风月梦》"写扬州妓女生活，颇能写实，可以考见乱前的扬州的风俗"（《扬州的小曲》），昨说跌博等等，即是风俗具体情形。风俗有岁时、生活等种类，可以《风月梦》为例，分条缕列，作《明清小说与扬州风俗》，或加简化，标题即作《明清小说中的扬州风俗》。如岁时俗。第十三回《贺端阳陆书看龙船　庆生辰月香开寿宴》说端午节场景最为鲜活。书云端阳佳节，扬州风俗，八蛮聚齐，两岸游人男男女女，有搀着男孩，有肩着女孩。那些村庄妇女，头上带着菖蒲、海艾、石榴花、荞麦吊挂。打的黑蜡，搽的铅粉，在那河岸上蹞着一双红布滚红叶拔倩五彩花新青布鞋子乱跑，呼嫂唤姑，推姐拉妹，又被太阳晒得黑汗直流。还有些醉汉吃得酒气醺醺，在那些妇女丛中乱挤乱碰。各种小本生意人趁市买卖，热闹非常。吃食诱人。月香叫老妈剥了一盘粽子，又拿了一个五彩细磁碟，盛的是上白洋糖腌的玫瑰花膏，请陆书吃粽子。陆书吃了一个。月香用牙箸戳起一个粽子，蘸了些玫瑰花膏，衔了半个在口内，那半个粽子靠着陆书的脸送到陆书的口内。龙船精彩。用过午饭，那些大小游船纷纷来往，又听得锣鼓喧天，远望旌旗蔽日，各色龙船在水上如飞而至。有两条龙船上有洋楼，旗伞总是簇新，龙船尾上挂的像生人子。那站龙头的朋友穿着华丽衣服，腰里挂着洋表、小刀、荷包、扇套、手帕等物，头戴时式缨凉帽，足穿时式缎靴。年纪又轻，衣服又新，站得又稳，出色好看。……共是九条龙船。后面有一只没有篷子小船，上面摆了两个篾笼，内里有十几只活鸭。又有几只大船，船头上摆着一对黄纸糊的高矗灯,上画五彩龙,剪贴红字,是敕封息浪侯送子什么颜色龙。那舱内摆设香案花供,供奉太子神像。也有清音十番,也有六苏,俗名马上戳,在舱内吹吹打打,唱着大曲、西皮、二黄。这九条龙船在小金山至莲花桥一带划来划去,那些游人的划船跟着龙船或来或往。接下来即是"撩标"游戏,刺激传神,如在目前。扬州地方文献甚夥,此等风俗,结合方志并其他记载一一梳理,何等有趣。

文献可相互印证。如上说撩标,又作抢标。《扬州画舫录》卷十一《虹桥录下》记其时"五月朔至十八日"龙船市情景,说及抢标云:

> 龙船自为一市。先于四月晦日试演,谓之下水;至十八日牵船上岸,谓之送圣。船长十余丈,前为龙首,中为龙腹,后为龙尾,各占一色。四角枋柱,扬旌拽旗,篙师执长钩,谓之跕头。舵为刀式,执之者谓之拿尾。尾长丈许,牵彩绳令小儿水嬉,谓之掉梢。有独占鳌头、红孩儿拜观音、指日高升、杨妃春睡诸戏。两旁桨折十六,前为头折,顺流而折,谓之打招。一招水如溅珠,中置犀斗犀水。金鼓振之,与水声相激。上供太子,不知何神,或曰屈大夫,楚之同姓,故曰太子。小船载乳鸭,往来画舫间,游人鬻之掷水中,龙船执戈竞斗,谓之抢标。又有以土瓶实钱果为标者,以猪胞实钱果使浮水面为标者,身中人飞身泅水抢之,此技北门王哑巴为最。迨端午后,外河徐宁、缺口诸门龙船由响水闸牵入内河,称为客船。送圣后奉太子于画舫中礼拜,祈祷收灾降福,举国若狂。

又如"双眼皮",扬州现时乡谈多作"双眼箍",旧时或作"双箍眼"。《风月梦》第二十七回《王大娘因贫卖女 蓝小姑好色勾郎》有云:旁边坐着一个小女孩,面上并没疤麻,却生得讨喜,双箍眼,长眼睛毛,面容太瘦,大约是因家中饮食不能依时按顿。亦是扬州人所作《清风闸》第三回《大理洞房小继螟蛉》有云:奶奶身子又苗条,瓜子面,一对双箍眼,柳叶眉,樱桃口,糯米牙如水银一般。腰下紧了一条松花绿裤子,又一个大红兜子,穿了一件白绫小褂,外穿大红洋绉褡子,加了一件小羔羊皮的玉色西绫面皮袄。另如篦片,冯梦龙辑《挂枝儿》、《山歌》有咏此物者,《风月梦》则作"篦骗"。第十四回《月香偶染风寒疾 莫爱乱逞虎狼威》有云,花打鼓道:"陆老爷,大人不记小事,不必追问,由他去罢。"陆书再三追问,花打鼓道:"他叫莫爱,又叫莫虚友,是个无营无业之人。平时同些老爷们来,他就像是个帮闲,俗称蔑骗的光景。这种不堪的人,你老爷抬抬膀子,让他过去罢。"陆书道:"我晓得了,你下楼歇息去罢。"花打鼓下楼去了。

《风月梦》·续三（2011-06-24）

《扬州画舫录》卷十一《虹桥录下》有云：

> 歌船宜于高棚,在座船前。歌船逆行,座船顺行,使船中人得与歌者相欵洽。歌以清唱为上,十番鼓次之,若锣鼓、马上撞、小曲、摊簧、对白、评话之类,又皆济胜之具也。

又云：

> 小唱以琵琶、弦子、月琴、檀板合动而歌。最先有［银钮丝］、［四大景］、［倒扳桨］、［剪靛花］、［吉祥草］、［倒花篮］诸调,以［劈破玉］为最佳。有于苏州虎邱唱是调者,苏人奇之,听者数百人,明日来听者益多,唱者改唱大曲,群一噱而散。又有黎殿臣者,善为新声,至今效之,谓之"黎调",亦名"跌落金钱"。二十年前尚哀泣之声,谓之"到春来",又谓之"木兰花";后以下河土腔唱［剪靛花］,谓之"网调"。近来群尚［满江红］、［湘江浪］,皆本调也。其［京舵子］、［起字调］、［马头调］、［南京调］之类,传自四方,间亦效之,而鲁斤燕削,迁地不能为良矣。于小曲中加引子、尾声,如《王大娘》、《乡里亲家母》诸曲,又有以传奇中《牡丹亭》、《占花魁》之类谱为小曲者,皆土音之善者也。

此处所说小唱（小曲）情形,可在《风月梦》中坐实。按文艺风尚,勉强可作民俗一种,曲中人物群唱"银钮丝"、"满江红"等等,则是其中惹眼景观。是以明清小说中扬州风俗文章,唱曲是内容之一。与人说明季

《挂枝儿》流行场景，说冯梦龙与冯喜生故事，隔靴搔痒，听者懵懂。其实一部《风月梦》，可省去我多少口舌。"冤家"、"心肝"云云，泰半产自此等温柔乡中。粗列月香诸人所唱小曲如次，有心者可与《晓风残月》等作一比较。

满江红（翠琴）

俏人儿你去后，如痴又如醉，暗自泪珠垂，到晚来，闷恹恹，独把孤灯对，懒自入罗帏。偌大床，红绫被，如何独自睡？越想越伤悲。天边孤雁唳，无书寄。画阁漏频催，反复难成寐。最可恨蠢丫鬟，说我还不睡，不知我受相思罪！说我还不睡，不知我受相思罪。

[满江红]（月香）

俏人儿人人爱，爱你多丰采，俊俏好身才（材）。望着奴嘻嘻笑，口儿也不开，不痴又不呆。拿出对茉莉花，穿成大螃蟹，望奴头上戴。我家杀蠢才，将我怪。花撩地尘埃，不许将你采。奴为你害相思，何日两和谐？才了相思债。何日两和谐？才了相思债。

[叠落]（月香）

潇湘馆茜纱窗，萧湘馆茜纱窗，哎哟鹦鹉帘前唤晓妆。愁肠林黛玉，闷恹恹斜倚在雕栏、雕栏上。小袭人手捧着，小袭人手捧着，哎约一幅花笺字数行。姑娘咱奉宝玉之命，特地前来，将你、将你望。

[叠落]（月香）

芦雪庭雪满阶，芦雪庭雪满阶，哎哟簇拥红楼十二钗。开怀贾宝玉披裘立在拢翠庵门、庵门外。水晶瓶抱满怀，水晶瓶抱满怀。哎哟铜环轻扣把门关，善哉望仙姑慈悲把梅花、梅花采。

[叠落]（凤林）

我为你把相思害，我为你把相思害。哎哟我为你懒傍妆台。伤怀我为你梦魂常绕巫山、巫山外。我为你愁添眉黛，我为你愁添眉黛。哎哟我为你瘦损形骸，悲哀我为你何时了却相思、相思债。

[满江红]（双林）

俏人儿，我爱你风流俊俏，丰雅是天生。我爱你人品好，作事聪明，说话又温存。我爱你非是假，千真万真，凤世良缘分。易求无价宝，真个少。难觅有情人，何日将心趁？我有句衷肠话，欲言我又忍，不知你肯不肯？欲言我又忍，不知你肯不肯？

[劈破玉]（月香）

俏人儿，忘记了初相交时候。那时节，你爱我我爱你，恩爱绸缪。痴心肠实指望天长地久，谁知你半路途中把我丢，你罢休时我不休。贪花贼，负义囚，丧尽良心骗女流。但愿你早早应了当初咒。

[二黄]（月香）

林黛玉闷恹恹心中愁闷，听窗外风弄竹无限凄凉，唤紫鹃推他窗且把心散。想当初进荣府何等闹热，与宝玉日同食夜同炕枕，他爱我我爱他一刻难离。痴心肠实指望终身有托，到如今均长大男女有别，见了面反说些虚言套话。平白的又来了薛氏姨妈，他有女名宝钗容貌端庄，说什么金玉缘可配鸾凤。痴宝玉听人言心生妄想，可怜我苦伶仃早丧爹娘，无限的心中苦难诉衷肠。奴只得常垂泪暗自悲伤，最可恨王熙凤拆散鸳鸯。

[剪剪花]（文兰）

姐在房中闷沉沉，〔烟〕瘾来了没精神，真正坑死人。呵欠打了无计数，鼻喷连连不住声，两眼泪纷纷。四肢无力周身软，咽喉作痒肚里疼，仿佛像临盆。欲要买土无钱钞，欲要挑烟赊闭了门，烟灰吃断了根。那位情哥同我真相好，挑个箸子救救我命，残生同他关个门。

[常随叹五更]（文兰。前已胪录，此处略）

[南京调]（凤林）

春色恼人眠不得，满腔心思，独伴银灯。听声声狸猫，叫得人心愁闷。薄情人，狠心一去无音问。欲睡不稳，好梦难成。恨苍天，求签问卜全无准。

[南京调]（青年妇人）

风月二字人人恋，不贪风月除是神仙。恋风月，朝欢暮乐情不厌；恋风月，千金买笑都情愿。贪恋风月，比蜜还甜。怕只怕，风狂月缺心改变！怕只怕，风狂月缺心改变！

[离京调]（凤林）

洋绉花鞋三寸大，未曾穿过送与冤家。送冤家，留为忆念来收下。我没奈何，硬着心肠来改嫁。你若想起我，只好看看鞋子上花。要相逢，除非三更梦里罢。若要想团圆，今生不能，只好来生罢。

[吉祥草]（贾铭）

冤家要去留不住，越思越想越负辜。想当初，原说终身不散把时光度。又谁知，你抱琵琶走别路。我是竹篮打水枉费工夫，为多情，谁知反被多情误！为多情，谁知反被多情误！

另书中《扬州烟花竹枝词》并疯痴人过时所唱《烟花好》等，均可入清代民歌集，《烟花好》实是点明向《红楼梦》示好。

回车马（2011-06-28）

电话先一，说高考招生事。
乐匋购《扬州丛刻》（广陵书社，2010）。

《闹房书》

整理《闹房书》。木刻本，得自云南大理。封面题"新刊　上花红全本　闹房书　□□大堂梓"。开本较此前整理重庆、成都诸本稍大（17.5

厘米×10厘米），纸张虽恶，然剞劂用心，点画不苟，坊刻如此，实为难得。起首引语云：日吉时良，天地开张。黄道大期，妆扮新郎。此后内容即围绕"妆扮新郎"展开，有"穿鞋"、"穿袜"、"穿衣"、"拴带"等等，提及新娘处甚少，是喜歌本中异数。"穿鞋"、"穿袜"等等，湖南益阳抄（写）本《穿衣吟》等亦有类似描述，只文字间有不同。如益阳本《穿衣吟》有"穿袜吟"云：

  手拿袜子双对双，足穿丝袜大吉昌。若得云梯步步上，夫妇好合麟趾祥。

  足穿新袜两相宜，男才女貌今日奇。而今洞房花烛夜，夫妇恩爱寿齐眉。

《闹房书》之"穿袜"则曰：

  造成此袜是谁功，巧手裁缝针线缝。今晚堂中穿鞋袜，成人立志振家声。

益阳本《穿衣吟》有"穿鞋吟"云：

  满堂朱履喜洋洋，且看上宾贺新郎。我今粗言来祝赞，同偕到老寿绵长。

《闹房书》之"穿鞋"曰：

  新鞋新袜俱齐全，双足腾云动笑颜。《关雎》叶咏如此日，《麟趾》兴歌看他年。

广西桂林《四言八句》中"穿鞋"、"加冠"、"穿衣"等，与《闹房书》内容最为接近，未知是否有承继关系。

又流水曾引民国十七年贵州《绥阳县志》说回车马俗云：迎亲到门，陈设猪头、酒礼（醴），道士宣演一切，谓之回车马，以为逢凶化吉。胡朴安《中华全国风俗志》说武昌嫁娶风俗，云其地女轿入门，必倩儒道礼

车马神,读车马文,即祝词也。桂林《四言八句》有"回车马",《闹房书》亦有"回车马":

> 开天辟地列纲常,惟有婚姻得久长。择取良年并吉月,迎请车马到门堂。日吉时良,天地开张。新人下轿,喜气洋洋。男家香火来迎接,女家香火转回乡。车前童子,车后郎君。□今回避,永保康宁。迟马钱财,用凭火化。急急如律令。

"急急如律令"五字,正是县志所说"道士"声口。此前整理成都木刻本《上花挂红》,以其中有"下接回车马赞礼撒帐"而未得一睹为憾,今喜歌集中两见"回车马","憾"字可免矣。

喜歌之祖·续（2011-06-29）

某人电话,说新书推广诸事。

拦门喜歌,以敦煌下女夫词最早、最为知名;后世拦门喜歌,则多发生在男家,说女家事者绝少。女方拦门俗,是劫略婚遗存。胡朴安《中华全国风俗志》记云南婚俗云:贺客既集,新郎乃按瞽者所算之时刻,乘花轿赴女家,行亲迎礼。沿途鼓乐喧阗,佐以掌扇、日照等执事排列于前。既抵女家门前,女家循例闭门不纳。于是男家将门包递入,或三元或五元,俟餍阍人之欲望,始将门开放。

此前说喜歌之祖,以《关雎》、《桃夭》、《车辖》为代表。考诸实际情形,喜歌中《车辖》少有引用,而《螽斯》、《麟之趾》等则频频亮相,堪与《关雎》、《桃夭》比肩。酌之再三,"之祖"行列,另加数首。略述如次。

樛木

南有樛木,葛藟累之。乐只君子,福履绥之。南有樛木,葛藟荒之。乐只君子,福履将之。南有樛木,葛藟萦之。乐只君子,福履成之。

方玉润《诗经原始》卷一以为，纍、荒、萦等字，有缠绵依附之意，如茑萝之施松柏，似于夫妇为近；而论者指"乐只君子"云云，同今日"新郎啊新婚快乐"，且一唱三叹，于反复中见韵致，见其乐融融气氛。有此两端，《樛木》可入喜歌集。

螽斯

螽斯羽，诜诜兮。宜尔子孙，振振兮。螽斯羽，薨薨兮。宜尔子孙，绳绳兮。螽斯羽，揖揖兮。宜尔子孙，蛰蛰兮。

《螽斯》与《樛木》，是姊妹篇，人云"闺门之内，歌《樛木》而咏《螽斯》，和气蒸蒸也"（孔贞运《明兵部尚书节寰袁公墓志铭》）。多子多福，是新婚场合最切题颂词，《吉素称呼稿约》中"一世夫妻，百世姻缘。螽斯衍庆，瓜瓞绵绵"云云，是典型例证。

麟之趾

麟之趾，振振公子，于嗟麟兮。麟之定，振振公姓，于嗟麟兮。麟之角，振振公族，于嗟麟兮。

《毛诗序》云：《麟之趾》，《关雎》之应也。闻一多《诗经新义》云：知纳徵本用麇为赞，而《二南》复为房中乐，其诗多与婚姻有关，则《麟之趾》篇之麟，或系纳徵所用。麟（麇）是瑞兽，"麒麟子"是喜歌中常客，是以有论者指此歌亦"可能在婚礼飨客时唱"，单称其为"纳徵之乐歌"，未必正确（鲍昌《〈诗·周南·麟之趾〉新解》，《齐鲁学刊》1978年第5期）。

头鬃原子电，新人共阮典（2011-06-30）

恒刚出站，昳丽毕业，电话约周六晚吃饭谢师。

收到寄自广州《最新闹洞房讲四句》一册。铅印本，封面作"观者人得好姻　最新闹洞房讲四句　梁松林编作"，卖家标"闽南歌　民国旧书"。查孔子旧书网,《雷峰塔　白蛇西湖遇许仙》、《雷锋塔　徐乾想思爱白氏》版式与《讲四句》同,均署"梁松林编作",《爱白氏》"梁松林"前,另加"艋舺"两字,知梁氏当为台籍人。

《讲四句》起首申明:朋友怎敢不识我,我名松林带万华。这本心神野恰大,专讲四句不是歌。论起顶港甲下港,识我的名不识人。"顶港甲下港"云云,是彼地俚语。百度查得"一府二鹿三艋舺,顶港有名声,下港真出名"即是。既云"编作",则是否入喜歌集,在两可间;因"艋舺"具代表性,权且辑存之。

"艋舺"喜歌,确有特色。方言是大端。如云:新娘头鬃原子电,阁卦手表甲拔链。莫怪新人共阮典,通人看着都欣善。此前整理潮州喜歌、开平喜歌、福州喜歌,不及"头鬃原子电"、"新人共阮典"来得奇崛笃实,喜歌集亦借此更具广泛性。

"深度解读"(2011-07-01)

电话某人,说民歌辞典编纂事。

海华短信,说喜歌集与札记事。

查《偶存各调》。

整理《说四句》毕。土语夹杂字母,有趣,如云:入门喜真正好,连家官都呵恼。来年这个时拵,乎你生一个有チンポオ(原文如此)。不出注,亦无从注起,虽知"时拵"即时辰。

为网络搜得喜歌专列一辑,无他,与时俱进耳。此类喜歌既多,"一辑"内容,取一瓢饮意。如某人邮件又发我新婚喜歌云:

东方一盏太阳开,家有金斗拱龙牌。湖中有水龙来戏,清风吹过念喜的来。一进大门喜气生,门楼高大贴对红。金砖慢永路,五爪显金龙。花红小轿四仙抬,灯笼亮子两边排。声吹细乐头引路,抬到贵宅相府来。一进二门喜事多,八宝楼联绣鹦哥。鹦哥绣在了楼联上,巧嘴的鹦哥把话说。昨日在家伺父母,今日花堂拜公婆。一拜天二拜地,三拜公婆长在世。四拜妯娌多和美,五拜从头到老的好夫妻。贺罢了喜，抬头观，玉皇派来了福禄寿三仙。僧拂财神头引路，后跟刘海海外仙。云头降在五福地，夫妇头上撒金钱。一撒金二撒银，三撒摇钱树，四撒聚宝盆，五撒五子登科跳龙门。金钱撒在了洞房内，恩爱白头喜万春。贺！贺！贺！

另有上梁喜歌云：

  脚登云梯步步高，手攀花枝摘仙桃。要问徒儿哪里去，我到金梁走一遭。眼望高高一条龙，摇头摆尾往上行。行到空中定了位，单等主人来挂红。挂红挂在九龙头，年年五谷大丰收。挂红挂在九龙尾，为官爱民清如水。正念喜抬头看，来了福禄寿三仙。增福仙，增寿仙，还有刘海撒金钱。一撒金，二撒银，三撒骡马成了群。金银撒在宝梁上，荣华富贵万万年。

"绣鹦哥"云云，喜歌中多有，传统女工（绣）与吉祥物象（鹦哥）同时出现，喜作"文化意蕴"分析者可予深度解读；"为官爱民"云云，则是"父母官"情结另一种反映，同样可予深度解读。换言之，我做喜歌辑录与整理，是为长于放言纵论者作一铺垫——有此基础，方好发挥。有不知搦管要诀者作书法美学，不识工尺者作音乐史论，不谙音律者作诗词创作赏析专题，凡此种种，均是江湖，均是迅翁所说"空头"专家做派。我少做"深度解读"，是胆怯，是藏拙，是不愿为"专家"虚名所害。

《风月梦》·续四 （2011-07-04）

九段老师电话，约周五晚聚。

惺庵居士《望江南百调》有云："扬州好，古礼有乡傩。面目乔装神鬼态，衣裙跳唱女娘歌，逐疫竟如何。"此说香火会。《风月梦》第十五回《送花篮虾蟆打秋风　做喜乐虔婆收贺份》有云：

  时光易过，到了六月十一日期。这日午后。有四五个端工，扬城俗名香火，挑了一担所用物件，以及神牌、画轴，到了进玉楼里。在楼下中一间挂了东岳天齐，仁元圣帝，消灾降福都天旻王大帝、泰山娘娘神像，又摆了各部神祇（祇）画像牌位，挂起长幡榜文。又向萧老妈妈子要了许多米，并红扎辫扣的本命钱，结一杆小秤，一面把镜安设斗案，设了香炉、烛台，摆好坛场。锣鼓喧天，开坛洒静，召将请神。安了坛，吃了晚饭，端工散去。次日黎明时候，有八九个端工早已来到，敲锣击鼓，开坛请神。又用一根长木缚着竹枝，扯起大纸幡。端工念了一回，各用早点、早面。……只见那些端工头上用元（玄）绸包头，扎着纸帽子，身上穿着道士法衣，口里不知念些什么，说是申文上表。又有一个端工，将发辫扣了红头绳同几个青铜钱，摔着辫子，赤着膊，系着青布裙子，拿了一把厨刀，说是开财门。在那膀臂划出血来，有茶碗接着，又将那些血汰在各人房门框上，在那各人房里乱绕乱跳。又将红竹箸放在各门坎上，用厨刀一剁两段，那凶恶之像，唬得这些女相公各人抓住相好的藏藏躲躲。端工跳毕，放了旺鞭。月香邀着众人上楼用过午饭。那些端工们将一张方桌抬放天井之中，摆设香案，又摆了一盘猪大肠、小肠，敲着铜鼓，转着方桌，哼着、念着，叫做转花盘。又有一个端工，敲着一面大锣，坐在神前，唱的什么"张祥买嫁妆，被白寡妇谋害"。那些相公听了。疑是真事，吁嗟感叹。这端工唱毕，又有一个端工穿起青布褂裙，戴起娘娘帽儿，胡言乱语跳娘娘，引着凤林们笑不住口。晚间摆了酒席，翠云邀请众人入席，欢呼畅饮。……到了夜里，那些端工们又跳五十三参，装神装鬼翻筋斗，籴蜡烛台，变戏法，各种玩意。又装了几个烧肉香的和尚，打趣众人要钱。陆书、月香又赏了两张票子，翠云、翠琴也赏了钱文。那《扬州烟花竹枝词》九十九首内有一首道：百计千方哄客银，藉名喜乐说酬神。财门开过娘娘跳，便宜端工看女人。一夜锣鼓喧天，直闹到天明，方才结坛了会。陆书又代月香把了喜钱，那些端工们挑了担子散去。

此处记录一完整香火会表演，亦是《风月梦》与扬州民俗文章重要内容。按车锡伦《江苏的香火神会、神书和香火戏（提纲）》（《信仰教化娱乐——中国宝卷研究及其他》，台北，学生书局，2002）云香火神会的渊源是古代的"乡人傩"，是原始巫文化的一部分，是由巫觋扮演鬼神唱歌跳舞驱鬼逐疫的巫术活动；一般的香火神会均有开坛、请神、跳神、发表、净坛、送神、结坛等程序。端工（香火）张挂神像、设香炉烛台等，是开坛；敲锣击鼓是请神；道士口中所念，则是"发表"。有研究者指香火会中有很多杂技表演，如上刀山下火海、油锅捞钱、口衔火秤砣、走太平桩、站刀口、顶碗含碗、划臂挂红、咬鸡头等等（参姜燕《香火戏考》，广陵书社，2007），"膀臂划出血来"即是"划臂挂红"实例。另"跳娘娘"、"五十三参"均有来历。《扬州日报》（2008年1月10日）有消息《300岁"跳娘娘"走出深闺》，云"跳娘娘"自明清以来流行于邗江北山区，有文字记载的历史就有三百多年，是汉民族民间舞蹈中为数不多的特征鲜明、体系完整的代表作之一。据邗江文化馆舞蹈老师许颖超介绍，"跳娘娘"起源于黄珏，它不仅是祭神娱人的舞蹈，也为民族、民俗、宗教研究提供了鲜活资料，曾经获得第十届全国"群星奖"舞蹈类比赛银奖。自"跳娘娘"第十代传人丁久高及其他传人去世后，其传承成为一大问题。为了让"跳娘娘"后继有人，邗江霍桥幼师班将其作为必修课，先后组织培训业馀演员近300人，该区还将文化馆专业老师内定为传人。"五十三参"出自《华严经》，其《入法界品》末会中，善财童子参访53位善知识，故谓"五十三参"。"五十三参"故事在民间流传甚广，善财童子成为佛教虚心求法、广学多闻典范，明高濂《玉簪记·闹会》有云：这壁厢是什么菩萨？这是"五十三参"形容改。

切片 (2011-07-05)

某人电话，约做《风月梦》专题。

与海华商喜歌集与札记印行事。小匠葳事，战战兢兢，将成未成，尤加忐忑。

《闹洞房》（尚会鹏著，中央民族大学出版社，2000）说研究闹洞房习俗意义，分三层，曰小而言之，可以帮助人们认识这一特殊礼俗本身；中而言之，有助于认识中国人婚俗本质特征；大而言之，有助于认识我们所处的文化传统。著者云，各类习俗均可视作一套具有象征意义的符号系统，浓缩着传统文化与社会的丰富信息。闹洞房习俗亦是如此一种古老而复杂的文化符号系统,与传统社会结构、文化心理特点、价值观、行为方式乃至民族性密不可分,闹洞房习俗可比作文化传统这个大有机体上一小块组织,不仅与有机体其他部分有密切联系,而且只要方法得当,取一切片即可读取有机体的丰富遗传信息。综而言之,研究这一习俗有利于更好地理解传统中国文化,揭示中国风俗丰厚精深的奥秘,从而为认知民族精神和文化底蕴、文化背景提供新的视角。书末附录"与闹洞房有关的歌谣",大部辑自《歌谣》周刊等。

收到寄自广西桂林铅印本《闹洞房》一册。由安床说起,极搞笑,如云"新房的床要安,不安则床神作怪,夫妻交合时有些洁公洁公的响动"。"洁公洁公"泄露"市井小儒"真相。其后有"闹洞房进房歌"、"闹洞房唱花烛词"、"吃茶词"、"送太子"等。"闹洞房唱花烛词"云:

> 放喜炮,响堂堂,今夜大家来贺新房。闹新房,贺新房,恭贺新郎讨个好婆娘。新娘长得不高也不矮,肥胖的脸蛋儿闪红光。弯弯的眉毛像新月,细细的头发垂额上。水波眼,晃呀晃,身材匀称好模样。我把新娘好一比,好比一只金凤凰。凤凰飞到新的家,新的家里更兴旺。新的被,新的帐,新的枕头配新床。今夜凤凰落了枕,好与新郎绣鸳鸯。一对鸳鸯枕上绣,绣个儿子进学堂。攻科学,读文章,四化宏图胸中藏,学好一套新本领,长征路上谱新章。自由婚姻结硕果,恩爱夫妻幸福长。

由"四化宏图"、"长征路上"知是歌为20世纪八九十年代产品,与此前所得沭阳喜歌路数相近。前说"切片",闹洞房习俗是切片,闹洞房喜歌则是切片之切片,彼时社会风景,竟由此一微小切片得以重现,其中蕴涵"遗传信息",堪称丰富。

喜歌　婚俗　传统文化 (2011 - 07 - 10)

孔网有人求购《北京传统曲艺总录》、《小曲六十种》、《曲词集编》、《时调大全正集》、《新集时调马头调雅曲》、《马头调各样多情小曲》、《时调小书并谱》等。

恒刚国图看书，托查抄《新集时调雅曲初集》。

龙军援手，拍若干书影，作札记插图。

2011年7月8日《文汇报》有记者访杨绛文章。杨先生云：我到"文化大革命"，支撑我驱散恐惧，度过忧患痛苦的，仍是对文化的信仰，使我得以面对焚书坑儒悲剧的不时发生，忍受抄家、批斗、羞辱、剃阴阳头……种种对精神和身体的折磨。我绝对不相信，我们传承几千年的宝贵文化会被暴力全部摧毁于一旦，我们这个曾创造如此灿烂文化的优秀民族，会泯灭人性，就此沉沦。按"文化信仰"四字，说出多少苟活者心声。

整理喜歌。

傅惜华、郑振铎、阿英、赵景深诸先生藏俗曲文献中，有若干喜歌资料，如赵先生捐复旦图书馆文献中，有《新赞茶》、《新赞床》两册，他处少见，应予辑入。《新赞茶》封面题"闹新房　新赞茶　三元堂发兑"。查孔子旧书网有售《择吉简明　中华民国三十六年农历通书》，书眉署"三元堂"，右下角另有小字，曰"批发处　成都　古卧龙桥街第十九号　松廷书庄"。《新赞茶》中有"做出糍粑，明年请你"句，"糍粑"在成都刻本《新编男女闹房》亦有出现，疑此"三元堂"即彼"三元堂"。同样是成都喜歌刻本，山东荣成有售，赵景深先生复不知由何处得着，可见其流传范围之广。

爬罗剔抉，发隐阐微，由喜歌而婚俗而传统文化，《中国喜歌集》、《喜歌札记》功莫大焉——某人聊天，戏说为拙作鼓吹。戏说免，"喜歌、婚俗、传统文化"可稍稍展开。此与闹房"三层"说意趣同。略述如次。

其一，喜歌集由《诗经》起，直至当代，搜罗种种仪式喜歌，时间长，品类多，地域广，对作为民歌一种的喜歌，作全景式爬梳，使人对喜歌源流、体制、内容等有大致了解，亦为喜歌史、喜歌研究奠定基础。

其二，喜歌是仪式歌，产生于婚礼过程中，婚礼诸环节，在喜歌中多有反映，如拦门，如撒谷豆，如拜堂，如撒帐，如戳窗户，换言之，由喜歌了解婚俗，是一独特途径；喜歌本身，亦成为婚俗内容之一部分。

其三，婚姻是一种为法律规范化了的特殊社会关系、社会行为（潘晓梅、严育新《婚俗简史》，中国社会科学出版社，2004，第1页），婚俗文化当然从属于整个社会文化系统。就喜歌而言，由喜歌而婚俗而传统文化，层层递进，互有关联。如"关关雎鸠"、"桃之夭夭"，如"多子多福"、"升官发财"，凡此种种，是喜歌，是婚俗，更是传统文化中极具生命力的因子。探究三者关系，进而认知国人生活面貌与社会发展进程，有意思，亦有意义。

流水（2011-07-11）

校订喜歌集、札记，与人说版式、封面等事。

整理喜歌。

收到寄自重庆木刻本四册。

一《回车马》，一《吃交杯酒》，一《上花挂红》，一《时务卫生撒帐雅俗通用》。版式、内容均与此前整理重庆刻本相近。屡说喜歌中有时事风物。如《时务卫生撒帐雅俗通用》有云：进得洞房四下望，从头一二看端详。朱红皮箱红亮亮，卫生钟匣四四方。胭脂宫粉瓷瓶放，花露肥皂扑鼻香。洋瓷脸盆时新样，四季衣服装满箱。"朱红皮箱"、"卫生钟匣"与"花露肥皂"、"洋瓷脸盆"尤是。

《回车马》　　　　　　《时务卫生撒帐雅俗通用》

余英时为柳存仁《和风堂新文集》作序，标题作《明清小说与民间文化》（见余英时《中国文化史通释》，生活·读书·新知三联书店，2011）。余先生云，今天流行的文化史，其研究重心完全偏向"民间文化"或"通俗文化"（popular culture）方面，这和以往的文化史之注重上层文化（elite culture 或 high culture）截然异趣。民间宗教、巫术、戏文、小说或其他通俗文字因此成为史学家的主要研究素材。这一新风气最近也吹进了西方的中国史领域，明清时代的"民间文化"已开始受到广泛的注意，演义小说、杂剧、地方戏、善书、宝卷文学等都在民间文化的角度下获得新一代史学家的重新检讨。余先生又云，20 世纪中国学人治戏曲史、小说史、宗教史而卓有成绩者，无不植根于经、史、子、集的旧传统，如王国维、鲁迅、胡适、陈垣、余嘉锡等都是显例。用中国传统的语言说，似乎学者若不能尽"雅"（上层文化），则也不易深入地赏"俗"（民间文化）；"雅"与"俗"之间存在着千丝万缕的联系。按余先生观点，启发我做好前说《风月梦》与民俗文章，做好更为漫长之民歌俗曲整理与研究。

如何答谢各盛情（2011-07-18）

收到寄自广东抄（写）本五册。多方言土语，多脱衍字。

一《集录广益》。起首云：山实大门打实窗，可时可日姐看王。齐哭齐叫，家堂人丁旺。通篇如是，民间唱本一类。

一册失名。起首云：烧老姑婆香。红绵织成水球网，今晚出身穿白影家堂，影过家堂人兴旺。打开大门出果盒，出过被钱果盒万事胜。"家堂人兴旺"与"家堂人丁旺"同。

一册《顺字康》。起首云：顺字康开玉字叩，今晚顺顺如意初开头。初开声，影兄堂，影过我妈兄堂人兴旺。仍是"人兴旺"。

一册失名，内中有云：山实大门打黑窗，今晚可时可日姐看王。与"山实大门打实窗"相似。

一《闹新房歌集》，封面题"一九□一年元月廿六日　闹新房歌集"，"□"疑为"五"。标明"歌集"，其中确是唱词，如云：歌词唱得景，唱出又敬情。琴棋钟乐香九龄，适子之管兮赵中令。高祖兴，王莽争汉鼎。

有文走入翰林景，你对金榜挂朝廷。又云：唱该多歌仔，系李笃先生造个。果然确系好文才，我唱出来人人喝彩。真妙哉，大家齐相会。兄弟齐临来到该，噉新郎你，如何答谢各盛情。此前说喜歌中多有民间传说、故事，如《闹新房歌集》云：三国英雄耀，刘备守荆州。张飞喝断长坂桥，云长携嫂又来表。曹操笑，周瑜称计妙。孔明行兵真窈窕，文武双全是马超。"行兵真窈窕"，粤语真妙哉。

填表，说五年来工作并近期打算。录如次：

一是明代民歌整理与研究系列稍有创获。《新闻出版报》（2010年4月30日）署名文章认为，《明代民歌集》是一部填补空白的作品，"对长期以来湮没无闻却十分重要的一些代表性著述以及夹杂在戏曲选集等文献中不为人注意的明代民歌，进行了条分缕析的整理、爬梳"，突显了明代民歌"我明一绝"的迷人风采。除专著（编）外，又以单篇论文形式，关注明代民歌发生、发展一些细节问题。如以《风月词珍》中民歌为据，指傅惜华、关德栋等先生"明代无《金纽丝》"说误（详见《说〈风月词珍〉中的民歌》，《中国典籍与文化》2011年第2期）；由《自娱集》卷八《〈打枣竿〉小引》并冯梦龙辑《挂枝儿》中若干内证，确认冯辑《挂枝儿》原名当作"打枣竿"〔《明代民歌五题》，《淮阴师院学报（哲社版）》2010年第6期〕。

二是拓展视野，创新理念，完成《中国喜歌集》、《喜歌札记》。《中国喜歌集》第一次系统、全面地辑录文献记载与民间流传的喜庆仪式歌谣，为文学、民俗学等学科研究提供资料，为非遗传承与保护提供参考，亦可视作构建本土民歌学理论体系的尝试。《喜歌札记》则以学术札记形式，记录著者整理与研究喜歌过程中心得体会，讨论喜歌定名、源流、内容、形制、价值等问题，进而在社会演进框架下，梳理喜歌与婚俗、与传统文化的关系，在喜歌传承与发展等诸多方面，亦有自己见解。如学术界一直以为宋元话本《快嘴李翠莲》中撒帐歌乃迄今所见最早婚嫁喜歌，《札记》指其说有误；从《诗经》起，喜歌始终与国人相伴相随，喜歌中蕴含着丰富的传统文化基因。

三是配合教育部课题，除断代（明代民歌）、分体（喜歌）民歌整理与研究，另尝试在重点突破（清代、近代民歌俗曲代表性文献整理）与个案探查（历代五更调辑录）方面有新进展。资料搜集基本完成，两年内拟出初稿。

喜歌集与札记校订毕。有感慨。陈恒和《扬州丛刻》竣工，后记云"余垂老无闻，庶几存乡邑之旧闻，彰先民之高矩，以答父母，以慰余妻。若云与有功焉，则吾岂敢"。"岂敢"是我心态写照。鸣谢名单亦免，因如《闹新房歌集》所说，诚不知"如何答谢各盛情"。

勉力务进 (2011-09-26)

社会科学文献出版社编辑来札，云喜歌属于交叉学科，大体可分三途，一为社会学—民俗—喜歌，一为文学—民间文学—喜歌，一为文化—人类文化学—喜歌，并建议笔者未来之中国喜歌研究，取文学一途为宜。

安若老师短信，说为《喜歌集》与《喜歌札记》所拟英译名：A Collection of Chinese Jubilant Songs, A Sketchbook of Chinese Jubilant Songs。此前作 Chinese Epithalamiums, Epithalamiums Notes。请人斟酌。

收到寄自广州荔湾区某处喜歌抄（写）本一册。封面题"婚礼内答颜禹侨置"，末另署"颜禹侨在本屋桃酒庄书室手涂抄录"。内分"洞房内答"、"答词"、"吟诗"、"内调"、"开洞房内答"等。此种洞房内外问答形式，仍是沿袭下女夫词，尤其起首"洞房内答"结尾一段，更与下女夫词"何方君子，何处英才"云云无异。节录如次：

> 尊声客官，细听根生。住居何处，△府△县。我是你妻，谁个作媒，那个出庚，我是何年何月何日所生。从头说出，方可与你夫妇团圆，若说不明，快快打转。

"答词"后是"吟诗"，其中内容，竟与前说湖南衡阳抄（写）本《婚仪对歌本》、益阳抄（写）本《穿衣吟》多有相同、相近；"内调"、"内答词调"之形式，亦相似，当有渊源。如《婚礼内答》云："洞房馥馥芝兰香，嫦娥未曾穿衣裳。鹊桥已架双星渡，鸾凤和鸣不用忙。"又云：

"礼生引郎到洞门,玉门金锁未启封。才子要入桃源洞,我不开门怎相逢。"三册完全一致。原拟作互见处理,又觉并存亦可,除体现前说"穿越"特征,尚能作互校之用。如《婚礼内答》云:"礼生引郎莫要慌,久闻请驾引新郎。漫将诗句多祝赞,等候一时又何妨。"《婚仪对歌本》则作:"礼生引郎莫要慌,久闻请驾引新郎。漫将诗句多赞首,直待嫦娥好梳妆。"《穿衣吟》云:"秦楼箫彻引凤凰,高跳龙门显青行。藏□对舞千秋盛,自然相见不必忙。""显青行"云云,不解其意;《婚礼内答》作:"秦楼箫彻引凤凰,高跳龙门显行藏。青鸾对舞千秋盛,自然相见不必忙。"终于释然。

此等婚仪用诗,与《全唐诗》所收李商隐等所作催妆、却扇诗是同一路数。

喜歌整理事收结,后得文献,另作续编。

人烟寒橘柚,秋色老梧桐。谁念北楼上,临风怀谢公。或曰所怀者不在谢公,在一种迷离情致。好在有"续编"之类无穷工作期我待我,师友知我助我,家人拊我畜我,我且常怀"如何答谢各盛情"之心,在"迷离"中勉力务进可矣。

附录一
"心肝小哥"、"谢三娘"及其他
——说《大明天下春》与《大明春》及其中的民俗资料

《精刻汇编新声雅杂乐府大明天下春》（见李福清、李平编《海外孤本晚明戏剧选集三种》，上海古籍出版社，1993，下简称《大明天下春》）、《鼎锲徽池雅调南北官腔乐府点板曲响大明春》（见王秋桂主编《善本戏曲丛刊》第一辑，台北，学生书局，1984，影印出版，下简称《大明春》）和《风月锦囊》、《词林一枝》、《八能奏锦》、《乐府万象新》、《乐府玉树英》、《徽池雅调》、《玉谷新簧》、《摘锦奇音》等一样，收录了许多明代嘉靖、万历年间流行的舞台演出剧目，是研究传统戏曲尤其是南戏传播史、探讨戏曲声腔形成演变轨迹的重要文献。此外，《大明天下春》、《大明春》等刻本中还保存了相当数量的民歌和江湖方语（隐语、行话）、通方俏语（歇后语）等，前者有助于我们感性地了解被称为"一绝"（卓珂月语）的明代民歌在其时的流行情况，后者则成为风俗史、社会史研究的极有价值的材料。

一

《大明天下春》残存卷四至卷八，中栏收有《楚江秋曲》25首，《清江引调》31首，《一封书》35首，《山坡羊》2首，《新编百妓评品》（包括孕妓、月妓、产妓、醉妓等）108首，时兴《玉井青莲歌》38首，《弋阳童声歌》14首，《协韵耍儿》38首，《九句妙龄情歌》12首，其中有相当部分如我们熟知的冯梦龙所辑《山歌》、《挂枝儿》里的篇什一样，是鲜活可人的民歌，或是文人的拟民歌作品。

郑振铎先生在《中国俗文学史》下册第十章明代的民歌中指出，"嘲妓的曲子，在明代甚为流行"，这是与晚明的世风紧密相关的。《大明天下春》里的《新编百妓评品》就是这样一种"嘲妓的曲子"（其中的"醉妓"、"睡妓"、"老妓"等，与郑先生所举《南宫词纪》中孙百川的《嘲妓》内容，完全相同）。以百馀首的篇幅，极尽调侃之能事，集中笔墨描摹娼妓这一群体之众生相，于明代俗曲而言，是"有伤忠厚的"[①] 行为，更是一个了不起的创举。这样的创举，固然开辟了一个文学的全新领地，而最有意义的地方，还在于它为风俗史尤其是娼妓史的研究，提供了丰富的第一手资料。

《大明天下春》中保留的《玉井青莲歌》等，在当时也是极为"时兴"的歌曲。那么《玉井青莲歌》到底是什么样的面目呢？引四首如下：

心肝小哥我的郎，如何教我不思量。旧年八月亲个嘴，至□□□桂花香。我的郎，一度思量一断肠。

心肝小哥我的亲，因何迎新弃旧人。新人有日终须旧，旧人昔日也曾新。心伤情，冤家原是虎狼心。

心肝小哥我的人，收拾行李下南京。房中设下饯行酒，叫声心肝痛杀人，水面行船要小心。

心肝小哥我的乖，眉来眼去被人猜。对面相见先还礼，狭路相逢两闪开。我的乖，这些心事莫忘怀。

"心肝小哥"云云，与众多以"俏冤家"为吟咏对象的《挂枝儿》一样，几乎成为那个时代男女表达私情的标志式语言，只是前者最终没有形成后者那么大的声势罢了。

《新增协韵耍儿》中以各地区"姐儿"、"小伙"作为描写对象的做法，亦很有意思，而且像《百妓评品》一样，篇幅既大，描写也非常传神，可以说是较好地迎合了接受者的心理。引四首如下：

苏州姐儿称小苏，人人齐说是仙姑。朱颜绿鬓多丰采，相待常如相见初。好脚粗，手脚粗，只怕明朝骨髓枯。

杭州姐儿情意多，红罗帐里叫亲哥。平生手脚引人处，尽在今宵

[①] 郑振铎：《中国俗文学史》下册，上海书店，1984，影印本，第262页。

锦被窝。俏哥哥,莫心多,织锦机中好弄梭。

　　汴梁姐儿情意长,香罗取下送情郎。香罗易得人难得,几度思量几断肠。出洞房,问我郎,何日重来上战场。

　　云南姐儿白似银,纷纷翠袖与红裙。谢安挟到东山上,共饮金瓯酒几巡。行得匀,喝得匀,风月场中独出群。

《九句妙龄情歌》则采用了一种极其有趣的格式,即每首歌都是九句,与英文中的十四行诗有异曲同工之妙,而且最主要的是这些情歌生动活泼,完全具备袁宏道所说的独抒性灵、不拘格套的特征。引三首如下:

　　郎做鱼儿水上游,姐做金丝钓鱼钩。当初只因错开口,如今吞了倒须钩。挂住喉,怎开交,莫心焦,我的姣,教我难舍又难丢。

　　正月初一来拜年,双膝跪在姐跟前。十指纤纤挽郎起,我两相交拜甚年。莫歪缠,请向前,叙姻缘,听奴言,早晚奉侍不周全。

　　江水浑来河水清,我两相交要长情。任他毁讪狂言语,浑的浑来清的清。我的亲,久长情,休丢罢,又恋新,教奴日夜好伤心。

前一首以鱼儿、鱼钓作比,生动传神,良多趣味;末一首"清"、"情"对举,正是南朝民歌风范。

二

　　1989年3月,苏联汉学家李福清先生在奥地利维也纳的国家图书馆发现了《大明天下春》,一开始怀疑是此前已经被人们发现并整理出版的《大明春》,于是选取几页影印件寄请复旦大学教授李平先生研究。李平先生答复说这是"一种未见前人著录的孤本,《大明天下春》是不同于《大明春》的另一种散曲选集"①。

　　按:从《大明天下春》所收民歌俗曲多与嘉靖重刊之《风月锦囊》相同、相近及不见万历中后期流行的《挂枝儿》、《劈破玉》等情形看,李平先生以为《大明天下春》应为万历前期的戏曲选集(李平《序言》)。而

---

① 李福清、李平:《海外孤本晚明戏剧选集三种》之李福清《序言》,上海古籍出版社,1993。

《大明春》虽然没有刊刻时间，傅芸子先生从其与《词林一枝》、《八能奏锦》相同的板式上判断"决为万历刊本无疑"①。李平先生、傅芸子先生的意见是正确的，笔者在此基础上提出两个事实上是相互联系的判断，即一、《大明春》的成书年代，当在《大明天下春》之后；二、具体地说，当在万历中后期。理由如下：

《大明春》卷四、卷五中层，收录了近50首"最足珍贵"（傅芸子《正仓院考古记·白川集》第145页）的《挂枝儿》，其中既有从《劈破玉》转化而来的专门吟咏古今人物的作品（作《古今人物挂真儿歌》），也有极具表演意味的对话式体裁，曰《问答挂枝儿》。引两首如下：

  小贱人，生得自轻自贱，娘叫你怎的不在跟前。缘何吓得筛糠战，因甚的红了脸，因甚的吊了簪，为甚的缘由，为甚的缘由，揉乱青丝纂。
  告娘亲，非是我自轻自贱，娘叫我一时不在跟前，因此上走得我心惊胆战。搽胭脂红了脸，耍秋千吊了簪，墙角上板花，墙角上板花，挂乱青丝纂。

以下是母亲"现身说法"，以"做娘的幼年间更会转弯"驳斥女儿的胡言乱语，而女儿则老实交代是"被情人扯住魂飘荡"，结果如何如何。语言俚俗俏皮，情节引人入胜，演绎的又是不足为外人道的私情，所有这些，正合一般民众口味，当然具有强大的生命力。是以我们不难理解晚明社会为什么会出现"里中恶少燕闲，必群唱《银绞丝》、《干荷叶》、《打枣竿》"（范濂《云间据目钞·风俗》）的惊人场面了。

这些《问答挂枝儿》，是直接从《摘锦奇音》中移植而来，只不过在《摘锦奇音》中叫做《劈破玉歌·娘女问答》罢了（这种问答体《挂枝儿》，冯梦龙《挂枝儿》里也有辑录）。沈德符《万历野获编》卷二十五之《时尚小令》云："比年以来，又有《打枣竿》、《挂枝儿》二曲，其腔调约略相似。则不问南北，不问男女，不问老幼良贱，人人习之，亦人人喜听之，以至刊布成帙，举世传诵，沁人心腑，其谱不知从何来，真可骇叹。"《大明春》为我们集中展示的，恰是此一时期"真可骇叹"的《挂

---

① 傅芸子：《正仓院考古记·白川集》，辽宁教育出版社，2000，第144页。

枝儿》的风采。也就是说，李平先生从收录民歌的情形得出《大明天下春》刊刻于万历前期的结论，我们一样可以据此推断出《大明春》刊刻于万历中后期。

另私意以为《大明春》成书的时间或许不必下延到万历后期。这是因为从形式上看，《大明春》中的《挂枝儿》还过多地保留了从《劈破玉》、《挂真儿》向《挂枝儿》过渡的痕迹，这种痕迹到了万历后期，已经不复存在——《劈破玉》与《挂真儿》，都是嘉靖年间即已存在、流行的民歌，到了万历后期，便一起汇入《挂枝儿》的洪流之中而失却自身面目。同样的，在据推断刊刻于万历前期的《乐府万象新》中，也保留了80多首《新增京省倒挂真儿歌》——这些《新增京省挂真儿歌》，到了万历己亥年（1599）刊刻的《乐府玉树英》中，便变成了《新增京省时尚倒挂枝》（原书目录仍作《南京新出挂真儿》）。

三

其实与民歌相比，《大明天下春》、《大明春》中的那些"江湖方语"和"通方俏语"，虽然同样很有价值，却更不受人重视。

如同李福清先生一样，我也曾经"望名生义"地以为《大明春》与《大明天下春》是同一部书。经仔细比较发现，《大明天下春》与《大明春》虽然是两部书，但是仍然有着一定的联系，至少是后者的书名，应该说对前者有所借鉴，换言之，《大明春》的刊刻者或许是想借《大明天下春》的名声以牟利，这在图书发行、传播史上也是屡见不鲜的事情。除了书名的借鉴以外，《大明春》的刊刻者还沿袭了《大明天下春》的一些做法，如卷一中层的《六院汇选江湖方语》，就与《大明天下春》卷八中层的《江湖方语》内容基本相同，两者或许抄自同一祖本（如《金陵六院市语》），但《六院汇选江湖方语》较《江湖方语》来得粗陋，讹误也多，如《六院汇选江湖方语》开头即云"但凡在于方情而在江湖上走动者"，此句不通（后面紧接"称琴家"，更是不通，给人的感觉好像这一句是"琴家"的释义，实际上"琴家"的释义紧跟在词条的后面，即"凡言下处主人家"），《江湖方语》作"凡知方情在江湖上走动者"，且标明此乃"相府"的释义。今就两者相异处摘要列表如下（附注栏《江湖方语》简称《江湖》，《六院汇选江湖方语》简称《汇选》）：

江湖方语	六院汇选江湖方语	注
墩台	埻台	《汇选》笔误。释义同。
五老儿	无	《汇选》失收。
无词条	华陀（佗）	《江湖》有释义无词条，据此可见《汇选》非抄自《江湖》，两者当据同一祖本。
驴唇	驴唇	《江湖》："善骂人者"；《汇选》："善相星者"。
弄耍老子者	弄耍老子者	《江湖》："乃弄猴狲者"。《汇选》空缺。
矮婆子	矮婆子	《江湖》："乃生鸭也"；《汇选》："乃生鸡也"。两书前均有"道士"曰"生鸡"，此处《汇选》误。
闪干	闪于	释义同。或当为"闪干"。
撒闪	撒闪	《江湖》："乃撒屎也"；《汇选》："骂人吃屎"。《江湖》另有"扰闪"曰"骂人吃屎"，可见是《汇选》失收且张冠李戴。
希流	希流	《江湖》："是尿也"；《汇选》："是屎也"。前"闪干"（闪于）释曰"人屎"，《汇选》误。
买火种	买大种	释义同。或当为"买火种"。

　　《江湖方语》"古孙"后尚有一条，但漫漶不清无法辨认，《汇选江湖方语》则至"古孙"终。

　　曲彦斌、徐素娥先生编著《中国秘语行话词典》"所收词语从唐代到近代，约1.2万多条，可称大观"①。是书征引文献众多，包括《绮谈市语》、《圆社锦语》、《竹院声嗽》、《委巷丛谈》等，其中也包括《大明春》中的《六院汇选江湖方语》。由于《词典》编成于1980年代末或1990年代初，编选者也许没有见到《大明天下春》卷八中层的《江湖方语》，因此上列《六院汇选江湖方语》里的一些讹误在《词典》中大多没有得到更正，特别是如将"矮婆子"释作"生鸡"，错得尤为明显，"五老儿"等则失收。另对照《江湖方语》与《六院汇选江湖方语》，发现其中有"低刿"（释作鸭肉）、"高头刿"（鹅肉）、"软刿"（猪肉）等，"刿"字一律对应"肉"字。但是"软刿"的后面，有"咬刘"，释作"乃食肉也"，《词典》原样照收。我以为此处有两种可能，一是"刿"乃繁体"刘"的俗字、别字，二是"刘"当为"刿"，也就说这两个字实际上应该是同一个字。

---

①　曲彦斌、徐素娥：《中国秘语行话词典》之《出版说明》，书目文献出版社，1994。

四

  《大明天下春》卷八中层收有《通方俏语》310多条；《大明春》卷一、卷六中层共收《江湖俏语》210多条（卷六中层的180多条《江湖方语》，当为《江湖俏语》）。这些"俏语"，即我们现在所说的"歇后语"，李福清先生认为"是一种表达方式特殊，而又生动形象的语言艺术"，"表现了中国古代平民的杰出智慧，也是中国汉语言学光辉的成果"（李福清《序言》）。以《大明天下春》中的《通方俏语》为例，可以看出其中有些条目至今仍然闪烁着民间智慧的光辉。列数条如次：

    铜钱孔里打秋千——小人
    荷包里鬼叫——是个腰（妖）精
    秤锤里馒头——铁心
    桅杆上挂灯笼——有明（名）光棍
    水上浮萍——游荡子
    半夜不点灯——乌龟（归）
    老虎咬蓑衣——没些人气
    一枝牙簪三厘重——轻骨头
    一边下雨一边晴——不知是真情是假情
    牢里穿孝——死囚

  这些歇后语又分为三种情况。一是如今仍然活跃在人们口头的，如"老鼠上天平——自称自"，"矮子里选将军——短中抽长"，"棺材里伸手——死也要"，"狗咬吕洞宾——不识好人心"；二是与今天流行的只有个别字词上的差异，如"泥菩萨过港——自身难保"（"港"今作"江"），"狐狸思天鹅肉吃——空想"（今作"癞蛤蟆想吃天鹅肉——痴心妄想"），"八十公公娶亲——了愿而已"（今作"八十老翁娶亲——心有馀力不足"）；三是今人已经相当陌生的，如"下山虎遇水牛——相斗"，"梳头姐儿吃盐梅——游手好闲"，"梅子青青麦未黄——人生面不熟"，"小娘不搽粉——自白"。还有一点需要注意的是，《金瓶梅》第二十三回《赌棋枰瓶儿输钞　觑藏春潘氏潜踪》中说："只听老婆问西门庆说：'你家第五的秋胡戏，你娶他来家多少时了？是女招的，是后婚儿来？'"这里的"秋胡戏"，也是一个歇后语——

用的是"缩脚语"的形式,后面暗扣一个"妻"字。《大明天下春》和《大明春》里收录的歇后语中,少有这种"缩脚语"。

李福清先生特别留意《通方俏语》里有不少歇后语涉及《三国演义》、《水浒传》、《西游记》等小说及戏剧中的人物或故事情节,如"孔明七擒孟获——要他心服","关公赴单刀会——欺他得过",等等,李先生以为从中可以见出这些小说、戏剧在民间流传的广泛与影响的深刻。这些歇后语在《大明春》里同样存在,兹录部分如次:

> 明修栈道——兵行鬼路
> 吕蒙正钻破窑——无处安身
> 冯京中三元——阴鸷好
> 刘知远收瓜精——捉怪
> 刘孝女漂江——浪荡婆娘
> 张生跳粉墙——偷花贼

其中"冯京中三元"和"刘孝女漂江"两则,说明《冯京三元记》、《刘孝女》两剧在当时还很流行;"张生跳粉墙"一则告诉我们,在民间,人们对张生形象的评价有时候是负面的。

李福清先生还从《大明天下春》的歇后语中发现了一个非常有趣的现象,那就是其中有十多条以"谢三娘"为"开涮"对象,如"谢三娘不识绣球——气蛊","谢三娘不识油瓶——是个滑琉璃"。李先生认为,从这些歇后语中可以得知这位"谢三娘"一定是什么作品或生活中闹笑话的、受人调侃的人物(李福清《序言》。按《大明春》里的歇后语与《大明天下春》里的歇后语内容多有重复,不一样的地方也值得注意,如《大明天下春》里的"谢三娘不识串字——中中样","谢三娘不识麒麟——有钱的村牛",在《大明春》中分别作"姐儿不识串字——中中样","石崇不识麒麟——有钱的村牛")。

李福清先生的眼光是独到的。不过"谢三娘"并非明代的人物,在此前的不少佛偈中能够见到她的身影,如据传是宋释某所作的《布袋赞》云:

> 肉重千斤,智无半星。
> 回头转脑,昧却天真。

> 一处尤堪笑，街头等个人。
> 我当时若见，只缓缓地向他道：谢三娘秤（称）银。

而朱彝尊《曝书亭集》卷第二十四有《南楼令·倩人寄静怜札》云：

> 瓦市塞云凉，封书远寄将。小楼前，一树垂杨。缥缈试听楼上曲，催短拍，玉娥郎。　双袖越罗香，人同锦瑟长。爱秋花，惯插钗梁。行四曲中人定识，只莫问，谢三娘。

朱彝尊自注云："'谢三娘不识四字'，宋时谣也。"又况周颐《蕙风词话》有《宋谚入词》一则，说及谢三娘：

> 宋谚"馋如鹞子，懒如堠子"，稼轩《玉楼春》："心如溪上钓矶闲，身似道旁官堠懒。"又云"谢三娘不识四字，罪之头"，吕圣求《河传》："常把那、目字横书，谢三娘、全不识。"

查《全宋词》，吕圣求（渭老）《河传》中无此"谢三娘"语。不过明人陈耀文《花草粹编》卷十吕氏《河传》后接《妓行四者》，词云："双花对植。似黄封和了、龙香难敌。闷把琵琶，试把幺弦轻䩞。算行家才认得。朱窝戏捻骰儿掷。惟有烧盆，贡采偏难觅。常把那、目字横书，谢三娘、全不识"（见《四库全书》之《集部》五十二《词曲类》二）。《钦定词谱》卷十一将此词归入《河传》，作者无名氏。另安徽合肥等地，至今仍有"谢三娘"如何如何的歇后语流传，如合肥论坛（http://bbs.hefei.cc/archiver/?tid-309662-page-3.html）有人发帖举例云：

> 谢三娘不识纱行——线市（谐音：现世）；谢三娘不是麻锅董——小混子（麻锅董是一种鱼，合肥本地池塘里多有；混子，合肥人对草鱼的称呼）；谢三娘不识白老鹅——我底乖乖（合肥话"鹅"读"我"）。

（原发表于《文史知识》2006年第 12 期）

附录二
说《乐府万象新》中的民歌时曲

《乐府万象新》全称《梨园会选古今传奇滚调新词乐府万象新》,卷一题下署"安成、阮祥宇编　书林　刘龄甫　梓"。根据全书收录滚调特色的戏剧作品和民歌时曲的实际情况,李平先生在为《海外孤本晚明戏剧选集三种》(上海古籍出版社,1993)所写序言中,推断是书应该刊刻于万历前期。《乐府万象新》中收录的若干民歌时曲,是散曲史、民歌史研究的重要资料。

一

《乐府万象新》收录民歌时曲的具体篇目如下:
前集卷一中层
《南北教坊司新传赛闹五更银纽丝·楚江清带过金字经》(5首);《闲中思忆情郎八声甘州》(2首),《不是路》(2首),《解三酲》(3首),《掉角儿》(3首);《闺中追思郎君娇莺儿》(2首);《怨人离肠情调桂枝香》(4首),《追想旧交难忘梧桐树》(1首),《东瓯令》(1首),《大圣乐》(1首),《解三酲》(2首);《暗地思忆前情香遍蒲》(1首),《懒画眉》(1首),《梧桐树》(1首),《浣溪沙》(1首),《金莲子》(2首);《时兴思忆情人步步娇》(1首),《折桂令》(1首),《江儿水》(1首),《雁儿落》(1首),《侥侥令》(1首),《黄莺儿》(1首);《六院新传男相思番山虎》(5首);《六院新传女相思二郎神》(1首),《集贤宾》(1首),《香柳娘》(1首),《黄莺儿》(1首),《香柳娘》(1首),《猫儿坠》(1首);《王昭君冷宫诉怨北相思》(3首),《二犯傍妆台旦》(1首),《掉角儿》(3首)。

前集卷二中层

《新增京省倒挂真儿歌》（84首）。

前集卷三中层

《教坊新传海盐两头忙歌》（21首）；《时尚太平新歌》（16首）；《五句妙歌》（14首）；《新增闺情词赋青玉案》（1首），《南香子》（1首，另"长篇"2首），《好事近》（1首，又词1首），《西江月》（1首），《香柳娘》（1首，又赋3首），《惜春飞》（1首，又"相思"1首，"送别"2首，"佳人"1首，"寄物"1首，"相思"2首，赋3首）。

其中有些地方需要加以说明。

一、《时尚太平新歌》见上海古籍出版社版《海外孤本晚明戏剧选集三种》第233～243页。第239、240页中层与第241、242页中层重，其中"杏花开时十里红，春色溶溶。状元归去马如风，闹丛丛"，只有四句，显有遗漏。考虑重页因素，《时尚太平新歌》应该超过20首。

二、《五句妙歌》见第242～253页，格式为一句七字，五句一首。第246页"心肝小哥我的人，昨夜莫是你敲门"后，是"未知是你"四字，然到了第247页，接"一夜想你到天明"，显然此处有脱页。完整的《五句妙歌》，当不止16首。

三、《新增闺情词赋》见第253～271页。第254页《南香子》（"南乡子"）后有"病起识红"，至第255页接"患难方知益故人"，失字。据《国色天香》知当为"病起识红尘"。

《乐府万象新》各卷中层所收民歌时曲，内容较为芜杂，既有文人创作的词、曲，也有民歌，其中亦有可讨论者。

一、万历前期，作为民歌曲调的"挂枝儿"与"挂真儿"时相混同，到了万历中后期，"挂枝儿"的名称才相对地固定下来，"挂真儿"则渐渐淡出。如在《乐府万象新》中的《新增京省倒挂真儿》，到了万历己亥（1599）年刊刻的《乐府玉树英》中，即变作《新增京省时尚倒挂枝》（但原书目录作"南京新出挂真儿"）。

二、说"俏冤家"如何如何的民歌，在明代民歌中，声势颇为惊人，就像一度被人注意并和《驻云飞》等曲牌并列的"闹五更"一样。《乐府万象新》中的《新增京省倒挂真儿》共80多首作品中，以"俏冤家"开头的即达20馀首（此外还有"俏心肝"等等。在《南北教坊司新传赛闹五更银纽丝》中，也有以"俏冤家"开头的作品，并且在其他明代民歌选

集中,"俏冤家"的身影随处可见)。且引两首如下:

> 俏冤家进门来把你名儿叫,是谁家小乖乖我的娇娇,你缘何生得这般俏。唇红齿又白,眼乖脚又小,站在我眼前,魂魄都丢了。

又:

> 俏冤家指定把爹妈骂,为甚的生得我一枝花,人人见了把心牵挂。张三才罢手,李四又来拿,铁铸的棚棚,铁铸的棚棚,不禁这么打。

"俏冤家"对文人散曲的影响,也极是可观。如赵南星有《劈破玉》云:

> 俏冤家,我咬你个牙厮对。平空里撞着你,引的我魂飞。无颠无倒,如醉如痴。往常时心似铁,到而今着了迷,舍生忘死只是为你。

三、在《乐府万象新》中,有嘲笑和尚、尼姑的作品。如《乐府万象新》之《新增京省倒挂真儿》中说:

> 老和尚得病在床上坐,叫一声徒弟们我的哥哥,这几日不见小官儿过。私窑子要钱多,大姐又招祸。快寻个尼姑,快寻个尼姑,搭救搭救我。

在明代,以和尚、尼姑作为嘲笑对象的民歌较多,这也是一个很有意思的现象。联系其时的社会风尚和"三言"、"两拍"等文学作品,在更宏观的范围内讨论这一现象,或许会有意外的收获。

二

《乐府万象新》中的民歌时曲,有两部分内容需要单独进行讨论。

一是在前集三卷收有《教坊新传海盐两头忙歌》。"两头忙歌"这种独特调式,于民歌形式本身而言,极有意义。按:之所以称作"两头忙",

乃因其起首两句同，如"小娘儿，小娘儿"，"架上的，架上的"，"孤雁儿，孤雁儿"。《两头忙歌》句式定格大致为3，3，7，2，4，4，7，2，7。第4句、第8句为衬字"嗳呀"，各句亦可根据内容相应地增加和缩减字数。引两首如次：

架上的，架上的，不去妆粉果然标标致。嗳呀，牙梳插在乌云鬓。赛过月姬，赛过月姬，没个人儿中得他意。嗳呀，只一个不得全收。

又：

孤雁儿，孤雁儿，我的人儿在那里。嗳呀，见孤雁疑是书来至。真好孤凄，真好孤凄，你那里贪欢忘了归期。嗳呀，闪得人浑无计。

以"两头忙"面目出现的"闹五更"，与其他处的"闹五更"，有些不同的风格，如语气就显得较为急促。因为此种调式的"闹五更"不多见，故全文引如下：

一更天，一更天，月照纱厨人未眠。嗳呀，等得我的身子儿战。我的心肝，你在谁家贪花酒喧。嗳呀，这会你还在花街儿上。

二更多，二更多，我为情人睡不着。嗳呀，睡不着，好教我连衣儿卧。我的哥哥，我的哥哥。叫一声梅香把灯儿照着。嗳呀，好教人难放过。

三更愁，三更愁，月照秦楼孤雁儿飞。嗳呀，孤雁儿飞人憔悴。负心的贼，剪发拈香为着谁。嗳呀，遭这么上在别人家□。

四更头，四更头，半（夜）时分那里去游。嗳呀，冷面皮教人难禁受。说个来由，说个来由，你又勉强我又害羞。嗳呀，想杀心肝上肉。

五更话，五更话，说谎的乔才你在谁家。嗳呀，谁家说下连天话，我的冤家，我的冤家，有朝一日小心着咱。嗳呀，棒头见响你也怕不怕。

二是前集三卷中的《五句妙歌》、《时尚太平新歌》也为别处少见。先说《五句妙歌》。《大明天下春》中有《九句妙龄情歌》，此处则是《五句妙歌》，看来传统民歌除了像"挂枝儿"、"驻云飞"那样以曲牌为标志和像"闹五更"那样以内容为标志的以外，确实还有纯粹以字句多少作为标志的。录四首如下：

五更鸡来五更鸡，听我从头嘱咐伊：你要叫时天明叫，莫学寒鸡半夜啼，啼，心肝去了好孤凄。

五更鸡来五更鸡，谁人叫你四更啼？年少鸳鸯交颈睡，被你惊醒两分离，离，一个东来一个西。

拜上拜上我的哥，拜上心哥莫改常。只学山水与松柏，莫学花草一时香，香，和你相交到鬓霜。

烧尽残烛等郎归，二人携手入罗帏。姐把纽扣含羞解，郎把银灯带笑吹，吹，红罗帐里会佳期。

次说《时尚太平新歌》。此歌定式为：7，4，7，7，3，末以三字句收尾，极有趣。内容则确有太平气象，有的更如婚礼上常见之喜歌，如云：

月里姮娥爱少年，成就姻缘，花开喜结并头莲。于飞百岁永团圆，两情牵。

又歌中多咏才子金榜题名事并佳人患得患失心理，堪称细致入微，录四首如次：

当今天子考奇才，黄榜初开，状元及第踏金阶。琼林宴上酒三筛，畅奇哉。

又：

黄榜开时御墨鲜，喜得高登，玉堂金马活神仙。好个风流美少年，五尺天。

又：

万里迢迢望洛阳，心事茫茫，美人不见独凄凉。教人怎不愁断肠，泪汪汪。

又：

长安望见天际头，倚遍南楼，雁书不到使人愁。几时重整旧风流，诉缘由。

三

《乐府万象新》卷一中层收有《楚江清带过金字经》、《八声甘州》、《不是路》等散曲。《乐府万象新》中这部分散曲与通行本如《四部丛刊续编》之《雍熙乐府》等内容单从文字论，则同中有异，兹以《楚江清带过金字经》（朱诚斋作）、"时兴思忆情人"（包括《步步娇》、《折桂令》等，傅玄泉作，均从谢伯阳《全明散曲》说）为例，将之与谢辑《全明散曲》作一比较。

《乐府万象新》所收《楚江清带过金字经》全称"南北教坊司新传赛闹五更银纽丝楚江清带过金字经"，其一云：

一更夜气清，瑶阶露冷，教奴等得灯半昏，强将针指寄闲情也。思量薄幸，全无志诚，今宵那答花径行，撇得我冷冷清清。门掩孤帏静，红鸳被怎温，青鸾梦未成，又感起相思病，又感起相思病。一更来不来，斜倚定银筝泪满腮。乔才忒分外，做下了风流债，这姻缘簿怎揩。

《全明散曲》据宣德间刊本《诚斋乐府》等录入，内容如下：

一更夜气清，瑶阶露冷，奴家等得灯半昏，强将针指寄闲情也。思量薄幸，全无志诚，今宵那答花径行，撇得人冷冷清清。门掩孤帏静，红鸳被怎温。红鸳被怎温，青鸾梦未成，又感起相思病。○感起相思病。一更来不来，斜倚定银筝泪满腮，泪满腮。敲才忒分外，做下了风流债，这因缘簿怎揩。

其中"敲才"当为"乔才"，《全明散曲》失校；"针黹"均作俗写"针指"。

《乐府万象新》又云：

四更睡思缠，腾腾困眠，分明梦里来近前，我骂他薄情相负是何缘也。心儿又喜，口儿又甜，床前跪膝称可怜，怎下得将他恶语相埋怨。一轮明月团，一轮明月团，千金良夜天，共效于飞愿。香罗带解，玉软香温抱满怀，抱满怀。霎时惊觉来，惊觉来，孤灯在，空闲了云雨台，怎挨。

《全明散曲》作：

四更睡思缠，腾腾困眠，分明梦里来近前，我骂他薄情相负是何缘也。他心儿又善，口儿又甜，床儿前跪膝称可怜，怎下得将他恶语相埋怨。一轮明月圆，一轮明月圆，千金良夜天，欲共效于飞愿，○共效于飞愿。香罗带解开，玉软香温抱满怀，抱满怀。霎时惊觉来，孤灯在，空闲了云雨台。

"心儿又喜"、"心儿又善"，结合"怎下得将他恶语相埋怨"等内容，似以"又善"为允当；"怎下得"当为"怎舍得"（音近）；"明月团"、"明月圆"，两可；"香罗带解"、"香罗带解开"，两可。《乐府万象新》"空闲了云雨台"后多出"怎挨"两字（"三更"结尾处多"等着"，"五更"结尾处多"今宵饶罢"四字），与"一更"、"二更"格式不合。

《乐府万象新》之"时兴思忆情人"内容，《全明散曲》放入"南北双调合套·题情"下，两者文字有差异。如《乐府万象新》之"时兴思忆情人"《步步娇》为：

冤孽担重愁程大，瘦伶仃难禁架。想起俏冤家，别透玲珑，风流典雅，受不得分外亲，忘不得着人话。

《全明散曲》之"南北双调合套·题情"则作：

孽担千钧愁城大，瘦怯怯难擎架。无言谩忆他，剔透玲珑，温柔典雅，受不得分外意儿佳，忘不了几句着人话。

"愁程大"与"愁城大"，两可；"难擎架"少见，亦通，《隔帘花影》第三十一回《抱病怀春空房遭鬼魅》有云："星眸紧闭懒难睁，玉腕轻盈沉似压。海棠着雨不禁风，胭脂零落腥红帕。梦里分明一霎欢，魂飞魄散难擎架。""擎架"则为常用语，乔吉有《水仙子·席上赋李楚仪歌以酒送维扬贾侯》云："鸳鸯一世不知愁，何事年来尽白头？芙蓉水冷胭脂瘦。占西塘晓镜秋，菱花漫替人羞。擎架著十分病，包笼著百倍忧，老死也风流。"从行文看，《乐府万象新》精练，《全明散曲》更具神采。

按：《乐府万象新》之"时兴思忆情人"包括《步步娇》、《折桂令》、《江儿水》、《雁儿落》、《侥侥令》、《黄莺儿》并"馀文"，《全明散曲》所收内容次序与此同，唯无《黄莺儿》，兹补录如次：

离情几时收，干功名四五秋，烹茶煮酒和穷究。强观花对酒，望青山点头，教人从此诗神瘦。想红楼，豪家少女，知此恨也生愁。

四

《乐府万象新》卷三中层结尾处有《新增闺情词赋》，收《青玉案》、《南香子》（"南乡子"）、《好事近》等，未检得源出何处，然多见于万历间艳情小说集《国色天香》有关篇目。如《新增闺情词赋》开篇为《青玉案》：缘乖分薄，平地风波恶。得意人儿疾作，两处一般耽搁。书斋相问痛消（销）魂，孤衾拼与温存。忍别归来心戚，一线红泉偷滴。此词见《国色天色》第三卷《寻芳雅集》。兹录《寻芳雅集》文字数则如次，其中"病起识红尘"、"巫山十二握春云"、"浪说佳期自古难"等词曲，均又见于《新增闺情词赋》。

生亦出词，乃谢凤者也，词名《南乡子》：
病起识红尘，患难方知益故人。栏扣含娇轻解处，真情。一枕酥香分外亲。报德愧无因,惹我相思恨转新。骨瘦不堪情事重,伤春。暗绿红稀再问津。

又云:

生求再会,云曰:"愿得情长,不在取色。"生曰:"亦非贪淫,但无此不足以显真爱耳。"阳台重赴,愈觉情浓,如此欢娱,肯嫌更永。事毕,口占一律以谢云,曰:"巫山十二握春云,喜得芳情枕上分。带笑漫吹窗下火,含羞轻解月中裙。娇声默默情偏厚,弱态迟迟意欲醺。一刻千金真望外,风流反自愧东君。"云亦答以复生,曰:"浪说佳期自古难,如何一见即成欢。情浓始信鱼游水,意密方知凤得鸾。自讶更深孤影怯,不期春重两眉攒。愿君常是心如一,莫使幽闲翠鬓寒。"诗成,披衣而散。

又云:

鸾不觉面色微红,低首不答,指捻裙带而已。生复附耳曰:"白玉久沉,青春难再,事已至此,守尚何为?"即挽鸾颈,就大理石床上罗裙半卸,绣履就挑,眼朦胧而纤手牢钩,腰闪烁而灵犀紧辏。在鸾久疏旧欲,觉芳兴之甚浓;在生幸接新目,识春怀之正炽。是以玉容无主,任教踏碎花香;弱体难禁,拼取翻残桃浪,真天地间之一大快也。生喜鸾多趣有情,乃于枕上构一词以庆之,名《惜春飞》:"蝶怨蜂愁迷不醒,分得枕边春兴。何用鞋凭证,风流一刻皆前定。寄语多情须细听,早亦通宵欢庆。还把新弦整,莫使妆台负明镜。"

又云:

果见美姿五六,皆拍蝶花间。惟一淡装素服,独立碧桃树下,体态幽闲,丰神绰约,容光潋滟,娇媚时生,惟心神可悟而言语不足以形容之也。正玩好间,忽一女曰:"墙外何郎,敢偷觑人如此!"闻之,皆遁去。生归寓,若有所失。情思不堪,因赋诗一律以自解云。诗曰:"无端云雨恼襄王,不觉归来意欲狂。为惜桃花飞面急,难禁蝶翅舞春忙。满怀芳兴凭谁诉，一段幽思入梦长。笑语无情声渐杳，可怜不管断人肠。"

此处"无端云雨恼襄王"云云，《欢喜冤家》第十回《许玄之赚出重囚牢》亦有引用，只是略有改动。① 是回云：

  一日，秀才往郊外闲行，偶遇一班少妇在楼头欢笑。许玄抬起头来一看，一个个有沉鱼落雁之容，闭月羞花之貌。见了许玄，都避进去了。许玄道："好丽人也。可惜我许玄十分知趣，尚无一个得意人。见他那楼上有这许多娇艳，何不分一个与我。"心中怏怏，若有所失，走回书馆，情思不堪，赋诗一首，开解闷怀：
  楼头瞥见几娇娘，不觉归来意欲狂。为借桃花飞面急，难禁蝶翅舞春忙。满怀芳兴凭谁诉，一段幽思入梦长。笑语多情声渐杳，可怜不管断人肠。

"无端云雨恼襄王"转作"楼头瞥见几娇娘"，仍然自然妥帖，堪称妙极。

《乐府万象新》之《新增闺情词赋》所收词曲如此集中地出现于《国色天香》，且前者排列顺序与后者人物根据情节发展所作、咏词曲之次序相近，人们或许由此引出一个疑问：《新增闺情词赋》中"缘乖分薄，平地风波恶"等是否辑自《国色天香》？如是，则犹有可说者——《国色天香》有"九紫山人谢友可"序言，时间为万历丁亥（1587）夏。李平先生既推断《乐府万象新》刊刻时间为万历"前期"，则"万历丁亥"稍稍有些后延。

事实上，《国色天香》并非原创作品集，而只是当时各种流行小说的汇编，不少篇章"在嘉靖间已经流传，如《锺情丽集》就见于《宝文堂书目·子杂类》。后来，欣欣子在《金瓶梅词话》中也曾提到'丘琼山之

---

① 论者以为成书于崇祯十三年的小说集《欢喜冤家》，虽然自创程度较高，仍然辑采了不少前人作品，其中中篇文言小说《寻芳雅集》、《锺情丽集》是"被辑采的作品中比较重要的两部"〔潘建国《〈欢喜冤家〉对〈寻芳雅集〉〈锺情丽集〉的辑采》，《上海师范大学学报（社会科学版）》1998 年第 27 卷第 4 期〕。换言之，《许玄之赚出重囚牢》中的"楼头瞥见几娇娘"，只是对"无端云雨恼襄王"的改造而已。

《锺情丽集》、卢梅湖之《怀春雅集》'",《国色天香》所收七篇小说,"除《双卿笔记》名,有六篇与万历间编辑的《绣谷春容》重复,有四篇被收入《万锦情林》,有四篇编入《燕居笔记》"(《古本小说集成·国色天香·前言》,上海古籍出版社)。基于此,私意以为与其说《新增闺情词赋》部分内容辑自《国色天香》,不若相信其另有所本——如是,则《乐府万象新》刊刻于万历前期的判断,无可怀疑矣。

附录三
《银纽丝》、《金纽丝》与桐城山歌
——说《风月词珍》中的民歌

明代民歌是继诗经、汉魏乐府民歌之后，民间韵文兴盛、发达的又一座高峰，论者以为其乃堪与唐诗、宋词、元曲比肩之"一绝"（陈宏绪《寒夜录》引卓珂月语），是"明人独创之艺"（任半塘《散曲概论》卷二《派别》）。除冯梦龙所辑《山歌》、《挂枝儿》外①，明代民歌更多的是以"寄生"于戏曲、小说等通俗读物选集的形式被保存下来。所谓"寄生"，就是指在各种选集刻本中，刊刻者将页面分成上下两栏或上中下三栏，其中一栏（多是中栏或上栏）附录时调小曲或其他体裁的作品，如灯谜、歇后语等，用作人们案头阅读时的消遣，而众多的民歌，竟赖此得以流传。以此种附录形式辑存时兴民歌的文献，向来多以为只有《大明天下春》、《词林一枝》、《八能奏锦》、《乐府万象新》等有限的几部，其实数量不止这些，如现在能够见到的较有价值的选集，尚有《新增博笑珠玑》（卷首题作《新增时尚华筵趣乐谈笑酒令》）以及时间稍后的《新刻精选南北时尚昆弋雅调》等。此外，郭英德先生《稀见明代戏曲选本三种叙录》〔《清华大学学报（哲学社会科学版）》2007年第3期〕介绍三种稀见明代戏曲选本，其中包括《词珍雅调》。郭先生谓是集分8种13卷，其中一种为《风月词珍》。《风月词珍》首集，多收录时兴小曲，故版心时题《风月新词》，如《赠妓》（《锁南枝》数首）、《妓女闺情》（《锁南枝》数首）、《春景闺情》（《驻云飞》数首）、《新兴闹五更银纽丝》、《时兴十二

---

① 明代尚有《挂枝儿》的其他选本，如醉月子辑有《新镌雅俗同观挂枝儿》，其内容大体不出冯梦龙辑《挂枝儿》。

时闺情妙曲金纽丝》、《时兴桐城山歌·斯文佳味》、《时兴桐城山歌·私情佳味》等。郭先生并云此书未为拙著《明代民歌研究》（凤凰出版社，2005）所用，可助明代民歌之辑录。

今就《风月词珍》中所收民歌情况，略陈鄙见如次。

《风月词珍》辑录时曲较多，然《锁南枝》（包括"私情"、"欢会"、"赠美人"、"赠妓"、"妓女闺情"等），《桂枝香》（题曰"私情小令"，包括"私情"、"咏美人沐浴"、"忆美人"、"忆别"、"思情"、"咏瞽目女人"、"赠妓"等），《驻马听》（"别怀"），《黄莺儿》（"秦淮海赠妓"），《驻云飞》等，雅化特征明显，当属文人小曲性质。如《锁南枝》有云：

妖娆态，窈窕身，爱他躲人又看人。眉眼儿自留情，体貌儿多聪俊。欲相近，又怕嗔。俏冤家，忒丰韵。

又：

桃花脸，掬笑容，眉留目送意颇浓。邂逅欲相逢，恐被人窥弄。须待三更月，半夜钟。与你结鸳鸯，谐鸾凤。（以上私情）

又：

雕栏畔，遇可人，双膝儿跪下叫观世音。救我孽根因，忘食并废寝。缠不过，停怒嗔。半应承，半不肯。

又：

芙蓉帐，白象床，多情相款兰麝香。春水戏鸳鸯，罗衾染红浪。云雨密，魂梦长。多少相思，今宵已勾账。（以上欢会）

又：

容如月，鬓似云，风流可比杨太真。肌似玉犹温，眉如柳痕嫩。情如旧，意似新。爱杀他步金，止三寸。（赠美人）

"眉眼儿自留情，体貌儿多聪俊"云云，虽说私情，对仗却工稳，词句亦讲究，自有一股墨水气息，与"桃花大姐桂花郎，梅花隔子雪花床"（《乐府玉树英·时兴玉井青莲歌》）是两样景致。而"妓女闺情"与"拆书"两则，则出诸刘效祖集中，前者云：伤心事，诉与谁，一半儿思情一半儿追悔。想着你要和我分离，平白地起上个孤堆，用了伤心竹篮儿打水。虽然是你的情绝，也是我缘法上不对，胡昧了灵心分明是鬼。几时和你嚷上一场，再不信你巧话儿相陪。后者云：情书至，笑脸儿开，可见我冤家情肠儿不改。件件事与我安排，句句话说的明白，满纸春心犹带着墨色。他说我不久回还，你须把心肠儿耐，少只在旬朝，多只在半载。唤梅香抹净了闲隅，把冤家笔迹儿高抬。

换言之，《风月词珍》中只有《新兴闹五更银纽丝》、《时兴十二时闺情妙曲金纽丝》、《时兴桐城山歌·斯文佳味》、《时兴桐城山歌·私情佳味》等可归入民歌一类。

先说《新兴闹五更银纽丝》。曲云：

一更里难捱灯落也花，乔才恋酒在谁家。自嗟呀，教人提起泪如麻。非干是你□，多因是我差，枕边错听了当初话。思量别寻个俏冤家，又恐怕温存不似也他。我的天，撇下难，难撇下。

二更里难捱月照也窗，停针无语对银缸。转柔肠，围屏斜倚□才郎。人儿不见来，影儿怎得双，何时了却相思账。轻移莲步出兰房，问卜金钱年少也郎。我的天，磨障人，人磨障。

三更里难捱香烬也炉，离人愁闷听铜壶。怎支吾，和衣恋枕暗消磨。妾非薄倖人，遭逢薄倖夫，可怜奴把青春误。佳期约定在春初，秋雁南来书信也无。我的天，辜负奴，奴辜负。

四更里难捱被冷也寒，忽听得谯楼鼓声喧。好熬煎，伤情自觉损容颜。金钏渐渐松，罗裙渐渐宽，凄凄切切谁为伴。宾鸿不肯把书传，一旦离愁眉上也攒。我的天，留恋谁，谁留恋。

五更里难捱鸡唱也鸣，乌鸦啼散满天星。枕寒衾，番（翻）来覆去梦难成。天台路又高，蓝桥水又深，可怜闪杀人孤另。早来梳洗告灵神，提起他的名儿心上也疼。我的天，孤另（零）人，人孤另（零）。

此处"一更"、"二更"直至"五更",又见于乾隆年间时调小曲集《万花小曲》,不同处在于《万花小曲》目录页《银纽丝》下,标出"五更"作题,另字句稍有差异,如"四更"云:四更里难捱衾枕也寒,忽听得谯楼鼓声喧。好熬煎,伤情自觉损容颜。纽扣渐渐松,罗带渐渐宽,千思万想谁为伴。宾鸿不肯把书传,这等闲愁上眉也尖。我的天哪,留恋谁,谁留恋。按"五更调"一体,流传久远,宋王楙《野客丛书》卷十八记陈伏知道《从军五更转》云:"一更刁斗鸣,校尉逴连城。遥闻射雕骑,悬惮将军名","二更愁未央,高城寒夜长。试开弓并月,聊持剑比霜","三更夜警新,横吹独吟春。强听落梅花,误忆柳园人",似此五转。今教坊以五更演为五曲,为街市唱,乃知有自。半夜角词,吹落梅花,此意亦久。沈德符《万历野获编》卷二十五《时尚小令》则曰:嘉、隆间乃兴《闹五更》、《寄生草》、《罗江怨》、《哭皇天》、《干荷叶》、《粉红莲》、《桐城歌》、《银纽丝》之属,自两淮以至江南,渐与词曲相远,不过写淫媟情态,略具抑扬而已。《风月词珍》中"新兴闹五更银纽丝",描摹的正是沈氏所谓"淫媟情态",与《梨园会选古今传奇滚调新词乐府万象新》卷一中层之《南北教坊司新传赛闹五更银纽丝》内容、趣味相近,唯后者于"赛闹五更银纽丝"后,又接"楚江清带过金字经",则其定格已变。①录两节如次:

一更夜气清,瑶阶露冷,教奴等得灯半昏。强将针指(箫)寄闲情也,思量薄幸,全无志诚,今宵那答花径行,撇得我冷冷清清。门掩孤帏静,红鸾被怎温。又感起相思病,又感起相思病。一更来不来,斜倚定银筝泪满腮。乔才忒分外,做下了风流债,这姻缘簿怎揩。

二更露正凉,金炉烬香,檐前铁马声韵扬。推鸳枕唤梅香也,把银灯点上,罗帏款张,知他在谁家,系马嘶绿杨。多管是路柳墙花,引得他心飘荡。月儿过粉墙,风儿透纸窗,怎受得凄凉况,怎受得凄凉况。二更夜转深,短叹长吁泪满襟。休将盟(誓)寻,想着他薄情甚,邪冤家忒负心。

---

① 傅芸子认为,明代时曲中,"闹五更"只是内容而非如《寄生草》、《罗江怨》那样的曲牌。以"新兴闹五更《银纽丝》"为例,"闹五更"作标题用,"银纽丝"是曲牌。详见傅芸子《正仓院考古记·白川集》,辽宁教育出版社,2000,第235页。

次说《时兴十二时闺情妙曲金纽丝》。

与"五更调"一样,"十二时"亦是定格联章体歌曲中的名篇,郑振铎先生《中国俗文学史》第五章唐代的民间歌赋即引《敦煌掇琐》中的《太子十二时》等加以申述,并云"'十二时'的一体,却是失传了"①,关德栋先生作《关于"十二时"》,以宋释晓莹《罗湖野录》卷三中记载,证明"'十二时'一体在南宋时仍然存在"②。按:《罗湖野录》撰于绍兴乙亥(1155),上溯50年,宋释惠洪(1071~1128)于大观二年(1107)撰成《林间录》,卷上有《禅和子十二时》,偈曰:

吾活计,无可观,但日日,长一般。夜半子,困如死,被虱咬,动脚指。鸡鸣丑,粥鱼吼,忙系裙,寻袜纽。平旦寅,忽欠伸,两眉棱,重千斤。日出卯,自搅炒,眼诵经,口相拗。食时辰,齿生津,输肚皮,亏口唇。禺中巳,眼前事,看见亲,说不似。日南午,衣自补,忽穿针,全体露。日昳未,方破睡,洗开面,摸着鼻。晡时申,最天真,顺便喜,逆便嗔。日入酉,壁挂口,镜中空,日中斗。黄昏戌,作用密,眼开阔,乌窣律。人定亥,说便会,法身眠,无被盖。坐成丛,行作队,活□□,无障碍。若动着,赤肉艾,本无一事可营为,大家相聚吃茎菜。

如《时兴十二时闺情妙曲金纽丝》亦可视作"十二时"的一种,则可知其在明万历时"仍然存在"且"时兴"。兹录《时兴十二时闺情妙曲金纽丝》前六节如次,以见其风采:

子时里难捱思情也认,星移斗转漏声频。苦难禁,相思害得瘦伶仃。冤家不见来,被儿谁与温,冷清清独自谁偢问。几回梦里见亲亲,醒却来时两处也分。我的天,愁闷人,人愁闷。

丑时里难捱意似也痴,满怀心事有谁知。苦难题,宿花蝴蝶梦魂迷。谯楼鼓乱捶,邻家鸡乱啼,离人枕上添愁思。分明有路到陵溪,薄倖不来书信也稀。我的天,珠泪垂,垂珠泪。

---

① 郑振铎:《中国俗文学史》上册,上海书店出版社,1984,影印本,第136页。
② 关德栋:《曲艺论集》,上海古籍出版社,1983,新一版,第169页。

寅时里难捱思情也郎,薄情一曲不还乡。苦难当,谁认传诉我衷肠。灯儿渐渐昏,天儿渐渐光,孤帐冷落添惆怅。相思害得脸儿黄,一夜无眠更漏液长。我的天,磨障人,人磨障。

卯时里难捱暗告也天,离人何事不团圆。好心酸,别时容易见时难。当时所见偏,今朝果谬言,海神庙里空发愿。书儿修下少人传,卜尽金钱郎未也还。我的天,相见难,难相见。

辰时里难捱日照也窗,画楼频倚望才郎。好恓惶,孤行独坐守空房。相思只自伤,薰炉久断香,何时才把愁眉放。早知下得狠心肠,何不当初不会也郎。我的天,惆怅人,人惆怅。

巳时里难捱自悲也衰,几回勉强傍妆台。好伤怀,菱花羞照面容衰。画眉人未来,青鸾信又□,翠花钿扯碎物心带。真心一片为乔才,默默无言使我也猜。我的天,倚赖谁,谁倚赖。

又关德栋先生《小曲小记》(见《曲艺论集》)说及《金纽丝》,云清乾隆九年(1744)刊刻的俗曲集《万花小曲》中,收有标作《金纽丝》曲调的联套一种,此种曲调的名目,在别种明、清的俗曲里是未见著录的,关先生并引傅惜华先生《乾隆时代之时调小曲》一文中的话说,《金纽丝》一调,从未见其他俗曲总集采录,遍稽明、清人载记,亦无言及者,渊源所自,容俟他日之发见。关先生又指出,《万花小曲》中《四大景·金钮丝》联套,如果以每曲的曲调格律句式论,它与《银纽丝》是相同的——上录《时兴十二时闺情妙曲》《金纽丝》亦如是,因此若单论"曲调的名目",《时兴十二时闺情妙曲》《金纽丝》的出现,当可证关先生、傅先生所说不确。①

复次说《时兴桐城山歌·斯文佳味》、《时兴桐城山歌·私情佳味》。

据《万历野获编》等文献记载,《桐城歌》亦为其时流行曲。如顾起

---

① 关德栋《小曲小记》举《万花小曲》中《金纽丝》例,其第一曲是:春景融融花正也芳,繁华独自巧梳妆。想才郎,等闲瘦损减容光。蜂儿戏牡丹,蝶儿恋海棠。呀,教奴对景心悒怏。冤家别恋俏红妆,把我恩情一旦也忘。我的天哪,别样难,难别样。关先生据此认为其与《银纽丝》除衬字微有不同,格律句式完全一样。《风月词珍》中《金纽丝》、《银纽丝》,情形与关先生所说一致。关先生又举聊斋俚曲《金纽丝》例,说明"《金纽丝》在曲调格律句式上,与《银纽丝》应该完全不同"。按《金纽丝》与《银纽丝》,究竟是同调异名还是如关先生所说,两者"完全不同",因少文献支持,此处存疑。

元《客座赘语》亦提到是曲，其卷九《俚曲》云：里巷童孺妇媪之所喜闻者，旧唯有《傍妆台》、《驻云飞》、《耍孩儿》、《皂罗袍》、《醉太平》、《西江月》诸小令，其后益以《河西六娘子》、《闹五更》、《罗江怨》、《山坡羊》。《山坡羊》有沉水调，有数落，已为淫靡矣。后又有《桐城歌》、《挂枝儿》、《干荷叶》、《打枣竿》等，虽音节皆仿前谱，而其语益为淫靡，其音亦如之。视桑间濮上之音，又不啻相去千里，诲淫导欲，亦非盛世所宜有也。然迄今为止，人们所见之《桐城歌》，只有冯梦龙辑《山歌》卷十《桐城时兴歌》（24 首，每首 5 句）等少数篇什。① 《风月词珍》壮大了《桐城歌》的阵容，且精彩程度不亚于冯辑《山歌》。录《时兴桐城山歌·斯文佳味》如次：

　　大比之年赴选场，姐扯衣裳不放郎。想你广寒宫里去，月中丹桂要高扳，嫦娥只敬读书郎。

又：

　　槐花三秋今又黄，我送情郎赴科场。长亭送别难分手，指扳月桂状元郎，嘱咐亲亲莫改常。

又：

　　昨日西游今日东，百花如锦上林中。花开有意随郎采，愿郎先折状元红。

又：

　　一个姐儿相交有七个郎，个个肚里饱文章。前前后后都高中，高车驷马任他邦。一郎在浙江做布政，二郎在北京做侍郎。三郎在江西做巡按，四郎在湖广做都堂。五郎在云南做参政，六郎在南京做操江。只有七郎年纪小，今年新中状元郎，如何教我不思量。

---

① 另《万花小曲》亦有辑录。资料有云《明代杂曲集》收《桐城歌》25 首，惜未见。

又：

　　桂花开时香满天，忽听嫦娥把信传。报道今年花更好，才人努力要争先，高枝留与贵人攀。

又：

　　姐在房中作郎鞋，郎在窗外把桂栽。准拟今秋丹桂开，袖染天香入姐怀，那时鱼水两和谐。

又：

　　心肝哥哥我的郎，收拾琴剑赴科场。鲤鱼跳在荷叶上，翻身就是绿衣郎，白马红缨荣故乡。

又：

　　桂花开时黄似金，你是花中第一名。未曾结蕊香先透，花开引动少年心，果然声价值千金。

又：

　　送郎送到大门东，愿郎别我赴科场。我郎只想功名好，我为情郎想断肠，郎你早占鳌头返故乡。

又：

　　心上人儿久不逢，昨宵梦见两情浓。想是前生修补（不）到，今生闪得两西东。空，枉使团圆在梦中。

又：

　　红红白白白黄黄，三样花儿一样香。我郎本是金阶上客，状元榜眼探花郎，白马红缨昼锦堂。

有可说者。其一，"桂花开时香满天"等内容，又见于《乐府万象新》之《五句妙歌》，只字句稍有差异。如上举"心肝哥哥我的郎"，《五句妙歌》则曰："桂子开时学子忙，才人收拾赴科场。鲤鱼跳在荷叶上，转身就是状元郎。郎，白马红缨还故乡。"

其二，《时兴桐城山歌》与冯辑《山歌》中《桐城歌》，内容有少部分重复，如《时兴桐城山歌·私情佳味》有云："送郎送在十里亭，再送十里我回程。本要送（郎）三十里，鞋亏袜小步难行。情，断肠人送断肠人。"《桐城歌》之《送郎》作："送郎送到五里墩，再送五里当一程。本待送郎三十里，鞋弓袜小窨难行，断肠人送断肠人。"

其三，《时兴桐城山歌·私情佳味》云："自古山歌四句成，如今五句正时兴。看来好似红纳袄，一番拆洗一番新。兴，多少心思在尾声。""如今五句正时兴"，正好解释《乐府万象新》中何以有"五句妙歌"存在这一现象。郭英德先生以为"此种民歌体制之出现，亦可作为明代民歌研究重要课题"（《稀见明代戏曲选本三种叙录》），诚如是。又李白《荆州词》云：白帝城边足风波，瞿塘五月谁敢过。荆州麦熟茧成蛾，缲丝忆君头绪多，拨谷（鹁鸪）飞鸣奈妾何。有人以为诗人或是受民歌触动而作此歌，并云"直到现在，清江流域乃至峡江地带的土家还爱唱五句子歌，五句子歌的体裁恰好与李白的《荆州歌》相同，借用小说评论家爱讲的话，叫做'草蛇灰线，伏脉千里'"[①]。

如上所述，《风月词珍》中若干民歌的发现，具有多重意义，如除丰富明代民歌的内容之外，还纠正了此前的一些错误认识——《金纽丝》的"未见采录"即是一例。此外《银纽丝》可算是另一例。赵南星《芳茹园乐府》有《银纽丝》数首，乃拟民歌作品，郑振铎先生以为这些作品"使其得到了很大的成功"（《中国俗文学史》下册明代的民歌）。车锡伦先生说聊斋俚曲曲牌来源，亦提及《银纽丝》，并云此曲"明代作品仅存散曲家赵南星仿作数首，收入其所著散曲集《芳茹园乐府》"（《聊斋俚曲曲牌的来源（之一）》，《蒲松龄研究》2002年第2期）。

按《银纽丝》又作《银绞丝》，原为北方民歌（王骥德《曲律》卷一

---

① 人文桐城网文章。见周玉波《明代民歌札记》，南京师范大学出版社，2009，第348页。

云 "至北之滥流而为《粉红莲》、《银纽丝》、《打枣竿》"），后传入江南，一样为人喜爱。明范濂《云间据目抄》卷二有云：歌谣词曲，自古有之，惟吾松近年特甚。凡朋辈谐谑，及府县士夫举措，稍有乖张，即缀成歌谣之类，传播人口，而七字件尤多。至欺诳人处，必曰风云；而里中恶少燕闲，必群唱《银绞丝》、《干荷叶》、《打枣竿》，竟不知此风从何而起也。与《打枣竿》一样，明代文献中《银纽丝》所见极少，然车锡伦先生指其仅有赵南星仿作数首，由《风月词珍》中《新兴闹五更银纽丝》可知"仅有"说不确。此外汤显祖《邯郸记》第二十六出《杂庆》尚有剧中人所唱《银纽丝儿》云：

爱的是奴家一貌也花，亲亲姊妹送卢家，好奢华。独自转回衔，风吹了绿帽纱。斜簪一朵花，小攒金袖软靴儿乍。撞着嘴唇皮疙瘩，臭冤家，把咱背克喇，钻通斗不着也他。我的外郎夫呵，唰龟儿我龟儿唰。

或曰此曲末句"唰龟儿我龟儿唰"较赵南星所作多一衬字，则凌濛初《二刻拍案惊奇》卷十四《赵县君乔送黄柑　吴宣教干偿白镪》有《银绞丝》一首云：

前世里冤家，美貌也人，挨光已有二三分，好温存，几番相见意殷勤。眼儿落得穿，何曾近得身。鼻凹中糖味，那有唇儿分。一个清白的郎君，发了也昏。我的天那，阵魂迷，迷魂阵。

明人所作《银纽丝》，其定格为平仄通叶，一韵到底，大都12、13或14句，约70字，末两句颠倒。《风月词珍》中《新兴闹五更银纽丝》符合此定格。

另车锡伦先生云"《银纽丝》在明代万历后传入江南，改名《银绞丝》"；"明代江南《银绞丝》曲词不存"，据汤显祖《邯郸记》、凌濛初《二刻拍案惊奇》和《风月词珍》，知此说亦欠妥。

（原发表于《中国典籍与文化》2011年第2期）

社会科学文献出版社网站
www.ssap.com.cn

1. 查询最新图书　　2. 分类查询各学科图书
3. 查询新闻发布会、学术研讨会的相关消息
4. 注册会员，网上购书，分享交流

　　本社网站是一个分享、互动交流的平台，"读者服务"、"作者服务"、"经销商专区"、"图书馆服务"和"网上直播"等为广大读者、作者、经销商、馆配商和媒体提供了最充分的互动交流空间。

　　"读者俱乐部"实行会员制管理，不同级别会员享受不同的购书优惠（最低7.5折），会员购书同时还享受积分赠送、购书免邮费等待遇。"读者俱乐部"将不定期从注册的会员或者反馈信息的读者中抽出一部分幸运读者，免费赠送我社出版的新书或者数字出版物等产品。

　　"网上书城"拥有纸书、电子书、光盘和数据库等多种形式的产品，为受众提供最权威、最全面的产品出版信息。书城不定期推出部分特惠产品。

咨询/邮购电话：010-59367028　　邮箱：duzhe@ssap.cn
网站支持（销售）联系电话：010-59367070　　QQ：1265056568　　邮箱：service@ssap.cn
邮购地址：北京市西城区北三环中路甲29号院3号楼华龙大厦　社科文献出版社　学术传播中心　邮编：100029
银行户名：社会科学文献出版社发行部　　开户银行：中国工商银行北京北太平庄支行　　账号：0200010009200367306

图书在版编目（CIP）数据

喜歌札记/周玉波著. —北京：社会科学文献出版社，2011.12
（中国历代民歌整理与研究丛书）
ISBN 978-7-5097-2630-3

Ⅰ.①喜… Ⅱ.①周… Ⅲ.①民间歌谣-文学研究-中国 Ⅳ.①I207.7

中国版本图书馆CIP数据核字（2011）第161748号

·中国历代民歌整理与研究丛书·

喜歌札记

主　编／陈书录
著　者／周玉波

出 版 人／谢寿光
出 版 者／社会科学文献出版社
地　　址／北京市西城区北三环中路甲29号院3号楼华龙大厦
邮政编码／100029

责任部门／人文科学图书事业部（010）59367215		责任编辑／范明礼	
电子信箱／renwen@ssap.cn		责任校对／盖立杰	
项目统筹／宋月华　魏小薇		责任印制／岳阳	

总 经 销／社会科学文献出版社发行部（010）59367081　59367089
读者服务／读者服务中心（010）59367028

印　　装／三河市文通印刷包装有限公司
开　　本／787mm×1092mm　1/16　　　印　张／27.25
版　　次／2011年12月第1版　　　　　　字　数／443千字
印　　次／2011年12月第1次印刷
书　　号／ISBN 978-7-5097-2630-3
定　　价／69.00元

本书如有破损、缺页、装订错误，请与本社读者服务中心联系更换
▲ 版权所有　翻印必究